ELLERY QUEEN

Y의 비극

엘러리 퀸 / 강호걸 옮김

해문출판사

■차 례

독자에게 보내는 재공개장(再公開狀)

친애하는 독자 여러분.

「X의 비극」을 읽었어도 '독자에게 보내는 공개장'을 미처 읽지 못했거나, '독자에게 보내는 공개장'은 말할 것도 없고 「X의 비극」조차도 읽지 못한 독자들을 위해서 똑같은 한 사람이 어째서 엘러리 퀸과 버나비 로스라는 두 가지의 이름을 쓰게 되었는지를 설명해 두어야겠습니다. (여기에 해당되지 않는 다른 독자들께서는 곧바로 「Y의 비극」을 읽어주시기 바랍니다.)

「Y의 비극」은 드루리 레인의 네 작품 중에서 다른 세 작품과 마찬가지로 처음에는 버나비 로스라는 이름으로 출판되었습니다.

당시는 그 건방지지만 지적인 청년탐정 엘러리 퀸의 공적이 칭송을 받은 일련의 작품이 시끌벅적한 추리소설 시장에서 화젯거리가 된 뒤였습니다. 엘러리 퀸을 탐정으로 등장시킨 작품은 엘러리 퀸으로 알려져 있지만, 실은 두 사람이 한 팀을 이룬 수수께끼의 작가에 의해서 완성된 작품이고, 이 새로운 연작(聯作)은 전혀 다른 탐정인 드루리 레인의 공적을 찬미한 것으로서, 엘러리 퀸의 필명으로 알려져 있는 베일 속의 두 젊은이는 말하자면 새로운 필명을 만들 필요를 느꼈던 것입니다……그래서 두 사람은 곧 자신들(또는 자신)을 버나비 로스라고 이름붙이기로 했습니다.

만일 이 설명이 설명의 역할을 다하지 못했다면, 그것은 영어라는 언어가 '한 사람 이상이 관여하고 있는 까다로운 관계'를 나타내는 데는 적당치 못하기 때문입니다. 아마 이것을 송두리째 뒤범벅해서 다음과 같이 설명했다면 좀더 소화하기가 쉬울지도 모르겠군요. 우리는 13년 동안 계속 엘러리 퀸이라는 이름으로 작품을 써왔습니다. 그러나 일생 중 어느 시기에 새로운 소설의 주인공이 떠올랐기 때문에, 그 착상을 살리기 위한 목적만으로 태어난 것이 버나비 로스이며, 바로 이 새로운 작가명으로 이 책을 내놓게 된 것입니다.

그래서 드루리 레인과 버나비 로스 팀의 4부작이 우리 엘러리 퀸의 출판사에 의해서 진짜 가명인 엘러리 퀸이라는 작가명으로 출판케 된 것입니다. 우리는 이 4부작을 아주 좋아하며, 특히 드루리 레인을 좋아합니다. 독자 여러분께서도 우리가 그랬듯이 앞으로도 그럴 것으로 믿는데, 이 작품들과 레인을 좋아하게 될 것을 나는 확신하고 있습니다.

그것은 어찌되었든 곧 「Y의 비극」을 읽어보십시오. 작가 이름 같은 것이야 무슨 상관이겠습니까?

뉴욕 1941년 봄
엘러리 퀸

Y의 비극

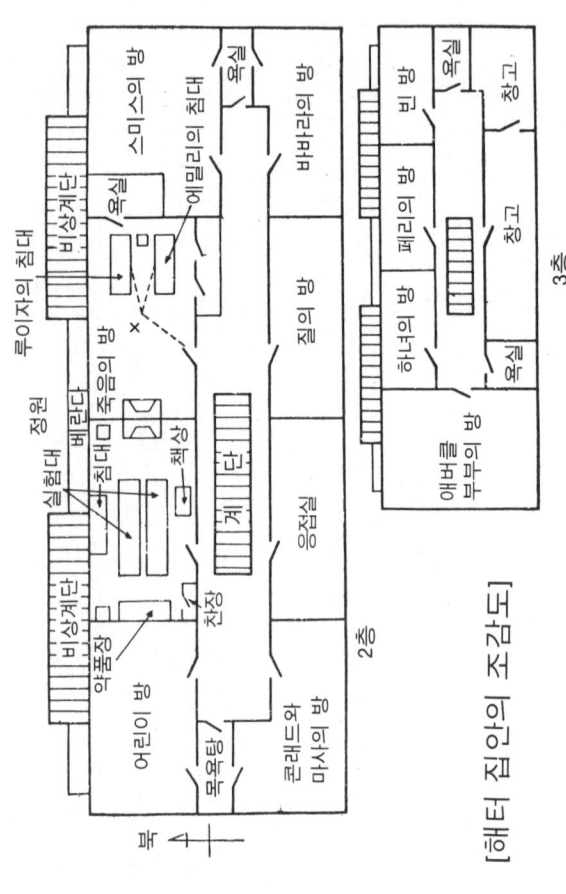

[해리 집안의 조감도]

프롤로그

'연극은 만찬과 같은 것이고……프롤로그는 식사 전에 올리는 기도이다.'

제1장 시체공시소
(2월 2일 오후 9시 30분)

그날 2월의 오후, 불독처럼 꼴사나운 심해 트롤 어선 래비니아 D호는 머나먼 대서양의 파도를 가르며 돌아와서는, 샌디 곶(岬)을 돌아서 핸콕 요새를 눈앞에 두고 선채의 이물에 물거품을 일으키더니, 한 줄기 하얀 항해의 흔적을 남기며 뉴욕 만(湾)으로 들어왔다.

고기가 잡힌 분량은 시원치 않았고, 갑판 위는 마치 도살장처럼 더럽혀져 있었다. 거친 대서양의 풍랑에 시달려 배는 엉망이 되어 있었다. 선장도 바다도 고기도 잿빛 하늘도, 그리고 좌현(左舷)에 보이는 황량한 스태턴 섬의 해안도 그 모두가 선원들에게는 저주스러웠다. 술병이 이 사람 저 사람에게로 돌려졌다. 물보라를 뒤집어쓴 채 방수 코트를 입고 모두들 떨고 있었다.

난간에 기대선 채, 푸른 거품을 내며 일렁이는 파도를 하릴없이 바라보고 있던 덩치 큰 사나이가 바닷바람에 그을린 얼굴을 갑자기 긴장시키며 부릅뜬 눈으로 소리쳤다. 선원들은 모두 그가 가리키는 곳을 보았다. 100야드(약 91m)쯤 떨어진 곳에 조그만 검은 물체가 보였다. 틀림없는 사람이었다. 틀림없는 시체 하나가 떠 있던 것이다.

그들은 펄쩍 뛰었다. "한껏 좌현으로!" 키잡이는 몸을 틀면서 크게 소리쳤다. 래비니아 D호는 모든 기관을 삐걱거리며 힘겹게 왼쪽으로 돌기 시작했다. 그리고 조심성 있는 짐승처럼 그 시체 주변에서 원을 그려가며 차츰 다가갔다. 흥분으로 말미암아 힘이 생긴 선원들은 오늘의 사냥감 중에서 가장 진기한 이것을 잡아올리려고 바닷바람 속에서 저마다 물고기 찍어올리는 장대를 휘젓고 있었다.

15분 뒤 그것은 물에 흠뻑 젖은 갑판 위에 눕혀졌다. 이미 갈기

갈기 찢기어져 그 모양을 알아보기 힘들 정도였지만, 그것은 분명히 남자의 시체였다. 시체가 훼손된 상태로 보아서는 벌써 여러 주 동안 깊은 해저의 바닷물에 씻겨져온 것이 틀림없었다. 선원들은 두 손을 허리에 짚고 두 다리를 벌린 채 갑판 위에 버티고 서서 말이 없었다. 어느 누구도 시체를 건드려볼 생각은 하지 못했다.

이렇게 생선 비린내와 바닷바람 냄새를 맡으면서 요크 해터는 긴 여로의 마지막 기착지에 닿았다. 관을 올려놓은 곳은 지저분한 트롤 어선, 관을 둘러싼 조문객이라고는 물고기 비늘로 범벅이 된 작업복 차림에 수염투성이인 험상궂은 사나이들, 진혼곡은 선원들의 저주스러운 투덜거림과 해협에 불어치는 바람소리뿐이었다. 래비니아 D호는 젖은 뱃머리로 해면을 가르며 이윽고 배터리 공원 가까이에 있는 조그만 선창에 닻을 내렸다. 뜻하지 않은 짐을 싣고 바다에서 돌아온 것이다. 선원들이 뛰어나왔고, 선장은 쉰 목소리로 외쳐댔다. 항구의 관리들은 알았다는 듯이 고개를 끄덕이며 바닷물에 젖은 갑판을 바라보았다. 배터리의 조그만 사무실에서는 요란스럽게 전화벨이 울렸다. 요크 해터는 방수 코트에 덮인 채 조용히 눕혀져 있었다. 오래지 않아 구급차가 달려왔다. 흰 위생복 차림의 남자들이 물에 흠뻑 젖은 시체를 운반했다. 죽음의 행진은 바다를 떠났고, 장송곡 대신에 요란한 사이렌이 울어댔다. 요크 해터는 브로드웨이의 남쪽을 지나 시체공시소로 운반되었다.

기묘한 그의 운명은 수수께끼 같아 지금까지도 풀리지 않고 있다. 지난해 12월 21일, 즉 크리스마스 나흘 전에 에밀리 해터 노부인이 뉴욕 워싱턴 광장에 있는 자택에서 남편의 실종신고를 당국에 제출했었다. 그날 아침 그는 어느 누구에게도 어디 간다는 말 한마디 없이, 선조에게서 물려받은 붉은 벽돌로 된 해터 저택을 나간 채 행방불명이 되었던 것이다.

그 뒤로 그의 행적은 전혀 알 수가 없었다. 해터 노부인은 남편의 실종에 대해서는 마음에 짚이는 것이 아무것도 없다고 했다. 실종자 조사국에서는 어떤 녀석이 몸값을 노리고 해터 씨를 납치하여 감금하고 있을 것이라고 했다. 그러나 그 가상의 납치범으로부터도 부유한 해터 가족에게 아무런 연락이 없자 납치라는 의견은 부정될 수밖에 없었다. 신문에서는 그 밖에도 여러 가지 소문을 실었다. 어떤 신문은 그는 피살된 것이다──해터의 집안에서라면 어떤 일이 일어나도 이상할 것이 없다고 했다. 해터 집안에서는 물론 이 의견을 완강히 부정했으며, 요크 해터는 악의라고는 조금도 없는 어린애 같은 사람이며, 사귀는 사람의 수도 몇 안되고, 적이라고는 없는 온화한 사람이라고 주장했다. 또 어떤 신문은 해터 집안의 특별히 병적인 내부사정을 내세워 그는 그냥 도망친 것이라고도 했다── 잔소리꾼인 아내, 비정상적인 아이들, 그런 것들로 시달려온 그는 가정생활로부터 도망친 것이라는 것이다. 그러나 이런 주장도 그의 은행예금이 조금도 축나지 않은 점을 경찰이 지적하자 문제 밖으로 밀려나고 말았다. 같은 이유로 '사건 뒤에는 여자가 있다'는 마지막 억측마저도 무산되고 말았다. 이 억측은 잔뜩 화난 에밀리 해터 노부인이 남편은 이미 67세의 노인이다── 가정과 가족과 재산을 버리면서까지 여자 뒤나 쫓을 나이는 아니라고 떠들어댔기 때문이다. 5주간에 걸쳐서 끊임없이 수사를 계속한 결과, 경찰 당국은 하나의 견해로 마무리짓게 되었다── 자살인 것이다. 아무래도 틀림없는 자살로 생각되었다.

뉴욕 경찰본부 강력범죄과의 샘 경감은 요크 해터의 제대로 격식을 차리지 않은 장례식에는 안성맞춤인 목사였다. 그는 모든 것이 크고 보기 싫었다. 귀신 같은 얼굴, 납작한 코, 찌그러진 귀, 커다란 덩치에 커다란 손발, 옛날에는 헤비급 권투선수가 아니었나 싶을 정도였다. 그의 울퉁불퉁한 주먹은 범죄를 철저히 때려부숴 온 탓인 것처럼 보였다. 붉은 머리칼에 듬성듬성 백발이 섞이고, 눈은 회색, 얼굴은 모래나 바위처럼 꺼칠꺼칠했다. 보기에도 믿음직스러운 느낌을 주었다. 머리도 잘 돌아가고, 성격도 경찰관답게 외곬이고 정직했다. 그는 지금까지 범죄와의 절망적인 싸움을 계속하면서 나이를 먹어온 것이다.

그러나 이번 경우는 만만치 않았다. 실종자가 생겨 수사를 했으나 도무지 알 수가 없었다. 그런 때에 물고기의 먹이가 되다가 만 시체가 발견되었다. 시체확인의 단서는 충분했고, 모든 것이 확실했으며, 수상한 점은 없었다. 그러나 타살이라는 주장도 있었으므로 분명하게 이 문제를 마무리지어야겠다고 경감은 생각했다.

뉴욕 주 검시의(檢屍醫)인 실링 박사가 조수에게 신호를 보내자 벌거숭이 시체는 해부대에서 바퀴가 달린 이동식 수술대로 옮겨졌다. 실링 박사는 독일인답게 좀 뚱뚱해 보이는 몸을 대리석 싱크대 앞에 굽히고 서 있었다. 손을 씻어서 소독을 마치고는 물기를 깨끗이 닦아냈다. 여자 손처럼 부드럽고 조그만 손을 충분히 말린 다음,

늘 간직하고 있는 상아 이쑤시개를 꺼내어 언제나처럼 이빨을 쑤시기 시작했다. 경감은 한숨을 쉬었다——실링이 할 일은 끝난 것이다. 이 의사가 충치를 후비기 시작하면 이젠 말을 걸어도 좋다는 뜻이다.

두 사람은 이동식 수술대의 뒤를 따라 공시소 안에 있는 시체안치소 쪽으로 걸어갔다. 어느쪽에서도 먼저 입을 열지 않았다. 요크해터의 시체는 널빤지로 된 시렁 위로 거칠게 옮겨졌다.

"어떻소, 박사님이 보기엔?" 하고 경감이 물었다.

검시의는 이쑤시개를 주머니에 도로 넣었다. "경감, 틀림없이 이 사람은 바다에 떨어지자마자 곧 죽었다고 할 수 있습니다. 허파를 보면 알지요."

"익사했다는 건가요?"

"아니, 익사가 아니고 독약에 의해 죽은 것이지요."

샘 경감은 시렁 위에 누워 있는 시체를 보고 눈살을 찌푸렸다. "그럼, 타살이군요. 우리가 잘못 짚었다는 거로군. 그렇다면 그 유서는 트릭이란 말인가요?"

구식 금테 안경 너머에서 실링 박사의 조그만 눈이 빛나고 있었다. 괴이한 느낌을 주는 대머리 꼭대기에는 조그만 회색 즈크 모자가 얹혀져 있었다. "너무 단순하군요, 경감. 독약에 의한 죽음이라고 해서 반드시 타살이라고 할 수만은 없지요……몸에는 청산가리를 먹은 흔적이 있어요. 그럼, 어떻게 된 걸까? 이 사람은 배 난간에 기대서서 청산가리를 먹었다고 생각됩니다. 그리곤 바다로 떨어졌거나 뛰어들었겠지요. 그래도 타살이라고 할 수 있나요? 자살이지요. 경감, 당신 추측이 들어맞은 셈입니다."

경감은 다소 안심이 되는 모양이었다. "그렇다면 다행이군요! 그러니까 바다에 떨어짐과 동시에 죽었다——청산가리에 의해서 말이지요? 알겠습니다."

실링 박사는 시체가 눕혀져 있는 시렁에 기대더니 졸린 듯 눈을 껌벅였다. 이 의사는 늘 졸린 듯한 얼굴이었다. "타살로는 생각되지 않아요. 그렇게 생각되는 흔적은 하나도 없습니다. 뼈에 두세 군데 타박상이 있고 근육에도 상처는 있지만——바닷물이란 일종의 방부제입니다. 경감은 모를는지 몰라도——이런 상처는 거의 틀림없이 바다 밑에서 어떤 물체와 부딪친 것이 분명해요. 물고기들에게는 좋은 먹이였을 겁니다."

"그렇겠군요……하지만 이 얼굴은 도무지 알아볼 수가 없으니."

옆에 있는 의자 위에 벗겨놓은, 시체가 걸치고 있었던 옷가지는 누더기나 다름없었다.

"그런데 어째서 좀더 일찍 발견되지 않은 걸까요? 5주일 동안이나 시체가 떠다녔는데 발견되지 않았을 리는 없고, 어떻게 생각합니까?"

"그야 간단하지요. 자세히 보면 당신도 알 수 있어요!" 검시의는 시체에서 벗겨낸 물에 젖고 찢어진 코트를 집어들더니 등에 나 있는 커다랗게 찢긴 자국을 가리켰다. "이것이 물고기에게 뜯긴 자국이라고 생각됩니까? 천만에! 커다랗고 뾰족한 어떤 것에 걸려서 생긴 자국이오. 시체는 바다 밑에 가라앉아 있는 나무에 걸려 있었던 겁니다, 경감. 그것이 조류의 흐름이나 다른 이유에서 마침내 빠져서 떠오른 것이지요. 아마 이틀 전의 태풍 때문이라고 생각되는군요. 5주일 동안이나 발견되지 않은 것도 별로 이상할 것 없습니다."

"그러고 보면 시체의 발견지점으로 보아 이야기의 앞뒤를 맞추는 것은 어렵지 않겠는데요." 경감은 생각에 잠긴 얼굴로 말을 계속했다. "그는 독약을 삼키고는 배에서 바다로 뛰어들었다. 아마 스태턴 섬으로 건너가는 배에서였겠지요. 그리고는 해협의 바닥에서 떠오른 것이고……죽은 사람의 소지품은 어디에 있습니까? 한번 더 보고 싶군요."

샘 경감과 실링 박사는 테이블 쪽으로 걸어갔다. 여러 가지 물건들이 테이블 위에 올려져 있었다. 무엇인지 알아볼 수 없을 정도로 갈기갈기 찢긴 종이뭉치, 브라이어 파이프, 흠뻑 젖은 성냥갑, 열쇠꾸러미, 바닷물에 빛바랜 지폐가 들어 있는 지갑, 한 줌은 되는 잡다한 동전, 한쪽 구석에는 시체의 왼손 무명지에서 빼낸 인장이 새겨진 무거운 반지가 있었다. 은으로 된 그 반지에는 YH라는 머릿글자가 새겨져 있었다.

그러나 경감의 흥미를 끈 물건은 단 하나——담배 케이스였다. 그것은 물고기 껍질로 만들어진, 물속에서도 견딜 수 있는 것이었다. 안에 들어 있는 담배는 젖지 않았다. 그리고 그 속에는 바닷물에 젖지 않은, 차곡차곡 접힌 종이쪽지가 한 장 들어 있었다. 샘은 다시 한 번 그 쪽지를 펼쳐보았다. 활자처럼 분명한 글씨체로, 변하지 않는 잉크로 쓰여져 있었다. 아주 간단한 내용이었다.

'관계자 여러분에게

나는 완전히 정상적인 정신상태에서 자살한다.

19 년 12월 21일
요크 해터'

"간단하면서도 요점은 다 말했군. 아주 마음에 드는군요. 나는 자살하지만 미친 것은 아니다. 이 이상 무엇이 더 필요합니까? 한마디로 소설이지요, 경감." 하고 실링이 말했다.

"그만해 두시오. 미칠 지경이오." 하고 경감은 끙끙거렸다. "저 길 좀 보시오. 할망구가 나타났소. 와서 시체확인을 해달라고 했거든요."

그는 이동식 수술대 밑에 던져두었던 두꺼운 시트를 집어다가 서둘러 시체 위에다 덮었다. 실링 박사는 무슨 말인지 독일어로 중얼거리고는 눈을 반짝이며 옆으로 갔다.

시체안치소에 한 무리의 사람들이 말없이 들어섰다. 여자 하나와 남자가 셋이었다. 그 여자가 왜 남자들의 앞장을 서서 들어왔는지 의아해 할 것은 없다. 그녀는 언제나 앞장을 서서 고삐를 움켜쥐고 지휘하는 듯한 느낌을 주었다. 그녀는 나이도 많았다. 화석이 되어버린 나무처럼 늙고 굳어 있었다. 해적 같은 매부리코에 하얀 백발, 얼음에 채워놓은 듯한 새파란 눈은 콘도르의 눈처럼 깜박이지도 않았다. 튼튼해 보이는 턱은 결코 남에게 굴복하는 일은 없을 듯했다……그녀가 바로 에밀리 해터 부인이었으며, 워싱턴 광장의 '엄청난 대부호', 또는 '괴짜', '고집쟁이 마귀할멈'으로 2대에 걸쳐서 신문 독자들에게는 낯익은 여자였다. 나이는 63세라지만 10년은 더 늙어보였다. 우드로 윌슨(1876~1924)이 대통령으로 취임할 당시에도 이미 유행이 지났을 듯한 옷차림을 하고 있었다. 그녀는 시트로 씌워진 시렁 위의 시체 이외에는 거들떠보지도 않았다. 입구의 문에서 그곳까지 다가가는 그녀의 모습에서는 다가오는 '심판'이나 '운명' 같은 것을 느끼게 했다. 그녀의 등뒤에서 남자 하나가 ──키가 크고 신경질적으로 보이는 금발의 남자로서 해터 부인을 꼭 빼닮았다고 샘 경감은 생각했다──그 남자는 낮은 목소리로 충고하는 모양이었는데 그녀는 들은 척도 하지 않고 시렁 앞으로 걸어가더니, 시트를 걷어젖히고는 거의 알아볼 수도 없게 된 시체의 얼굴을 눈도 깜박이지 않고 한참이나 내려다보았다.

샘 경감은 그녀가 아무런 감정도 나타내지 않고 생각에 잠기는 대로 내버려두었다. 한동안 그녀의 얼굴을 지켜보고 있다가 옆에서 대기중인 남자들에게 시선을 옮겼다. 키가 큰 신경질적인 금발의 남자는 32세쯤 되어보였는데, 이 사람이 요크와 에밀리의 외아들 콘래드 해터가 틀림없으리라. 그의 어머니처럼 욕심이 많아 보이는 얼굴을 하고 있었지만, 한편 나약하고 방탕한 빛이 짙어 보였으며, 어딘지 모르게 생활에 지친 듯한 그늘이 보였다. 그는 기분이 언짢은 모양이었다. 죽은 사람의 얼굴을 한번 흘끗 보더니 바닥으로 눈을 내리깔고 오른쪽 발끝으로 바닥을 문지르기 시작했다.

그의 옆에 선 두 노인은 이미 요크 해터의 실종사건을 조사하면서 알게 된 사람들이었다. 한 사람은 해터 집안의 주치의로서 키가 크고 어깨가 처진 70이 다된 백발의 메리엄 박사였다. 박사는 죽은 사람의 얼굴을 보고 의기소침해 할 사람은 아니었지만 분명히 언짢은 모양이었다. 죽은 사람과의 오랜 친분 탓이거니 하고 경감은 생각했다. 나머지 한 사람은 함께 온 남자들 중에서 가장 달라 보였다──깡마른 체격이었지만 어떤 기백이 있어 보이는 남자였다. 이 사람은 전에 선장을 하던 트리베트였는데, 해터 집안 사람들의 오랜 친구였다. 샘 경감은 뜻밖의 발견에 놀랐다──전에는 미처 몰랐었다. 그는 분한 생각마저 들었다──트리베트 선장의 오른발이 있어야 할 자리에는 푸른 바지 아래로 가죽을 씌운 의족이 쑥 내밀고 있었기 때문이다. 트리베트는 목에 무엇이 걸렸는지 계속 기침을 해대고 있었다. 그는 바닷바람에 그을린 손을 내밀어 만류하듯이 해터 부인의 팔을 잡았다. 노파는 앙상한 팔을 흔들어 그 손을 뿌리쳤다. 트리베트 선장은 낯을 붉히며 물러섰다.

비로소 노부인은 시체에서 눈을 뗐다. "이건 말예요……나로선 알 수가 없군요, 경감님."

샘은 코트 주머니에서 두 손을 꺼내며 기침을 했다. "지당하신 말씀입니다. 너무 심하게 상처를 입었으니까요, 부인……참! 옷가지와 소지품을 보시지요."

노파는 무뚝뚝한 얼굴로 고개를 끄덕였다. 샘 경감을 따라서 젖은 옷가지를 놓아둔 의자 쪽으로 다가가며, 그녀는 처음으로 감정을 나타내는 행동 같은 것을 보였다──마치 고양이가 먹이를 다 먹고 난 뒤처럼 빨간 혀를 날름 내밀어 엷은 입술을 핥은 것이다. 메리엄 박사는 부인 다음으로 시체가 눕혀져 있는 시렁으로 다가가더니 콘래드 해터와 트리베트 선장을 손짓으로 물러나게 하고는 시체의 시트를 젖혔다. 실링 박사는 검시의라는 직업의식에서 그런 모습들을 유심히 지켜보고 있었다.

"이 옷은 요크의 것이 맞아요. 집에서 없어진 그날 이 옷을 입고 있었지요." 부인의 목소리는 그 입모양처럼 무뚝뚝하고 고집스러웠다.

"그리고, 부인, 이쪽은 소지품입니다." 경감은 그녀를 테이블 쪽으로 안내했다. 부인은 아주 침착한 태도로 머릿글자가 새겨진 반지를 집어들고는 차가운 눈길을 파이프, 지갑, 열쇠꾸러미……로 옮겨갔다.

"이것도 요크의 것이예요." 그녀는 차갑게 말했다. "이 반지는 내가 준 거지요──아니, 이건 뭐지?" 그녀는 갑자기 흥분해서 문제의 종이쪽지를 집어들어 재빨리 훑어보고는, 다시 곧 냉담해지면서 거의 무관심한 태도로 고개를 끄덕였다. "요크의 필적이 틀림없어요."

콘래드 해터는 시선을 둘 곳이 없어 난처한 듯 여기저기를 둘러보며 조금 외면하는 자세로 가까이 다가갔다. 그 또한 고인(故人)이 써놓은 쪽지를 보고는 흥분한 듯했다. "역시 자살이었군. 그럴 용기는 없으신 줄 알았는데. 바보같이 아버지는……" 하고 중얼거리며 그는 안주머니에서 몇 장의 종이쪽지를 꺼냈다.

"필적견본입니까?" 하고 샘 경감은 불쑥 큰소리로 말했다. 이렇다 할 이유도 없이 갑자기 화가 치밀었던 것이다.

금발의 아들은 종이쪽지를 샘 경감에게 건네주었다. 경감은 시무룩한 얼굴로 그것을 받아서 살펴보았다. 해터 부인은 시체나 남편의 유품은 다시 거들떠볼 생각이 없는 듯 뼈가 앙상한 목언저리의 모피 목도리 매무새를 고치기 시작했다.

"그분의 필적이 틀림없군." 하고 경감은 화난 목소리로 말했다. "좋습니다. 이것으로 일단 마무리가 지어진 셈입니다." 그러나 그는 죽은 이가 남긴 유서와 필적견본도 모두 자기 주머니에 챙겨넣었다. 그리고 시체를 둔 시렁 쪽을 보았다. 메리엄 박사가 시트를 덮어씌우고 있었다. "박사님 생각은 어떻습니까? 박사님은 잘 아시겠지요. 이 사람이 요크 해터가 틀림없습니까?"

늙은 의사는 경감의 얼굴을 쳐다보지도 않고 말했다. "그럴 겁니다. 아니, 확실합니다."

"60세 이상의 남자로서──" 하고 불쑥 실링 박사가 입을 열었다. "손발은 작고, 꽤 오래 된 맹장수술 자국이 있고, 그리고 담석으로 생각되는 수술 자국이 있습니다. 한 6~7년 전의 것이겠지요. 어떻습니까, 맞습니까?"

"맞습니다. 그 충양돌기는 18년 전에 내가 잘라냈습니다. 또 하나는——담낭결석이었는데 꼭 그럴 것까지는 없었지만 존스 홉킨스 병원의 로빈스가 수술을 했지요……이 사람은 요크 해터가 틀림없습니다."

노파가 말했다. "콘래드, 장례식 준비를 해다오. 조용히 가족끼리 치르도록 해야 한다. 신문광고는 되도록 간단하게 하고. 꽃도 필요치 않다. 곧 준비를 서두르도록 해라."

노파는 출구 쪽으로 걸어나가기 시작했다. 트리베트 선장이 불안한 모습으로 그녀의 뒤를 따랐다. 콘래드 해터는 어머니의 명령에 대한 승복인지 입속에서 뭐라고 중얼거렸다.

"잠깐 기다려 주시지요, 부인." 하고 샘 경감이 말했다. 그녀는 걸음을 멈추고 돌아서더니 경감을 노려보았다. "뭐, 그렇게 서두르실 것은 없지 않습니까? 주인께서는 어째서 자살하셨을까요?"

"그건 말이지요, 지금 와서 생각해 보니……" 콘래드가 힘없이 말을 꺼내자 노파는, "콘래드!" 하고 크게 소리쳤다. 콘래드는 발길에 채인 개처럼 뒷걸음질치는 꼴이 되고 말았다. 노파는 홱 돌아서더니 시큼한 입김이 코끝에 와닿을 만큼 바짝 다가와서 경감 앞에 버티고 섰다.

"무슨 용건이지요?" 가시돋친 목소리로 그녀가 말했다. "내 남편이 자살한 것은 알고 있지 않습니까?"

샘 경감은 당황했다. "그야——그렇지요, 물론."

"그럼 볼일은 끝난 것 아닙니까? 난 이제 당신들에게 이렇게 귀찮은 꼴을 당하고 싶지 않아요."

노파는 이렇게 쏘아붙이고는 밉살스럽다는 듯이 한번 쳐다보고는 그대로 가버렸다. 트리베트 선장은 일이 무사히 끝나 다행스럽다는 듯한 얼굴로 의족을 삐걱거리며 그녀의 뒤를 따라갔다. 콘래드도 기분은 언짢아 보였으나 잠자코 뒤따랐다. 메리엄 박사는 깡마른 어깨를 축 늘어뜨린 채 그 역시 말없이 그 자리를 떠났다.

"어찌된 겁니까, 경감?" 그들이 방을 나가자 실링 박사가 입을 열었다. "말도 붙일 수가 없더군! 하지만 정말 대단한 여자야." 그는 시체가 눕혀져 있는 시렁을 벽 쪽으로 밀어놓았다.

샘 경감은 어찌할 바를 몰라 하며 끙끙거리다가 거칠게 문을 열고 밖으로 나갔는데, 눈이 맑은 청년이 경감의 굵은 팔을 잡고는 함께 걷기 시작했다. "경감님, 안녕하십니까? 어떻게 되어갑니까——해터 씨의 시체가 발견되었다면서요?"

"빌어먹을!" 하고 샘 경감은 꿍꿍거렸다.

"방금 그 노부인이 나가는 것을 보았는데, 정말 굉장한 턱이더 군요! 뎀프시의 턱이였어요……그렇지 않습니까, 경감님?……한 데 경감님이 여기까지 오셨으니 무슨 까닭이 있겠군요. 무슨 일입니까?" 하고 신문기자가 물었다.

"아무 일도 아니오. 이 팔 놓으시오. 기자는 딱 질색이야."

"여전히 저기압이시군요, 경감님……혹시 타살혐의라도?"

샘은 두 손을 주머니에 찔러넣고는 귀찮은 신문기자를 노려보며 말했다. "그런 소릴 퍼뜨렸다간 온몸의 뼈마디가 성치 못할 거야. 어째서 당신들은 어느 정도에서 만족할 줄을 모르지? 자살이야, 자살! 뻔하지 않소?"

"경감님은 생각이 좀 다르시지 않았나요?"

"그만 가보시오! 분명히 확인이 되었소. 당장 꺼지지 않으면 한 방 먹여줄 거야."

그는 시체공시소의 층계를 성큼성큼 뛰어내려 택시를 불러세웠다. 기자는 싱글거리던 웃음을 거두고 생각에 잠기면서 멀어져가는 경감을 바라보고 있었다.

2번가 쪽에서 한 남자가 숨이 턱에 닿아서 달려왔다. "이보게, 잭! 해터 사건에 또 무슨 일이 있었나? 그 마귀할멈을 만나보았나?"

샘 경감을 물고늘어졌던 기자는 이미 가물가물하게 멀어져 간 경감이 탄 차를 보며 어깨를 으쓱했다. "뭐가 있긴 있는 모양이야. 할멈을……만나긴 했는데 얻은 것은 없어. 여하튼 갈수록 재미가 있을 것 같아." 그는 한숨을 쉬며 말했다. "살인이든 아니든 이 한 마디는 할 수 있다네──미쳐버린 해터 만세!"

제2장 해터의 집안
(4월 10일 일요일 오후 2시 30분)

미치광이 해터 집안……몇 해 전 해터 집안의 뉴스가 신문을 온 통 장식하던 무렵, 상상력이 뛰어난 어떤 신문기자가 어린 시절에 재미있게 읽던 「이상한 나라의 엘리스」를 생각해 내고는 이 해터 집안을 그렇게 이름지었다. 하지만 거기에는 좀 지나치게 과장된 느낌이 있었다. 그 집안 사람들은 그 유명한 해터에 반만큼도 미치지 못했으며, 그 억만분의 1도 재미라고는 없었다. 그들은──

이웃에 사는 사람들이 언제나 서로 귀엣말로 속삭이는 대로——
'기분나쁜 사람들'이었다. 그렇기 때문에 그 지방에서는 가장 유
서깊은 가문이면서도 주변과 어울리지 않고 언제나 그리니치 빌리
지의 상류사회의 울타리에서 1인치 정도 벗어나 있었다.

하지만 그 별명은 차츰 뿌리를 박고 자라고 있었다. 언제나 집안
의 누군가는 세간의 소문거리가 되었다. 술집의 술을 몽땅 마셔버
린 금발의 콘래드, 새로운 시(詩)의 세계를 추구한답시고 솔선해서
나서기도 하고 문예비평가들의 입에 발린 찬사를 들어가며 파티를
열기도 하는, 화려한 것을 좋아하는 바바라, 그렇지 않으면 해터
집안의 세 남매 중 막내로 좀 예쁘긴 하지만 비뚤어진 딸 질. 그녀
는 언제나 자극적인 것을 찾아다니며 응석이나 부렸다. 이 아가씨
에 관해서는 아편을 피우고 있다는 소문도 한때 있었으며, 때로는
아딜론댁스에서 밤새껏 술을 퍼마시며 주말을 보낸다는 이야기도
들렸다. 두 달에 한 번은 으레 큰 부잣집 아들과의 '약혼'설이 나돌
기도 했다……하지만 어느 집 아들과도 결혼하지 않은 점으로 보
아서는 무슨 깊은 사연이 있는 듯했다.

세 자식들은 하나같이 서로 닮았을 뿐만 아니라 모두 남다른 구
석이 있었다. 비뚤어진 성격에, 술꾼이고, 무절제하고 종잡을 수
없는 사람들이지만, 그나마 그 셋 중 어느 누구도 그들 어머니의
높은 악명을 앞지르지는 못했다. 막내딸 질조차 무색할 정도로 자
유분방한 처녀 시절을 보낸 그녀는 보르지아처럼 권력을 좋아하고
굳건한 데다 저항하기 어려운 여장부로 중년기를 맞게 되었다. 그
녀에게 힘겨운 세상일이란 아무것도 없었으며, 그녀의 날쌔고 열
광적인 투기의 재능이라면 아무리 복잡하고 위험한 시장의 조작도
능히 이겨낼 수가 있었다. 그녀가 월 가(街)의 화재(火災)로 손가락
에 커다란 화상을 입었다느니, 돈많고 구두쇠인 네덜란드 인 조상
으로부터 물려받은 엄청난 재산이 그녀의 투기열로 말미암아 버터
처럼 녹아버렸다느니 하는 소문이 몇 번이나 나돌았다. 그러나 누
구 하나, 그녀의 변호사까지도 그녀의 재산이 정확히 얼마나 되는
지 아는 사람은 없었다. 그리고 세계대전이 끝난 뒤 뉴욕에서 태블
로이드판 신문이 나오게 될 무렵 그녀는 언제나 '미국 제1의 여자
부호'로 불렸으나——물론 그것이 사실은 아니었다. 또 그녀가 파
산에 직면해 있다는 기사도 있었는데 이 또한 완전히 지어낸 이야
기였다.

이런 모든 일——그녀의 가족, 업적, 배경, 놀라운 경력——으

로 말미암아 에밀리 해터 노부인은 신문기자들 사이에는 염병할 귀신인 동시에 복을 내리는 신이기도 했다. 기자들이 에밀리를 미워하는 이유는 그녀가 더할 수 없이 밉살스러운 마귀할멈이였기 때문이었다. 한편 그녀를 아끼는 이유는 어떤 유명한 신문사의 편집장이 말했듯이 '해터 부인에 관한 거라면 모든 게 기삿거리가 되기' 때문이었다.

사실대로 말하자면 요크 해터가 뉴욕 만의 차가운 바다로 뛰어들기 전부터 언제고 그가 자살할 것이라는 것은 누구나가 입에 담았던 말이었다. 그의 몸뚱이가——요크 해터를 둘러싸고 있는 몸뚱이가 그처럼 정상이라면——더 이상 견뎌낼 수 없을 것이라는 이유에서였다. 그는 거의 40년 동안 사냥개처럼 채찍을 맞으며 말처럼 몰아침을 당해 온 것이다. 내리치는 채찍 같은 아내의 독설을 들으며 그는 위축될 대로 위축되어 개성을 잃으며, 깨어 있는 동안에는 공포에 쫓기고 자포자기에 빠져 마침내 절망에서 허덕이는 망령 같은 사람이 되고 말았다. 그의 비극은 정상적인 감정과 지성을 지닌 인간이면서도, 탐욕스럽고 불합리하며 심술궂고 광기어린 환경의 포로가 되어 있었다는 점에 있었다.

그는 언제나 '에밀리 해터의 남편'이었다——37년 전, 그리핀(사자의 몸에 독수리 머리를 한 그리스 신화에 나오는 괴상한 짐승)이 최신 유행의 장식으로 의자나 테이블 커버에 그려져서 거실에서는 빼놓을 수 없는 액세서리로 여겨지던 무렵 뉴욕에서 올린 에밀리와의 결혼식 이후로는 언제나 그랬었다. 신혼여행에서 워싱턴 광장의 저택——물론 아내의 집이었다——으로 돌아온 그날부터 요크 해터는 자신의 운명을 깨달았다. 그때는 그도 아직 젊었으므로 아내의 독재성이나 광폭성, 또는 지배적인 태도에 반항했을지도 모른다. 그녀의 태도 때문에 착실한 전 남편 톰 캠피언에게 영문도 모르고 이혼을 당한 것이라고 그는 아내를 타일렀을지도 모른다. 또 얼마 간이라도 분별이라는 것이 생기고 처녀 시절부터 뉴욕의 사람들을 놀라게 하던 무절제한 생활이 어느 정도 제자리를 찾게 된 것도 순전히 두 번째 남편인 자기 덕분이 아니냐고 했을지도 모른다. 그러나 그가 그런 시도를 했다고 하더라도 그것은 스스로의 운명을 완전히 가두어버리는 결과가 되었을 뿐이었다. 자기의 명령에 대한 거역을 보아넘길 수 없는 에밀리 해터는 순순히 다른 사람의 명령에 따를 수는 없었다. 그래서 그의 운명은 확정되고, 기대되던 빛나는 앞날은 무너지고만 것이다.

요크 해터는 화학자였다—— 젊고 가난한 병아리 학자—— 그러나 머지않아 세계를 놀라게 할 큰일을 해낼 것으로 촉망받는 학구파였다. 결혼 당시 그는 19세기 말의 화학계에서는 꿈에도 생각하지 못한 분야에서 콜로이드에 관한 실험을 하고 있었다. 그러나 콜로이드나 빛나는 앞날이나 명성도 모두 아내의 불 같은 개성 앞에서는 시들어지고 말았다. 세월이 흐르면서 그는 차츰 음울한 사람이 되어갔다. 마침내 그는 아내의 허락을 받아 자기의 방 한쪽 구석에 꾸민 실험실에서 별로 뜻도 없는 일로 시간을 보내는 것만으로 만족하게 되어버렸다. 그는 애처롭게도 돈많은 아내가 베푸는 은혜에 매달려 살아가는 꼴이 되었고, 정상적인 길에서 벗어난 아이들의 아버지로서 가정부 정도의 권위도 세울 수가 없었다.

바바라는 해터 집안의 자식들 중에서는 가장 나이도 많고, 에밀리의 이상한 피를 이어받은 세 자녀 중에서 가장 정상에 가까운 편이었다. 36세의 노처녀로서 큰 키에 바싹 마르고, 엷은 금발의 그녀만은 어머니가 먹여준 젖이 상하지 않은 것이었나 보다. 그녀는 생명이 있는 것이라면 무엇에나 애정을 쏟았으며, 자연에 대해서도 이상할 정도로 애정을 가지고 있었다. 그래서 다른 식구들과는 외따로 떨어져서 지냈다. 해터 집안의 세 남매들 중에서 그녀만이 아버지의 자질을 이어받았다. 그러나 그녀 역시 사향고양이가 지나간 자국처럼 어머니에게서 물려받은 비정상인 면을 완전히 벗어날 수는 없었다. 다만 그녀의 경우에는 그 비정상이 거의 천재의 모양으로 나타나 시의 세계에서 배출구를 찾아낸 것이다. 그녀는 이미 당대의 일류시인—— 무정부주의적인 시인으로 지목되었으며, 문학계에서는 프로메슈스의 혼을 지닌 보헤미안, 천부적인 시적 재능을 갖춘 지성인이라는 찬탄을 받고 있었다. 재기가 번쩍이긴 하지만 수수께끼 같은 여러 시집의 작가로서, 슬프면서도 똑똑해 보이는 녹색 눈을 가진 그녀는 뉴욕의 지식인들 사이에서 마치 아폴로 신처럼 받들어지고 있었다.

바바라의 동생인 콘래드에게는 그 비정상에 걸맞는, 바바라 같은 예술적 소질은 없었다. 그는 어머니의 남성판(男性版)으로서 해터 집안의 전형적인 난폭자였다. 세 곳의 대학에서 놀라운 불량성을 발휘했는데, 미쳤다고 여겨질 정도로 악질적인 탈선행동을 예사로 함으로써 잇따라 퇴학을 당했다. 혼인불이행 혐의로 두 번 법정에 끌려나갔다. 또, 로드스타를 마구 몰고 달리다가 지나던 사람을 치여죽인 적도 있었지만, 어머니의 고문변호사를 시켜 많은 돈을 뿌리고서야 겨우 무사할 수가 있었다. 술에 취해 폭군 같은 피가 끓어올라 아무 죄도 없는 바텐더를 향해 자기의 그 특이한 방식의 분통을 터뜨린 적은 셀 수도 없을 정도였다. 코뼈가 부러진 적도 있었고(이것은 정형수술로 교정되었다.) 목뼈를 삔 적도 있었다. 부르트거나 타박상 정도는 이루 헤아릴 수 없을 만큼 많았다.

그러나 그런 그도 어머니 앞에서는 꼼짝없이 굴복했다. 노부인은 막난이 같은 그의 목덜미를 잡아 수렁에서 끌어내어서는 존 거믈리라는 착실하고 얌전한 젊은이와 함께 일하도록 주선해 주었다. 하지만 그것마저도 콘래드를 방탕한 생활에서 멀어지게 할 수는 없었다. 그는 주식중개업의 일은 거믈리의 착실한 수완에 맡기고 자신은 부지런히 유흥가 출입을 계속했다.

비교적 온전한 정신이었다고 생각되는 한 시기에 콘래드는 불행한 어떤 젊은 여자를 알게 되어 그녀와 결혼했다. 물론 결혼이 그의 미치광이 같은 생활을 바로잡지는 못했다. 아내인 마사는 그와 동갑내기인 얌전하고 자그마한 여자였는데, 곧 자기가 얼마나 불행한 처지에 있는지 알게 되었다. 모든 것을 노파가 쥐고 흔드는 해터 집안에서 싫어도 함께 살아야 했고, 남편으로부터 경멸당하고 무시까지 당한 그녀는 그 싱싱해 보이던 얼굴에 어느새 어두운 빛이 감돌기 시작했다. 시아버지인 요크 해터와 마찬가지로 지옥에 떨어져 구제할 길 없는 영혼이 되어버린 것이다.

가엾은 마사에게는 변덕스러운 콘래드와의 결혼생활에서 기대할 만한 기쁨이라고는 거의 찾아볼 수 없었다. 그나마 마음붙일 곳은 두 아이들, 열세 살이 되는 재키와 네 살짜리 빌리뿐이었다…… 그러나 그것마저 진정 마음의 위안이 되는 것은 아니었다. 왜냐하면 재키는 난폭하고 제멋대로인데다가 교활하고 잔인한 생각을 해내는 데는 천재적인 재능을 갖춘 아이여서, 그 때문에 늘 어머니뿐 아니라 큰고모나 할머니까지도 애태우게 했기 때문이다. 어린 빌리가 형의 흉내를 내는 것은 당연했다. 이렇게 가엾은 마사의 암담한 생활은 두 아이를 파멸에서 구해내기 위한 비참한 싸움으로 변해갔다.

질 해터에 관해서 말하자면……언니인 바바라의 말처럼 '사교계에 처음 등장할 때의 기분을 영원히 가지고 있는 여자다. 오로지 자극적인 것만을 찾아서 살아가고 있다. 질은 자기가 알고 있는 여자들 가운데서 가장 악한 여자다──게다가 아름다운 입술과 도발적인 몸짓으로 맺은 약속을 어느 것 하나 지키지 않는 지독한

악질'이라는 것이다. 질은 스물다섯 살이었다. '그녀는 매력없는 칼
립소(율리시즈를 홀린 바다의 요정)였다. 정말 비열한 여자였다.' 그녀
는 남자들을 차례차례 시험해 보고 있었다. 그리고 '기왕이면 멋진
인생'이라고 자신이 늘 말해 온 것을 실행해 보고 있는 중이었다.
한마디로 말해서 질은 어머니를 꼭 빼닮은 축소판이었다.

완고하기 짝이 없는 마귀할멈을 필두로 해서 자살로까지 몰린
소심한 사나이 요크, 천재 바바라, 방탕한 콘래드, 바람둥이 딸 질,
주눅이 든 마사, 거기에 불행한 두 아이들——이것만으로도 이 집
안을 미쳤다고 하기에 충분하다고 누구나 말할 것이다. 그러나 사
실은 가족이 또 한 사람 있었다. 그 사람은 더욱더 괴상하고 말할
수 없이 비극적이기 때문에 오히려 다른 가족의 미치광이 행동은
차라리 정상으로 생각될 정도였다. 그것은 루이자였다.
그녀의 이름은 루이자 캠피언이었다. 그녀는 에밀리의 딸이지만,
아버지는 요크 해터가 아니고 에밀리의 첫남편인 톰 캠피언이었다.
나이는 마흔. 키는 작았고 뚱뚱할 정도로 살이 쪘는데 주위의 소동
에도 무관심한 듯 초연해 있었다. 그런데 정신적으로는 건전했다.
솔직한 성미에 참을성이 있고 불평 한마디 하지 않는 선량한 여자
였다. 그럼에도 불구하고 악명높은 해터 집안에 함께 살면서 그녀
의 이름이 그들의 등뒤로 밀려나 버리기는커녕 가족 중에서 어느
누구보다도 널리 세상에 알려져 있었다. 그녀는 태어난 그 순간부
터 말할 수 없이 요란한 소문을 낳았고, 그 영향이 음산하고 기이
한 그녀의 일생을 끈질기게 따라다닐 정도였다.
왜냐하면 에밀리와 톰 캠피언 사이에서 태어난 이 루이자는 선
천적인 장님에다 벙어리였기 때문이다. 게다가 처음에는 귀머거리
의 징조가 약간 있었는데, 그때 의사는 커가면서 이 징조가 차츰
심해져서 마침내 완전한 귀머거리가 될 것이라고 말했었다.
의사의 말은 불행하게도 정확한 예언이 되고 말았다. 열여덟 살
이 되는 생일날——그녀의 운명을 지배하는 귀신이 보낸 생일선
물이기라도 한 듯이——루이자 캠피언은 완전히 듣는 능력을 잃
고 말았다.
좀더 나약한 인간이었다면 이것은 치명적인 타격이 되었을 것이
다. 다른 아가씨들이 청춘이 다가옴을 노래하고 한없는 기대에 차
있을 때에 루이자는 자기만의 고독한 세계——소리도 없고 모양
도 없고 빛도 없는 세계, 누가 가르쳐 줄 수도 없고 스스로 설명할

수도 없는 세계에 갇히게 된 것이다. 인생에 있어서 마지막 한 가 닥 기대였던 청각마저도 이미 그녀를 떠나고 만 것이다. 저주의 신 이 모든 것을 완전히 불태워 버린 것이다. 그전으로 되돌아갈 길은 없고, 그녀 앞에 있는 것이라고는 오직 허무와 잘못되고 메마른 인 생뿐이었다. 인간의 중요한 감각에 관한 한 그녀는 죽은 것과 다름 없었다.

그러나 그런 가운데에서도, 매달리고 겁내고 어찌할 바를 몰라 거의 절망 속에 있으면서도 그녀의 성격 중에는 강철 같은 것이 있어서——아마 이것은 악을 뿌리며 살아온 어머니에게서 물려받 은 유일한 은혜 같은 것이겠지만——그것이 그녀의 정신을 튼튼 하게 하고, 놀랄 만한 용기에서 생겨난 침착성으로 절망의 세계와 맞설 수 있게 해주었던 것이다. 그녀는 자신이 이런 괴로움을 당하 게 된 이유를 알고 있었을지는 몰라도 결코 그것을 내색하지는 않 았다. 아니, 오히려 자신에게 불행을 가져다준 어머니와는 정상적 인 모녀 사이보다 더욱 완전한 것이었다.

이 딸이 불행해진 원인은 어머니 쪽에 있다는 것은 이미 확실했 다. 그녀가 태어났을 당시에는 아버지인 톰 캠피언의 탓이며, 그의 피 속에 무언가 나쁜 것이 있어서 아이에게 탈이 생긴 것이라는 소문이 나돌았다. 그러나 캠피언과 에밀리가 이혼하고, 재혼한 에 밀리가 미치광이 해터라 불리는 악마 같은 자식들만 줄줄이 낳게 되자 세상 사람들은 원인이 그 어머니 쪽에 있다는 것을 알았다. 이것은 캠피언에게는 전처와의 사이에서 태어난 남자아이가 있었 는데, 그는 여느 아이들과 조금도 다름이 없다는 사실로 미루어보 아서도 더욱 분명한 것이었다. 신문은 캠피언을 잊고 말았다. 그는 이유도 분명하게 알려지지 않은 채 에밀리와 헤어진 몇 년 뒤에 죽고 말았다. 아들은 행방불명이 되었다. 그리고 에밀리는 불운한 요크 해터를 불문곡직 잡아다가 첫결혼에서 생겨난 발육부진한 열 매인 루이자와 함께 워싱턴 스퀘어에 있는 조상 전래의 저택으로 왔던 것이다……그리고 이 집이야말로 한 세대에 걸쳐서 수많은 소문을 낳았으며, 그리고 지금까지 일어난 사건 같은 것은 그 모두 가 앞으로 일어날 거대한 드라마의 서막에 지나지 않는다고 여겨 질 만큼, 처참하기 그지없는 비극의 무대로 바뀔 운명을 지니고 있 었던 것이다.

비극은 요크 해터의 시체가 바다에서 인양된 2개월쯤 뒤부터 시 작되었다. 그것은 아주 별것 아닌 모습으로 시작되었다. 해터 부인의 가정부 겸 요리사인 애버클 부인은 매일 점심식사가 끝나면 루이자 캠피언이 마실 계란술을 만드는 것이 습관처럼 되어 있었다. 이것은 완전히 노부인의 고급스러운 취미에 의해서 생긴 습관이다. 루이자는 심장이 조금 약한 것 말고는 아주 건강하며, 40이라는 나이 탓도 있었지만 꽤 뚱뚱한 편이었으므로 특별히 단백질을 더 많이 섭취할 필요는 없었다. 하지만 해터 부인이 한번 어떻게 하라는 지시가 떨어지면 그 말을 거역할 수는 없었다. 더구나 애버클 부인은 자신은 고용인이며, 이 고용인이라는 사실을 언제나 명심하도록 다짐을 받고 있는 터였다. 또, 루이자는 무슨 일이나 어머니의 뜻에 따르는 딸이었으므로 매일 점심식사가 끝나면 얌전히 아래층 식당으로 가서 어머니가 베풀어주는 계란술을 홀짝거렸다. 이것은 이미 오랫동안 이어져 온 습관이었으며, 또한 앞으로 펼쳐질 이야기에 중요한 뜻을 주는 것이다. 노부인의 명령이라면 털끝만큼도 어길 생각이 없는 애버클 부인은 언제나 어김없이 운두가 높은 컵을 식당 테이블의 서남쪽 모서리 끝에서 정확히 2인치(약 5cm) 되는 곳에 놓아두었다——이렇게 해두면 매일 오후 장님인 루이자는 틀림없이 컵이 놓여 있을 자리에서 마치 눈이 보이는 사람처럼 쉽게 계란술이 들어 있는 컵을 찾아 마실 수가 있는 것이다.

그 비극——비극이라기보다 비극에 가까운 일이었지만——그 날은 4월의 화창한 일요일이었으며 모든 것이 여느 때와 다름없이 진행되고 있었다……하지만 그것도 어느 시각까지였다. 2시 20분 ——나중에야 샘 경감이 신중하게 이 정확한 시각을 계산해 냈다 ——애버클 부인은 저택 뒤쪽에 있는 부엌에서 늘 그랬듯이 계란술을 만들어 (그 재료에 대해서는 경찰 조사 때 그녀는 화난 얼굴로 실물을 가져다 보여주기까지 했다.) 언제나처럼 쟁반에 올려 식당으로 가지고 가서 서남쪽 모서리 끝에서 정확히 2인치 되는 곳에 두고——볼일이 끝났으므로——식당을 나와서 부엌으로 돌아갔다. 그녀의 증언에 의하면 식당에 들어갔을 때에는 아무도 없었으며, 계란술을 제자리에 놓고 나오는 동안에도 식당에 들어온 사람은 아무도 없었다는 것이다. 그리고 분명한 것은 거기까지이다.

그 뒤에 일어난 일을 분명하게 밝혀 내기란 무척 어려웠다. 각자의 증언이 일치하지 않는 것이다. 모두가 흥분해 있을 때에 일어난 일이므로 누가 어디에 있었는지, 무슨 말을 했는지, 어떤 일이 있었는지 그것을 분명하게 파악할 수 있는 사람은 아무도 없었다. 대강 2시 30분쯤——샘 경감이 꽤나 투덜거리며 추정해 낸 시각이

다——루이자는 오만한 노부인과 함께 식당의 계란술을 마시러
2층의 자기 침실에서 내려왔다. 두 사람은 식당문 앞에서 걸음을
멈추었다. 두 사람 뒤를 따라 내려온 여류시인 바바라 해터도 두
사람 뒤에 멈춰서서 식당 안을 들여다보았다. 왜 그랬느냐고 뒤에
가서 심문을 받았지만 그녀는 대답할 말이 없었다. 그러나 어렴풋
이 그냥 잘못된 듯한 느낌이 들었을 뿐이라고만 했다. 마침 그때
콘래드의 얌전한 아내 마사가 뒤쪽 어디에선가 나른한 걸음으로
복도를 걸어왔다. 마사는 힘없는 목소리로, "재키는 어디 있지?
정원의 꽃을 또 짓밟아놓았어." 하고 중얼거렸다. 그녀 또한 식당
문 앞에서 멈춰서더니 아주 잠깐 동안 머뭇거렸다.

그때 다시 우연이 겹쳐 다섯 번째의 사람이 식당 안을 들여다보
고는 모두의 시선이 집중되어 있는 사람을 바라보았다. 그는 해터
의 집 이웃에 살고 있는 사람인데, 2개월 전 노부인과 콘래드를 따
라와서 시체 확인에 입회했던 늙은 외다리 선장 트리베트였다. 트
리베트 선장이 모습을 나타낸 곳은 식당의 또 다른 출입구——복
도로 이어지는 문이 아니고 식당 옆에 있는 도서실로 이어지는 문
앞이었다.

모두의 눈에 비친 광경이란 별로 소란을 피울 정도의 것은 아니
었다. 식당 안에는 오직 한 사람, 마사의 장남인 열세 살 된 재키
해터의 조그만 모습이 보였고, 그는 계란술이 들어 있는 컵을 손에
들고 바라보고 있었다. 노부인의 험상궂은 눈이 더욱 노기를 띠었
다. 그녀는 무슨 말을 하려고 입을 열려는 참이었다. 그 순간 재키
는 등뒤의 시선을 느끼고 불안한 듯 뒤돌아보았다. 작은 악마 같은
얼굴을 찡그리며 거친 눈빛에 장난기 어린 결의가 스치는가 싶더
니 그는 컵을 입으로 가져가서 재빨리 크림 같은 액체를 한 입에
삼켜버렸다.

그 뒤에 일어난 일은 분명치 않다. 순식간에 그의 할머니가 뛰어
들어 소년의 손을 힘껏 후려치며 말했다. "이 못된 놈! 그것은 루
이자 고모가 마실 거라는 걸 몰랐단 말이냐? 이 거지 같은 놈아!
고모의 것에는 손대지 말라고 몇 번이나 말해야 알아듣겠니!"

이런 벼락이 떨어지자 재키는 그 개구쟁이 얼굴이 경악으로 변
하면서 컵을 떨어뜨리고 말았다. 컵은 마룻바닥에서 산산조각이
나버리고, 그 속에 들어 있던 액체는 식당의 벽돌색 리놀륨 위에
쏟아졌다. 그리고 재키는 흙투성이의 두 손으로 입을 쥐어뜯어 가
며 악을 쓰고 울기 시작했다. 모두들 어안이벙벙해서 서 있었는데,

그러나 그가 울고 있는 것은 야단을 맞아서가 아니라 격렬한 고통 때문이라는 것을 알았다. 재키의 바싹 마른 몸이 경련을 일으키기 시작했다. 팔이 꼬이고 고통으로 몸은 새우처럼 구부러졌다. 숨결이 가빠지고 얼굴은 차츰 검은 빛으로 변해 가고 있었다. 여전히 비명을 지르며 그는 바닥에 허물어지듯 쓰러졌다. 거기에 대답이라도 하듯이 문 쪽에서 비명소리가 났다. 핏기가 사라진 얼굴로 마사가 뛰어들었다. 두 무릎을 꿇고 뒤틀린 아이의 얼굴을 한번 보자마자 두려움에 질려 정신을 잃고 말았다.

이 비명으로 온 집안에 큰 소동이 벌어졌다. 애버클 부인이 달려왔다. 이어서 그녀의 남편인 이 집 운전사 존 애버클이 뛰어왔다. 키만 크고 뼈가 앙상한 늙은 하녀 버지니아도 나왔다. 그리고 일요일 아침 해장술로 얼굴이 벌개진 콘래드 해터가 헝클어진 머리칼을 하고 나타났다. 불구자인 루이자는 내버려진 존재였다. 그녀는 사람들에게 밀려나서 문 앞에 선 채 어찌할 바를 모르고 있었다. 그래도 육감으로 이변이 일어났다는 것을 알았는지 코로 냄새를 맡으려고 비틀거리며 걸음을 떼어놓다가 마침내 어머니를 더듬어 찾아내고서는 매달리듯 그 팔을 끌어당기기 시작했다.

아이의 발작과 마사의 기절이라는 충격에서 제일 먼저 제정신을 차린 사람은 해터 노부인이었다. 그녀는 소년의 곁으로 달려가더니 기절한 마사를 밀어내고 이미 자줏빛 얼굴이 된 재키의 목덜미를 잡았다. 그리고 그의 꼭 다문 입을 억지로 벌리고는 자신의 뼈만 앙상한 손가락을 목구멍 깊숙이 밀어넣었다. 소년은 신음소리와 함께 방금 마신 것을 토해냈다.

노파의 마노(瑪瑙, 석영의 한 가지) 같은 두 눈이 빛났다. "애버클! 어서 메리엄 선생님께 전화를 걸어!"하고 그녀는 찢어지는 듯한 목소리로 외쳤다.

존 애버클은 황급히 식당에서 뛰어나갔다. 해터 부인의 눈은 차츰 싸늘한 빛이 더해갔다. 그녀는 추호도 동요하는 기색을 보이지 않고 한 번 더 응급조치를 되풀이했다. 소년은 다시 토했다.

트리베트 선장을 제외한 다른 사람들은 꼼짝달싹도 할 수가 없었다. 그저 망연히 노부인과 허우적거리며 괴로워하는 소년을 바라보고 있을 뿐이었다. 트리베트 선장은 해터 부인의 스파르타식 조치에 감탄한 듯이 고개를 끄덕이고는, 뚜벅뚜벅 방을 돌아서 벙어리에다 귀머거리이고 장님인 루이자에게로 다가갔다. 그녀는 자기 어깨에 가만히 손을 올려놓는 이가 선장인 것을 알았는지 자기도 손을 내밀어 상대방의 손에 매달렸다.

그러나 이 드라마의 가장 뜻깊은 부분은 이런 일이 벌어지고 있는 사이에 아무도 모르게 진행되고 있었다. 귀에 반점이 있는 강아지가——이 개는 빌리의 것이었다——아무도 못 본 사이에 살그머니 식당 안으로 들어왔다. 리놀륨 바닥에 여기저기 쏟아져 있는 계란술을 보자, 강아지는 기쁜 듯이 짖고는 달려들어, 조그만 코끝을 밀어붙이고 그것을 핥아댔다. 갑자기 하녀인 버지니아가 외마디 소리를 질렀다. 그녀는 강아지를 손으로 가리키고 있었다. 강아지는 바닥에 쓰러진 채 힘없이 허우적거리고 있었다. 어렴풋이 몸을 떨다가 곧 네 다리가 기묘한 모양으로 뻣뻣하게 굳어져 갔다. 마지막에는 배 부분이 크게 떨리더니 그 뒤로는 움직이지 않았다. 거기 쓰러져 있는 강아지가 두 번 다시 계란술을 핥지 못할 것은 분명했다.

이웃에 살고 있는 메리엄 박사는 5분도 못 되어 달려왔다. 그는 망연히 서 있는 해터 집안 사람들은 거들떠보지도 않았다. 이 늙은 의사는 자기가 돌보아야 할 환자가 누구라는 것을 분명히 알았던 것이다. 죽어 있는 강아지와 토해내며 온몸을 떨고 있는 소년. 실룩거리는 재키의 입술을 한번 보자마자 의사는 말했다.

"어서 재키를 2층으로 옮깁시다. 자, 콘래드 씨, 좀 도와주시오."

금발의 콘래드는 완전히 술에서 깨어나 겁에 질린 눈으로 아들을 안고 방에서 나갔다. 메리엄 박사는 어느새 진료가방을 열면서 서둘러 그의 뒤를 따라갔다.

바바라 해터는 기계적으로 무릎을 꿇더니 마사의 축 늘어진 두 손을 문지르기 시작했다. 해터 부인은 아무 말도 하지 않았다. 그 얼굴에 패인 주름은 돌처럼 단단해 보였다.

졸린 듯한 눈을 한 질 해터가 잠옷을 걸치고 식당으로 들어왔다.

"대체 무슨 일이에요?" 그녀는 하품 하며 말했다. "방금 늙다리 의사 선생이 2층으로 올라가던데. 콘래드 오빠는 아이를 안고……"

그녀는 갑자기 입을 다물고는 눈을 휘둥그레 떴다. 바닥 위에 뻣뻣하게 죽어 있는 강아지와 여기저기 묻어 있는 계란술, 거기에 정신을 잃고 있는 마사를 발견한 것이다.

"아니! 어떻게 된 거죠?"

누구 하나 그녀의 존재는 눈에 보이지도 않았기에 대꾸도 하지 않았다. 그녀는 의자에 앉아서 핏기라고는 없는 올케 마사의 얼굴을 바라보았다.

풀을 빳빳이 먹인 하얀 가운을 입은 키가 크고 튼튼해 보이는 체격의 중년 여자가 들어왔다——루이자의 전속 간호원 스미스 양이다. 나중에 샘 경감의 질문에 대답한 바에 의하면, 그녀는 2층 자기 침실에서 책을 읽고 있었다고 했다. 그녀는 첫눈에 여기서 무슨 일이 일어났는지 알아보았는데, 정직해 보이는 그 얼굴에 금세 두려움의 그림자가 스쳐갔다. 그녀는 바위처럼 버티고 서 있는 해터 부인에게서 트리베트 선장 옆에서 떨고 있는 루이자에게로 시선을 옮겼다. 그리고 한숨을 쉬고는 바바라를 밀어내고 익숙한 솜씨로 마사를 돌보기 시작했다.

누구 하나 입을 여는 사람이 없었다. 마치 모두가 똑같은 충동을 느끼고 있듯이 다같이 노부인 쪽을 불안한 눈으로 보았다. 그러나 해터 부인의 얼굴에는 아무것도 쓰여 있지 않았다. 부인은 루이자의 떨고 있는 어깨에 손을 얹고 마사를 돌보고 있는 스미스 양의 익숙한 동작을 무표정한 얼굴로 지켜보고 있었다. 1세기쯤 지났을까 싶을 무렵, 비로소 그들은 움직이기 시작했다. 메리엄 박사가 층계를 내려오는 무거운 발자국 소리가 들려왔다. 그는 천천히 식당으로 들어와서 가방을 내려놓고는 스미스 양의 간호를 받아 의식을 방금 되찾은 마사를 보고 고개를 끄덕였다. 그리고 해터 부인에게로 얼굴을 돌렸다.

"재키는 걱정할 것 없습니다, 부인. 부인께서 살려내신 겁니다. 정말 침착한 조치였습니다. 목숨을 잃을 정도의 양을 마시지는 않았더군요. 즉시 토하게 하셨기에 목숨을 구한 것이지요. 곧 회복될 겁니다." 하고 그는 차근차근 말해 주었다.

해터 부인은 귀족다운 태도로 고개를 끄덕였다. 그리고 갑자기 얼굴을 들어 차디찬 관심을 보이면서 늙은 의사의 얼굴을 지켜보았다. 의사의 말투에서 예사롭지 않은 것을 느꼈던 것이다. 그러나 메리엄 박사는 외면한 채 강아지의 시체를 살펴보고서 바닥에 떨어진 액체를 냄새맡아 보고 있었다. 그리고 마지막에는 진료가방에서 꺼낸 조그만 유리병 속에 그 액체를 조금씩 담아서는 뚜껑을 닫아 가방 안에 도로 넣었다. 그는 일어나더니 스미스 양의 귀에다 대고 뭐라고 소곤거렸다. 간호원은 고개를 끄덕이더니 방을 나갔다. 재키가 침대에서 끙끙거리고 있을 방을 향해서 층계를 올라가는 그녀의 발자국 소리가 들렸다.

메리엄 박사는 누워 있는 마사에게 허리를 굽혀 그녀가 일어나도록 도와주고는 힘찬 목소리로 기운내라고 격려했다——그러는 동안에도 주위는 무덤처럼 침묵에 싸여 있었다. 얌전하고 자그마한 마사는 여느 때의 유순한 얼굴과는 전혀 다른 기묘한 표정을 지으며 비틀거리는 걸음으로 식당을 나가더니, 스미스 양의 뒤를 이어 아이들 방을 향해 층계를 올라갔다. 층계 중간에서 남편과 엇갈렸으나 어느쪽도 아무 말도 하지 않았다. 콘래드는 기운없이 식당으로 들어와서는 자리에 앉았다.

마치 이때를 기다리기나 했다는 듯이, 그리고 콘래드가 들어온 것이 신호이기라도 한 것처럼 해터 부인은 탕 하고 테이블을 세게 내리쳤다. 모두들 펄쩍 뛸 만큼 놀랐다. 다만 루이자만은 노부인의 팔 안으로 더욱더 깊숙이 파고들었다.

"자! 이 일의 진상을 반드시 밝혀내야 해. 메리엄 씨, 재키를 저 꼴로 만든 계란술 안에 무엇이 들어 있었나요?" 하고 해터 부인은 큰소리로 외쳤다.

메리엄 박사는 조그맣게 중얼거리듯이 대답했다.

"스트리크닌입니다."

"독약이군요. 그런 줄 알았지. 강아지가 죽었으니."

해터 부인의 키가 갑자기 몇 인치는 더 커보였다. 그녀는 집안 식솔 모두를 죽 돌아가며 노려보았다.

"끝까지 밝혀내겠어. 배은망덕한 것들 같으니!"

바바라의 입에서 어렴풋이 한숨이 새어나왔다. 그녀는 예쁘장하고 가느다란 손가락을 의자 등받이에 걸치고서 거기에 몸을 기댔다. 노부인은 차디찬 목소리로 화가 나서 떠들어댔다.

"그 계란술은 루이자 거야. 루이자는 매일 같은 시간 같은 곳에서 그 술을 마셔. 너희들은 모두 그것을 알고 있어. 애버클이 식당 테이블에 계란술을 갖다놓고 우리 개구쟁이 녀석이 들어와서 그 컵에 손을 댄 그 잠깐 사이에 독을 넣은 거야. 그자가 누구였든 그자는 루이자가 그걸 마실 줄 알고 있었던 거야!"

"엄마, 제발 부탁이니 그런 말은……" 하고 바바라가 말했다.

"잠자코 있어! 걸신 들린 재키 때문에 루이자가 살았지만, 대신 재키 녀석은 하마터면 죽을 뻔했어. 하지만 가엾은 루이자가 살았다고 해서 루이자를 독살하려 한 이 일을 그대로 덮어둘 수는 없어."

해터 부인은 벙어리에다 귀머거리이고 장님인 딸을 가슴에 끌어안았다. 루이자는 흐느끼는 듯한 알아들을 수 없는 소리를 질렀다.

"응, 그래, 그래." 하고 노부인은 루이자가 듣기라도 하는 듯이 부드러운 목소리로 달래면서 딸의 머리를 쓰다듬었다.

하지만 뒤이어 그녀의 입에서 나온 목소리는 찌르듯이 앙칼진 것이었다. "계란술에 독을 넣은 것은 어느 놈의 짓이지?"

질이 콧방귀를 뀌며 말했다. "엄마, 그런 연극 대사 같은 말은 하지 마세요."

콘래드가 힘없이 말했다. "어머니, 그게 대체 무슨 소립니까? 누가 감히 그런……"

"누가? 너희들 모두야! 너희들은 모두 루이자를 보는 것조차도 싫어했잖아! 이 가엾은 루이자를……" 그녀는 루이자를 더욱 꼭 끌어안았다. 그리고는 그녀는 격정에 떨면서 다시 소리쳤다. "어서 말해! 누구 짓이지?"

"저어, 부인." 하고 메리엄 박사가 입을 열었다.

노여움이 갑자기 사라지고 노부인은 의아한 눈을 하고서 말했다. "메리엄 박사님, 당신 의견을 듣고 싶을 때에는 내가 조언을 부탁하겠어요. 지금은 참견 말아줘요."

메리엄 박사는 차가운 목소리로 말했다. "하지만 그럴 수는 없는데요."

노부인의 눈이 가늘어졌다. "그건 무슨 뜻이지요?"

"부인 저에게는 무엇보다도 의무란 것이 있습니다. 이것은 범죄 사건입니다. 저로선 의무에 충실할 수밖에 도리가 없습니다."

그는 방 한쪽 구석 선반 위에 놓여 있는 전화기를 향해 천천히 걸어갔다.

노부인은 바짝 긴장했다. 그 얼굴은 아까 재키의 얼굴처럼 자주색으로 변해갔다. 갑자기 루이자를 내던지고는 달려가서 메리엄 박사의 어깨를 거머쥐고 마구 흔들어대기 시작했다.

"안돼요! 그만둬요! 쓸데없는 참견은 말아요. 당신은 이 일을 세상에 알리겠다는 거예요? 그 입방아에 마구 오르내리라고? 전화에 손대지 말아요. 메리엄 박사, 난——"

노파가 죽기살기로 팔을 잡고 매달리는 것도, 백발의 머리를 향해 퍼부어대는 저주의 악담에도 아랑곳하지 않고 메리엄 박사는 조용히 수화기를 집어들었다.

그리고는 경찰본부를 불러낸 것이다.

제1막

'왜냐하면, 살인은 혀를 갖고 있지는 않지만 완전히 다른 기관으로 말하는 것이기 때문이다.' (햄릿 2막 2장)

제1장 햄릿 저택
(4월 17일 일요일 오후 12시 30분)

샘 경감은 생각했다—— 하나님은 최초에 하늘과 땅을 창조했다고 하는데, 아무리 그렇더라도 그 하나님이 뉴욕에서 수 마일이나 떨어진 웨스트 체스터 군(郡)의 허드슨 강가에 왔을 때에는 참으로 대단히 큰 일을 해낸 셈이로군.

이 유능한 경감은 자신의 튼튼한 두 어깨에 공무상의 책임이라는 특별히 무거운 짐을 지고 있으므로 종교적인 감개나 풍류 같은 감상에 젖어볼 여유 같은 것은 거의 없었다. 그러나 세속적인 생각으로 머릿속이 가득찬 그조차도 지금 자신을 둘러싸고 있는 자연의 아름다움에 언제까지나 무관심할 수만은 없었다.

그의 차는 구불구불한 좁은 길을 마치 하늘에라도 오르려는 듯이 위로 위로 올라갔다. 앞쪽에는 푸른 하늘에 뜬 흰구름 위에 녹음에 둘러싸인 흉벽(胸壁, 성곽이나 포대 따위에 사람의 가슴 높이 만하게 쌓은 담)이나 성벽, 그리고 뾰족한 탑이 마치 꼼꼼하게 그려진 동화책 속의 그림처럼 다가오고 있었다. 그것과는 대조적으로 멀리 내려다보이는 아래쪽에는 콩알을 뿌려놓은 듯 하얀 보트가 푸른 파도 위에 떠 있고, 허드슨 강이 햇빛을 받아 반짝이고 있었다. 경감이 가슴 가득히 들여마신 공기 속에는 숲이나 솔잎, 꽃에서 풍기는 향기, 거기에 달콤한 흙냄새가 섞여 있었다. 한낮의 태양은 강하게 내리비치고 어렴풋한 냉기를 품고 있는 4월의 미풍이 백발 섞인 경감의 머리카락을 흐트려놓고 있었다. 범죄 같은 거야 있거나 말거나 이것이 삶의 보람이라는 것이로군—— 갑자기 나타난 커브길에 당황하여 핸들을 꺾으면서 경감은 그럴 듯한 인생관을 생각했다. 드루리 레인의 기괴한 햄릿 저택을 찾아온 것은 이번으로 벌써 5~6번째인데, 올 때마다 이 기괴한 곳이 편안하게 느껴지는 것이었다.

드루리 레인의 집 못 미처서 있는 바로 그 조그만 다리 앞에서 그는 엔진 소리도 요란하게 차를 세우고는, 다리를 지키고 있는 붉은 얼굴에 자그마한 노인을 보고 어린애처럼 손을 흔들었다. 노인은 붙임성있게 웃으며 옛날 시골사람처럼 앞머리칼을 잡아당기며 인사했다.

"안녕하시오! 이렇게 화창한 일요일인데, 레인 씨는 댁에 계십니까?" 하고 경감이 말을 걸었다.

"예, 계십니다요. 어서 들어가 보시지요. 경감님은 언제라도 들어오시게 하라고 나리께서 말씀해 두셨습니다요. 자, 이리 들어오십시오!" 그렇게 떠들어대며 다리 초소 있는 곳까지 달려오더니 삐걱거리는 소리를 내가면서 문을 열었다. 경감의 차는 그 기묘하고 조그만 나무다리를 건넜다.

경감은 아주 만족해 하며 안도의 한숨을 내쉬고는 액셀러레이터를 밟았다. "억세게 재수좋은 날이로군!" 경감은 속으로 중얼거렸다.

이미 낯익은 곳이었다―― 멋진 자갈길, 온통 녹색으로 뒤덮인 잡목숲, 그곳을 지나면 갑자기 환상적인 꿈처럼 펼쳐지는 성 앞의 광장이 나타난다. 성은 허드슨 강을 밑으로 수백 피트나 굽어보는 벼랑에 우뚝 서 있는데, 그 뾰족탑의 꼭대기가 드루리 레인의 포부의 정점이기도 했다. 이런 건축물의 구상은 새로운 시대의 비평가들 사이에서는 웃음거리였다. 매사추세츠 공과대학을 갓 나온 그들, 높은 철탑이나 견고한 콘크리트 건축밖에 모르는 젊은 건축가들은 그 저택을 보고 코웃음쳤다. 그래서 설계자 레인은 '구식집'이라느니 '시대착오'라느니 '잘난 체하는 벙어리 광대'라느니 하는 온갖 비웃음을 샀다―― 특히 그 마지막의 '잘난 체하는 벙어리 광대'라는 비웃음은 어떤 전위적인 연극평론가의 입에서 나왔는데, 그가 보기에는 유진 오닐 이전의 극작가나 레슬리 하워드 이전의 배우는 하나같이 쓸모없고, 진부하고, 얼빠진 사람들이라는 것이다.

그런 비난에도 불구하고―― 이 건축물은 엄연히 그 자리에 있었다. 손질이 잘된 넓은 정원, 곱게 다듬어진 주목나무의 가로수, 박공(博拱, 'ㅅ'모양으로 붙인 두꺼운 널)이 붙여진 오두막, 구슬 같은 자갈을 깔아놓은 도로, 오솔길로 이어져 있는 엘리자베스 왕조풍의 촌락, 적의 침입을 막기 위해 쌓은 성 둘레에 파놓던 해자(垓子)가 있는가 하면, 배가 지나갈 때만 위로 들어올려 놓는 도개교(跳

開橋)도 있었다. 이런 것들에 둘러싸여 당당한 모습으로 솟아 있는 것이 예비 벽으로 둘러쳐진 바로 그 웅장한 석조(石造) 성인 것이다. 그것은 16세기에서 잘라낸 한 조각 비게, 곧 옛 영국의 단편(斷片)이며 어딘지 모르게 셰익스피어의 향기를 풍기고 있었다……자신의 빛나는 과거를 생각나게 하는 유물들에 둘러싸여 조용한 여생을 보내고 있는 노신사에게는 참으로 어울리는 환경이었다. 아무리 그를 혹평하는 비평가라도 결코 부정할 수 없는 그의 과거는, 불후의 고전을 영원히 이어지게 하기 위해서 그가 지닌 천재적인 재능을 연극에다 아낌없이 바쳐왔다는 것이다. 그리고 그것이 엄청난 부(富)와 명성이라는, 개인적으로는 한없는 행복을 그에게 가져다준 것이다.

여기 이곳이 지난날 연극계의 제왕이었던 드루리 레인이 살고 있는 집이다. 다른 노인이 나와서 저택을 둘러싼 높은 돌담의 커다란 철문을 여는 동안에 샘 경감은 생각했다——저 대도시의 약삭빠르고 바쁘게 설쳐대는 어리석은 자들이 이곳을 설령 어떻게 생각하든 이 저택이야말로 평화롭고 우아한 아름다움을 갖추고 있다. 그리고 현기증마저 느끼게 하는 뉴욕의 소음을 씻은 듯이 잊게 하는 곳이다.

갑자기 그는 브레이크를 밟았다. 끽하는 요란한 소리를 내며 차는 멈춰섰다. 왼쪽으로 20피트(약 6m)쯤 떨어진 곳에서 놀라운 것을 발견한 것이다. 튤립 화단이 있고, 그 한가운데에는 돌로 만들어진 영양의 석상이 이빨을 드러내고 물을 뿜어내고 있었다……그러나 그를 놀라게 한 것은 그것이 아니라, 마치 농부처럼 거칠대로 거칠어진 갈색 손으로 수반(水盤)의 물을 휘젓고 있는 사람이었다. 경감은 드루리 레인의 이 저택을 좋아하게 된 지 벌써 몇 달째가 되지만 이 작은 악마 같은 노인을 볼 때마다 느끼게 되는 기묘한 비현실감을 아무래도 떨쳐버릴 수가 없었다. 물을 휘젓고 있는 사람은 조그만 몸집에 갈색 살결, 주름투성이 얼굴에 대머리, 구레나룻 수염까지 기른 작은 요정 같은 사람이었는데, 그의 등에는 커다란 혹이 튀어나와 있었다——거기에 가죽 앞치마까지 두른 모습은 마치 만화 속에 그려진 대장장이 같아서 참으로 엉뚱한 모습이었다. 곱추 노인은 얼굴을 들더니 조그만 눈을 반짝였다.

"여어, 퀘이시? 거기서 뭘 하고 있소?" 하고 경감이 말을 걸었다.

퀘이시는 드루리 레인의 과거를 되돌아보는 데에는 너무나 소중한 기념비적인 사람이다——40년 동안이나 드루리 레인의 가발을 만들어왔고 분장사 역할을 해왔기 때문이다——그는 조그만 두 손으로 허리를 짚으며 대답했다.

"금붕어를 보고 있었죠." 하고 그는 노인답게 분명치 않으면서도 쉰 목소리로 점잔을 빼면서 말했다.

"정말 오랜만에 오셨습니다, 경감님!"

경감은 차에서 내리더니 두 팔을 벌려 힘껏 기지개를 켜고 말했다.

"정말 오랜만이오. 그래, 노인장은 여전히 건강하시고요?"

퀘이시의 한쪽 손이 뱀처럼 재빨리 물속으로 들어가는가 했더니, 곧 물속에서 몸부림치는 물고기를 잡아냈다. "고운 빛깔이지요?" 하고 가죽 같은 입술을 움직이며 그가 말했다. "주인 나리 말씀이신가요? 예, 아주 건강하십니다." 불쑥 그렇게 말하더니 불만스러운 얼굴로 말했다. "노인이라고요? 당치도 않습니다. 경감님보다도 젊으시죠. 그건 경감님도 아시지 않습니까? 나이는 예순이라지만 달리기를 해도 경감님보다야 나을 겁니다……마치 토끼 같지요. 오늘 아침만 해도 얼음같이 차가운 호수에서 4마일(약 6.4*km*)은 헤엄쳤을 겁니다. 생각만 해도 몸이 오그라드는데, 경감님은 그렇게 할 수 있겠습니까?"

"글쎄, 그건 영 자신 없는데." 발 아래 튤립을 밟지 않으려고 조심해 가면서 경감은 쓴웃음을 지으며 물었다. "그래, 지금은 어디 계시오?"

퀘이시의 손에 잡힌 금붕어는 차츰 기력이 떨어지는지 버둥거리다가 잠잠해졌다. 곱추 영감은 괜한 짓을 했다는 후회스러운 얼굴을 하며 금붕어를 물속으로 다시 던져넣었다.

"저쪽 쥐똥나무 밑에 계시지요. 지금 정원사들이 전지작업을 하고 있거든요. 아무튼 우리 나리께서는 유난히 깨끗한 것을 좋아하시니까요. 그래서 정원사들이……"

경감은 더 들어볼 것도 없다는 듯이 웃는 얼굴로 곱추 영감 옆을 지나갔다——하지만 샘 경감은 세상살이에 익숙한 사람답게 영감의 등에 난 혹을 지나는 길에 다정스럽게 어루만져주는 것을 잊지 않았다. 퀘이시는 껄껄 웃으며 다시 두 손을 물속에 넣었다.

샘은 놀랄 만큼 단정하게 다듬어진 쥐똥나무들 사이를 헤쳐보았다. 그 너머에서 바쁘게 들려오는 가위질 소리에 섞인 레인의 유난히 굵고 시원스러운 목소리가 들려왔기 때문이다. 그는 나무 사이를 빠져나가 정원사들에게 둘러싸인 코르덴 옷차림의 키큰 남자에게 웃으며 다가갔다.

"드루리 레인 씨, 직접 손질하고 계시는군요. 여전히 젊고 건강하십니다." 커다란 손을 내밀며 경감이 말했다.

"오, 경감님! 정말 오랜만입니다, 참 잘 오셨습니다." 그는 반갑게 맞으며 들고 있던 가위를 내던지고 경감의 손을 덥석 잡았다. "그런데 여기 있는 줄 어떻게 아셨습니까? 대개의 손님들은 여기에 오면 이 영주(領主)님을 찾느라고 몇 시간씩 햄릿 저택을 헤매는 것이 보통인데."

"퀘이시 영감 덕택이지요."

파랗게 빛나는 잔디밭에 털썩 주저앉으며 경감이 말했다. "아, 정말 여긴 멋져요!……그 영감님은 바로 저 밑 분수 옆에 있더군요."

"또 금붕어를 못살게 굴고 있지요?" 레인은 웃으면서 그렇게 말했다. 그는 가느다란 용수철 같은 몸을 구부려 경감의 옆에 앉았다.

"경감님, 몸이 더 불은 것 같군요." 샘의 거구를 보면서 그가 말했다. "운동을 더 하셔야겠습니다. 지난번보다 10파운드(약 4.5kg)는 더 불은 것이 분명합니다."

"바로 맞추셨습니다." 하고 샘은 불만스러운 듯 말했다. "당신도 마찬가지라고 반박하지 못해서 유감이군요. 한데, 당신은 더욱 건강해 보이는데요."

그는 애정이 담긴 눈으로 상대방을 바라보았다. 큰 키에 바싹 마른 레인은 두드리면 울릴 것 같은 느낌이 들었다. 목 뒤에까지 늘어진 하얀 백발만 아니라면 60은커녕 40이라고 해도 곧이들을 정도였다. 고전적이고 기품 있는 얼굴에는 주름 하나 없이 젊음이 넘치고 있었다. 날카로우면서도 깊은 호수를 연상시키는 녹회색 눈에는 늙은이 같은 그늘은 조금도 없었다. 하얀 셔츠의 칼라 밖으로 나와 있는 목 언저리의 근육도 탄력이 있어 보였고, 검게 그을려 더욱 단단해 보였다. 차분하고 꼼짝도 않을 듯하면서도, 그러나 언제 어떻게라도 바뀔 수 있는 그 얼굴은 바로 튼튼한 청년의 것이었다. 더구나 힘차고 잘 들리는 그 목소리는 필요한 때에는 날카로운 설봉(舌鋒)이 되어 종횡무진 활약했으며——과거 무수한 관객들의 귓전을 울렸던 목소리였다——그 또한 그의 나이를 믿게 하지는 않았다. 한마디로 요약해서 그는 보통 사람은 아니었던 것이다.

"무슨 일이 생겼군요?" 드루리 레인의 눈이 갑자기 빛나며 그렇게 물었다.

"경감님이 일부러 여기까지 오신 것으로 보아 그저 인사차 들렀다고는 생각되지 않는데요. 그러고 보니 겨울 내내 우린 못 만났었군요——그 롱스트리트 사건(「X의 비극」에서 샘 경감과 드루리 레인이 함께 파헤친 해리 롱스트리트 사건을 말함)이 해결된 뒤로는 처음이군요. 대체 무슨 일이 생긴 겁니까?"

그의 날카로운 눈길은 샘 경감의 입가에 머물러 있었다. 나이가 들면서 귀가 어두워진 탓으로 무대에서 은퇴해야만 했던 이 배우는 지금은 완전한 귀머거리였다. 그러나 새로운 상황에 대응해 나가는 놀라운 재능을 가진 그는 어느 틈에 독순술(讀脣術)을 익혀서 그와 접촉하는 대개의 사람들은 그가 귀머거리라는 사실을 전혀 알아차리지 못할 만큼 이 기술에 숙달되어 있었다.

샘 경감은 좀 당황한 듯했다. "아니, 별로 큰일이 생긴 건 아닙니다, 레인 씨……하지만 뉴욕에서 일어난 별것 아닌 사건 때문에 우리가 속썩이고 있는 건 사실입니다. 그래서 레인 씨도 좀 거들어 주실 수가 있을지 모른다 싶어서……"

"범죄사건이군요?" 노배우는 생각에 잠겼다가 다시 입을 열었다. "해터 집안 사건 아닙니까?"

경감의 얼굴이 빛났다. "신문에서 보셨군요? 그렇습니다. 바로 그 미치광이 해터 집안의 일입니다. 노부인의 첫남편과의 사이에서 태어난 딸——루이자 캠피언의 독살미수사건입니다."

"벙어리에다 귀머거리고, 눈까지 멀었다는 그 여자 말이구면." 레인은 진지한 얼굴이었다. "그 여자에게는 특별히 흥미를 가지고 있지요, 경감님. 육체적인 장애를 뛰어넘는 인간능력의 본보기 같은 사람이니까……그러니까 사건은 아직 미결상태라는 거군요?"

"그렇습니다." 한 줌의 풀을 쥐어뜯으면서 경감은 짜증스러운 듯 말했다. 그에게는 갑자기 주위의 아름다운 경치가 퇴색한 것처럼 보였다.

"완전히 벽에 부딪친 상태입니다. 도무지 단서라는 것이 없더군요."

레인은 날카롭게 상대방을 바라보았다. "신문에 보도된 것은 모두 읽었지요." 하고 그가 말했다. "물론 가장 세밀한 부분은 대충 넘어갔을 것이고, 모든 사실이 빠짐없이 보도되지도 않았겠지만. 그래도 그 집안에 대한 어느 정도의 일, 즉 계란술에 독이 들어 있었던 일이며, 먹보 같은 아이가 죽을 뻔했다는 일이며——겉으로 드러난 사실은 대강 알고 있습니다." 하고 말하더니 갑자기 일어서며 물었다. "경감님, 점심 전이시죠?"

샘은 수염자국이 파란 턱을 만지며 말했다. "아니……별로 시장기가 없습니다만……"

"무슨 말씀을 그렇게 하십니까?"

레인은 샘 경감의 굵은 팔을 잡고 끌어당겼다. 경감은 자기의 몸이 풀밭 위에서 반이나 끌어올려진 것에 놀라고 말았다.

"자, 가십시다. 괜한 사양은 마시고. 뭐든지 좀 먹고 시원한 맥주라도 마시면서 그 문제를 의논해 봅시다. 맥주는 물론 좋아하시겠지요?"

샘은 무거운 몸을 주체하기 어려운 듯이 일어났으나, 실은 한잔하고 싶은 얼굴이었다.

"특별히 좋아하는 건 아니지만, 그렇다고 싫어하는 것도……"

"그럴 줄 알았습니다. 당신들은 모두 비슷하군요. 좋아하면서도 좀처럼 좋다고는 안하니. 집사인 폴스태프에게 따르라고 해도 되겠지요? 어떻습니까? 스리 스타 마텔이면……"

"정말입니까? 듣던 중 반가운 소리군요, 레인 씨." 하고 경감은 신이 나서 말했다.

드루리 레인은 구근(球根) 식물로 가장자리를 두른 오솔길을 따라서 천천히 걸어가며, 찾아온 손님의 눈에 활기가 솟아나고 있는 것을 보고는 마음속으로 웃었다. 두 사람은 나무들 사이를 지나 성을 둘러싼 봉건시대의 촌락에 가까이 가고 있었다. 나지막한 붉은 지붕, 구슬처럼 동그란 자갈을 깔아놓은 길, 좁다란 오솔길, 뾰족한 탑, 박공식 지붕 구조, 그 모두가 매력적이었다. 경감은 눈마저 부신 듯했다. 이윽고 20세기의 차림을 한 몇 사람의 남녀가 눈에 뜨이자 비로소 꿈에서 깨어난 느낌이었다. 이미 여러 번 이 햄릿 저택에 와보았지만 이런 마을을 보는 것은 처음이었다. 두 사람은 나지막한 갈색 건물 앞에서 걸음을 멈추었다. 창에는 세로로 고풍스러운 칸막이가 되어 있고, 밖에는 간판이 바람에 흔들리고 있었다.

"경감님, 인어(人魚) 술집에 대한 것은 알고 계십니까? 셰익스피어나 벤 존슨, 롤리나 프랜시스 버몬드 같은 사람들이 자주 모이던 곳이지요."

"들은 적이 있는 것 같기도 하군요." 경감은 믿어지지 않는다는 듯이 대답했다. "런던에 있는 사람들이 묵어가기도 하고 파티를 열기도 하던 곳 아닙니까?"

"맞습니다. 치프사이드의 브래드 가(街)에 있지요. 바로 프라이디 가(街) 근처입니다. 그리고 이곳에는 상상의 세계처럼 여러 인물들과의 관계가 참으로 많지요. 그런데 이 건물은——" 하고 정중하게 머리를 숙이고 드루리 레인은 말을 계속했다. "그 역사적인 술집을 그대로 본떠서 만든 것입니다. 자, 들어가십시다."

샘 경감은 싱글벙글 웃고 있었다. 천정에 대들보를 얹은 그 집안은 담배연기, 이야기 소리, 맛있는 강한 맥주 냄새로 가득차 있었다. 그는 만족스러운 듯 고개를 끄덕였다.

"300~400년 전 사람들이 마음에 들어하던 보금자리가 이런 곳이었다면 나도 한번 신세를 져보고 싶군요, 레인 씨. 정말 멋져요."

굉장히 붉은 얼굴을 하고 배가 불쑥 나온 키 작은 남자가 얼룩 하나 없이 새하얀 앞치마를 그 불룩한 배에 두르고 황급히 두 사람을 맞으러 왔다.

"경감님! 폴스태프를 기억하고 계시겠지요——맞설 인물이 없는 이 폴스태프를?"

레인은 그 작은 노인의 대머리를 쓰다듬으며 말했다. "기억하고 말고요."

그래, 폴스태프였다!——그 폴스태프가 인사하며 이를 들어내고 웃었다.

"나리, 큰 잔으로 하시겠습니까?"

"그러지, 경감님께도 한 잔. 그리고 브랜디도 한 병. 그리고 뭣좀 맛있는 걸 먹고 싶군. 자아, 경감님, 이쪽으로 오십시오."

떠들썩한 손님들과 아는 체하기도 하고 미소도 지어가며 그는 앞장서서 붐비는 홀을 헤쳐나갔다. 두 사람은 한쪽 구석에 빈자리를 발견하고는, 교회의 긴 의자 같은 자리에 가서 앉았다. 폴스태프는 완전히 선술집 주인답게 맛있는 점심식사를 만들어 직접 가져왔다. 경감은 크게 숨을 내쉬고는 거품이 넘치는 맥주잔에 그 보기 싫은 코를 박았다.

"그럼, 경감님. 이번 사건이란 걸 들어보십시다." 샘의 식사가 끝나고 브랜디도 더 마실 생각이 없어 보이자 레인이 말했다.

"그런데 그것이 아주 난처합니다." 하고 경감이 시무룩한 얼굴로 말했다. "말씀드릴 자료가 하나도 없는 겁니다. 신문을 보셨다니, 제가 알고 있는 건 거의 다 알고 계신 셈이지요. 노부인의 남편이 두 달쯤 전에 자살했다는 것도 읽으셨겠지요?"

"읽었습니다. 아무튼 그 무렵의 신문은 요크 해터의 실종사건으로 떠들썩했으니까. 그럼, 경감님이 현장에 도착했을 때의 상황을 이야기해 주시겠습니까?"

"그러지요." 호도나무로 된 긴 의자의 높은 등받이에 기대면서 경감은 말했다.

"나는 우선 계란술에 언제 스트리크닌을 넣었는지, 그 정확한 시각을 계산해 내려고 했습니다. 요리사 겸 가정부로 있는 애버클 부인이 컵을 테이블 위에 갖다놓은 것은 대강 2시 25분쯤 됩니다. 그리고 해터 부인이 벙어리, 귀머거리에다 장님인 딸을 데리고 식당으로 와서 개구쟁이 재키가 제 고모의 계란술을 마시고 있는 것을 발견한 것은 그로부터 5분 내지 10분 뒤라고 생각됩니다. 그 이상의 시간 차이는 없었다고 봅니다. 어떻게 생각하십니까?"

"아마 그런 정도가 되겠지요." 하고 레인이 말했다. "신문에서 본 현장의 상황——물론 당신이 신문기자들에게 설명한 것이겠지만——그런 상황이었다고 한다면 계란술에 독을 넣을 수 있는 기회는 누구에게나 있었다는 것이 됩니다. 그 아이가 언제 식당에 들어갔는지 아이에게 물어보았습니까?"

"물론 물어보았지요. 하지만 아이이고 보니 아무 도움도 되지 않았습니다. 할머니와 루이자 고모가 식당으로 오기 조금 전이었답니다. 그 애는 들어가자마자 곧 두 사람에게 들키고 말았다고 하더군요. 그렇게 되니 그 소년보다 먼저 누가 식당에 들어갔느냐 하는 것은 확인할 길이 없게 된 겁니다."

"그렇겠지요. 그래, 그 소년은 완전히 회복되었나요?"

샘 경감은 볼멘소리로 말했다.

"완전회복이고 뭐고 할 것도 없지요. 독이 든 술을 한 모금 정도 마셨다고 죽지는 않거든요. 대단한 녀석이지요. 목을 조여 죽여버리고 싶을 만큼 미운 녀석입니다. 계란술 같은 건 몰래 마실 생각도 없었다는 겁니다. 그럼 왜 마셨느냐고 물었더니 자기도 모른다고 대답하더군요. 할머니가 무서운 얼굴을 하고 노려보았기 때문에 마셨다는 겁니다. 좀더 마시지 않은 것이 차라리 유감스러울 정도였지요."

"하지만, 경감님! 당신도 어릴 때는 소공자 폰틀로이 못지 않았을 거라고 생각되는데요?" 레인은 껄껄거리며 웃었다. "계란술에 독을 넣었다고 생각되는 시각을 전후해서 다른 사람들은 어디서 무엇을 하고 있었답니까? 신문으로는 분명히 알 수가 없더군요."

"글쎄, 당연히 그렇게 생각하실 줄 알았습니다만, 그게 아주 뒤죽박죽입니다. 그 선장이라는 트리베트——이 사람은 바로 옆방 도서실에서 신문을 읽고 있었는데 아무 소리도 듣지 못했다는 겁니다. 다음은 질 해터——그 여자는 2층 자기 방 침대에서 반쯤 잠들어 있었다고 하더군요. 놀랍게도 잠자는 시간이 낮 2시 반이라고 하니 어처구니가 없지요."

"그 아가씨는 전날 밤에 외출했었겠지요." 하고 레인은 아무렇지도 않은 얼굴로 말했다. "대단히 자유분방하다고 하니, 마시고 떠들고 온통 법석이었겠지요. 그래, 다른 사람들은 어땠습니까?"

샘 경감은 정말 흥미 없다는 듯이 브랜디 잔을 바라보고 있었다. "다음은 그 루이자 캠피언이라는 기묘한 여자입니다만——그녀는 점심식사를 마치고는 늘 한잠 자기로 되어 있답니다. 침실은 2층에 있으며, 노부인과 함께 쓰고 있습니다. 그날 해터 부인은 정원에서 누군가를 큰소리로 꾸짖고 계란술을 마실 시간이 되어 2층으로 올라갔답니다. 루이자를 깨워서 함께 아래층으로 내려온 것이 마침 2시 반이었다는 겁니다. 다음은 바람둥이 콘래드——그 소년의 아버지 말입니다——이 사람은 그 집 동쪽에 나 있는 오솔길을 담배를 피우며 서성거리고 있었던 모양입니다. 너무 머리가 아파서——아마 숙취 때문이겠죠——바깥 공기를 쐬고 싶었다고 하더군요. 다음은 시를 쓴다는 바바라 해터——정말 대단한 여자입니다. 그 집에서 사람다운 사람은 아마 그 여자뿐일 겁니다. 사물에 대한 이해도 풍부하고, 훌륭한 여성이지요——그녀는 2층 자기 방에서 글을 쓰고 있었다고 합니다. 그리고 스미스 양, 루이자의 간호원입니다. 이 여자의 침실은 루이자의 침실 옆인데, 아까 말씀드린 동쪽 오솔길 쪽을 향하고 있습니다——그녀는 자기 방에서 일요신문을 보고 있었다는 겁니다."

"그 밖에는?"

"나머지는 별로 문제될 것이 없습니다. 가정부로 있는 애버클 부인은 뒤꼍 부엌에서 하녀 버지니아와 점심먹은 설겆이를 하고 있었답니다. 애버클의 남편인 조지는 뒤꼍 차고에서 차를 닦고 있었고요. 이게 전부입니다. 어찌해 볼 도리가 없지 않습니까?"

레인은 경감의 입언저리를 쳐다본 채로 고개를 끄덕였다.

"그 외다리 트리베트 선장이라는 사람은 꽤 흥미 있는 인물이군요." 그는 이윽고 입을 열어 이렇게 말했다. "경감님, 그 선장이라는 사람은 이 수수께끼에서 어떤 역할을 하고 있습니까? 일요일 오후 2시 반이라는 시각에 정확히 그는 해터 집안에서 뭘 하고 있었나요?"

"아, 그 사람 말입니까?" 하고 샘 경감은 불만스러운 태도로 대답했다. "그 사람은 옛날에 선장이었는데, 퇴직할 때 해터의 집 이웃에 집을 사가지고 와서 벌써 꽤 오랫동안 살고 있습니다. 그 사람에 대한 것이라면 이미 조사가 끝나 있으니까 걱정하실 것 없습니다. 돈은 많이 가지고 있지요——자기 화물선을 가지고 30년 동안이나 바다를 돌아다녔으니까요. 남대서양에서 심한 폭풍을 만나서 은퇴하게는 되었지만요. 큰 파도에 발을 헛디뎌 한쪽 발에 두 군데나 큰 부상을 입게 되어 1등항해사가 대강 치료는 했으나, 항구에 들어왔을 때에는 다리를 잘라내야만 했습니다. 꽤 기백이 있는 선장이지요."

"하지만, 경감님, 아직 제 질문에는 대답을 하지 않았습니다." 하고 차분한 목소리로 레인이 말했다. "그는 어째서 해터의 집에 있었습니까?"

"천천히 다 설명을 드리지요." 하고 샘은 좀 귀찮아진 듯이 말했다. "그렇게 물으시니 생각나는군요……트리베트는 일년 내내 해터의 집을 드나들고 있습니다. 그는 요크 해터의 단 하나뿐인 친구였던 모양입니다——고집세고 외로운 두 노인이 서로가 쓸쓸하니 친하게 되었겠지요. 트리베트에게는 해터가 행방불명이 되고 더구나 자살까지 했다는 것이 대단한 충격이었을 거라고 생각합니다. 하지만 그 뒤로도 해터의 집에 출입하는 걸 그만두지는 않았습니다. 그런데 이번에는 그 루이자 캠피언에게 열을 올리고 있는 듯합니다만——아마 그처럼 한두 군데도 아닌 불구의 몸이면서도 불평 한마디 하지 않는 그녀에 대한 애처로운 마음과, 그 자신 역시 한쪽 발이 없는 불구자라는 사실이 그로 하여금 그렇게 하게 했을 겁니다."

"그렇겠지요. 육체적인 결함을 가진 사람끼리는 보다 쉽게 가까워지는 것이니까. 그러니까 선량한 선장은 루이자 캠피언을 위로해 주기 위해서 해터의 집에 들락거렸을 뿐이로군요?"

"그렇습니다. 날마다 루이자를 만나러 간 겁니다. 그 두 사람은 아주 친한 사이이기도 하지요. 그 괴팍한 마귀할멈까지도 그 것만은 기뻐했으니까——누가 되었든 불구의 딸에게 마음을 써주는 사람이 있다면 그야 기쁜 일이지요——다른 사람들은 누구 하나 거들떠보지도 않았으니까. 그날 선장이 그 집에 온 것은 2시쯤이 었답니다. 애버클 부인이 그에게 루이자는 2층에서 낮잠을 자고 있다고 하기에 도서실에 들어가서 루이자가 잠에서 깨어나기를 기다리고 있었다는 겁니다."

"그런데, 경감님, 그 두 사람은 어떤 방법으로 서로의 뜻을 상대방에게 전할 수가 있었을까요? 그 가엾은 여자는 듣지도 보지도 말하지도 못한다면서요."

"글쎄요. 아무튼 무슨 방법으로든지 전달할 수는 있었던 모양입니다." 하고 샘은 나지막하게 중얼거렸다. "열여덟 살 때까지는 귀가 들렸었으니까요. 그 동안 여러 가지 것들을 배웠던 거지요. 하긴, 선장은 대개 루이자의 손을 잡고 앉아 있었을 뿐이라고는 합디다만. 루이자 쪽에서도 선장을 몹시 따랐다고 합니다."

"애처로운 일이군. 그런데, 경감님, 문제의 그 독약 말씀인데요, 스트리크닌의 출처를 캐보셨나요?"

샘은 쓴웃음을 지었다. "캐보기는 했지만 헛수고였습니다. 물론 우리도 그 점을 제일 먼저 의심했습니다. 그러나 그 결과는 이렇습니다. 그 요크 해터라는 그 집 주인은 화학에 대한 정열을 완전히 잃어버린 것은 아니었습니다―― 젊어서는 화학자로서 상당한 거물이었으니까요. 그래서 그는 자기 침실 한쪽에 실험실을 차려놓고 온종일 그곳에서 시간을 보냈다고 합니다."

"마음 붙일 곳 없는 가정환경에서 도망친 거로군요. 당연한 일이지. 그래서 스트리크닌은 그 실험실에 있었다는 겁니까?"

샘은 어깨를 으쓱했다. "그렇게 생각됩니다. 한데 이 조사에도 꽤 애를 먹었습니다. 요크 해터가 실종되자, 노부인은 그 실험실에 자물쇠를 채워버리고서 아무도 들어가지 말라고 엄명을 내렸답니다. 남편이 남긴 것을 오랫동안 그대로 간직하고 싶어서였는지도 모르지요. 해터가 집을 나갔을 때와 같이 그대로 놔두고 싶었던 것이겠지요―― 두 달 전에 시체가 발견되고 죽은 것이 확실해진 뒤로는 그 기분이 한결 더해졌던 모양입니다. 열쇠는 하나밖에 없고, 더구나 부인이 늘 지니고 다녔습니다. 실험실에는 다른 출입구도 없고―― 창문에는 모두 쇠창살이 박혀 있었고요. 물론 나는 실험실이 있다는 이야기를 듣고는 곧바로 달려가서 조사해 보았습니다만……."

"열쇠는 해터 부인에게서 받았나요?"

"그렇습니다."

"노부인이 열쇠를 언제나 가지고 다녔다는 것은 분명합니까?"

"본인은 그렇게 말합니다. 어쨌든 실험실에 들어가 보니 해터가 직접 만든 선반 위에 스트리크닌 알약을 넣어둔 병이 있더군요. 그래서 독약의 출처는 바로 그 병일 것이라고 생각했습니다——가루나 액체로 된 것을 가지고 다니기보다는 알약이 계란술에 넣기도 쉬우니까요. 그러나 그 범인은 대체 어떤 방법으로 그 실험실에 들어갔을까요?"

레인은 곧바로 대답하지는 않았다. 그는 길고 흰 거칠거칠한 손가락을 구부려 폴스태프를 불렀다.

"맥주를 따라주게나. 경감님, 어려운 문제로군요. 창에는 쇠창살이 박혀 있었다니까——해터는 자신의 도피처 같은 실험실을 이상하리 만큼 소중하게 지켰을지도 모릅니다——문에는 자물쇠가 잠겨 있고, 오직 하나인 열쇠는 언제나 해터 부인의 손 안에 있었다. 음……하지만 특별히 기발한 생각을 꼭 해낼 것은 없습니다. 밀납으로 열쇠의 모형을 뜨는 방법도 있으니까요."

"그렇습니다." 하고 샘 경감은 마치 고함이라도 치듯이 말했다. "그 생각도 안해 본 것은 아닙니다. 그러면 이렇게 생각해 보죠, 레인 씨. 세 가지로 해석할 수가 있습니다. 첫째, 범인은 요크 해터가 실종되기 전, 누구든지 마음대로 실험실을 드나들 수 있었을 때에 스트리크닌을 훔쳐내어 그것을 사건이 일어난 그 일요일까지 어딘가에 숨겨두고 있었을지도 모릅니다."

"좋습니다. 그 다음은?"

"두 번째는 방금 레인 씨도 말했듯이 범인이 열쇠의 모형을 떠서 같은 열쇠를 만들어, 사건이 일어나기 바로 전에 실험실로 들어가서 독약을 가지고 나왔다는 겁니다."

"그것은 반드시 사건 바로 전이 아니고 훨씬 전에라도 할 수는 있었겠지요. 그 다음은?"

"세 번째는, 실험실과는 관계없이 외부에서 독약을 구했을 경우입니다."

샘은 폴스태프의 손에서 거품이 넘치는 맥주잔을 받아들고는 단숨에 잔을 비웠다.

"맛이 좋군요! 맥주 말입니다. 그래서 우리도 할 수 있는 데까지는 해보았습니다. 열쇠를 만들었을지도 모른다는 생각으로——모두 캐보았지요——자물쇠 장수와 철물점을 빠짐없이 조사해 보았습니다만……아무 단서도 찾아내지 못했습니다. 외부에서 들여왔을지도 모르기 때문에 그쪽도 조사는 계속하고 있습니다만, 그 또한 지금으로선 별 소득이 없습니다. 이상 말씀드린 것이 대강 현시점의 상황이라고 할 수 있습니다."

레인은 손가락 끝으로 테이블을 똑똑 두드리면서 깊은 생각에 잠겼다. 홀 안에 있던 사람들은 모두들 가버리고 인어 술집의 손님은 이제 두 사람만 남게 되었다.

"이런 생각은 해보셨습니까?" 잠깐 입을 다물고 있던 레인이 말했다. "애버클 부인이 그 계란술을 식당으로 가지고 가기 전부터 이미 독이 들어 있었을지도 모르지 않습니까?"

"레인 씨, 농담은 아니시겠지요?" 하고 경감은 불만스러운 듯 말했다. "저를 어떻게 보시는 겁니까? 물론 그런 생각도 해보았지요. 그래서 부엌까지 자세히 살펴보았습니다. 그러나 스트리크닌의 흔적도, 범인이 있었다는 꼬투리 같은 것도 전혀 찾아볼 수 없었습니다. 하인 애버클 부인이 계란술을 식당의 테이블 위에 올려놓고 한 2분쯤 그릇을 챙겨두는 방으로 무엇인가를 가지러 간 적은 있었다고 합니다. 게다가 그 조금 전에 하녀인 버지니아도 응접실에 청소하러 갔었답니다. 그러니까 애버클 부인의 눈을 피해서 범인이 식당으로 숨어들어 계란술에 독을 넣었을지도 모르겠군요."

"당신이 난감해 하는 이유를 알 것 같군요." 쓸쓸한 미소를 지으며 레인이 말했다. "경감님, 나 역시 별로 신통한 생각이 떠오르지 않는군요. 그 일요일 오후, 해터의 집에 그밖에 다른 사람은 없었습니까?"

"제가 조사한 바로는 아무도 없었습니다. 그러나 현관이 잠겨 있지 않았으니까 누가 집에 숨어들었다가 들키지 않고 빠져나갔을지는 모릅니다. 언제나 오후 2시 반에 계란술을 식당에 내온다는 것은 해터의 집에 드나드는 사람이라면 다 알고 있으니까요."

"사건이 있었던 그 시각에 분명히 집에 없었던 사람이 있었지요──에드거 페리. 콘래드 해터의 두 아이들 가정교사라지요? 그 사람은 조사해 보았습니까?"

"물론입니다. 페리는 일요일이면 쉬게 되어 있습니다. 지난번 그 일요일엔 아침부터 센트럴 파크를 지나 산책을 나갔다가 온종일 혼자서 시간을 보냈다고 합니다. 돌아온 것은 오후 늦게, 제가 그 집에 가 있을 때였습니다."

"독살미수사건을 듣고는 뭐라고 하던가요?"

"놀라더군요. 이야기를 들으면서도 걱정스러워하는 눈치였습니다. 특별히 한 말은 없었고요."

뚜렷한 윤곽에 기복이 심한 드루리 레인의 얼굴에서 미소가 사라지고 눈썹과 눈썹 사이에 깊은 주름이 잡혔다. "마치 안개 속을 헤매고 있는 것 같군요. 하지만 동기가 뭘까요? 문제의 열쇠는 거기에 있을지도 모르지요."

샘 경감은 마치 강력한 자신의 힘을 마음껏 휘두르지 못해서 견딜 수 없다는 듯이 끙끙거리고 있었다. "그 사람들이라면 하나같이 다 동기가 있을지도 모릅니다. 해터 집안 사람들은 모두 다 제정신이 아니니까요——미치광이의 집단이지요. 여류시인 바바라만은 다를지 몰라도, 그 바바라 또한 비뚤어진 괴짜인 것은 마찬가지인걸요. 다만 비뚤어진 성격이 시를 쓰는 쪽으로 쓰이고 있을 뿐입니다. 아시고 계실 줄 압니다만 해터 부인의 생활은 벙어리에다 귀머거리이고 장님인 딸을 돌보는 것이 전부라고 해도 지나친 말은 아닙니다. 마치 호랑이 어미가 제 새끼를 돌보듯 딸을 끼고 있는 거지요. 같은 방에서 함께 잠자며 말 그대로 먹여 주고 입혀 주고——루이자의 생활을 되도록 편안하게 해주려고 자신의 모든 것을 바치고 있는 것 같습니다. 그 심술쟁이 할멈의 단 하나의 인간다운 점이라고나 할까요."

"그렇게 되면 당연히 다른 자식들이 질투를 하게 되겠구먼……" 어느새 레인은 눈빛마저 달라지며 중얼거렸다. "당연하고말고요. 정열적이고 제멋대로고, 게다가 도덕적인 감정을 자제할 줄 모르는 광기마저 있다면……그렇겠군요. 나도 차츰 그 집 사정을 알 것 같은 생각이 드는군요."

"저는 1주일 동안 그 사람들을 살펴보았습니다. 그 결과 알게 된 것은 노부인이 너무 루이자만을 싸고도니 다른 자식들은 모두들 노골적으로 화내고 질투하고 있다는 겁니다. 그것은 겉으로는 골고루 귀여워하는 척하며 '귀여운 내 새끼!' 어쩌고 하는 것과는 전혀 거리가 먼 거지요." 경감의 얼굴에 일그러진 웃음이 떠올랐다. "하긴 루이자에 대한 노부인의 태도도 그것이 과연 애정에서 우러나는 것인지 수상쩍기도 합니다. 다만 자존심이나 어떤 고집 같은 것일지도 모르지요. 게다가 루이자라는 여자를 두고 생각해 보아도——그 자식들의 진짜 형제가 아니고 배다른 형제니까요."

"그런 점에서 오는 차별 같은 것도 있겠군요." 하고 레인은 맞장구를 쳤다.

"대단한 차별입니다. 예를 들어 막내딸인 질은 루이자에 관한 일이라면 거들떠보지도 않습니다. 루이자가 있어서 온 집안이 우울하게만 느껴진다느니, 친구들도 모두 집에 오기를 꺼린다느니, 루이자가 이상한 모습으로 얼씬거리니까 모두 불쾌해진다느니 하면서 불평만 해대는 겁니다. 이상한 모습이라는 거야 루이자로서도 어쩔 도리가 없는 것 아닙니까? 그런데 그런 말을 질은 조금도 서슴지 않고 해대는 겁니다. 사실 내 딸만 같았으면 그냥 두지는 않았을 겁니다." 샘은 손바닥으로 자신의 허벅지를 소리가 나도록 때렸다. "콘래드 역시 마찬가지이지요—— 식구들에게 방해가 되지 않도록 루이자를 어떤 수용소 같은 곳에라도 보내버리라고 해서 가끔 어머니와 말다툼을 한답니다. 루이자 때문에 자기들은 온전한 삶을 누릴 수가 없다는 거지요. 온전한 삶이 그 말을 들었다면 질겁할 노릇이지요." 하고 경감은 코웃음쳤다. "그 녀석이 말하는 온전한 삶이란 테이블 밑에다 밀조된 술상자를 숨겨두고서 양쪽 무릎에 춤추는 아가씨들을 하나씩 앉히는 거겠죠."

"바바라 해터는 어떻습니까?"

"그 여자는 좀 다릅니다." 샘 경감은 이 여류시인에 대해서는 일종의 정열 같은 것을 불태우고 있는 모양인지, 맥주를 한 모금 들이키고 안주를 하나 집어들고는, 궁금해 하는 레인의 시선을 받으면서 아주 부드러운 말투로 대답했다. "한마디로 아주 훌륭한 여성입니다, 레인 씨. 사리를 분별할 줄 아는 여자이지요. 그 불구의 루이자를 좋아하는지 어떤지는 몰라도, 내가 그들을 조사하면서 알아낸 바로는, 바바라는 루이자를 측은하게 생각해서 그녀에게 삶에 대한 즐거움을 가질 수 있도록 도움을 주고 있었습니다—— 상냥한 마음을 지닌 여자라면 당연히 그랬어야 했겠지만요."

"바바라는 분명히 사랑이라는 목적을 이룩한 셈이군요." 하고 레인은 일어나면서 말했다. "자, 경감님, 바깥 바람을 좀 쐬러 나갑시다."

샘 경감은 비틀거리며 일어나서 혁대를 느슨하게 하고는 레인보다 앞장 서서 고풍스러운 정취가 풍기는 오솔길로 나갔다. 두 사람은 아까 그 정원 쪽으로 되돌아갔다. 레인의 눈빛은 슬픔에 젖어 있었으며, 입을 꽉 다문 채 생각에 잠겨 있었다. 경감도 짜증스러운 태도로 터덜거리며 걷고 있었다.

"콘래드는 아내와 사이가 별로 안 좋은 것 같았다고 했지요?" 레인은 그렇게 물으며 시골에나 있음직한 벤치에 앉았다. "경감님도 좀 앉으시죠."

경감은 생각하는 것도 이젠 지쳤다는 듯이 기운없는 태도로 그의 말에 따랐다. "사이가 좋지 않습니다. 나날이 싸움만 하고 지내는걸요. 그의 아내는 내게 이런 말을 하더군요. 한시라도 빨리 '이 무서운 집'에서 두 아이를 데리고 나가고 싶다고요――굉장히 흥분해서 말하는 겁니다――그 여자에 대해서는 루이자의 간호원인 스미스 양에게서 좀 흥미 있는 이야기를 들었습니다. 두 주일쯤 전에 마사와 노파가 손찌검까지 해가며 대판 싸웠다는 겁니다. 해터 부인이 손자 녀석들을 때려주자 마사가 발끈해서, 시어머니를 마귀할멈이니 잔소리쟁이니 해가며 얼른 죽기나 하라고 욕설을 퍼부었다는군요――여자란 흥분하면 어떻게 되는지 레인 씨도 잘 아시죠? 여하튼 머리채라도 쥐어뜯을 듯한 대판 싸움으로 번져서 스미스 양이 보다 못해 소년들을 밖으로 데리고 나갔는데――두 아이들은 겁을 먹고 떨고 있었다고 하더군요……마사는 본시 양처럼 순한 여자지만 한 번 화가 나면 굉장한 모양입니다. 하지만 그 여자도 가여운 생각이 들더군요. 따지고 보면, 마치 미치광이들만 들끓는 정신과 병동에서 살고 있는 것과 다를 바 없으니까요. 나라도 그런 곳에서 아이를 기르고 싶진 않을 겁니다. 정말입니다."

"게다가 해터 부인은 부자라니――" 마치 경감의 말을 듣고 있지 않았던 것처럼 레인은 중얼거렸다. "배후에는 돈에 의한 동기가 있을지도 모르겠군……" 그는 점점 더 우울한 얼굴이 되어갔다.

두 사람은 말없이 앉아 있었다. 정원은 시원했다. 몇 채 안되는 마을 쪽에서는 웃음소리가 들려왔다. 경감은 팔짱을 낀 모습으로 레인의 얼굴을 지켜보았다. 그러나 그 얼굴에서 읽을 수 있었던 것은 기대에 미치지 못한 것이었던지 경감은 신음하듯 물었다.

"레인 씨의 의견을 듣고 싶습니다. 무슨 단서가 될 만한 것이라도 없겠습니까?"

드루리 레인은 한숨을 내쉬고 어렴풋이 미소지으며 고개를 가로저었다. "경감님, 불행히도 나는 초인이 아닙니다."

"그것은 즉――?"

"즉, 나로서도 대답할 말이 없다는 것이지요. 누가 계란술에 독을 넣었을까? 추리해 볼 줄거리조차 추려볼 수가 없군요. 그러니까――그럴 듯한 가설을 꾸며볼 만한 사실이 부족합니다."

샘 경감은 슬픈 표정을 지었다. 그는 이렇게 되지나 않을까 하는 예상도 했었고, 또 그것을 두려워하기도 했다. "그럼, 짐작되는 점이라도?"

레인은 어깨를 으쓱했다. "한 가지 조심할 것이 있습니다. 한번 독살을 계획한 이상, 앞으로 또 언제 다시 사건이 일어날지 모르거든요. 반드시 한 번은 더 루이자 캠피언의 목숨을 노리게 될 겁니다. 물론 당장은 아니겠지요. 그러나 범인이 스스로 안전하다고 생각될 때에는……"

"모든 방법을 다 동원해서 그것을 막겠습니다." 경감은 별로 자신이 없어보이는 목소리로 말했다.

그때 노배우는 그 날씬한 몸을 갑자기 일으켜 세웠다. 샘 경감은 놀라서 그를 올려다보았다. 레인의 얼굴에는 아무런 표정이 없었다——그러나 이것은 틀림없이 그가 무슨 생각이 떠올랐다는 증거인 것이다. "경감님, 메리엄 박사가 독이 들어 있는 계란술을 조사해 보기 위해 식당의 리놀륨 바닥에서 그것을 떠담았다고 했지요?"

경감은 의아한 얼굴로 레인을 보면서 고개를 끄덕였다.

"경찰의 검시의가 그것을 분석해 보았습니까?"

경감의 긴장이 풀어졌다. "아, 그거 말입니까? 했습니다. 실링 박사가 시(市)에 있는 실험실에서 검사했습니다."

"그렇다면 실링 박사는 그 분석 결과를 보고했습니까?"

"그건 또 무슨 뜻입니까?" 하고 경감이 물었다. "무슨 생각을 하시는지요? 이상한 점은 하나도 없었습니다, 레인 씨. 박사는 분석 결과를 보고했는데요."

"계란술에 들어 있었던 독약의 치사량에 대한 보고도 있었습니까?"

경감은 불만인 모양이었다. "치사량이라고요? 치사량 정도가 아니었습니다. 사람을 반 다스 정도는 죽일 수 있을 만큼 들어 있었다고 박사가 말하더군요."

얼마쯤 시간이 지나갔다. 레인의 얼굴은 여느 때처럼 활발한 표정을 되찾았지만 어렴풋이 실망의 빛이 남아 있었다. 경감은 레인의 녹회색 눈에서 패배를 읽을 수 있었다.

"더운 날씨에 일부러 여기까지 오신 경감님께 대한 대접은 아니지만——내가 말씀드릴 수 있는 것은 미치광이 같은 해터 집안 사람들을 잘 감시하라는 것뿐입니다." 하고 드루리 레인은 말했다.

제2장 루이자의 침실
(6월 5일 일요일 오전 10시)

이 해터 집안 사건이 처음부터 아주 천천히 진행되고 있다는 것은 쉽게 알 수 있었다. 이것은 범죄가 잇따라 일어나고 사건이 급속히 진행되어 운명의 망치소리가 끊임없이 울려퍼지는 그런 종류의 범죄가 아니었다. 아주 천천히, 게으름뱅이의 걸음걸이처럼 진행되고 있었다. 그러나 그 느린 진행 탓으로 오히려 자가노트(인도 신화의 크리슈나 신을 태운 수레. 여기에 치여죽게 되면 극락왕생한다고 믿고 있다)가 지나가고 있는 듯한, 피할 수 없는 냉혹함이 따라다니고 있었다.

어떤 점에서는 이 사건의 진행이 느린 데에는 뜻깊은 이유가 있었다고 할 수도 있을 것 같았다. 그러나 그 무렵 드루리 레인을 포함해서 누구 하나 진실을 풀어헤칠 수 있는 곳까지 발을 들여놓은 사람은 없었다. 요크 해터의 실종이 12월, 그 시체가 발견된 게 2월, 벙어리에 귀머거리에 장님인 여자 독살미수사건이 4월이었다. 그리고 이번에는 그로부터 두 달쯤 지난 6월의 활짝 갠 어느 일요일 아침의 일이었다……

허드슨 강 상류의 성곽 같은 저택에서 숨어살고 있는 듯한 레인은 해터 집안의 사건에 대해서나 샘 경감이 다녀간 일을 까맣게 잊고 있었다. 신문도 처음에는 독살미수사건에 대단한 관심을 보이더니 그것도 차츰 식어가서 마침내 그 사건은 지상의 보도에서 완전히 자취를 감추고 말았다. 샘 경감의 최선의 노력도 보람없이 범인에 대한 단서는 무엇 하나 찾아내지 못했다. 사람들의 흥분이 가라앉음에 따라 경찰당국도 다시 조용해져 가고 있었던 것이다.

이렇게 되어 6월 5일이 된 것이다.

드루리 레인은 그 소식을 전화로 알게 되었다. 그가 흙벽 위에서 발가벗고 길게 누워서 일광욕을 즐기고 있었을 때 퀘이시 영감이 작은 탑의 원형으로 된 층계를 비틀거리며 올라왔다. 작은 악마 같은 이 영감의 얼굴은 너무 서둘러 올라오느라 자줏빛이 되어 있었다. 그는 가쁜 숨을 몰아쉬며 말했다. "샘 경감님에게서 전화가 왔습니다, 나리. 샘 경감님이, 저……"

레인은 놀라서 벌떡 일어났다. "무슨 일인가, 퀘이시?"

"해터 집안에 무슨 일이 일어났다고 하시더군요!" 영감은 여전히 헐떡이고 있었다.

레인은 햇볕에 그을린 몸을 천천히 일으키며 말했다.

"저런! 마침내 또 일이 터지고 말았군." 그는 차분한 얼굴이었다. "언제, 누구의 짓이라던가? 경감이 뭐라고 하던가?"

퀘이시는 방울방울 떨어지는 이마의 땀을 닦았다. "아무 말씀도 안하셨는데요. 굉장히 허둥대시더군요. 경감님은요, 저에게 소리를 지르셨습니다. 저는 이 나이 먹도록 그렇게 화가 나본 적은……"

"퀘이시! 어서 말해 보게!" 레인은 일어섰다.

"예, 나리. 현장을 보고 싶으시면 지금 곧 해터 저택으로 오시라는 겁니다. 집은 북워싱턴 스퀘어이고, 나리께서 오실 때까지 현장을 그대로 놔두겠다고 하셨습니다. 그러니까 빨리 오셔야 한다고요."

레인은 이미 원형 계단을 뛰어내려가고 있었다.

두 시간 뒤, 레인이 돌로미오라고 부르는——레인은 고용인들에게 셰익스피어의 등장인물들 이름을 별명삼아 부르고 있었다——언제나 이빨을 드러내며 웃는 젊은이가 운전하는 검은 리무진형 링컨이 시내 5번가의 혼잡한 길을 누비며 달리고 있었다. 8번가의 찻길을 가로지르자 워싱턴 공원에 많은 사람이 몰려 있고, 그것을 정리하는 경찰관이 바쁘게 움직이고 있었으며, 아치 밑의 자동차길이 차단되어 있는 것을 레인은 보았다. 오토바이를 탄 두 경찰관이 돌로미오에게 차를 세우라고 했다. "이리로는 못 갑니다!" 하고 경찰관 하나가 소리쳤다. "다른 길로 돌아서 가요!"

뚱뚱하고 붉은 얼굴의 경사가 뛰어왔다. "레인 씨의 차가 맞지요? 샘 경감님께서 레인 씨는 통과시키라는 지시가 있었습니다. 이봐, 통과시키도록 하게. 이 차는 공무를 위해서 온 거야."

돌로미오는 천천히 모퉁이를 돌아서 웨이버리 프레스로 차를 몰았다. 5번가와 맥두걸 가(街) 사이에서 광장의 북쪽은 완전히 차단되어 있었다. 길이 교차된 공원의 인도에는 구경꾼이 득실거리고 신문기자와 카메라맨이 개미들처럼 바쁘게 돌아다니고 있었다. 곳곳에 제복을 입은 경찰관과 무거운 걸음걸이의 사복 형사들의 모습도 눈에 띄었다.

소동이 벌어진 중심부가 어딘지는 물어볼 것도 없었으므로 돌로미오는 그 앞에 리무진을 세웠다. 그것도 붉은 벽돌로 지은 상자 모양의 3층 건물로서, 꽤 구식이며 고풍스러운 저택이었다——개 척시대의 유물답게 커다란 창문에는 두꺼운 커튼이 드리워져 있고, 지붕의 돌출부분은 조각으로 장식되어 있었다. 높은 현관까지의 하얀 돌층계에는 양쪽에 쇠로 된 난간이 있고, 층계를 다 오른 곳 에는 꽤 오랜 세월을 느끼게 해주는 주철로 만들어진 암사자 두 마리가 좌우에서 지키고 있었다. 이 층계에는 많은 형사들이 몰려 있었다. 정면의 하얗고 큰 출입구는 활짝 열려져 있었으므로 아래 쪽 길에서도 좁은 현관 내부가 보였다.

레인은 좀 비통한 얼굴로 차에서 내렸다. 그는 시원해 보이는 린 넨 천으로 된 옷에 밀짚모자, 그리고 흰 구두에 등나무 지팡이를 들고 있었다.

드루리 레인은 층계 위를 올려다보고 한숨을 쉬고는 돌층계를 오르기 시작했다. 현관 안에서 한 남자가 얼굴을 내밀었다.

"레인 씨입니까? 자, 이리로 오십시오. 샘 경감님이 기다리고 계십니다."

경감은——몹시 신경질적인 얼굴을 하고——직접 레인을 맞으 러 나왔다. 집안은 조용했다. 넓은 복도는 썰렁하게 집 안쪽까지 뻗어 있었으며, 양쪽으로 나 있는 방문들은 모두 닫혀 있었다. 복 도 한가운데에 2층으로 이어지는 고풍스러운 호도나무로 만든 층 계가 있었다. 소란스러운 바깥 세계에 비하면 이 집안은 마치 무덤 같이 조용했다. 아무도 없었다——레인의 눈에는 경찰관조차 보 이지 않았다.

"끝내 일이 터지고 말았습니다." 하고 샘은 침통한 목소리로 말 했다. 그는 할말이 없어서 당혹해 있는 것 같았다. '끝내 일이 터지 고 말았습니다.' 라는 말이 이제 막다른 곳까지 몰리고 말았다는 뜻으로 들렸다.

"루이자 캠피언인가요?" 하고 레인이 물었다. 이것은 쓸데없는 질문이라는 생각이 들었다. 두 달 전에 이미 그녀의 목숨을 노렸었 는데, 루이자 캠피언 말고 누가 또 있으랴?

샘 경감은 신음하듯 말했다. "아닙니다."

레인의 놀라는 모습은 웃음이 날 정도였다. "루이자 캠피언이 아니라니! 그럼, 도대체 누가……?"

"노부인입니다. 노부인이 살해되었습니다."

오싹 한기마저 드는 복도에 마주선 채 두 사람은 서로의 눈을 들여다보고 있었다. 어느쪽도 상대방의 표정에서 위안을 받을 수는 없었다. "해터 부인……" 레인은 이미 세 번이나 이 이름을 입에 담았다. "모르겠군요. 마치 범인은 어느 한 사람을 노리고 있는 것이 아니라 해터의 가족 모두를 죽이려는 것 같습니다."

샘은 초조한 얼굴을 하고서 층계 쪽으로 걷기 시작했다. "그렇게 생각하십니까?"

"아니, 나는 다만 그런 느낌이라는 것뿐입니다." 레인은 좀 어색하게 대답했다. "아마 경감님은 이런 내 생각에 동의하지 않겠지요?" 두 사람은 어깨를 나란히 하고 층계를 오르기 시작했다.

경감은 어디 몸이라도 불편한 것처럼 발걸음이 무거워 보였다. "동의하지 않겠다는 것이 아닙니다. 나로서는 어떻게 생각해야 좋을지 도무지 엄두도 나지 않습니다."

"독살입니까?"

"아닙니다. 적어도 겉으로 보기에는 독살이 아닌 것 같습니다. 아무튼 직접 보시기 바랍니다."

층계를 다 오른 지점에서 두 사람은 멈춰섰다. 레인은 날카로운 눈으로 주위를 둘러보았다. 두 사람은 긴 복도의 한가운데쯤에 서 있었다. 양쪽의 방문은 모두 닫혀 있었고, 그 문 앞에는 경찰관이 한 사람씩 서 있었다.

"경감님, 일은 침실에서 벌어졌습니까?"

샘은 끙끙대는 목소리로 그렇다고 하고는 층계 위 나무 난간을 따라서 걷기 시작했다. 그러나 갑자기 걸음을 멈추는 바람에 뒤따라가던 레인은 그만 경감과 부딪치고 말았다. 경감이 갑자기 멈춰서 버린 것은 복도의 북서쪽 구석에 있는 문에 기대어 서 있던, 경찰관이 갑자기 방 안쪽으로 그 문이 열리는 바람에 그만, '앗!' 하는 소리와 함께 휘청거렸기 때문이다.

경감도 바짝 긴장했던 마음을 가라앉히며, "또 그 개구쟁이들의 짓이군." 하고 소리쳤다. "이봐, 호건, 그 녀석들을 방 밖으로 내보내지 말라고 일렀는데 왜 그대로 하지 않나?"

"예, 경감님." 하고 호건은 난처한 모양인지 헐떡이며 대답했다. 그 순간 소년 하나가 환성을 지르며 호건의 살찐 가랑이 사이로 빠져나와, 굉장한 기세로 복도를 뛰어갔다. 비틀거리던 호건이 몸을 바로 세우자 이번에는 더 작은, 겨우 걸음마나 할 정도의 꼬마까지 뛰어가는 것이었다. 꼬마는 먼저 소년과 마찬가지로 가랑이

54

사이로 빠져나갔던 것이다. 형과 마찬가지로 재미있다는 듯이 크게 소리치며 달려갔다. 호건이 그 아이들을 뒤쫓자, 그 뒤에서 난처한 얼굴을 하고 있던 여자도 역시 아이들의 뒤를 쫓아가며 찢어지는 듯한 목소리로 말했다. "재키! 빌리! 너희들 조용히 하라고 했잖아!"

"마사 해터로군?" 하고 레인은 목소리를 낮추어 물었다. 그녀는 미인이라고 할 만한 여자이긴 했으나, 눈가에는 잔주름이 잡히고 신선한 맛은 이미 오래 전에 사라지고 없었다. 샘은 눈앞에서 펼쳐지고 있는 그 소란을 못마땅하게 바라보면서 고개를 끄덕였다.

호건은 간신히 열세 살짜리 재키를 붙잡았다. 아우성치는 소리로 짐작컨대, 재키는 사건이 어떻게 되어가는지 구경을 하고 싶은 모양이었다. 악을 쓰며 경관의 다리를 걷어차는 바람에 호건은 아픈 것을 참느라고 애를 쓰고 있었다. 마사 해터는 형이 하는 대로 열심히 호건의 발목을 걷어차고 있는 꼬마 빌리를 끌어안았다. 이렇게 해서 손발을 휘저으며 벌개진 얼굴에 머리칼까지 헝클어뜨리며 엉켜붙은 네 사람은 아이들 방으로 사라졌다. 그 방문으로 새어나오는 아우성 소리로 보아서 단지 그 수라장이 무대를 방으로 옮겼을 뿐인 것은 분명했다.

샘 경감은 씁쓸하게 말했다. "보셨지요. 저것이 이 정신병원과 납골당(納骨堂, 유골을 안치하는 건물)이 함께 있는 집의 좋은 본보기입니다. 저 꼬마들은 정말 골칫거리입니다……자, 여깁니다, 레인 씨."

층계를 다 오르니 바로 마주보는 쪽, 동쪽으로 나 있는 복도의 벽이 한층 더 튀어나온 모퉁이에서 채 5피트(약 1.5m)도 떨어지지 않은 곳에 문이 하나 있었다. 이 문은 조금 열려져 있었다. 샘은 아주 진지한 표정으로 문을 밀어열고는 한 발자국 옆으로 비켜섰다. 레인의 두 눈이 사냥감을 노릴 때처럼 날카롭게 빛나며 출입구에 멈춰섰다.

방은 거의 정사각형의 침실이었다. 출입문의 반대쪽에는 두 개의 돌출창이 있었는데, 집의 북쪽, 즉 뒷면에 있는 정원 쪽으로 나 있었다. 이 창문 옆인 동쪽 벽에는 문이 하나 있었다. 욕실로 통하는 문이라고 샘이 설명했다. 지금 레인과 샘이 서 있는 복도 쪽으로 있는 문은 이 침실의 복도 쪽 벽의 왼쪽에 있고, 오른쪽에는 안쪽까지 길고 깊숙한 찬장이 있다는 것을 레인은 금방 알아차렸다. 바깥 층계의 꼭대기쯤에서 복도가 좁아진 것은 이 찬장 때문이었던 것이다. 찬장이 차지한 것만큼 좁아진 채 복도는 동쪽으로 이어져서 다른 방과 연결되어 있었다.

레인이 서 있는 곳에서 두 개의 침대가 보였다. 그것은 한 쌍으로 된 것으로 오른쪽 벽으로 머리를 두도록 나란히 놓여 있었는데, 두 침대는 양쪽으로 2피트(약 0.6 *m*)쯤 사이를 띠워 거기에 커다란 나이트 테이블을 놓았다. 앞쪽 침대에는 조그만 침실용 램프가 헤드보드에 달려 있었으나, 맞은편 침대에는 램프가 없었다. 왼쪽 벽의 중간쯤, 그러니까 두 침대와 마주보는 곳에 옛날을 생각케 하는 석조(石造)의 큰 쇠로 된 벽난로가 있었고, 그 옆 선반에 쇠로 된 난로용 기구 한 벌이 걸려 있었지만 최근에 사용한 흔적은 없었다. 레인의 이상과 같은 관찰은 완전히 본능적이고 순간적인 것이었다. 왜냐하면, 그는 가구의 배치를 재빨리 한번 훑어보고는 곧 침대 쪽으로 눈길을 돌렸기 때문이다.

"작년의 익사체보다 더 확실하게 죽었습니다." 입구의 기둥에 기대선 채 샘 경감이 중얼거렸다. "잘 보십시오. 미인이지요?"

입구에 가까운——램프가 달려 있는 쪽 침대에 해터 부인은 누워 있었다. 샘의 비꼬는 말은 들어볼 것도 없었다. 엉망으로 구겨진 시트 속에 몸이 뒤틀린 채 쓰러져 있었으며, 유리알 같은 두 눈을 크게 부릅뜨고, 충혈된 정맥이 부풀어올라 자줏빛으로 변한 얼굴의 노부인 모습은 아무리 보아도 살아 있는 사람의 그것은 아니었다. 더구나 그 이마에는 아주 이상한 상처가 남아 있었다——피가 배어 있는 그 상처는 거칠고 누렇게 바랜 흰머리카락 속에까지나 있었다.

레인은 그것을 보고 이상하다는 표정을 지었다가 마침내 그 옆 침대로 시선을 옮겨갔다. 거기에는 사람은 없고 깨끗한 이부자리가 산더미처럼 어지럽게 쌓여 있었다.

"루이자 캠피언의 침대로군요?"

샘은 고개를 끄덕였다. "귀머거리에다 벙어리에다 장님인 그녀가 자는 곳입니다. 그러나 지금은 다른 곳으로 옮겨두었지요. 오늘 아침 일찍 여기서 정신을 잃고 바닥에 쓰러져 있었습니다."

레인의 비단같이 흰 눈썹이 위로 치켜 올라갔다.

"그녀도 습격을 당했나요?"

"그렇지는 않은 것 같습니다. 그 문제에 대해서는 나중에 말씀드리지요. 루이자는 지금 옆에 있는——스미스 양 방에 있습니다. 그 간호원이 돌봐주고 있지요."

"그럼, 캠피언 양은 무사했었군요?"

샘은 점잔을 빼며 물었다. "이상하다고 생각하시죠? 전에 그런 일이 있었으니까 이 집에서 다시 누군가를 노린다면 루이자가 틀림없다고 생각하는 것은 당연합니다. 그런데 루이자는 무사하고 당한 것은 이 노파였습니다."

등뒤 복도에서 발자국 소리가 들리자 두 사람은 재빨리 돌아보았다. 레인의 얼굴이 밝아졌다. "오, 브루노 씨! 정말 오랜만입니다."

두 사람은 다정하게 악수를 나누었다. 뉴욕 지구 지방검사 월터 브루노는 중간 정도의 키에 단단한 체격과 근엄한 얼굴을 가진 사람으로서 테없는 안경을 끼고 있었다. 그는 지쳐 있는 듯이 보였다. "레인 씨, 다시 뵙게 되어 반갑습니다. 아무래도 우리는 누군가가 지옥으로 끌려가야만 만나게 되는군요."

"그건 당신이 나빴지요. 이 샘 경감님도 마찬가지로 겨울 내내 나 같은 존재는 까맣게 잊고 계셨으니까요. 그런데 이곳에 오신 지는 오래 됐습니까?"

"30분쯤 전에 왔지요. 이 사건을 어떻게 생각하십니까?"

"아직은 아무것도 모르겠군요." 죽음의 방을 둘러보며 노배우가 말했다. "사건의 경과는 어떻습니까?"

지방검사는 입구의 기둥에 기대었다. "방금 루이자 캠피언이라는 여자를 만나보고 왔습니다. 정말 불쌍하더군요. 시체는 오늘 아침 6시쯤 스미스 양이 발견했답니다——그녀의 방은 바로 옆입니다. 그 방에서는 뒤꼍이 보이고 동쪽의 골목길도 보입니다……"

"지리적 상황에 중점을 두십니까, 브루노 씨?" 하고 레인이 물었다.

브루노는 어깨를 으쓱했다. "그것이 중요할지도 모르니까요. 루이자라는 여자는 언제나 일찍 일어나기 때문에 스미스 양은 항상 6시면 일어나서 루이자를 돌보기 위해서 이 방으로 오게 됩니다. 그래서 오늘 아침 여기에 와보니 보시는 바와 같은 모양으로 해터 부인은 침대에서 죽어 있었으며, 루이자는 자기의 침대와 저 난로의 중간쯤 되는 지점 바닥에, 머리는 난로 쪽으로 향하고 발은 두 침대 사이에 둔 채 쓰러져 있었다고 합니다. 자, 바로 여기쯤입니다." 그렇게 말하며 방으로 들어가려는 검사를 레인이 그의 팔을 잡아서 만류했다.

"말씀만으로도 짐작이 갑니다." 하고 그가 말했다. "바닥 위를

너무 걸어다니지 않는 것이 좋을 것 같군요. 어서 그 다음을 말씀
해 주시지요."

　브루노는 의아한 얼굴로 레인을 바라보았다. "하! 발자국 때문
에 그러시는군요. 알겠습니다. 그럼 이야기를 계속하지요——스미
스 양은 첫눈에 노부인이 죽었다는 것을 알았습니다만 루이자도
죽은 줄 알았다는군요. 그녀는 너무 놀라 비명을 질렀답니다. 그
비명으로 바바라와 콘래드 해터가 잠에서 깼죠. 그 두 사람이 달려
와서 보고 한눈에 일이 심상치 않은 것을 알고는 아무것에도 손대
지 않고……"

　"손을 대지 않았다는 건 확실합니까?"

　"예, 모두의 말이 일치하는 것으로 보아 믿을 수밖에 없지요. 무
엇 하나 손대지 않고도 해터 부인이 죽었다는 것을 알 수 있었다
는 겁니다. 사실 그때는 이미 시체가 빳빳하게 굳어 있었으니까요.
그러나 루이자는 그냥 기절했을 뿐이라는 것을 알았으므로 곧 이
방에서 스미스 양의 방으로 업어다 옮겼습니다. 콘래드는 주치의
인 메리엄 박사와 경찰에 전화를 걸었습니다. 그리고 방에는 아무
도 들어가지 못하게 했다는 겁니다."

　"메리엄은 해터 부인이 죽은 것을 확인한 다음 루이자를 진찰하
려고 간호원의 방으로 갔습니다." 하고 샘이 덧붙였다. "박사는 아
직 옆방에 있습니다. 우리도 루이자에게 아직 아무것도 물어보지
못했습니다."

　레인은 생각에 잠기며 고개를 끄덕였다.

　"루이자가 발견되었을 때의 상태는 어땠습니까? 조금 전 말씀
하신 것보다 좀더 자세히 듣고 싶습니다, 브루노 씨."

　"그 여자는 엎드린 채 길게 누워 있었습니다. 박사는 기절한 것
이라고 했습니다. 이마에 혹이 생겨 있었는데, 박사의 의견으로는
기절해 쓰러질 때 바닥에 부딪쳐 생긴 것일 거라고 했습니다. 그렇
다면 사건 해명에는 별로 도움이 될 수 없는 일이지요. 루이자도
지금은 의식을 되찾았지만 아직도 멍해 있는 모양입니다. 메리엄
박사가 아직 자세한 것을 알려서는 안된다고 하니 어머니가 죽은
것을 과연 알고나 있는지도 의문입니다."

　"검시는 끝났습니까?"

　"메리엄 박사가 살펴보았을 뿐입니다. 그저 대강 본 정도겠지요."
하고 브루노가 말하자 샘도 맞장구를 쳤다. "아무튼 검시는 아직
못했습니다. 검시의가 오기만을 기다리고 있습니다만, 실링 박사

가 느린 것은 다 아는 사실 아닙니까?"

레인은 한숨을 쉬었다. 무엇인가를 결심한 듯 다시 방안을 들여다보더니 발밑을 살펴보았다. 그의 시선은 침실의 바닥을 덮고 있는 짧게 보풀이 인 녹색 양탄자에 쏠려 있었다. 그가 서 있는 데서 흰 가루를 묻힌 발자국이, 넓은 간격으로 여기저기 나 있는 것이 보였다. 이 발자국은 레인이 있는 위치에서는 잘 알 수 없지만, 두 침대 사이에서 시작되고 있었다. 발자국의 발가락 쪽이 복도로 나가는 문을 향하고 있었고, 피살된 노파의 침대의 발치 부근 얼룩이 없는 녹색 양탄자 위에는 한결 뚜렷한 발자국이 남아 있었는데, 그것이 문 쪽으로 가까워질수록 희미해져 있었다.

레인은 그 발자국을 밟지 않도록 멀리 돌아서 방안으로 들어갔다. 두 침대 사이가 잘 보이는 지점에 가서 멈춰섰다. 그랬더니 발자국은 예상했던 대로 두 침대 사이의 녹색 양탄자 위에 잔뜩 쏟아져 있는 흰색 가루에서부터 출발했다는 것을 알 수 있었다. 이 가루가 어디서 나왔는지도 곧 밝혀졌다. 커다란 원통 모양을 한, 거의 비어버린 털컴 파우더 통이 루이자 캠피언의 침대 발치 부근에 떨어져 있었다——통에 인쇄되어 있는 글씨를 읽어보니 목욕한 뒤에 바르는 천화분(天花粉)이었다. 두 침대 사이는 온통 이 흰 가루로 양탄자가 더럽혀져 있었다.

레인은 발자국과 가루를 밟지 않도록 조심해가며 두 침대 사이에 들어가서 나이트 테이블과 그 근처의 바닥을 더 자세히 살펴보았다. 천화분 통이 나이트 테이블의 한쪽 가장자리에 놓여져 있었다는 것은 한눈에 알아볼 수 있었다. 테이블의 표면은 엷게 흩어진 흰 가루가 묻어 있었다. 그 한쪽 가장자리에 둥글게 원을 그리고 있는 것이 테이블에서 떨어지기 전에 통이 놓여 있었던 위치를 알려주고 있기 때문이다. 그리고 그 둥근 원으로부터 몇 인치 떨어진 곳에는 날카롭고 뾰족한 것으로 강하게 테이블을 두드린 것 같은 홈집이 나무판 위에 생생하게 남아 있었다.

레인이 말했다. "아마 이 통은 뚜껑이 완전히 닫혀 있지 않았기 때문에 떨어지는 순간 뚜껑이 열린 모양이군요." 그는 허리를 굽혀 나이트 테이블 밑에 떨어져 있는 뚜껑을 집어들었다. "물론 이런 일들은 모두 조사해 보셨을 줄 압니다만."

샘 경감과 브루노 검사는 지루한 얼굴로 고개만 끄덕였다. 자세히 보니 그 흰 뚜껑의 가장자리 부근에 가느다란 평행선이 그어져 있었다. 그 선은 붉은색이었다. 레인은 의아한 표정으로 얼굴을 들었다.

"핍니다." 하고 경감이 말했다.

그 피묻은 줄이 나 있는 부분에서 뚜껑은 찌그러져 있었다. 피묻은 줄을 나게 한 물체가 세게 부딪쳤을 때 뚜껑의 가장자리를 찌그러지게 한 듯이 보였다. 레인은 고개를 끄덕였다. "이것만은 분명하군요. 어떤 타격에 의해서 테이블에 상처가 생겼고, 그 뚜껑에도 혼적을 남긴 겁니다. 부딪쳐서 날아간 파우더통은 루이자 캠피언의 침대 발치에 떨어지면서 뚜껑이 열리는 바람에 양탄자 위에 가루가 뿌려진 모양입니다."

그는 찌그러진 뚜껑을 제자리에 가져다 놓으면서도 바쁘게 주위를 둘러보았다. 살펴봐야 할 것이 그토록 많이 있었던 것이다.

그는 먼저 발자국부터 조사해 보기로 했다. 두 개의 침대 사이에 가장 많이 가루가 쏟아져 있는 곳에 발끝으로 걸은 자국이 몇 군데 있었다. 그리고 그것은 약 4인치(약 10cm)의 간격으로 죽은 부인의 침대 머리 쪽에서 발 쪽으로, 침대와 거의 평행을 이루며 난로가 있는 벽을 향하고 있었다. 이 흰가루에 뒤덮인 부분의 끝쪽에 구두 앞창의 발자국 두 개가 뚜렷이 남아 있었다. 그리고 그 위치에서 발자국의 방향이 바뀌어 죽은 부인의 침대 발치 쪽을 돌아서, 거기서부터는 구두의 앞창과 뒤축의 혼적이 뚜렷한 발자국이 문을 향해 나 있었다. 그리고 발자국의 간격으로 미루어 걸음걸이의 폭도 꽤 넓어지고 있다는 것을 알 수 있었다.

"이것으로서 발자국의 주인은 침대를 돌아서는 곧바로 뛰기 시작했다는 것을 분명히 알 수 있겠군요." 하고 레인은 중얼거렸다.

그 뛰어간 발자국이 나 있는 곳은 양탄자에 가루가 쏟아지지 않은 부분이었는데——뛰어간 사람의 구두 밑바닥에 묻어 있었던 가루가 발자국을 남긴 것이었다. 레인은 얼굴을 들면서 말했다. "경감님, 그러고 보니 반드시 운이 나쁘다고만은 할 수 없지 않겠습니까? 이건 남자의 발자국입니다."

"운이 좋은지 어떤지는 모르지만, 아무래도 이 발자국은 마음에 안 드는군요. 너무 그럴 듯하지 않습니까! 어떻든 뚜렷한 것을 두세 개 치수를 재어 보았더니 7인치(약 178mm)에서 8인치(약 203mm), 8인치에서 8인치 반(약 216mm) 정도이고, 앞쪽이 가늘고 좌우의 뒷굽이 닳은 구두입니다. 그런 구두가 있는지 지금 집안을 찾아보도록 시켰습니다."

"어쩌면 간단히 결말이 날는지도 모르겠군." 하고 레인이 말했다. 그는 뒤돌아서서 두 개의 침대 발치 쪽 사이를 살폈다. "그러니까 루이자 캠피언이 쓰러져 있었던 곳은 자기 침대의 발치 쪽, 가루가 쏟아져 있는 부분 끄트머리 가까이며, 대체로 남자의 발자국이 방향을 바꾼 위치——이렇게 되는 셈이 아닙니까?"

"맞습니다. 보십시오, 루이자도 파우더 가루 위에 발자국을 남겼습니다."

레인은 고개를 끄덕였다. 루이자 캠피언이 쓰러져 있었던 곳까지 여자의 맨발 자국이 이어져 있었다. 그 맨발 자국은 커버가 젖혀진 루이자의 침대 옆에서부터 출발해서 침대를 따라서 발치 쪽으로 향하고 있었다. "루이자의 발자국이 틀림없습니까?"

"틀림없습니다." 하고 브루노가 말했다. "그녀의 발과 정확하게 같습니다. 그리고 그때의 모습을 상상해 보기란 아주 쉽습니다. 루이자는 침대에서 기어나와 침대 가장자리를 따라 침대의 발치 쪽으로 갔는데, 거기서 그녀를 기절시킬 만한 일이 일어났던 것입니다."

드루리 레인은 눈살을 찌푸렸다. 마음에 걸리는 것이 있는 모양이었다. 그는 조심스럽게 해터 부인의 침대 머리맡으로 다가가더니 허리를 굽혀 죽은 부인의 얼굴을 한동안 들여다보았다. 좀 전에도 보았던 이마의 그 기묘한 상처에 대해서 한동안 관심이 쏠렸다. 그 상처는 몇 가닥의 깊고 가는 세로로 그어진 줄이며, 길이는 일정치 않았으나 평행선을 긋고 있었으며, 얼마간 한쪽으로——나이트 테이블이 놓인 쪽으로 굽어 있었다. 상처의 길이는 이마 전체를 덮고 있는 것이 아니고 눈썹과 머리칼이 난 그 중간쯤에서 시작해서 백발의 머릿속까지 들어가 있었다. 이 기묘한 상처에서는 피가 번져 나와 있었다. 레인은 무엇인가를 확인하려는 듯이 나이트 테이블 밑 양탄자에다 시선을 돌리고는 크게 고개를 끄덕였다. 그곳 바닥에는 테이블 밑에 반쯤 가려진, 망가진 헌 만돌린이 줄 있는 부분이 위쪽으로 떨어져 있었다.

그는 몸을 구부려서 더 자세히 살펴보기 시작했다——그런 다음 두 사람을 돌아보았다. 브루노 지방검사는 쓴웃음을 짓고 있었다. "마침내 찾아내셨군요. 그것이 흉기입니다."

"그렇군요." 하고 레인은 낮은 목소리로 말했다. "그래요. 줄 밑쪽에는 피가 묻어 있어요."

오랫동안 쓰지 않았는지 줄은 완전히 녹슬어 있었으며, 그 중 한 가닥은 끊겨 있었는데, 갓 묻은 붉은 피의 얼룩은 아주 분명한 것이었다.

레인은 만돌린을 집어들었다. 그는 이 악기가 흩어져 있는 털컴 파우더 위에 떨어져 있었다는 점에 생각이 미쳤다. 만돌린이 떨어져 있었던 곳의 가루 위에는 뚜렷하게 그 자국이 남아 있었다. 손에 들고 있던 만돌린을 다시 살펴보니 그 악기의 아랫부분 한쪽 끝에 새롭게 긁힌 자국이 있었으며, 그것이 테이블 표면의 상처 자국과 꼭 맞아떨어진다는 것을 알았다.

"어떻습니까, 레인 씨? 살인을 위한 흉기로는 참으로 기묘한 것이라고 생각되지 않습니까?" 고함치는 듯한 목소리로 샘 경감이 말했다. "만돌린이라니!" 앞으로는 도대체 어떤 것이 흉기로 이용될지 알 수 없다는 듯이 그는 고개를 저었다. "이러다가는 백합꽃을 흉기로 쓰게 될지도 모르겠군요."

"기묘해, 정말 기묘해요!" 레인은 경감의 익살은 상대도 하지 않고 말했다. "그토록 당당하던 해터 부인이 만돌린으로 이마를 얻어맞고 죽다니……문제는 흉기가 기이하다는 것보다는 이 상처의 깊이로 보아 이것만으로는 치명상이 될 수 없지 않을까 하는 생각이 드는군요. 참으로 기묘한 일이군……실링 박사가 오면 알게 되겠지만."

그는 만돌린을 양탄자 위 처음 있었던 곳에 그대로 놔두고 다시 나이트 테이블을 살폈다. 이렇다 할 만한 것은 하나도 눈에 띄지 않았다──과일 바구니(이것은 루이자의 침대 가까운 쪽에 있었다), 탁상시계, 천화분 통이 쏟아져 버린 흔적, 헌 성경책을 꽂아둔 책꽂이, 그리고 다 시들어버린 꽃을 꽂아놓은 꽃병이 있었다.

과일 바구니에는 사과 한 개, 바나나 한 개, 햇포도 한 송이, 오렌지 한 개, 그리고 배가 세 개 담겨져 있었다.

뉴욕 지구의 주임 검시의 레오 실링 박사는 정서적인 면이라고는 거의 없는 사람이었다. 검시의로서 과거의 경력에 마치 기록담당처럼 따라다닌 수많은 시체──자살자, 범죄에 의한 피살자, 신원불명의 시체, 실험용 시체, 마약중독자, 원인불명으로 죽은 사람 등──을 생각하면 그가 무감각한 사람이 되어버린 것도 당연하다고 할 수밖에 없었다. 그는 '신경질'이라는 말을 경멸했고, 그의 신경은 메스를 자유자재로 쓸 수 있는 손가락처럼 튼튼했다. 친지들은 그의 직업적인 껍질을 벗기고 보면 과연 여느 사람들처럼 심장이 뛰고 있을까 하는 의문조차 가지고 있었지만 아직까지 그것을 확인해 본 사람은 없었다.

그는 에밀리 해터 부인이 마지막 안식을 하고 있는 곳으로 발을 들여놓으면서 지방검사를 보고는 아무렇게나 고개를 끄덕였다. 그리고는 샘에게 뭐라고 투덜거리더니, 드루리 레인에게는 무슨 소린지 알아들을 수 없는 말을 중얼거리며 인사했다. 그런 다음 침실 안을 건성으로 둘러보고는 양탄자 위 하얀 발자국도 빼놓지 않고 살펴본 다음 손에 들고 있던 가방을 침대 위에 내던졌다——그것이 쿵 하고 소리내며 떨어진 곳이 바로 노부인의 빳빳이 굳은 다리 위였으므로 드루리 레인은 섬뜩했다.

"발자국을 밟아도 상관없겠지요?" 하고 실링 박사가 무뚝뚝하게 말했다.

"괜찮습니다. 모두 사진을 찍어두었으니까요. 그런데, 박사님, 다음부터는 좀 빨리 와주셔야겠습니다. 이번에는 연락드린 지 꼭 두 시간 반 만에 오셨습니다."

땅딸막한 키의 의사는 뭐라고 독일어로 늘어놓으면서 히죽히죽 웃었다. "하이네는 좀더 멋진 표현을 썼지만, 요는 낡은 이야기일지라도 언제나 새롭다는 거죠……경감님, 허둥댈 것 없습니다. 죽은 부인께서는 참을성 있게 기다리고 있으니까요." 그는 무명베로 만든 모자의 앞창을 끌어당겨 내렸다——그는 달걀 같은 대머리인데, 거기에 꽤 신경을 쓰고 있었다——그리고 천천히 침대를 돌아, 거기에 나 있는 발자국 같은 것은 조금도 개의치 않고 마구 밟으며 일을 시작했다.

그의 작고 통통한 얼굴에서 웃음이 사라지고 고풍스러운 금테 안경 너머 두 눈이 긴장감을 띠기 시작했다. 레인이 보고 있으려니, 그는 죽은 여자의 이마에 세로로 그어진 상처를 보고는 의아한 얼굴로 그 두툼한 입술을 쑥 내밀었으나, 곧 만돌린으로 눈길을 옮기더니 고개를 끄덕이는 것이었다. 그런 다음에는 조그만 두 손으로 아주 조심스럽게 백발의 성성한 시체의 머리를 잡고는 재빨리 두 개골을 쓰다듬으며 머리카락을 헤쳐 보기 시작했다. 분명히 미심쩍은 점이 있는 모양인지 그의 표정이 굳어지며 흐트러진 시트를 젖히고 시체를 신중하게 살펴보기 시작했다. 다른 사람들은 말없이 그를 지켜보고 있었다. 검시의의 의심이 차츰 더해 가고 있는 것만은 분명했다. 몇 번이나 '이럴 수가!' 하고 중얼거리기도 하고, 머리를 흔들기도 하고, 휘파람 소리를 내기도 하고, 조그맣게 콧노래를 부르기도 하더니……갑자기 모두를 돌아보며 물었다. "이 여자의 주치의는 어디 있지요?"

샘 경감이 침실에서 나가더니 2분쯤 지나서 메리엄 박사와 함께 돌아왔다. 두 의사는 결투라도 할 모양인지 몹시 딱딱한 인사를 주고받았다. 메리엄 박사가 언제나처럼 아주 침착한 태도로 침대를 돌아 들어가서 실링 박사와 함께 시체 위로 몸을 굽히고는 엷은 나이트 가운을 들추고서 작은 목소리로 이야기해 가며 시체를 조사했다. 그때 루이자 캠피언의 간호원 스미스 양이 잰걸음으로 방 안으로 들어와서는 나이트 테이블 위에 과일 바구니를 낚아채듯이 들고 다시 급하게 방을 나갔다.

샘 경감과 브루노 검사와 레인은 아무 말 없이 보고만 있었다.

이윽고 두 의사가 허리를 펴고 일어섰다. 메리엄의 기품 있는 노안(老顔)에는 어쩐지 불안한 그림자가 드리워져 있었다. 검시의는 땀이 밴 이마 위로 모자를 한층 더 깊숙이 눌러썼다.

"박사님이 보기엔 어떻습니까?" 하고 지방검사가 물었다.

실링 박사는 얼굴을 찡그리고 있었다. "이 노부인은 이마에 가해진 타격으로 죽은 게 아닙니다." 이 말을 들은 드루리 레인은 이미 알고 있었다는 표정으로 고개를 끄덕였다. "메리엄 박사나 나는 이 정도의 타격이라면 기껏 기절이나 할 것이라는 생각입니다."

"그렇다면 대체 무엇으로 살해된 겁니까?" 하고 샘 경감이 불만스러운 얼굴로 물었다.

"경감님, 당신은 언제나 그렇게 서두르기만 하는군요." 하고 실링 박사는 꽤나 답답하다는 듯이 말했다. "뭐가 걱정입니까? 사인은 역시 만돌린입니다. 간접적이기는 하지만. 그럼, 어떻게 죽었느냐 하는 것이 문제인데, 그것은 이 노부인의 신경에 심한 충격을 주었기 때문입니다. 왜냐하면 나이 탓이죠──63세라는 나이에, 메리엄 박사의 말에 의하면 이 노부인의 심장이 꽤 나빴던 모양입니다. 그렇게 말씀하셨지요, 박사님?"

"그렇소."

경감은 자신이 주장한 것이 빗나가지 않아서 그런지 한시름놓는 듯한 얼굴로 말했다. "그것으로 분명해졌군요. 범인이 부인의 머리를 호되게 내리쳤다. 그 충격으로 약했던 심장이 멎어서 죽었다는 이야기가 되겠군요. 그렇다면 사실은 잠자는 사이에 죽었을지도 모를 일이군요?"

"그렇지는 않을 겁니다." 하고 드루리 레인이 말했다. "자면서 죽기는커녕, 그 반대지요, 경감님. 부인은 분명히 깨어 있었다고 생각됩니다."

두 의사도 고개를 끄덕였다.

"이유는 세 가지입니다. 첫째는 그녀의 겁에 질린 듯한 눈이 크게 떠져 있었다는 점에 유의해 주시기 바랍니다. 이것은 의식이 있었다는 증거입니다, 경감님……둘째는 보시다시피 부인의 표정이 그것을 말해 주고 있지요." 레인의 얼굴은 지나칠 정도로 담담했다. 에밀리 해터의 죽은 얼굴은 말할 수 없는 고통과 놀라움으로 무섭게 일그러져 있었다.

"손도 반쯤 움켜쥐고 덤벼들 듯한 모습을 하고 있습니다……그리고 세 번째는, 이것은 좀 묘한 데가 있습니다." 레인은 침대 곁으로 다가가서 시체의 이마에 나 있는 만돌린 줄의 상처를 가리켰다. "이 위쪽으로 나 있는 상처, 이것으로 해터 부인이 만돌린으로 얻어맞을 때 침대 위에 일어나 앉아 있었다는 것을 알 수 있습니다."

"그것을 어떻게 아십니까?" 샘이 따지듯이 물었다.

"간단하지요. 얻어맞았을 때에 잠들어 있었다면──즉, 침대에 누워서, 그것도 지금의 모양으로 짐작컨대 천정을 보고 누워 있었다면 만돌린 줄의 자국은 이마의 위쪽만이 아니고 아래쪽에도, 그리고 코에까지, 어쩌면 입술 위에까지도 나 있었을 것입니다. 그런데도 보시다시피 상처가 이마의 위쪽에만 나 있는 점으로 미루어 부인은 앉아 있었거나, 아니면 일어나 앉으려 했던 것으로 보입니다. 그것은 말할 것도 없이 부인이 깨어 있었다는 증거지요."

"정말 멋진 추리입니다." 하고 메리엄 박사가 말했다. 박사는 예의바른 자세로 선 채 갸름긴 희고 긴 손가락을 신경질적으로 움직이고 있었다.

"기본적인 것에 불과하지요. 그런데, 실링 박사님, 해터 부인이 죽은 것은 대략 몇 시쯤이라고 생각되십니까?"

실링 박사는 조끼 주머니에서 언제나 애용하는 상아 이쑤시개를 꺼내어 이를 쑤시기 시작했다. "죽은 지 여섯 시간, 그러니까 오늘 아침 4시쯤이 되겠지요."

레인은 고개를 끄덕였다. "실링 박사님, 범인이 해터 부인을 내리쳤을 때 서 있었던 위치를 알아내는 것이 중요하다고 생각하는데요, 이 점에 대해서 무슨 확실한 의견이라도 있으신지요?"

실링 박사는 생각에 잠기며 침대 쪽을 보았다. "그것은 알 수 있지요. 범인은 두 침대 사이에 서 있었습니다──노부인의 침대 저쪽은 아닙니다. 시체의 위치와 이마의 상처를 보면 알 수 있지요.

메리엄 씨는 어떻게 보십니까?"

늙은 주치의는 깜짝 놀랐는지, "예—— 정말입니다, 그렇습니다." 하고 허둥대며 대답했다.

샘 경감은 안절부절못하며 그 튼튼해 보이는 턱을 어루만지고 있었다. "이 만돌린이라는 것이 아무래도 마음에 걸리는군요. 문제는 심장이 약하고 아니고는 별개로 하고, 만돌린으로 얻어맞는 정도로 죽을 수 있느냐 하는 겁니다. 즉, 만일 사람을 죽일 생각을 했다면 아무리 기표한 흉기를 고른다고 해도 좀더 목적을 확실히 달성할 수 있을 만한 것을 고르지 않았을까 하는 생각이 드는군요."

"아니, 그 점은 문제없다고 봅니다, 샘 경감님." 하고 검시의가 말했다. "만돌린 같은 비교적 가벼운 것을 썼다고 해도, 힘껏 내리치면 해터 부인 정도의 건강상태로서 나이먹은 여자라면 죽일 수 있지요. 하긴 이 상처로 보아서는 별로 힘껏 내리친 것 같지도 않습니다만."

"어디 다른 데는 내리치거나 조른 흔적은 없습니까?" 하고 레인이 물었다.

"없습니다."

"독은 어떻습니까? 무슨 의심가는 점이라도?" 하고 지방검사가 물었다.

"그런 점은 없는 것 같습니다." 실링 박사는 신중하게 대답했다. "그러나 해부는 해봐야지요. 곧 하겠습니다."

"그것은 꼭 해주셔야겠습니다." 하고 경감이 말했다. "또 누군가가 독약을 쓴 것은 아니라는 점을 알아내는 것만으로도 족합니다. 어쨌든 이번 사건은 도무지 갈피를 잡을 수가 없군요. 처음에는 벙어리 여자에게 독약을 먹이려고 하더니 이번에는 노파를 내리쳐서 죽였다. 여하튼 독약을 먹은 흔적이 있는지 없는지는 확인해야 합니다."

브루노 검사의 눈이 날카롭게 빛났다. "내리친 것이 직접 사인이 아니고——그로 인한 충격으로 죽었다고 하더라도 이것은 말할 것도 없이 살인입니다. 살인할 의사가 있었다는 것이 분명하니까요."

"하지만, 브루노 씨, 그렇다면 어째서 더 힘껏 내리치지 않았을까요?" 하고 레인이 냉담한 투로 물었다.

지방검사는 어깨를 으쓱했다.

은퇴한 노배우가 다시 물었다. "게다가 어째서 그토록 어설픈 흉기를 골랐을까요? 만돌린 같은걸! 범인의 목적이 머리를 내리쳐서 해터 부인을 죽이는 데 있었다면 이 방안에는 좀더 묵직한 흉기가 얼마든지 있었는데도 불구하고 왜 하필 만돌린 같은 것을 골랐을까요?"

"그 말도 그럴 듯하군요, 그 생각은 미처 못했습니다." 샘 경감은 레인이 손가락으로 가리키는 난로가의 쇠로 만들어진 난로용 도구며, 침대 옆 나이트 테이블 위에 놓인 묵직해 보이는 책꽂이를 보면서 중얼거렸다.

레인은 뒷짐을 지고 방안을 서성거렸다. 실링 박사는 지겨운 듯한 태도를 보이기 시작했다. 메리엄 박사는 마치 검열을 받고 있는 병사처럼 예의바른 자세로 서 있었다. 지방검사와 샘 경감은 점점 더 걱정스러운 얼굴이 되었다.

"그런데 만돌린은 그전부터 이 침실에 있었던 겁니까?" 하고 레인이 물었다.

"아닙니다." 하고 경감이 대답했다. "아래층 도서실 유리상자 안에 있었죠. 요크 해터가 자살한 뒤로 노부인이 거기에 넣어둔 거랍니다——남편의 유품 가운데 하나죠. 요크가 쓰던 물건이었답니다……하긴 그렇게 생각하고 보면……"

갑자기 드루리 레인은 잠깐 멈추라는 듯이 한 손을 들더니 실눈을 뜨고서 바라보았다. 마침 실링 박사가 시체에 덮인 시트를 바로 하려고 팽팽하게 잡아당긴 순간 침대 커버의 주름 사이에서 무엇인가가 튀어나와, 창에서 들어오는 햇빛에 반짝하고 빛나면서, 흰 가루가 흩어져 있는 바닥의 양탄자 위에 떨어진 것이다. 레인은 곧 달려가 그것을 바닥에서 집어들었다.

그것은 빈 주사기였다.

모두들 새로 발견된 이 물건에 대한 흥미로 갑자기 활기를 띠며 레인 주위로 모여들었다. 레인은 조심스럽게 주사기의 위쪽을 쥐고, 무엇인가가 묻어 있는 바늘 끝의 냄새를 맡아보고는 햇빛에 비쳐보았다.

실링 박사는 거침없이 레인의 손에서 그 주사기를 빼앗아들고는 메리엄 박사와 함께 창가로 갔다. "비어 있군." 하고 검시의는 중얼거렸다. "이 6이란 숫자는 도대체 뭘까? 이 안에 남아 있는 찌꺼기는——어쩌면……"

"뭡니까?" 하고 레인은 열띤 어조로 물었다.

실링 박사는 어깨를 으쓱하며 말했다. "분석을 해봐야지요."

"시체에 피하주사를 놓은 자국은 없었습니까?" 하고 레인이 다시 물었다.

"없었습니다."

그 순간, 마치 총알이 뚫고 나가기라도 한 듯 레인의 몸이 굳어지며 그 녹회색 눈이 빛났다……샘 경감은 놀라서 입이 딱 벌어졌다. 드루리 레인이 굉장히 흥분한 얼굴로, "간호원이야——저 방." 하고 소리치며 문을 향해 단숨에 내달리기 시작했기 때문이다. 모두들 그의 뒤를 따랐다.

간호원 스미스 양의 방은 이 죽음의 방 바로 옆에 있었다. 모두가 그 방으로 뛰어들자 그들의 눈에 비친 것은 아주 평온한 광경이었다. 침대 위에는 보이지 않는 눈을 뜬 채 살찐 루이자 캠피언이 누워 있었다. 그리고 튼튼해 보이는 중년의 간호원이 옆에 놓인 의자에 앉아서 루이자의 이마를 짚어보고 있었다. 루이자는 손에 들고 있는 포도송이에서 기계적으로 포도알을 따서는 별로 맛도 없는 듯 입으로 집어넣고 있었다. 침대 옆 테이블에는 조금 전 스미스 양이 죽음의 방에서 가져온 과일 바구니가 놓여 있었다.

드루리 레인은 방으로 달려들어가서 느닷없이 루이자의 손에서 포도송이를 빼앗았다——그 거친 행동에 놀란 스미스 양은 비명을 지르며 펄쩍 뛰었다. 귀머거리에 벙어리이며 장님인 루이자는 놀라 침대에서 윗몸을 일으키고는 평소에는 늘 무표정하던 그 얼굴이 얼어붙은 듯한 두려움으로 가득차 있었다. 그녀는 마치 들짐승 같은 목소리로 울음을 터뜨리고는 스미스 양의 손을 잡으려고 새빨리 그녀에게 달라붙었다. 온몸의 피부는 불안에 오들오들 떨고 있었으며 두 팔에는 순식간에 소름이 돋았다.

"얼마나 먹었소?" 하고 레인이 호통치듯 물었다.

간호원의 얼굴은 새파랗게 질려 있었다. "도대체 왜 그러시는 거예요……먹은 건 기껏 한 움큼 정도예요."

"메리엄 씨! 실링 씨! 괜찮겠습니까?" 하고 레인이 물었다.

메리엄 박사는 서둘러 침대로 다가갔다. 루이자는 박사의 손이 자기의 이마에 와닿는 것을 느끼자 금세 울음을 그쳤다.

메리엄 박사는 침착하게 말했다. "별 이상은 없는 것 같습니다."

드루리 레인은 손수건을 꺼내 이마를 닦았으나 그 손은 몹시 떨리고 있었다. "늦어버린 게 아닌가 하고 걱정했습니다." 라고 말한 그의 목소리는 다른 사람의 목소리처럼 바뀌어 있었다.

샘 경감은 두 주먹을 불끈 쥐고 앞으로 나서서는 과일 바구니를 노려보았다. "독이 들어 있다는 거로군요?"

그들은 일제히 과일 바구니를 바라보았다. 그러나 그들의 눈앞에는 아무 이상없이 사과와 바나나와 오렌지, 그리고 배 세 개가 놓여 있었다.

"그렇습니다." 하고 레인이 대답했다. 그의 굵직한 목소리도 이미 침착성을 되찾았다. "틀림없습니다. 그리고, 여러분! 일이 이렇게 된 이상, 사건의 양상이……완전히 바뀐 셈입니다."

"하지만, 어째서……" 하고 브루노 검사가 알 수 없다는 얼굴로 무슨 말인가를 하려 했다. 하지만 레인은 아직은 자신의 생각을 말하고 싶지 않다는 듯이 재빨리 손을 저었다. 그리고는 루이자 캠피언의 움직임을 살펴보고 있었다. 그녀는 메리엄 박사가 상냥하게 어루만져 주자 다시 평온을 되찾고 느긋하게 누워 있었다. 그 편안해 보이는 얼굴에는 40년에 걸친 괴로운 생활의 그림자라고는 거의 찾아볼 수 없었다. 보기에 따라서는 매력적인 여자라고 할 수도 있었다. 코는 자그마하면서도 균형이 잡혀 있었으며, 입술은 우아한 곡선을 긋고 있었다.

"가엾게도……무슨 생각을 하고 있는지……" 하고 레인은 중얼거렸지만 간호원을 돌아다본 그의 눈은 날카롭게 번득였다. "이 과일 바구니는 조금 전에 당신이 옆방 나이트 테이블 위에서 가져온 거지요?" 하고 그가 물었다. "과일은 언제나 그 방에 놓아두나요?"

"그렇습니다." 하고 스미스 양이 겁먹은 태도로 대답했다. "루이자 아가씨는 과일을 무척 좋아하거든요. 그래서 그 방 나이트 테이블에는 늘 과일 바구니를 준비해 두고 있답니다."

"루이자 양이 특별히 좋아하는 과일이 있나요?"

"따로 없어요. 철 따라 나는 과일이면 무엇이든 드십니다."

"흠." 레인은 웬지 당혹한 얼굴이었다. 그는 무슨 말인가를 하려다가 생각을 바꾸어 입을 다물고는 생각에 잠겼다. "그럼, 해터 부인은? 부인도 그 바구니의 과일을 먹었소?" 하고 그는 물어보았다.

"예, 어쩌다가 입에 대실 때도 있었습니다."

"언제나 그랬다는 건 아니군요?"

"예."

"해터 부인도 과일은 무엇이나 다 좋아하셨나요, 스미스 양?" 그는 상냥하게 물었다. 그러나 브루노와 샘은 그 말투가 심상치 않음을 느꼈다.

스미스 양 역시 그것을 느꼈다. 그녀는 조용히 말했다. "정말 이상한 것을 물으시는군요. 해터 부인은 한 가지만은 아주 싫어하셨습니다. 배를 싫어하셨지요── 벌써 몇 년째 배는 입에도 대지 않으셨답니다."

"흠, 아주 흥미 있는 일이군. 그럼 그 사실을 가족들은 모두 알고 있나요, 스미스 양?"

"물론이에요. 오래 전부터 가족들 사이에서는 웃음거리가 되어 있었지요."

드루리 레인은 만족스러운 모양이었다. 그는 몇 번이나 고개를 끄덕이고는 스미스 양에게 친근한 눈길을 보냈다. 그리고는 간호원의 침대 옆 테이블로 다가가서 루이자 캠피언의 방에서 가져온 그 과일 바구니를 바라보았다. "해터 부인은 배를 싫어했었단 말이지." 하고 그는 중얼거렸다.

"샘 경감님, 관심을 가질 만한 일입니다. 이 바구니에 담긴 배를 자세히 조사해 볼 필요가 있다고 생각합니다만."

바구니 속에 든 세 개의 배 중에서 두 개는 노랗게 익어서 단단했고── 별로 이상한 점은 없었다. 세 번째의 배를⋯⋯레인은 손에 들고 찬찬히 살펴보았다. 그것은 썩어가고 있었다. 껍질엔 갈색 얼룩이 있었고, 그 부분이 물렁거렸다. 레인은 조그맣게 탄성을 지르고 배를 오른쪽 눈앞 3인치(약 7.6cm)쯤 되는 곳까지 가까이 가져갔다.

"역시 생각한 대로였습니다." 하고 그는 중얼거렸다. 그리고는 으쓱해진 모습으로 실링 박사 쪽을 돌아보았다.

"자, 보십시오. 의사 선생." 하고 세 개의 배를 검시의에게 건네주며 그가 말했다. "내가 잘못 보지 않았다면, 이 썩기 시작한 배 껍질에는 바늘 자국이 있을 겁니다만."

"독약을 주사했군요!" 샘과 브루노가 동시에 외쳤다.

"지레짐작은 금물이지만, 아마──그럴 겁니다. 그래요⋯⋯의사 선생, 보다 확실하게 하기 위해서 세 개를 모두 조사해 주십시오. 독약의 성질을 알아낸 다음에는 내친 김에 그 배가 썩은 까닭은 독 때문인지, 아니면 독을 주사하기 이전부터 썩어 있었는지, 그것도 알려주십시오."

"알았습니다." 하고 실링 박사가 말했다. 그는 세 개의 배를 마치 보물처럼 떠받들고 방에서 나갔다.

샘 경감이 느릿느릿한 말투로 이야기를 시작했다. "어쩐지 석연치 않은 느낌이 드는데……말하자면 그 배 속에 독이 들어 있었고, 게다가 노파는 배를 먹지 않는다고 하면——"

"그러니까 해터 부인이 살해된 것은 우연히 생긴 사건이며, 계획적인 것은 아니다——그리고 독을 넣은 배는 이 가엾은 루이자를 노린 것이군!" 하고 브루노가 결론지었다.

"그렇습니다. 그렇게 된 것이 틀림없습니다!" 하고 경감이 소리쳤다. "검사님! 틀림없습니다. 범인은 방에 숨어들어와서 그 배에다 독을 주사했습니다. 그때 마침 노파가 잠을 깼습니다——어쩌면 범인의 얼굴까지 보았을지도 모르지요——그래서 그런 얼굴을 하고 죽은 것이 아닐까요? 그 뒤는 뻔하지요. 만돌린으로 얼굴을 얻어맞고 노파의 인생은 막을 내린 거지요."

"그래요. 그것으로 대강 이야기의 줄거리가 세워지는군요. 배에다 독을 주사한 녀석은 두 달 전 계란술에 독을 넣은 녀석과 틀림없이 같은 인물일 겁니다."

드루리 레인은 아무 말도 하지 않았다. 그러나 그의 두 눈썹 사이의 깊은 주름에는 어떤 당혹감이 깃들어 있었다. 스미스 양은 어찌할 바를 모르는 태도였다. 그리고 루이자 캠피언은 또다시 자기의 목숨을 노렸다는 수사관들의 결론은 알지도 못하고, 어둠과 절망의 세계에서 태어난 강인한 끈기로 메리엄 박사의 팔에 매달려 있었다.

제3장 도서실
(6월 5일 일요일 오전 11시 10분)

한동안 막간 같은 시간이 흘렀다. 경찰들은 주변에서 어슬렁거리고 있었다. 한 순경이 경감에게 와서는 피하주사기나 만돌린에도 지문은 없었다고 보고했다. 실링 박사는 시체 운반하는 것을 감독해 가며 바쁘게 돌아다니고 있었다.

시체를 옮기느라 소란을 떨고 있는 가운데 드루리 레인은 조용히 서서 생각에 잠겨 있었는데, 그것도 거의 루이자 캠피언의 무표정한 얼굴에서 마치 수수께끼의 답을 찾아내려는 듯이 그녀를 지켜보고 있을 뿐이었다. 지문이 발견되지 않았다면 범인은 장갑을 끼고 있었음이 분명하다고 떠들어대는 브루노 지방검사의 말도 레인의 귀에는 거의 들어오지 않았다.

이윽고 거의 일이 마무리지어지고 주변이 말끔하게 정리되었다. 실링 박사는 시체를 따라서 가버리고 경감은 스미스 양의 방문을 닫았다. 곧 드루리 레인이 입을 열었다. "캠피언 양에게 사실을 알렸나요?"

간호원은 고개를 가로저었다. 그리고 메리엄 박사가 대신 대답했다. "아직 알리지 않는 것이 좋을 것 같아서요. 적어도……"

"이젠 알린다고 해도 몸에는 별 지장이 없지 않겠소?"

메리엄 박사는 얇은 입술을 오므렸다. "하지만 듣게 되면 심한 충격을 받겠지요. 심장이 약하거든요. 그러나 소란스러운 일도 대강 진정이 되었고, 게다가 언젠가는 알려야만 할 일이니까……"

"그녀와는 어떤 방법으로 이야기를 합니까?"

간호원은 말없이 침대로 다가가더니 베개 밑에서 묘한 도구를 꺼냈다. 그 도구는 주판과 비슷하게 생겼는데, 홈이 파인 널빤지와 커다란 상자였다. 간호원이 그 상자의 뚜껑을 열자 그 안에는 도미노 같은 조그만 금속제 토막들이 수북히 들어 있었다. 그 토막 하나하나에는 뒷면에 튀어나온 부분이 있고 그것이 널빤지의 홈에 꼭 들어맞게 되어 있었다. 토막의 앞면에는 꽤 큰 점이 몇 개 튀어나와 있는데, 그것이 금속토막마다 다른 모양으로 만들어져 있는 것이다.

"점자로군요?" 하고 레인이 물었다.

"예." 하고 간호원은 한숨섞인 대답을 했다. "토막 하나하나가 점자 알파벳으로 되어 있습니다. 루이자 아가씨를 위해서 특별히 만들게 한 도구인데……어디를 가든 아가씨는 이것을 가지고 간답니다."

이 글씨를 읽지 못하는 일반 사람을 위해서 토막의 앞면에는 튀어나온 점자 외에 그것을 번역한 보통 알파벳 글씨가 흰색으로 쓰여 있었다.

"그럴 듯하군. 잘 만들었군요." 하고 레인이 말했다. "스미스 양, 괜찮으시다면 잠깐……" 그는 조용히 간호원을 밀어내고 그 조각과 널빤지를 손에 들고는 루이자 캠피언을 내려다보았다.

운명적인 순간——누구나 그런 느낌을 받았다. 이 더할 수 없이 이상한 불구자가 과연 어떻게 반응할 것인가? 그녀는 이미 주위의 긴박한 분위기를 느낌으로 알아차린 것은 분명했다. 그녀의 희고 아름다운 손가락은——곧 메리엄 박사의 손에서 떨어져서——끊임없이 움직이고 있었다. 레인은 이리저리로 움직이고 있는 손가락이 마치 떨면서 광명을 찾아헤매고 있는 곤충의 더듬이 같다는 느낌이 들어 가벼운 몸서리가 쳐졌다. 불안한지 머리를 바쁘게 좌우로 흔들고 있었으므로 더욱 곤충 같은 느낌이 들었다. 눈동자는 시원하고 컸으나 흐릿한 게 빛이 없었으며——보이지 않는 눈이었다. 그 순간 모두의 시선은 그녀에게 집중되어 있었음에도 불구하고, 그녀가 겉보기에 아름답다고까지는 못하더라도 보기 흉하다는 생각을 한 사람은 아무도 없었다——그녀는 통통한 몸매에 키는 약 5피트 6인치(약 167.6cm), 치렁치렁한 갈색 머리카락, 얼굴은 아주 건강해 보였다. 그러나 사람들의 마음을 사로잡은 것은 그녀의 기묘하고 특이한 점이었다——물고기 같은 두 눈, 움직임이 없고 공허한, 마치 죽은 사람과 같은 얼굴, 그리고 떨면서 움직이는 손가락……

"몹시 흥분하고 있는 모양이군." 샘 경감이 중얼거렸다. "저 손가락의 움직임을 보십시오. 소름이 끼칩니다."

간호원이 머리를 가로저었다. "저건——흥분하고 있는 것이 아니에요. 말을 하고 있는 거예요. 무엇인가를 묻고 있군요."

"말하고 있는 거라고?" 지방검사가 놀라서 소리쳤다.

"그렇소." 하고 레인이 말했다. "벙어리가 손으로 말하고 있는 겁니다, 브루노 씨. 저렇게 열심히 무슨 말을 하고 있는 겁니까, 스미스 양?"

체격이 좋은 간호원은 갑자기 의자에 털썩 주저앉았다. "전——정말 어째야 좋을지 난감할 뿐이에요." 그녀는 쉰 목소리로 말했다. "루이자 아가씨는 수없이 이렇게 되풀이하고 있답니다. '무슨 일이 생겼어? 무슨 일이 생겼냐고? 어머니는 어디 있지? 왜 대답을 안해? 무슨 일이야? 대체 어머니는 어디 있지?'"

모두들 아무 말이 없었다. 레인은 한숨을 쉬고 루이자의 두 손을 자기의 우람한 손으로 감싸쥐었다. 그것을 뿌리치려고 루이자의 손은 끝없이 애쓰다가 마침내 조용해졌다. 그녀의 콧구멍은 상대방을 냄새로 알아내기라도 하려는 듯이 벌름거리고 있었다. 기분 나쁜 광경이었다. 그러나 레인의 손에서 느껴지는 촉감에 그녀를 안심시키는 것이라도 있었는지, 아니면 모든 동물에게는 공통된 것이면서도 대부분의 인간들에게는 느끼지 못하는 미묘한 영감(靈感)이 전해진 것인지, 루이자는 거의 침착해져서 레인의 손에서 조용히 자신의 손을 빼내었다.

'무슨 일이지요? 어머니는 어디 있어요? 그런데 당신은 누구세

요?'

레인은 재빨리 상자 속에서 점자가 새겨진 토막들을 골라내어 한 줄의 문장을 만들어 그 점자판을 루이자의 무릎 위에 올려놓았다. 루이자는 황급히 그것을 잡고는 손끝으로 바쁘게 금속으로 만들어진 토막 위를 더듬었다.

"나는 당신의 친구입니다." 레인이 만든 문장은 그런 내용이었다. "당신을 도와주고 싶습니다. 당신에게 나쁜 소식을 알려야 되는데, 용기를 내십시오."

루이자는 애처로운 모습으로 목에서 꼬르륵 소리를 냈다. 샘 경감은 질려서 그만 외면을 하려고 했다. 메리엄 박사는 그녀 뒤에 서서 돌처럼 굳어 있었다. 마침내 루이자 캠피언이 깊은 숨을 내쉬며 다시 두 손을 움직이기 시작했다.

스미스 양은 힘없는 목소리로 그것을 번역했다. '알겠어요. 알겠습니다. 용기를 내겠습니다. 정말 무슨 일이 생겼나요?'

레인의 손가락이 상자 속으로 들어가더니 점자의 배열을 고쳐서 새로운 말을 만들어냈다.

방안은 무거운 침묵이 흘렀다.

'당신의 인생은 용기를 노래한 시라고 해도 좋습니다. 언제까지나 그렇게 살기 바랍니다. 그런데 아주 슬픈 일이 생겼습니다. 어젯밤에 당신 어머니가 살해되었습니다.'

점자판 위를 바쁘게 훑고 있던 손이 그만 딱 멈춰버렸다. 무릎에서 점자판이 미끄러져 내리고, 조그만 금속토막들이 바닥에 흩어졌다. 루이자가 기절한 것이다.

"자, 모두들 나가 주시오!" 그들은 너무 애처로워 루이자에게로 달려가려 했으나 메리엄 박사가 소리쳤다. "여기는 나와 간호원에게 맡기시오!"

그들은 멈칫하고 늙은 메리엄 박사가 있는 힘을 다해 축 늘어진 루이자의 몸을 의자에서 안아올리는 것을 지켜보았다. 그런 다음 모두들 불안한 얼굴로 출구 쪽으로 서둘러 갔다.

"그럼, 캠피언 양은 박사님이 돌보아주십시오. 절대 그녀 혼자 있게는 하지 마시고요." 샘 경감은 좀 불만스러운 얼굴을 하고서 의사를 보고 그렇게 말했다.

"여러분들이 나가주지 않으시면 나는 아무것도 책임질 수가 없습니다!"

모두들 의사의 말에 따랐다. 레인이 마지막으로 방에서 나왔다.

그는 가만히 문을 닫고는 오랫동안 그 자리에 선 채 생각에 잠겨 있었다. 이윽고 이상하게도 피로한 듯이 손가락을 관자놀이에 대고 머리를 흔들더니 손을 내렸다. 그리고는 검사와 샘 경감의 뒤를 쫓아 아래층으로 내려갔다.

아래층에 있는 도서실은 식당 옆이었다. 오래 된 방이었으며 가죽냄새가 났다. 책장을 차지하고 있는 것은 거의가 과학과 시에 대한 책들이었다. 자주 이용되고 있었던 느낌이 들었고, 놓여 있는 가구들도 오랜 손때가 묻은 것이었다. 더없이 기분좋은 방이었으므로, 레인은 마음에 들었는지 한숨을 내쉬면서 안락의자에 깊숙이 몸을 파묻었다.

샘과 브루노 검사도 자리에 앉아서 세 사람은 말없이 서로의 얼굴을 바라보았다. 집안은 조용했다. 들리는 것이라고는 경감의 거친 숨소리뿐이었다.

"어떻습니까?" 이윽고 경감이 입을 열었다. "어려운 사건이라고 생각되는데."

"하지만 흥미 있는 사건이기도 합니다, 경감님." 하고 레인이 대답했다. 그는 의자 속으로 더욱 깊이 파묻히며 두 다리를 길게 뻗었다. "그런데――" 하고 그는 말을 꺼냈다. "루이자 캠피언은 3개월쯤 전에 자신의 목숨을 누군가가 노렸다는 사실을 알고 있습니까?"

"모르고 있습니다. 이야기해야 무슨 의미가 있겠습니까? 그러지 않아도 저 모양이라 정말 불쌍한데."

"그건 그렇군요." 레인은 잠깐 생각한 끝에, "너무 잔인하겠지요." 하고 경감의 말에 동의했다. 그리고는 갑자기 일어서더니 방을 가로질러 유리상자를 올려놓은 받침대 앞에 가서 섰다. 상자는 비어 있었다. "이것이 만돌린을 넣어두었다는 상자로군요."

샘이 고개를 끄덕였다. 그리고는 내뱉듯이 말했다. "그렇습니다. 하지만 거기에도 지문은 없습니다."

"그렇더라도 그 독이 들어 있는 배 덕분에――만일 독이 검출된다면 말입니다만――문제는 많이 간단해진다고 생각되는데요." 하고 브루노 검사가 말했다.

"그 수상한 배에 기대를 걸어보자는 거로군요. 그야 범인의 표적이 루이자였다는 것만은 알게 되겠지요." 하고 경감은 신음하듯 말했다. "자, 슬슬 움직여 봅시다." 그는 일어나서 복도로 나가는

문으로 갔다. "이봐, 모셔! 할 이야기가 있으니까 바바라 해터 양
에게 가서 이리로 좀 와달라고 하게나."

레인은 안락의자로 다시 돌아와서 앉았다.

바바라 해터는 흔히 신문이나 잡지에 실린 사진에서보다는 훨씬
느낌이 좋은 얼굴이었다. 사진에서는 사진 특유의 선에 대한 예민
성 때문에 그녀의 여윈 얼굴이 더 앙칼져 보였지만 실물은 비록
여위기는 했어도 여자다운 부드러움이 배어나와 단정한 그 아름다
움이 더욱 돋보였다. 이 점은 저명한 사진작가인 카드가 그녀의 가
장 요정다운 특질을 표현한 그의 작품 속에서도 무시되어 있었다.
그녀는 훤칠하게 큰 키에 기품 있어 보이는 태도를 갖추었는데, 또
한 30대의 여자다운 점을 숨기려 하지 않았다. 그 우아한 몸가짐에
는 리듬이 있다고 해도 좋을 것 같았다. 그녀의 내부에는 훨훨 타
오르는 불꽃이 숨겨져 있고, 그 빛이 밖에까지 어렴풋이 내비쳐 그
녀의 예사로운 몸짓에서도 따뜻함을 주고 있는 듯했다.

여류시인 바바라 해터는 단지 지성을 지닌 여자일 뿐만 아니라
우아한 정열도 아울러 갖춘 비범한 여성이라는 것이 느껴졌다.

그녀는 샘 경감을 보고 고개만 숙여 인사하고는 지방검사에게도
아는 체를 했다. 그리고 레인의 모습을 발견하고는 아름다운 눈을
크게 뜨고서, "어머, 레인 씨!" 하고 은근하고 기품 있는 목소리로
말했다. "선생님까지 우리의 추악한 삶을 구경하러 오셨군요?"

레인은 얼굴을 붉혔다. "당신의 꾸중은 당연합니다. 불행히도 내
게는 묘한 성격이 있어서요." 그는 어깨를 으쓱했다. "아무튼 이리
로 좀 앉으시지요. 물어볼 말이 있습니다."

그는 바바라와 처음 만나지만 자기의 얼굴과 이름까지 알고 있
어도 놀라는 기색은 조금도 없었다. 그런 일에는 익숙해져 있기 때
문이다.

그녀는 장난스럽게 눈썹을 치켜올리면서 자리에 앉더니, 찾아온
사람들의 얼굴을 둘러보았다. "자아, 무엇이든 물어보세요." 하고
그녀는 가볍게 한숨을 쉬었다.

"해터 양." 갑자기 경감이 입을 열었다. "어젯밤 일어난 일에 대
해서 당신이 알고 있는 것을 말해 주시지요."

"경감님, 전 거의 아무것도 아는 것이 없어요. 제가 집에 돌아온
것은 오늘 새벽 2시쯤이었답니다──모 출판업자의 집에서 열린
따분한 파티에 가 있었거든요. 참석하신 신사분들께서 예의를 잊

으셨는지, 아니면 너무 취하신 탓인지 어쨌든 바래다주실 분이 없어서 혼자서 집으로 돌아왔지요. 집안은 아주 조용했습니다. 제 방은 아시다시피 바깥쪽 정원을 바라보는 곳이며, 복도의 맞은편이 어머니의 방이지요. 2층 침실의 문은 모두 닫혀 있었습니다. 이것만은 틀림없이 말씀드릴 수가 있습니다……저는 지쳐 있었기 때문에 곧바로 잠자리에 들어서 오늘 아침 6시 스미스 양의 비명소리에 눈을 뜰 때까지 잠만 잤습니다. 이것이 전부예요."

"흠." 하고 샘 경감은 난감한 얼굴을 했다.

"이런 정도로는 조금도 도움이 되어드리지 못할 줄 압니다만." 그녀는 더 물어볼 것이 있으면 물으라는 듯이 이번에는 드루리 레인 쪽을 보았다. 그러자 레인이 질문을 하기 시작했다. 그러나 그의 질문은 그녀로서는 너무 뜻밖의 것이었는지 그녀는 눈을 가늘게 뜨고는 한참 레인의 얼굴을 바라보았다. 그는 이렇게 물었던 것이다.

"바바라 양, 오늘 아침 당신과 동생인 콘래드 씨가 어머니의 침실로 달려갔을 때 두 사람 중 어느 분이라도 두 침대 사이로 걸어간 적이 있습니까?"

"그런 일 없습니다." 그녀는 침착하게 대답했다. "우리가 보기에도 어머니가 돌아가셨다는 것을 한눈에 알 수 있었거든요. 그래서 루이자를 안아일으킬 때도 문 있는 곳까지 이어져 있는 발자국을 밟지 않도록 조심했고, 침대 사이에도 들어가지 않도록 했어요."

"남동생도 조심한 것이 확실합니까?"

"틀림없어요."

이때 브루노 지방검사가 일어나서 지친 다리 근육을 폈다 구부렸다 하더니, 바바라 앞을 서성대기 시작했다. 그녀는 참을성 있게 검사의 질문을 기다리고 있었다.

"바바라 양, 솔직히 말씀드리면, 당신은 다른 여성보다 훨씬 뛰어난 이성을 지닌 분입니다. 그러므로 가족들의 그 비정상에 대해서는 충분히 알고 있을 줄 압니다. 알고 있기 때문에 또한 그것을 슬퍼하고 있을 것이 분명하고요……그래서 당신에게 부탁하고 싶은 것은 당분간 가족들에 대한 체면 같은 것은 일체 생각지 말아달라는 겁니다." 그는 조용히 눈 하나 깜박이지 않는 그녀의 표정을 보고 입을 다물었다. 그는 이 말이 얼마나 무의미한 것인가를 깨달았는지 황급히 다음 말을 계속했다. "물론 내가 묻는 말에 대답할 생각이 없다면 대답할 필요는 없습니다만, 만일 2개월 전 독살미수사건과 어젯밤의 살인사건에 대해서 무슨 의견이라도 갖고 있다면 꼭 듣고 싶습니다."

"대체 그게 무슨 뜻이죠?" 하고 바바라가 물었다. "검사님은 제가 어머니를 살해한 범인을 알고 있기라도 한 것처럼 말씀하시는군요."

"아니, 그런 뜻은 절대 아닙니다──단지 하나의 의견, 사태를 분명히 할 의견, 사태를 분명히 하기 위한 하나의 시도로서 말입니다……"

"저에게는 의견 같은 것은 아무것도 없어요." 그녀는 자기의 희고 매끄러운 손가락을 가만히 바라보고 있었다.

"브루노 씨, 우리 어머니가 아무도 감당할 수 없는 폭군이었다는 것은 누구나 알고 있습니다. 적지 않은 사람이 한두 번은 어머니를 때려주고 싶은 충동을 느꼈을 줄 알아요. 하지만 죽이기까지 하리라고는……" 그녀는 몸을 떨었다. "모르겠어요. 저로선 믿을 수 없는 일입니다. 사람의 생명을 빼앗다니──"

"그러니까 당신은 누가 어머니를 죽이고 싶어했다고 생각하는 거로군요?" 샘 경감이 조용히 말했다.

그녀는 깜짝 놀라 눈을 반짝이며 얼굴을 쳐들었다. "대체 무슨 말씀을 하고 계시는 거죠, 경감님? 어머니가 살해되었어요. 그러니 당연히 저로서는 누군가가 살해했다고 생각했기 때문에……어머!" 갑자기 입을 다문 그녀는 책상을 붙잡았다. "설마 경감님은 ──어머니의 살해가 엉뚱한 착오였다고 말씀하시는 건 아니시겠죠?"

"경감의 말은 바로 그런 뜻입니다, 바바라 양." 하고 검사가 말했다. "당신 어머니가 살해된 것은 우연이며──그때의 어떤 부득이한 형편으로 말미암아 살해되었다고 우리는 믿고 있습니다. 범인이 그 침실에 들어간 목적은 어머니를 살해하려던 것이 아니고 당신의 언니인 루이자 양을 살해할 생각이었다고 우리는 믿고 있습니다."

"그렇지만──" 하고 바바라가 미처 침착성을 되찾기도 전에 드루리 레인이 부드럽게 말했다. "바바라 양, 어째서 2층에 있는 그 가엾은 불구자인 언니를 죽이려고 했을까요?"

바바라는 갑자기 한 손을 들어서 눈을 가렸다. 그대로 꼼짝 않고 있다가 마침내 손을 내렸을 때에는 그녀의 얼굴이 갑자기 수척해 보였다. "불쌍한 루이자." 하고 그녀는 중얼거렸다. 허탈해진 듯한 그녀의 시선은 방안 저쪽 유리상자가 놓인 받침대를 바라보고 있었다. "공허하고 비참한 생활, 언제나 아픔을 당하기만 하고……" 입술을 깨물며 그녀는 성난 눈길을 남자들에게로 돌렸다. "검사님, 말씀하셨던 대로 가족의—— 저의 가족으로서의 유대 같은 건 잊어버리기로 하겠습니다. 그 가엾은 한 인간에게 해를 가하려는 자에 대한 인정 같은 것은 조금도 느낄 필요가 없지요. 분명히 말씀드리겠어요, 레인 씨." 그녀는 열의에 찬 눈을 레인에게로 돌렸다. "어머니와 저를 빼고는 집안 식구들은 하나같이 루이자를 언제나 미워했습니다." 그녀의 목소리엔 열기가 있었다. "인간의 본질적인 잔인성이지요. 다리가 잘린 벌레를 짓밟아버리려는 것과 마찬가지죠……아, 얼마나 무서운 일입니까?"

"정말 그렇습니다." 그녀를 날카롭게 지켜보며 지방검사가 말했다. "이 집에서는 요크 해터 씨의 유품은 어느 것 하나도 손을 대서는 안된다고 하던데, 그게 사실입니까?"

그녀는 손을 턱으로 가져갔다. "사실입니다. 어머니는 아버지보다는 아버지에 대한 추억을 훨씬 더 존경했죠." 그녀는 입을 다물었다. 말할 수 없이 불쾌한 기억이 떠올랐는지 그의 표정은 슬퍼보이기도 하고 좀 괴로워하는 것 같기도 했다. "어머니는 아버지가 돌아가신 다음에 우리를 아버지의 추억 앞에 무릎꿇게 해서 그것으로써 아버지가 살아 계셨던 동안의 폭군 같았던 자기 행동에 대한 보상을 하려고 한 거예요. 아버지가 남기신 물건은 그 모두를 신성시하셨어요. 아마 지난 몇 달 동안에 어머니도 겨우 깨달은 바가 있어서……" 그녀는 도중에서 입을 다물고는 시선을 바닥에 떨어뜨리고 생각에 잠겼다.

샘 경감은 안타까운 듯이 발을 동동 굴렀다. "아무래도 그런 이야기로는 알 수가 없군요. 대체 아버님께선 어째서 자살하신 겁니까?"

고통의 그림자가 그녀의 얼굴을 스쳤다. "어째서라고요?" 그녀는 얼빠진 말투로 되물었다. "인생에 있어서 단 한 가지 관심거리를 빼앗기고 정신적으로는 거지나 다름없이 몰락해 버린 인간이 어째서 자살을 했냐고 물으시는 건가요?" 분통이 터지고, 반항적이며, 더구나 견딜 수 없는 아픔이 그 목소리 속에 흐르고 있었다. "불쌍한 우리 아버지는 평생을 남이 하라는 대로 해왔어요. 자신의 인생이 아니었죠. 자신의 집이었는데도 어느 것 하나 간섭할 수가 없었답니다. 자식들은 그분의 말을 들으려 하기는커녕 아예 아버지를 무시해 버렸어요. 비참한 이야기지요……하지만 인간이란 이상한 것이랍니다——어머니도 마음 깊은 곳에서는 아버지를 사랑하셨죠. 두 사람이 만났을 무렵에는 아버지도 상당한 미남이셨더군요. 어머니가 그처럼 지배적인 여자가 되어버린 것도 아버지를 힘있는 남자로 만들어야겠다고 생각했기 때문이라고 저는 생각해요. 자기보다 약한 사람은 그가 누구든 강한 사람으로 만들어줄 필요가 있다고 어머니는 생각하셨던 거예요." 그녀는 한숨을 내쉬었다. "하지만 강하게 뒷받침이 되어주는 대신에 어머니는 아버지의 등뼈를 꺾어버리고 말았죠. 아버지는 속세를 버린 은둔자가 되어 유령처럼 되어버렸습니다. 이웃에 사는 그 이상한 트리베트 선장님 말고는 달리 친구도 없었어요. 그리고 그 선장님도 아버지를 무기력한 상태에서 떨치고 일어서게 할 수는 없었답니다. 제가 그만 밑도끝도 없는 수다만 떤 모양이군요……"

"그렇지 않습니다, 해터 양." 하고 레인은 부드럽게 말했다. "아주 중요한 문제에 대해서 요령 있게 말씀해 주시고 있습니다. 그런데 아버지의 만돌린이나 실험실 물건에 손대지 말라는 어머니의 명령은 모두에게 지켜졌습니까?"

"어머니 명령이라면 언제나 지켜졌죠, 레인 씨." 바바라는 낮은 목소리로 대답했다. "만돌린을 만진다거나 실험실에 들어가 본다는 것은 아무도 생각조차 못했을 거예요……아니, 이건 바보 같은 말이로군요. 어머니의 말을 어긴 사람이 분명 있었겠지요. 정말로……"

"저쪽 유리상자 안에 만돌린이 있었던 것을 마지막으로 본 것은 언제입니까?" 하고 경감이 물었다.

"어제 오후예요."

그때 브루노 검사는 무슨 영감이라도 떠올랐는지 기세좋게 물었다. "댁에 있는 악기는 그 만돌린뿐입니까?"

레인은 날카로운 시선으로 검사를 보았다. 바바라는 놀란 얼굴이었다. "예, 그것뿐이에요." 하고 그녀는 대답했다. "하지만 그런 것이 이번 사건과 무슨 상관이 있겠어요……제가 간섭하고 나설 일은 아닙니다만, 우리 집 식구들은 본래 음악을 좋아하는 편은 아니에요. 어머니가 좋아하는 작곡가는 수자 정도이며, 아버지의 만돌린도 대학시절의 기념물 정도에 지나지 않지요……그전에는 그랜드 피아노가 있었습니다만——로코코풍의 소용돌이 무늬에다 황금색으로 번쩍 거리는, 오랜 세월을 겪은 것이었는데——몇 년 전에 어머니가 처분해 버렸죠. 눈에 거슬린다면서……"

"눈에 거슬린다고요?" 브루노가 의아한 얼굴로 물었다.

"예, 루이자가 들을 수 없게 되었기 때문이죠."

브루노 검사는 얼굴을 찡그렸다. 샘 경감은 커다란 손으로 주머니를 뒤지더니 열쇠를 하나 꺼냈다. "이것을 본 적이 있소?"

그녀는 고분고분한 태도로 열쇠를 살펴보았다. "방 열쇠로군요. 하지만 잘 모르겠는데요. 모두 비슷비슷해서."

"그렇습니까?" 하고 샘이 중얼거렸다. "이것은 당신 아버님의 실험실 열쇠입니다. 어머니의 소지품에서 나왔지요."

"아, 그래요?"

"실험실 열쇠는 이것 하나뿐이었나요?"

"그렇다고 생각돼요. 아버지의 자살소식을 들은 뒤로 어머니는 언제나 그 열쇠를 갖고 다녔답니다."

경감은 열쇠를 주머니에 도로 넣었다. "나도 그렇다고 들었습니다. 그 실험실을 잘 조사해 봐야겠군요."

"해터 양, 당신은 실험실에 자주 드나들었습니까?" 하고 브루노 검사가 호기심에 찬 얼굴로 물었다.

그녀의 얼굴이 갑자기 밝아졌다. "네, 자주 들락거렸어요, 브루노 씨. 저도 아버지가 숭배하는 과학의 신들을 숭배하는 사람 중 하나였답니다. 아버지의 실험이 제게는 조금도 이해할 수 없는 것이었지만, 그래도 저는 즐거웠죠. 가끔 아버지와 함께 그 실험실에서 한 시간씩이나 보낸 적도 있었는걸요. 아버지도 그런 때가 가장 행복해 보였고……활기가 있는 것 같았어요." 그녀는 그때를 생각하는 것 같았다.

"마사 올케언니도 아버지에게는 동정적이었으며, 가끔 아버지의 실험하는 것을 보곤 했어요. 그리고 물론 트리베트 선장님도 마찬가지고요. 다른 사람들은……"

"그럼, 당신은 화학에 대해서는 별로 아는 것은 없다는 말인가요?" 하고 경감은 불만스러운 목소리로 다짐을 받았다.

그녀는 미소지었다. "아, 경감님, 독약 말씀이군요? 그거라면 약병의 라벨을 읽을 정도는 누구나 가능하지 않을까요? 하지만 화학에 대한 지식은 전 조금도 없어요."

"하지만 소문에 의하면——" 하고 드루리 레인이 말을 꺼냈는데, 그 말투에서 경감은 순간 쓸데없는 이야기라고 깨닫고 안절부절못했다. "바바라 양은 과학적 재능을 타고나지는 못한 대신 꽝

장한 시적 재능을 가지고 있다고 들었습니다. 당신과 해터 씨가 나란히 선 모습은 꽤 흥미 있는 그림이 되겠군요. 사이언티아(과학의 신)의 발 아래 앉은 유타페(시의 여신)라……"

"쓸데없는 이야기!" 하고 경감이 대놓고 타박을 주었다.

"옳은 말씀입니다." 레인은 웃으며 대꾸했다. "하지만, 경감님, 이런 이야기를 꺼낸 것은 반드시 나의 고전에 대한 지식이나 자랑하려는 것만은 아닙니다……내가 알고 싶은 것은 이런 점입니다. 잘 듣고 대답해 주십시오, 바바라 양, 사이언티아가 유타페의 발 아래에 앉은 적이 있었습니까?"

"영어로 번역을 해주셨으면 좋겠군요." 하고 경감이 투덜거렸다. "나도 질문의 내용을 알고 싶으니까요."

"레인 씨는 이렇게 물으셨어요." 하고 바바라는 얼굴을 조금 붉히며 말했다. "제가 아버지의 일에 흥미를 가졌듯이, 아버지도 제 일에 흥미를 가지셨느냐고 물으신 겁니다. 레인 씨의 물음에 전 '예'라고 대답하겠습니다. 아버지는 언제나 저를 열렬히 칭찬해 주셨지요── 하지만 아버지가 칭찬하신 것은 제 시라고 하기보다는 저의 물질적 성공이 아니었나 하는 생각이 들어요. 아버지는 저의 시를 이해하지 못해서 곧잘 머리를 갸웃거리곤 하셨거든요……"

"나도 마찬가지입니다, 해터 양." 하고 가볍게 머리를 숙이며 레인이 말했다. "아버님이 직접 글을 쓰려고 한 적도 있었습니까?"

그녀는 좀 찌푸린 얼굴로 고개를 가로저었다. "그런 적은 없었어요── 한번 소설을 써보려고 한 일은 있었습니다만, 아마 완성하지는 못하셨을 거예요. 아버지는 무슨 일을 하시건 그 일에 오랫동안 몰두하지 못하시는 분이었거든요── 물론 증유기와 연소기와 약품을 가지고 하는 화학실험만은 예외지만."

"자──" 하고 경감은 더 듣고 있을 수 없다는 듯이 말했다. "그쯤 해두고 본론으로 되돌아가는 것이 어떻겠습니까? 그렇게 어물적거릴 여유가 없습니다, 레인 씨……어젯밤 가장 늦게 집에 돌아온 사람은 누구였나요?"

"글쎄, 그건 모르겠어요. 어젯밤 저는 열쇠를 잊어버려서──우리 집에는 각자가 현관 열쇠를 가지고 있거든요──현관의 나이트 벨을 눌렀습니다. 그 벨은 3층의 애버클 부부의 방과 직통으로 연결되어 있지요. 5분쯤 지나서 조지 애버클이 내려와서 문을 열어주었어요. 저는 곧 2층으로 올라가고 애버클은 뒤에 남았지요. 그러니까 제가 마지막으로 들어왔는지 아닌지는 모르겠군요.. 아마 애버클은 알고 있을 거예요."

"어째서 열쇠를 가지고 있지 않았습니까? 어디에 두었는지 잊었나요? 아니면 잃어버렸나요?"

"아주 솔직하게 물으시는군요, 경감님." 바바라는 한숨을 쉬고 말했다. "어디에 두었는지 몰랐던 것도 아니고 잃어버린 것도 아닙니다. 도둑을 맞은 것도 아니고요. 말씀드렸듯이 다만 깜빡 잊고 갔을 뿐이에요. 열쇠는 제 방에 놔둔 다른 지갑 안에 들어 있었답니다. 자기 전에 찾아냈지요."

"그 밖에 더 물어볼 것이 있습니까?" 한동안 침묵이 이어진 다음 경감은 브루노 지방검사에게 물었다. 그는 고개를 저었다. "레인 씨, 당신은?"

"경감님이 제게 중간에서 그만두게 한 질문 말고는 없습니다." 레인은 쓴웃음을 지으며 대답했다.

경감은 변명하듯 소리내어 웃으며 말했다. "바바라 양, 그럼, 이젠 됐습니다. 단, 외출은 하지 마십시오."

"네, 물론 외출은 하지 않겠어요." 하고 바바라는 힘없이 대답하고는 일어나서 방을 나갔다.

경감은 문을 열어놓은 채 그녀를 배웅했다. "아무리 여기저기 찔러봐야 끄떡도 않는 훌륭한 여자로군요. 그렇다면──" 그는 어깨를 으쓱하며 말했다. "이번에는 미치광이들과 맞붙어보기로 하지요. 이봐, 모셔, 애버클 부부에게 잡담이나 하러 내려오라고 말해 주게나." 형사는 요란한 구둣소리를 내며 사라졌다. 샘 경감은 문을 닫고 엄지손가락을 허리띠에 걸치며 자리에 앉았다.

"미치광이들이라고?" 브루노 검사가 되물었다. 그리고는 덧붙여 말했다. "애버클 부부는 정상으로 보이던데……"

"천만에요." 경감은 이빨을 들어내며 대답했다. "그렇게 보일 뿐입니다. 사실은 미쳐 있습니다. 그 부부도 미치광이가 분명해요." 그는 으르렁거리는 맹수 같았다. "이 집에 살고 있는 사람들은 모두 정상이 아닙니다. 나까지도 이상해지기 시작하고 있습니다."

애버클 부부는 둘 다 키가 크고 건장해 보이는 중년부부였는데, 부부라고 하기보다는 오누이라고 하는 게 더 어울릴 성싶었다. 둘다 세련된 곳이라고는 없는 얼굴이며, 꺼칠한 피부의 털구멍은 기름으로 번들거리고 있어 옹고집에다 굼뜬 조상 대대로 농사꾼 같은 모습이었다──그리고 둘 다 이 집에 스며든 공기에 압도된 탓인지 웃을 줄도 몰랐다.

부인은 흥분해 있는 듯했다. "어젯밤에는 11시에 남편 조지와
—— 잠자리에 들었지요. 우리는 아주 얌전한 사람들이라고요. 이번
사건에 대해서는 아무것도 몰라요."

경감은 대들듯이 말했다. "둘 다 아침까지 자고 있었다고?"

"아닙니다. 한밤중인 새벽 2시쯤 벨이 울려서 조지가 일어나서
바지와 셔츠만 입고 아래층으로 내려갔지요."

경감은 신경질적인 얼굴을 하고 고개를 끄덕였다. 거짓말을 할
지도 모른다고 생각하고 있었던 모양이다. "조지는 10분쯤 뒤에
돌아와서는, '바바라 아가씨였어, 열쇠를 잊었다나 봐.' 라고 말하
더군요." 애버클 부인은 콧방귀를 뀌듯이 말했다. "그런 다음에 우
리는 다시 잠들어버렸으니까 아침까지 아무것도 몰랐지요."

조지 애버클도 헝클어져서 엉망인 머리를 끄덕이며, "그랬습니
다." 하고 말했다. "틀림없습니다. 이번 일에 대해서 우리는 아무
것도 모른다고요."

"당신은 당신 질문에만 대답하면 돼요." 하고 샘이 말했다.

"그렇다면……"

"애버클 부인—— " 하고 느닷없이 레인이 끼어들었다. 상대방
은 여성다운 호기심을 드러내며 그를 마주보았다—— 그러고 보니
이 여자에게는 엷은 콧수염이 나 있었다. "해터 부인의 방 나이트
테이블 위에는 언제나 과일이 놓여 있나요?"

"그래요, 루이자 캠피언 아가씨가 아주 좋아하거든요. 그렇습니
다." 하고 애버클 부인이 대답했다.

"지금 2층에는 과일이 한 바구니 있는데, 그것은 언제 사온 겁니
까?"

"어제지요, 저는 언제나 싱싱한 과일을 그 바구니에 넣어둔답니
다. 마님이 그렇게 하라고 해서요."

"캠피언 양은 과일은 아무것이나 다 좋아하나요?"

"그렇고말고요, 그 아가씨는……"

"그렇다고 하시오." 샘 경감이 호통치듯 말했다.

"그렇습니다."

"해터 부인도 마찬가지였소?"

"그렇다고 할 수 있지요. 실은, 배는 싫어하셨어요. 드시는 걸 못
봤죠. 그래서 식구들은 모두 재미있어했답니다요."

드루리 레인은 의미 있는 듯한 얼굴로 샘 경감과 지방검사를 보
았다. "그런데, 애버클 부인—— " 하고 그는 부드럽게 말을 이어

갔다. "부인은 과일을 늘 어디서 삽니까?"

"유니버시티 광장의 새튼 상점에서 사오지요. 매일 싱싱한 것을 배달해 주니까요."

"그럼, 캠피언 양 말고는 누가 그 과일을 먹습니까?"

애버클 부인은 모난 얼굴을 들어서 레인을 바라보았다. "어째서 그런 걸 물어보시나요? 다른 사람들도 과일은 먹지요. 언제든지 다른 사람들 생각도 해서 과일은 넉넉하게 사오고 있어요."

"그렇습니까……어제 배달되어 온 과일 중에서 배를 먹은 사람이 있나요?"

가정부의 얼굴에 경계하는 빛이 짙어졌다. 과일에 대해서 꼬치꼬치 캐묻는 것이 마음에 걸리기 시작한 모양이었다. "있지요! 있고말고요! 그럼, 있지 않고……"

"있다고 말하시오." 경감이 말했다.

"있습니다. 제가 하나 먹었지요. 그것이 어쨌다는 건가요?……"

"뭐 어떻다는 게 아닙니다, 부인." 하고 레인은 달래듯이 말했다. "부인이 배를 하나 먹고, 그리고 그 밖에는?"

"그 걸신들—— 아니 아이들, 재키와 빌리가 하나씩 먹었습니다." 가정부는 마음이 가라앉은 듯한 태도로 중얼거렸다. "그런 다음 바나나도 하나—— 허겁지겁 먹더군요."

"그래도 아무 일 없었군!" 하고 지방검사가 말했다. "어쨌든 조심할 일이야."

"어제 캠피언의 방에 과일을 가져간 것은 언제쯤인가요?" 하고 레인이 여전히 부드러운 말투로 물었다.

"오후였습니다, 점심을 먹고 나서죠."

"전부 새로 들여온 것들이었소?"

"네, 그래요. 두 개쯤 전날 것이 남아 있었지만, 제가 치워버렸어요. 그리고 새로 들여온 것을 넣어놓았죠. 루이자 아가씨는 먹고 마시는 것에 대해서는 아주 까다로우니까요. 과일은 특히 더하지요. 너무 익었거나 상하기 시작한 것은 절대로 입에 대지 않거든요."

드루리 레인은 놀란 듯이 무슨 말인가를 하려다 말고 가만히 있었다. 가정부는 멍청하게 그를 바라보았다. 남편 애버클은 그 옆에서 발을 꼼지락거리기도 하고 턱을 만지작거리기도 하며 불안한 눈치였다. 경감과 검사는 레인이 말을 하려다가 만 까닭이 무엇인지 알지 못하는 것 같았다. 두 사람은 열심히 레인을 지켜보고 있었다.

"그것은 분명하지요?"

"절대로 틀림없습니다."

레인은 한숨을 쉬었다. "애버클 부인, 어제 오후에 그 과일 바구니에 당신은 배를 몇 개나 넣었소?"

"두 개인데요."

"뭐라고?" 경감의 입에서 고함소리가 저도 모르게 나왔다. "하지만 그 바구니에는……" 브루노와 레인은 서로 마주보았다.

"이거 정말 이상하지 않습니까, 레인 씨?" 하고 지방검사가 중얼거렸다.

하지만 레인은 침착한 목소리로 다음과 같이 물었다. "애버클 부인, 당신은 그것을 맹세할 수 있습니까?"

"맹세라고요? 아니, 왜 맹세해야 하나요? 두 개였다니까요. 갖다놓은 제가 모를 리가 없지 않겠습니까?"

"정말 그렇겠군요. 부인이 직접 과일 바구니를 2층으로 가져갔습니까?"

"언제나 그래요."

레인은 미소를 지으며 생각에 빠진 얼굴이 되었다. 그리고 가볍게 손을 흔들고 자리에 앉았다.

"자, 애버클, 이번에는 당신 차례요. 어젯밤 가장 늦게 돌아온 사람은 바바라 해터였소?" 하고 경감이 호통치듯이 물었다.

직접 자신을 보고 묻자 운전기사인 애버클은 분명히 떨기 시작했다. 그는 입술이 타는지 침을 발라가며 말했다. "그, 저, 저는 아무것도 모릅니다. 바바라 아가씨에게 문을 열어드리고 집안을 둘러보고는—— 창이나 그 밖의 문단속을 하는 동안에는 아래층에 있었지요. 그 다음에 현관을 잠그고 방으로 돌아가서 자버렸거든요. 그러니까 그 뒤에 누가 돌아왔는지 전 알 수가 없지요."

"지하실은 어땠소?"

"거긴 쓰지 않기 때문에 벌써 몇 해째 잠겨 있어서 앞뒤 문은 모두 판자로 못질해 놓았는데." 애버클은 아까보다 자신 있게 대답했다.

"그렇군." 하고 경감이 말했다. 그는 문 앞에까지 가서 밖으로 목을 내밀고 소리쳤다. "핑커슨!"

형사 한 명이 쉰 목소리로 대답했다. "예, 경감님!"

"지하실에 내려가서 대강 돌아보고 오게." 경감은 문을 닫고 돌아왔다. 브루노 지방검사가 애버클에게 묻고 있는 중이었다.

"새벽 2시나 되었는데 문단속을 하고 다닌 이유가 대체 뭐요?"

애버클은 변명하듯이 웃었다. "저의 버릇이지요. 마님께서 루이자 아가씨가 도둑을 무서워하니 문단속을 세심히 하라고 하셨거든요. 어젯밤에도 자기 전에 한 바퀴 돌아보았지만, 만일을 위해서 한 번 더 돌아본 겁니다."

"그래, 새벽 2시에 돌아보았을 때에는 모든 문이 다 잠겨 있었다는 말이오?" 하고 샘이 물었다.

"그렇습니다. 모두 완전히 잠겨 있었죠."

"당신 부부는 이 집에서 얼마 동안이나 일해 왔소?"

"지난 사순절(四旬節)로 꼭 8년이 됩니다."

"음, 이 정도면 되겠군. 레인 씨, 더 물어볼 말이라도?"

레인은 안락의자에 몸을 깊이 묻은 채 가정부와 그의 남편을 바라보고 있었다. "당신들 두 사람은 이 해터 씨의 집이 일하기 어려운 곳이라고 생각하나요?"

조지 애버클은 거의 명랑할 정도로 태도가 바뀌었다. "일하기 어렵느냐고 물으셨나요? 말도 마십시오, 머리가 이상할 정도입니다. 이 집안 사람들은 모두 이상해요."

"그 사람들의 비위를 맞춘다는 건 어려운 일이죠." 하고 애버클 부인이 찌푸린 얼굴로 말했다.

"그렇다면——" 하고 레인이 밝은 목소리로 물었다. "어째서 8년씩이나 당신들은 이 집 사람들을 위해서 일해 왔소?"

"아, 그거야, 선생님——" 하고 애버클 부인이 당치도 않은 질문을 다한다는 듯이 대답했다. "조금도 이상할 게 없지요, 급료가 많거든요. 그래서 붙어 있는 겁니다. 그렇지 않고서야 누가 이런……"

레인은 실망한 눈치였다. "두 사람 중에서 어제 그 유리상자 안에 만돌린이 들어 있는 것을 본 적이 있습니까?"

애버클 부부는 서로 얼굴을 마주보며 둘 다 고개를 가로저었다. "본 적이 없는데요." 하고 남편이 말했다.

"고맙소." 하고 드루리 레인이 말했다. 경감은 애버클 부부를 물러가게 했다.

하녀인 버지니아——아무도 그녀의 성을 물어보려고 하지는 않았다——는 키가 크고 삐삐 마른 노처녀인데, 말 같은 얼굴을 하고 있었다. 두 손을 굳게 잡고 당장 울음이라도 터뜨릴 것 같은 모습이었다. 해터의 집에서는 이미 5년이나 일하고 있어요, 일도 꽤 찮고요, 급료는……네, 어젯밤에는 아주 일찍 잠이 들어버려서……
이런 식으로 그녀는 대답했다. 그녀는 아무 소리도 듣지 못했고,
아무것도 보지 못했으며 아무것도 모른다고 말했다. 그래서 그냥
돌려보내고 말았다.

핑커슨 형사가 큰 얼굴 가득히 잔뜩 찌푸린 표정을 하고 어슬렁
거리며 들어왔다. "경감님, 지하실에는 아무것도 없습니다. 몇 년
동안 사람이라고는 들어간 적이 없는 것 같았습니다──먼지가
자그만치 1인치는 쌓여서……"

"1인치라고?" 경감은 불쾌한 얼굴로 되물었다.

"아니, 그렇게는 안될지 모르지만 문이나 창에 사람이 만진 흔
적은 없었고, 먼지 위에도 발자국 하나 없습니다."

"과장해서 말하는 버릇은 제발 고치게!" 하고 경감이 소리쳤다.
"언젠가는 하찮은 일을 크게 떠벌렸다가 돌이킬 수 없는 큰일을
저지르고 말 거야. 좋아, 알았어." 핑커슨 형사가 물러가자 제복경
관 하나가 들어와서 샘 경감에게 경례했다. "음, 무슨 일인가?" 하
고 경감이 물었다.

"지금 바깥에 남자 둘이 와서 들어오게 해달라고 합니다." 하고
경관이 말했다.

"한 사람은 이 집의 고문변호사이고, 또 한 사람은 콘래드 해터
와 함께 일하고 있는 동료라고 하는데 들여보낼까요?"

"바보 같으니!" 경감은 이빨을 드러내며 소리질렀다. "그 사람
들은 내가 아침부터 찾은 사람들이잖아? 아무튼 좋아! 빨리 데리
고 오게!"

이 새로운 두 사람의 등장과 함께 도서실에는 극적인──그것
도 어딘지 희극적인 분위기가 가득찼다. 두 사람은 완전히 대조적
이고 닮은 구석이라고는 없는 인물이었는데, 그래도 두 사람뿐이
었다면 친구 사이가 될 수 있었을지도 모른다. 그러나 그 사이에
질 해터가 있었으므로 두 사람 사이에 친밀함 같은 것은 생길 수
가 없었다. 질은 멋진 미인이었지만 그 얼굴에는 눈 밑이나 코나
입가에 방탕한 생활의 그늘 같은 것이 엿보였다. 그녀는 복도에서
이 두 사람과 만나게 되었는지, 두 사람 사이에 끼어 좌우의 남자
팔에 매달리다시피 하고 방으로 들어왔다. 두 사람의 얼굴을 바꾸
어가며 슬픈 듯이 마주 바라보며, 어깨를 들먹이고 입술을 깨물면
서 남자들이 서둘러 표하는 애도의 말을 듣고 있었다.

레인과 샘과 브루노는 잠자코 이 광경을 지켜보았다. 이 젊은 여성은 교태의 덩어리다——그것만은 한눈에 알 수 있었다. 그녀의 미묘한 몸놀림은 하나같이 섹스를 연상시켰고, 그 환락을 반쯤은 허락하는 듯한 몸짓이었다. 어머니의 죽음이라는 비극을 이용해서 두 남자를 자기에게 끌어들여, 더구나 두 사람을 경쟁시키려고 하는 목적으로, 냉철한 펜싱의 칼처럼 둘을 조종하고 대립케 하여 무의식중에 충돌케 하려는 것 같았다. '꽤나 방심할 수 없는 여자로군.' 하고 드루리 레인은 냉정한 평가를 내렸다.

하지만 질 해터는 겁먹고 있었던 것이다. 두 남자에 대한 교묘한 조종은 그 자리에서 꾸민 계획에 의한 것이라기보다는 습관적으로 몸에 밴 것이었다. 키가 크고 당당한 몸매였으나——역시 겁먹고 있었다. 불안과 수면부족으로 눈은 충혈되어 있었다……갑자기, 마치 지금 비로소 여러 사람이 있는 줄 알았다는 듯이 그녀는 뾰로통한 얼굴로 남자들의 팔을 떨쳐버리고는 콤팩트를 꺼내어 콧등을 두들기기 시작했다. 그러나 여러 사람이 보고 있는 줄 안 것은……사실은 문에 발을 들여놓은 바로 그 순간이었다. 그때 이미 그녀의 눈은 방안의 모든 것을 알아차렸던 것이다. 그래서 겁먹었던 것이다……

두 남자도 제정신으로 돌아와서 굳은 표정으로 이 자리에 어울리는 그럴 듯한 얼굴이 되었다. 이 두 사람만큼 뚜렷한 대조를 보이는 사람도 드물었다. 고문변호사인 체스터 바이지로는 보통 키의 남자지만 콘래드 해터와 함께 일하고 있는 존 거믈리와 나란히 서면 마치 소인처럼 작아보였다. 바이지로는 피부가 검고, 작고 검은 콧수염을 기르는 데다, 턱은 검푸른색이었다. 거믈리는 흰 피부에 갈색 머리를 하고, 급하게 면도를 한 듯한 얼굴에는 군데군데 붉은 털이 남아 있었다. 바이지로는 활발하고 머리도 빨리 돌아가는지 동작이 활달했지만, 거믈리는 움직임이 느리고 성격도 신중해 보였다. 변호사의 지적인 얼굴에는 한 군데도 빈틈이라고는 없고 거의 교활해 보이기까지 했지만, 거믈리는 착실한 모습이었다. 그리고 이 키다리이며 금발의 거믈리가——라이벌보다는 적어도 열 살은 젊어보였다.

"경감님, 저에게도 하실 말씀이 있으시죠?" 질은 조그맣고 불안한 목소리로 물었다.

"지금 당장은 아닙니다만——" 하고 경감이 말했다. "기왕 오셨으니……자, 모두들 앉으시지요." 경감은 질과 바이지로와 거믈리를 지방검사와 드루리 레인에게 소개했다. 질은 허물어지듯 의자에 앉더니, 그 목소리처럼 몸까지도 작고 불안하게 보이게 하려는 것 같았다. 변호사와 주식중개인은 앉으려고도 하지 않고 초조해하는 눈치였다. "그럼, 질 해터 양에게 묻겠습니다. 어젯밤 어디에 있었습니까?"

그녀는 옆을 향해 천천히 존 거믈리를 올려다보았다. "존과——거믈리 씨와 함께 외출했어요."

"자세히 말씀해 주시지요."

"연극 구경을 했고, 또 어떤 심야 파티에 갔었어요."

"몇 시쯤 집에 돌아오셨나요?"

"아침 일찍 돌아왔어요, 경감님. 오늘 새벽 5시였어요."

존 거믈리는 얼굴을 붉혔고, 체스터 바이지로는 신경질적으로 오른발을 움직이다가는 곧 그만두었다. 그는 가지런한 이를 보이며 미소지었다.

"거믈리 씨가 집까지 바래다 주었습니까? 거믈리 씨, 그렇습니까?"

주식중개인이 입을 열어 무슨 말인가 하려는데 질이 사정하듯 그 말을 가로막았다. "아니에요. 그렇지 않아요, 경감님. 그러니까⋯⋯저어, 좀 사정이 생겨서⋯⋯" 그녀는 새침한 얼굴로 바닥을 내려다보았다. "전, 한밤중인 새벽 1시쯤 완전히 취해서 거믈리 씨와 싸웠어요——저 사람은 마치 자기가 풍기단속반이라도 되는 듯이⋯⋯"

"질⋯⋯" 하고 거믈리가 말했다. 그가 매고 있는 넥타이처럼 새빨간 얼굴을 하고 있었다.

"그래서 거믈리 씨는 저를 내버려둔 채 가버린 거예요. 정말이에요! 이 사람은 굉장히 화를 냈었어요." 질은 애교띤 목소리로 계속 말했다. "그런 다음——그 뒤에는 잘 모르겠어요. 어떤 뚱뚱하고 땀내나는 남자와 썩은 것 같은 진을 마시며 떠들어댄 것 같아요. 그래요, 큰소리로 노래를 부르며 파티 드레스를 입은 채 거리를 돌아다녔어요. 기억이 났어요."

"그 다음에는?" 경감은 얼굴을 찌푸리며 물었다.

"순경이 택시를 잡아서 태워주었어요. 정말 멋진 젊은이였죠! 키도 크고, 힘도 세어보이고, 갈색 고수머리에⋯⋯"

"거기까진 말 안해도 좋습니다. 그 다음을 계속하시지요." 하고 경감이 말했다.

"집에 돌아왔을 때에는 술이 깨었어요. 날이 새고 있더군요. 그 광장은 정말 말할 수 없이 상쾌한 기분이었어요, 경감님——전 새벽이 제일 좋아요……"

"물론, 가끔 새벽 경치를 보시게 되겠지요. 그 다음에는 어떻게 됐습니까, 아가씨? 우린 지금 바쁘거든요."

존 거믈리의 얼굴은 지금 당장에라도 폭발할 것 같았다. 숨을 헐떡이며 주먹을 불끈 쥐고 양탄자 위를 걷기 시작했다. 바이지로는 수수께끼 같은 표정을 짓고 있었다.

"그것이 끝이에요, 경감님." 질은 그렇게 말하고 눈을 내리깔았다.

"끝이라고?" 샘은 굵직한 팔을 소매 안에서 떨면서 정말 견딜 수 없다는 얼굴이었다. "좋아요, 아가씨. 그럼 몇 가지 질문에 대답해 주시지요. 집에 돌아왔을 때 현관문이 잠겨져 있었나요?"

"글쎄요……잠겨 있었던 것 같기도 하고. 그래요, 분명히 잠겨 있었어요! 열쇠구멍을 찾느라고 한참 애먹었는걸요."

"2층 당신 침실에 올라갔을 때, 이상하게 여겨지는 것을 듣거나 보지 못했습니까?"

"이상하게 여겨지는 것이라뇨? 사람 놀라게 하지 마세요."

"무슨 말인지 아시잖소? 웬지 좀 이상한 느낌 말입니다. 어쩐지 당신 마음에 걸린 일이라도 말입니다." 하고 경감은 호통치듯 말했다.

"네, 아무것도 없었어요."

"어머니의 침실 문이 열려 있었는지 닫혀 있었는지 생각이 나나요?"

"닫혀 있었어요. 전 방에 들어가서 옷을 벗어던지자마자 저도 모르는 사이에 잠들어 버렸죠. 그리고는 오늘 아침 그 난리가 나기까지 자고 있었어요."

"됐습니다. 그것으로 충분합니다. 그럼, 거믈리 씨, 새벽 1시에 아가씨를 내버려둔 채 당신은 어딜 갔었나요?"

질이 거리낌없이 보고 있는 호기심어린 시선을 피해 가며 거믈리가 말했다.

"번화한 거리까지 걸어서 갔습니다. 파티가 있었던 곳은 76번가였지요. 몇 시간이나 걸었습니다. 내가 살고 있는 곳은 제7애버뉴의 15번가인데 집에 돌아간 것은——잘은 모르겠습니다만 날이 밝아오더군요."

"흠……당신이 콘래드 씨와 사업을 같이 하게 된 지는 얼마나 되었습니까?"

"3년 정도 됩니다."

"해터 집안의 사람들과 알게 된 지는 얼마나 됩니까?"

"대학다닐 때부터입니다. 기숙사에서 콘래드와 한 방을 썼기 때문에 이 댁 사람들과도 알게 되었지요."

"처음 당신과 만났을 때의 일을 난 기억하고 있어요, 존." 하고 질이 조용한 목소리로 말했다. "난 그때 아직 어린 소녀였지요. 그래서 그 무렵의 당신이 멋이 있었는지 없었는지 잘 기억이 안 나요."

"그런 이야기는 그만두시오." 하고 경감이 화가 나서 소리쳤다. "거믈리 씨, 이젠 됐습니다. 그럼, 바이지로 씨! 해터 부인의 법률적인 일은 모두 당신이 처리해 오고 있었다지요? 노부인에게는 사실상 적이라고 할 만한 사람이 있었습니까?"

변호사는 느긋한 태도로 대답했다. "물론 경감님께서도 알고 계시리라고 생각합니다만, 해터 부인이라는 분은——글쎄, 뭐라고 할까요——좀 이상한 분으로서 모든 점에서 특별했지요. 적이야 물론 있었지요. 월 가(街)에서 주식매매에 손을 댄 사람치고 적이 없는 사람은 없으니까요. 그러나 설마 그 부인을 살해할 만큼 미워한 적이 있었다고는 생각되지 않는데요——정말 그런 적이 있었다고는 절대로 생각할 수 없습니다."

"그렇습니까? 참고가 되겠군요. 그러면 이번 사건에 대한 당신 생각은 어떻습니까?"

"슬픈 일입니다. 정말 슬픈 일이지요." 바이지로는 일단 입을 다물었다가 계속해서 말했다. "정말입니다. 나는 도무지 영문을 모르겠습니다." 그는 다시 입을 다물었다가 서둘러 덧붙였다. "2개월 전 캠피언 양을 독살하려 했었던 녀석에 대해서도 전혀 모르겠습니다. 이 이야기는 그때도 말씀드린 것으로 압니다만……"

지방검사가 초조한 듯 몸을 움직였다. "경감, 이래서는 조금도 진전이 없겠소. 바이지로 씨, 유언장은 있습니까?"

"있습니다."

"혹 이상한 점이라도 있습니까?"

"있다고도 할 수 있고, 없다고도 할 수 있습니다. 나는……"

문을 두드리는 소리가 들려서 모두 한꺼번에 뒤돌아보았다. 경감이 무거운 구둣소리를 내가면서 방을 가로질러 가서는 문을 2인치(약 5cm)쯤 열었다. "모셔로군, 무슨 일인가?" 덩치 큰 모셔의 말소리가 들렸다. 아주 낮은 목소리였다. 경감은 아주 분명하게, "안 돼!" 하고 말했다. 그리고는 갑자기 소리없이 웃으며 모셔를 세워둔 채 문을 닫아버렸다. 그런 다음 브루노 지방검사 곁으로 가서 뭐라고 귀엣말을 했다. 브루노의 얼굴에는 흥분을 애써 감추려는 표정이 떠올랐다.

"그래서——바이지로 씨! 해터 부인의 유언장은 언제 상속자들에게 발표할 예정인가요?"

"화요일 2시, 장례식이 끝난 다음에 발표할 생각입니다."

"흠, 그럼, 자세한 것은 그때 듣게 되겠군요. 그럼 오늘은 이런 정도로 해둡시다."

"잠깐만, 브루노 씨." 하고 부드러운 목소리로 드루리 레인이 말했다.

"예, 말씀하시지요."

레인은 질 해터를 바라보았다. "아가씨! 늘 이 방에 있었던 만돌린을 마지막으로 본 것은 언제입니까?"

"만돌린? 어제 저녁식사를 마친 뒤였어요——존과 함께 외출하기 조금 전이었어요."

"그러면 아버지의 실험실에 마지막으로 들어가 본 것은?"

"아버지의 그 더러운 방 말인가요?" 질은 아름다운 어깨를 으쓱했다. "벌써 몇 달 전이에요. 정말 꽤 오래 됐어요. 전 그런 곳을 싫어했고, 아버지도 제가 들어가는 것을 싫어했어요——아버지와 딸은 서로 개인적인 일은 그것이 아무리 사소한 일이라도 서로 존중해 온 셈이지요."

"그렇겠군요." 레인은 웃지도 않고 말했다.

"그렇다면 아버지가 행방불명된 다음에는 2층 실험실에 가본 적이 있습니까?"

"없어요."

"알겠습니다, 고맙소." 그는 머리를 숙였지만——그것은 인사라기보다는 머리를 약간 움직였을 뿐이었다.

"그럼, 이것으로 됐습니다." 하고 샘 경감이 말했다.

두 남자와 질은 뒤도 돌아보지 않고 방을 나갔다. 복도로 나가자 체스터 바이지로가 설득이라도 하려는지 질의 팔을 잡았다. 질은 웃으며 상대방의 얼굴을 올려다보았다. 존 거믈리는 찌푸린 얼굴로 두 사람이 응접실로 들어가는 것을 지켜보고 있었다. 잠깐 동안 그는 망설이며 서 있다가 마침내 마음에 걸리는지 복도를 왔다갔다 하기 시작했다. 그런 모습을 부근에서 빈들거리고 있던 형사 몇 사람이 무관심한 척하며 눈여겨 보고 있었다.

도서실의 세 사람은 서로 얼굴을 마주보았다. 아무 말도 주고받을 필요가 없는 것 같았다. 샘 경감은 문 쪽으로 가더니 형사 하나를 불러서 루이자 캠피언의 간호원을 부르러 보냈다.

조금도 기대하지 않았지만 스미스 양을 심문해서 뜻밖의 여러 가지 흥미 있는 일들을 알아냈다. 참으로 건강해 보이고 튼튼해 보이는 이 간호원은 직업 탓으로 여자다운 연약함은 이미 사라지고, 그녀가 대답하는 모습도 처음에는 거침없이 사무적으로 시작되었다.

그전에 만돌린이 유리상자에 들어 있는 것을 본 적이 있는가? 생각이 안 난다고 그녀는 대답했다. 죽은 해터 부인 말고는 루이자 캠피언의 침실에 가장 자주 들락거린 사람은 당신인가? 그렇다고 그녀는 대답했다. 지금까지 무슨 이유로든 만돌린이 루이자의 방에 있는 것을 본 적이 있는가?――이것은 드루리 레인의 질문이었다. 아뇨, 요크 해터가 실종된 뒤로 만돌린은 상자에 언제나 들어 있었으며, 자기가 알기로는 어떤 이유로도 만돌린을 유리상자에서 꺼낸 적은 없다고 그녀는 대답했다.

레인이 물었다. "해터 부인 이외에 캠피언 양의 과일 바구니에서 과일을 꺼내 먹은 사람이 있나요?"

스미스 양이 대답했다. "아니, 없습니다. 대개 다른 사람들은 루이자 양의 방에 드나들기를 꺼려했으며, 게다가 마님께서도 금지했기 때문에 가엾은 루이자 양의 먹을 것을 무엇이든지 빼앗는다는 것은 생각조차 해본 사람도 없을 거예요. 물론 어쩌다 아이들이 몰래 들어가서 사과 한 개 정도는 슬쩍하는 일은 있었겠지만, 그것도 마님이 아이들에게 아주 엄격기 때문에 그런 일도 좀처럼 없었답니다. 최근에는 3주일쯤 전에 그런 일이 있었으나, 마님께서 재키를 매질하고 빌리에게도 야단을 치는 바람에 큰 소동이 벌어졌었어요. 재키가 발버둥치며 울고불고하니까 마사 부인이 달려와서 아이를 때렸다고 대들어 대판 싸움이 벌어졌지요. 정말 굉장한 소동이었답니다. 하지만 그런 일도 물론 처음 있는 건 아니지요. 마님――마사 부인 말입니다――마사 마님은 보통때는 아주 얌전하시지만 아이들 일이라면 무섭게 흥분하시는 거예요. 마사 마님과 큰마님――해터 부인 말입니다――두 분은 언제나 아이들의

가정교육을 서로 자기가 해야 된다고 싸웠답니다……어머, 죄송합
니다. 너무 수다를 떨어서."

"아닙니다. 아주 흥미 있는 이야기였습니다."

브루노 검사가 말했다. "그보다도, 레인 씨, 문제는 과일입니다.
스미스 양, 당신은 어젯밤 나이트 테이블 위에 과일 바구니가 놓여
있었던 것을 아시오?"

스미스 양이 대답했다. "네, 알고 있어요."

"바구니에 담긴 과일은 오늘 우리가 본 것과 같은 것이었소?"

"그렇다고 생각됩니다."

샘 경감이 물었다. "해터 부인을 마지막으로 본 것이 언제요?"

스미스 양은 흥분한 기색을 보이기 시작하며 말했다. "어젯밤
11시 반쯤이었습니다."

"그때의 일을 자세히 말해 주시오."

"루이자 아가씨의 잠자리 수발은 늘 마님이 해오셨는데, 어젯밤
마지막으로 한 바퀴 돌아보려고 갔더니 루이자 아가씨는 이미 잠
자리에 들어가 있었습니다. 저는 루이자 아가씨를 가볍게 두드리
고 점자판을 써서 제가 자러 가기 전에 시킬 일이 없느냐고 물었
지요. 루이자 아가씨는 아무것도 없다고 하더군요—— 물론 손짓
으로 대답했습니다만."

"그것은 알고 있습니다. 그 다음에는?"

"그 다음에 저는 혹시 과일을 먹고 싶지 않느냐고 물으면서 과
일 쪽으로 갔었는데, 루이자 아가씨는 먹고 싶지 않다고 했어요."

레인이 천천히 말했다. "그럼, 당신은 그때 과일을 자세히 보았
겠군요?"

"네, 보았습니다."

"배가 몇 개 있었습니까?"

스미스 양은 돼지처럼 작은 눈에 놀라는 빛을 띠우며 말했다.
"어머! 그러고 보니 어젯밤엔 두 개밖에 없었는데 오늘 아침에는
배가 세 개였어요! 지금까지 미처 몰랐네요."

"틀림없지요, 스미스 양? 이건 아주 중대한 일입니다."

스미스 양은 진지하게 말했다. "네, 틀림없어요. 두 개였어요. 절
대로 틀림없습니다."

"그 가운데 하나는 상한 것이었나요?"

"상해요? 그렇지는 않았습니다. 둘 다 싱싱하고 잘 익었던걸요."

"그렇습니까? 고맙소, 스미스 양."

그때 샘 경감이 신경질적으로 내뱉었다. "어째서 그런……어쨌든 됐습니다, 스미스 양. 그런데 해터 부인은 그 동안 무엇을 하고 있었소?"

"마님께서는 여느 때처럼 잠옷으로 갈아 입으시고 막 잠자리에 드시려는 참이었는데, 마침——여자가 잠자리에 들기 전에 뭘 하는지 아시죠?"

"잘 압니다. 나도 결혼한 사람이니까. 그래서 노부인은 어땠습니까?"

"짜증스러운 얼굴을 하셨어요. 하지만 여느 때와 별로 다른 점은 없었죠. 마침 목욕을 끝낸 뒤라 여느 때보다——마님은 기분이 좋아보였습니다."

"그래서 테이블 위에 파우더통이 있었던 거로군!"

"아니에요. 그 통은 늘 테이블 위에 놓아두는걸요. 가엾은 루이자 아가씨는 파우더 냄새를 좋아했기 때문에 언제나 손수 그것을 발랐죠."

"그때 당신은 테이블 위에 있는 그 통을 보았나요?"

"예, 보았지요."

"뚜껑이 열려 있습디까?"

"아니에요. 닫혀 있었어요."

"꼭 닫혀 있었나요?"

"글쎄요, 꼭 닫혀 있지는 않았던 것 같습니다. 좀 헐겁게 닫혀 있었던 것 같았어요."

드루리 레인은 고개를 끄덕이며 아주 만족스럽게 미소지었다. 샘 경감은 무뚝뚝하게 고개를 끄덕이고는 레인의 이 자그마한 승리를 인정했다.

브루노 지방검사가 물었다. "스미스 양, 당신은 공인 간호원입니까?"

"네, 그렇습니다만."

"해터 부인 댁에서 일한 지 얼마나 됐소?"

"4년째입니다. 물론 환자 한 사람만을 돌보는 기간으로는 너무 길었지만, 저도 점점 나이는 들어가는데다 급료도 좋기 때문에 눌러 있는 거랍니다. 게다가 저는 여기저기 옮겨다니기가 싫었답니다——이 댁의 일이 쉽기도 하고요. 그런데다 저는 루이자 아가씨를 아주 좋아하게 되었죠. 가엾잖아요——사는 즐거움이라는 것이 전혀 없지 않겠어요? 사실 말이지 여기서는 저의 간호원으로서의 기능 같은 것은 크게 필요치 않습니다. 저는 간호원이라기보다는 루이자 아가씨의 친구인 셈이지요. 그것도 제가 돌보는 것은 대개 낮 동안만이고, 밤에는 마님이 시중을 드셨지요."

"좀더 요점만을 이야기해 주시지요, 스미스 양. 그래, 어젯밤 당신은 그 방에서 나와서 무엇을 했습니까?"

"옆방에 가서 잤습니다."

"밤에 무슨 소리 같은 것을 듣지 못했나요?"

스미스 양은 얼굴을 붉히며 말했다. "아뇨, 듣지 못했어요. 저는 ──잠이 아주 깊이 드는 편이라서요."

샘 경감이 스미스 양을 뚫어지게 쳐다보며 말했다. "아, 그렇습니까? 그러면 당신은 그 불구의 환자에게 독을 먹이려한 사람에 대해서 짐작되는 것이 있습니까?"

스미스 양은 갑자기 눈을 깜박거리며, "아뇨, 전혀 없는데요." 하고 말했다.

"요크 해터 씨에 대해서 잘 아십니까?"

스미스 양은 한시름 놓은 듯이, "네, 얌전하시고 체격이 작은 분이었는데, 언제나 마님에게 억눌려 지내셨지요." 하고 말했다.

"그분의 화학 연구에 대해서는 알고 있나요?"

"네, 조금은요. 그분은 제가 간호원이라서 어느 정도 이야기가 통할 것으로 생각하고 계셨던 것 같아요."

"실험실에 들어가 본 적이 있습니까?"

"두세 번 있었어요. 한번은 모르못에게 혈청을 써서 실험을 할 생각이니 구경오라고 하신 적이 있었답니다. 모르못에게 주사를 놓았는데 아주 재미도 있었고, 도움이 되기도 했지요. 유명한 박사님으로서 전에 제가……"

레인이 물었다. "당신의 간호기구통 안에는 피하주사기가 있겠지요?"

"네, 두 개가 있습니다. 큰 것과 작은 것 각각 하나씩."

"지금 두 개 모두 가지고 있습니까? 기구통에서 혹시 없어진 것은 없습니까?"

"그런 일은 없습니다. 조금 전에도 통 안을 살펴보았는걸요. 루이자 아가씨의 방에서 주사기가 발견되었다기에──실링 선생님이라든가?──그분이 그것을 가지고 방으로 들어오셨기에──혹시 누군가가 제 주사기를 훔쳐간 것은 아닌가 하고 생각했습니다. 그러나 제 것은 둘 다 통 안에 그대로 있더군요."

"해터 부인의 방에서 발견된 주사기의 출처에 대해서 혹시 마음에 짚이는 곳이라도 있습니까?"

"글쎄요. 2층 실험실에는 주사기가 많이 있는데……"

샘 경감과 브루노 검사는 동시에, "흠!" 하고 말했다.

"……해터 씨가 실험하면서 쓰셨거든요."

"얼마나 있습니까?"

"그건 모르겠어요. 그러나 그분은 실험실에 있는 물건은 모두 목록을 만들어서 그 방에 있는 캐비닛 안에 넣어두셨으니까 그 목록을 찾아보시면 주사기가 얼마나 있는지 알 수 있을지도 모르지요."

"들어오십시오, 페리 씨." 마치 굶주린 거미가 먹이를 꾀어들이듯이 샘 경감은 부드럽게 말했다. "어서 오십시오. 좀 물어볼 것이 있어서요."

에드거 페리는 입구에서 우물쭈물하고 있었다. 정말 그는 언제나 행동하기 전에는 반드시 망설이는 그런 타입으로 보였다. 키가 크고 늘씬한——40대의 남자로서——어디로 보나 학자다운 사람이었다. 깨끗한 면도 자국이 파랗게 보이는 얼굴은 금욕자처럼 보였고 민감한 느낌을 주었으며 단정하기도 했다. 나이보다 좀 젊게 보이는 것은 그 맑고 깊은 눈빛 탓일 거라고 드루리 레인은 생각했다. 그는 천천히 방으로 들어와서는 경감이 권하는 의자에 가서 앉았다.

"아이들의 가정교사를 하시는 분이시죠?" 하고 레인은 페리를 보고 상냥하게 웃으며 말을 걸었다.

"예, 그렇습니다." 하고 페리는 좀 쉰 듯한 목소리로 대답했다. "그런데, 저……무슨 볼일이신지요, 경감님?"

"좀 이야기를 나눠보고 싶을 뿐입니다." 하고 경감이 대답했다. "특별한 볼일은 없습니다."

모두들 자리에 앉아서 서로 얼굴을 마주보았다. 페리는 불안한 모양인지 마른 입술에 침을 발라가며 자기에게 쏠리고 있는 날카로운 여러 사람들의 시선을 느끼고는, 묻는 말에 대답하는 동안 거의 발 아래 양탄자를 보고 있었다……그는 대답했다……분명히 만돌린에는 아무도 손을 대서는 안되게 되어 있었다. 요크 해터의 실험실에 들어가 본 적은 한 번도 없으며, 자기는 과학에 대해서는 특별한 흥미가 없고, 게다가 해터 부인의 엄한 명령도 있었던 터였다. 해터 집안에 들어와서 일하게 된 것은 금년 1월 들어 1주일째 되는 날부터였다. 콘래드 해터의 아이들을 가르치던 전 가정교사는 마사와 말다툼 끝에 그만두었다. 어느 날 재키 소년이 고양이를 목욕탕 물속에 처박고 죽이려고 했기 때문에 그 교사가 재키의 종아리를 때려주고 있었는데 마사의 눈에 띄어 교사를 몰아붙였기 때문이다.

"그런데 당신은 그 개구쟁이들과는 잘 해나가고 있습니까?" 하고 경감이 날카롭게 물었다.

"예, 나는 잘 지내고 있습니다." 하고 페리가 말했다. "때로는 애를 먹을 때도 있지만, 멋진 방법을 하나 생각해 냈지요." 그는 변명하듯 미소지었다. "잘하는 일에는 상을 주고 잘못하는 일에는 벌을 주는 겁니다. 이 방법으로 꽤 성공을 거두고 있습니다."

"하지만 이 댁은 일해 나가기 아주 힘들지요?" 하고 경감이 거침없이 물었다.

"때로는 그렇기도 합니다." 페리는 좀 기운이 나서 사실대로 털어놓았다. "이 댁 아이들에게는 거칠고 모진 구석이 있거든요. 게다가——이건 특별히 나무라는 것은 아니니까 이해해 주시기 바랍니다——그들 부모는 아이들 가정교육에는 별로 어울리지 않는 분들이라는 생각이 듭니다."

"특히 아버지가 그렇겠지." 하고 샘이 말했다.

"예, 그렇습니다. 아이들이 본받을 만한 아버지는 아니지요." 하고 페리가 말했다. "나도 가끔은 이런 일은 그만둬야겠다고 생각합니다——하지만 돈도——필요하고 이 댁 급료가 아주 후하거든요. 솔직히 말씀드리면 지금까지 몇 번이나……" 그는 모든 것을 다 털어놓고 싶어졌는지 묻지도 않은 말도 꺼내놓았다. "그만둬야겠다는 생각도 했었습니다. 하지만……" 그는 자신의 대담성에 스스로 놀란 듯 얼른 입을 다물었다.

"하지만 뭡니까, 페리 씨?" 하고 레인이 부추기기라도 하듯이 물었다.

"미치광이 같은 집안이지만, 그에 대한 보상이 될 만한 사람이 있지요." 그는 기침을 해가며 대답했다. "즉——그 여자——바바라 해터 양이 있기 때문입니다. 나는 그 여자를——그 여자의 참으로 훌륭한 시 세계를 진심으로 존경하고 있습니다."

"아, 그렇군요." 하고 레인이 말했다. "학구적인 존경이라는 말이로군요. 그런데, 페리 씨! 이 댁에서 계속 일어나고 있는 기묘한 사건에 대해서 당신은 어떻게 생각하십니까?"

페리는 얼굴을 붉혔다. 그러나 그의 목소리는 전보다 침착해져 있었다. "저로선 뭐라고 설명할 수가 없습니다. 그러나 다만 한 가지 확신은 다른 사람들이 이 사건과 어떤 관계가 있다 하더라도 바바라 해터 양만은 이런 부끄러운 범죄와는 전혀 관련이 없다는 것입니다. 그 사람은 그런 일에 끼어들기에는 너무 훌륭하고 멋진 사람이지요. 너무도 기품있고 정겹고……"

"좋은 의견을 말해 주셨습니다." 하고 브루노 검사가 의젓한 태도로 말했다. "바바라 양도 기뻐할 겁니다. 그런데, 페리 씨, 당신은 이 댁에서 기거하고 있는 것으로 압니다만, 집을 비울 때가 얼마나 됩니까?"

"예, 저는 다락방——3층에서 지내고 있지요. 장기간의 휴가를 얻어서 이 댁을 떠나는 적은 절대로 없습니다. 꼭 한 번——지난 4월에 5일 동안 휴가를 얻었을 뿐입니다. 그 밖에는 일요일은 쉬기 때문에 집에서 나가 혼자서 하루를 보내지요."

"늘 혼자서 보냅니까?"

페리는 입술을 깨물었다. "반드시 그렇지만은 않습니다. 바바라 양이 네댓 번 함께 외출해 주었지요."

"그랬군요. 그래, 어젯밤엔 어디에 있었나요?"

"일찌감치 제 방으로 올라가서 한 시간쯤 책을 읽다가 잠자리에 들었습니다. 그러니까——" 그는 덧붙여 말했다. "오늘 아침까지 무슨 일이 있었는지 전혀 몰랐던 겁니다."

"그렇겠군요."

침묵이 이어졌다. 페리는 의자에 앉아서 머뭇거리고 있었다. 경감의 두 눈에 차디찬 빛이 타올랐다……루이자 캠피언이 과일을 좋아해서 그녀의 나이트 테이블 위에는 언제나 과일 바구니가 놓여 있다는 것을 알고 있습니까? 이런 질문을 받자 그는 당황해 하며——알고는 있지만 그게 어쨌다는 거냐고 대답했다. 해터 부인의 과일에 대한 취향에 대한 질문을 받자——말없이——어깨를 으쓱했다. 그리고 다시 침묵이 찾아왔다.

드루리 레인이 친한 사이처럼 말을 걸었다. "페리 씨, 당신이 처음으로 이 댁에 오게 된 것은 지난 1월초라고 했습니다. 그러니까 요크 해터 씨는 한 번도 만나보지 못한 것이 되겠군요?"

"그렇습니다. 해터 씨에 대해서는 거의 아무것도 모릅니다——다만 바바라 양에게서 몇 마디 들었을 뿐이지요."

"두 달 전 캠피언 양이 독살될 뻔한 일은 알고 계시죠?"

"예, 알고 있습니다. 무서운 일이었지요. 오후에 내가 집에 돌아와 보니 온 집안이 발칵 뒤집혀 있더군요. 정말 놀랐습니다."

"캠피언 양에 대해서는 얼마나 알고 있는지요?"

페리의 목소리가 커지고 눈에 빛이 더해갔다. "잘 알고 있습니다. 아주 잘! 정말 놀라운 사람입니다. 물론 그 사람에 대한 내 흥미는 순수한 객관적인 것입니다만——교육이라는 면에서 본다면 특이한 경우지요. 그녀 쪽에서도 나를 차츰 알게 되어 신뢰감을 갖게 되었다고 생각합니다."

레인은 생각에 잠겼다. "페리 씨, 조금 전에 당신은 과학에는 흥미가 없다고 하셨는데, 그러니까 과학에 대한 공부는 별로 하지 않았다는 거겠지요? 예를 들면 병리학에 관한 것 등은 잘 모르시겠군요?"

샘 경감과 브루노 검사는 의아한 얼굴로 서로를 마주보았다. 그러나 페리는 냉담하게 수긍했다. "말씀하시려는 것은 잘 알고 있습니다. 이 댁 가족의 비정상을 설명할 수 있는, 즉 해터 집안의 내부에 무슨 병리적인 근본원인이 있을 것이 분명하다는 생각이시지요?"

"페리 씨, 바로 그렇습니다." 레인은 미소지었다. "그럼, 당신도 내 생각과 같습니까?"

가정교사는 격식을 갖춘 말투로 대답했다. "나는 의사도 심리학자도 아닙니다. 그러나 이 댁의 사람들은——정상이 아닙니다. 그것은 저도 시인합니다. 그러나 내가 말씀드릴 수 있는 것은 거기까지입니다."

샘 경감이 갑자기 일어났다. "그 이야기는 그런 정도로 해둡시다. 그런데 당신은 어떻게 이 댁 가정교사를 하게 되었나요?"

"콘래드 해터가 가정교사를 구한다는 신문광고를 냈더군요. 지망자가 나 말고도 꽤 많았습니다만 다행히 내가 채용되었습니다."

"그렇군요. 그럼, 추천서를 가지고 있겠군요?"

"예, 가지고 있습니다." 하고 페리가 대답했다.

"지금도 가지고 있나요?"

"예……가지고 있습니다."

"보여주었으면 좋겠군요."

페리는 의아한 얼굴로 눈을 깜박였지만 곧 일어나서 도서실을 나갔다.

"뭔가가 있군." 페리가 나가고 문이 닫치자 경감이 말했다. "이제 겨우 재미있게 되어가는데. 브루노 검사님, 차츰 윤곽이 드러나기 시작하지 않았습니까?"

"대체 무슨 말씀을 하시는 겁니까, 경감님?" 레인이 웃으며 물었다. "페리에 대한 것 말입니까? 그거라면 틀림없이 로맨스 냄새가 나긴 합니다만……"

"아니, 페리에 대한 것이 아닙니다. 그저 보고만 계시지요."

페리가 얄팍한 봉투를 들고 돌아왔다. 경감은 그 속에서 좀 두꺼운 종이를 한 장 꺼내어 재빨리 읽어나갔다. 그것은 간단한 추천장으로서, 에드거 페리 씨는 우리집 가정교사로서 훌륭히 그 직무를 다했으며, 우리집에서 그 직무를 사임하게 된 것은 조금도 불미한 이유에서가 아니라고 적혀 있었고, 제임스 리게트라는 서명과 파크 애버뉴의 주소가 쓰여 있었다.

"좋습니다." 샘은 추천장을 돌려주며 좀 맥빠진 투로 그렇게 말했다. "소중하게 간직하십시오, 페리 씨 그럼, 이젠 됐습니다."

페리는 안도의 한숨을 내쉬고 주머니에 추천장을 쑤셔넣고는 바쁘게 도서실을 나갔다.

"자." 커다란 손바닥을 마주 비비며 경감이 말했다. "마침내 골칫덩어리와 상대하게 되었군." 그는 문 쪽으로 가서 밖에다 대고 소리쳤다. "핑크! 콘래드 해터를 데려오게!"

지금까지의 긴 대화, 지루한 질문, 혼미(昏迷)와 의혹과 불명확(不明確), 그 모두가 한 점을 겨냥하고 있는 듯이 보였다. 실제로 그렇게 정해진 것은 아닌데도 그렇게 보였던 것이다. 드루리 레인까지도 샘 경감의 흥분한 목소리를 듣는 순간 문득 가슴이 뛰는 것을 느꼈다.

그러나 이 콘래드 해터에 대한 조사 또한 다른 사람들의 경우와 마찬가지로 특별히 야단스럽게 시작된 것은 아니었다. 콘래드 해터는 조용히 들어왔——키가 크고 침착성이 없는 사람으로서, 기복이 뚜렷하고 험상궂은 얼굴을 하고 있었다. 그는 마음속의 동요를 꾹 누르고 있었다. 위험한 곳에 떨어진 장님처럼 조심스럽게 걸으며 중풍환자 같은 부자연스러운 태도로 머리를 쳐들고 있었다. 이마에는 땀이 배어 있었다.

그러나 그가 자리에 앉자마자 조용하던 방안 분위기는 그만 깨어지고 말았다. 갑자기 도서실 문이 큰소리를 내면서 열리고 복도

의 소란한 소리가 몰려오는가 했더니, 재키 해터가 인디언이 지르
는 소리를 흉내내면서 동생 빌리를 쫓아 뛰어들어온 것이다. 재키
의 더러운 오른손에는 장난감 토마호크(인디언의 큰 도끼)가 들려 있
고, 빌리의 두 손은 등뒤로 단단히 묶여 있었다.

샘 경감도 이 광경에는 놀라서 입이 벌어졌다.

태풍이 숨돌릴 틈도 없이 밀어닥쳤다. 마사 해터가 지친 얼굴에
잔뜩 화가 나서 두 아이들을 쫓아 도서실로 뛰어들었다. 셋은 방
안에 있는 사람들은 본 척도 하지 않았다. 어머니는 레인이 앉아
있는 의자 뒤에서 재키를 붙잡은 뒤 호되게 그 얼굴을 때렸다. 소
년은 빌리의 머리 위로 위태롭게 휘둘러대던 토마호크를 떨어뜨리
고는, 고개를 뒤로 젖히고 악을 쓰며 울기 시작했다.

"재키! 이 망할 녀석! 네가 빌리에게 그런 짓을 하면 그냥둘 줄
알았니?" 어머니의 목소리도 아이 못지 않게 컸다.

갑자기 빌리마저 덩달아 울기 시작했다.

"자, 부탁입니다, 부인, 아이들을 여기서 데리고 나가주시죠." 하
고 경감이 소리쳤다.

마사의 뒤를 이어 가정부 애버클 부인이 뛰어들었으며, 그 뒤를
다시 호건 순경이 달려들어왔다. 재키는 광기어린 눈으로 자기를
뒤쫓아온 사람들을 둘러보다가 정말 재미있다는 듯이 호건의 다리
를 힘껏 걷어찼다. 한동안 뒤엉킨 팔과 벌건 호건의 얼굴 이외에는
아무것도 보이지 않았다.

콘래드 해터는 참다 못해 의자에서 반쯤 몸을 일으켰다. 당장이
라도 터질 듯한 증오가 그의 푸른 눈에서 타오르고 있었다. "이것
봐! 빨리 말썽꾼들을 데리고 못 나가!" 그는 화가 치밀어 떨리는
목소리로 아내에게 호통을 쳤다. 아내는 깜짝 놀라서 잡았던 빌리
의 팔을 놓고 시뻘개진 얼굴로 비로소 다른 사람들을 둘러보고는
겁먹은 얼굴이 되었다. 애버클 부인과 호건 순경이 겨우겨우 아이
들을 데리고 나갔다.

"맙소사!" 지방검사가 떨리는 손으로 담배에 불을 붙이며 말했
다. "정말 끔찍한 일이군. 그런데, 경감, 부인은 남아 있도록 하는
것이 좋지 않겠소?"

샘은 망설였다. 그때 갑자기 레인이 동정어린 눈을 하고 일어섰
다. "자, 부인——" 하고 그는 상냥하게 말했다. "앉으셔서 마음을
좀 가라앉히십시오. 걱정하실 것 없습니다. 아무도 부인을 곤란하
게 하려는 것은 아니니까요."

그녀는 핏기가 가신 얼굴로 의자에 앉더니 남편의 차디찬 옆얼굴을 지켜보았다. 콘래드는 자신이 격분한 일을 후회하고 있는 듯 머리를 푹 숙이고 뭐라고 혼잣말로 중얼거리고 있었다. 레인은 조용히 한쪽 구석으로 물러났다.

그런데 꽤 쓸모있는 정보를 캐내게 되었다. 이 부부는 둘 다 어젯밤 유리상자 안에 만돌린이 들어 있는 것을 보았다는 것이다. 더구나 콘래드는 중요한 사실에 대해서 증언했다——그가 집에 돌아온 것은 한밤중, 정확하게는 새벽 1시 30분이었다. 그리고 자기 전에 한잔 할 생각으로 아래층 도서실에 들어왔었다. "이 방에는 술이 가득 들어 있는 찬장이 있거든요." 바로 옆에 있는 술병을 넣어두는 찬장을 가리키며 그는 조용히 설명했다. 그때 만돌린이 몇 달 전과 조금도 다름없이 유리상자 안에 들어 있는 것을 보았다는 것이다.

샘 경감은 만족한 얼굴로 고개를 끄덕였다. "잘됐군요." 하고 그는 브루노 검사에게 속삭였다. "덕분에 상황이 분명해졌습니다. 만돌린을 유리상자에서 꺼낸 사람이 누구였든, 꺼낸 것은 살해하기 직전이었다는 이야기가 됩니다. 그런데, 해터 씨, 당신은 어젯밤 어디에 있었습니까?"

"아, 어젯밤에요?" 그는 태연히 말했다. "사업관계로 외출했었지요."

마사 해터가 빛바랜 입술을 깨물었다. 그 눈길은 가만히 남편의 얼굴을 지켜보고 있었다. 콘래드는 아내 쪽은 보려고도 하지 않았다.

"밤늦게 사업관계로 외출했다는 건가요?" 하고 경감이 다 알고 있다는 얼굴로 말했다. "아니, 뭐 그걸 문제삼자는 것은 아닙니다. 그래, 도서실을 나간 다음에는 어떻게 했습니까?"

"뭐라고요?" 느닷없이 콘래드가 소리를 질렀다. 그것이 너무 뜻밖이었으므로 경감은 눈을 가늘게 뜨고 공격에 대한 방어자세를 취했다. 콘래드의 목덜미는 격정으로 떨고 있었다. "당신은 도대체 무슨 소릴 하려는 거요? 내가 사업상 외출이라고 했으면 사업관계로 나간 것이 분명하단 말이오!"

샘 경감은 꼼짝 않고 앉아 있었다. 그러나 곧 긴장을 풀고는 부드럽게 말했다. "틀림없겠지요. 그래서 이 방에서 나간 다음에는 어디로 갔습니까, 해터 씨?"

"2층에 자러 갔습니다." 폭발했을 때와 마찬가지로 노여움도 금방 가라앉히고서 콘래드가 말했다. "아내는 자고 있더군요. 밤새 아무 소리도 못 들었습니다. 코가 비뚤어지게 마시고──세상 모르고 잤으니까요."

샘 경감은 굉장히 신경을 써가며 말을 꺼냈다. 의아할 정도로 사근사근한 목소리로, "그렇습니까, 해터 씨." 라고 하기도 하고, "대단히 감사합니다, 해터 씨." 하고 말하기도 했다.

지방감사는 터져나오려는 웃음을 참느라고 안간힘을 썼으며, 레인은 재미있게 경감의 얼굴을 바라보고 있었다. 또 거미가 되었군, 하고 레인은 생각했다──경감은 거미가 틀림없었다. 그리고 상대는 아주 팔팔한 파리였던 것이다.

콘래드는 그대로 의자에 앉아 있었다. 샘 경감은 마사에 대한 조사를 시작했다. 그녀의 이야기는 간단했다──10시에 아이들 방에서 아이들을 잠재워놓고 공원으로 산책을 나갔다. 집에 돌아온 것은 11시 조금 전이었는 데, 그 길로 바로 잠자리에 들었다. 남편이 돌아온 것은 몰랐다. 부부는 한 쌍으로 된 싱글 침대를 쓰고 있으며, 낮에는 개구쟁이들의 말썽 때문에 지칠 대로 지쳐서 죽은 듯이 잤다고 했다.

지금은 경감도 느긋한 자세로 심문을 계속했다. 조금 전까지 신문하면서도 보이던 초조감 같은 것은 찾아볼 수도 없었다. 틀에 박힌 질문을 하고 건성으로 하는 대답을 들으면서도 아주 느긋하게 만족해 하는 것 같았다. 실험실에는 해터 부인의 출입금지령 이후, 두 사람 다 들어간 적은 없는 모양이었다. 또 두 사람 다 루이자의 나이트 테이블 위에 매일 과일 바구니를 갖다놓는 이 집 습관이나, 노부인이 배를 싫어한다는 것을 모두 잘 알고 있었다.

그러나 콘래드 해터의 핏속을 흐르고 있는 바이러스는 그렇게 언제까지고 얌전히 있지는 않았다. 경감이 요크 해터에 관한 대수롭지 않은 질문을 했다. 콘래드는 동요의 빛을 보였으나 그래도 어깨를 움츠리고 이렇게 말했을 뿐이었다. "아버지 말입니까? 괴짜였지요. 반 미치광이였으니까, 별로 할 이야기도 없습니다."

마사가 바짝 긴장하며 가시돋친 눈으로 남편을 노려보았다. "여보! 아버님은 가엾게도 막바지에 몰려 돌아가실 수밖에 없었던 것이 아닌가요? 그런데도 당신은 아버님을 구해내기 위해서 손가락 하나 까딱하려고도 안했어요!"

또다시 그 기묘한 격분이 콘래드를 덮쳤다. 목의 핏줄이 굵어지는가 했더니 순식간에 폭발했다. "쓸데없는 참견 말아! 네가 알

바 아니야! 이 호박아!"

한동안은 모두들 넋이 나가 아무 말도 할 수가 없었다. 내노라 하는 경감까지도 놀라서 눈만 멀뚱거렸다. 브루노 지방검사가 차갑고 강한 어조로 말했다. "해터 씨, 말씀을 삼가시는 게 좋지 않을까요? 이것은 나와 샘 경감의 일이니까요. 어쨌든 좀 앉으시지요!" 지방검사가 날카롭게 잘라 말하자 콘래드는 눈을 감박이며 자리에 앉았다. "그럼, 다음 질문에 대답해 주시오." 하고 브루노 검사가 말을 계속했다.

"루이자 캠피언의 살해미수에 대해서 의견이 있으면 말씀하십시오."

"살해미수라니, 대체 무슨 말입니까?"

"예, 살해미수 말입니다. 당신 어머니가 살해된 것은 우연이었다고 우리는 생각하고 있습니다. 어젯밤 그 방에 숨어들어간 범인의 진짜 목적은 캠피언 양이 먹을 배 속에다 독을 집어넣는 것이었습니다!"

콘래드는 바보같이 입을 벌렸다. 마사는 이 이상의 비극은 있을 수 없다는 듯이 지친 눈을 비벼댔다. 손을 내렸을 때는 그녀의 얼굴은 혐오감과 두려움으로 잔뜩 긴장되어 있었다.

"루이자를……" 콘래드가 중얼거렸다. "우연이라고요?……나는, 정말 나는 알 수가 없군요. 어째서……도무지 모르겠군요."

드루리 레인은 한숨을 쉬었다.

마침내 그때가 왔다. 갑자기 샘 경감이 문 쪽으로 걸어갔다. 그것이 너무도 갑작스러운 일이었으므로 마사는 흠칫 놀라 가슴에 손을 얹었다. 경감은 문 앞에서 멈춰서더니 뒤돌아보고 콘래드에게 말했다. "당신은 오늘 아침 어머니의 시체와 그 방을 제일 먼저보게 된 사람입니다—— 당신과 바바라 양, 그리고 스미스 양이었지요?"

"그렇습니다." 콘래드는 천천히 대답했다.

"그때 녹색 양탄자 위에 흰 털컴 파우더의 발자국이 나 있는 것을 당신은 보았습니까?"

"어렴풋이 기억하고 있습니다. 워낙 흥분해 있었으니까요."

"흥분해 있었다?" 샘 경감은 발끝으로 서서 몸을 흔들었다. "어쨌든 발자국을 보기는 한 거로군요. 알았습니다. 그대로 잠깐 기다려 주십시오." 그는 문을 열어젖히고 큰소리로 불렀다. "이봐, 모셔!"

아까 질 해터와 바이지로와 거믈리를 취조할 때 샘 경감에게 귀엣말을 하던 덩치 큰 형사가 명령에 따라 방으로 들어왔다. 그는 뛰어왔는지 숨을 헐떡이면서 왼손을 등뒤로 돌리고 있었다.

조용히 문을 닫은 다음 샘 경감이 말했다. "당신은 발자국이 있는 것을 어렴풋이 기억하고 있다고 했습니다."

의혹과 불안, 거기의 그 느닷없이 터지는 격분이 그의 얼굴을 가득 메웠다. 그는 용수철처럼 뛰어오르며 소리쳤다. "그랬소! 그게 어쨌다는 거요?"

"좋습니다." 샘은 싱글싱글 웃으면서 말했다. "여보게, 모셔! 자네들이 찾아낸 것을 이분께 보여드리게."

모셔 형사는 마치 마술사 같은 멋진 동작으로 왼손을 앞으로 내보였다. 레인은 슬픈 얼굴로 고개를 끄덕였──상상하던 대로였다. 모셔의 손에 들려 있는 것은 한 켤레의 구두였다. 하얀 즈크천 옥스퍼드형 단화로써, 끝은 뾰족하지만 남자용이 분명했다. 오래 신어서 바닥도 닳아빠지고 색깔도 누렇게 바랜 것이었다.

콘래드는 한동안 그것을 바라보기만 했다. 마사는 일어나서 의자를 붙잡았는데 창백한 얼굴이 긴장으로 굳어졌다.

"이것을 본 적이 있습니까?" 하고 샘 경감은 기분좋은 얼굴로 물었다.

"나……알고 있습니다. 내 헌 신발이군요." 하고 콘래드가 더듬거리며 대답했다.

"어디에 놓아두었었지요, 해터 씨?"

"그야……2층 내 방 옷장 안에 두었었는데."

"마지막으로 신은 것은 언제인가요?"

"작년 여름입니다." 콘래드는 천천히 아내 쪽을 돌아보며 괴로운 듯이 말했다. "마사! 저 신발은 버리라고 했잖아!"

마사는 하얗게 된 입술에 침을 발랐다. "깜박 잊고 있었어요."

"자, 자, 해터 씨." 하고 경감이 말했다. "또 그 울화통을 터뜨리지는 마십시오. 그보다는 내 말을 잘 들으시오……어째서 내가 이 신발을 보여드리고 있는지 아십니까?"

"난……모르겠소."

"모르신다? 그럼, 가르쳐 드리지." 샘은 한 걸음 앞으로 내딛었다. 지금까지 친절하고 정중하던 그의 태도는 완전히 사라지고 없었다. "그건 당신에게도 흥미 있는 일이 될 게요. 당신 신발 앞부분과 뒤축이 당신 어머니를 살해한 자가 2층 양탄자 위에 남겨둔 발자국과 딱 들어맞는다는 말이오."

마사의 입에서 조그맣게 탄성이 새어나왔으나, 쓸데없는 짓이라도 했다는 듯이 황급히 손등으로 입을 막았다. 콘래드는 눈만 깜박거렸다——이 남자의 버릇이구나 하고 레인은 생각했다. 콘래드는 혼란에 빠지기 시작했다. 이 사나이가 지난날에는 가지고 있었을지도 모를 이성이라는 것도 지금은 알코올 중독으로 아무 쓸모가 없게 되어가고 있었다.

"그것이 어쨌다는 겁니까?" 콘래드는 조그만 목소리로 물었다. "이런 크기, 이런 모양의 신발이 세상에 하나밖에 없는 것도 아닐 테고……"

"옳은 말이오!" 하고 경감이 소리쳤다. "그런데, 이것 보시오! 살인범의 발자국과 똑같을 뿐만 아니라, 2층 방 양탄자 위에 쏟아진 것과 똑같은 가루가 묻어 있는 신발은 이 집에서 이것뿐이란 말이오!"

제4장 루이자의 침실
(6월 5일 일요일 오후 12시 50분)

" 그러면 당신 생각에는 정말로……?" 몽유병 환자처럼 넋이 나간 채 걸음을 옮기는 콘래드 해터를 경감이 감시자를 딸려서 제 방으로 쫓아버리자 지방검사는 이해할 수 없다는 얼굴로 샘을 보고 입을 열었다.

"생각은 이젠 그만하고——" 라며 샘은 딱 잘라 말했다. "행동에 옮기려고 합니다. 이 신발이 있는 이상 이미——결정적이 아닙니까!"

"저어——경감님." 하고 드루리 레인이 말했다. 그는 경감에게 다가가서는 그가 들고 있는 문제의 그 신발을 잡으며, "좀 보여주시지요." 하고 말하고는 신발을 살펴보았다. 굽이 닳아빠진 헌 것으로서, 왼쪽 신발 바닥에는 조그만 구멍이 나 있었다. "이 왼쪽 것도 양탄자 위에 있었던 발자국과 똑같다는 겁니까?"

"그렇습니다." 경감은 싱글벙글 웃으며 말했다. "동료 하나가 해터의 장 안에서 이것을 찾아냈다는 모셔 형사의 보고를 받고 즉시 발자국과 맞추어 보았죠."

"하지만 설마——" 하고 레인이 말했다. "이것 하나만으로 범행을 단정지으시려는 것은 아닐 테지요?"

"무슨 말씀이십니까?" 하고 샘 경감이 되물었다.

"경감님, 이것을 분석해 볼 필요가 있다고 생각합니다만." 레인은 오른쪽 신발을 손에 들고 말했다.

"예? 분석을 해요?"

"자, 보십시오." 레인은 오른쪽 신발을 내밀었다. 끝부분에 무슨 액체가 튄 것 같은 얼룩이 묻어 있었다.

"흠, 그럼, 당신 생각으로는……?" 경감은 중얼거렸다.

레인은 싱긋 웃으며 말했다. "경감님, 지금은 내게 무슨 생각이 있는 것은 아닙니다——나도 행동에 옮길 것을 권하고 있습니다. 내가 당신이라면 이 신발을 즉시 실링 박사에게 보내 이 얼룩에 대한 조사를 부탁하겠습니다. 주사기에 넣은 것과 똑같은 액체에 의해서 생긴 얼룩일지도 모르니까요. 만일 그렇게 된다면……" 그는 어깨를 으쓱했다. "독살을 하려 했던 범인이 이 구두를 신고 있었다는 것이 확인되어, 유감스럽게도 콘래드 해터 씨는 더욱 불리한 처지가 되겠지요."

레인의 말투에는 아주 조금이긴 하지만 조롱하는 빛이 보였으므로 샘 경감은 날카롭게 그를 노려보았다. 하지만 레인의 얼굴은 진지했다.

"레인 씨의 말이 옳은 것 같소." 하고 브루노 검사가 끼어들었다.

경감은 망설이다가 마침내 레인의 손에서 신발을 받아들고 문쪽으로 가더니 형사 하나를 불렀다. "실링 박사에게 가져가게. 아주 급해!" 하고 그는 말했다.

형사는 고개를 끄덕이며 신발을 받아들고는 쏜살같이 사라졌다.

마침 그때 간호원 스미스 양의 풍만한 몸집이 입구에 나타났다. "경감님, 루이자 아가씨가 제법 기운을 차렸습니다." 하고 그녀가 그 귀따가운 목소리로 말했다. "이젠 만나보셔도 좋다고 메리엄 선생님이 말씀하시더군요. 루이자 아가씨도 여러분께 하고 싶은 이야기가 있는 모양입니다."

루이자 캠피언의 침실을 향해서 위층으로 오르면서 브루노 지방 검사가 중얼거렸다. "대체 그 여자가 하고 싶다는 이야기가 뭘까요?"

경감은 마땅찮다는 듯이 말했다. "뭐 영문 모를 소리나 하겠지요. 어차피 그녀의 증언은 아무 도움도 되지 못할 테니까요. 정말 무슨 사건이 이 모양인지! 범행현장에 살아 있는 증인이 있었는데도 그 증인이 벙어리에 귀머거리에 장님이라니! 증언상의 가치로 본다면 어젯밤엔 죽어 있었던 거나 다를 바 없어요."

"그렇게 분명하게 단정할 수도 없는 일입니다, 경감님." 레인이 층계를 오르면서 중얼거렸다. "캠피언 양이 전혀 도움이 안된다고 는 할 수 없지요. 사람의 감각은 다섯 개나 있으니까."

"그야 그렇지만……" 샘 경감은 소리없이 입술만 움직였다. 그 것을 알아들을 수 있는 레인에게는 경감이 5감이란 것이 무엇무엇 인지를 세어보면서 더듬거리는 것이 우스웠다.

지방검사가 생각깊은 얼굴로 말했다. "물론 다소라도 도움이 되 겠지요. 만일 그녀가 콘래드가 범인이라는 것을 가리킬 증거라도 가지고 있다면 말입니다……어쨌든 범행시간을 전후해서 그녀가 깨어 있었던 것만은 틀림없으니까요——그 가루에 나 있던 그녀 의 맨발자국으로 보아서는 그렇게 됩니다——게다가 기절해서 쓰 러진 위치와 그 옆에 나 있던 범인의 발자국으로 보아서는 어쩌면 범인을 만져보았을지도……"

"중요한 점이로군요, 브루노 씨." 정색을 하며 레인이 말했다.

층계를 다 오르고서 바로 복도를 사이에 둔 방은 문이 활짝 열 려 있었다. 세 사람은 안으로 들어갔다.

양탄자 위에는 아직도 하얀 발자국이 그대로 남아 있고 침대의 시트도 흐트러진 채 그대로였지만, 시체를 내갔기 때문에 방안의 분위기는 아주 달라져 있었다. 어딘지 모르게 밝은 느낌이었으며, 환히 비친 햇빛 속에는 먼지가 춤추고 있는 것 같았다.

루이자 캠피언은 자기 침대의 맞은편 흔들의자에 앉아 있었다. 그 얼굴은 여전히 무표정했지만, 마치 들리지 않는 귀로 소리라도 들으려는 듯이——기묘하게 고개를 기울이고 있었다. 그녀는 느 린 리듬으로 의자를 흔들고 있었다. 메리엄 박사는 뒷짐을 지고 창 밖 정원을 내려다보고 있었다. 스미스 양은 다른 창문 앞에서 굳어 진 자세로 명령을 기다리는 병사처럼 서 있었다. 그리고 루이자의 의자 옆에 몸을 굽히고 그녀의 얼굴을 어루만져 주고 있는 사람은 이웃에 살고 있는 트리베트 선장이었는데, 웬일인지 그의 거친 수 염투성이의 붉은 얼굴은 걱정스러워 보였다.

세 남자가 들어가자 그들은 모두 긴장한 얼굴로 쳐다보았다. 루 이자만이 예외였지만, 그녀 또한 트리베트 선장이 자기의 얼굴을 만져주던 손을 멈춘 순간 의자 흔드는 동작을 멈추었다. 루이자의 얼굴은 본능적으로 입구 쪽을 향했다. 보이지 않는 커다란 눈은 여 전히 표정이 없었지만, 그 수수하고 인상좋은 얼굴에는 골똘히 생각하고 있는 듯한 미지의 빛이 흐르고, 그와 동시에 그녀의 손가락이 꿈틀거리기 시작했다.

"선장님도 계셨군요." 하고 경감이 말을 걸었다. "또 이런 묘한 자리에서 뵙게 되었습니다. 인사들 하시지요. 이쪽은 트리베트 선장이십니다——그리고 이쪽 두 분은 브루노 지방검사님과 레인 씨이고요."

"처음 뵙겠습니다." 뱃사람답게 목쉰 소리로 선장이 말했다. "이런 무서운 일은 처음입니다——방금 소식을 듣고 급히 달려왔습니다——루이자가 괜찮은지 걱정이 되어서요……"

"뭐, 이분은 이제 안심해도 됩니다." 하고 경감이 자신 있게 말했다. "용기 있는 여성이지요." 그는 루이자의 볼을 가볍게 어루만져 주었다. 놀란 벌레가 갑자기 몸을 웅크리듯이 루이자의 몸이 움츠러들었다. 그 손가락이 어지럽게 움직이기 시작했다.

'누구세요? 누구세요?'

스미스 양이 한숨을 쉬며 루이자의 무릎 위에 놓인, 점자판 위로 허리를 구부려 '경찰'이라는 글자를 만들었다.

루이자는 천천히 고개를 끄덕이고는 몸이 긴장으로 굳어졌다. 그녀의 눈 밑에는 짙은 그늘이 져 있었다. 손가락이 다시 움직였다.

'하고 싶은 이야기가 있어요. 중요한 이야기일지도 모릅니다.'

"꽤 진지하게 보이는군." 하고 경감은 중얼거리고는 점자판 위에 다음과 같은 글자를 만들었다. "말하시오, 아무리 사소한 일이라도 모두 말해 주시오."

루이자 캠피언은 점자판 위를 다시 더듬어보고는 고개를 끄덕이며 입가에 엄숙한 표정을 지었다. 그리고는 손을 들어서 말하기 시작했다.

간호원 스미스 양을 거쳐 루이자가 한 이야기는 다음과 같은 것이었다——그녀와 해터 부인은 어젯밤 10시 반에 침실로 들어갔다. 루이자가 잠옷으로 갈아입자 어머니가 침대에 눕혀주었다. 그러니까 잠자리에 든 것은 10시 45분이었다. 그 정확한 시간을 알고 있는 것은 마침 그때 손가락을 써서 어머니에게 시간을 물어보았기 때문이다. 루이자가 윗몸을 일으켜 베개에 기대고는 세운 무릎 위에다 점자판을 올려놓고 있는데, 어머니는 점자판 위에다 대고 지금부터 목욕을 하고 오겠다고 했다. 그런 다음 루이자의 짐작으로는 약 45분쯤 어머니와는 아무 이야기도 할 수가 없었다. 그 뒤 해터 부인이 욕실에서 다시 돌아와서——루이자의 생각으로는 그랬다──두 사람은 또 점자판을 써서 몇 마디 이야기를 시작했다. 이야기의 내용은 별것 아니었는데──모녀는 루이자의 새 여름옷에 대해서 서로의 생각을 말했다──그녀는 웬지 불안한 느낌이 들었다……

(여기서 드루리 레인은 이 여자의 이야기를 부드럽게 가로막고는 점자판을 써서 이렇게 물었다. "어째서 불안한 느낌이 들었습니까?"

그녀는 가엾을 만큼 당황한 모습으로 고개를 저으며 손가락을 떨면서 이렇게 대답했다.

'모르겠습니다. 다만 그런 느낌이 들었을 뿐입니다.'

레인은 알았다는 듯이 가만히 그녀의 팔을 잡아주었다.)

여름옷에 대해서 다정스러운 이야기가 오고가는 사이에 해터 부인은 목욕한 몸에 그 파우더를 바르고 있었던 것 같았다. 루이자는 파우더의 냄새로 그것을 알 수 있었다. 이 파우더는 어머니와 둘이서 쓰고 있으므로 언제나 두 침대 사이에 있는 나이트 테이블 위에 놓아두었다. 스미스 양이 방에 들어온 것은 바로 그때였다. 그것을 알 수 있었던 것은 이마에 스미스 양의 손이 와서 닿는 것을 느꼈으며, 그리고 과일이 더 필요한가 하고 물었기 때문이다. 그녀는 필요없다고 손짓으로 말했다.

(레인이 루이자의 손가락을 잡고 이야기를 가로막았다.

그리고 간호원에게 물었다.

"스미스 양, 당신이 방에 들어갔을 때 해터 부인은 그때까지 몸에 파우더를 바르고 있었습니까?"

스미스 양이 대답했다. "아뇨. 그때 막 다 바르신 것 같았어요. 나이트 가운을 입으려 하고 계셨는데, 아까도 말씀드렸듯이 파우더통 뚜껑이 느슨하게 닫힌 채 테이블 위에 놓여 있었거든요. 그리고 마님의 몸에도 가루가 묻어 있었고요."

다시 레인이 물었다. "침대 사이 양탄자 위에 가루가 쏟아져 있지 않았습니까?"

스미스 양이 대답했다. "양탄자는 말짱했어요.")

루이자는 이야기를 계속했다. 스미스 양이 돌아가고 나서 몇 분 안되어──루이자는 정확한 시간은 모른다──해터 부인이 늘 그랬듯이 딸에게 잘 자라고 하고는 잠자리에 들었다. 그녀의 어머니가 잠자리에 든 것은 확실했다. 왜냐하면 그 조금 뒤에 루이자는 뭐라고 설명할 수 없는 충동을 받아 자기의 침대에서 기어나와 다시 한 번 어머니에게 키스를 하니까, 노부인은 안심시키려는 듯이 딸의 볼을 다정하게 두드려주었기 때문이다. 그런 다음에 루이자는 다시 자기 침대로 돌아와서 마음을 가라앉히고서 자려고 했다.

(이번에는 샘 경감이 가로막았다. "어젯밤 어머니는 무슨 걱정거리 같은 이야기는 안했습니까?"

'아뇨, 여느 때처럼 저에게 다정했고 차분했어요.'

"그 다음에는 어떻게 했나요?" 하고 샘 경감은 점자판으로 물었다.

루이자는 몸을 떨었다. 그리고 손도 떨기 시작했다. 메리엄 박사가 걱정스러운 얼굴로 그녀를 바라보았다. "경감님, 잠깐 기다려주시지요. 정신이 좀 혼란해진 듯합니다."

트리베트 선장이 그녀의 머리를 매만졌다. 그녀는 재빨리 그 손을 붙잡고는 꼭 쥐었다. 노인은 얼굴을 붉히며 천천히 자기의 손을 빼냈다. 루이자도 마음이 가라앉았는지 굳게 다문 입가에 마음속의 긴장과 이야기를 계속하려는 굳은 결의 같은 것을 나타내며 다시금 바쁘게 손가락을 놀려 이야기를 하기 시작했다.)

낮과 밤의 구별이 없고 언제나 깊이 잠드는 적이 없는 루이자는 졸듯이 잠들어 있었다. 시간이 얼마쯤 지났는지 알 수 없었다. 갑자기——물론 몇 시간은 지났겠지——그녀는 완전히 잠에서 깨어나 숨막힐 듯한 침묵에 휩싸여 자신의 온 신경을 긴장시키고 있었다. 왜 잠에서 깨어났는지는 몰랐지만 그녀는 어쩐지 여느 때와 다른 것을 알았고, 방안 바로 가까이 자신의 침대 옆에서 무엇인가 달라진 것을 느꼈다……

("좀더 분명하게 말한다면 어떤 것이었나요?" 하고 브루노 지방 검사가 물었다.

그녀의 손가락이 움직였다. '모르겠어요. 설명할 수가 없군요.'

메리엄 박사가 그 큰 키를 일으키며 한숨을 쉬었다. "그것은 감각장애자에게만 있는 것으로서, 루이자에게는 어떤 심령적인 점이 있는 것이 아닐까요? 직감력이라고나 할까, 오감을 뛰어넘은 제6감 같은 그런 것이 언제나 움직이고 있다고 봅니다. 그것은 아마 시각과 청각을 완전히 잃어버린 때문이라고 생각됩니다."

"알 것도 같군요."

드루리 레인이 조용히 고개를 끄덕였다.

메리엄 박사가 말했다. "결국 미묘한 진동이나, 움직이는 사람의 몸에서 풍기는 일종의 분위기, 혹은 발자국에 대한 느낌 같은 것이

이 불행한 여성의 끊임없이 긴장하고 있는 제6감을 자극한 것이겠
지요.") 벙어리에다 귀머거리이고 장님인 그녀는 단숨에 이야기
를 계속해 나갔다……그녀는 잠에서 깨어났다. 침대 가까이에 있
는 인간이 그 누구이든 이 자리에 와야 할 사람은 아니라고 그녀
는 대번에 느꼈다. 그녀는 또다시 기묘한, 어떻게 해볼 수도 없는
충동이 솟구치는 것을 느꼈다——그것은 아주 드물게 그녀를 덮
치는 감정으로서, 소리를 내어 비명을 지르고 싶은 발작적인 욕망
에 사로잡히는 것이었다.

　(그녀는 불쑥 예쁘게 생긴 입을 열고는 숨이 막히는 듯한 고양이
같은 소리를 냈다. 그 소리가 여느 사람과는 너무도 다른 것이었기
때문에 그 자리에 있던 모든 사람들은 갑자기 등이 오싹함을 느꼈
다. 조용하고 평범한 여자가 겁에 질린 듯한 짐승 같은 소리를 낸
다는 것은, 그것은,분명히 무서운 광경이었다.)

　그녀는 입을 다물더니 마치 아무 일도 없었다는 듯이 이야기를
계속했다.

　물론 열여덟 살 때부터 소리없는 세계에서 살아온 그녀에게 아
무 소리가 들렸을 리는 없다. 그러나 이상하다고 느껴지는 어떤 직
감만은 그냥 계속되었다. 그 순간 그녀의 남아 있는 감각——후각
에 거의 육체적인 타격과도 같은 자극을 받았고 그리고 다시 목욕
뒤에 바르는 파우더 냄새가 났던 것이다. 이것은 너무 뜻밖이고 이
상한 일이었으며, 그 까닭을 알 수 없었으므로 그녀는 지금까지보
다 더 걱정스러워졌다. 털컴 파우더! 어머니일까? 아니야!——어
머니는 아니야. 그것을 루이자는 알 수 있었다. 저절로 눈뜨게 된
본능적인 공포에 대한 감각이 그것을 가르쳐준 것이다. 어머니가
아닌 다른——위험한 사람이다.

　그 아찔한 순간 그녀는 침대에서 기어나와 되도록 그 두려운 것
으로부터 멀어지려고 마음먹었다. 달아나야겠다는 충동이 그녀의
마음속에서 타오르고 있었다……

　(레인이 다정하게 그녀의 손가락을 잡았다. 그녀는 이야기를 멈
췄다. 레인은 루이자의 침대로 다가가서 한 손으로 침대를 눌러보
았다. 스프링이 다시 튀어오르는 소리를 냈다. 그는 고개를 끄덕이
며, "소리가 나는군요." 하고 말했다. "물론 범인은 루이자 양이 침
대에서 빠져나가는 소리를 들었을 겁니다."

　그는 루이자의 팔을 흔들어 다음 이야기를 재촉했다.

　그녀는 어머니의 침대가 있는 쪽으로 빠져나갔다. 맨발인 채 양

탄자 위로 내려서서 침대의 발치 쪽으로 따라갔다. 침대 끝 가까이까지 가서는 몸을 똑바로 일으켜세우고 한 손을 뻗었다.

여기까지 이야기한 그녀는 갑자기 흥분하고 긴장한 얼굴을 하고 흔들의자에서 일어나서 분명한 걸음걸이로 자기의 침대 주위를 돌기 시작했다. 그것은 그녀 자신의 표현능력이 부족함을 느껴서 실제로 그렇게 해보임으로써 자기의 이야기를 확실하게 전달할 생각이었던 것이다. 어떤 게임에 정신이 팔려 있는 아이들처럼—— 놀라울 만큼 진지한 얼굴로 그녀는 옷을 입은 채 침대 위에 누웠다. 그리고는 그날 새벽의 자신의 행동을 마치 무언극을 하듯이 재연하기 시작했다. 그녀는 살며시 윗몸을 일으켜 아주 진지한 얼굴을 하고 야릇한 몸짓으로 귀를 기울여 무슨 소리인가를 들으려는 시늉을 했다. 이어서 스프링을 삐걱거리며 발을 바닥으로 내려놓고는 침대에서 일어섰다. 그리고는 한 손으로 매트를 찾으면서 몸을 낮추어 침대 가장자리를 따라 엉금엉금 기어가기 시작했다. 거의 침대 끝에 이르렀을 때 그녀는 똑바로 일어서서 자기 침대를 뒤로 하고 어머니 침대 쪽으로 방향을 바꿨다. 그리고는 오른손을 앞으로 뻗었다……

(모두들 숨을 죽이고 이 광경을 지켜보고 있었다. 루이자는 그 공포의 순간을 한 번 더 겪고 있는 것이었다. 열의에 찬 말없는 몸짓에서 당시의 긴장과 공포가 얼마쯤은 보는 이의 가슴에 어렴풋이 와닿았다. 레인은 거의 숨도 쉬지 않았다. 마치 감고 있는 듯한 두 눈에서 나오는 빛은 루이자의 온몸에 날카롭게 집중되어 있었다……

그녀의 오른팔은 마치 철봉처럼 똑바로 바닥과 평행을 이룬 자세로 진정 장님답게 앞으로 내밀고 있었다. 레인의 시선은 그녀가 뻗고 있는 손가락의 바로 밑바닥 쪽을 날카롭게 보고 있었다.)

루이자는 한숨을 쉬고 긴장을 풀고는 힘없이 팔을 밑으로 내렸다. 그리고 다시 손으로 말을 하기 시작하자 스미스 양이 숨가쁘게 통역을 했다.

루이자가 오른팔을 내뻗은 다음 순간 무엇인가가 그녀의 손가락에 스쳤다. 긴장된 그 손가락에 먼저 코가 만져지고, 그리고 얼굴……아니, 얼굴이 움직이며 볼이 스치고 지나간 것이다……

("코와 볼이라고!" 하고 경감이 소리쳤다. "이거야말로 행운이로군! 내가 그녀와 이야기를 좀 해야겠어."

레인이 말했다. "아니, 경감님! 조금도 서두를 것 없습니다. 그것보다 허락하신다면, 한 번 더 캠피언 양에게 지금 한 그 몸짓을 반복하도록 해주셨으면 합니다만."

그는 점자판을 집어들고 자기의 뜻을 루이자 양에게 전했다. 그녀는 지친 듯이 이마에 손을 댔다가는 곧 고개를 끄덕이며 침대 있는 곳으로 다시 돌아갔다. 모두들 아까보다 더 큰 관심을 가지고 그녀를 지켜보고 있었다.

참으로 놀라운 일이 일어났다. 모든 동작 하나하나가, 머리를 갸웃거리는 각도며, 몸을 구부리는 정도, 팔을 움직이는 모습에 이르기까지, 첫번째의 동작과 완전히 일치하는 것이었다.

"오, 참으로 기막히게 똑같군!" 하고 레인이 말했다.

"여러분, 정말 다행한 일입니다. 캠피언 양은 장님에게는 흔히 있는 일입니다만 자기의 육체적인 동작에 대해서 사진처럼 정확하게 기억하고 있습니다. 이것은 사건 해결에 도움을 줄 겁니다—— 적지 않은 도움이 될 것입니다."

다른 사람들은 알 수가 없었다—— 뭐가 적지 않은 도움이 된다는 것인지 레인은 설명하지 않았다. 그러나 그의 예사롭지 않은 얼굴빛으로 보아서 결정적이라고도 해도 좋은 어떤 생각을 떠올리고 있는 것이 분명했다—— 그리고 그 생각이라는 것이 너무도 멋진 것이기 때문에 일생을 무대에서 살아오며 자유자재로 표정을 바꾸는 공부를 해온 그조차도, 마음속에 숨기고 있는 그 생각으로 말미암아 일어나는 반응을 감출 수가 없었다.

"나는 잘 모르지만……" 하고 브루노 지방검사가 난처한 얼굴을 하고 말했다.

레인의 얼굴이 마술이라도 부리듯이 온화해졌다. 그는 조용히 말했다. "내 태도가 지나치게 연극 같은 인상을 드리게 되었나 보군요. 그러나 캠피언 양이 서 있는 위치를 눈여겨 보아주시기 바랍니다. 그녀는 오늘 새벽에 서 있었던 바로 그 자리에 서 있는 겁니다—— 지금 그녀의 발은 침대 발치 가까이에 나 있는 맨발자국과 거의 1인치도 틀리지 않는 곳에 가 있습니다. 그녀가 서 있는 위치와 마주보는 곳에 무엇이 있습니까? 범인의 것으로 확인된 신발자국입니다. 그러니까 캠피언 양의 손끝이 닿는 순간 범인은 온통 뿌려놓은 듯한 털컴 파우더 위에 서 있었던 것이 틀림없다는 것이 되지요—— 왜냐하면 여기에 있는 두 개의 발자국은 어느 발자국보다 뚜렷한 것이, 마치 칠흑 같은 어둠 속에서 유령과도 같은 손가락이 스치는 순간 범인은 너무 놀라서 그 자리에 서버린 것 같다고 생각되지 않습니까?"

샘 경감은 자신의 억센 턱을 긁었다. "그럴 듯하군. 하지만 그것
이 어쨌다는 겁니까? 우리가 지금까지 생각해 온 것과 무엇이 다
릅니까? 나는 정말 알 수가 없군요……조금 전 당신의 태도로 보
아서는……"

"아무튼 캠피언 양의 이야기를 더 들어보기로 하시지요." 드루
리 레인은 서두르듯이 말했다.

"아니, 잠깐 기다리십시오." 하고 경감이 말했다. "그렇게 서두
를 것 없습니다, 레인 씨. 당신의 생각을 알 것도 같군요." 경감은
브루노 쪽을 보았다. "브루노 검사님, 범인의 뺨을 만졌을 때 그녀
가 서 있던 위치를 생각해 보면 범인의 키가 얼마나 되는지 알 수
있지 않겠습니까?" 경감은 자랑스러운 얼굴로 레인을 바라보았다.

그러나 지방검사의 얼굴은 신통치 않았다. "그거 참 기발한 생
각인데……" 그는 비꼬듯이 말했다. "하지만 그건 가능할 때의 이
야기지."

"어째서 불가능하다는 겁니까?"

"자, 여러분!" 하고 레인이 지겨운 듯이 말했다. "캠피언 양의
이야기를 좀더 들어봅시다."

"잠깐 기다리시오, 레인 씨!" 하고 브루노가 차가운 목소리로
말했다. "잘 들어봐요, 샘 경감. 당신은 캠피언 양이 팔을 뻗어서
범인의 뺨에 닿은 점으로 범인의 키를 짐작할 수 있다는 게지요?
틀림없이 그럴 것이오――그녀의 손가락이 닿았을 때 범인이 차
려 자세로 서 있었다면 말이오!"

"하지만……"

"그런데 실제로는 캠피언 양이 만졌을 때 범인은 뻣뻣이 서 있
었다기보다는 오히려 허리를 굽히고 몸을 낮추고 있었다고 보는
쪽이 훨씬 그럴 듯한 추리일 게요. 발자국의 모양으로 보아서는 범
인은 해터 부인을 살해하고 나서 마침 부인 침대의 머리맡을 떠나
방을 나가려던 참이었다고 짐작됩니다. 게다가 레인 씨도 말했듯
이 캠피언 양의 침대에서 삐걱거리는 소리를 들었을지도 모르지요.
그렇다면 범인은 당황했을 게요――그리고 그 순간 몸을 낮추고
자신을 작게 보이려는 본능이 작용했겠지요." 그는 미소지었다.
"그 점이 문제요, 샘 경감. 도대체 범인이 어느 정도나 몸을 낮추었
는지, 그것을 어떻게 알 수 있겠소? 그것을 분명히 모르고서는 키
가 얼마나 되는지 짐작할 수가 없지 않겠소?"

"알겠어요, 알겠습니다." 경감은 얼굴을 붉히며 말했다. "그렇게 너무 빈정거리지 말아요." 그는 언짢은 눈으로 레인을 쳐다보았다. "하지만 레인 씨의 태도로 보아서는 무슨 엄청난 것을 생각해낸 것 같은데……범인의 키가 아니라면 대체 뭐란 말입니까?"

"샘 경감님." 하고 레인이 말했다. "그렇게 말씀하시니 내 서투른 행동에 스스로 낯이 붉어지는군요. 내 태도가 그렇게 보였습니까?" 그는 루이자의 팔을 잡았다. 그녀는 곧 다음 이야기를 계속했다.)

모든 것이 한 순간에 일어난 일이었다. 헤아릴 수 없는 어둠 속에서 하나의 모양을 갖춘 사람이 나타나서 종잡을 수 없는 두려움이 현실적인 것으로 다가왔을 때, 그 충격으로 그녀는 정신이 아찔함을 느꼈다. 감각이 무디어져 가고 있는 것이 전율 속에서도 알 수 있었다. 무릎이 꺾이는 것을 느꼈다. 넘어지면서도 어렴풋이 의식이 있었다. 하지만 머리를 세게 바닥에 부딪친 것으로 미루어 스스로 느낀 것 이상으로 심하게 넘어졌을 것이 확실하다. 그리고 오늘 아침 일찍 구조되어 다시 제정신이 들기까지 아무것도 기억에 남아 있는 것이 없다.

손가락의 움직임이 멈춰지고 팔도 밑으로 쳐졌다. 어깨를 움츠리고 그녀는 흔들의자로 되돌아갔다. 트리베트 선장이 다시 그녀의 볼을 쓰다듬기 시작했다. 그녀는 그 손에 안심하고 볼을 맡기고 있었다.

드루리 레인은 뭔가 묻고 싶은 듯한 눈으로 두 사람을 쳐다보았다. 그러나 두 사람은 모두 자신없는 얼굴이었다. 레인은 한숨을 쉬며 루이자의 의자로 다가갔다. "깜빡 잊은 것이 있습니다. 당신 손끝에 닿은 것은 어떤 느낌이었습니까?"

순간 놀라움 비슷한 것이 그녀의 지친 얼굴에 떠올랐다. 마치 입을 열어 말하듯이 또렷하게 그녀의 표정은 이렇게 말하고 있었다. '어머! 그 말을 안했었군요?' 그리고 그녀는 손가락을 바쁘게 움직였다. 스미스 양이 떨리는 목소리로 통역을 했다.

'매끄럽고 부드러운 볼이었어요.'

아마 등에서 폭탄이 터졌다고 해도 샘 경감은 이처럼 놀라지는 않았을 것이다. 커다란 턱을 밑으로 떨어뜨려 입을 헤 벌리고는 자신의 눈과 귀를 믿지 못하겠다는 듯이, 루이자 캠피언의 멈춰 있는 손가락을 부릅뜬 눈으로 바라보고 있었다. 브루노 지방검사는 알 수 없다는 듯이 간호원을 지켜보고 있었다.

"스미스 양, 지금 그 통역은 틀림없습니까?" 마침내 브루노가 물었다.

"루이자 아가씨가 말한 그대로입니다." 하고 스미스 양은 화난 듯이 대답했다.

샘 경감은 강한 펀치를 먹은 권투선수처럼 머리를 흔들어—— 이것은 놀랐을 때 그의 버릇이 되어버렸지만—— 루이자를 내려다 보았다.

"매끄럽고 부드러웠다고?" 그는 소리쳤다. "그럴 리가 없어. 콘래드 해터의 볼이었다면……"

"그러니까 콘래드 해터의 볼은 아니었던 거지요." 하고 드루리 레인이 부드럽게 말했다. "어째서 그토록 자신의 예상에만 얽매이려 하시나요? 어찌되었거나 캠피언 양의 증언이 믿을 수 있는 것이라면 지금까지의 여러 가지 자료를 다시 검토해 볼 수밖에 없는 것이지요. 어젯밤 콘래드의 신발을 범인이 신고 있었던 것은 분명합니다. 그러나 경감님이나 검사님처럼 콘래드의 신발을 신고 있었다고 해서 그것이 바로 콘래드라고 단정해 버리는 것은 이치에 맞지 않습니다."

"늘 그렇지만, 레인 씨의 말이 맞습니다." 하고 브루노 검사가 시인했다. "그렇지 않소, 경감?"

그러나 불독 같은 샘 경감은 그렇게 간단히 수긍하려고 하지는 않았다. 그는 이를 갈며 스미스 양에게 소리질렀다. "그 이상야릇한 기구를 써서 틀림없는지 다시 한번 물어봐 주시오. 그리고 매끄럽다고 했는데, 어떻게 매끄러웠는지 좀더 자세히, 자, 빨리!"

스미스 양은 겁난 얼굴로 시키는 대로 했다. 루이자의 손가락은 열심히 점자판 위를 오갔다. 그리고는 다시 한 번 손가락으로 말하기 시작했다. '아주 매끈매끈했어요. 부드러운 볼이었습니다. 틀림없어요.'

"그렇군, 틀림없는 것 같군." 하고 경감은 중얼거렸다. "그럼, 스미스 양, 콘래드의 볼은 아니었나 물어봐 주세요."

'아뇨, 틀립니다. 그럴 리가 없어요. 그것은 남자의 볼은 아니었어요. 확실합니다.'

"알았소. 그것으로 됐습니다. 어찌되었든 이 사람이 하는 말을 믿지 않을 수는 없으니까. 그러니까 콘래드도 아니고 남자도 아니고 범인은 여자가 되는 셈이로군. 흠! 그렇게 정하는 수밖에 방법이 없구먼!"

"그 여자는 가짜 발자국을 남기기 위해서 콘래드 해터의 신발을 신은 것이 분명하군." 하고 지방검사가 말했다. "그렇다면 파우더도 일부러 양탄자 위에 뿌린 것이 되는구먼. 그 범인이 누구이든 발자국이 남게 되면 그것과 맞는 신발을 우리가 찾을 것이라는 계산을 이미 하고 있었던 거야."

"그렇게 생각하십니까, 브루노 검사님!" 하고 레인이 물었다.

지방검사는 얼굴을 찌푸리며, "글쎄, 나로서는 아무래도 그렇게 간단히 분명한 판단을 내릴 수가 없군요." 하고 말했다.

레인 또한 여러 가지 생각으로 괴로운 듯한 말투로 말했다. "이 사건 전체에서는 어딘지 턱없이 이상한 느낌이 늘 따라다니고 있는 것 같습니다."

"어떤 점이 이상합니까?" 하고 샘 경감이 다그쳐 물었다. "브루노 검사님이 설명하신 대로 나와 있는 수수께끼는 모두 해결이 되었다고 생각합니다만."

"수수께끼는 아직 그대로 남아 있지요, 경감님. 안타까운 일이지만 해결까지는 아직 길이 멀다고나 할까요." 레인은 점자판을 써서 이런 문장을 만들었다. "당신이 만진 것은 혹시 어머니의 볼은 아니었습니까?"

곧 항의하는 대답이 나왔다. '아닙니다, 그렇지 않습니다. 어머니의 얼굴이라면 주름살이 있어요. 그러나 내가 만진 볼은 매끄러웠습니다.'

레인은 슬픈 듯이 미소지었다. 이 놀라운 여성이 전하고 있는 것에는 그 하나하나에 순수한 진실성이 엿보였다. 샘 경감은 마치 코끼리 같은 걸음걸이로 방안을 왔다갔다 했고 브루노는 생각에 잠겨 있었다. 트리베트 선장과 메리엄 박사, 그리고 스미스 양은 꼼짝 않고 서 있었다. 결의에 찬 빛이 레인의 얼굴에 떠올랐다. 그는 다시 점자판으로 물었다. "잘 생각해 보십시오. 무슨──무슨 다른 일이 생각나는 것은 없습니까?"

이 문장을 읽어본 루이자는 망설이며 머리를 흔들의자의 등받이에 기대었다. 그리고는 그 머리를 좌우로 흔들었다──그것은 무엇인가가 기억의 문앞에서 흔들리고 있으면서도 아무래도 문안으로 선뜻 들어서지 않아 마지못해서 하는 확실하지 않은 부정으로 보였다.

"뭐가 있군!" 레인은 무표정한 그녀의 얼굴을 지켜보며 흥분의 빛을 감추지 못하고 이렇게 말했다. "그 이야기를 하도록 도와주어야만 합니다!"

"하지만 대체 무엇을 말입니까?" 하고 샘 경감이 소리쳤다. "우리가 들어보려고 한 것은 모두 듣지 않았습니까?……"

"아니, 또 있습니다."─레인은 잠깐 입을 다물었다가 천천히 말을 계속했다. "지금 우리가 상대하고 있는 증인은 다섯 가지 감각 중에서 두 가지를 잃어버린 사람입니다. 이 증인의 외부와의 접촉은 미각과 촉각, 그리고 후각에 의존할 뿐입니다. 그러니까 이 세 가지의 감각에 대한 반응을 가지고 있다면 그것이 사건을 풀어가는 우리의 실마리가 된다는 겁니다."

"그런 쪽으로는 미처 생각해 보지 못했군요." 하고 브루노 검사가 심각한 얼굴로 말했다. "그럴 듯하군요. 촉각에 의한 단서를 하나 이미 우리에게 알려준 셈이군요. 그렇다면 나머지는 설마……"

"그렇습니다, 브루노 검사님. 물론 미각에서 단서를 기대할 수야 없겠지요. 그러나 후각이 있지 않습니까! 이것은 기대해 볼 만합니다……만일 이것이 후각이 예민한 동물, 예를 들어 개였고, 게다가 느낌을 전달할 능력을 가지고 있다고 한다면 일은 간단히 끝나버렸겠지만요. 하지만 조금은 그와 비슷한 특수한 조건이 갖추어져 있습니다. 아마도 이 여자의 후각의 신경은 여느 사람과는 다른 예민함이 있을 것입니다……"

"정말 그렇습니다, 레인 씨." 하고 메리엄 박사가 나지막한 목소리로 말했다. "감각의 대상작용(代償作用)이라는 문제에 관해서는 의학계에서도 여러 가지로 논란이 되고 있습니다만, 루이자 캠피언이야말로 이 문제에 대한 주목할 만한 해답인 셈이지요. 그녀의 손가락 끝의 신경, 혀의 미각구(味覺球), 코의 취관(吹管), 이런 것들의 발달은 현저한 점이 있습니다."

"그야 그렇겠지만." 하고 경감이 말했다. "그러나 나로서는……"

"서둘러서는 안됩니다." 하고 레인이 말했다. "우리는 이것을 실마리로 어쩌면 놀라운 것을 알아내게 될지도 모르니까요. 문제는 냄새입니다. 그녀는 이미 파우더가 쏟아졌을 때의 냄새를 증언했습니다만──이 또한 여느 감각으로는 불가능한 것이지요. 여느 사람이라면 도저히……" 그는 재빨리 허리를 굽혀 점자판 위에 문장을 엮어나갔다. "냄새, 파우더 말고 다른 냄새는 없었습니까? 생각해 보십시오. 냄새 말입니다."

점자판을 손가락으로 더듬어가며 자랑스러운 듯한, 그러면서도 당황하는 듯한 표정이 천천히 루이자의 얼굴에 떠오르더니 콧구멍을 크게 벌름거렸다. 그녀가 기억을 되살리려고 안간힘을 쓰고 있는 것이 분명했다. 더구나 그 기억의 실마리는 차츰 다가오고 있었다……마침내 그것은 분명해졌다── 흥분하면 자신도 모르는 사이에 저절로 나와버리는 바로 그 짐승 같은 절규가 또다시 터져나왔다. 손가락이 마침내 움직이기 시작했다.

그 말하기 시작한 손가락을 보고 있던 스미스 양은 너무 어이가 없어 입이 절로 벌어졌다. "세상에, 자기가 하고 있는 말이 무슨 뜻인지나 알고 있는 것일까?……"

"뭐라고요?" 지방검사가 상기된 목소리로 물었다. "검사님, 루이자 아가씨는 이렇게 말하고 있습니다── 그 얼굴에 손끝이 닿자 정신이 아찔하여 쓰러지면서 맡은 냄새는……"

"자, 얼른 말해 보시오, 스미스 양!" 말하다 만 스미스 양의 두꺼운 입술을 날카로운 시선으로 바라보면서 드루리 레인이 재촉했다. "무슨 냄새를 맡았다고 합니까?"

스미스 양은 안타깝게도 킥킥거리고 웃었다. "아이스크림인가 케이크 같은 냄새였답니다."

순간 모든 사람은 간호원의 얼굴을 쳐다보았고, 간호원 또한 모두의 얼굴을 마주 쳐다볼 뿐이었다. 메리엄 박사와 트리베트 선장마저도 넋잃은 모습이 되어 있었다. 지방검사는 자신의 귀를 의심하듯 방금 들은 그 말을 입속으로 되풀이하고 있었다. 그리고 샘 경감은 잔뜩 찌푸린 얼굴을 하고 있었다.

어색한 미소가 레인의 얼굴에서 사라졌다. 그는 완전히 당혹해하고 있었다. "아이스크림이나 케이크라……" 그는 조용히 되풀이해 보았다. "기묘해. 정말 기묘한 일이야."

갑자기 경감이 꼴사나운 웃음을 터뜨렸다. "어떻습니까? 보시다시피 이런 꼴입니다. 이 여자는 귀머거리에 벙어리에 장님일 뿐만 아니라 역시 어머니의 피를 이어받아 미친 구석이 있는 겁니다. 아이스크림이나 케이크라니! 이 무슨 해괴한 소립니까? 어릿광대 놀음이지요."

"진정하십시오, 경감님……보기와는 달리 반드시 미친 짓만은 아닐 수도 있습니다. 왜 그녀는 아이스크림이나 케이크를 생각해 냈을까요? 냄새가 좋다는 점 말고는 이 두 가지 것에 대한 공통점은 없습니다. 어쩌면……그래요, 이것은 경감님이 생각하고 있는 것보다는 훨씬 의미 있는 일일 수도 있다고 생각합니다." 레인은 점자로 다시 말했다. "당신은 아이스크림이나 케이크라고 했는데,

얼른 믿어지지 않는 말입니다. 얼굴에 바르는 분이나 콜드크림은 혹시 아닙니까?"

루이자의 손가락이 점자판으로 대답을 만들고 있는 동안 대화는 중단되었다. '아닙니다, 틀립니다. 분도 콜드크림도 아니에요. 틀림없이 케이크나 아이스크림 같은 냄새였는데, 다만 좀 짙은 냄새였어요.'

"아직도 분명히 알 수가 없군요. 좋은 냄새였나요?"

'그렇습니다. 좋은 냄새였습니다. 아주 좋은 냄새였어요.'

"아주 좋은 냄새라……" 레인은 혼자서 중얼거렸다. "아주 좋은 냄새……" 그는 머리를 흔들고서 다시 한 번 물었다. "꽃 냄새는 아니었습니까?"

'아마――' 하고 대답을 하려다 말고 그녀는 망설였다. 이미 몇 시간이나 지나버린 냄새를 다시 기억해 내려고 콧등에 주름을 잡아가며 애썼다. '그렇습니다. 꽃 냄새의 일종입니다. 진귀한 종류의 난꽃. 트리베트 선장님에게서 받은 적이 있습니다. 하지만 분명히는……'

트리베트 선장이 늙은 눈을 깜빡였다. 언제나 날카롭게 빛나는 푸른 눈이 허둥대고 있었다. 여러 사람의 시선을 한 몸에 받으니 그의 햇볕에 그을린 얼굴이 낡은 말안장 같은 가죽 색깔로 바뀌었다.

"그렇습니까, 선장님? 설명을 좀 해주시겠습니까?" 하고 경감이 물었다.

트리베트 선장은 쉰 목소리로 말했다. "허!……기억하고 있었군요. 그것은……7년이나 지난 일인데요. 내 친구 중에 화물선 트리니다드 호의 선장으로 있던 코크랜이라는 사람이 남미에서 그 꽃을 가지고 왔죠……"

"7년 전이라고!" 지방검사가 소리쳤다. "그렇게 오래 된 냄새를 기억하고 있다니."

"루이자는 정말 놀라운 여성입니다." 선장은 그렇게 말하고 또 눈을 깜박거렸다.

"난이라……" 레인은 깊은 감명을 받은 듯이 중얼거렸다. "점점 이상하게 되어가는군요. 선장님, 그것이 어떤 종류의 난이었는지 기억하고 있습니까?"

늙은 바다 사나이의 커다란 어깨가 꿈틀하며 떨렸다. "처음부터 무슨 난인지 알지도 못했지요." 하고 녹슨 윈치(卷揚機)가 삐걱거리는 것 같은, 묘한 매력이 있는 목소리로 그는 말했다."이름은 모르지만 진귀한 꽃인 것 같았습니다만."

"흠." 레인은 고개를 끄덕이며 다시 점자판 있는 곳으로 갔다. "틀림없이 그 난의 향기였습니까? 혹시 다른 꽃은 아니었나요?"

'그렇습니다. 나는 꽃을 좋아해서 한번 냄새를 맡아본 꽃은 잊지 않아요. 그런 난의 향기를 맡아본 것은 그때뿐이었습니다.'

"이건 원예학상의 신비로군요." 레인은 애써 가볍게 이야기하듯 말했다. 그러나 그의 눈에는 유머가 없었고 한쪽 발은 초조한 듯이 딸깍딸깍 소리를 내가며 움직이고 있었다. 모두들 정말 난처하게 되었다는 듯이 레인을 지켜보고 있었다. 갑자기 그는 환해진 얼굴로 자신의 이마를 손바닥으로 치면서 말했다. "그렇군! 중요한 것을 물어보지 않았네!" 그렇게 말한 그는 다시 점자판에다 이렇게 말을 만들었다. "아이스크림이라고 했는데, 어떤 종류의 아이스크림인가요? 초콜릿? 딸기? 바나나? 호두?"

이 질문이 마침내 과녁을 맞추고 말았다는 것은 너무도 분명했으며 그때까지 도무지 찌푸리고만 있던 샘 경감마저도 감탄에 찬 눈길로 레인을 쳐다볼 정도였다. 루이자는 손가락으로 점자판을 더듬어보고서 레인의 질문을 알고는 밝은 얼굴로 몇 번이나 고개를 끄덕이더니 곧 손을 움직여 대답했다. '이제 알겠습니다. 딸기도 초콜릿도 바나나도 호도도 아닙니다, 바닐라입니다! 바닐라! 바닐라!'

그녀는 활기찬 모습으로 흔들의자에서 당장 일어나기라도 할 듯이 몸을 앞으로 내밀었다. 보이지 않는 눈은 빛나지 않았지만, 그 얼굴에는 칭찬을 기다리고 있는 것 같았다. 트리베트 선장은 가만히 그녀의 머리칼을 어루만져 주었다.

"바닐라!" 그들은 일제히 소리내어 중얼거렸다.

루이자의 손가락이 다시 점자판 위를 달렸다. '바닐라예요. 아이스크림이나 케이크나 난이나 그런 모든 다른 이름보다는 바닐라가 꼭 맞아요. 확실합니다. 틀림없어요.'

레인은 저절로 한숨이 나왔다. 두 눈썹 사이의 주름은 더욱 깊어졌다. 이제는 루이자의 손끝이 너무 빨리 움직이므로 스미스 양의 통역이 미처 따라가지 못해 루이자가 다시 되풀이해야 할 정도였다. 간호원이 여러 사람 쪽으로 돌아섰을 때 그녀의 두 눈에는 웬지 상냥한 빛이 감돌고 있었다.

'가르쳐 주세요. 지금 내가 한 말은 도움이 됩니까? 나는 도움이

되고 싶은데요. 도움이 되지 않으면 안됩니다. 도움이 되나요? 지금 한 말들이 도움이 됩니까?'

"루이자 양!" 문 쪽을 보고 성큼성큼 걸음을 옮기면서 경감이 심각한 얼굴로 말했다. "물론 대단히 도움이 되고말고요!"

메리엄 박사는 떨고 있는 루이자 양 곁으로 다가가서 허리를 굽혀 그녀의 손목을 잡아주었다. 그리고 고개를 끄덕이고는 가볍게 루이자의 볼을 토닥거려 주고서 다시 허리를 펴고 일어났다. 트리베트 선장은 웬일인지 아주 자랑스러운 얼굴을 하고 있었다.

샘 경감은 문을 열고 밖을 보고 소리쳤다. "핑크! 모셔! 누구든지 가서 그 가정부를 빨리 데려오게! 빨리 서둘러!"

애버클 부인은 처음에는 불쾌해 하는 눈치였다. 경찰이 몰려와서 집안을 온통 짓밟는 듯한 충격이 겨우 가라앉은 참이었다. 그녀는 두 손으로 스커트를 걷어쥐고 헐떡이며 층계를 올라왔다. 꼭대기까지 올라와서 한숨 돌리면서 혼자서 중얼중얼 군소리를 했다. 그리고는 거친 태도로 방으로 들어서서는 똑바로 경감을 노려보았다. "자, 이번에는 또 무슨 일인가요?" 하고 그녀는 입을 한 뼘이나 내밀었다.

경감은 쓸데없는 말은 집어치우고, "어제 부엌에서 무엇을 구웠소?" 하고 물었다.

"굽다니? 무슨 말씀인가요?" 두 사람은 마치 두 마리의 장닭처럼 서로 노려보았다. "어째서 그런 걸 물어보시나요?"

"그건 알 것 없소!" 경감은 거칠게 나왔다. "내 질문을 피할 생각이오? 어제 구운 것이 있느냐 없느냐 묻고 있는 게요!"

애버클 부인은 콧방귀를 뀌었다. "무슨 소린지 알 수가 없군요 ……아무것도 굽지 않았는데요."

"굽지 않았다고? 흠……" 그는 턱을 좀더 앞으로 내밀면서 외쳤다. "부엌에서 바닐라를 쓰시지요?"

이 남자가 혹시 돌아버린 것이 아닌가 하는 눈으로 애버클 부인은 경감을 쳐다보았다. "바닐라? 난 또 뭐라고. 물을 것도 없지요. 바닐라를 쓰는 거야 당연하잖아요. 대체 제가 부엌에서 무슨 일을 한다고 생각하시나요?"

"바닐라를 쓰고 있다는 말이군요?" 하고 샘 경감은 지방검사를 돌아보고 눈짓을 했다. "쓰고 있는 모양입니다, 검사님……좋소, 부인. 그럼 어제——무슨 음식을 만들었건 바닐라를 쓴 적이 있습니까?" 그는 두 손을 비비며 대답을 기다렸다.

애버클 부인이 갑자기 문을 향해 걷기 시작했다. "잘 들어보세요. 저를 이런 데 세워놓고 놀려대다니 참을 수가 없습니다!" 그녀는 소리를 버럭 질렀다. "저는 부엌으로 내려가겠어요. 부엌에 있으면, 이런 말도 안되는 얘기에 대답할 것도 없으니까."

"애버클 부인!" 마침내 경감의 고함소리가 터져나왔다.

그녀는 주춤거리며 돌아보았다. 거기 있는 모든 사람이 긴장한 얼굴로 그녀를 지켜보고 있었다. "아니……쓰지 않았어요." 그렇게 대답하고는 다시 속이 뒤집히는지 그녀는 이렇게 말했다. "대관절 당신은 나에게 가사에 대한 설교라도 하실 생각인가요?"

"자, 조용히——" 하고 샘 경감은 좀 부드럽게 말했다. "제발 그렇게 딱딱거리지 좀 말아요. 그런데 지금 식료품실이나 부엌에 바닐라가 있소?"

"있지요, 새것이 한 병. 사흘 전에 바닐라가 떨어져서 새튼 상점에서 새로 주문했죠. 하지만 아직 뜯지도 않고 그냥 있어요."

"그건 좀 이상하군요, 부인?" 레인이 부드럽게 물었다. "내가 듣기엔 당신은 캠피언 양이 마실 계란술을 매일 만든다고 하던데……"

"그것이 무슨 상관인가요?"

"내가 어릴 때 마시던 계란술에는 바닐라가 들어 있었거든요."

샘이 놀라서 앞으로 나섰다. 애버클 부인은 흥 하고 코웃음치듯 고개를 돌렸다. "그래서 어떻다는 거죠? 제가 만든 계란술에는 너트맥을 갈아서 넣어요. 그래서는 안된다는 법이라도 있나요?"

샘 경감은 복도로 목을 내밀고는, "핑크!" 하고 외쳤다.

"예!"

"이 가정부와 함께 부엌으로 내려가서 바닐라 냄새가 나는 것은 닥치는 대로 다 가져오게." 샘 경감은 엄지손가락으로 문을 가리켰다.

"자, 함께 가보시오, 애버클 부인. 빨리빨리 해주시오."

기다리고 있는 동안 아무도 입을 여는 사람이 없었다. 샘 경감은 음정도 맞지 않는 휘파람을 불면서 뒷짐을 지고 방안을 돌아다니고 있었다. 브루노 검사는 무슨 다른 생각을 해가며 지루하게 기다리고 있는 눈치였다. 루이자는 조용히 앉아 있을 뿐이며, 그녀의 등뒤에 서 있는 스미스 양과 메리엄 박사와 트리베트 선장은 꼼짝도 하지 않았다. 레인은 창밖 정원을 바라보고 있었다.

10분쯤 지나자 애버클 부인과 그녀와 함께 갔던 형사가 층계를 올라왔다. 형사는 종이로 싼 납작한 병을 손에 들고 있었다.

"특이한 냄새가 나는 것이 여러 가지 있었습니다." 하고 형사는 싱글싱글 웃었다. "하지만 바닐라 냄새가 나는 것은 이 바닐라 병뿐이더군요. 아직 뜯지도 않았습니다, 경감님."

샘 경감은 형사에게서 그 병을 건네받았다. 라벨에는, '농축 바닐라'라고 쓰여 있었고, 포장지도 뚜껑도 뜯겨 있지 않았다. 브루노 검사에게 건네주니 그는 별로 흥미 없는 얼굴로 여기저기 살펴보고는 경감에게 돌려주었다. 레인은 창가에서 움직이지 않고 서 있었다.

"애버클 부인, 전에 쓰던 병은 어떻게 했나요?" 하고 샘 경감이 물었다.

"사흘 전에 쓰레기통에 버렸죠." 하고 가정부는 퉁명스럽게 대답했다.

"버릴 때 빈병이었나요?"

"그래요."

"혹시 바닐라가 남아 있을 때에 당신은 쓴 적이 없는데도 바닐라가 좀 줄어든 적은 없었나요?"

"그런 걸 어떻게 아나요? 제가 일일이 나머지를 저울로 달아서 두기라도 하는 줄 아세요?"

"그래서 안될 것도 없지." 하고 경감은 되받아주었다. 그는 병을 뜯고 뚜껑을 열고는 코에 갖다대어 보았다. 짙은 바닐라 향기가 온 방안에 가득찼다. 그 바닐라 병에 의심스러운 점은 없었다. 병에는 바닐라가 가득차 있었으며, 손댄 흔적은 전혀 없었다.

루이자 캠피언이 코를 벌름거리며 몸을 움직이기 시작했다. 마치 벌이 멀리서 꿀냄새를 맡듯이 방의 건너편에서 병 쪽으로 고개를 돌렸다. 즉시 그녀의 손가락이 활약하기 시작했다.

"그거랍니다——그 냄새라고 말하고 있어요." 하고 스미스 양이 흥분한 목소리로 말했다.

"흠, 그렇습니까?" 돌아서서 간호원의 입 언저리를 쳐다보고 있던 드루리 레인이 중얼거리듯 말했다. 그는 성큼성큼 걸어가더니 점자판으로 다시 말을 걸었다. "지금처럼 짙은 냄새였습니까?"

'이런 것은 아니었어요. 어젯밤에 맡은 냄새는 아주 희미한 것이었습니다.'

레인은 좀 낙심한 듯이 고개를 끄덕였다. "부인, 집안에 아이스크림이 있습니까?"

"없어요."

"어제도 없었습니까?"

"없었어요. 1주일 동안 내내 없었지요."

"정말 알 수 없군." 하고 레인이 말했다. 여느 때와 다름없이 그의 눈은 빛나고 젊고 생기가 넘치고 있었으나, 그의 모습에는 어딘지 모르게 생각의 실마리가 끊어져 버린 듯한 지친 그늘이 느껴졌다. "경감님, 지금 곧 집안에 있는 사람들을 모두 이곳으로 모이게 해야겠습니다. 그런데, 부인, 귀찮으시겠지만 그 동안에 집안에 있는 케이크나 사탕 같은 것을 하나도 남김없이 모아서 이리로 가져오십시오."

"핑크." 하고 샘 경감이 소리쳐 불렀다. "따라가 보게——만일을 위해서."

방안은 사람으로 가득찼다. 모두 다 모였다——바바라, 질, 콘래드, 마사, 존 애버클, 하녀인 버지니아, 에드거 페리, 그리고 아직도 이 집에 머물러 있는 콘래드의 동업자 존 거믈리와 변호사 체스터 바이지로까지 모였다. 콘래드는 당황한 모양인지 자기 옆에 있는 순경을 얼빠진 얼굴로 쳐다보고 있었다. 다른 사람들은 무슨 일인가를 기대하고 있는 눈치였다……샘 경감은 망설이고 있다가 옆으로 비켜나서 브루노 지방검사와 함께 우울한 얼굴을 하고 구경이나 할 모양이었다.

레인은 여전히 그 자리에 서서 기다리고 있었다.

아이들도 어른을 따라 들어와서 아까처럼 온 방안을 마구 소리치며 뛰어다녔다. 그러나 지금은 아무도 그 아이들의 장난에 신경쓰는 사람은 없었다.

가정부 애버클 부인과 형사 하나가 케이크와 사탕통을 산더미처럼 안고 비틀거리며 들어왔다. 모두들 눈이 휘둥그래졌다. 가정부는 그 짐을 루이자의 침대 위에 내려놓고 앙상한 목덜미를 손수건을 꺼내어 닦았다. 졸지에 짐꾼이 된 형사는 정말 못해 먹겠다는 듯한 얼굴로 두 팔 가득히 안고 있는 짐을 의자 위에 내던지듯이 내려놓고는 방을 나갔다.

"혹시 어느 분이라도 자기 방에 케이크나 사탕을 가지고 계신 분이 있습니까?" 하고 레인은 진지하고 정중하게 물었다.

질 해터가 대답했다. "제 방에 있어요. 언제든지 있는걸요."

"아가씨, 그럼, 그것을 가지고 오십시오."

질은 얌전히 방을 나가더니 '5파운드'라고 적힌 커다랗고 네모난

상자를 안고 돌아왔다. 이 거대한 과자상자를 보자마자 존 거믈리의 흰 얼굴이 벽돌처럼 벌개졌다. 그는 엷은 웃음을 머금고 쑥스러운지 혼자 발장난을 했다.

여러 사람의 의아해 하는 시선을 받으며 드루리 레인은 기묘한 짓을 하기 시작했다. 그는 사탕통을 전부 의자 위에 쌓아올리고는 차례차례 뚜껑을 열었다. 통은 다섯 개였다── 하나는 땅콩이 든 브리틀, 하나는 과일이 든 초콜릿, 하나는 하드캔디, 하나는 딱딱한 초콜릿 과자, 그리고 질이 가지고 온 통안에는 설탕에 절인 고급 과일이 가득 들어 있었다.

레인은 다섯 개의 통 속에서 손에 집히는 대로 하나씩 집에서 생각에 잠긴 얼굴로 맛을 보았다. 그리고는 그것들을 하나하나 루이자 캠피언에게 쥐어주며 먹어보게 했다. 말 안 듣기로 유명한 빌리는 정말 먹고 싶은 듯이 그것을 바라보고 있었지만, 형인 재키는 이 이상스러운 일에 정신이 팔려 얌전히 서서 구경만 하고 있었다.

루이자 캠피언이 고개를 가로저었다. '아니에요. 이것은 모두 다 아니에요. 사탕은 아닙니다. 그것은 바닐라였어요!'

"그렇다면 이 과자에는 모두 바닐라가 들어 있지 않군." 하고 레인이 말했다. "혹은 들어 있다고 하더라도 그 분량이 너무 조금이라 미각으로는 느끼지 못할 정도라는 이야기가 되겠고." 그는 가정부에게 말했다. "부인, 이 케이크 말인데요, 이 가운데는 당신이 직접 구어낸 것도 있습니까?"

가정부는 의젓한 태도로 세 가지의 케이크를 가리켰다.

"바닐라를 넣었나요?"

"넣지 않았어요."

"다른 것들은 사온 겁니까?"

"그렇습니다."

레인은 사온 케이크를 한 귀퉁이씩 떼어내어 루이자에게 먹여보았다. 그녀는 이번에도 역시 고개를 흔들었다.

스미스 양은 한숨을 쉬면서 루이자의 손가락을 지켜보고 있었다. '아닙니다. 바닐라 냄새가 나지 않아요.'

레인은 케이크 등을 침대 위에 도로 올려놓은 다음 완전히 궁지에 몰린 듯한 얼굴을 하고 서 있었다.

"대체 이것은 어떻게 된 겁니까?" 하고 변호사 바이지로가 호기심을 보이며 물었다.

"정말 죄송합니다." 레인은 돌아보며 건성으로 말했다. "캠피언 양은 어젯밤 해터 부인 살해범과 바로 눈앞에서 마주쳤었지요. 그리고 범인을 스친 순간 아마 범인의 몸에서 난 냄새였겠지만, 틀림없이 바닐라 냄새가 났다고 합니다. 그래서 이 조그만 수수께끼부터 풀어보려고 한 거지요——뭐 이런 작은 것에서부터 커다란 것이 발견되거나 아니면 최후의 승리를 얻지 말라는 법도 없으니까요."

"바닐라!" 하고 바바라 해터가 놀란 얼굴로 여러 번 되풀이했다. "정말 믿어지지 않는군요, 레인 씨. 하지만 루이자의 감각적인 기억력이란 신기할 만큼 대단하답니다. 그러니까 반드시……"

"루이자는 바보예요." 하고 질이 노골적으로 비난했다. "언제나 떠받들어 주니까 망상이 지나치게 많은 거예요."

"질!" 하고 바바라가 나무라듯 말했다.

질은 새침한 얼굴로 고개를 쳐들었으나 입은 다물고 말았다.

모두들 좀더 빨리 눈치챘어야 했는데 아무도 모르고 있었다. 소란스러운 발자국 소리에 놀라서 돌아보니 재키 해터의 원숭이처럼 날쌘 조그만 몸이 루이자의 침대로 뛰어들어서 막 사탕통을 잡으려는 참이었다. 빌리도 환성을 지르며 그 뒤를 따랐다. 두 아이들은 덮어놓고 사탕을 입속으로 쑤셔넣기 시작했다.

마사가 그 찢어지는 듯한 소리를 냅다 지르며 아이들에게 달려들었다. "재키! 이게 무슨 짓이야! 그렇게 마구 집어넣으면 죽는단 말이야! 빌리! 말 안 들으면 엄마가 때려줄 거야!"

그녀는 아이들의 팔을 잡고 마구 흔들어 쥐고 있던 손에 들러붙어 있는 사탕을 쳐서 떼어냈다.

빌리는 손에 쥐고 있던 사탕을 빼앗긴 것이 아무래도 불만스러운 모양이다. "어제 존 아저씨가 준 사탕을 먹고 싶어!" 하고 그는 소리질렀다.

"뭐라고?" 샘 경감이 앞으로 뛰어나가며 소리쳤다. 그리고 빌리의 그 고집스러운 조그만 턱을 잡고 거칠게 얼굴을 위로 젖히며 큰소리로 물었다. "존 아저씨가 어제 무슨 사탕을 주었다고?"

샘 경감은 기분이 좋을 때도 아이들과 친해질 사람은 아니다. 더구나 지금 같은 형편에서는 정말 공포와도 같은 것이었다. 빌은 순간 넋을 잃고 상대방의 찌부러진 코를 올려다보고 있더니 어느 틈에 경감의 손을 뿌리치고 조그만 얼굴을 엄마의 스커트에 비벼대며 소리쳐 울기 시작했다.

"경감님, 성미도 급하시군요." 하고 레인은 샘을 밀어내며 말했다. "그런 식으로 다룬다면 해병대라도 겁먹겠습니다……자, 아가야." 그는 빌리 곁에 쪼그리고 앉아서 안심시키려는 듯이 부드럽게 어깨를 안아주었다. "울지 말아요. 누가 우리 빌리를 울렸지?"

샘 경감은 콧방귀를 뀌었다. 그러나 2분도 안되어 빌리는 레인의 팔에 안겨서 눈물로 얼룩진 얼굴로 싱글벙글 웃고 있었고 레인은 사탕, 장난감, 벌레, 카우보이와 인디언 등 아이들이 좋아하는 재미있는 이야기를 해주기 시작했다. 이 아저씨는 정말 마음좋은 사람이구나 하고 생각한 빌리는 완전히 레인을 따르게 되었다. "존 아저씨가 내게 사탕을 갖다주었어요. 언제냐고? 어제요."

"나한테도 주었어!" 레인의 옷을 잡아당기며 재키가 소리쳤다.

"그래? 어떤 사탕이었지, 빌리?"

"리콜리스야!" 하고 재키가 말했다.

"리쿠리시." 하고 빌리도 잘 돌아가지 않는 혀로 흉내냈다. "아주 무지무지 큰 거였어."

레인은 아이를 내려놓고 존 거믈리를 쳐다보았다. 거믈리는 안절부절못하며 목덜미를 어루만지고 있었다.

"거믈리 씨, 정말입니까?"

"정말입니다." 하고 거믈리는 화난 듯이 말했다. "설마 사탕 속에 독이 들어 있었다고 말하려는 건 아니겠죠? 아가씨를 찾아왔을 때——그 5파운드들이 과자상자를 선물했습니다만——그때 이 아이들이 리콜리스를 아주 좋아하기 때문에 좀 사다주었을 뿐입니다. 그것뿐입니다."

"별로 이상하게 생각하고 있는 것은 아닙니다, 거믈리 씨." 하고 레인은 조용히 말했다. "게다가 그것은 문제 될 것이 조금도 없지요. 왜냐하면 리콜리스에서는 바닐라 냄새가 나지 않으니까요. 그러나 모든 것을 확실히 해두어서 나쁠 게 없으니까 물어볼 뿐입니다. 그런데 이런 별것도 아닌 물음에 대해서도 어째서 사람들은 그렇게 긴장해서 몸을 사리는 걸까요?" 그는 다시 빌리 옆에 쪼그리고 앉았다. "빌리! 어제 사탕을 준 사람이 또 있었니?"

빌리의 눈이 동그래졌다. 아마도 그로서는 이해할 수 없는 질문인 모양이었다. 재키가 가느다란 두 다리로 발을 동동 구르며 큰소리로 말했다. "왜 나한테는 안 물어보는 거야? 나라면 가르쳐줄텐데."

"정말 그렇구나. 그럼, 재키에게 물어봐야겠는데."

"안 받았어, 아무한테서도. 존 아저씨뿐이야."

"응, 정말 고맙구나." 레인은 초콜릿을 한 줌씩 두 아이들에게 쥐어주고는 어머니를 딸려 돌려보냈다. "이젠 됐습니다, 경감님." 하고 그가 말했다.

샘 경감은 손짓으로 모두를 돌아가게 했다.

레인은 가정교사인 에드거 페리가 슬그머니 바바라 옆으로 다가가는 것을 바라보고 있었다. 두 사람은 조그만 목소리로 이야기를 해가며 층계를 내려갔다.

샘 경감은 갈피를 잡을 수 없는 생각으로 안절부절못하는 모양이었으나, 콘래드 해터가 순경이 지키고 있는 문을 막 나가려는데 마침내 입을 열었다. "해터 씨, 잠깐."

콘래드는 불안한 얼굴로 되돌아왔다. "뭡니까?——이번에는 무슨 말씀입니까?"

콘래드는 겁먹고 있었다. 지금까지의 반항적인 태도는 완전히 사라지고 경감의 마음에 들려고 애쓰고 있는 듯했다.

"캠피언 양에게 당신 얼굴을 만져보도록 해주시지요."

"내 얼굴을 만지게 하다니요?……"

"아니, 경감, 그녀가 만진 것은……" 하고 브루노 검사가 반대하고 나섰다.

"나도 알고 있습니다." 하고 샘 경감은 완강한 말투로 대답했다. "확인해 두려고 그럽니다. 스미스 양, 해터 씨의 볼을 만져보도록 루이자 양에게 말해 주시오."

간호원은 말없이 시키는 대로 했다. 루이자는 기다리고 있는 모양이었다. 콘래드가 긴장으로 창백해진 얼굴을 흔들의자 가까이로 가져가자 스미스 양이 루이자의 손을 잡고 깔끔하게 면도한 수염 없는 콘래드의 얼굴을 만지게 했다. 루이자는 재빨리 밑에서 위로, 다시 위에서 밑으로 쓸어보고는 고개를 가로저었다.

그녀의 손가락이 말을 시작했다. 스미스 양이 통역해서 말했다. "훨씬 부드러운 얼굴이었다고 하는데요. 여자의 얼굴이며, 해터 씨의 얼굴과는 다르다고 합니다."

콘래드는 허둥지둥 허리를 폈다. 샘 경감은 고개를 흔들며 말했다. "좋습니다, 해터 씨. 그런데 집안이라면 어디를 가도 좋지만 밖으로 나가선 안됩니다. 이봐! 자네! 이 사람을 따라다니게!"

콘래드는 뒤따르는 감시 경찰관을 의식하며 무거운 발걸음으로 방을 나갔다.

"자, 레인 씨, 터무니없는 실수를 하셨군요." 샘 경감은 그렇게 말하며 돌아보았다.

하지만 레인은 어느새 사라지고 없었다.

레인이 없어진 것은 나름대로 어떤 목적이 있어서 그 방을 빠져나간 것이다. 뻔한 목적이라고 할 수도 있었다——어떤 냄새를 찾아나선 것이다. 그는 이방, 저방, 위층, 아래층으로 돌아다녔다. 침실도 욕실도 빈방도 창고도——한 군데도 빠뜨리지 않고 모조리 살펴보았다. 그 단정한 코는 계속 긴장하고 있었다. 손이 닿는 곳에 있는 것은 빠짐없이 냄새를 맡아보았다——향수, 화장품, 꽃병, 거기에 향기로운 여인들의 속옷들까지도. 마지막으로 아래층에서 내려가 정원으로 나갔다. 거기서 수많은 꽃의 향기를 맡으며 생각에 잠긴 채 15분쯤 지났다. 루이자 캠피언이 맡았다고 하는 그 '아주 좋은' 바닐라 냄새가 나는 것은 어디에도 없었다. 2층 샘 경감과 브루노 검사가 기다리고 있을 그 '죽음의 방'으로 돌아가 보니 메리엄 박사는 이미 돌아가 버렸고, 트리베트 선장은 점자판을 써서 루이자와 소리없는 대화를 나누고 있었다. 경감과 검사는 완전히 맥이 풀려 있었다.

"어디에 갔습니까?" 하고 샘이 물었다.

"냄새 꽁무니를 따라다녔지요."

"허허, 냄새에 꽁무니가 있는 줄은 미처 몰랐는데요." 아무도 웃는 사람이 없었으므로 경감은 계면쩍은 얼굴로 턱을 쓰다듬으며 말했다. "허탕이었겠지요?"

레인은 고개를 끄덕였다. "그런 셈이지요. 어디에도 아무것도 없었으니까요. 어쨌든 오늘 아침 위에서 아래까지 집안을 몽땅 뒤졌는데도 단서가 될 만한 것은 하나도 나오지 않았으니까."

"아무래도 또……" 하고 지방검사는 한숨부터 쉬면서 말했다. "큰 골칫덩어리를 떠안게 된 것 같소."

"정말 그런 생각이 드는데요." 하고 샘이 말했다. "하지만 우선 점심이나 먹고 옆방 실험실을 좀 살펴봐야겠습니다. 두 달 전에 들어가 본 적이 있는데 혹시……"

"참, 그렇군요. 실험실이 있었군요." 하고 드루리 레인은 어두운 얼굴로 말했다.

제5장 실험실
(6월 5일 일요일 오후 2시 30분)

여전히 심기가 불편한 애버클 부인은 아래층 식당에서 샘 경감과 브루노 검사, 그리고 드루리 레인에게 되는대로 점심식사를 차려주었다. 식사중에는 거의 입을 여는 사람이 없어, 무거운 분위기에 싸여 있었다. 방안을 가득 메운 그 기운을 흐트러놓는 것은 거칠게 드나드는 애버클 부인의 무거운 발자국 소리와, 비척 마른 하녀 버지니아가 조심성없이 테이블에 접시를 놓는 소리였다.

주방 여자들의 대화라는 것은 산만하고 두서가 없었다. 어쩌다 애버클 부인이 주역이 되어 떠들어대는데, 특별히 누구에게 하는 말이 아니고 부엌 일거리가 많아서 큰일이라는 불평을 싸움이라도 하듯이 외쳐대는 것이었다. 뒤쪽에서는 많은 경찰관들이 왕성한 식욕을 마음껏 휘두르고 있는 모양이었다. 그러나 샘 경감도 가정부의 불평에 잔소리를 할 마음은 아니었다. 가죽처럼 질긴 고기와 그 이상으로 골칫거리인 사건 생각에 몰두해 있었기 때문이다.

"어쨌든——" 5분쯤 계속된 침묵을 깨고 느닷없이 브루노 검사가 입을 열었다. "범인이 노리고 있는 것은 루이자요——범인은 여자로 단정해도 좋겠지요. 루이자 이야기로 보아서는 아주 결정적이니까. 노부인을 살해할 생각은 아니었소. 범인이 배에다가 독을 넣고 있을 때에 부인이 잠에서 깨자 그녀는 당황한 범인에게 머리를 얻어맞은 거지. 그러나 그 범인이 누구냐? 이 문제에는 도무지 짐작이 안되는군."

"게다가 그 바닐라 냄새라는 것은 대체 또 뭐죠?" 끙끙대던 샘 경감은 진절머리가 난다는 듯이 나이프와 포크를 내던졌다. "정말……기묘한 일이긴 하지만 그 문제만 풀리면 진상이 드러날 것 같은 느낌이 드는데요."

"흠." 하고 드루리 레인이 어금니를 꽉 다물었다.

"콘래드 해터 말입니다……" 하고 경감이 말했다. "그 볼에 대한 문제만 없었다면……"

"그 일은 잊어버리시오." 하고 브루노 검사가 말했다. "누군가가 범행을 그에게 뒤집어씌울 작정이었소."

형사 하나가 봉투를 손에 들고 들어왔다. "경감님, 실링 박사가 보낸 심부름꾼이 방금 이것을 가지고 왔습니다."

"아, 그래요?" 나이프와 포크를 내려놓으며 레인이 말했다. "보고서일 겁니다. 경감님, 큰소리로 한번 읽어주시지요."

샘은 봉투를 뜯었다. "독약에 대한 것이로군. 이렇게 쓰여 있습니다……"

'샘 경감님

부패한 배에는 치사량을 훨씬 넘는 염화제2수은 용액이 들어 있었습니다. 한 입만 깨물어 먹었어도 죽었을 겁니다.

레인 씨의 질문에 대해서 대답하자면, 이 배가 상한 것은 독에 의한 것이 아니고 독을 주입하기 전에 이미 상해 있었습니다.

그리고 다른 두 개의 배에서는 독이 검출되지 않았습니다.

침대 위에서 발견된 피하주사기에는 같은 종류의 독이 남아 있었습니다. 배 속에 들어 있었던 염화제2수은의 양과 주사기 안에 들어 있었을 것으로 생각되는 독약의 분량으로 미루어보아, 배에 독약을 주사한 것은 이 주사기에 의한 것으로 생각됩니다.

흰 구두의 얼룩 또한 염화제2수은에 의한 것이며, 아마 배에 주사하다가 잘못 흘린 것이겠지요. 그 얼룩은 최근에 생긴 것입니다.

검시에 대한 보고는 오늘밤 늦게나 내일 아침이 될 것입니다. 그러나 지금까지의 검진으로 보아서는 시체해부에서 독살의 징조가 나타나지 않을 것이며, 사인에 대해서는 처음 내놓은 의견을 확인하게 될 뿐이라고 믿습니다.   실링'

"모두 예상한 그대로군요." 하고 샘이 말했다. "이것으로 신발과 독이 든 배에 대한 문제는 일단락이 된 셈입니다. 염화제2수은이었다고? 난 어쩐지……그거야 어쨌든 2층 실험실에 가보기로 할까요?"

드루리 레인은 우울한 얼굴을 하고 말없이 있을 뿐이었다. 세 사람은 커피를 마시다 말고 의자를 덜컹거리며 일어나서 방을 나갔다. 방을 나서자 상냥한 웃음은커녕 신경질적인 얼굴을 한 애버클 부인이 쟁반을 받쳐들고 오다가 레인과 마주쳤다. 쟁반 위에는 노란 크림 같은 액체가 들어 있는 컵이 올려져 있었다. 레인이 시계를 보니 정확히 2시 30분이었다.

2층으로 올라가면서 레인은 경감에게서 그 보고서를 받아 꼼꼼히 읽고는 아무 말 않고 돌려주었다.

2층은 조용했다. 층계를 다 올라간 곳에서 세 사람은 멈춰섰다. 그때 스미스 양의 방문이 열리고 간호원이 루이자 캠피언의 손을

잡고 앞장서서 나오는 참이었다——이 집은 비극이나 대소동에
도 아무 상관없이 이 집 습관이 지켜지고 있는지, 귀머거리에 벙어
리에 장님인 이 여자는 세 남자들 앞을 지나서 일과인 계란술을
마시러 식당으로 내려가는 것이었다. 세 사람 다 아무 말도 하지
않았다. 별도의 지시가 있을 때까지 루이자는 스미스 양의 방에서
함께 지내도록 되어 있었던 것이다. 트리베트 선장과 메리엄 박사
는 이미 가고 없었다. 샘 경감의 부하인 모셔는 '죽음의 방' 벽장
쪽 벽에 건장한 몸을 기대고 서 있었다. 한가롭게 담배를 피우면서
도 유심히 2층의 모든 방문을 지켜보고 있었다.

경감은 아래층에 대고 소리쳤다. "핑크!"

핑커슨 형사가 층계를 뛰어올라왔다. "자네와 모셔는 2층 감시
를 맡게. 알았나? 교대로 하게. 노부인의 방에는 아무도 들여보내
서는 안되네. 다른 것은 상관할 것 없어. 다만 한눈을 팔아서는 안
되지."

핑커슨은 고개를 끄덕이고는 다시 아래층으로 내려갔다.

경감은 조끼 주머니를 뒤지더니 방 열쇠를 하나 꺼냈다. 죽은 노
부인의 소지품에서 나온 요크 해터의 실험실 열쇠였다. 그는 그것
을 가지고 잠깐 생각해 보고는 층계 위 난간을 돌아 실험실로 갔
다. 브루노 검사와 레인이 그 뒤를 따랐다.

그는 곧 문을 열려고 하지는 않았다. 그 대신 문 앞에 웅크리고
앉아서 조그만 열쇠구멍으로 안을 들여다보았다. 그리고는 끙 하
는 신음 소리를 내더니 필요할 때에는 무엇이든지 나올 것 같은
주머니에서 가느다란 철사를 꺼내어 열쇠구멍에 꽂았다. 몇 번이
고 다시 꽂더니 이번에는 빙빙 돌리기 시작했다. 마침내 뜻을 이루
었는지 철사를 빼내어 살펴보았다. 철사에는 아무것도 묻어 나오
지 않았다.

그는 일어나서 철사를 챙겨넣고는 당혹스러운 표정을 지었다.
"이상하군, 이 열쇠구멍에는 밀납의 흔적이 있을 줄 알았는데……
누군가가 열쇠구멍에 밀납을 넣어 열쇠 모형을 떠내어서 맞는 열
쇠를 만들었을 줄 알았는데 밀납이 묻어 있지 않군요."

"별로 이상할 거 없어요." 하고 검사가 말했다. "밀납으로 모형
을 떠내고는 구멍을 닦아놓을 수도 있고, 아니면 해터 부인의 열쇠
를 범인이 슬쩍해서 같은 열쇠를 만든 다음 진짜를 몰래 제자리에
갖다두었을 수도 있으니까. 어찌되었거나 노부인이 죽고 난 지금
으로서야 알 도리가 없는 일이지."

"자, 경감님——" 하고 레인이 지겨운 듯이 말했다. "이래 가지고야 어느 천년에 일이 끝나겠습니까? 얼른 문이나 여시지요, 경감님."

경감은 열쇠를 꽂았다. 완전히 들어갔는데도 돌리기가 힘들었다. 오랫동안 쓰지 않았던 때문인지 내부에 녹이 슬어 있었다. 그는 콧등에 땀까지 배여서 힘껏 돌렸다. 귀가 따갑도록 삐걱거리는 소리를 내고는 드디어 철컥 하고 문이 열렸다. 샘은 손잡이를 잡고 밀었다. 문은 마치 반항이라도 하듯이 삐걱거렸다. 자물쇠와 마찬가지로 경첩에도 녹이 슬어 있었다.

문이 열려 경감이 들어가려 하자 레인이 그의 팔을 잡아끌었다.

"뭡니까?" 하고 경감이 물었다. 레인은 방안 바로 발 밑바닥을 가리켰다. 양탄자도 없는 단단한 마룻바닥은 먼지가 수북히 쌓여 있었다. 레인이 허리를 굽혀 손가락으로 바닥을 문지르자 손끝이 새까맣게 되었다. "경감님, 목표로 하고 계신 범인은 이리로 들어간 것은 아닌 듯합니다." 하고 그는 말했다. "이 먼지는 조금도 흐트러져 있지 않으며, 쌓인 먼지로 보아 한두 주일에 쌓인 게 아닌 것 같군요."

"두 달 전에 와보았을 때에는 이렇지는 않았는데——이렇게 먼지가 쌓여 있지는 않았어요." 샘 경감은 알 수 없다는 얼굴이었다. "게다가 문에서 저쪽 먼지가 흐트러져 있는 곳까지 너끈히 6피트(약 1.8m)는 되니까 뛰어넘을 수 있는 거리도 아니고, 이거 정말 이상하군!"

세 사람은 문 앞에 나란히 선 채 방안을 둘러보았다. 경감의 말마따나 문 가까이의 바닥에는 온통 먼지로 뒤덮여 있으며 그 먼지는 조금도 흐트러져 있지 않았는데, 6피트쯤 앞쪽부터는 발자국이 구석구석까지 어지럽게 널려 있었다. 더구나 그 발자국들은 하나하나 빠짐없이 발로 밟아서 지워져 있었다. 이것은 사람이 걸어서 돌아다닌 흔적은 분명한데, 그 많은 발자국 가운데서 확실하게 알아볼 수 있는 것이라고는 하나도 없었다.

"누군지는 모르지만 굉장히 조심스러운 녀석이군." 하고 경감이 말했다. "잠깐 그냥 계십시오. 테이블 저쪽에 사진으로 찍어 남겨둘 만한 것이 하나쯤 있는지 보고 오겠습니다."

그는 고르게 쌓인 먼지 위에 엄청나게 큰 자신의 발자국을 예사로 남기며 방안으로 들어가서 온통 발자국으로 어지럽혀진 그 일대를 서성거리기 시작했다. 하지만 테이블 뒤에까지 들여다보고는 실망한 얼굴이었다. "정말 기가 막히는군!" 하고 그는 투덜거렸다. "분명하게 알아볼 수 있는 것이라고는 하나도 없군. 자, 들어들 오시지요——이런 정도라면 우리가 조심할 건 조금도 없습니다."

지방검사는 호기심으로 가득찬 얼굴로 실험실에 들어섰다. 그러나 레인은 아직도 문 밖에 선 채 방안을 둘러보고 있었다. 지금 그가 서 있는 곳이 이 방으로 들어가는 단 하나의 출입구였다. 방의 구조는 이 방 동쪽에 붙어 있는 '죽음의 방'과 비슷했다. 옆방과 마찬가지로 두 개의 창문이 복도와 맞은편 벽에 나 있었으며, 뒤뜰은 바라볼 수가 없었다. 다만 옆방과 달리 이 방의 창문에는 3인치(약 7.5cm)쯤의 간격으로 굵은 쇠창살이 박혀 있었다.

이 두 개의 창 사이에는 백색 칠을 한 볼품없는 철제 침대가 있었다. 서쪽 벽과 정원을 향한 벽과 맞닿는 귀퉁이에는 화장대가 있었다. 침대도 화장대도 달라진 점은 없었으나 먼지투성이였다. 입구 바로 오른편에는 낡아빠진 접었다 폈다 하는 책상이 있고, 그 앞 한구석에는 조그만 철제 서류함이 놓여 있었다. 입구 왼편에는 옷장이 있었다. 서쪽 벽에는 그 벽의 절반쯤을 여러 단으로 매어놓은 튼튼한 선반으로 되어 있었고, 병이며 단지가 줄세워 놓여 있었다. 선반 밑은 장처럼 되어 있고, 그 폭넓은 문은 닫혀 있었다.

이 선반과 직각이 되는 위치인 방 한가운데에는 상처투성이의 커다란 장방형 실험대가 두 개 놓여 있고, 그 위에는 레토르트, 시험관 받침, 분젠 버너, 수도꼭지, 특이한 모양의 전기장치 등이 먼지를 뒤집어쓰고 있었다. 그것들은 레인 같은 문외한의 눈에도 아주 완전한 화학실험 설비로 보였다. 이 두 개의 실험대는 평행으로 놓여 있고, 그 사이에 실험하는 사람이 들어서서 다만 돌아서기만 하면 어느 실험대에서나 일을 할 수 있도록 되어 있었다.

동쪽 벽에는 약품선반과 마주보는 곳에 실험대와 직각으로, 옆방인 '죽음의 방'에 있는 것과 똑같은 모양의 커다란 벽난로가 있었다. 그리고 실험실의 가장 안쪽인, 침대와 난로 사이의 동쪽 벽가에는 군데군데 약품으로 타버린 볼품없는 조그만 작업대가 놓여 있었다. 그 밖에도 의자가 두세 개 여기저기 있었고, 약품선반 밑에 있는 장 앞에는 둥그런 시트가 씌워진 세 발 의자가 놓여 있다.

드루리 레인은 문을 닫으며 방안으로 들어섰다. 문 앞에서 6피트쯤 먼지가 흩어져 있지 않은 부분 말고는 여기저기 발자국투성이였다. 요크 해터가 죽고 그 바로 뒤 샘 경감이 처음 조사를 한 다음부터 누가 이 실험실을 자주 드나들었다는 것은 의심할 나위가 없었다. 그리고 먼지의 상태와 분명한 발자국이 하나도 없는 것으로 미루어 침입자가 그것을 일부러 발로 지워버렸다는 것 또한 분명한 사실이었다.

"이런 정도라면 한두 번 드나든 것이 아닐텐데, 대체 어디로 들어왔을까?"

샘 경감은 창가로 다가가서 쇠창살을 힘껏 잡아당겨 보았다. 그러나 콘크리트에 박힌 쇠창살은 끄떡도 하지 않았다. 경감은 혹시 무슨 장치가 되어 있어서 빠지게 되어 있는 것이 아닌가 하는 한가닥 기대를 걸고 그 콘크리트에 박힌 쇠막대기를 하나하나 꼼꼼하게 살펴보았지만 그 또한 헛일이었다. 다시 창틀과 창밖의 차양을 살펴보았다. 차양은 몸이 가벼운 사람이라면 걸어다닐 정도의 넓이는 되었지만 발자국은 하나도 없었으며, 게다가 창틀에 쌓인 먼지는 조금도 흐트러진 흔적이 없었다. 경감은 머리를 흔들었다.

그는 창가를 떠나 벽난로가 있는 쪽으로 걸어갔다. 벽난로 앞에도——다른 곳과 마찬가지로——밟은 발자국이 어지럽게 나 있었다. 그는 한참 벽난로를 쳐다보았다. 좀 깨끗하게 생각되었으나 별로 이상한 점은 없었다. 그는 잠깐 망설였지만 커다란 몸을 굽혀서 난로 속으로 목을 디밀었다. 곧 만족스러운 탄성을 지르며 그는 목을 다시 빼내었다.

"어때요? 뭐가 있소?" 하고 브루노가 물었다.

"이 생각을 못했다니 정말 얼간이었군!" 하고 경감은 소리쳤다. "굴뚝을 들여다보았더니 하늘이 보여요! 게다가 벽돌에는 발판이 될 만한 커다란 못이 박혀 있단 말입니다——아마 굴뚝 청소를 하면서 박아놓은 못일 겁니다. 절대로 틀림없습니다. 범인은 이리로 ……" 하다가 그는 갑자기 얼굴이 흐려졌다.

"문제의 그 여자가 실험실로 몰래 숨어들어왔다는 말입니까, 경감님?" 하고 레인이 부드러운 목소리로 물었다. "아무래도 속에 있는 것을 감추기에는 경감님의 얼굴은 너무 정직하군요. 당신은 우리가 가상하고 있는 여자 독살범이 굴뚝을 타고 들어왔다고 주장할 생각이었지요? 하지만, 경감님, 그건 아무래도 좀 억지 같은 느낌이 드는군요. 하긴 남자 공범자가 그런 식으로 들어왔다고 생각한다면 이야기가 안될 것도 없겠지만."

"요즘 여자라면 남자가 해내는 일을 무엇이든 못할 것도 없지요." 샘은 계속해서 말했다. "그러나 그 말씀을 듣고 보니 그런 식으로 생각해 볼 수도 있겠군요. 이건 틀림없이 둘이서 한 짓일지도 모르겠는데요." 그는 브루노 검사를 쳐다보며 말했다. "어떻습니까? 역시 콘래드 해터가 수상하다는 생각이 들지 않습니까? 루이자 캠피언이 만져본 것은 여자의 얼굴이었을지도 모르지만, 해터 부인을 때려눕히고 그 발자국을 남긴 것은 역시 콘래드 해터가 분명합니다!"

"맞아! 경감, 레인 씨가 공범자에 대한 말을 하는 순간 나도 그렇게 생각되더구먼. 그래요. 이것으로 대강 줄거리가……" 하고 검사가 말하는데——

"여러분! 그렇게 마음대로 줄거리를 만들어버리면 곤란합니다. 나 또한 어떤 의견을 말한 건 아니고 다만 이론적인 가능성을 하나 지적했을 뿐입니다. 그런데, 경감님, 이 굴뚝은 덩치 큰 남자가 지붕에서 내려올 정도의 넓이는 됩니까?"

"설마 당신은 내가……아무튼 레인 씨가 직접 들여다보십시오. 당신이라고 손발이 성치 않은 것도 아니니까." 하고 샘 경감은 짜증스럽게 말했다.

"아닙니다. 경감님 말씀을 믿겠습니다."

"아주 널찍합니다. 나라도 들어갈 수 있을 정도이지요. 보시다시피 내 어깨 넓이는 아무도 좁다고는 못할 겁니다."

레인은 고개를 끄덕였다. 그리고 서쪽 벽을 보고 천천히 걸어가더니 약품선반을 살펴보기 시작했다. 선반은 다섯 단으로 되어 있고, 각 단마다 세 군데의 칸막이가 되어 모두 열다섯 칸으로 나뉘어 있었다. 요크 해터의 꼼꼼한 성격을 엿볼 수 있는 것은 이것만이 아니었다. 선반 위에 가지런히 놓인 병이나 단지는 모두 같은 모양이며 병과 단지 크기도 같은 것으로 되어 있었고, 그 하나하나에 같은 크기의 라벨이 붙어 있었다. 라벨은 색깔이 변하지 않는 잉크로 선명하게 내용의 약품 이름이 적혀 있었는데, 그 가운데에는 다시 '극약'이라고 쓴 붉은 종이를 붙여놓은 것이 많았다. 또 라벨에는 약품명과(어떤 것에는) 화학기호가 적혀 있기도 했는데, 일일이 번호가 붙어 있었다.

"정말 꼼꼼한 사람이군." 하고 레인이 말했다.

"그렇군요. 하지만 사건 해결에는 아무런 도움도 되지 않습니다." 하고 브루노가 말했다.

레인은 어깨를 으쓱하며 말했다. "그렇겠지요."

더욱 자세히 선반을 살펴나가니 용기 전부가 어김없이 번호순으로 배열되어 있는 것을 알 수 있었다. 1번 병은 가장 위에 있는 선반 왼쪽 끝에 놓여 있었으며 그 옆이 2번, 3번 단지가 또 그 옆, 이런 식이었다. 선반은 가득차 있었으며, 빈 자리는 없었다. 다시 말하자면 이 선반에 약품이 가득 놓여 있고, 선반의 칸막이 하나에 20개씩의 용기가 올려져 있으니 모두 합치면 200여 개가 되는 셈이었다.

"아니, 여기 재미있는 것이 있군요." 하고 레인이 말했다. 그리고 그는 가장 위에 있는 선반 첫번째 칸막이 중간쯤에 있는 병을 가리켰다.

그 라벨에는 이렇게 쓰여 있었다.

#9

$C_{21}H_{22}N_2O_2$

(스트리크닌)

극약

그리고 극약을 나타내 주는 붉은 종이가 붙어 있었다. 속 알맹이는 덩어리로 된 하얀 알약이었는데 반쯤밖에는 들어 있지 않았다. 그러나 레인의 흥미를 끈 것은 약품 자체가 아니고 병 밑바닥의 먼지였다. 그 먼지는 흐트러져 있었으며, 최근에 선반에 있는 스트리크닌 병을 누가 손댄 것이 분명했다. "그 계란술에 들어 있었던 독은 스트리크닌이었지요?" 하고 레인이 물었다.

"그렇습니다. 그때 말씀드린 줄 압니다만, 두 달 전 독살미수사건이 일어난 뒤 이 실험실을 조사했을 때도 여기서 스트리크닌을 발견했죠."

"그때 이 병은 지금과 같은 자리에 있었습니까?"

"그렇습니다."

"선반의 먼지도 지금처럼 이렇게 흐트러져 있었나요?"

샘은 몸을 앞으로 내밀어 찌푸린 얼굴로 그 먼지를 살펴보았다. "그렇습니다. 이런 모양이었습니다. 이렇게 많이 쌓여 있지는 않았지만 역시 모양은 이랬지요. 그때도 나는 조사하느라 병을 살펴본 다음 같은 위치에 도로 놓아두었습니다."

레인은 다시 선반 쪽을 보았다. 그 눈은 위에서 두 번째 선반으로 내려왔다. 69번 병 바로 밑이 되는 선반 가장자리에 더럽혀지고 손가락 끝이 닿은 듯한 이상한 타원형의 얼룩이 있었다. 이 병의

라벨에는,

#69
HNO₃
(질산)
극약

이라고 쓰여 있었고, 말간 무색 액체가 들어 있었다.

"이상하군요. 경감님, 이 질산이 들어 있는 병 밑에 있는 얼룩을 본 기억이 있습니까?" 하고 레인이 놀란 얼굴로 물었다.

샘은 흘끗 보고는, "예, 기억하고 있습니다. 두 달 전에도 있었지요." 하고 말했다.

"흠, 이 병에서 지문이 나왔습니까?"

"없었습니다. 누가 썼든 장갑은 꼈을 겁니다. 하긴 질산이 쓰인 흔적은 없습니다만, 아마 요크가 어떤 실험을 하면서 고무장갑을 끼고 만졌겠지요."

"그것만으로는——" 하고 레인은 차가운 목소리로 말했다. "이 얼룩을 설명할 수가 없지요." 그는 선반을 따라가면서 자세히 살펴보고 있었다.

"염화제2수은은 어떻습니까?" 하고 검사가 물었다.

"여기에 그것이 있다고 하면—— 실링 박사의 보고로는 배 안에 들어 있었다고 하니까요……"

"모두 갖춘 실험실인데 설마 없겠습니까?" 하고 레인이 말했다. "여기 있군요, 브루노 검사님." 그는 가운데 선반, 즉 세 번째 단 선반 오른쪽 칸막이에 있는 병 하나를 가리켰다. 그것은 칸막이 중에서 여덟 번째 용기로써, 라벨에는 이렇게 적혀 있었다.

#168
염화제2수은
극약

병 안에 들어 있는 액체는 조금 줄어 있었다. 병이 놓여 있는 자리 부근의 먼지는 흐트러져 있었다. 경감은 병 목을 집어들고는 유심히 살펴보았다. "지문은 없군. 이것도 장갑을 끼었었군." 그는 병을 흔들어보고 찌푸린 얼굴로 선반 제자리에 도로 올려놓았다.

"하긴 이제 배에 넣은 염화제2수은의 출처는 밝혀졌군요. 그런데 독살을 계획하기엔 정말 안성맞춤인 곳이군요! 독약이라면 입맛 대로 있으니까."

"흠." 하고 브루노 검사가 말했다. "실링 박사는 뭐라고 했소? 만에서 해터의 시체가 발견되었을 때 내장에서 검출된 독약이?"

"청산가리입니다." 하고 레인이 대답했다. "여기 있군요."

요크 해터가 바다로 뛰어들기 직전에 먹은 독약은 가장 위에 있 는 선반 오른쪽 칸막이에 들어 있는 57번 병 안에 들어 있었다. 거 기에도 이미 살펴본 다른 약품과 마찬가지로 극약이라는 표식이 붙어 있었다. 그 무색의 액체는 양이 상당히 줄어 있었다.

샘 경감은 병의 표면에 남아 있는 몇 개의 지문을 가리켰다. 그 러나 병 주위의 먼지는 조금도 흐트러져 있지 않았다. "이것은 요 크 해터의 지문입니다. 처음 캠피언 독살미수사건을 조사했을 때 확인해 보았지요."

"하지만, 경감님." 하고 레인이 부드럽게 물었다. "어떤 방법으 로 요크 해터의 지문 견본을 구할 수 있었습니까? 그때는 이미 그 가 매장되어 있었을 텐데요. 설마 시체보관소에서 죽은 사람의 지 문을 떠냈을 리도 없고."

"아무래도 당신을 속일 수는 없군요." 하고 경감은 싱긋 웃으며 말했다. "바로 맞추셨습니다. 그의 시체에서 직접 지문을 뜰 수는 없었습니다. 손가락의 살은 이미 썩어 있어서 손금도 지문도 엉망 이었으니까요. 그래서 여기에 와서 가구에 묻은 지문을 찾아보았 지요. 꽤 많이 발견되었는데, 그것을 청산가리가 들어 있는 병의 지문과 대조해 본 겁니다."

"흠, 가구에서요?" 하고 레인이 말했다. "그렇습니까? 그런 생 각은 전혀 못했습니다, 경감님."

"해터가 이 57번 병에 들어 있었던 청산가리——실링 박사 식 으로 말하면——시안화수소산을 다른 작은 병으로 옮겨담은 것이 분명합니다." 하고 브루노 검사가 말했다. "그런 다음 음독 투신한 것이지요. 그 뒤로 이 병에는 아무도 손대지 않았습니다."

드루리 레인은 약품선반에 완전히 정신을 빼앗긴 모양인지 몇 번이고 다시 살펴보곤 했다. 그는 뒤로 물러서서 오랫동안 열다섯 개의 칸막이 모두를 죽 훑어보았다. 그의 시선은 질산이 들어 있는 69번 병을 놓아둔 선반 가장자리에 묻은 얼룩 위에 두 번씩이나 머물렀다. 그는 다가가서 모든 선반의 가장자리를 따라 시선을 옮겨갔다. 갑자기 그의 얼굴이 밝아졌다. 먼저 본 것과 똑같은 타원형의 얼룩이 황산이라고 쓰인 90번 병을 올려놓은 두 번째 선반의 한가운데 칸막이의 선반 가장자리에도 있었던 것이다. "얼룩이 두 곳에 있군요." 하고 그는 생각에 잠기며 말했다. 그러나 그 녹회색 눈에는 지금까지는 볼 수 없었던 빛이 있었다. "경감님, 여기에 있는 얼룩도 처음 실험실을 조사했을 때부터 있었던 겁니까?"

"이것 말입니까?" 하고 샘 경감은 들여다보았다. "아니, 없었습니다. 하지만 대체 이 얼룩이 어떻다는 겁니까?"

"아니, 경감님." 하고 레인은 예사로운 얼굴로 말했다. "나는 다만 두 달 전에는 없었는데 지금은 있는 것이라면 그것이 무엇이든지 흥미를 갖게 됩니다." 그는 살며시 그 병을 들어올려 보았다. 그 병이 놓여 있던 자리에는 먼지 속에 동그랗게 병이 놓여 있었던 자국이 또렷이 나 있었다. 곧 시선을 돌려버린 그의 얼굴에는 아까와는 달리 의혹으로 괴로워하는 빛이 뚜렷했다. 한동안 그는 말없이 망설이고 섰더니 곧 어깨를 으쓱하고는 그 자리를 떠났다.

얼마 동안 그는 우울한 얼굴로 방안을 서성거렸다. 한 걸음 떼어놓을 때마다 그의 표정은 어두워지고 있었다. 그러나 마치 약품선반에 자력이라도 있는 듯이 그는 선반 앞에 다시 돌아와 섰다. 그는 다섯 번째 선반의 세 번째 칸막이 밑에 놓여 있는 것을 눈여겨보았다. 그리고 그 폭넓은 두 짝짜리 문을 열고 안을 들여다보았다 ……종이상자갑, 양철로 된 통, 약품꾸러미, 시험관, 시험관 받침, 소형 전기냉각기, 여러 가지 전기기구의 부속품들, 그 밖에도 잡다한 화학용 기구가 가득 들어 있었는데, 흥미를 끄는 것은 아무것도 없었다. 그는 자신의 어리석음이 안타까운 듯이 중얼거리며 장문을 닫았다.

마지막으로 그는 문 옆에 있는 접었다 폈다 하는 책상을 보러 갔다. 뚜껑은 닫혀 있었으나 손으로 젖히니 말려올라가기 시작했다. "경감님, 이 안에도 살펴보았습니까?" 하고 그는 물었다.

경감은 콧방귀를 뀌었다. "살펴보고말고요. 해터의 시체가 샌디 곶 앞바다에서 발견되었을 때 열어서 조사했습니다. 그 사건에 참고가 될 만한 것은 아무것도 없었죠. 모두 해터 개인의 화학관계 서류와 책들뿐이며, 그의 화학 노트——아마 실험에 대한 기록이겠지만——그런 것들이 들어 있었습니다."

레인은 뚜껑을 위에까지 밀어올리고 살펴보았다. 책상 안은 어수선했다.

"그때 그대로군요." 하고 경감이 말했다.

레인은 어깨를 으쓱하고는 책상 뚜껑을 내리고 그 옆에 있는 철제 서류함으로 다가갔다.

"그것도 조사를 끝냈습니다." 하고 경감이 말했다. 그러나 레인은 잠겨 있지 않은 철제 서랍을 빼내어 안을 휘젓다가 마침내 두꺼운 실험 데이터를 철해 놓은 서류철 안쪽에서 조그만 카드식 목록을 찾아냈다.

"아 참, 그래. 그 주사기에 대한 것이 있었지." 하고 지방검사가 말했다.

레인은 고개를 끄덕이며 말했다. "브루노 검사님, 이 목록에는 피하주사기는 12개로 기록되어 있군요. 그러나 대체……음, 여기 있군." 그는 목록을 집어던지고 서랍 안쪽에 들어 있던 커다란 가죽상자를 집어들었다. 검사와 경감은 레인의 어깨너머로 지켜보았다. 그 상자의 뚜껑에는 황금색 글자로 YH라고 새겨져 있었다. 레인은 뚜껑을 열었다. 안에는 보라색 비로드를 깐 홈이 여러 개 있고, 그 속에는 여러 가지 크기의 피하주사기가 크기대로 11개가 나란히 들어 있었다. 그러나 비어 있는 홈이 하나가 있었다.

"제기랄, 그 주사기는 실링이 가져 간 것입니다."

"하지만, 경감님." 하고 레인이 말했다. "찾아올 것까지는 없을 것 같습니다. 해터 부인의 침대에서 발견된 주사기에는 6이라는 번호가 붙여져 있었던 것을 기억하시겠지요? 이것도 요크 해터의 꼼꼼한 성격을 나타내는 한 예가 되겠군요." 그는 손가락 끝으로 비어 있는 홈을 만져보았다. 어느 홈에나 검은 린네르의 조그만 조각을 붙이고 거기에 흰 글씨로 번호가 씌어 있었다. 주사기는 번호 순으로 정리되어 있었으며, 비어 있는 홈에는 6이라는 번호가 붙여져 있었다. "홈의 크기도 그 주사기의 크기와 비슷하지 않습니까?" 레인은 계속해서 말했다. "그렇습니다. 이 상자가 염화제2수은을 넣었던 주사기의 출처인 셈입니다. 그리고……" 그는 허리를 굽혀 조그만 가죽상자를 또 하나 집어들면서 말했다. "이 상자에는 틀림없이 주사바늘이 들어 있겠지요……그렇군요, 역시 바늘 하나가 없군요, 목록에는 18개로 되어 있는데, 여기에는 17개밖에 없으니까요. 그렇군!" 그는 한숨을 내쉬고 두 개의 상자를 서랍 속에 도로 챙겨넣고 좀 우울한 얼굴로 서류철을 뒤져보았다. 비망록, 실험기록, 예정표 등이 있었는데……서류철 하나가 완전히 비어 있었다.

그는 서류함의 서랍을 닫았다. 그때 어딘지 뒤쪽에서 경감의 고함소리가 들리고 브루노 검사가 뛰어가는 소리도 들리자 레인도 급히 뒤돌아보았다. 경감은 먼지 속에 무릎꿇고 있었는데, 커다란 실험대에 가려져서 잘 보이지 않았다.

"뭐요?" 레인과 함께 실험대를 돌아서 다가가며 브루노가 소리쳤다. "뭐 좀 찾아냈소?"

"아닙니다." 하고 경감이 일어나며 멋적은 듯 웃으며 말했다. "처음엔 이상한 생각이 들었는데 별것 아니었습니다. 여길 보십시오." 하고 말했다.

두 사람은 경감이 가리키는 곳을 보았다. 두 개의 실험대 사이, 약품선반 쪽보다 벽난로에 더 가까운 곳의 마루 위 먼지 위에 조그맣고 둥근 모양의 자국이 세 개가 나 있었다. 그것은 정삼각형을 이루고 있었다. 레인이 얼굴을 가까이 하고 살펴보니 그 둥근 자국 위에도 먼지가 쌓여 있었는데, 그 주변의 두껍게 싸인 먼지에 비하면 아주 얇은 것이었다.

"별것 아닙니다. 처음에는 중요한 것일지도 모른다는 생각이 들었었는데, 알고 보니 저기 있는 세 발 의자의 자국이더군요."

"정말 그렇군요." 하고 레인은 생각에 잠기며 말했다. "까맣게 잊고 있었군요. 의자가 있었지요, 정말."

경감은 약품선반 앞의 중간쯤에 있는 조그만 세 발 의자를 가져와서 먼지 위에 남아 있는 세 개의 자국 위에 정확히 맞추어 올려놓았다. "보시는 바와 같습니다. 처음 여기 놓여 있었던 의자가 저리로 옮겨졌을 뿐이지요."

"정말 별것 아니었군." 하고 브루노 검사가 맥빠진 목소리로 말했다.

"그렇습니다."

그러나 레인은 어딘지 은근히 만족해 하는 눈치였다. 아까 약품선반 앞에 있었을 때 이미 잘 살펴보았지만 한 번 더 확인하듯이 그 의자의 시트를 유심히 바라보고 있었다. 의자에도 먼지가 쌓여 있었다. 시트의 표면에는 긁힌 자국과 얼룩이 묻어 있었으며, 먼지도 군데군데 털려나간 자리가 있었다.

"저어——경감님." 하고 레인이 물었다. "두 달 전, 이 실험실을 조사하실 때에도 의자가 지금 있는 그 자리에 있었습니까? 즉, 처음 조사하신 뒤로 이 의자가 옮겨진 흔적이 있습니까?"

"글쎄, 그거야 모르지요."

"그렇겠지요." 하고 레인은 부드럽게 말하고 뒤로 물러나면서 말했다. "좋습니다. 이 정도로 좋습니다."

"당신은 만족하신 것 같습니다만." 하고 지방검사는 불만스러운 얼굴로 말했다. "나는 뭐가 뭔지 도무지 알 수가 없군요."

드루리 레인은 아무 말도 하지 않았다. 그는 건성으로 브루노 검사와 샘 경감과 악수를 하면서 지금부터 햄릿 저택으로 돌아가겠다고 말하고는 실험실을 나왔다. 그는 지친 얼굴로 층계를 내려가 현관에서 모자와 지팡이를 받아들고 그 집을 나섰다.

경감이 말했다. "저러는 걸 보아서는 그도 우리와 마찬가지로 아무런 짐작도 할 수가 없는 모양입니다."

그런 다음 경감은 형사를 하나 지붕에 올려보내 굴뚝 구멍을 지키게 하고 실험실 문을 잠그고는 지방검사와 작별인사를 하고서 층계를 내려갔다. (지방검사는 실망한 얼굴로 이 집을 나가 바쁜 일들이 기다리고 있는 경찰청으로 되돌아갔다.)

경감이 층계를 내려가니 1층 복도에서 보초를 서고 있던 핑커슨 형사가 힘없는 엄지손가락을 쉴새없이 움직이고 있었다.

제6장 해터의 집
(6월 6일 월요일 오전 2시)

드루리 레인과 브루노 검사가 돌아가 버리자 샘 경감은 안절부절못하던 마음도 가라앉고 비로소 어떤 쓸쓸함을 느끼게 되었다. 가슴 가득히 밀려오는 패배감에다 레인의 생각에 지친 듯한 표정, 브루노의 절망적인 얼굴이 떠오르자 아무래도 기분이 밝아질 리는 없었다──하긴 샘이라는 사람은 아무리 즐거울 때라도 좀처럼 즐거운 기분이 되지는 않았다. 그는 수없이 한숨짓고 도서실의 담배통에서 찾아낸 여송연을 천천히 피워가며 커다란 안락의자에 푹 파묻혀서, 가끔 부하들이 가져오는 아무런 도움도 되지 않는 보고를 듣기도 하고 또는 해터 집안 사람들이 풀죽은 모습으로 집안을 헤매고 다니는 것을 바라보기도 했다──요컨대 언제나 쉴새없이 아주 바쁜 사람이 갑자기 할 일이 없어진 것처럼 빈둥거리고 있었다.

온 집안은 전에 없이 조용했고 이따금 2층 아이들 방에서 놀고 있는 재키와 빌리가 질러대는 쇳소리가 더욱 그 조용함을 느끼게 했다. 한편 그때까지 뒤뜰 오솔길을 안절부절못하며 돌아다니던 존 거믈리가 경감을 만나러 찾아왔다. 이 키 큰 금발의 청년은 화를 내면서 이렇게 말했다——콘래드 해터와 할 이야기가 있는데, 2층에 있는 순경이 해터의 방에 못 들어가게 하니 이래도 좋으냐는 것이었다. 샘 경감은 조용히 한쪽 눈을 가늘게 뜨고서 타고 있는 여송연 끝을 바라보며 독기어린 말투로 이렇게 대답했다——좋고 나쁘고가 어디 있소. 콘래드는 밖으로 나오지 못하게 했소. 계속 방에 가둬둔 거요. 사실 거믈리가 어찌되건 그것까지 걱정할 처지가 아니었다.

거믈리는 벌개진 얼굴로 뭐라고 한바탕 해주려고 했으나 마침 그때 질 해터와 바이지로 변호사가 도서실로 들어왔다. 거믈리는 말하려다 말고 입술을 깨물었다. 질과 바이지로는 서로 허물없이 말을 주고받고 있었는데, 그때의 두 사람은 마치 다시없이 친한 사이처럼 보였다. 거믈리의 눈에서 불꽃이 튀었다. 그리고 경감에게는 인사 한마디 없이 방을 뛰어나가 그 집에서 떠났는데, 나가면서 커다란 손으로 바이지로의 어깨를 탁 쳤다——잘 있으라는 인사치고는 별로 달갑지 않은 것이었다. 바이지로는 그때까지 늘어놓고 있던 달콤한 말을 갑자기 멈추고는 '윽'하고 신음소리를 냈다.

질이 놀란 목소리로 소리쳤다. "어머! 세상에——난폭한 사람 같으니!"

보고 있던 경감도 콧방귀를 뀌었다. 그리고서 5분쯤 지나 열이 식어버린 듯한 바이지로는 갑자기 앵돌아진 얼굴이 되어 질에게 잘 있으라고 했다. 그는 경감을 보고 화요일 장례식을 마친 다음에는 해터 부인의 유언장을 발표할 생각이라고 말하고는 서둘러 돌아갔다. 질은 코웃음치며 옷을 매만졌다. 그리고 경감과 눈길이 마주치자 아양떨듯 미소짓고는 누가 쫓아오기라도 하듯 뒤도 돌아보지 않고 도서실을 나가 2층으로 올라가 버렸다.

시간은 지루하게만 느껴졌다. 할 일 없는 애버클 부인은 근무중인 형사 하나와 입씨름을 하면서 시간을 보내고 있었다. 그 조금 뒤에 재키가 환성을 지르며 뛰어들어오다가 경감을 보고는 그만 그 자리에 서서 잠시 우물쭈물하다가 다시 큰소리를 지르며 뛰어나갔다. 바바라 해터의 아름다운 망령 같은 모습이 키 크고 고지식한 가정교사 에드거 페리와 함께 나란히 지나갔다. 두 사람은 이야기에 정신이 팔려 있었다.

샘 경감은 한숨을 연거푸 쉬면서 차라리 죽어버리는 편이 낫다고까지 생각했다. 전화벨이 울렸다. 수화기를 들었다. 브루노 지방 검사였다⋯⋯새로운 소식 있소? 아무것도 없습니다. 수화기를 내려놓고 남아 있는 여송연을 입에 물었다. 얼마 뒤에 그는 모자를 머리에 얹고 일어났다. 그리고는 성큼성큼 걸어서 도서실을 나와 현관까지 내려왔다.

"외출하십니까, 경감님?" 하고 형사 하나가 묻기에 경감은 생각해 보았다. 이윽고 고개를 가로젓고는 도서실로 되돌아와서 기다리기로 했다── 무엇을 기다리는 것인가? 그로서도 알 수가 없었다. 술병이 들어 있는 찬장으로 다가가서 납작한 갈색 병을 꺼냈다. 마개를 뽑고 병을 입으로 가져가니 그제야 어쩐지 기분이 좀 밝아지는 것이, 비로소 우울한 마음을 내몰 수 있었다. 한참 동안을 기분좋은 얼굴로 입도 떼지 않고 마셔댔다. 이윽고 술병을 옆 테이블 위에 내려놓고 찬장 문을 닫았다. 그리고 한숨을 쉬면서 자리에 앉았다.

오후 5시에 전화벨이 다시 울렸다. 이번에는 검시의인 실링 박사였다. 경감의 멍청했던 눈이 빛나기 시작했다. "어떻게 됐습니까, 박사님?"

"이제 막 끝났소." 쉰 목소리로 보아 지쳐 있는 것이 분명했다. "사인은 역시 생각했던 대로입니다. 만돌린으로 머리를 내리친 것만으로는 죽일 수는 없었습니다. 기절시킬 수는 있었겠지만, 충격이 심장으로 간 겁니다. 그것으로 죽게 된 것이지요. 게다가 얻어맞기 전에 굉장히 흥분해 있었던 모양입니다. 그것도 심장을 다치게 한 원인이 됩니다. 그럼, 이만 실례합니다."

샘 경감은 수화기를 내던지듯이 제자리에 올려놓고는 못마땅한 얼굴을 하고 있었다.

7시에 옆방에 있는 식당에서 개운치 않은 마음으로 저녁식사를 시작했다. 경감은 여전히 찌푸린 얼굴로 생각에 잠겨서 해터 가족과 함께 식사를 했다. 콘래드는 입을 다물고 시뻘건 얼굴을 하고 있었다── 오후 내내 술을 마셔댄 것이다. 그는 접시를 바라보며 멍청하게 입을 움직이다가 식사는 하는 둥 마는 둥 하고 일찍 자리에서 일어나서 자기의 임시감방으로 되돌아갔다. 순경 하나가 끈덕지게 그 뒤를 따라갔다. 마사는 조용했지만 그 지친 눈에서 경감은 그녀가 괴로워하고 있음을 알아차렸다. 남편을 보는 눈에는 두려운 빛이 있었다. 두 아이들을 볼 때에는 애정과 어떤 결의 같은 것이 엿보였다. 그 아이들은 여전히 가만 있지 못하고 떠들어댔

149

는데 2분이 멀다 하고 잔소리를 들어야만 했다. 바바라는 조그만 목소리로 에드거 페리와 이야기를 계속하고 있었다. 페리는 마치 다른 사람 같았다. 눈을 반짝여 가며 자기 생애의 정열을 온통 거기에 다 쏟듯이 현대시에 대해서 여류시인과 이야기하고 있었다. 질은 음식들을 쿡쿡 찔러대며 기분나쁜 얼굴을 하고 있을 뿐이었다. 애버클 부인은 잔뜩 화난 여간수 같은 얼굴로 식사시중을 들고 있었다. 하녀인 버지니아는 접시를 집어던져가며 거친 걸음걸이로 돌아다니고 있었다. 그런 모두를 공평하게 의혹의 눈으로 지켜보면서 경감은 가만히 생각에 잠겨 있었다. 그는 가장 나중까지 식탁에 남아 있었다.

저녁식사가 끝난 뒤에 의족을 삐걱거리며 트리베트 선장이 찾아왔다. 그는 정중하게 경감에게 인사하고는 곧장 2층 스미스 양의 방으로 갔다. 거기에는 간호원이 루이자 캠피언의 쓸쓸한 식사 시중을 들고 있었다. 트리베트 선장은 30분쯤 그곳에 있었다. 그리고 아래층으로 내려오더니 조용히 사라졌다.

우울한 저녁때가 지나고 밤이 왔다. 콘래드가 도서실에 비틀거리며 들어와서 경감을 노려보며 혼자서 술판을 벌였다. 마사 해터는 두 아이들을 그들의 방으로 몰아넣고 자기 침실에 틀어박혔다. 질도 외출금지령이 내려졌기 때문에 자기 방으로 사라져 버렸다. 바바라 해터는 2층에서 무엇인가를 쓰고 있었다. 이윽고 페리가 도서실로 찾아와서 오늘밤엔 자기에게 더 볼일이 없는지, 괜찮다면 피곤해서 자야겠다고 했다. 경감은 떫은 얼굴을 하고 손을 흔들었다. 가정교사는 다락에 있는 자기 방으로 돌아갔다.

차츰 조그만 소리조차 들리지 않게 되어갔다. 경감은 절망에 지친 나머지 깊은 잠속으로 빠져 들어갔다. 콘래드가 도서실에서 비틀거리며 나와 취한 걸음걸이로 층계를 올라가는 줄도 모르고 있었다. 11시 반에 부하 하나가 와서는 지친 모습으로 의자에 앉았다.

"무슨 일인가?" 경감은 커다란 입을 벌려 하품을 했다.

"그 열쇠에 대한 건데요, 허탕이었습니다. 말씀하시는 대로 같은 열쇠가 있는가 해서 모두들 찾아다녔습니다만 어느 열쇠가게나 철물점에서도 단서가 될 만한 것은 찾아내지 못했습니다. 뉴욕을 전부 다 뒤졌는데도요."

"그런가?" 경감은 눈을 깜박거렸다. "그건 이제 됐네. 여자가 어떤 방법으로 들어갔는지 알았으니까. 됐네. 프랭크, 가서 좀 자두도록 하지."

형사는 나갔다. 정확히 자정이 되자 경감은 커다란 몸을 안락의자에서 일으켜 2층으로 올라갔다. 핑커슨 형사는 아직도 엄지손가락을 비틀며 흔들고 있었다. 마치 하루 종일 그렇게 하고 있었던 것 같았다.

"핑크, 이상 없나?"

"없습니다."

"좋아, 돌아가도 되네. 모셔가 교대하러 왔다네."

핑커슨 형사는 기다렸다는 듯이 허겁지겁 명령에 따랐다. 그 바람에 층계를 뛰어내려오다가 밑에서 올라오는 모셔 형사와 자칫 맞부딪칠 뻔했다. 모셔는 경감에게 경례를 하고는 핑커슨 대신에 2층 감시에 나섰다.

경감은 요란한 발자국 소리를 내어가며 3층 다락방으로 올라갔다. 소리 하나 없이 어느 방이고 문은 닫혀 있었다. 애버클 부부의 방에서 불빛이 보였으나, 경감이 그 앞에 멈춰서자 갑자기 불이 꺼지고 말았다. 경감은 옥상으로 올라가는 층계를 올라가서 옥상문을 열고 지붕 위로 나갔다. 어두운 지붕 중간쯤에서 비치던 조그만 불빛이 갑자기 꺼졌다. 경감은 살금살금 다가오는 발자국 소리를 듣고는, "조니, 날세. 이상 없나?"

남자 하나가 경감 옆에 나타났다. "아무것도 없습니다, 경감님. 정말 지겨운 노릇입니다. 온종일 사람이라곤 구경도 못했습니다."

"한 2~3분 기다려 주게. 클라우스를 교대로 보내주지. 아침에는 다시 이리로 와야 하네."

경감은 옥상문을 열고 다시 층계를 내려왔다. 교대할 형사를 지붕으로 올려보냈다. 그리고는 무거운 발걸음으로 도서실로 돌아와서는 한숨을 쉬며 안락의자에 앉더니 원망스러운 눈으로 갈색 빈 병을 쳐다보았다. 그러다가 테이블 위의 불을 끄고는 모자로 얼굴을 가리고 잠들어버렸다.

처음 심상치 않은 기색을 느낀 것이 언제였는지 경감은 도무지 알 수 없었다. 다만 잠자리가 불편한 것 같아서 몸을 움직여 저린 한쪽 다리를 뻗으면서 안락의자의 부드러운 쿠션 속으로 파고들려고 몸부림친 기억은 있었다. 그러나 그것이 언제 있었던 일인지 알 수가 없었다. 어쩌면 새벽 1시쯤이었을지도 모른다.

그러나 이것만은 분명했다. 정각 2시 자명종 시계가 귓가에서 울리기라도 한 것처럼 그는 갑자기 잠에서 깨어났는데, 얼굴을 덮었던 모자가 바닥으로 굴러떨어지고 긴장으로 몸을 떨었다. 그는 앉음새를 고쳤다. 무엇인가가 그를 잠에서 깨어나게 했는데 그것이 무엇인지는 알 수가 없었다. 무슨 소리가 났나? 무엇이 떨어졌나? 누가 소리를 질렀나? 그는 돌처럼 굳어진 몸으로 앉은 채 귀를 기울였다. 한동안 그러고 있었다. 어딘지 멀리서 흥분한 남자의 쉰 고함소리가 들려왔다.

"불이다!"

경감은 쿠션 안에 못이라도 들어 있었던 것처럼 의자에서 벌떡 일어나서 복도로 뛰어나갔다. 복도에는 조그만, 밤새 켜두는 등이 희미하게 비치고 있었다. 그 불빛 속에서 층계 위로부터 소용돌이치며 흘러내리는 연기가 보였다. 모셔 형사가 층계 꼭대기에서 몸을 굽히고 크게 소리치고 있었다. 온 집안이 연기 냄새로 가득찼다.

경감은 질문 같은 것을 하고 있을 여유가 없었다. 양탄자를 깔아놓은 층계를 뛰어올라가서 몸을 날려 2층 복도로 나갔다. 요크 해터의 실험실 문틈에서 노란 연기가 뭉게뭉게 피어나오고 있었다.

"모셔, 화재경보기를 울려!" 라고 경감은 소리치고 정신없이 열쇠를 찾았다. 모셔는 층계를 뛰어내려갔다. 집 주위에서 지키고 있던 형사가 달려오는 바람에 세 번이나 부딪쳤다. 경감은 '빌어먹을' 하는 소리를 연거푸 뱉어가며 열쇠를 구멍에 꽂고 돌려서 문을 열었다가——즉시 쾅 하고 도로 닫아버렸다. 숨이 막힐 듯한 악취가 풍기는 짙은 연기와 솟아오르는 불꽃이 순간 그를 향해 몰려왔기 때문이다. 그는 갑자기 얼굴 근육이 굳어지며 마치 덫에 걸린 맹수처럼 좌우를 돌아보며 한 순간 어쩔 줄 모르고 서 있었다. 여기저기서 문이 열리고 얼굴을 내밀었다. 어느 얼굴도 하나같이 겁에 질려 있었다. 당장 기침과 떨리는 목소리의 질문이 경감의 귓가에 맴돌았다. "소화기! 대체 소화기는 어디 있소?" 하고 경감은 소리쳤다.

바바라 해터가 복도로 달려나왔다. "어떻게 하죠!……집에는 없어요. 경감님……마사, 아이들을!"

복도는 이리 뛰고 저리 뛰는 사람과 아우성, 그리고 연기의 지옥으로 바뀌었다. 불꽃은 실험실의 문틈에서 뿜겨져 나오기 시작했다. 비단 나이트 가운을 입은 마사 해터가 비명을 지르며 아이들 방으로 뛰어들어 곧 두 아이를 끌어냈다. 빌리는 놀라서 울부짖었으며, 재키까지도 겁먹고 어머니의 팔에 매달려 있었다. 세 사람의 모습은 곧 아래층으로 사라졌다.

"모두들 나가요! 밖으로 나가!" 하고 경감은 큰소리로 외쳤다.

"물건은 꺼낼 생각 말아요! 약품이……폭발……" 그 뒷말은 느 닷없이 터진 비명이 지워버렸다. 질 해터가 창백하게 굳어진 얼굴 로 뛰어갔다. 콘래드 해터가 그것을 밀어젖히며 층계를 뛰어내려 갔다. 잠옷차림으로 다락방에서 뛰어나온 에드거 페리는 연기를 마시고 바닥에 쓰러진 바바라를 보고는 그의 어깨로 부축하여 아 래층으로 데리고 갔다. 너나할것없이 모두가 기침으로 헐떡이며 마구 눈물을 흘리고 있었다. 경감이 지붕 위에 배치했던 형사는 애 버클 부부와 버지니아를 독려해 가며 뛰어내려왔다. 경감은 기침 으로 숨이 막혀 헐떡이면서 양동이의 물을 닫혀진 문을 향해 뿌리 면서 마치 꿈결처럼 멀리서 울려오는 사이렌 소리를 들었다……

참으로 아슬아슬했다. 귀따갑게 브레이크 소리를 내며 소방차가 들이닥쳤다. 소방관들은 호스를 이어서 저택 옆 골목을 따라서 뒤 뜰로 끌고갔다. 불꽃은 쇠창살을 박아놓은 창밖으로 혀를 날름거 리고 있었다. 사다리가 위로 올려지고 아직 남아 있는 유리창은 손 도끼에 박살이 났다. 그리고 몇 가닥의 물줄기가 쇠창살 사이로 해 서 방안으로 쳐들어가고 있었다……

경감은 흐트러져 내린 머리칼 사이로 충혈된 눈을 부릅뜨고 집 밖의 인도에 서서 소방관들이 허둥지둥 물 호스를 2층으로 끌어올 리고 있는 것을 보다가 문득 자기 옆에서 잠옷차림으로 떨고 서 있는 사람들의 수를 세어보았다. 모두 다 있었다. 아니……없는 사 람이 있는데!

경감의 얼굴은 순간 괴로움과 두려움으로 일그러지며 마치 괴물 같은 모습이 되었다. 그는 층계를 뛰어올라가서 집안으로 달려들 어갔다. 물에 젖은 소방 호수 위를 구르듯이 달려서 2층으로 올라 가서는 곧바로 스미스 양의 방으로 갔다. 그 바로 뒤를 모셔 형사 가 따르고 있었다. 문을 밀어젖히고 간호원의 방으로 뛰어들었다. 스미스 양은 '나이트 가운을 입은 채 바닥에 정신을 잃고 쓰러져 있었다. 그리고 루이자 캠피언은 궁지에 몰린 짐승처럼 온몸을 떨 면서 간호원에게 매달려서 코를 찌르는 연기의 악취로 콧구멍마저 떨고 있었다. 경감과 형사는 간신히 두 여자를 집 밖으로 떠메고 나왔다.

정말 간발의 차였다. 그들이 현관의 돌층계를 구르듯이 내려온 순간 등뒤 위쪽에서 둔탁한 폭음이 울리고——마치 번개가 치는 듯한 불빛이 실험실 창에서 번쩍 하고 빛났다. 무서운 폭음이 울린 다음 한 순간은 아무 소리도 들리지 않았다. 곧이어 폭발로 말미암아 휘몰아치는 바람 속에서 소방관들의 목쉰 비명소리가 들려왔다.

당연한 일이 일어난 것이었다. 실험실에 있는 약품 중에서 무엇인가가 불에 닿아 폭발한 것이다.

인도에 몰려서서 떨고 있는 사람들은 넋을 잃고 집을 지켜보고 있었다. 구급차가 요란한 소리를 내며 들이닥쳤다. 들것이 집안으로 들어가더니 곧 다친 소방관 하나를 싣고 나왔다.

두 시간 뒤에 불은 꺼졌다. 마지막 소방차가 사이렌을 울리며 돌아갔을 때에는 이미 새벽이 다가오고 있었다. 이웃에 있는 트리베트 선장의 벽돌로 지어진 집에 피난해 있었던 해터 일가와 그 고용인들은 기진맥진한 모습으로 검게 타다 남은 자기네 집으로 돌아왔다. 잠옷차림의 트리베트 선장은 보도에 깔아놓은 돌 위에 의족의 듣기 싫은 소리를 내가면서 의식을 되찾은 스미스 양과 루이자 캠피언의 시중을 들어주고 있었다. 루이자는 그녀 혼자서는 어찌해 볼 수도 없었으므로, 완전히 겁먹은 얼굴로 묘한 히스테리를 일으키고 있었다. 전화로 소식을 듣고 자다가 달려온 메리엄 박사는 연방 진정제 주사를 놓아주고 있었다.

2층 실험실은 그야말로 아수라장이었다. 문은 폭발하는 바람에 날아가 버리고, 창문 쇠창살은 박아놓은 곳에서 거의 빠져버리게까지 되어 있었다. 선반 위에 있던 병들은 박살이 나서 흥건히 젖은 바닥에 흩어져 있었다. 침대도 세면대도 책상도 시커멓게 타버렸고, 레토르트, 시험관, 전기장치 등 대부분의 유리제품은 녹아서 형체도 알아볼 수 없었다. 그런데 기묘하게도 바닥에 남아 있는 것들은 별로 피해가 없었다.

경감은 핏발선 눈에다 회색 철가면 같은 얼굴을 하고 집안에 있는 모든 사람들을 아래층 도서실과 거실로 모았다. 가는 곳마다 형사들이 지키고 있었다. 이제는 농담도 너그러움도 반항도 자취를 감추었다. 거의 모두가 입을 다물고 말이 없었다. 여자들이 남자들보다 조용할 정도였다. 서로 얼굴들만 바라볼 뿐이었다.

경감은 전화기로 다가갔다. 경찰본부를 불러 브루노 검사에게 연락하고, 바베이지 본부장에게도 자세히 보고를 했다. 그런 다음 뉴욕 주 레인클리프의 햄릿 저택으로 장거리 전화를 걸었다. 이 전화는 좀처럼 쉽게 연결되지 않았다. 샘 경감으로서는 참으로 끈기 있게 기다리고 또 기다렸다. 겨우 드루리 레인의 곱추 하인인 퀘이시 노인의 신경질적인 목소리가 들리자, 그는 오늘밤 일어난 일을 일사천리로 설명해 나갔다. 레인은 귀가 들리지 않으므로 직접 전화로 이야기를 들을 수는 없지만, 퀘이시 옆에 서서 경감이 하는 말을 가끔 되물어보는 퀘이시의 입술을 보고, 무슨 이야기를 하고 있는지 이내 짐작해 내고 있었다.

"드루리 레인 나리께서 이렇게 말씀하시는데요." 경감의 보고가 끝나자 곱추 노인의 쇳소리 같은 목소리가 들려왔다. "불이 난 원인은 아십니까?"

"모르겠네. 이렇게 전해 주게. 지붕 위 굴뚝에서도 잠시도 눈을 떼지 않고 감시를 했고, 창문은 안에서 잠가놓았는데 손댄 흔적은 없으며, 실험실 출입문에선 밤새 부하가 감시했다고 말일세."

경감은 이 보고를 복창하는 퀘이시의 귀따가운 목소리에 이어 레인의 굵고 낮은 목소리를 어렴풋이 들었다.

"경감님, 그것이 틀림없느냐고 물으시는데요?"

"물론 틀림없네! 그래서 어째야 할지 막막하다네. 대체 어디로 숨어들어와서 불을 질렀는지 모르겠네."

퀘이시가 이것을 되풀이한 다음 잠깐 침묵이 이어졌다. 경감은 귀를 기울이고 기다리고 있었다. 이윽고 퀘이시가 말했다. "불이 나서 폭발이 있고 난 다음에 실험실에 들어가려고 한 사람은 없느냐고 드루리 나리께서 묻고 계시는데요?"

"없었네!" 하고 경감이 소리쳤다. "내가 지켜보고 있었으니까."

"그렇다면 곧 아무도 실험실에 들어가지 못하도록 감시를 붙이라고 하십니다." 그리고 덧붙여 말했다. "소방관은 말고 말입니다요. 드루리 나리께서는 오전중으로 그리로 가실 모양입니다. 어째서 그런 일이 일어났는지 이미 알고 있다고 하시는데요, 즉……"

"뭐라고? 알고 있다고?" 하고 경감은 안달하며 물었다. "그렇다면 역시 나보다 한 수 위로군……이 사람, 퀘이시, 그럼 그 화재를 짐작하고 있었는지 물어봐 주게!"

한동안 대화가 끊겼다. 이윽고 퀘이시가 대답했다. "예상은 하지 못했답니다. '정말 놀랍군, 모를 일이야.' 하고 말씀하시는데요."

"그런가? 그분도 자신없는 말을 할 때가 있군 그래." 경감이 말했다. "좋아……그럼, 되도록 빨리 와주시기 바란다고 전해주게."

경감이 수화기를 막 내려놓으려는 순간에 레인의 말소리 —— 퀘이시에게 하는 말소리가 또렷이 들려왔다. "그것이 틀림없어, 모든 사실들이 그것을 가리키고 있거든……하지만, 퀘이시, 이건 너무 어처구니없는 일일세!"

제2막

'나는 집 너머로 활을 쏘아 내 형제에게 상처를 입힌 것이다.'
(햄릿 5막 2장)

제1장 실험실
(6월 6일 월요일 오전 9시 20분)

드루리 레인은 완전히 변해버린 실험실 한가운데에 서서 날카로운 눈으로 주위를 둘러보고 있었다. 샘 경감은 얼굴에 묻은 검정이나 더러운 것들을 씻고 엉망으로 구겨진 옷에다 솔질을 했지만, 수면부족으로 눈은 충혈되고 기분은 성난 곰처럼 거칠어져 있었다. 모셔 형사는 근무교대로 귀가해 버리고 지쳐서 허우적거리는 펑커슨 형사가 타다 남은 의자에 앉아서 소방관 한 사람과 사이좋게 이야기하고 있었다.

약품선반이 벽에서 떨어져 버린 것은 아니었으나 검게 탄 채 물에 젖어 있었다. 아래쪽 선반에 기적적으로 깨어지지 않은 병이 몇 개 남아 있는 것 말고는 어느 칸막이도 다 비어 있었다. 거기에 있던 약품들은 산산히 부서져서 무수한 유리파편과 함께 엉망이 된 바닥에 흩어져 있었지만 그 내용물들은 조심스럽게 처리되어 있었다.

"위험한 약품은 화학소방반에서 처리해 주었습니다." 하고 경감은 말했다. "제일 먼저 뛰어든 소방관들은 소방반장에게 크게 야단을 맞았습니다. 약품 중에는 타고 있을 때 물을 뿌리면 더 큰일이 나는 것도 있는 모양입니다. 그렇게 되면 수습하기가 거의 불가능하다던데——아마 이런 정도로 끝나지는 않았을 거라는군요. 사실 이런 정도에서 수습이 된 것도 정말 다행이지요. 해터는 실험실의 벽을 특별히 튼튼하게 보강했었던 모양입니다만, 그렇더라도 약품처리반에서 그냥 두었더라면 집 전체가 날아가 버렸을지도 모르지요.

자, 보시는 바와 같이." 하고 경감은 신음하듯 말했다. "우리는 마치 어린애가 된 것 같습니다. 아까 퀘이시와 전화할 때 방화범이 어떻게 들어올 수 있었는지 당신은 알고 있다고 하는 것 같았는데,

대체 어떻게 들어왔을까요? 나로서는 도저히 모르겠군요."

"아, 경감님." 하고 드루리 레인이 말했다. "그렇게 어려울 것도 없습니다. 해답은 웃음이 터져나올 만큼 간단하지요. 자, 한번 생각해 보십시오——범인은 이 단 하나의 문으로 실험실에 들어올 수가 있었을까요?"

"안되지요. 모셔가——가장 믿을 수 있는 부하가——밤새껏 문 옆에는 누구 하나 얼씬거리지도 않았다고 자신있게 말했는걸요."

"나도 그 사람 말을 믿습니다. 그러니까 침입한 곳으로 이 문은 완전히 제외됩니다. 그럼 창은 어떤가 하는 문제인데, 여기에는 쇠창살이 박혀 있어서 어제 방을 조사했을 때 당신 자신이 지적했듯이 아무런 이상이 없었습니다. 그러나 논리적으로 생각하면 이런 생각도 할 수가 있지요——비록 쇠창살이 있다고 해도 범인이 바깥 차양을 타고 와서 창문을 열고 불이 붙은 헝겊 같은 것이라도 던져넣는다면 불을 지를 수도 있다고……"

"그런 짓은 할래야 할 수 없다고 말씀드렸을 텐데요." 하고 경감은 빈정거리듯 말했다. "창문은 모두 안에서 잠가놓았습니다. 억지로 연 흔적도 없고, 폭발 전에 소방관이 여기 도착했을 때만 해도 창문의 유리 한 장 깨어진 것이 없었습니다. 그러니까 창문은 문제 밖이지요."

"옳은 말씀입니다. 나는 다만 모든 가능한 추리를 해보았을 뿐입니다. 그렇다면 창문으로 침입하는 것도 제외하겠습니다. 그렇게 되면 무엇이 남습니까?"

"굴뚝이겠지요." 하고 경감이 말했다. "하지만 그것도 불가능합니다. 부하 한 사람이 어제 하루 종일 지붕 위에서 감시했으니까요. 그러니까 굴뚝으로 숨어들어와서 밤까지 기다린다는 것은 어느 누구도 불가능합니다. 그리고 그 부하는 한밤중에 교대시켰습니다만, 교대한 친구도 누구 하나 지붕에는 얼씬도 하지 않았다고 합니다. 자, 이런 정도입니다."

"정말 철저하셨군요, 경감님." 하고 레인은 싱긋 웃었다. "경감님은 나를 막다른 골목으로 몰아넣었다고 생각하시는 모양이군요. 침입할 수 있는 곳은 세 곳뿐인데, 그 세 군데가 하나같이 완벽하게 지켜지고 있었다. 그럼에도 불구하고 방화범은 유유히 들어와서 목적을 달성하고 다시 바람처럼 사라졌다……그럼, 한 가지 더 물어보겠습니다만, 방의 벽은 살펴보셨습니까?"

"아, 그렇군요." 하고 경감은 다급한 목소리로 말했다. "당신은 그런 생각을 하셨군요! 벽에 붙은 널빤지를 빼어내면 빠져나갈 구멍이 나타나는 그런 멋진 생각 말입니다." 샘 경감은 이까지 드러내며 웃었지만 이내 찌푸린 얼굴로 계속해서 말했다. "그런 생각은 아예 하지도 마십시오, 레인 씨. 벽도 바닥도 천정도 요새처럼 튼튼했습니다. 내가 직접 조사해 보았으니까요."

"흠." 하고 레인은 그 녹회색 눈을 빛내면서 대답했다. "그건 잘하셨습니다, 경감님. 그것으로 나의 의심이 완전히 사라졌으니까요."

경감의 눈은 화가 나 있었다. "아무래도 당신이 무슨 말을 하고 있는지 모르겠군요! 그렇게 되고 보면 가능성이란 하나도 없다는 이야기가 되지 않습니까!"

"아니지요." 레인은 미소지었다. "결국 그런 가능성들은 있을 수 없는 것이지요. 출입구의 문도 창문도 아무리 생각해 봐야 범인이 숨어들어오는 길이 될 수는 없고, 벽이나 바닥이나 천정도 요새처럼 튼튼했다고 하면——이제 남아 있는 가능성은 단 하나뿐입니다. 따라서 그 가능성만은 확실해지는 셈이지요."

샘 경감의 눈썹 사이의 골이 깊어졌다. "역시 굴뚝을 말씀하시는 겁니까? 그러나 거기는……"

"아니, 경감님, 굴뚝이 아닙니다." 하고 레인은 정색하고 말했다. "경감님은 그런 설비에 두 가지의 요긴한 부분이 있다는 것을 잊고 계시는군요. 즉, 굴뚝 부분과 벽난로 부분입니다. 이젠 아시겠지요?"

"모르겠군요. 말씀대로 이 방에도 벽난로가 커다란 입을 벌리고 있습니다. 그러나 굴뚝을 타고 내려오지 않는 한 어떻게 벽난로 안으로 들어갈 수가 있겠습니까?"

"나도 그 점을 생각해 보았습니다." 레인은 굴뚝 쪽으로 다가갔다. "그렇게 되면 당신의 부하가 거짓말을 하지 않고, 또 이 방 어딘가에 비밀통로장치가 되어 있지 않는 한 이 벽난로를 살펴볼 것도 없이 나는 그 비밀을 말씀드릴 수가 있습니다."

"비밀이라고요?"

"이 벽난로의 벽 저쪽은 무슨 방이었지요?"

"물론 캠피언 양의 방이지요. 살인현장이기도 하고."

"그렇습니다. 그럼 캠피언 양의 방 벽난로의 바로 뒤에는 무엇이 있었던가요?"

경감은 넋나간 사람처럼 입을 딱 벌렸다. 그 순간 레인의 얼굴을 쳐다보는가 했더니 어느 틈에 앞으로 달려나갔다. "벽난로가 하나 더 있지!" 하고 그는 소리쳤다. "그래! 그 뒤쪽에는 옆방의 벽난로가 있었어!"

그는 몸을 웅크리고 아궁이로 기어들어가 난로 안에서 몸을 일으켜 세웠다. 밖에서 보니 그의 머리와 어깨가 보이지 않았다. 레인에게는 경감의 거친 숨소리와 손으로 벽난로의 내부를 더듬는 소리가 느껴졌다. 이어 놀란 탄성이 들려왔다. "이거야! 바로 이거로군!" 하고 샘 경감은 소리쳤다. "양쪽이 똑같은 굴뚝에 연결되어 있군! 이 벽돌로 쌓은 벽은 위에까지 쌓아올린 것이 아니었어──바닥에서 6피트쯤만 쌓아올렸을 뿐입니다!"

드루리 레인은 한숨을 쉬었다. 그로서는 일부러 옷에 검정까지 묻혀가며 확인해볼 것도 없는 일이었던 것이다.

경감은 이 단서를 발견하고는 완전히 기력을 되찾은 모양이었다. 그는 레인의 등을 두드려주며 보기 싫은 얼굴에 절로 나오는 웃음을 참아가면서 큰소리로 부하에게 명령을 내리기 시작했다. 핑커슨 형사가 앉아 있는 의자를 걷어차서 그를 질겁하게 하는가 하면, 소방관에게는 여송연을 나누어 주기도 했다.

"바로 이거야!" 시커먼 손은 닦을 생각도 않고 번쩍이는 눈을 하고 그는 소리쳤다. "이것이 열쇠였어──두말할 것도 없어!"

난로의 비밀은 너무도 단순한 것이었다. 실험실 벽난로와 루이자 캠피언의 방 벽난로와는 서로 등을 맞댄 상태여서──서로 같은 벽을 등지고 있는 것이었다. 굴뚝이 하나로 되어 있을 뿐만 아니라 두 난로 사이에는 단지 칸막이 벽이 하나 있을 뿐이며──그 단단한 내화벽돌의 두꺼운 벽의 높이는 6피트 정도에 지나지 않았다. 그러나 양쪽 난로가 모두 바닥에서 4피트(약 $1.2m$)밖에 안되었으므로 칸막이 벽의 윗부분은 양쪽 방에서는 보이지 않았던 것이다. 그 6피트의 칸막이 벽의 윗부분은 굴뚝이 하나로 되어 있어서, 양쪽 난로의 연기가 지붕으로 빠져나가는 커다란 통로로 되어 있었다.

"분명하군. 아주 확실해졌습니다." 경감은 펄쩍 뛸 듯이 기뻐하며 말했다. "이렇게 되어 있으니 누구든지 원할 때에는 실험실에 들어올 수가 있었겠군요──집안에서라면 옆방 칸막이 벽을 넘어 들어오면 될 것이고, 집 밖에서라면 굴뚝 안의 발판을 타고 내려오면 되겠군요. 어젯밤에는 루이자의 방으로 해서 들어온 것이 분명하고. 모셔가 지키고 있었는데 복도에서 실험실로 들어간 인간이 하나도 없었다는 것도, 지붕에서 지키던 부하가 아무도 못 보았다는 것도 당연하군요."

"물론이죠." 하고 레인이 말했다. "그리고 범인은 같은 길로 달아난 셈이지요. 하지만, 경감님, 난로를 거쳐 실험실로 들어가자면 먼저 캠피언 양의 방으로 들어가야 하는데, 이 의문의 방화범은 어떻게 그렇게 했을까 생각해 보았습니까? 모셔는 옆방 입구에서 밤새 지키고 있었을 테지요?"

경감의 얼굴이 흐려졌다. "거기까지는 생각해 보지 않았군요. 아마, 무슨……그렇군! 바깥 차양이나 비상계단으로……!"

두 사람은 깨어진 창문으로 다가가서 밖을 내다보았다. 폭이 2피트(약 0.6*m*)쯤 되는 차양이 2층 뒤쪽 창문 전체와 밖에서부터 이어져 있었다. 그것은 꼭 해야겠다는 마음만 먹으면 정원을 바라보고 있는 어느 방에도 드나들 수 있는 통로의 구실을 하기에 충분했다. 또 두 개의 좁다란 비상계단의 층계참이 2층 바깥쪽으로 달려 있었다. 하나는 실험실과 아이들 방에서 나올 수 있도록 되어 있고, 또 하나는 '죽음의 방'과 스미스 양의 방에서 나올 수 있게 되어 있었다. 모든 비상계단이 창가를 가로질러 3층 지붕 밑에서 정원까지 이어져 있었다. 레인은 샘을 보았다. 그들은 함께 고개를 저었다.

두 사람은 실험실을 나와 '죽음의 방'으로 들어갔다. 거기서 창문을 살펴보니 어느 창문도 잠겨 있지 않아서 손쉽게 여닫을 수 있게 되어 있었다. 두 사람이 실험실로 돌아오니 핑커슨 형사가 어디서 가져왔는지 의자를 가져다 놓았다. 레인은 거기에 앉아서 다리를 꼬고는 한숨을 쉬었다.

"경감님, 당신도 짐작하실 줄 압니다만 문제는 아주 간단합니다. 사실 두 개의 난로에 대한 비밀만 알고 있다면 누구든지 어젯밤 실험실에 들어올 수 있었으니까요."

경감은 힘없이 고개를 끄덕였다. "집안에 있는 자든 외부에 있는 자든 아무나 다."

"그렇습니다. 경감님, 여기 있는 사람들에게는 어젯밤에 무엇을 했는지 심문을 해보셨습니까?"

"예, 대강은. 하지만 그것이 무슨 도움이 되겠습니까? 설마 방화범이 자신의 정체를 드러낼 만한 일은 할 리가 없겠지요." 경감은 도서실에서 슬쩍 집어온 여송연 끝을 거칠게 물어끊었다. "3층에 있었던 사람이라면 입으로는 뭐라고 하든 누구라도 할 수 있었을 것이며, 여기 2층에 있던 사람들도 질과 바바라 말고는 누구나 차양과 비상계단으로 나갈 수가 있으니까요. 게다가 콘래드 부부의 방은 앞쪽에 있지만 둘 다 자고 있는 아이들 옆을 지나서 아이들 방을 빠져나가면 비상계단과 차양으로 나갈 수가 있습니다. 더구나 그들은 복도로 나오다가 모셔 형사에게 들킬 걱정도 없습니다. 자기네 침실에서 아이들 방으로 가려면 두 방 사이에 있는 욕실을 지나가면 되니까요. 그러니 어떻게 해볼 도리가 없지 않겠습니까?"

"본인들은 뭐라고들 합니까?"

"그것이 모두 서로의 알리바이를 증언할 수 없는 것들입니다. 콘래드는 11시 30분쯤 2층으로 자러갔다고 하더군요. 이것은 그때쯤 도서실에서 나가는 것을 내가 직접 보았으며, 모셔 형사도 그가 침실에 들어가는 것을 보았다고 하니까 거짓말은 아니겠죠. 그리고 콘래드는 침실로 돌아가자마자 곧 자버렸다는 겁니다. 마사 해터는 저녁때부터 줄곧 방에 있었지만, 잠들어 있었기 때문에 남편이 들어오는 것도 몰랐다는군요."

"아가씨들은 어떻습니까?"

"그 둘은 문제가 안되겠지요――어느 모로나 그런 짓을 할 수는 없으니까."

"그럴까요? 하지만 뭐라고 합니까?" 하고 레인이 물었다.

"질은 정원을 산책하다가 새벽 1시쯤 제 방으로 돌아갔다고 하는데, 그것은 모셔도 틀림없다고 합니다. 바바라는 그보다도 더 빨리 11시쯤 제 방으로 돌아갔습니다. 그리고 둘 다 그 뒤로는 자기 방에서 나오지 않았습니다……모셔도 행동이 수상해 보이는 사람은 하나도 못 보았다고 합니다. 그가 지키고 있는 동안에는 문을 열거나 방에서 나온 사람은 없었던 모양입니다――모셔는 내 밑에서 오랫동안 일해왔으므로 믿을 만합니다."

"그야 여부가 있겠습니까?" 레인이 장난스럽게 말했다. "그런데 사실은 우리의 추리가 근본적으로 잘못되어 있을 수도 있습니다. 방화가 아니고 자연히 일어난 화재일지도 모른다는 겁니다."

"그랬으면 얼마나 좋겠습니까?" 경감은 짜증스러운 얼굴로 말했다. "그러나 소방서의 화재감식전문가가 타버린 실험실을 살펴보고는 불은 누가 일부러 지른 것이라고 단정을 내렸습니다. 그 증거로 누가 성냥불을 켜서 침대와 창문 가까이에 있는 실험대 사이에서 무엇인가를 태운 것이 분명하답니다. 그 성냥개비가 여러 개 발견되었거든요——보통 가정에서 쓰는 성냥인데, 아래층 부엌에 있는 그런 것이었습니다."

"그러면 폭발은?"

"그것도 우연한 것은 아니었습니다." 하고 경감은 무서운 얼굴을 하고 말했다. "화학약품 전담반 친구들이 실험대 위에서 부서진 병을 발견했거든요——이황화탄소라나 하는 것이 들어 있었던 병이랍니다. 열을 받으면 굉장한 폭발력이 있는 약품인 모양입니다. 물론 그 병은 계속 그 자리에 있었던 것으로서——어쩌면 해터가 실종되기 전부터 거기에 있었던 것일지도 모르지만……그러나 나는 실험대 위에서 그런 병을 본 기억은 없는 것 같은데 당신은 어떻습니까?"

"나도 본 기억은 없습니다. 선반에서 꺼낸 것은 아닐까요?"

"글쎄요……라벨이 붙은 유리조각은 있었습니다만."

"그렇다면 당신의 추측은 분명히 빗나간 셈입니다. 요크 해터가 실험대 위에 이황화탄소 병을 그대로 내버려두었을 리는 절대로 없지요. 왜냐하면 당신이 말했듯이 그 라벨이 붙어 있었다면 그것은 상비약인 것이 분명하고, 그 선반에 있던 병들이 한군데도 빈자리 없이 빽빽히 들어차 있던 것을 나는 분명히 기억하고 있으니까요. 틀림없습니다. 누군가가 일부러 선반에서 꺼내 불이 닿으면 폭발할 것을 미리 계산하고 실험대 위에 올려놓은 것입니다."

"그럴 듯하군요." 하고 샘 경감이 말했다. "그것은 일리가 있습니다. 누군지는 모르지만 어쨌든 상대가 모습을 나타낸 셈이로군요. 레인 씨, 아래층으로 내려갑시다……갑자기 생각난 것이 있습니다."

두 사람이 아래층으로 내려오자 경감은 애버클 부인을 부르러 사람을 보냈다. 도서실에 나타난 그 가정부의 모습을 흘끗 보기만 해도 그녀가 이미 그 기세등등하던 반항심을 완전히 잃고 있다는 것을 금방 알 수 있었다. 화재로 말미암아 그녀의 풀이 완전히 꺾였으며 아마존의 여장부 같던 그녀의 면모는 완전히 불타버린 것 같았다.

"경감님, 부르셨습니까?" 하고 그녀는 불안한 목소리로 물었다.

"그렇소. 그런데 이 집 세탁물은 누가 맡아서 하고 있소?"

"세탁물이요? 그야——제가 하지요. 매주 빨랫감을 종류별로 나누어 8번가에 있는 세탁소로 보냅니다."

"좋소! 그럼, 자세히 듣고 대답하시오. 지난 두세 달 사이에 누군가의 옷이 유난히 더러워진다고 생각한 적은 없었소? 어떻소? —— 그을음이나 석탄가루 같은 것이 묻어서 시커멓게 되어 있었다 거나, 또는 긁혀서 찢어졌다거나?"

"정말 멋진 생각을 해내셨군요, 경감님." 하고 레인이 말했다.

"천만에." 하고 경감은 퉁명스럽게 말했다. "나도 가끔은 멋진 생각이 —— 대개는 당신이 없을 때 좋은 생각이 떠오르지요. 당신 은 언제나 내게서 뭔가를 빼앗아버리는 것 같거든요……자, 어떻 소, 애버클 부인?"

그녀는 겁먹은 듯이 말했다.

"아뇨, 그런 기억은……"

"이상하군." 하고 경감이 혼잣말처럼 말했다.

"아니, 그럴지도 모릅니다." 레인이 옆에서 물었다.

"부인, 2층 난로에 불을 땐 지는 얼마나 되었습니까?"

"저는 —— 모릅니다. 불을 땠다는 소리도 들은 적이 없고요."

경감은 형사 하나를 불렀다. "간호원을 데리고 오게."

스미스 양은 충격받은 루이자 양을 정원에서 돌보고 있었던 모 양이다. 그녀는 짜증스러운 얼굴을 하고 들어왔다. 실험실과 루이 자의 방에 있는 난로에 대한 것을 그녀에게 물어보았다.

"마님은 방에 있는 벽난로를 쓰신 적이 없습니다." 하고 스미스 양이 말했다. "그전에는 모르겠습니다만 제가 이리로 온 뒤로는 그랬어요. 주인 나리께서도 제가 알기로는 실험실 벽난로를 쓰시 지 않았습니다. 벌써 몇 년이나 되었을걸요……겨울에는 지붕 위 의 굴뚝 구멍을 뚜껑을 해 막아서 바람이 들지 못하게 하고, 여름 이 되면 막았던 뚜껑을 벗겨버리곤 하셨지요."

"그 여자에게는 다행스러운 일이었군." 하고 경감은 묘하게 얼 버무리면서 불만스럽게 말했다. "입고 있는 옷에 석탄가루조차도 묻지 않았을 테니까 —— 하긴 묻었다고 하더라도 털어내거나 눈에 얼른 띄일 정도는 아니었겠고……뭘 그렇게 유심히 보고 있소, 스 미스 양? 이젠 됐소!"

스미스 양은 깜짝 놀라며 살찐 암소처럼 가슴을 출렁거리면서 황급히 나갔다.

"경감님." 하고 레인이 말했다. "경감님은 범인으로 결정이라도 된 것처럼 그 여자 그 여자 하는데, 지난번에도 말씀드린 줄 압니 다만 —— 여자가 굴뚝을 타고 내려가거나 6피트나 되는 벽돌 칸막 이를 넘나든다는 것은 좀 무리라는 생각은 안 드십니까?"

_163_

"레인 씨, 나는 무리고 뭐고 그런 건 생각지 않습니다. 단지 옷에 검댕이나 그을음을 묻힌 옷 임자만 찾아내면 용의자가 떠오를 것으로 생각했을 뿐이지요. 그러나 그것도 이젠 틀려버린 모양이군요. 그러니 어쨌으면 좋겠습니까?"

"하지만 경감님은 아직 내 질문에 대한 대답은 하지 않았습니다." 하고 레인이 웃으며 말했다.

"그건 말입니다, 공범자가 있었던 거지요. 남자 공범자 말입니다. 물론 아직은 그자가 누군지 모르지만." 하고 경감은 풀이 죽어서 말했다. "그러나 지금 내가 머리를 썩이고 있는 것은 그런 일이 아닙니다." 그의 지친 눈언저리에 교활한 그림자가 어른거렸다. "대체 불은 왜 질렀을까? 레인 씨, 이 문제를 생각해 보셨습니까?"

"허 참, 경감님." 하고 드루리 레인이 퉁명스럽게 말했다. "그것을 알면 아마 모든 것을 다 알게 되겠지요. 그것은 당신이 햄릿 저택으로 전화를 걸으셨을 때부터 내가 계속 골치를 썩이고 있는 문제입니다."

"레인 씨는 어떤 생각을 하셨습니까?"

"내 생각은 이렇습니다." 레인은 일어나서 도서실 안을 걷기 시작했다. "이 화재는 실험실에 있는 그 무엇을 파괴하기 위해서 계획된 것일까요?" 그는 어깨를 으쓱했다. "그러나 실험실은 이미 경찰에 의해서 모두 조사가 끝났으며, 범인도 그것을 모를 리는 없지요. 그럼, 그 목적한 물건이 어제 우리가 조사하면서 빠뜨린 그 무엇이었나? 아니면 범인이 가져가기엔 너무 큰 물건, 그러니까 방안에서 파괴해 버리지 않으면 안되는 것이었을까?" 그는 또 어깨를 으쓱했다. "솔직히 말씀드려서 여기에 대해서는 나도 갈피를 잡을 수가 없군요. 아무리 어떤 가능성을 생각해 보아도——딱 들어맞지 않으니까요."

"어쩐지 레인 씨에 대한 기대가 흔들리는군요." 하고 경감은 솔직히 말했다. "어쩌면 혼란을 주기 위한 위장전술일지도 모르잖습니까, 레인 씨?"

"아니, 경감님, 위장이 왜 필요했을까요, 무엇을 위한 위장일까요? 만일 위장이었다고 한다면 다른 무슨 계획이나 목적이 있어서, 그 목적으로부터 우리의 주의력을 돌리려는 계획적인 공격이 되는 셈이지요. 그러나 우리가 알고 있는 한은 아무것도 없었습니다." 그는 고개를 저었다. "엄밀하게 말하자면 이런 논리도 성립됩니다——즉, 범인이 실험실에 불을 지른 그 뒤에 그의 계획을 실행할

수 없게 되었는지도 모르지요. 불이 너무 빨리 번져버렸기 때문인
지도 모르고, 또 막상 마지막 순간에 가서 겁이 났을지도 모릅니다
……어쨌든 이것은 알 수 없는 일이지요. 경감님, 정말 전혀 알 수
가 없군요."

레인이 끊임없이 걷고 있는 동안에 경감은 무엇인지 골똘히 생
각하고 있었다. "알았어!" 갑자기 경감이 펄쩍 뛰며 말했다. "화재
와 폭발은, 그 뒤에 다시 독약을 훔친 사실을 숨기기 위해서 꾸며
진 것입니다!"

"자, 경감님. 좀 진정하십시오." 하고 레인은 경감의 성급함에
진저리가 난다는 듯이 말했다. "그것은 조금 전에 나도 생각을 해
보았습니다만, 범인도 경찰이 실험실에 있는 약품을 한 방울도 빠
뜨리지 않고 조사해서 기록해 놓았을 것이라고는 생각지 않았을
겁니다. 만일 어젯밤 범인이 어떤 약품을 훔쳐냈다고 해도 아무도
모르고 넘어갈 수 있지 않았겠습니까? 화재나 폭발을 일으킬 필요
까지는 없지요. 게다가 먼지 위에 나 있었던 수많은 발자국으로 미
루어 범인은 지금까지 여러 번 실험실에 들어간 것이 분명합니다.
만일 범인이 선견지명이란 것을 가지고 있다면——이것은 당연히
가지고 있었을 것으로 생각됩니다만, 지금까지의 범죄는 여러 가
지 점에서 소름이 끼칠 만큼 교묘하니까——당연히 자유롭게 실
험실을 드나들 수 있을 때에 독약을 꺼내어 챙겨두었을 겁니다. 이
렇게 경계가 엄중해진 다음에 더 많은 위험을 무릅쓰고 실험실에
들어갈 이유가 없을 것이라는 말씀입니다……그러니 경감님이 생
각하시는 그런 이유는 아니라고 봅니다. 좀더 엉뚱한 무엇인가가
있을 겁니다. 너무도 상식에서 벗어난 일 말입니다." 그는 잠시 말
을 멈췄다가, "거의——" 하고 천천히 말을 이었다. "거의 합리성
같은 것은 없는 일이지요……"

"정말 어처구니없는 애물단지로군." 하고 경감 또한 찌푸린 얼
굴로 동의했다. "하나같이 반미치광이 같은 자들의 범죄를 쫓다보
면 이렇게 되는 것도 당연하지요. 합리성! 동기! 논리!" 그는 커
다랗게 두 팔을 벌리며 말했다. "그 모두가 무슨 소용이겠습니까!
이제 나의 이 역할에서 물러나고 싶군요."

두 사람은 천천히 복도로 나갔다. 레인이 이 집 운전사인 조지
애버클에게서 모자와 지팡이를 받아들었다. 이 남자는 갑자기 얌
전해진 마누라와 마찬가지로 사람들의 눈치를 살피는 데 가엾을
정도로 신경을 쓰면서 주춤거리고 있었다.

"경감님, 헤어지기 전에 한 가지만 주의하시라고 말씀드릴 게 있습니다." 두 사람이 현관에서 멈춰섰을 때 레인이 말했다. "그것은 한 번 더 독살이 꾸며질 가능성이 있다는 겁니다."

경감도 고개를 끄덕였다. "나도 그것을 걱정하고 있습니다."

"그렇다면 마음이 좀 놓입니다만, 어쨌든 상대방은 두 번이나 실패를 했으니까요. 우리로서는 당연히 세 번째 계획을 예상하고──이것을 미리 막지 않으면 안됩니다."

"실링 박사에게 사람을 보내달라고 해서 식사 전에 음식물은 빠짐없이 검사해 보도록 하지요." 하고 경감이 말했다. "마침 실링 박사 밑에는 이런 일을 전문으로 하고 있는 사람이 있습니다──뒤빈이란 사람인데, 머리가 아주 좋은 의사이지요. 그 사람이 있으면 뒤통수를 얻어맞는 일은 없을 겁니다. 부엌에서 지키도록 하지요. 그렇게 하면 마음을 놓을 수 있으니까요. 그럼." 그는 손을 내밀었다. "수고하셨습니다, 레인 씨."

레인은 경감의 손을 잡았다. "수고하십시오, 경감님."

그는 돌아서려다 말고 다시 돌아보았다. 두 사람은 서로 더 할말이 있는 얼굴로 서로를 마주보았다. 끝에 가서 레인이 아주 분명한 어조로 말했다. "나는 때로는 사건의 어떤 면에 대해서 특별히 관심을 갖고 생각하게 되는 경우가 있습니다. 경감님과 브루노 검사님께는 말씀드려야 한다고 생각합니다만……"

"무슨 말씀인데요?" 하고 얼굴이 밝아지면서 경감이 서둘러 물었다.

그러나 레인은 손에 든 지팡이를 휘두르며 말했다. "아니, 내일 유언장 발표가 끝난 다음이 좋을 것 같군요. 그럼, 안녕히!" 재빨리 돌아선 레인은 그 집을 떠나버렸다.

제2장 정 원
(6월 6일 월요일 오후 4시)

만일 샘 경감이 심리학자였거나 좀더 마음의 여유가 있었다면 이 날의 미치광이 해터의 집은 참으로 흥미 있는 연구자료가 되었을 것이다. 외출이 금지되었으므로 이 집 사람들은 구원 없는 지옥의 영혼처럼 집안을 헤매고 다니며 분주한 듯이 무엇인가를 집었다가는 다시 그것을 제자리에 놓기도 하고, 서로 증오에 가득 찬 눈으로 바라보면서 되도록 얼굴이 마주치지 않도록 서로들 피하고 있었다. 질과 콘래드 두 사람은 하루 종일 으르렁대고 있었다. 하찮은 일로 말다툼을 벌이는가 하면 아무 쓸모없는 일로 맞부딪쳐서 성미가 급하다는 정도로는 이해하기 어려운 만큼 독기어린 말을 냉혹한 말투로 서로 퍼부어댔다. 마사는 아이들을 잠시도 자신의 치맛자락에서 떼어놓으려 하지 않고 바보처럼 보일 만큼 심하게 꾸짖거나 때려주기도 했는데, 콘래드 해터가 술이 취해 비틀걸음으로 다가올 때만은 갑자기 온 신경을 긴장시키면서 남편의 창백하게 굳어진 얼굴을—— 아이들까지도 이상히 여겨 물어볼 만큼—— 소름끼치는 눈으로 노려보았다.

경감은 이것도 저것도 하나같이 모호한 단서들을 생각하면 할수록 초조해지기만 했다. 드루리 레인이 무슨 실마리를 잡고 있는 것 같다고 생각되는데, 대체 그것이 어떤 것일까 하는 점이 그를 괴롭혔다. 그러나 그런 레인도 묘하게 당혹해 하고 자신이 없어 보였으며 이상하게 걱정스러운 빛을 보이고 있었다. 그것을 경감은 이해할 수가 없었다. 오후 2시까지도 햄릿 저택에 전화를 걸려고 했으나 두 번 다 아무것도 물어볼 것도 전할 것도 없다고 스스로를 타이르며 들었던 수화기를 도로 내려놓았다.

그러다가 굴뚝 안의 기묘한 통로에 대한 생각을 되풀이하면서 레인에 관해서는 잊어버렸다. 그는 2층 실험실에 가서 내화벽돌로 만들어 놓은 칸막이를 직접 넘어가 보았다. 정말로 두 곳의 난로를 이용해서 이 방에서 저 방으로 별로 힘들이지 않고 건너갈 수가 있는가 확인해 보았다……틀림없이 가능한 일이었다. 경감의 엄청나게 큰 어깨까지도 쉽게 굴뚝 안을 빠져나갈 수가 있었다. 그는 다시 실험실로 빠져나와 핑커슨 형사에게 가족들을 모두 모이게 했다.

그들은 모두 이 새로운 조사에 별로 관심조차 없는 모양이었으며 제각기 한 사람씩 모여들었다. 계속 일어나는 사건과 화재의 충격으로 말미암아 놀라는 능력조차 둔해진 듯이 보였다. 모두 모이자 경감은 우선 몇 가지 막연한 질문을 했다. 질문의 요점을 넘겨다보는 사람은 하나도 없었다. 모두들 기계적으로 대답했다. 경감이 보기에는 하나도 거짓말은 없는 것 같았다. 마침내 난로의 통로에 대한 이야기를 비쳐보았다. 그런 구조로 되어 있다고는 말하지 않고 슬쩍 변죽을 한번 울려보았으나, 경감 생각으로는 범인이 뛰어나게 연극솜씨가 좋거나, 아니면 누구나가 다 진실을 말하고 있는 것으로 밖에 생각되지 않았다. 그는 누가 거짓말을 하다가 앞뒤가 맞지 않게 되어 제 꾀에 제가 넘어가기를 바라고 있었다. 그 밖에도 혹시 누군가가 대수롭지 않은 기억을 해내어 우연히 범인의 거짓말이 드러나 버리는 경우까지도 기대하고 있었다. 그러나 심문이 끝나도록 경감은 새로운 사실은 거의 아무것도 찾아내지 못했다.

경감에게서 풀려나자 모두들 줄을 이어 물러갔다. 경감은 한숨을 쉬면서 도서실 안락의자에 앉아서 자신을 저주하고 있었다.

"경감님."

올려다보니 눈앞에는 키 큰 가정교사 페리가 서 있었다. "오, 당신. 무슨 일이오?" 하고 샘은 반갑잖은 목소리로 물었다.

페리는 빠른 투로 이렇게 말했다. "오늘 외출을 허락해 주십시오. 나는——이런 사건 때문에 너무……아니, 그보다, 경감님, 어제는 여느 때라면 나는 휴일이었습니다. 게다가 집 밖을 못 나가게 하니 신선한 공기를 쐬고 싶기도 하고……"

경감은 이 말많은 사람을 제풀에 지치도록 내버려두었다. 페리는 엉거주춤한 채 서 있었으나, 그의 눈 깊숙한 곳에서는 강한 빛이 어른거리고 있었다. 경감의 입에서는 심한 말이 터져나오려고 했지만 막상 소리가 되어 입밖으로 나오지는 않았다. 대신 그는 부드러운 말투로 이렇게 말했다. "페리 씨, 안됐지만 그건 안되겠습니다. 어떤 매듭이 지어지기까지는 어느 분도 집안에 계속 있어 주셔야만 됩니다."

눈에 빛이 사라지고 페리의 어깨에서 힘이 빠져나갔다. 그는 아무 말도 하지 않고 터덜터덜 도서실을 나와서는 복도를 지나 뒤뜰로 나갔다. 당장 비라도 뿌릴 듯한 하늘을 쳐다보고 그는 잠깐 걸음을 멈췄으나 커다란 정원용 파라솔 밑에서 조용히 독서에 빠져 있는 바바라 해터의 모습을 발견하고는 발걸음도 가볍게 잔디밭을 가로질러갔다.

우울한 오후를 보내면서 경감은 이번 사건은 어째서 이렇게 지루하기만 하고 조금도 해결의 기미가 보이지 않을까 싶어 좀 질려 있었다. 처음에는 갑자기 벼락이라도 치듯이 강력하고 극적인 사건이 터졌었다——하지만 그 뒤로는 아무 일도 없었다. 눈에 보이는 움직임이라는 것이 아주 없어져 버린 것이다. 사건 전체에 어쩐지 부자연스러운 것이 따라다니고 있었다. 그래서 절망적인 감정과 불가항력적인 범죄라는 패배의식이 생겨나, 마치 오래 전부터 이미 꾸며져 있었던 일이며 지금에 와서는 피할래야 피할 수도 없는 어떤 클라이맥스를 향해 다가가고 있는 것처럼 생각되었던 것이다──그러면 그 클라이맥스는 무엇인가? 마지막 목적은 무엇이란 말인가?

오후에는 트리베트 선장이 언제나처럼 조용한 의족(義足) 소리를 내면서 와서는, 귀머거리에 벙어리에 장님인 여자에게 특이한 방문을 하기 위해 다시 층계를 올라갔다. 루이자는 2층 스미스 양의 방에서 공허하고 고독한 휴식을 취하고 있었다. 부하 한 사람이 와서 변호사인 바이지로가 와 있다고 보고했다. 아마 질 해터를 만나러 왔겠지. 거믈리는 나타나지도 않았다.

4시, 경감이 손톱을 물어뜯으며 도서실에 앉아 있으려니까 가장 믿을 수 있는 부하 하나가 잰걸음으로 들어왔다. 그 부하의 태도에서 이미 예사로운 일이 아님을 알아차린 경감은 갑자기 활기에 넘쳤다. 두 사람은 잠깐 낮은 목소리로 수군거렸는데 경감의 눈에는 갈수록 빛이 더해갔다. 마침내 그는 벌떡 일어나더니 그 형사에게 층계 밑에서 지키고 있도록 명령하고 자신은 3층 다락을 향해서 한꺼번에 두 개씩 층계를 뛰어올라갔다.

구조는 이미 잘 알고 있었다. 뒤쪽 정원을 보고 있는 두 개의 방은 하녀인 버지니아와 에드거 페리의 침실이었다. 북동쪽 구석에 있는 방은 비어 있으며, 남동쪽 구석에 있는 창고처럼 쓰고 있는 방과의 사이에는 욕실이 있었다. 남쪽의 큰 방도 창고로 쓰고 그곳 역시 옆에는 욕실이 딸려 있었다──지금은 창고이지만 해터 집안의 전성시대에는 손님들 침실이었다. 3층의 서쪽 전부를 차지하고 있는 방은 애버클 부부가 쓰고 있었다.

경감은 망설일 것도 없었다. 복도를 가로질러서 에드거 페리의 방문 손잡이를 잡았다. 잠겨져 있지는 않았다. 경감은 번개처럼 재빨리 안으로 들어갔다. 손을 뒤로 한 채 문을 닫았다. 그리고 정원이 내려다보이는 창으로 달려갔다. 정원에 있는 페리는 비치 파라솔 그늘에 앉아서 바바라와 이야기에 정신이 팔려 있었다.

경감은 만족스러운 얼굴로 일을 시작했다.

아무 치장도 되어 있지 않은 잘 정돈된 방이었다──그것이 그 방 주인과 어쩐지 잘 어울리는 느낌이었다. 높은 침대, 화장대, 양탄자, 의자, 거기에 빼곡히 책으로 가득찬 커다란 책꽂이, 그 모든 것이 꼭 있어야 할 자리에 있다는 느낌이었다.

샘 경감은 아주 신중하게 차례차례 방을 뒤지기 시작했다. 그는 페리의 화장대 안에 들어 있는 것에 가장 흥미를 가지고 있는 것 같았다. 그러나 거기서는 별다른 수확은 없었다. 그래 조그만 옷장을 열고는 서슴지 않고 걸려 있는 옷들의 주머니를 하나하나 뒤져 보았다……양탄자를 들치고 그 밑도 살펴보았다. 책갈피까지 털어 보았다. 꽂아둔 책의 뒤쪽 틈새까지도 조사해 보았다. 침대의 매트리스도 들추어 보았다. 그러나 이 노련한 수사관의 철저한 탐색에도 불구하고 수확은 아무것도 없었다.

손을 댄 물건들은 모두 전처럼 제자리에 돌려놓고 그는 다시 창가로 갔다. 페리는 여전히 바바라와 이야기가 한창이었다. 다만 이번에는 질 해터가 나무 밑에 앉아서 체스터 바이지로에게 쓸데없는 추파를 던지고 있었다.

경감은 아래층으로 내려갔다. 집 뒤곁을 향해 나무로 만들어진 짤막한 층계를 내려서서 정원으로 나갔다. 천둥이 울리고 굵은 빗방울이 비치 파라솔에 투둑 떨어지기 시작했다. 바바라와 페리는 이야기에 정신이 팔려 비가 오기 시작한 것도 모르고 있는 모양이었다. 그러나 경감의 모습이 그 자리에 나타난 순간 달콤한 속삭임을 멈춰버린 바이지로와 질은 날씨를 핑계삼아 황급히 일어나서 집안으로 피해 들어가고 말았다. 경감의 옆을 지나갈 때 바이지로는 들뜬 얼굴로 가볍게 인사했으나 질은 가시돋친 눈으로 경감을 노려보았다.

경감은 뒷짐을 지고 침침하게 흐려오는 하늘을 올려다보며 빙그레 웃었다. 그런 다음 잔디밭 위 비치 파라솔 쪽으로 천천히 다가갔다. 바바라는 낮으면서도 잘 들리는 목소리로 한창 신나게 이야기하고 있었다. "하지만, 페리 씨, 결국은……"

"아닙니다. 어디까지나 형이상학은 시에는 필요치 않다고 생각합니다." 하고 페리는 잘라 말했다. 그는 손으로 두 사람 사이에 있는 정원용 테이블 위에 놓인 얇은 책의 검은 표지를 두드렸다. 경감이 바라보니 그 책의 제목은 「가난한 연주회」에다 바바라 해터라고 작가 이름이 적혀 있었다. "그야 확실히 이것은 멋진 작품입니다……시만이 갖는 섬세한 꾸밈이 느껴지고 풍부한 상상력도……"

바바라가 웃었다. "꾸밈이 느껴진다고요? 정말 고마워요. 적어도 솔직한 비평을 해주셔서. 입에 발린 칭찬이나 늘어놓으려 하지 않는 사람과 이야기를 나눈다는 것은 죽음에서 다시 살아나는 느낌이 들어요."

"아닙니다!" 그는 국민학생처럼 빨개진 얼굴로 한동안은 말도 못하고 있었다. 둘 다 비를 맞으면서 자기네를 바라보고 있는 샘 경감이 거기 와 있는 줄도 모르고 있었다. "예를 들어 당신의 '피치블렌드'(Pichbulende(瀝靑 우라늄鑛))라는 시의 3절을 보십시오. 그 첫머리는 이렇게 시작되더군요—— 병풍처럼 솟아 있는 산들의 벽……"

"잠깐 실례합니다." 하고 경감이 말했다.

두 사람은 깜짝 놀라 돌아다보았다. 열기에 차 있던 페리의 얼굴이 금세 차갑게 식어갔다. 그는 어색한 몸짓으로 일어났지만 그의 손은 바바라의 시집 위에 올려진 채였다. 바바라는 미소지으며 말했다. "어머! 경감님, 비가 오는군요! 이 파라솔 안으로 들어오세요!"

"나는 그만 돌아가겠습니다." 하고 페리가 퉁명스럽게 말했다.

"아니, 페리 씨. 그렇게 서두를 것 없잖소?" 경감은 싱글거리면서 커다랗게 한숨을 내쉬고는 자리에 앉았다. "사실은 당신과 이야기가 하고 싶었소."

"어머." 하고 바바라가 말했다. "그럼, 제가 실례해야겠군요."

"아닙니다." 하고 경감은 느긋하게 말했다. "그대로 계십시오. 아무 상관없습니다. 대수로운 일이 아닙니다. 별것 아니고 그저 형식적인 일이니까요. 앉으시지요, 페리 씨. 자, 앉기나 합시다. 이거 아무래도 날씨가 나빠질 모양이군요."

조금 전까지도 페리의 얼굴을 밝게 하던 시적 정신은 갑자기 움츠러들어 자취를 감추어버렸다. 페리는 긴장했다. 갑자기 나이가 들어보였다. 바바라는 그의 얼굴을 외면한 채 가만히 앉아 있었다. 어둡고 눅눅한 그림자가 지금까지와는 너무도 다르게 파라솔 아래로 스며들고 있었다.

"당신을 전에 고용했던 사람에 대한 이야기 말이오." 하고 경감은 여전히 부드러운 목소리로 계속했다.

페리의 몸이 굳어졌다. "예?" 하고 그는 쉰 목소리로 되물었다.

"추천장에 서명한 제임스 리게트라는 사람을 당신은 어느 정도나 알고 있소?"

페리의 얼굴은 차츰 붉어지고 있었다. "어느 정도라니요……?" 하고 가정교사는 다음 말을 잇지 못했다. "그야——아실 줄 압니다만——그런 경우에는……"

"그렇군요." 경감은 미소지었다. "그래요. 질문을 잘못했구면.

그럼, 얼마 동안 그 사람 아이들의 가정교사로 있었습니까?"

페리는 흠칫 놀라서 몸을 떨고 있을 뿐 말이 없었다. 그는 처음 으로 말 등에 올라탄 사람처럼 의자에 앉은 채 긴장으로 굳어져 있었다. 마침내 그는 넋나간 목소리로 말했다. "이미 알고 계시는 군요."

"그렇소, 분명하게 알고 있소." 하고 샘 경감은 여전히 미소지으 며 말했다. "잘 들어요, 페리 씨. 경찰을 속이려 해봐야 그건 소용 없는 일이오. 제임스 리게트라는 사람이 사실 있는 사람인가 아닌 가는 당신의 소개장에 있는 파크 애버뉴의 주소지에 조회해 보면 알아내는 것은 문제도 아니지. 솔직히 말해서 그런 식으로 나를 속 일 수 있다고 생각했었다니 그건 좀 마음에 안 드는군요."

"제발 부탁입니다. 그만하십시오!" 페리는 소리쳤다. "어쩌겠다 는 겁니까──나를 체포할 생각입니까? 그렇다면 그렇게 하십시 오. 다만 이런 식으로 따지고 나무라지는 마십시오!"

경찰의 입가에서 웃음이 사라졌다. 그는 갑자기 앉음새를 고치 며 엄격한 태도로 말했다. "자백하시오, 페리 씨. 사실을 알고 싶소."

바바라 해터는 눈도 깜박이지 않고 시집의 겉장을 뚫어지게 보 고 있었다.

"말씀 드리지요." 하고 가정교사는 기운없는 목소리로 말했다. "바보 같은 짓을 했다고 생각합니다. 더구나 속이고 일하고 있던 중에 살인사건의 수사에 말려들게 되다니 정말 재수가 없는 거지 요. 그렇습니다. 경감님, 그 소개장은 내가 만든 겁니다."

"우리들이에요." 하고 바바라 해터가 부드럽게 말했다.

페리는 자신의 귀가 믿어지지 않는지 흠칫 했다. 경감은 눈을 가 늘게 뜨고 상대방을 지켜보았다. "해터 양, 그건 무슨 뜻입니까? 이것은 지금 중대한 의미를 갖는 행위입니다."

"지금 말씀드린 그대로예요." 하고 바바라는 낮으면서도 또렷한 목소리로 대답했다. "저는 페리 씨는 우리 집에 오시기 전부터 제 가 알고 있는 분이에요. 이분은 일거리가 없어서 몹시 어려운 처지 에 있었죠. 그러면서도──남에게서 돈으로 도움받기를 거절했습 니다. 저는 콘래드의 사정을 알고 있었기 때문에 소개장을 만들도 록 권한 거예요. 이분에게는 그런 경력이 전혀 없었기 때문이지요. 그러니까 책임은 저에게 있는 겁니다."

"흠." 경감은 토끼처럼 고개를 흔들고는 말했다. "그랬군요. 잘 하신 일입니다, 해터 양. 페리 씨, 당신은 정말 행운아로군요. 이 정도로 힘이 되어줄 친구가 있다니."

페리의 얼굴은 바바라가 입고 있는 가운만큼이나 창백했다. 그는 당황한 얼굴로 윗도리의 옷깃을 잡아당기고 있었다.

"그러니까 당신에게는 온전한 소개장은 없었던 것이었군?"

가정교사는 마른 기침을 몇 번 했다. "나는——저어, 나는 '유력 인사'와의 연고가 없었습니다. 그러나 직업은 꼭 갖고 싶었습니다. 경감님……그런데 이 댁이……보수도 좋았고, 게다가 해터 양……"——그는 다시 몇 번 헛기침을 했다——"해터 양과 같은 집에서 살 수 있어서……이분의 시는 언제나 내게는 좋은 자극이 되거든 요……그래서 그런 짓을 저지르게 된 겁니다. 그것이 전부입니다."

샘 경감의 시선은 페리에게서 바바라에게로 옮겨갔다가 다시 페리에게로 되돌아왔다. 바바라는 아주 차분한 태도였으나 페리는 보기 딱할 정도로 허둥대고 있었다. "좋소, 잘 알겠소." 하고 경감은 말했다. "당신에게는 유력인사와의 연줄이 전혀 없었다고 하는데——그것은 있을 수 있는 일이므로 이해하겠소. 나도 그렇게 벽창호는 아니오, 페리 씨——그러나 당신에게 보증인은 있소? 누가 당신의 신원을 보증해 주었소?"

갑자기 바바라가 벌떡 일어섰다. "경감님, 저의 보증으로는 안될까요?" 그녀의 목소리와 푸른 눈에는 얼음처럼 차가운 빛이 있었다.

"예, 알고 있소, 해터 양. 그러나 이것은 내가 확인해야만 할 내 일이라서 말이오. 자, 어떻소?"

페리는 시집을 만지작거리며, "사실대로 말씀드리자면……" 하고 천천히 입을 열었다. "나는 지금까지 가정교사를 해본 적이 없습니다. 따라서 가정교사 소개장은 아무것도 가지고 있지 않습니다."

"흠." 하고 경감이 말했다. "이상하군요. 그럼 신원보증인은 누구로 되어 있습니까?—— 해터 양은 빼고 말입니다."

"나는——아무도 없습니다." 페리는 더듬거렸다. "친구가 없으니까요."

"허, 참." 하고 경감은 웃었다. "당신은 정말 묘한 사람이군요, 페리 씨. 그 나이가 되도록 신원을 보증해 줄 단 두 사람도 아는 이가 없다니! 어떤 사람의 이야기가 생각나는구먼. 그 녀석은 미국에서 5년이나 살다가 비로소 귀화등록국에 찾아가서 시민권 신청을 했지요. 보증인으로서 미국 시민이 두 사람 있어야 한다는 말을 듣고 그 사람은 심사관을 보고는, 보증인이 되어줄 만큼 알고 지내는 미국인이 없다고 대답했지요. 그러니 심사관은 그 녀석의 신청서를 돌려 주고 말았지요——이렇게 말하면서 말이오. 우리 나라에 5년이나 살았다면서……" 경감은 어이가 없는지 고개를 내저었다. "쓸데없는 이야기는 그만둡시다, 페리 씨. 당신은 어느 학교를 나왔소? 당신의 가족은? 어디서 태어났지요? 뉴욕에서 산 지는 얼마나 되나요?"

"경감님." 하고 바바라 해터가 차디찬 목소리로 말했다. "이야기를 듣고보니 우습군요. 페리 씨는 무슨 죄를 지은 것이 아니에요. 혹시, 무슨 죄라도 범했다는 건가요? 그렇다면 왜 그 점을 물으시지 않나요? 페리 씨, 당신은——당신은 이제 대답할 필요도 없어요. 그건 내가 못하게 하겠어요. 그만큼 했으면 충분해요." 그녀는 휙 돌아서더니 파라솔 밑을 떠나 가정교사 페리의 팔을 잡고는, 비가 오는 것도 아랑곳하지 않고 그를 데리고 잔디밭을 가로질러 집안으로 돌아갔다. 페리는 꿈을 꾸고 있는 사람처럼 비틀거리며 걸어갔으나 그녀는 반듯하게 고개를 쳐들고 걸어가는 것이었다. 두 사람 다 뒤도 돌아보지 않았다.

경감은 담배를 태우며 오랫동안 비를 바라보고 앉아 있었다. 그의 눈은 여류시인과 페리의 모습이 사라진 문을 쳐다보고 있었다. 그 눈에는 심술궂은 미소가 떠올라 있었다. 이윽고 그는 일어났다. 잔디밭을 가로질러 집안으로 들어가더니 고함치듯 형사를 불렀다.

제3장 도서실
(6월 7일 화요일 오후 1시)

6월 7일 화요일——뉴욕의 각 신문기자들은 대단히 바쁜 날이었다. 제법 그럴 듯한 기삿거리가 둘씩이나 있었다——하나는 살해된 에밀리 해터의 장례식에 관한 것이고, 또 하나는 그 유언장의 발표였다.

해터 부인의 유해는 시체공시소에서 장의사로 보내져서 방부처리를 마치고 마지막 안식처로 서둘러 운구되었다. 이 모든 절차는 월요일 밤부터 시작해서 화요일 아침까지 이루어진 일이며, 화요일 오전 10시 30분에는 장례행렬의 차들이 롱아일랜드의 묘지로 가고 있었다. 해터 집안의 사람들은 예상했던 대로 장례식의 엄숙함 같은 것에는 별로 관심이 없어 보였다. 삶과 죽음에 대한 그들

의 좀 비정상적인 관념이 눈물을 흘리거나 하는 통속적인 애도의
표현을 마다했을 것이다. 바바라 말고는 그들은 서로 시기의 눈으
로 상대방을 바라보며 롱아일랜드에 도착할 때까지 서로 헐뜯으며
다투었다. 집에 남아 있는 걸 죽기살기로 반대한 아이들에게는 소
풍 같은 것이었다. 마사는 내내 아이들을 야단치지 않으면 안되었
다. 그 때문에 일행이 묘지에 닿을 무렵, 마사 해터는 완전히 녹초
가 되어 신경만 날카로워져 있었다.

드루리 레인은 그 나름대로의 이유로 장례식에 참석했다. 해터
저택에 대한 경비는 샘 경감과 브루노 지방검사에게 맡기고, 레인
자신은 해터 집안 사람들을 전적으로 살피고 있었다. 그는 말없이
관찰하면서, 해터 집안의 사람들——그들의 경력, 특성, 태도, 행
동, 말투, 서로간의 미묘한 감정 등에 대해 시간이 갈수록 더욱 깊
이 마음을 빼앗기고 있었다.

한 무리의 신문기자들이 장의차를 뒤따라와서 묘지 가득히 흩어
졌다. 셔터를 누르는 소리와 휘갈겨쓰는 연필 소리가 이곳 저곳에
서 들리는 가운데 젊은 기자들은 땀을 뻘뻘 흘려가며 유족들을 잡
으려고 애썼다. 그러나 그 유족들은 묘지의 문앞에 내려선 순간부
터 해터 부인의 유해를 매장할 구덩이에 도착할 때까지 삼엄한 경
계망에 싸여 있어서 가까이 갈 수가 없었다. 콘래드 해터는 몹시
취해서 제멋대로 떠들어대며 여기저기 사람들 속을 휘젓고 다니면
서 사람들에게 욕지거리와 고함소리를 마구 퍼부어댔으나……보
다 못한 바바라가 그의 팔을 잡아끌고 어디론가 데려가 버렸다.

기묘한 장례식이었다. 여류시인의 친구와 아는 사람들인 지식층
의 쟁쟁한 얼굴들이 한 무리를 이루고 나타났지만, 이것은 고인이
되어버린 노부인에 대해 애도나 경의를 표하기 위해서라기보다는
살아 있는 여류시인의 슬픔을 달래주기 위해서였다. 무덤은 예술
계의 저명한 남녀들에게 둘러싸여 있었다.

한편, 질 해터를 에워싸고 있는 사람들은 돈과 시간이 남아도는
젊은 한량들이나 중년들로, 무례한 무리들이었다. 그들은 모두 복
장만은 예의바르게 차려입고 있었으나, 하나같이 장례식보다는 질
의 눈길을 끌거나 그녀의 손을 잡으려고 거기에만 정신이 팔려 있
었다.

정말이지 보도관계자들에게는 야외실습 같은 바쁜 하루였다. 그
들은 에드거 페리, 애뷰클 부부, 하녀들은 거들떠보지도 않고 루이
자 캠피언과 간호원 스미스 양의 사진을 찍어대기에 바빴다. 특파

된 여기자들은 루이자의 얼굴에서 볼 수 있는 '비극적인 공허'나 '애처로운 당혹감'에 대해서 썼고, '흙덩이가 어머니의 관 위에 떨어지기 시작했을 때, 마치 그 소리가 들려 그녀의 가슴을 때리듯 볼을 타고내리는 눈물'에 대해서 썼다.

드루리 레인은 환자의 심장뛰는 소리에 귀를 기울이는 의사처럼, 부드럽긴 하지만 긴장된 얼굴로 이 모든 것을 지켜보았다.

사람의 무리들은 다시 해터 집안 사람들 뒤를 쫓아 시내로 돌아왔다. 차 안에서는 가족들의 긴박감이 점점 더해갔다——그것은 롱아일랜드의 흙 속에 묻어버리고 온 고인과는 아무 관계가 없는 신경과민과 감정적 흥분이었다. 체스터 바이지로는 아침부터 줄곧 수수께끼의 중심이 되어 있었다. 콘래드가 술기운을 빌려 교묘하게 그의 입을 열게 하려고 했으나 모든 사람들의 관심이 자기에게 쏠려 있어 잔뜩 기분이 좋아진 바이지로는 고개를 저으면서 말했다. "아니, 해터 씨, 정식으로 발표하기 전까지는 나로서도 아무것도 말씀드릴 수가 없군요."

콘래드의 동업자인 존 거믈리는 오늘 아침 꺼칠한 모습이었다. 그는 콘래드의 팔을 거칠게 잡아 흔들며 그를 나무랐다.

검은 상복을 입고 장례식에 함께 간 트리베트 선장은 해터의 집 앞에서 차를 세워 루이자의 손을 잡아서 인도까지 데려다 준 뒤, 이웃에 있는 자기 집으로 돌아가려 했다. 그러자 뜻밖에도 체스터 바이지로가 큰소리로 아직 남아 있어 달라고 말했다. 노인은 당황한 모습으로 루이자의 옆으로 되돌아왔다. 거믈리는 남아 달라고 하지도 않았는데 남아 있었다. 질을 쫓는 그의 시선에는 고집스러운 구석이 엿보였다.

식구들이 모두 돌아오고 나서 30분쯤 지나자 변호사의 조수인 팔팔한 젊은이가 와서 도서실로 모두 모이라고 했다. 레인은 샘 경감이나 브루노 검사와 같이 한쪽 옆에 서서 그들이 모여드는 것을 말없이 지켜보았다. 아이들은 밖으로 내몰려 정원에서 놀기도 했는데, 재수없는 형사 하나가 그 아이들을 맡게 되었다. 마사 해터는 무릎 위에 두 손을 올려놓고 긴장된 얼굴로 얌전히 앉았다. 스미스 양은 점자판을 준비하고 루이자 캠피언의 의자 옆에 서 있었다.

레인은 모여드는 또 다른 사람들을 보면서 새삼스럽게 그들의 극성에 감탄했다. 해터의 가족들은 모두들 정말 건강해 보였으며, 큰 키에 좋은 체격들을 갖추고 있었다. 사실 가장 키가 작은 것은 해터 집안의 피를 이어받지 못한 마사와 루이자였다——이 둘은 거의 비슷한 키였다. 레인은 하나도 빠짐없이 지켜보았다——그들의 침착하지 못한 태도, 질과 콘래드의 좀 광기어린 눈매, 바바라의 야릇할 만큼 섬세한 지성——질과 콘래드의 무관심한 척하는 태도, 그러면서도 살해 당한 어머니의 유언장 발표를 기어코 들어야겠다는 그 불타는 야욕……그 모든 것은 반은 방관자의 처지에 있는 마사나, 산 송장인 루이자와 뚜렷한 대조를 이루고 있었다.

바이지로는 거침없는 투로 말문을 열었다. "부디 도중에 발표에 방해가 되는 일은 삼가 주십시오. 이 유언장에는 두세 가지 상식에서 벗어난 점도 있는데, 발표가 끝날 때까지 일체 끼어드는 일이 없도록 부탁드립니다." 누구 하나 입을 여는 사람은 없었다. "유언장을 읽어드리기 전에 미리 알려드릴 게 있습니다. 유산으로 분배될 금액은 법률상의 채무를 제하고 100만 달러라고 가정했을 때의 재산을 기준으로 한 것입니다. 실제로 재산은 100만 달러가 더 될 것으로 봅니다만, 이 가정액은 유산의 분배를 알기 쉽게 하기 위해서 그렇게 정한 것입니다. 이 점에 대해서는 어차피 설명해 가는 과정에서 아시게 되겠지요."

그는 조수에게서 서류를 받아들고 어깨에 힘을 주면서 에밀리 해터의 유언장을 또렷한 음성으로 소리높여 읽어나가기 시작했다.

유언장은 첫마디부터 불길한 느낌을 주었다. 먼저, 유언장의 격식에 따라서 에밀리 해터는 정상적인 정신상태에서 이 유언장을 작성한다는 것을 전제하고, 그녀는 냉정하게도 이렇게 써놓은 것이었다——이 유언장의 모든 조항의 그 근본목적은 만일 내가 죽은 뒤 유언장 발표 때에 루이자 캠피언이 살아 있다면 딸 루이자 캠피언의 장래 생활을 보장하는 데에 있다.

바바라 해터는 나와 요크 해터와의 사이에 태어난 장녀이므로, 불행한 루이자의 장래 행복에 대한 보장을 책임지는 선택권을 제일 먼저 주겠다. 만일 바바라가 이 책임을 지겠다고 승낙하고 루이자의 평생 동안 육체적, 정신적, 도덕적 행복을 보장하겠다는 의사를 보인다면 재산은 다음과 같이 분배하기로 한다.

루이자(바바라에게 위탁)……30만 달러
바바라(자신의 상속분으로)……30만 달러
콘래드……30만 달러
질……10만 달러

이렇게 분배가 이루어졌을 경우에는 바바라가 루이자의 상속분을 보관한다. 루이자가 사망했을 경우에는 이 위탁재산은 해터 집안의 세 자식에게 10만 달러씩 똑같이 분배된다. 이런 경우가 생기더라도 바바라, 콘래드, 질의 당초의 유산액에는 아무런 변함이 없다.

바이지로는 잠깐 읽는 것을 멈추고 숨을 돌렸다. 그때 질의 화난 얼굴이 일그러지며 소리쳤다. "오, 그건 말도 안돼요! 어째서 엄마는……"

바이지로 변호사는 당황했지만 곧 위엄을 갖추고 빠른 투로 말했다. "아가씨, 조용히! 방해는 마십시오. 잘될 겁니다——예——걱정마세요."

질은 콧방귀를 뀌고 의자 등받이에 몸을 기대면서 날카로운 눈으로 주위를 둘러보았다. 변호사는 안도의 숨을 내쉬며 다음을 계속했다.

유언장은 다시 이렇게 이어졌다—— 만일 바바라가 루이자 후견인으로서의 책임을 거부할 경우에는 나이순에 따라서 콘래드에게 책임 선택권이 주어진다. 이 경우—— 즉, 바바라가 거부하고 콘래드가 수락했을 경우에는 재산의 분배는 다음과 같이 한다——

루이자(콘래드에게 위탁)……30만 달러
콘래드(자신의 상속분으로)……30만 달러
질……10만 달러
바바라(거부한 탓으로)……5만 달러

유산의 잔액 25만 달러——바바라 해터의 상속분 감소에 의한 차액——은 '루이자 캠피언 맹아의 집'이라고 이름붙여질 복지시설의 건설에 사용하기로 함.(이어서 이 시설 창립에 관한 명세가 나와 있었다.)

그리고 이렇게 분배되었을 경우에는 루이자가 사망했을 때, 그 상속분 30만 달러는 콘래드 20만 달러, 질 10만 달러로 둘이서만 분배할 것이며, 바바라에게는 분배하지 않기로 한다……

짧은 침묵이 있었다. 그 동안 시선은 일제히 여류시인에게로 쏠렸다. 그녀는 아주 침착한 태도로 의자에 앉은 채 체스터 바이지로 변호사의 입언저리를 말없이 바라보고 있었다. 얼굴색 하나 변하지 않았다. 콘래드는 그의 눈동자 속에 자신의 거칠고 나약한 정신 상태를 그대로 드러내놓고 그녀의 얼굴을 지켜보고 있었다.

"꽤 볼 만한 구경거리죠?" 하고 브루노 검사가 레인에게 속삭였다. 브루노의 말소리는 바로 옆에 있는 샘 경감에게는 들리지 않았으나, 레인은 그의 입술의 움직임을 보고 무슨 말인지 알았으므로 슬픈 듯이 미소지었다.

"인간의 참모습은 유언장 발표 때면 반드시 나타나게 마련이지요. 해터를 보십시오. 저 눈에는 살기가 번득입니다. 두고 보십시오, 레인 씨. 한바탕 소동이 벌어질 겁니다. 미치광이 같은 유언장이니까요."

변호사는 입술에 침을 발라가며 계속 읽어나갔다. 콘래드도 루이자 후견인으로서의 책임을 거부했을 경우에는 분배는 다음과 같이 한다.

바바라(거부한 탓으로)……5만 달러
콘래드(거부한 탓으로)……5만 달러
질……10만 달러
'루이자 캠피언 맹아의 집'……25만 달러
루이자……50만 달러

모두들 숨막히는 순간이었다. 50만 달러! 그들은 이 거액의 유산을 상속받게 될지도 모르는 사람을 곁눈질했다. 거기에는 그저 살찌고 자그마한 여자가 조용히 벽 쪽을 향하고 있을 뿐이었다.

변호사의 목소리에 모두들 제정신으로 돌아왔다. 대체 변호사는 무슨 소릴 하고 있는가?

"……그리고 루이자에 대한 앞서 말한 50만 달러는 트리베트 선장이 보관하도록 한다. 선장은 내 불행한 딸 루이자 캠피언의 후견인이라는 책임을 기꺼이 승낙할 것으로 믿는다. 이 경우, 즉 바바라와 콘래드가 후견인의 책임을 거부하고 트리베트 선장이 루이자의 후견인이 되었을 경우에는, 그 노고에 대해서 트리베트 선장에게 5만 달러를 남겨 감사의 정을 표한다. 딸 질에게는 선택권을 주지 않는다.

이 마지막 경우,(변호사는 계속했다.) 즉 루이자가 사망했을 때에는 루이자의 50만 달러 중에서 10만 달러를 질의 상속분에 추가하고, 나머지 40만 달러는 '맹아의 집' 창립기금 25만 달러에 추가

하기로 한다……

　(주위가 너무 조용했으므로 바이지로 변호사는 유언장에서 눈을 떼지 않고 서둘러 읽어나갔다.)

　조지 애버클 부부에 대해서는, 위의 상황에 관계없이(변호사는 약간 떨리는 목소리로 계속 읽었다.) 충실한 봉사에 대한 보수로서 2,500달러, 간호원 앤젤라 스미스 양에 대해서도 충실한 봉사에 대한 보수로서 2,500달러, 그리고 만일 앤젤라 스미스 양이 유언 뒤에도 루이자 캠피언의 간호원 및 친구로서 머물러 있기를 원한다면 근무하는 동안 매주 75달러의 급료가 지급되도록 기금을 준비해 둔다. 끝으로 하녀 버지니아에게는 500달러……"

　바이지로 변호사는 유언장을 내려놓고 자리에 앉았다. 조수가 벌떡 일어서서 유언장의 복사본을 나누어주었다. 어느 상속인도 말없이 그것을 받아들었다.

　몇 분이 지나도 입을 여는 사람이 없었다. 콘래드 해터는 서류를 몇 번이나 이리저리 넘겨보며 멍청한 눈으로 타이프 글씨를 바라보고 있었다. 질의 예쁘장한 입이 증오로 일그러지고 곱상스러운 눈은 교활하게 루이자 캠피언을 바라보고 있었다. 간호원 스미스 양은 눈에 뜨일 정도는 아니었지만 루이자 쪽으로 몸을 좀 가까이 하고 있었다.

　바로 그때 콘래드의 분노가 고함소리와 함께 폭발했다. 갑자기 의자에서 벌떡 일어나더니 유언장 사본을 바닥에 내동댕이치며 히스테리가 발작한 사람처럼 정신없이 종이를 짓밟았다. 꽉 잠긴 목소리로 알아들을 수도 없게 악을 쓰면서 시뻘개진 얼굴로 체스터 바이지로 변호사에게 걸어갔다. 그 모습이 너무도 서슬 푸른 것이어서 변호사는 놀라면서 자리에서 벌떡 일어났다. 한쪽 구석에 있던 샘 경감이 튀어나가 돌처럼 단단한 손으로 미쳐 날뛰는 사나이의 팔을 붙잡았다.

　"이 바보야!" 그는 호통쳤다. "자리에 돌아가서 앉지 못해?"

　시뻘건 얼굴에서 차츰 핏기가 가시고 엷은 회색으로 돌아갔다. 콘래드는 광기어린 분노가 차츰 가라앉자 눈앞이 잘 안 보이는 사람처럼 천천히 머리를 흔들었다. 눈빛에 맑은 정신이 되돌아왔다. 그는 바바라 쪽을 돌아보며 말했다. "……누님, 저 여자를 어쩔 셈입니까?"

　모두가 안도의 숨을 내쉬었다. 바바라는 말없이 일어나더니 마치 콘래드 같은 것은 눈에 보이지도 않는다는 듯이 그 앞을 지나,

루이자의 의자 위로 몸을 굽혀 벙어리에 귀머거리에 장님인 여자의 볼을 다정하게 두드려 주었다. 그리고는 돌아보며 곱고 또렷한 목소리로, "이만 먼저 실례하겠습니다." 하고 말하고는 방을 나갔다. 콘래드는 멍청하게 그것을 바라보고 있었다.

다음은 질의 차례였다. 그녀는 훨씬 원색적이었다. "왜 나만 따돌리는 거야!" 그녀는 쇠를 두드리는 듯한 소리를 질러댔다. "이런 엄마가 세상에 어딨어!" 그녀는 고양이처럼 재빨리 루이자의 의자로 달려들더니 그 앞에서 몸을 낮추었다. "야, 이 병신아!" 마치 입속에서 내뱉듯이 욕을 퍼붓고는 홱 돌아서더니, 도서실에서 뛰쳐나갔다.

마사 해터는 차디찬 경멸을 얼굴에 떠올리며 해터의 가족을 바라보면서 말없이 앉아 있었다. 스미스 양은 점자판을 초조한 듯 움직여 가며 루이자에게 말하고 있었다. 점자 토막을 하나하나 늘어놓으면서 유언장의 내용을 전해주었던 것이다.

변호사와 그의 조수를 남겨두고 다른 사람들은 모두 방을 나가버리자 브루노 지방검사가 레인에게 말했다. "자, 레인 씨, 방금 나간 그 사람들을 어떻게 생각하십니까?"

"브루노 검사님, 아무래도 그 사람들은 광기가 있을 뿐만 아니라 병적이군요. 정말 너무 병적이라서……" 레인은 조용히 다음과 같이 말했다. "그 사람들 자신의 죄는 아니라고 생각합니다."

"그건 무슨 뜻입니까?"

"다시 말하자면 그 사람들의 핏속에는 악성적인 것이 흐르고 있는 겁니다. 의심할 것도 없이 그 혈통 속에는 선천적인 결함이 있지요. 악의 근원은 해터 부인이 분명합니다——루이자 캠피언이 그 증거랍니다. 그 여자가 가장 불행한 희생자인 셈이지요."

"희생자라서 또한 승리자라는 말씀이군요." 하고 브루노 검사는 화난 듯이 말했다. "어찌되었든 그 여자에게 손해될 건 없지요. 구제할 길 없는 여자에게는 꽤 많은 재산이니까요, 레인 씨."

"꽤 많은 정도가 아닙니다." 하고 경감이 앓는 소리를 했다. "조폐공사처럼 감시인을 두어야 할 겁니다."

바이지로 변호사가 서류를 가방에 챙겨넣고 잠그고 있었다. 조수는 바쁘게 책상 위를 정리했다.

레인이 말했다. "바이지로 씨, 이 유언장은 언제쯤 작성되었습니까?"

"요크 해터의 시체가 발견된 다음날 해터 부인이 유언장을 다시 작성하겠다고 해서 그때 했습니다."

"먼젓번 유언장 내용은 어떤 것이었습니까?"

"요크 해터에게 전재산을 남겨주는 것으로 되어 있었죠. 루이자 캠피언이 죽을 때까지 보살펴 주는 것만이 조건이었고요. 요크가 사망했을 경우에는 요크 씨의 유언에 따라서 재산을 분배하도록 되어 있었습니다." 바이지로가 서류가방을 들었다. "이번 유서에 비하면 간단한 것이었습니다. 루이자보다 요크가 일찍 죽는다고 해도 남편은 루이자의 장래를 위해서 적당한 준비조치를 해주겠거니 하고 믿고 있었던 거지요."

"그러면 다른 가족들은 그 처음 작성된 유언장의 내용을 알고 있었나요?"

"예, 알고 있습니다. 해터 부인은 내게 이런 말을 했지요——만일 자신보다 먼저 루이자가 죽으면 재산은 바바라와 질과 콘래드 이 세 사람에게 똑같이 나누어줄 생각이라고……"

"잘 알았습니다."

바이지로 변호사는 안심한 듯 한숨을 쉬며 종종걸음으로 도서실을 나갔다. 조수가 마치 강아지처럼 그 뒤를 따랐다.

"루이자, 루이자라." 하고 샘 경감은 화난 듯이 말했다. "언제나 루이자로군. 그 여자는 모든 소동의 중심이 되어 있어. 태풍의 눈이야. 정말 정신을 바짝 차리지 않으면 그 여자에게 당하게 되겠는데."

"레인 씨, 이 사건에 대해서 당신 생각은 어떻습니까?" 하고 지방검사가 지나가는 말처럼 물었다. "경감의 말로는 오늘 레인 씨께서 의견을 말씀하시겠다고 어제 그러셨다던데요?"

드루리 레인은 등나무 지팡이를 단단히 거머쥐고 눈앞에 조그만 활 모양을 그린 다음 지팡이를 흔들었다.

"그렇게 말씀드리긴 했지만." 하고 그는 괴롭고 긴장된 얼굴로 말했다. "그러나……생각해 보니까 지금은 말씀드리고 싶지 않군요. 아무래도 여기서는 생각을 정리할 수가 없어요——주위의 분위기가 너무 소란해서."

경감의 입에서 무례한 말이 튀어나왔다. 그는 울화통이 터질 것 같은 심정이었다.

"정말 드릴 말씀이 없군요, 경감님. 그러나 나는 마치 '트로일러스와 클레시드'의 헥터가 된 듯한 기분이 들기 시작했습니다——

뉴욕에서 배우좌(俳優座)가 공연하고 있지요—— 셰익스피어 스스로도 '무력하고 무능한 결말'이라고 말한 연극입니다—— 그러나 셰익스피어의 좋지 않은 작품을 놓고 이러쿵저러쿵하자는 것은 아니지요. 그런데 헥터는 이렇게 말하고 있답니다——'적당한 의심이야말로 현명한 자의 지침'이라고—— 오늘의 나는 그가 한 말을 그대로 흉내낼 수밖에 없다고 생각합니다." 그는 한숨을 쉬었다. "어쨌든 햄릿 저택에 돌아가서 될 수 있는 대로 의문을 풀도록 해보겠습니다……경감님, 이 불운한 트로이를 언제까지고 이렇게 포위하고 계실 작정인가요?"

"훌륭한 목마를 구할 때까지입니다." 하고 샘 경감은, 그로서는 뜻밖일 만큼 박식함을 나타내며 불평하듯 말했다. "하지만 어떻게 해야 좋은가 하는 문제는 알지도 못하지요. 윗사람들은 이것저것 묻기 시작했습니다만, 내가 알고 있는 것은 길은 오직 하나뿐이라는 겁니다."

"흠, 그게 뭡니까?"

"페리입니다."

레인의 눈이 가늘어졌다. "페리? 페리가 어쨌는데요?"

"아직 아무 일도. 그러나——" 샘 경감은 넌지시 덧붙였다. "이제 곧 여러 가지 일들을 알게 되겠지요. 에드거 페리라는 사나이는 ——이것이 본명이 아닐 것은 틀림없지요—— 이 집에 들어오기 위해서 추천서를 위조했거든요—— 문제는 바로 이거죠."

레인은 정말 놀란 얼굴이었다. 지방검사는 재빨리 반응을 나타냈다. "경감, 만일 그 사람이 그럴 듯해 보인다면 그 점을 이유로 잡아들일 수 있지 않겠소?"

"그렇게 서두를 수도 없게 되어 있습니다. 바바라 해터가 나서서 그 친구를 감싸고 있으니까요—— 콘래드는 유력인사의 추천서가 있어야 한다고 하는데, 페리에게는 그럴 만한 사람이 없었으므로 바바라 자신이 추천서를 위조하라고 권했다는 겁니다. 허튼 수작이었지요. 하지만 그 여자의 말을 믿지 않을 수도 없지 않겠습니까? 하여튼 수상한 점은 소개장이 하나도 없었다는 겁니다. 게다가 그 친구는 자신의 과거에 대해서는 입을 꼭 다물고 있거든요."

"그러니까, 경감님께서는 그 사람을 조사하고 있군요?" 하고 레인이 천천히 말했다. "그렇군요, 그래야겠지요, 경감님. 그래서 경감님은 바바라 해터 양도 우리와 마찬가지로 그 사람에 대해서 별로 아는 것이 없을 거라고 생각하고 있군요."

"그렇습니다." 하고 경감은 엉큼하게 웃으며 말했다. "미인이고 재치 있는 여자지만, 그녀는 아무래도 그 남자가 좋은 모양입니다 —— 연애를 하고 있다면 무슨 짓인들 못하겠습니까?"

지방검사는 생각에 잠겨 있었다. "그럼, 당신은 콘래드가 범인일 거라는 생각을 바꾸었다는 이야기요?"

경감은 어깨를 으쓱했다. "뭐 꼭 혐의가 전혀 없다고 생각하는 것은 아닙니다. 그러나 그 2층 양탄자 위에 남아 있는 발자국—— 그건 지나치게 그럴 듯하거든요. 그 남자가 다른 여자와 공범이 아닌 한은. 게다가 루이자가 만진 것이 여자의 볼이었다는 점도 아울러 생각해 보면……여하튼 페리의 뒷조사를 철저히 해볼 생각입니다. 아마 내일쯤이면 보고드릴 자료가 있을 것으로 생각됩니다."

"그거 고맙군요, 경감님." 레인은 린네르 윗도리의 단추를 채우면서 말했다. "그러시다면 내일 오후 햄릿 저택으로 오시면 어떻겠습니까? 페리에 대한 이야기도 들려주시고, 그리고 나도……"

"거기까지 가야 하나요?……" 하고 경감은 투덜거렸다.

"아니, 그랬으면 좋겠다는 거지요." 하고 레인이 말했다. "오시겠습니까?"

"가기로 하겠습니다." 하고 지방검사가 재빨리 대답했다.

"그럼, 그렇게 알고 기다리겠습니다, 경감님. 노파심에서 드리는 말씀인데요, 경계에 허술한 곳은 없겠지요? 이 집, 특히 실험실 감시에는 유의하십시오."

"그곳뿐만이 아니라, 실링 박사가 보내준 독약전문가를 부엌에 잠복시켜 놓았습니다." 하고 경감은 쓴 얼굴을 하고 말했다. "걱정 마십시오. 허점은 없어요. 그런데, 레인 씨, 나는 가끔 이런 생각이 드는데, 당신은 마치 나를……"

이때 완전히 기분을 잡쳐버린 경감이 아무리 듣기 싫은 소리를 했다고 하더라도 드루리 레인에게는 들릴 리가 없었다. 레인은 그 려붙인 듯한 웃음을 지으면서 손을 흔들고는 돌아서서 가버렸기 때문이다.

샘 경감은 홧김에 손가락 마디를 소리내어 꺾었다. 돌아서기만 하면 귀머거리가 되어버리는 사람에게 아무리 불평을 늘어놓아봤자 헛일이기 때문이다.

제4장 햄릿 저택
(6월 8일 수요일 오후 3시)

수요일은 활짝 개긴 했으나 추운 날씨였다. 허드슨 지방은 마치 겨울바다 같았다. 빽빽히 들어선 나무를 흔들고 지나가는 바람소리는 넓은 바다의 거친 파도소리처럼 들려왔다. 나무들의 푸르름은 6월이었지만 공기는 11월 날씨처럼 싸늘했다.

경찰차는 힘겹게 가파른 언덕길을 오르고 다리를 건너 자갈길을 달려서, 광장을 지나 정원에 나 있는 길로 들어섰다. 브루노 지방 검사나 샘 경감도 이야기를 꺼낼 기분은 아니었다.

여전히 그 징그러운 혹을 등에 짊어진 퀘이시 노인이 큰 쇠못이 박힌 현관문을 열고 맞아들였다. 그리고 나서 바닥에는 골풀로 된 돗자리, 거대한 가지가 달린 촛대, 옛날 기사가 쓰던 갑옷과 투구, 비극과 희극의 커다란 가면 같은 것으로 장식된 널찍한 홀을 지나, 안쪽 구석에 숨겨져 있는 조그만 엘리베이터가 있는 곳까지 안내했다. 이것을 타고 조금 올라가면 드루리 레인의 방이 나온다.

노배우는 갈색 비로드 윗도리를 입고 활활 타오르고 있는 난롯불 앞에 장대처럼 꼿꼿이 서 있었다. 끊임없이 흔들리는 빛과 그림자가 어른거리는 속에서도 그의 얼굴에 새겨진 괴로움을 못 보고 그냥 지나칠 수는 없었다. 초췌한 그 얼굴은 마치 다른 사람 같았다. 그러나 그는 예전처럼 정중한 태도로 두 사람을 맞아들이고는, 사람을 부르는 끈을 당겨 키 작은 폴스태프를 불러서 커피와 술을 가져오라고 일렀다. 그리고 마치 늙은 사냥개처럼 여기저기 냄새를 맡아보는 퀘이시를 방에서 쫓아내고는 난로 앞에다 자리를 잡고 앉았다.

"우선, 경감님." 하고 그는 조용히 입을 열었다. "새로운 소식이 있으면 경감님의 이야기부터 듣기로 할까요?"

"한둘이 아닙니다. 페리의 기록을 찾아냈으니까요."

"기록?" 레인의 눈썹이 치켜올라갔다.

"아니, 경찰의 기록을 말하는 것이 아니고, 그 사람의 과거에 관한 겁니다. 그 남자가 누구였으며——본명이 무엇이었는지 당신은 모르시겠지요?"

"나는 예언자는 아닙니다." 하고 레인은 어렴풋이 미소지으며 말했다.

"설마 행방불명된 돌핀 집안의 황태자라도 된다는 건 아니겠지요?"

"뭐라고요? 잘 들으십시오. 이건 중대한 문제입니다." 하고 경감은 화가 난 얼굴로 소리쳤다. "에드거 페리의 본명은 에드거 캠피언입니다."

순간 레인은 꼼짝도 하지 않았다. "에드거 캠피언." 이윽고 그가 말했다. "그렇군요. 그러나 해터 부인의 첫남편의 아이는 아니겠지요?"

"그런데 그게 사실이랍니다! 진상은 이렇죠── 에밀리 해터가 지금은 죽고 없는 톰 캠피언과 결혼했을 때 이 캠피언에게는 이미 전처와의 사이에서 태어난 사내아이가 하나 있었어요. 바로 그 애가 에드거 캠피언입니다. 그러니까 그 남자는 루이자 캠피언의 배 다른 오빠가 되는 셈이지요── 아버지는 같지만 어머니가 다른 남매 사이가 되는 겁니다."

"흠."

"아무래도 수상한 것은──" 하고 지방검사가 아주 불만스럽게 말했다. "어째서 그 캠피언은── 페리라는 그 남자가 가정교사라는 탈을 쓰고 해터의 집에서 살게 되었는가 하는 점입니다. 경감은 바바라 해터가 그의 취직에 도움을 주었다고는 하지만⋯⋯"

"그건 거짓말이 분명합니다." 하고 경감이 말했다. "그 말을 들었을 때 나는 이미 알고 있었죠. 그 여자는 그가 취직하기 전에는 모르는 사이였어요── 그것이 조사에서 밝혀졌습니다. 게다가 그 여자는 그 남자의 정체를 모르고 있는 것이 확실합니다. 요는 사랑이지요. 바바라가 페리를 사랑하고 있기 때문에 그런 거짓말을 하게 된 것이지요."

"그럼, 해터 부인은 에드거 페리가 자기의 의붓아들이 되는 에드거 캠피언이라는 것을 알고 있었나요?"

"아니지요── 본인이 밝히지 않는 한 알 수가 없지요. 아버지와 에밀리가 이혼했을 때 페리는 겨우 여섯인가 일곱 살이었다는 것이 판명되었습니다. 그러니 44세나 되는 남자를 옛날의 그 의붓아들이라고 알아볼 수야 없었겠죠."

"페리에게 물어보셨나요?"

"그 남자는 물어봐도 입을 열지 않습니다."

"경감은 이미 그 남자를 체포했습니다." 하고 브루노가 말했다.

레인은 순간 몸이 굳어졌으나 긴장을 풀고 고개를 저으며 말했다. "허, 참. 경감님도." 하고 그는 말했다. "너무 서두르셨군. 어떤 이유로 그 사람을 체포한 겁니까?"

"어째, 레인 씨는 내가 한 일이 마음에 안 드시는 것 같군요?" 하고 경감은 어색한 웃음을 지으며 말했다. "이유 같은 것은 걱정할 것 없습니다. 법률상으로 충분히 용의자로 볼 수 있으니까. 아무래도 그냥 내버려두기에는 좀 수상한 녀석이라서요."

"그 사람이 해터 부인을 살해했다고 생각하시오?" 하고 레인이 쌀쌀한 투로 물었다.

경감은 어깨를 으쓱하며 말했다. "그럴지 아닐지는 모르는 일이지요. 아마 범인은 아니겠죠. 동기도 알 수 없고, 게다가 증거도 없으니까요. 그러나 그 녀석은 뭔가 아는 게 있어요. 생각해 보십시오. 대개는 자기의 신분을 숨기면서까지 이런 집에서 일하지는 않거든요. 이런……"

그는 손가락 마디를 소리나게 꺾으며 말했다. "더구나 살인사건이 일어나기 꼭 알맞은 이런 집에 말입니다."

"그렇다면 그 매끄럽고 부드러운 볼이었다는 루이자의 말은 어떻게 되는 거죠?"

"하지만 아직 공범자가 있을 것이라는 가능성이 없어진 것은 아니지요. 또 그 불구자인 여자의 착각일 수도 있고요."

"자, 자, 경감." 하고 지방검사가 지겨운 듯이 말했다. "경감의 생각을 듣자고 뉴욕에서 이 먼 곳까지 찾아온 것은 아니지 않소? 레인 씨, 당신은 대체 어떻게 보십니까?"

레인은 오랫동안 입을 열지 않았다. 그 동안에 폴스태프가 아까 레인이 지시한 마실 것을 가져왔다. 경감은 블랙 커피를 마시면서 언짢은 기분을 좀 가라앉혔다. 폴스태프가 나가자 레인이 입을 열었다.

"지난 일요일 이후……" 그는 멋진 바리톤으로 말했다. "저는 이 문제에 대해 계속 생각했습니다만 결과는 오히려——뭐라고 할까——더욱 혼란을 느끼게 되고 말았습니다."

"어째서 그렇습니까?" 하고 경감이 물었다.

"어떤 점은 아주 분명합니다——예를 들면 롱스트리트 사건 때에 어떤 점이 분명했었던 것처럼 말입니다."

"그렇다면 이미 윤곽을 아시게 되었다는 말씀인가요?" 하고 브루노가 물었다.

"아니, 그런 건 아닙니다." 레인은 다시 한동안 입을 다물고 있다가 이윽고 말했다. "내 말을 오해하지 마십시오. 아직——해결까지는 멀었습니다. 의심스러운 점이 또 있거든요. 그것은 의심스럽다기보다는 참으로 기묘한 일입니다." 그의 목소리는 속삭이듯이 낮아졌다.

"아주 기묘합니다." 하고 그는 다시 말했다. 두 사람은 불안하게 그를 지켜보았다.

레인은 자리에서 일어나 벽난로 앞을 왔다갔다 하기 시작했다. "내가 얼마나 혼란에 빠져 있는지는 설명할 수도 없군요. 정말 착란까지 일으킬 정도이지요. 나에게 남아 있는 네 개의 감각——그 감각으로 뚜렷하게 느껴지는 것마저도 나는 믿지 못하게 되고 말았습니다." 두 사람은 당혹한 얼굴로 서로 마주보았다.

"하지만 그런 것도 이젠 끝났습니다." 하고 갑자기 레인이 말했다. "이젠 마음을 정했습니다. 내 앞에는 지금 두 가지 수사 방향이 뚜렷한 선을 긋고 있습니다. 나는 이 선을 따라가 볼 생각입니다. 그 어느쪽에도 아직 손을 대지는 않았습니다만."

"무슨 단서가 있나 보군요?" 경감이 참다 못해 입을 열었다. "또 시작이로군! 그래, 당신이 말하는 아직 손대지 않은 단서란 것은 대체 어떤 겁니까?"

레인은 웃지도 않았고, 왔다갔다 하는 걸음을 멈추지도 않았다. "냄새입니다." 하고 그는 말했다. "그 바닐라 냄새. 이것이 두 노선 중 하나의 선입니다. 참으로 놀라운 이야기여서, 그것이 나를 당혹케 만들고 있습니다. 하지만 여기에 대해서는 하나의 추리를 만들어두었으니, 거기에 따라 캐볼 생각입니다. 만일 다행히 이것이 적중한다면……" 하고 말하려다가 그는 어깨를 으쓱했다. 그리고는 계속해서 말했다. "또 하나의 선은 지금은 말씀드리지 않는 게 좋을 것 같습니다. 다만 그것은 아주 엉뚱한, 도저히 얻기 어려운 일이며, 그러면서도 아주 논리적인 것입니다만……" 듣는 사람의 입에서 질문이 나올 것 같은 눈치를 알아차린 레인은 어느쪽에도 그럴 기회를 주지 않으려고 말을 계속했다. "경감님, 이 사건에 대한 당신의 전반적인 생각을 들려주지 않겠습니까? 우리 서로 솔직하게 털어놓고 서로의 생각을 얘기해 보는 것이 좋을 것 같습니다. 때로는 혼자서 곰곰이 생각하는 것보다 여러 사람의 생각을 한데 모아보는 편이 효과적일 때도 있으니까요."

"그렇게 말씀하신다면——" 하고 경감이 기분 좋게 말했다. "그렇게 하기로 하죠. 내 생각은 아주 분명합니다——범인은 배에다 독약을 주사할 목적으로 지난주 토요일 밤, 아니, 일요일 새벽이라고 해야겠군요——그 침실로 숨어들었습니다. 그 배는 루이자에게 먹일 생각이었지요. 아침이 되면 루이자가 그 배를 먹을 거라는 걸 범인은 알고 있었으니까요. 그러나 범인이 미처 방에서 나가기 전에 해터 부인이 잠에서 깨었거나 소리를 질렀기 때문에 범인은 엉겁결에 부인의 머리를 내리친 것이지요. 아마 부인을 죽일 생각은 아니었고 그저 입을 다물게 하려는 것이었을 겁니다. 그 마귀할멈이 죽은 것은 우연한 사고였다고 생각합니다. 브루노 검사님도 나와 같은 의견이며, 그것을 의심할 이유는 하나도 발견되지 않았습니다."

"다시 말하자면……" 하고 이번에는 드루리 레인이 말했다. "경감님이나 검사님은 해터 부인 살해는 계획적인 것이 아니고 예기치 못한 상황에서 벌어진 돌발적인 범행이라는 말씀이군요?"

"그렇습니다." 하고 경감이 대답했다.

"내 생각도 마찬가지입니다." 하고 브루노가 말했다.

"그렇다면 두 분은 잘못 생각하고 계십니다." 하고 레인이 부드러운 목소리로 말했다.

"예?——그게 무슨 말씀입니까?" 하고 브루노 검사는 깜짝 놀라 따지듯이 물었다.

"나는 이렇게 생각합니다. 해터 부인이 계획적으로 살해된 것은 의문의 여지가 없다고 봅니다. 범인은 그 방에 숨어들기 전부터 이미 노부인을 살해할 것을 노리고 있었던 겁니다. 그리고 거기에 덧붙인다면, 루이자 캠피언을 독살할 계획 같은 것은 처음부터 전혀 없었다는 거죠."

두 사람은 레인의 말을 듣고 그만 말문이 막혀버렸다. 두 사람의 눈은 그에 대한 설명을 요구하고 있었다. 레인은 그답게 침착한 태도로 설명을 시작했다.

"먼저——" 하고 그는 난로 앞에 앉으며 리큐르(혼합주의 한 가지)로 입술을 적시고 나서 입을 열었다. "루이자 캠피언에 대한 것부터 생각해 보기로 합시다. 겉으로 나타난 사실을 보면 이렇습니다. 주사기와 독약이 들어 있었던 배로 미루어 보아서는, 그 문제의 염화제2수은은 마치 루이자의 목숨을 노린 것처럼 보입니다——루이자는 과일을 아주 좋아했으나, 그 과일 바구니에서 언제나 과일을 꺼내 먹는 또 한 사람인 해터 부인은 대체로 과일을 좋아하는 편이 아니었고, 특히 배는 아주 싫어했지요. 그리고 세 개의 배 중에서 하나에 독이 들어 있었습니다. 그래서 루이자는 먹지만 해터 부인은 싫어하는 과일을 범인이 일부러 택한 것처럼 보인 겁니다. 이것으로 미루어보아 두 분이 생각하고 있듯이 분명히 루이자의 목숨을 노리는 것이 목적이었다고 생각되고——더구나 이런 추리는 이 사건이 일어나기 두 달 전에도 루이자의 목숨을 노렸다가 그 마지막 순간에 빗나가 버린 첫번째 독살계획이 있었다는 점에서 더욱 확실한 것으로 생각됩니다."

"그렇습니다." 하고 경감이 말했다. "내 생각도 방금 레인 씨가 말씀하신 그대로입니다. 그것이 사실은 그렇지 않다고 증명할 수 있다면 당신은 분명히 나보다 한 수 위라고 생각됩니다만."

"그런데, 경감님, 나는 그것을 증명할 수가 있습니다." 하고 레인이 조용히 말했다. "지금부터 내가 하는 말을 귀담아 들어주시기 바랍니다. 만일 루이자 캠피언이 그 독이 들어 있는 배를 먹을 것으로 범인이 예상하고 있었다면 두 분의 생각이 옳다고 할 수 있습니다. 그러나 과연 범인은 루이자가 그 배를 먹을 것이라고 예상했을까요?"

"그야 말할 것도 없잖소." 하고 브루노가 당혹한 얼굴로 말했다.

"유감스럽게도 나는 당신들 의견과는 반대로, 범인은 예상하지 않았다고 생각하는데요. 그 이유는 이렇습니다——먼저 그 범인은 그가 가족 구성원이든 아니든, 적어도 그 가정의 내부사정을 잘 알고 있다고 해도 되겠지요? 이렇게 가정하는 데는 타당한 근거가 있습니다. 예를 들어 루이자가 매일 오후 2시 반에 식당에서 계란술을 마신다는 것을 범인은 알고 있었습니다. 또 예를 든다면 다른 사람들은 좀처럼 알아낼 수 없을 것 같은——실험실과 침실을 잇는 난로의 비밀통로를 찾아낼 만큼 집의 구조를 자세히 알고 있었습니다. 더욱이 만돌린을 어디에 두는지 그 장소도 잘 알고 있었고, 실험실과 그 안에 있는 약품들에 관해서도 충분한 지식을 가지고 있었지요. 이런 여러 가지 사실로 미루어 범인은 계획에 필요한 모든 것을 세밀한 점까지 완전히 알고 있었다고 생각하기에 충분합니다. 그런데 범인이 이런 정도로 내부사정을 잘 알고 있었다면 루이자가 음식물에 대해서는 아주 결벽하다고 할 만큼 까다롭다는 것도 잘 알고 있었을 것이므로, 루이자가 상했거나 너무 익은 과일은 당연히 먹지 않는다는 것도 알았을 것입니다. 꼭 루이자만이 아니고 사람들은 먹는 것에 대해서는 누구나 마찬가지겠지요——더구나 그 썩은 배가 들어 있는 같은 과일 바구니 안에는 알맞게 익은 싱싱한 배도 함께 들어 있었어요. 또한 실링 박사의 분석에 따르면 그 배는 염화제2수은이 주입되기 전부터 이미 상해 있었다는 겁니다. 그렇다고 보면 범인은 일부러 상한 배를 골라서 독을 주사한 것이 되지요."

듣고 있던 두 사람은 무슨 말을 하고 싶은 모양이었지만, 그의 말에 위축되었는지 귀만 기울이고 있었다. 레인은 미소지었다.

"이 사실을 두 분께서는 이상하다고 생각지 않으십니까? 나는 참으로 이상하다고 여겼지요. 어쩌면 두 분은 그것은 우연일 뿐이다──캄캄한 방에서 범인은 엉겁결에 썩기 시작한 것도 모르고 과일 바구니에서 배를 꺼냈을 거라고 할지도 모르겠습니다. 하지만 그 생각이 합리적이라고 할 수는 없습니다. 왜냐하면 손가락에 와닿는 촉감만으로도 썩은 과일을 가려내기란 쉬운 일이기 때문이죠. 그럼에도 불구하고 썩은 배를 고른 것은 완전한 우연이라고 해두죠. 그래도 나는 그 판단이 잘못이라는 것을 증명할 수가 있습니다.

어떻게 증명하느냐고요? 그것은 애버클 부인이 살인사건이 일어난 날 낮에 과일 바구니에 담아놓은 배는 두 개뿐이었다고 증언한 사실로도 알 수 있습니다. 또 스미스 양도 그날 밤 11시 30분에 그 과일 바구니를 보았을 때 배는 두 개뿐이었으며, 그 두 개도 모두 싱싱하고 잘 익어서 상한 것이 없었다고 했기 때문입니다. 그런데 범행이 있었던 다음날 아침 과일 바구니 안에는 세 개의 배가 들어 있었죠. 이에 대한 결론은 이렇게 내릴 수가 있습니다──처음부터 바구니에 들어 있었던 두 개의 배가 믿을 만한 증언으로 신선한 것이었다는 사실을 안 이상, 그 세 번째의──상한──배를 가져온 인물은 범인 자신일 수밖에 없습니다. 그렇다면 독을 일부러 상한 배에 주입했다는 것이 되고, 또 범인이 외부에서 이미 상한 배를 가지고 왔다는 것도 증명이 되는 셈이지요.

이렇게 되면 이런 의문이 생깁니다──과일 바구니 안에는 신선한 같은 종류의 과일이 있었고, 죽이려는 사람은 상한 과일은 절대로 먹지 않는 것을 알면서도 왜 범인은 일부러 상한 과일을 범행현장에 가져갔을까? 이 의문에 대한 해답은 오로지 하나밖에 없습니다──범인은 루이자에게 그 배를 먹일 생각이 조금도 없었다는 것입니다. 나는 이 이론에 잘못이 없다는 것을 확신하고 있습니다."

듣기만 하고 있던 두 사람은 아무 말도 하지 않았다.

"다시 말하자면." 하고 레인은 이야기를 계속했다. "범인은 루이자 캠피언이 독이 들어 있는 배를 먹을 줄 알고 있었다——는 두 분의 생각은 잘못된 것이지요. 범인은 루이자가 먹지 않을 것이라는 것을 알고 있었던 겁니다. 게다가 범인은 그 과일 바구니에서 과일을 집어먹는 유일한 또 한 사람, 해터 부인은 절대로 배는 입에도 대지 않는다는 것을 알고 있었던 것도 틀림없고요……그러니까 아무리 생각해 봐도 그 독이 든 배에 대한 것은 순전히 위장행위, 즉 루이자를 죽이려는 게 목적인 것처럼 보이려고 궁리해 낸 책략이라고 보지 않으면 안됩니다."

"잠깐——" 하고 경감이 재빨리 말했다. "말씀대로 루이자가 배를 먹지 않는다고 하면, 범인은 경찰의 눈을 속이기 위한 계획, 즉 배에 독이 들어 있다는 것을 어떤 방법으로 발견케 할 생각이었을까요?"

"좋은 질문이오, 경감." 하고 지방검사가 말했다.

"동기가 무엇이었든——" 하고 경감은 말을 계속했다. "누군가가 발견해 주지 않으면 속임수는 아무 쓸모가 없으니까요. 내 말의 뜻은 아시겠지요?"

"알고 있습니다." 레인은 차분한 목소리로 대답했다. "꽤 세밀한 점을 지적하셨습니다. 즉, 검사님이 말씀하시는 것은 이런 뜻이지요? 위장하기 위해서 독이 든 배를 가져다 놓았는데, 경찰이 그것을 발견하지 못하는 한은 기껏 세워놓은 그 계획은 쓸모없게 될 뿐이다. 배에 독이 들어 있는 것을 알아내는 사람이 아무도 없다고 하면, 누군가가 루이자를 독살하려 했다는 것을, 즉 범인이 의도한 효과를 거둘 수 없을 것이 아니냐는 말씀이지요?

좋습니다. 만일 해터 부인이 살해된 것은 계획적인 것이 아니고 우발적인 사건이었다고 결론이 나버린다면 경찰에게 독살계획으로 알게 할 길은 세 가지나 있습니다. 첫째, 주사기를 방에 남겨둔 점입니다. 두 달 전에도 독살미수사건이 있었으므로 이 주사기는 당연히 의혹의 대상이 되고 조사하게 될 것은 분명하지요. 아마도 범인이 놀라서 엉겁결에 주사기를 떨어뜨리고 달아났을 것으로 생각하기 쉬울 겁니다. 두 번째는 배가 두 개뿐이었다는 것은 여러 사람이 알고 있는데, 독이 든 배를 가져다 두고도 다른 배를 하나 없애버리지 않은 점입니다. 그러나 이 가정도 확실한 것은 못 됩니다. 배가 하나 더 늘었다는 사실을 아무도 알아차리지 못하고 넘어갈 수도 있으니까요.

셋째는 범인 스스로 어떤 구실을 만들어 사람들의 주의를 그 상한 배로 쏠리게 하는 방법입니다. 세 가지 중에서는 이 방법이 가장 가능성이 있다고 생각되는군요."

경감과 검사는 고개를 끄덕였다.

레인은 고개를 저었다. "그러나 해터 부인의 살해가 우발적인 사건이 아니고 루이자에 대한 위장독살계획과 동시에 일어나도록 신중하게 계획된 것이었다는 점을 제가 증명한다면, 방금 말씀드린 세 가지의 가능성 같은 것은 전혀 불필요한 것이 될 것이며, 그것은 단지 제가 우정 내세워본 지푸라기 인형에 불과하다는 것을 아시게 될 겁니다.

왜냐하면 우리가 짐작하고 있는 범인이 루이자를 독살하려던 것이 아니고, 해터 부인 살해를 계획하고 있었다면 그는 독이 들어 있는 배는 당연히 발견되리라고 처음부터 알고 있었던 것이 되기 때문이지요. 범인은 살인사건을 수사하는 경찰이 독이 들어 있는 배를 발견하기만을 기다리기만 하면 되는 겁니다. 그것은 운이라든가 하는 그런 것이 아니고 거의 확실성이 있는 일이니까요. 그리고 독이 든 배를 발견하게 되면 경찰은 틀림없이 이 범죄의 본래의 목적은 루이자를 독살하려는 것이며 해터 부인은 그야말로 우발적으로 살해된 것이라고 생각하게 될 겁니다. 그렇게 되면 범인이 의도한 목적은 이룩한 셈이 되지요. 즉, 진짜 목적은—— 해터 부인을 살해해 놓고 경찰의 수사방향을 살해할 만한 동기를 가진 사람 쪽으로 돌리게 하는 겁니다. 노부인을 살해할 만한 동기를 가진 사람 쪽은 아예 관심조차 갖지 못하게 하려는 것이지요."

"허, 참." 하고 경감은 기가 막힌 듯한 얼굴로, "그것이 사실이라면 참으로 놀라운 계획입니다."

"그렇습니다, 경감님. 그런데 그것은 사실입니다. 당신은 침대 위에서 주사기가 발견되기 전부터 이미 두 달 전에 있었던 독살미수사건을 떠올리고는, 혹시 독이 들어 있는 것이 없는지 살펴봐야 한다고 하지 않았습니까? 이것만 보아도 범인은 경찰의 반응을 정확하게 예상했다는 것을 알 수 있지요. 만일 그 주사기를 발견하지 못했다고 하더라도——나는 모든 사실을 미루어 짐작컨대 그것은 우연히 떨어뜨린 것으로 보고 있습니다만——만일 배가 두 개밖에 없었다고 해도, 경감님은 역시 독에 대한 생각을 지울 수가 없어서 그 독이 들어 있는 배를 찾아내고야 말았을 겁니다."

"그건 그랬을 거요, 경감." 하고 지방검사는 경감을 보면서 말했다.

레인은 긴 다리를 앞으로 끌어들이면서 난롯불을 바라보았다. "그렇다면 해터 부인의 살해는 이미 그전부터 계획되어 있었던 것이며, 어쩌다 실수로 일어난 살인이 아니라는 것을 증명하겠습니다.

첫눈에 알 수 있는 분명한 점이 하나 있습니다. 흉기로 쓰인 만돌린은 늘 그 침실에 있던 것이 아니고, 아래층에 있는 도서실 유리상자에 넣어서 아무도 손을 대지 못하게 되어 있었고, 사실 손을 댄 사람도 없었습니다. 또 실제로도 그날 새벽 1시 30분──즉 해터 부인이 그 만돌린으로 살해되기 두 시간 반 전에 유리상자 안에 곱게 있었던 것을 콘래드가 목격한 바 있고, 그날 밤 그 자리에 있었던 것을 본 사람은 그 밖에도 더 있습니다.

그렇다면 이것만은 분명히 말씀드릴 수가 있습니다──범인은 집안 사람이건 바깥 사람이건 그 침실에 들어갔다가 일부러 아래층까지 만돌린을 가지러 가야만 했거나, 아니면 침실로 숨어들어가기 전에 만돌린을 가지고 갈 준비를 미리 해야만 했을 것입니다......"

"잠깐──" 하고 브루노 검사가 눈썹을 찌푸리며 가로막았다. "그렇다는 것을 어떻게 알 수 있습니까?"

레인은 한숨을 쉬었다. "범인이 집안 사람이었다면 2층에서 만돌린을 가지러 내려와야만 합니다. 또, 만일 외부 사람이면 현관문이나 창문이 모두 잠겨 있었으므로 아래층에서 집안으로 들어갈 수는 없지요. 따라서 비상계단을 이용해서 2층으로 들어가거나, 아니면 더 그럴 듯한 방법은 비상계단으로 지붕까지 올라가서 굴뚝으로 들어가는 것이지요. 그 어느쪽이었든 만돌린을 가지러 일부러 아래층으로 내려갈 필요가 있었던 겁니다......"

"그렇게 될 것 같군요." 하고 브루노 검사는 일단 인정하고는 계속해서 말했다. "하지만 누군가 집안 사람이 밤늦게 돌아와서, 위층으로 올라가기 전에 만돌린을 가지고 올라갔다고도 생각할 수 있지 않을까요? 사실 한밤중에 집으로 돌아온 사람이 둘이나 있으니까요."

레인은 미소지었다. "좋습니다. 밤늦게 돌아온 사람이 있었고, 그 남자 혹은 여자가 위층으로 올라가는 길에 만돌린을 가지고 올라갔다고 하더라도 그것은 분명 어떤 계획, 의식적으로 만돌린을 이용할 생각, 즉 예정된 목적이 있었다는 것이 되겠지요."

"그렇군요." 경감도 고개를 끄덕이며 말했다. "말씀을 계속하시지요."

"이것만으로도 만돌린은 특별히 어떤 목적 때문에 범인이 일부러 방으로 가져간 것이 됩니다. 그럼, 그 목적이란 도대체 무엇이었을까요? 여러 가지 목적을 생각해 보고 그럴 듯하게 생각되지 않는 것을 하나하나 제외해 나가기로 하지요."

첫째 그 낡아빠진 만돌린은 그 본래의 목적, 즉 악기로 쓰기 위해서 침실로 가져간 것은 아닐까?……"

경감은 킥킥거리며 웃었고 브루노 검사는 고개를 내저었다.

"물론 이건 말도 되지 않는 이야기이며 생각해 볼 필요조차 없지요. 둘째는 누군가 다른 사람을 의심케 하기 위한 위장 목적으로 가져간 것은 아닐까?──하는 점입니다. 그렇다면 누구를 의심케 할 목적이었을까? 만돌린에서 연상할 수 있는 사람은 꼭 한 사람 있습니다. 그것은 그 만돌린의 주인인 요크 해터지요. 그러나 그 요크 해터는 이미 죽은 몸이니 이 두 번째의 추측도 당치 않은 생각일 수밖에 없습니다."

"잠깐──" 하고 경감이 천천히 말했다. "그렇게 서둘러 단정할 건 없습니다. 요크 해터는 사실 죽었다고 해도 그 범죄를 저지른 사람은 그것을 모르고 있었다고 생각할 수도 있지 않겠습니까? 또는 알고는 있었다고 하더라도 그날 시체확인을 시킬 때도 만족할 만한 확증이 없었던 상황을 생각해 보면 요크 해터는 실은 아직 살아 있다고 여기게 할 생각이었을지도 모르지 않을까요? 이 점은 어떻게 생각하십니까?"

"좋은 질문입니다, 경감님." 레인은 입을 다문 채 웃었다. "아주 미묘한 점을 지적하시는군요. 그러나 그 가능성도 완전히 부정할 수 있습니다. 두 가지 이유에서 범인은 그런 바보 같은 짓을 할 리가 없지요. 그 이유 가운데 하나는 만일 경찰을 보기좋게 속여넘겨 요크 해터가 살아 있으며, 범죄현장에 자신의 만돌린을 깜박 잊고 그냥 두고갔다고 여기게 하려면 그 속임수는 경찰이 믿을 만한 것이어야 하는데, 과연 경찰이 해터 자신에게 있어서 그처럼 확실한 단서를 그가 남겼을 것으로 생각할까요? 두말할 것도 없이 그렇게 생각지는 않을 것입니다. 이렇게 결정적이고 확실한 단서를 스스로 남겼다는 건 있을 수 없는 일이니까요. 그러니까 경찰은 그것이 속임수라는 것을 알고도 남을 겁니다. 두 번째 이유는 대체 어째서 만돌린 같은 기묘한 흉기를 썼는가 하는 점입니다. 그 물건은 유혈 소동과는 도무지 어울리지 않는 물건이지요. 경찰은 해터가 미치지 않는 한 그런 기묘한 자기 물건을 범행현장에 두고 갈 리가 없다고 생각할 것이고, 그것은 다른 사람이 해터를 사건에 끌어들이기 위한 속임수라는 것을 알고도 남을 겁니다. 따라서 범인의 의도는 실패로 끝나게 될 것입니다. 경감님, 우리가 찾고 있는 범인에게 그렇게 속깊은 생각이 있었다고는 보이지 않습니다. 만돌린을 쓴 것은 기묘한 듯하지만, 범인 자신의 계획과 어떤 직접적인 관련이 있는 일일 겁니다."

"자, 상관 말고 이야기나 계속하십시오." 하고 검사는 답답하다는 듯이 경감을 쳐다보며 말했다. "경감, 생각을 너무 그렇게 비약시키지 마시오!"

"아닙니다, 검사님. 경감님을 탓해서는 안됩니다. 비록 부자연스러운 가능성, 혹은 불가능하게 생각되는 일이라도 일단 부딪쳐보는 것이 옳은 일입니다. 이론이란 따져보는 법칙 말고는 다른 방법이 없으니까요.

그럼, 만돌린을 가져간 것은 악기로 가져간 것도 아니고, 요크 해터를 노린 것도 아니고, 요크 해터를 노린 거짓 단서를 남기기 위해서도 아니라면 범인은 그 밖에 어떤 목적일 것 같습니까? 그럴 듯한 것은 오직 하나밖에 남아 있지 않지요——그 밖에 다른 것이 있다면 가르쳐 달라고 부탁드릴 정도입니다——즉, 그것은 흉기로 쓰기 위한 목적이었습니다."

"만일 그것이 사실이라면 흉기 치고는 너무도 기묘하지 않습니까?" 하고 경감이 말했다. "아무리 생각해 봐도 처음부터 그 점이 마음에 걸렸습니다."

레인은 한숨을 쉬었다. "경감님, 마음에 걸리신 것도 당연하지요. 말씀하신 대로 참으로 기묘한 흉기입니다. 그러나——사건의 진상을 완전히 파헤쳤을 때에는……" 그는 입을 다물었다. 그의 눈에 아주 슬픈 빛이 떠올랐다. 그러나 곧 자세를 바로 하고 그 잘 들리는 낮은 목소리로 이야기를 계속했다. "지금 이 자리에서 이 의문에 대한 대답을 해드릴 수 없으니까 당분간은 그냥 내버려두기로 하지요. 그러나 그 이유가 무엇이었든 만돌린은 분명히 흉기로 쓰려고 그 방에 가져간 겁니다. 이 이상은 지금으로서는 생각을 더해 나갈 수가 없군요."

브루노 검사가 힘없는 목소리로 말했다. "만일 당신 말대로 만돌린을 흉기로 가져간 것이라면 그 목적은 두말할 것도 없이 처음부터 공격적인 데 있었다는 거로군요. 즉, 공격이나 살인에 쓸 도구로써 가져갔다는 뜻이 됩니다."

레인이 대답하기도 전에 경감이 고함치듯이 말했다. "그걸 어떻게 안단 말입니까? 공격을 위해서 가져갔다는 것을 대체 어떻게 알 수 있습니까? 방어용 무기로 가져간 것이 아니라고 장담할 수 있나요? 마귀할멈을 때려눕힐 생각은 조금도 없이 다만 만일의 경우를 생각해서 가져갔을지도 모르는 일이 아닙니까?"

"흠, 그것도 그럴 듯한 생각이오.." 하고 브루노 검사가 말했다.

"아니, 그렇지가 않습니다." 하고 레인이 말했다. "경감님, 생각해 보십시오. 당신도 말했듯이 범인이 배에다 독을 한창 넣고 있을 때 해터 부인이나 혹은 루이자마저도 꼼짝없이 입을 다물게 해야 할 것에 미리 대비했을 뿐이다――즉, 처음에는 공격할 의도는 없고 방어할 생각밖에 없었다고 가정해 봅시다. 그 범인은 침실의 사정에 대해서는 잘 알고 있었을 겁니다. 더구나 그 침실에는 무기로 쓰기에는 훨씬 더 적당한 것이 대여섯 개는 있었지요――난로 앞에는 쇠로 된 부삽이나 부젓가락이 걸려 있었고, 노파의 침대 바로 옆 나이트 테이블 위에는 한 쌍의 묵직한 책꽂이가 있지 않았습니까? 그 중에서 어느 것을 무기로 써도, 가벼운 만돌린보다야 훨씬 타격의 효과가 있었을 겁니다. 그런데 범인은 실제 필요하게 될지 아닐지도 모르는 무기를 가지러 일부러 아래층까지 내려갔다고 하면, 그는 자신이 계획한 범죄 현장에서 보다 쓰기 좋은 무기를 손쉽게 마련할 수가 있는데도 이유없이 공연한 수고를 한 것이 됩니다.

그러니까 논리적으로 말해서 만돌린은 방어를 위한 무기로서가 아니라 공격을 위한 무기로써 가져간 것이 되는 것이지요. 그냥 필요하게 되면 쓰려는 것이 아니고 처음부터 쓰기로 마음먹었던 겁니다. 더구나 다른 무기로는 안되었던 것이지요. 이제 아시겠습니까?――반드시 만돌린이어야만 했던 겁니다."

"이젠 알겠습니다. 그 다음을 계속하시지요, 레인 씨." 하고 경감이 말했다.

"그러지요. 만돌린을 계획적인 공격용 무기로써 가져간 것이라면――대체 그것을 쓸 상대는 누구였을까요? 루이자 캠피언이었을까요? 절대로 아닙니다――아까도 설명했듯이 독살계획은 실제로 독살효과가 나타나기를 바란 것이 아니며, 범인은 루이자를 독살할 마음은 없었던 겁니다. 그렇다면 독이 든 배로도 죽이려 하지 않았는데, 어째서 이 기묘한 무기로 머리를 내리쳐서 루이자의 목숨을 빼앗으려 했을까요? 아닙니다, 만돌린은 결코 루이자 캠피언을 목표로 했을 리가 없습니다. 그렇다면 그 상대는 누구였을까? 해터 부인 말고는 없지요. 이것이야말로 내가 증명하겠다고 한 바로 그것입니다──즉, 범인의 의도는 루이자 캠피언을 독살하는 것이 아니고 에밀리 해터를 살해하는 것이 처음부터 그 목적이었다는 겁니다." 레인은 두 다리를 뻗고서 발을 불에 쬈다. "아무래도 목구멍이 예전 같지 않아요. 은퇴한 뒤로 내 몸도 점점 쓸모없이 되어가는 모양입니다……자, 지금부터 말씀드리는 근본적인 사실의 상호관계를 잘 생각해 보시면, 이 추리의 실마리가 완전히 풀리게 된다는 것을 아시게 될 겁니다. 첫째, 속이거나 견제하거나 위장된 행동 같은 것은 대개 의도한 목적을 감추기 위한 연막이지요. 둘째, 루이자 살해미수는 방금 증명되었듯이 위장에 지나지 않습니다. 셋째, 그것이 위장임에도 불구하고 범인은 계획적으로 무기를 가지고 들어갔습니다. 넷째, 이런 상황에서 계획적으로 가져간 무기를 사용하여 죽일 수 있는 상대는 오직 한 사람 해터 부인뿐이었습니다."

레인이 입을 다물어버리자 침묵이 계속되었다──지방검사와 경감은 감탄과 혼란이 뒤섞인 얼굴로 서로를 마주보고 있었다. 브루노 검사의 표정이 더 미묘했다. 긴장된 표정 뒤에서는 고집스러운 무엇인가가 얼굴을 내밀고 싶어서 안달하고 있는 것 같았다. 그는 경감을 흘끗 보고는 시선을 바닥으로 떨어뜨리고, 오랫동안 그런 자세로 그냥 있었다.

경감은 그렇게까지 곤혹스러운 얼굴은 아니었다. "레인 씨, 아무래도 당신의 추리가 맞는 것 같군요. 우리는 처음부터 방향을 잘못 잡은 것 같습니다. 이것으로 수사방침이 전면적으로 바뀌었습니다. 지금까지와는 다른 동기를 찾아내도록 해야겠군요──루이자를 살해할 동기가 아니라 해터 부인을 살해할 동기를 가진 사람을!"

레인은 고개를 끄덕였다. 그러나 그 얼굴에는 만족해 한다거나 우쭐해 하는 기색을 찾아볼 수 없었다. 지금까지 펼친 명쾌한 이론에도 불구하고, 불안한 생각 때문에 마음을 놓을 수 없어 하는 그런 얼굴이었다. 한참 열을 올리던 이론에 대한 열기가 식어감에 따라서 그는 점점 더 우울해졌다. 그리고 명주실 같은 흰 눈썹 밑으로 브루노 지방검사를 말없이 바라보고 있었다.

경감은 이 두 사람이 하는 행동에는 조금도 개의치 않았다. 그는 뭔가 골똘히 생각해 가며 혼자서 되뇌었던 것이다.

"노부인을 살해할 동기라. 그 유언으로 미루어……아니, 그 노파가 죽으면 하나같이 모두 덕을 보는 사람들이 아닌가?……대체 어떻게 해야 옳지? 어디서 실마리를 찾아야 하나? 루이자를 살해해도 마찬가지야. 모두들 득을 보게 되지——돈이나 아니면 개인적 증오에 대한 만족감……바바라가 루이자의 후견인 역할을 맡게 될까? 그것을 알게 되면 어떤 실마리가 잡힐지도 모르지."

"아, 참, 그렇군요." 레인이 말했다. "경감님, 실례했습니다——나는 눈으로는 경감님 이야기를 듣고 있으면서도 머릿속에서는 그만 딴 생각을 했었던 모양이에요……그런데 아주 다급해진 문제가 있습니다. 노부인이 죽고 그 유언의 내용이 발표되고 보니 지금까지는 위장에 지나지 않았던 루이자의 독살계획이 이번에는 진짜가 될지도 모릅니다. 그 귀머거리에 벙어리이며 장님인 여자가 죽어 버리면 누구에게나 득이 되니까요."

경감은 정신이 번쩍 들어서 자세를 바로했다. "그렇군. 그 점을 깜빡 잊고 있었어! 문제는 더욱더 복잡해지겠군. 범인이 누구인지 도무지 종잡을 수 없게 돼버렸어요. 루이자가 살해되었다고 해도 반드시 어머니를 살해한 범인과 동일한 사람이라고 단정할 수는 없으니 말입니다. 제일 먼저 일어난 독살미수와 두 번째의 독살미수 겸 살인사건과 아무 상관도 없는 사람이라도 지금으로서는 얼마든지 루이자의 목숨을 노리고 달려들게 되었으니까요. 그것이 남자든 여자든 경찰은 먼젓번 범인을 찾을 테니까 자신은 안전하다고 생각하겠지요. 이거 정말 큰일인데!"

"그렇습니다. 경감님 말씀대로죠. 캠피언 양을 계속 지키고 있어야 할 뿐만 아니라 해터 집안 사람들은 하나도 빠짐없이 일거수 일투족을 감시해야 합니다. 그리고 실험실의 독약들은 즉시 없애야 되고요."

"글쎄요?" 경감은 걱정할 것 없다는 듯한 얼굴로 말했다. "그럴 필요까지는 없다고 생각합니다만. 물론 실험실은 지킬 테지만. 걱정 마십시오. 그러나 독약이 남아 있는 약병은 그대로 놔둘 생각입니다——범인이 다시 몰래 훔쳐가려고 다시 올지도 모르니까!"

브루노 검사가 얼굴을 들어 드루리 레인을 쳐다보았다. 그 눈이 이상하게 빛나고 있었다. 레인은 온몸을 긴장시키며 어떤 공격에 대한 준비태세를 갖추듯이 의자 깊숙이에서 몸을 움츠렸다. 브루노의 얼굴에는 기묘한 승리의 빛이 떠올라 있었다. "그런데, 레인 씨." 하고 그가 말했다. "나는 여러 가지 사태를 곰곰이 생각해 보 았습니다만."

"그래, 어떤 결론이라도⋯⋯?" 하며 레인이 무표정한 얼굴로 물 었다.

브루노는 싱긋 웃으며 말했다. "당신의 멋진 이론적 분석에 트 집을 잡으려는 것은 아닙니다만 어쩔 도리가 없군요. 당신의 추리 에 의하면, 처음부터 끝까지 독살을 계획한 범인과 살인범이 같은 사람으로 되어 있더군요⋯⋯"

레인은 긴장을 풀고는 후 하고 한숨을 내쉬었다.

"그런데, 레인 씨, 전에 한번 우리는 독살을 계획한 범인과 살인 범은 같은 사람이 아니고 전혀 다른 사람으로서, 사건이 일어난 날 밤에 서로 다른 시각에 다른 일을 벌였을지도 모른다는 이야기를 한 적이 있었지요?⋯⋯"

"생각납니다. 있었어요."

"그러나——" 브루노 검사는 손을 저으며 계속 이어나갔다. "살 인범이 전혀 다른 사람이었다고 하면 독살을 계획한 범인의 동기 를 설명할 수가 없게 됩니다. 그러나 이렇게 생각해 보면 어떨까요 ——그 동기는 벙어리에 귀머거리에 장님인 그 여자에게 겁을 주 기 위해서, 즉 생명의 위협에 놀라 집에서는 더 이상 머물지 못하 게 하기 위한 수법이었다고. 살인까지는 하지 않더라도 이 정도쯤 저지를 만한 사람은 몇 명 있지요. 그러니까 당신의 분석으로는 이 범인이 둘이라는 가능성——해터 부인의 살해범은 독살계획과는 아무런 관계가 없을지도 모른다는 점이 추리에서 빠졌다고 생각됩 니다."

"그래요! 그날 밤에도⋯⋯" 하고 경감이 검사의 통찰력에 놀라 면서 덧붙였다. "두 달 전의 일도 독살계획과는 관계가 없을지도 모르지요. 이렇게 되면 레인 씨의 추리가 물거품이 되어버리는데 요!"

레인은 한동안 아무 말이 없다가 곧 어이없다는 표정으로 껄껄 웃자 두 사람은 놀라고 말았다. "브루노 씨, 난 그런 건 말씀드리 지 않아도 아실 줄 알았지요."

"알고 있다뇨?" 하고 두 사람은 동시에 물었다.

"예, 그럴 수도 있지요."

"뭘 말입니까?"

"처음부터 너무 분명한 일이어서 설명을 드리지 않은 것이 나의 실수였습니다. 그렇긴 해도, 이런 식으로 질문을 하실 줄이야. 과연 검사님답게 질문하시는군요. 마치 마지막 논고를 하듯이 말입니다."

"어쨌든 설명을 듣고 싶군요." 하고 브루노는 냉정하게 말했다.

"말씀드리지요." 레인은 앉음새를 고치고 난 뒤 난로의 불꽃을 바라보았다. "어째서 독살을 계획한 범인과 살인범을 같은 사람으로 보는가? 그 점이 궁금한 거죠……? 거기에 대해서는 이렇게 대답하겠습니다. 저는 그렇게 가정하는 것이 아니고 그렇다는 것을 알고 있습니다. 수학적으로도 증명을 할 수가 있으니까요."

"이해가 안되는 말씀이군요." 하고 경감이 말했다.

"수긍할 수 있는 이야기라면 무엇이든 인정하겠습니다." 하고 지방검사도 맞장구를 쳤다.

"아마도 '여자의 눈물'만큼이나——" 하고 레인이 웃으며 말했다. "내 설명에는 반박하기 어려운 설득력을 지니고 있을 겁니다……먼저 대부분의 설명은 그 침실 바닥 위에 씌어져 있었다고 말씀드려야겠군요."

"침실 바닥에?" 하고 경감이 되물었다.

"거기에 같은 사람이라는 증거가……?"

"그렇습니다, 경감님. 그것을 모르고 계셨다는 것은 좀 뜻밖이군요. 들어보십시오. 만일 하나가 아니고 두 사람이 등장했다면 그 두 사람은 분명히 각각 다른 목적——하나는 루이자를 목표로 배에다 독을 넣고, 다른 한 사람은 해터 부인을 살해할 목적을 지니고 있었으므로 두 사람은 각기 다른 시각에 거기에 갔을 것이 틀림없습니다. 이것은 인정하시겠지요?" 두 사람은 고개를 끄덕였다. "그렇다면 둘 중에서 누가 먼저 그 방에 갔을까요?"

경감과 검사는 서로 얼굴을 마주보았다. 검사는 어깨를 으쓱했다. "어떻게 그것을 알 수 있겠습니까?"

레인은 고개를 저었다. "잘 생각해 보면 알 수 있는 일이지요, 검사님. 우리가 발견한 것처럼 독을 넣은 배를 그 나이트 테이블 위에 가져다 놓으려면 독살을 계획한 범인은 두 침대 사이에 서 있어야 됩니다. 이것은 의문의 여지가 없는 일이지요. 다음으로 해터 부인을 살해하기 위해서는 실링 박사도 지적했듯이 그 살인자 또한 두 침대 사이에 서야만 했고요. 따라서 만일 두 사람이 그곳을 다녀갔다면 둘 다 침대 사이의 같은 양탄자 위를 걸어다닌 셈입니다. 그런데 그곳 양탄자 위에 흩어진 파우더 위에는 한 사람의 발자국밖에 없었습니다——물론 루이자 캠피언의 발자국은 빼고 말입니다. 그녀의 증언까지 의심을 하자면 지금 곧 모든 것을 단념해 버리는 편이 옳겠지요.

그런데 만일 첫번째 침입자가 파우더를 쏟았다고 한다면 발자국은 두 사람 것이 있어야겠지요——즉, 첫번째 침입자가 파우더를 쏟고 나서 남긴 첫번째 발자국과 그가 가고 난 다음에 온 두 번째 침입자가 남긴 발자국 말입니다. 그런데 발자국은 한 사람 것뿐이었지요. 이것으로 분명해지는 것은 파우더를 쏟은 범인은 첫번째 침입자가 아니고 두 번째 침입자라는 것입니다. 다른 침입자——즉 첫번째 침입자——이 사람은 발자국을 하나도 남기지 않았다는 것이 증명되는 셈입니다. 이상이 기본원리입니다.

여기서 이론상으로 당연히 문제가 되는 것은 그 발자국이 누구의 것인가——즉, 두 번째의 침입자가 누구인지를 밝혀내는 일입니다. 그런데 파우더 위에 남아 있는 발자국은 우리가 찾아낸 신발에 의해서 생긴 발자국이었습니다. 그 신발의 오른쪽 발끝에는 액체의 얼룩이 묻어 있었으므로, 그것은 염화제2수은이라고 검시의가 단정했죠. 배에 주입되고 주사기에 남아 있었던 것과 똑같은 독약이었습니다. 그러니 파우더 속에 발자국을 남긴 침입자——두 번째 침입자——는 독살을 계획한 범인이었다는 것이 분명해지지요. 즉, 침입자가 반드시 두 사람이라고 한다면 가루가 들어 있었던 통을 쏟아 털컴 파우더 위를 밟고 지나간 두 번째 인물은 독살을 계획한 범인이며, 첫번째가 살인자였다라고 되는 것이지요. 여기까지는 이해가 되시겠지요?"

두 사람은 고개를 끄덕였다.

"그런데 그 만돌린——살인자, 즉 첫번째 침입자가 쓴 흉기는 그 첫 침입자에 대해서 무엇을 말해 주고 있을까요? 바로 이런 것입니다——그 나이트 테이블에서 파우더가 들어 있는 통을 떨어뜨린 것은 그 만돌린이었다. 왜냐? 파우더통 뚜껑에는 붉은 줄을 여러 가닥 그려놓은 핏자국이 있었는데, 그것은 그 만돌린 줄에 묻은 피가 닿았기 때문에 생긴 것입니다. 테이블 위 파우더통을 쳐서 떨어뜨리기 전에 그것이 놓여 있었던 곳의 뒤쪽에는 날카로운 모서리에 부딪쳐서 생긴 새 홈집이 발견되었습니다만, 그것은 만돌린의 모서리가 테이블에 부딪쳐서 생긴 것으로 확인되었지요. 만돌린에도 그 아래쪽 부분의 끝에 테이블에 난 홈집에 꼭 들어맞는 홈이 남아 있었습니다. 따라서 만돌린이 테이블의 그 자리에 부딪쳤을 때 그 줄이 파우더통에 닿았고, 그와 동시에 그 통을 쳐서 떨어뜨린 것이지요.

만돌린이 혼자서 제멋대로 날뛰었을 리는 없지요. 범인이 해터 부인의 머리를 내려치기 위해서 사용한 겁니다. 따라서 파우더통을 떨어뜨리게 된 것은 테이블 바로 옆에서 해터 부인의 머리를 내려쳤을 때 그 만돌린을 휘두른 여세에 의해서였습니다. 이상 말씀드린 것은 우리가 범행현장을 살펴보았을 때 우리 눈으로 확인한 사실을 되풀이한 것에 지나지 않습니다."

레인은 힘이 들어간 집게손가락으로 원을 그리며 말을 계속했다. "그런데 조금 전 파우더통을 뒤엎은 사람은 독살을 계획한 범인, 즉 두 번째 침입자라는 것이 증명되었는데, 이번에는 첫번째 침입자가 파우더통을 뒤엎은 것처럼 되지 않았습니까? 이것은 말도 안 되는 모순이지요!" 레인은 미소지었다. "바꾸어 말하자면, 만돌린은 쏟아진 파우더 위에 떨어져 있었습니다. 즉, 만돌린이 떨어졌을 때에는 바닥에 이미 파우더 가루가 있었다는 것이지요. 그러나 먼젓번 해석에서는 독살을 계획한 범인이 파우더를 쏟은 것으로 되어 있으니까 살인자는 그 뒤에 들어온 것이 됩니다. 그러나 살인자가 나중에 왔다면 대체 그 발자국은 어디 있을까요? 발견된 발자국은 독살을 계획한 범인의 것뿐이지 않습니까?

그러므로 살인범의 발자국이 없는 것으로 보아 파우더가 쏟아진 뒤에 온 사람은 둘이 아니라 하나라는 결론입니다. 다시 말씀드리면 살인범이 따로 있었던 것은 아니라는 거죠. 그래서 나는 처음부터 독살을 계획한 사람과 살인범은 같은 사람이라고 생각한 겁니다!"

제5장 시체공시소
(6월 9일 목요일 오전 10시 30분)

드루리 레인은 조금은 기대에 찬 얼굴로, 낡고 음산한 시의 시체공시소 층계를 올라갔다. 안으로 들어가서 검시의 레오 실링 박사를 만나고 싶다고 했다. 조금 뒤 담당직원의 안내를 받으며 해부실로 갔다. 강한 소독약 냄새에 코를 찡그리며 그는 입구에서 멈춰섰다. 실링 박사는 조금 뚱뚱해 보이는 몸으로 해부대 위에 허리를 굽히고 물기라고는 없이 말라버린 시체의 내장을 열심히 뒤지고 있었다. 그 옆에서는 동그란 얼굴에 키가 작은 금발의 중년남자가 지루한 듯이 의자에 기대서서 아주 무관심한 태도로 실링 박사의 행동을 바라보고 있었다.

"들어오십시오, 레인 씨." 소름끼치는 일에서 눈도 떼지 않은 채 실링 박사가 말했다.

"놀랍군, 잉걸스 박사! 이 췌장은 이렇게 말짱한데……앉으십시오, 레인 씨. 잉걸스 박사를 소개하지요. 독극물 전문가입니다. 잠깐만 기다려 주십시오, 곧 이 시체를 치우겠습니다."

"독극물 전문이시군요." 레인은 키작은 중년남자의 손을 잡으며 말했다. "인연치고는 정말 멋진 인연입니다."

"무슨 말씀이신지요?" 하고 잉걸스가 말했다.

"뉴욕에서 오신 분일세, 잉걸스 박사." 여전히 내장을 뒤적이며 실링 박사가 말했다. "신문에서도 자주 이름을 보았을 거야. 아주 유명한 분이시지."

"아, 그렇군요!" 하고 잉걸스가 말했다.

실링 박사가 뭐라고 크게 소리치자 남자 둘이 들어와서 수술대에다 시체를 실어내 갔다.

"자, 이제 끝났습니다." 그는 고무장갑을 벗어버리고 세면기 있는 곳으로 갔다. "레인 씨, 무슨 볼일이시기에 이런 곳까지 오셨습니까?"

"아주 묘하고 실없는 볼일입니다, 실링 씨. 실은, 지금 나는 냄새를 쫓고 있습니다."

잉걸스가 눈살을 찌푸리며 말했다. "냄새라고요?"

검시의는 손을 씻으며 슬그머니 웃었다. "그거라면 제대로 찾아오신 겁니다, 레인 씨. 시체공시소에는 별난 냄새가 다 있거든요."

"아닙니다, 실링 씨. 내가 찾고 있는 것은 그런 냄새와는 별로 관계없는 겁니다." 레인은 웃으며 덧붙여 말했다. "좀더 좋은 냄새를 말하는 겁니다. 내가 보기에는 범죄와 관계가 있으리라고는 생각되지 않습니다만, 살인사건의 해결에 대단히 중대한 의미를 갖게 될지도 모르기 때문입니다."

"어떤 냄새인데요?" 하고 잉걸스가 물었다. "혹시 도움이 될지도 모르니 말씀해보시지요."

"바닐라 냄새입니다."

"바닐라?" 두 의사는 동시에 되물었다. 실링 박사가 레인의 얼굴을 쳐다보았다. "레인 씨, 해터 집안 사건에서 바닐라 냄새가 문제가 된 모양이군요? 그거 정말 묘한 일인데요."

"그렇습니다. 루이자 캠피언의 손이 범인의 얼굴에 닿았을 때 냄새를 맡았다는 겁니다." 레인은 자세히 설명했다.

"처음에는 '아주 짙은' 냄새라고 했습니다만, 여러 가지 실험을 거친 끝에 바닐라 냄새라고 확인하게 되었지요. 혹시 마음에 짚이는 것은 없으신지요?"

"화장품, 과자, 향수, 요리……" 하고 잉걸스가 계속해서 말했다. "그 밖에도 여러 가지가 있습니다만, 뚜렷하게 생각나지는 않는군요."

레인은 손을 내저었다. "물론 그런 것들은 모두 조사해 보았습니다. 상식적인 것들은 모두 살펴보았지요. 방금 말씀하신 것들은 문제가 안됩니다. 아이스크림, 사탕, 에센스 같은 것은 아니었습니다. 아무래도 방향이 틀린 것 같습니다."

"꽃은?" 하고 검시의가 문득 떠오른 생각을 말했다.

레인은 고개를 내저었다. "단 한 가지, 난의 종류 가운데서 바닐라 냄새가 나는 것이 있습니다만, 그것 또한 사건 과정에서 들어온 흔적은 전혀 없습니다. 그래서, 실링 씨, 당신은 그런 방면에서 직접 범죄와 관련이 있을 만한 것에 어떤 것이 있는지 알려주실 듯해서……"

두 의사는 서로 얼굴을 마주보았고 잉걸스가 어깨를 으쓱했다. "약품은 어떨까요?" 하고 실링 박사가 입을 열었다. "아니면……"

"바로 그겁니다, 실링 씨." 하고 레인은 웃으며 말했다. "그 문제로 찾아뵙게 되었습니다. 나도 마지막에 가서는 그 이상한 바닐라 냄새가 혹시 약품일지도 모른다는 생각이 들더군요. 처음에 바닐라와 화학물질과 결부시켜 생각지 않았던 것은 나로서는 당연한 일이지요. 그 두 가지는 전혀 동떨어진 느낌을 주는 것이었으며, 게다가 내 화학 지식이라는 것은 말할 수 없이 형편없는 것이니까요. 어떻습니까? 잉걸스 씨, 바닐라 냄새가 나는 독약이 있긴 있습니까?"

독극물의 전문가는 고개를 저었다. "당장은 생각나는 것이 없군요. 그러나 보통 독소나 독극물에는 그런 것이 없는 것만은 확실합니다."

실링 박사가 잠시 생각하다가 말했다. "물론 바닐라 자체 내에는 실질적으로 의약적 가치는 아무것도 없지요. 참, 그렇군. 때로는 히스테리나 가벼운 열병 환자에게 방향성 흥분제로써 쓰이는 경우는 있습니다만, 그러나……"

레인은 갑자기 흥미를 느낀 듯이 눈을 들었다. 잉걸스가 뛰어오를 듯이 웃어대며 살찐 허벅지를 두드리더니 일어나서, 방 한구석에 놓인 책상으로 걸어갔다. 그는 여전히 웃으며 메모지에 뭐라고 휘갈겨썼다. 그리고 문 앞으로 가더니, "맥마티!" 하고 소리쳤다. 조수 하나가 뛰어왔다. "이것을 스코트에게 갖다주게." 조수는 황급히 사라졌다. "잠깐 기다려 주십시오." 독극물 전문가는 싱글싱글 웃으며, "생각난 것이 있습니다." 하고 말했다.

검시의는 언짢은 얼굴을 했다. 레인은 꼼짝 않고 자리에 앉아 있었다. "저, 실링 박사님." 잉걸스가 무슨 생각이 떠올랐는지 그런 것에 대해서는 아무런 흥미도 없는 듯이 말했다.

"이제 와서 생각해 보니 어째서 요크 해터의 실험실에 있는 약병의 냄새를 하나하나 맡아보지 못했는지, 생각할수록 멍청이 같은 나 자신을 때려주고 싶은 심정입니다."

"참, 그렇군요. 그 실험실 말이지요? 정말 뭔가가 발견되었을지 모르겠군요."

"적어도 좋은 기회였습니다. 내가 그 생각을 해낸 것은 이미 불이 나서 엉망이 되고 약병은 모조리 깨저버린 뒤였습니다." 그는 한숨을 쉬었다. "그러나 해터의 약품 목록은 고스란히 남아 있습니다. 그러니, 잉걸스 씨, 그것을 한번 보시고 그 목록에 쓰여 있는 것을 하나하나 살펴봐 주시면 어떻겠습니까? 당신이라면 단서를 찾아낼 수 있을지도 모르니까요. 나로서는 도저히 해낼 수 없는 일이라서."

"아닙니다, 레인 씨." 하고 독극물 전문가가 말했다. "그렇게까지 할 것도 없다고 생각합니다."

"그렇다면 더없이 좋은 일입니다만."

심부름보낸 사람이 조그만 흰 단지를 가지고 돌아왔다. 잉걸스 박사가 알미늄으로 된 뚜껑을 열고 냄새를 맡아보고는 싱글싱글 웃으며 그 단지를 내밀자 레인이 급히 일어나서 그것을 받아들었다……빛깔도 농도도 꿀 같은, 별로 해로울 것 같지 않은 액체가 들어 있었다. 그는 그것을 코 가까이로 가져갔다……

"잉걸스 씨──" 그는 손을 내리며 조용히 말했다. "큰 도움을 주셨습니다. 틀림없는 바닐라 냄새로군요. 이것은 뭐라고 부르는 약입니까?"

독극물 전문가는 여송연에 불을 붙이며, "페루 발삼이라는 것입니다. 그리고 이것은 어느 약방에서도 파는데, 여느 가정에서도 흔히 볼 수 있는 겁니다." 하고 말했다.

"페루 발삼이라……"

"그렇습니다. 보시는 바와 같이 점착성 액체로서, 주로 세척제나 연고로 널리 쓰이고 있으며 전혀 해는 없습니다."

"세척제나 연고라고요? 어떤 효험이 있습니까?"

실링 박사가 철썩 하고 자신의 이마를 손바닥으로 쳤다. "제기랄!" 그는 정말 분하다는 듯이 소리쳤다. "이 무슨 바보 같은 짓이지! 아무리 그 동안 몇 년이나 쓸 기회가 없었기로 그 냄새를 잊어버리다니. 그렇습니다. 페루 발삼은 세척제나 연고의 원료로 쓰이며, 피부병에 사용되고 있습니다. 아주 흔한 약이지요."

레인은 눈살을 찌푸렸다. "피부병이라……묘하군요. 이대로 쓰게 됩니까?"

"예, 때로는 그대로 쓰지만 대개는 다른 약과 섞어서 쓰지요."

"그런 것이 무슨 도움이 되겠습니까?" 하고 잉걸스 박사가 알 수 없다는 듯이 물었다.

"사실은 그때……" 드루리 레인은 앉아서 2분쯤 가만히 생각에 잠겨 있다가 이윽고 얼굴을 들었는데, 그의 눈에는 의혹의 빛이 떠올라 있었다. "실링 씨, 해터 부인의 피부에 무슨 이상은 없었습니까? 당신이 해부를 하셨으니까 아실 텐데요."

"천만의 말씀입니다." 검시의는 딱 잘라서 아니라고 했다. 그리고는 덧붙여 말했다. "절대로 그런 건 없었습니다. 해터 부인의 피부는 내장과 마찬가지로 아주 깨끗했습니다. 심장 말고는."

"흠, 그렇다면 부인에게 내부질환의 조짐은 없었다는 말씀이군요?" 실링 박사의 말을 듣고 레인은 천천히 물었다.

실링 박사는 당혹한 얼굴이었다. "아무래도 내가 보기에는…… 아니, 해부결과로는 병적 조짐은 전혀 없었습니다. 아무것도…… 그런데 대체 무슨 일입니까?"

레인은 말없이 상대방의 얼굴을 쳐다보았다. 검시의의 눈에 알았다는 듯한 빛이 떠올랐다. "그렇군요. 알았습니다. 하지만, 레인 씨, 그런 조짐은 겉으로는 조금도 나타나지 않았습니다. 하지만 나도 그런 점에 특별히 주의해서 살펴본 것은 아니니까 어쩌면……"

드루리 레인은 두 의사와 악수를 나누고 해부실을 나왔다. 실링 박사는 그의 뒷모습을 바라보고 있었다. 이윽고 어깨를 으쓱하며 독극물 전문가에게 말했다. "정말 묘한 사람이야, 그렇지, 잉걸스?"

제6장 메리엄 박사 사무실
(6월 9일 목요일 오전 11시 45분)

그로부터 20분 뒤, 11번가의 제5 애버뉴와 제6 애버뉴의 중간쯤에 있는 고풍스러운 사암(砂岩)으로 지은 3층집 앞에 차 한 대가 멈춰섰다——광장에서 몇 구역 떨어진 조용하고 귀족적 분위기가 풍기는 곳이었다. 드루리 레인이 차에서 내려 올려다보니 1층 창가에 걸려 있는 흑백의 산뜻한 간판이 눈에 띄었다.

Y 메리엄 의사
진료시간 오전
11시~12시, 오후 6시~7시

그는 천천히 돌층계를 올라갔다. 현관 벨을 누르니 하녀 차림의 흑인 여자가 문을 열었다.

"메리엄 선생님 계시오?"

"이리로 들어오십시오." 하녀는 현관 홀과 이어진 대기실로 레인을 안내했다. 그곳에는 흐릿하게 약품 냄새가 배어 있었다. 대기실에는 5~6명의 환자가 있었다. 레인은 앞쪽 창가의 의자에 앉아서 느긋하게 차례를 기다렸다.

무료한 시간을 한 시간이나 기다리고 있으려니 단정한 차림의 간호원이 방 안쪽에 있는 미닫이문을 열고 그에게로 왔다. "예약하셨습니까?"

레인은 명함지갑을 찾으며, "아니, 예약은 안했지만 메리엄 선생님은 만나주실 겁니다." 하고 말했다.

그가 명함을 건네주자 간호원의 눈이 휘둥그래졌다. 그녀는 황급히 미닫이문 안으로 들어가더니 곧 희고 긴 가운을 입은 메리엄 의사를 대동하고 나왔다.

"레인 씨!" 빠른 걸음으로 다가오며 의사가 말했다. "왜 진작 말씀해 주시지 않았습니까? 간호원 이야기로는 한 시간이나 기다리셨다던데요. 자, 어서, 들어오십시오."

레인은, "뭘요, 괜찮습니다." 하고 말하고는 메리엄 박사를 따라 넓은 사무실로 들어갔다. 거기서는 옆방 진찰실이 보였다. 사무실도 대기실과 마찬가지로 고풍스러운 방이었지만 깨끗하고 잘 정돈되어 있었다.

"앉으십시오, 레인 씨. 여기는 어떻게 오셨습니까? 아, 어디 불편하신 데라도 있으신지요?"

레인은 껄껄 웃었다. "아닙니다, 메리엄 박사님. 개인적인 볼일이 아닙니다. 제 스스로 화가 날 만큼 건강하지요. 하긴 한 가지 나이먹은 표가 난다면, 몇 마일이나 헤엄칠 수 있는지 쓸데없이 뽐내고 싶어져서……"

"플턴 양, 여기는 됐으니 가도 좋아." 하고 메리엄 박사가 불쑥 간호원에게 말했다. 간호원은 방에서 나가 미닫이문을 조심스럽게 닫았다. "그럼, 레인 씨." 그렇게 말하는 그의 태도는 친절했음에도 불구하고 자신은 단 1분도 허비할 수 없는 직업인이라는 인상을 풍기고 있었다.

"저, 그럼, 메리엄 박사님." 레인은 등나무 지팡이 손잡이 위에 두 손을 포개얹은 자세로 말했다. "박사님은 해터 집안 사람이나 또는 해터 집안과 관계가 있는 사람에게라도 좋습니다만, 바닐라를 사용한 처방전을 써준 적이 있습니까?"

"흠." 하고 의사는 회전의자의 등받이에 기대며 말했다. "아직도 그 바닐라 냄새를 쫓고 있군요. 그런데 나는 그런 처방을 한 적이 없습니다."

"분명합니까, 메리엄 박사님? 혹시 잊으신 건 아닐 테지요? 히스테리나 가벼운 열병을 앓은 환자였을지도 모릅니다만."

"아니에요. 없습니다!" 메리엄 박사는 압지 위에 묻은 얼룩을 손가락으로 덧그렸다.

"그럼, 이렇게 묻겠습니다. 지난 몇 달 동안이라고 생각되는데, 해터 집안 사람들에게 피부병 약으로 페루 발삼이 들어간 처방을 해주신 적은 없으신지요?"

메리엄은 흠칫 놀라 몸을 꼿꼿이 세웠다. 얼굴은 벌게졌고, 늙고 푸른 그의 눈에는 놀라는 빛을 띠운 채 다시 몸을 의자에 기대며, "절대로 그럴 리는……" 하고 말을 꺼내다 말고 입을 다물었다. 그러더니 느닷없이 일어서서 화난 얼굴로 말했다. "레인 씨, 내 환자에 대한 질문에는 대답할 수 없습니다. 게다가 당신을 도와드리기에는……"

"하지만, 메리엄 박사님, 당신은 이미 그 대답을 하셨습니다." 레인은 조용히 말했다. "요크 해터로군요?"

메리엄 박사는 책상 옆에 버티고 서서 압지를 내려다보았다. "그렇습니다." 그는 낮은 목소리로 괴롭게 말했다. "말씀하신 대로 요크였습니다. 9개월쯤 전에 그가 찾아왔었는데, 두 팔의 손목 부위에 종기가 나 있더군요. 그는 꽤 걱정하는 눈치였는데, 대수로운 것은 아니었지요. 나는 페루 발삼——블랙 발삼이라고도 합니다만——그것을 넣은 연고를 처방해 주었습니다. 그는 까닭이 있으니 그 일은 비밀로 해달라고 하더군요——아무래도 마음에 걸린다며 아무에게도 심지어 가족에게조차도 말하지 말라고 당부했습니다……페루 발삼, 그것이라면 좀더 일찍 생각났을 겁니다……"

"그랬군요." 하고 레인은 쌀쌀하게 말했다. "좀더 일찍 생각해 냈다면 훨씬 수고를 덜었을 겁니다. 그 뒤로 요크는 오지 않았습니까?"

"종기 때문에 온 것은 그것이 마지막이었지만, 다른 일로는 온 적이 있습니다. 한번 종기가 좀 어떠냐고 물었더니 주기적으로 생기므로 전에 처방해 준 연고를 바르고 있다고 하더군요. 아마 자신이 직접 조제해서 발랐을 겁니다——그는 약제사 자격도 가지고 있었으니까요. 붕대도 자기가 혼자서 감았나 봅니다."

"혼자서?"

메리엄 박사는 당혹해 하는 듯했다. "예——그의 말로는 언젠가 연고를 바르고 있는데 며느리인 마사가 불쑥 들어와서 하는 수 없이 팔에 생긴 종기 이야기를 한 모양입니다. 그랬더니 마사가 안됐다 싶었는지 그 뒤로는 가끔 붕대를 감는 것을 도와주었다더군요."

"재미있군요. 그렇다면 요크와 마사 사이는 여느 시아버지와 며느리 사이처럼 티격태격하지는 않았겠군요."

"나도 그렇게 생각합니다. 마사에게는 알려도 무방하다, 집안에서 마음놓고 털어놓을 수 있는 사람은 마사뿐이라고 했으니까요."

"음……마사란 말이지요? 그 무렵 그 집에 외부에서 들어온 사람은 요크와 마사뿐이었으니까." 레인은 잠깐 입을 다물었다. 그리고는 다급하게 물었다. "요크 해터의 피부병은 원인이 무엇이었습니까?"

의사는 눈을 깜빡이며 말했다. "혈액 탓이었지요. 하지만 레인 씨……"

"괜찮으시다면 그 처방전 사본을 얻을 수 없겠습니까?"

"예, 좋습니다." 메리엄 박사는 한시름놓았다는 듯이 대답했다. 그리고 처방용지를 꺼내 사무실 분위기처럼 고풍스러운 굵은 펜으로 정성들여 쓰기 시작했다. 레인은 다 쓴 처방전을 받아들고는 죽 훑어보았다.

"독성이 있는 것은 아무것도 없겠지요?"

"물론입니다."

"달리 생각진 마십시오. 만일을 위해서 물어보았을 뿐입니다." 레인은 그 처방전을 지갑 속에 넣으면서 말했다. "그런데, 한 가지만 더, 요크 해터의 진료 카드를 보여주셨으면 합니다만……"

"예?" 메리엄 박사는 다시 한참 동안 눈을 깜빡거렸다. 밀납처럼 하얀 귀가 붉은 빛을 띄었다. "카드 말입니까? 그건 말도 안됩니다! 환자의 비밀을 공개하라니요……그런 어처구니없는 말은 들어본 적도 없어요. 나는 절대로……"

"메리엄 박사님, 우리 서로의 처지를 좀더 이해하기로 합시다. 나는 당신이 그렇게 말씀하는 것도 백번 지당하다고 생각합니다. 그러나 내가 이렇게 찾아오게 된 것은 법률의 대표자로서 온 것이며, 살인자의 체포 이외에는 다른 목적이 전혀 없다는 것은 아실 줄 압니다."

"그건 알고 있습니다. 그러나 나로서는 도저히……"

"또 살인이 벌어질지도 모릅니다. 당신은 경찰을 도와 살인을 미리 막아야 합니다. 우리가 아직 모르고 있는 귀중한 사실을 당신만 알고 있을지도 모르거든요. 그런 다급한 상황에서 직업상 비밀이 다 무슨 말씀입니까?"

"그럴 수는 없습니다. 의사로서의 도덕성에 어긋나는 일입니다."

"의사로서의 도덕이 어떻다는 겁니까?" 레인의 얼굴에서 미소가 사라졌다. "어째서 당신이 말하지 않으려는지 내가 말씀드릴까요? 의사로서의 도덕성이라고요? 당치 않은 소리! 내 귀가 안 들린다고 눈까지 먼 줄 아시나요?"

경악하는 빛이 노의사의 눈에 떠올랐으나 곧 눈꺼풀에 가려지고 파랗게 튀어오른 혈관이 보일 뿐이었다. "대체 무엇을……" 그는 더듬거리며 말했다. "무엇을 말하겠다는 겁니까?"

"들어보십시오. 당신이 해터 집안 사람들의 병력을 숨기려는 것은 내가 해터 집안 사람들이 가진 비정상에 대한 비밀을 알게 될까 봐 두렵기 때문입니다."

메리엄 박사는 감은 눈을 뜨지 않았다. 레인은 긴장을 풀고 미소를 되찾았다. 그러나 그것은 승리의 미소가 아니고 슬픈 미소였다.

"메리엄 박사님, 모든 것이 너무도 분명하지 않습니까? 어째서

루이자 캠피언은 태어나면서부터 장님이고 귀머거리에 벙어리까
지 되어야 했는가……?"

메리엄 박사의 얼굴빛이 창백해졌다.

"어째서 바바라 해터는 그렇게 천재인가……어째서 콘래드 해
터는 걸핏하면 미친 듯이 화를 잘 내며, 어째서 고주망태가 되어
방탕한 나날을 보내고 있는가……어째서 질 해터는 분별력이 없으
며, 그 미모 뒤에 타고난 악덕을 숨긴 괴물처럼 되었는가……"

"제발 그만하시오!" 하고 메리엄 박사가 소리쳤다. "나는 그들
을 아주 오래 전부터 알고 있었습니다. 그들이 자라는 것을 죽 보
아왔지요──그들을 위해서, 그들이 올바른 삶을 살 수 있도록 노
력해 왔습니다……"

"그 점은 나도 알고 있습니다, 메리엄 박사님." 하고 레인은 부
드럽게 말했다. "당신은 자신의 직업상의 윤리를 더없이 충실하게
이행해 오셨습니다. 그러나 그와 동시에 지금 인간으로서의 바른
길을 가기 위해서는 과감한 결단을 내려야 할 시점에 와 있습니다.
클로디스가 말했듯이, '절망적인 병은 비상수단에 의해서 고쳐질
뿐'이 아닙니까?"

메리엄 박사는 의자에 파묻힌 채 몸을 웅크렸다.

"별로 어려운 일은 아니었습니다." 레인은 여전히 조용한 목소
리로 말을 계속했다. "어째서 그 사람들이 미치광이 같고, 난폭하
며, 정상이 아닌가? 어째서 요크 해터는 불쌍하게 자살했을까? 나
는 금방 알 수 있었습니다. 물론 화근은 에밀리 해터 때문이지요.
그녀의 첫남편 토머스 캠피언이 죽은 것도 위험을 깨닫기 전에 이
미 그녀에게서 병이 옮아 있었기 때문이라는 것은 이제 와선 의심
할 여지도 없습니다. 그리고 두 번째 남편인 해터도 마찬가지로 감
염되고, 그 저주스러운 병균은 아이들에게로, 다시 또 그들의 자녀
들에게까지 옮겨진 겁니다……메리엄 박사님, 우리는 이 문제에
관해서는 완전히 뜻을 같이 하여 비상사태가 계속되는 동안에는
도덕적인 생각 같은 것은 모두 잊어버려야 할 필요가 있습니다."

"알겠습니다."

레인은 한숨을 쉬었다. "실링 박사님은 해부 결과 그런 이상은
확인할 수 없었다고 했는데, 아마 당신 치료로 거의 완쾌되었겠지
요, 그렇지 않습니까?"

"하지만 다른 사람들에게 감염되는 것을 막기에는 치료가 너무
더뎠습니다." 하고 메리엄 박사가 말했다. 그는 그 이상 아무 말도

하지 않고 일어서더니, 무거운 발걸음으로 사무실 한쪽 구석에 있
는 자물쇠가 달린 캐비닛 앞으로 걸어갔다. 자물쇠를 풀고 그 안에
서 몇 장의 커다란 카드를 꺼냈다. 말없이 그것을 레인에게 건네주
고는 창백한 얼굴로 힘없이 다시 자리에 와서 앉았다. 그리고 레인
이 그 여러 종류의 진료 카드를 훑어보고 있는 동안 그도 말 한마
디 하지 않았다.

어느 진료 카드에나 칸이 모자랄 정도로 빼곡히 글씨로 메워져
있었으며, 그 내용은 모두 비슷한 특징이 있었다. 읽어나가면서 레
인은 몇 번이나 고개를 끄덕이더니 그 팽팽한 얼굴에 차츰 비통한
빛이 짙어갔다. 해터 부인의 진료 기록에는 30년 전, 메리엄 박사
가 처음 부인을 진찰하기 시작했을 무렵——그때 이미 루이자 캠
피언, 바바라, 콘래드 해터가 태어난 뒤였다——에서부터 죽을 때
까지 계속되었다. 그것은 정말 우울하게 만드는 기록이었다. 레인
은 얼굴을 찌푸리며 그것을 옆에 내려놓았다. 그는 카드를 넘겨서
요크 해터의 기록을 찾아냈다. 그것은 앞에 본 진료 카드보다 간단
했다. 레인은 대부분의 기입사항을 죽 훑어보고는 작년 해터가 실
종되기 한 달 전 날짜 마지막 기입난에 가서는 유심히 읽어나갔다.

나이 67세⋯⋯체중 155파운드(약 *70kg*)(양호)⋯⋯키 5피트 5인치
(약 *165cm*)⋯⋯혈압 190⋯⋯심장상태 불량⋯⋯피부 정상⋯⋯바
세르만 반응(매독의 혈청학적 진단에 사용하는 검사법 중 하나)——플
러스 1

다음으로 레인이 살펴본 루이자 캠피언의 기록은 마지막 기입
날짜가 금년 5월 14일이었다.

나이 40세⋯⋯체중 148파운드(약 *67kg*)(비만)⋯⋯신장 5피트 4인
치(약 *162.5cm*)⋯⋯초기 흉부질환⋯⋯시력, 청력, 발성능력——가
망 없음⋯⋯신경증 진행중⋯⋯바세르만 반응——음성⋯⋯심장,
주의를 요함⋯⋯규정식(規定食) 처방 114호

기록에 의하면 콘래드 해터가 마지막으로 메리엄 박사의 진찰을
받은 것은 지난해 4월 18일이었다.

나이 31세⋯⋯체중 175파운드(약 *79kg*)(부족)⋯⋯키 5피트 10인치

(약 178cm)······건강상태 대체로 불량······간장 불량······심장 비대 ······알콜중독증 현저······바세르만 반응——음성······지난번보 다 악화······들어줄 것 같지 않았지만 요양을 권유.

바바라 해터는 기록의 마지막 날짜로 보아서 지난해 12월초에 메리엄 박사의 진찰을 받은 것으로 되어 있었다.

나이 36세······체중 127파운드(약 57.5kg)(부족)······신장 5피트 6 인치 반(약 169cm)······빈혈증세 악화······간장 섭취 처방······건강 상태 대체로 양호함······바세르만 반응——음성······결혼생활을 하게 되면 개선의 여지가 있음.

질 해터 올해 2월 24일.

나이 25세······체중 135파운드(약 61kg)(약간 부족)······신장 5피트 5인치 반(약 166.3cm)······체력소모가 현저함······강장제 시용(試 用)······초기 심계항진(心悸亢進)?······경미한 알콜중독증상······ 아래턱 우측의 사랑니 농양(膿瘍)······조심할 것······바세르만 반 응——음성

재키 해터, 올해 5월 1일.

나이 13세······체중 80파운드(약 36kg)······키 4피트 8인치(약 142cm) ······신중한 주의를 요함······사춘기가 늦음······체질 이상······바 세르만 반응——음성

빌리 해터, 올해 5월 1일.

나이 4세······체중 32파운드(약 14.5kg)······키 2피트 10인치(약 86. 4cm)······심장, 허파 지극히 양호함······모든 점에서 정상, 건강하 지만 주의를 요함.

"정말 가엾군요." 드루리 레인은 그렇게 말하며 카드를 본래대 로 챙겨서 메리엄 박사에게 돌려주었다.
"마샤 해터의 진료 카드는 없는 것 같군요."

"예, 없습니다." 메리엄 박사가 힘없이 대답했다.

"아기 낳을 때에도 두 번 다 다른 의사가 맡게 되었습니다. 아이들을 정기진찰을 받으러 데려오긴 합니다만 어찌된 일인지 자기는 진찰을 받으러 내게 온 적이 한 번도 없었습니다."

"그러니까, 그녀는 알고 있는 거로군요?"

"그렇습니다. 그래서 마사가 남편을 미워하고 업신여기는 것도 무리는 아닙니다."

메리엄 박사는 일어났다. 그에게 있어서 오늘 이 자리는 불유쾌한 것이었다. 그의 늙은 턱 언저리에는 어떤 결연한 빛이 떠올라 있었다. 그것을 본 레인도 따라 일어나서 모자를 집어들었다.

"메리엄 박사님, 루이자 캠피언의 독살미수와 해터 부인의 살해에 대해서 혹 짐작되는 것은 없습니까?"

"당신이 해터 집안의 누구를 살인자나 독살자로 집어내더라도 나는 놀라지 않습니다." 메리엄은 높낮이가 없는 목소리로 말했다. 그리고 책상을 돌아서 무거운 걸음걸이로 걸어나와 문 손잡이를 잡았다. "레인 씨, 당신이 죄지은 자를 잡아서 재판을 받게 하고 유죄를 선고하게 할 수는 있을지 모릅니다. 그러나 이것만은 말씀드려 두겠습니다." 짧은 한 순간 두 사람은 서로의 눈을 바라보았다. "적어도 과학을 이해하고 양식을 가진 사람이라면 해터 집안의 어느 누구에 대해서도 범죄의 도덕적 책임을 지을 수는 없을 것입니다. 그 사람들의 머리는 가공할 육체적 유전으로 말미암아 비뚤어져 있습니다. 그들은 모두 비참한 최후를 맞게 되겠지요."

"제발 그렇게는 되지 말았으면 합니다." 드루리 레인은 그렇게 말하고 나서 작별인사를 했다.

제7장 해터 집안
(6월 9일 목요일 오후 3시)

그로부터 두 시간 뒤 레인은 혼자서 시간을 보내고 있었다. 혼자 있고 싶었다. 그는 자기 자신에게 화가 나 있었다. 어째서 나와 아무 관계도 없는 사건에 이렇게까지 깊이 발을 들여놓아야 했는지? 그는 스스로를 책망했다. 요컨대 자기에게 기어이 관여해야 할 의무라는 것이 있다면 그것은 법에 대한 의무인 것이다. 그렇지 않으면 무엇인가? 아마도 정의란 것이 다른 사람보다 자기에게 더 많은 것을 요구하고 있기 때문이리라……

돌로미오가 운전하는 차로 주택 지구에 있는 프라이어스 클럽으로 가면서 레인은 끊임없이 자기 자신에게 질문 공세를 퍼부었다. 그의 성실한 마음은 그가 좋아하는 고독을 방해하기만 했다. 클럽의 한쪽 구석, 언제나 그가 즐겨 앉는 자리에 앉아 혼자서 점심을 먹으며 친구, 친지, 옛 연극 동료들의 인사에 가볍게 답하는 조용한 한때조차도 편안한 마음이 될 수 없었다. 가져온 요리를 뒤적이며 그의 얼굴은 더욱더 우울해져 갔다. 영국식 양고기 요리마저도 오늘은 맛이 없었다. 점심식사를 마치자 불빛에 끌리는 불나방처럼 드루리 레인은 돌로미오에게 차를 몰고 해터의 집으로 가자고 했다.

해터의 집은 조용했다. 그 조용함에 레인은 말없는 감사를 보냈다. 현관에서 홀로 들어서니 그 집 운전사 조지 애버클이 무뚝뚝한 얼굴로 그를 쳐다보았다.

"샘 경감은 와 계시오?"

"3층 페리 씨 방에 계십니다."

"실험실로 좀 내려오시라고 전해 주지 않겠소?"

레인은 생각에 잠겨서 층계를 올라갔다. 실험실 문은 열려 있고, 모셔 형사가 창가에 놓인 실험대 위에 넋나간 사람처럼 앉아 있었다.

이윽고 샘 경감의 찌부러진 코가 보이고 그 으르렁대는 듯한 목소리로 레인에게 인사를 했다. 모셔는 펄쩍 뛸 듯이 일어났다. 샘은 손을 들어 그를 비켜서게 하고 정신없이 서류함 속을 뒤지고 있는 레인을 불안한 듯이 바라보고 서 있었다. 레인은 곧 일어섰다. 그의 손에는 실험실의 비품을 적어놓은 목록 카드철이 들려 있다.

"자, 이겁니다! 경감님, 잠깐 기다려 주십시오." 하고 그는 말했다. 그리고는 여닫이 뚜껑이 달린 낡은 책상 앞에 놓인 반쯤 불타 버린 회전의자에 앉아서 목록 카드를 살펴보기 시작했다. 한장 한장 재빨리 훑어보며, 거의 쉴새없이 카드를 젖혀나가다가 30장째에 이르러, "여기 있군." 하는 소리와 함께 손을 멈추었다. 경감은 무엇이 그토록 레인의 관심을 끌었는지 어깨너머로 들여다보았다. 그 카드에는 30이라는 번호가 매겨져 있고, 그 밑에는 '한천(寒天)'이라고 쓰여 있었다. 그러나 레인이 흥미를 느낀 것은 한천이라는 글씨 위에 단정하게 줄을 그어 지우고 그 밑에다 페루 발삼이라고 기재한 곳인 듯했다.

"대체 뭡니까?" 하고 경감이 물었다.

"조금만 더 기다려 주십시오, 경감님."

레인은 일어나더니 방 한쪽 구석에 쓸어 모아둔, 폭발 때 깨어진 유리조각들이 있는 곳으로 다가갔다. 그는 그 조각들을 헤쳐서 비교적 덜 깨어진 병이나 단지들을 열심히 살펴보더니, 생각대로 되지 않는지 이번에는 불에 그을린 약품선반 앞에 가서 가장 윗단 한가운데쯤의 칸막이를 올려다보았다. 거기에는 약병도 단지도 남아 있지 않았다. 그는 혼자서 고개를 끄덕이고는 유리조각들을 모아둔 곳으로 다시 돌아가서는 깨어지지 않은 병과 단지를 몇 개 골라냈다. 그리고 그것을 약품선반의 가장 윗단 한가운데 칸막이에 조심스럽게 늘어놓았다.

"됐어." 하고 그는 손을 털면서 말했다. "이만하면 훌륭해. 그런데, 경감님, 모셔 형사에게 심부름을 좀 시켜도 되겠습니까?"

"예, 얼마든지."

"모셔 씨, 마사 해터를 데려다 주시겠소?"

모셔는 얼굴 가득히 웃음을 띠우고 벌떡 일어나더니 요란한 발자국 소리를 내면서 실험실을 나갔다. 그는 곧 마사를 앞장세우고 돌아왔다. 그리고 등뒤로 손을 돌려서 문을 닫고는 공인왕실수위 같은 자세로 문을 등지고 섰다.

마사 해터는 샘 경감과 레인 앞에 머뭇거리며 서서는 두 사람의 얼굴에서 무슨 일인지 알아내려는 듯이 눈동자를 바쁘게 굴리고 있었다. 눈밑에는 짙은 보랏빛 기미가 끼었고, 코는 더욱 날카로웠으며 파리한 얼굴빛에 입을 굳게 다물고 있는 그녀는 전보다 훨씬 초라해 보였다.

"부인, 앉으십시오." 하고 레인은 상냥하게 말했다. "좀 물어볼 일이 있어서……부인의 시아버지인 요크 해터 씨는 무슨 피부병 때문에 꽤 고생하셨지요?"

마사는 앉으려다 말고, "어머——" 하고 놀라며 몸이 굳어졌다. 그리고는 제대로 회전의자에 바로 앉았다. "네, 그래요. 하지만 어떻게 아셨지요? 그 일은 아무도……"

"부인과 요크 해터와 메리엄 박사, 이 세 사람 말고는 아무도 모르는 줄 아셨군요. 그런 건 간단히 알 수 있지요……부인께서는 해터 씨가 남몰래 연고를 바르고 붕대를 감는 것을 거들었지요?"

"대체 무슨 이야기요?" 하고 샘 경감이 물었다.

"경감님, 잠깐만 기다려 주십시오……그렇지요, 부인?"

"네, 도와드렸습니다. 가끔 도와달라고 저를 부르셨어요."

"그 연고의 이름이 뭐지요?"

"이름은 전혀 모르겠어요."

"해터 씨가 그것을 늘 어디에 두었는지 아시나요?"

"예, 그건 알아요! 아버지는 언제나 지금 저기 있는 저 병들 중 하나가……"

그녀는 일어나서 재빨리 약품선반 앞으로 갔다. 그녀는 한가운데 칸막이 앞에 서더니 발돋음을 해서 방금 레인이 늘어놓은 병들 중에서 하나를 집었다. 레인의 눈은 마사에게 못박혀 있었다. 마사는 그 칸막이에서도 한가운데 있는 병을 집어낸 것이다.

그녀가 병을 건네주려고 하자 그는 고개를 저으며 말했다. "부인, 뚜껑을 열고 냄새를 맡아보시지요."

마사는 의아한 얼굴을 하고 시키는 대로 했다. "어머, 이게 아니군요!" 약병을 코로 가져간 순간 그녀는 소리쳤다. "이건 그 약이 아니에요. 그 약은 벌꿀처럼 끈적거리고 냄새는……" 나오려는 말을 꿀꺽 삼켜버리고 그녀는 순식간에 벙어리가 되고 말았다. 아랫입술을 꽉 깨무는 이가 보였다. 까칠한 얼굴에 극심한 두려움이 번져나가며 약병은 그녀의 손에서 떨어져 바닥에서 깨어져 버렸다.

샘 경감은 진지하게 그녀를 지켜보고 있었다. "그래, 어떻습니까, 부인?" 그는 쉰 목소리로 물었다. "무슨 냄새였나요?"

"말씀하시지요, 부인." 하고 레인도 부드럽게 말했다.

그녀는 마치 로봇 인형처럼 고개를 저었다. "전……기억이 안 나요."

"바닐라 같은 냄새였지요, 부인?"

마사는 잔뜩 겁먹은 눈으로 레인의 얼굴을 지켜보면서 뒷걸음질 치며 방에서 달아나려고 했다. 레인은 한숨을 쉬며 일어나더니 아버지처럼 다정하게 그녀의 팔을 가볍게 두드려 주고 문 앞에 서 있는 모셔를 비켜서게 하고 문을 열어주었다. 마사는 마치 몽유병자 같은 느린 걸음으로 걸어나갔다.

"그렇군!" 갑자기 바쁜 듯이 움직이며 경감이 소리쳤다.

"피부병 약이었어——바닐라! 참 기막히군. 레인 씨, 정말 대단하십니다!"

드루리 레인은 난로 앞으로 걸어가더니 불기 없는 벽난로를 등지고 앞으로 구부린 자세로 섰다. "그렇습니다." 그는 생각에 잠긴 얼굴로 말했다. "캠피언 양이 증언한 냄새의 근원이 겨우 밝혀진 듯합니다."

샘 경감은 흥분해 있었다. 까닭없이 바쁘게 걸어다니며 레인에게라기보다는 자기 자신을 향해 떠들어대고 있었다. "멋지군! 정말 뜻밖이야……하지만 그렇게 되면 페리는……어찌되는 거지? 바닐라에……연고라……레인 씨, 당신은 이 일을 어떻게 생각하십니까?"

"페리 씨를 체포한 것은 무모한 짓이었다고 생각합니다." 라고 말하고 레인은 웃었다.

"그게 아무래도……나도 그런 생각이 들기 시작했습니다." 경감은 비굴해 보이는 눈을 하고 말을 계속했다. "나도 이젠 알 것 같군요."

"예? 뭘 알게 되었나요?" 하고 레인이 날카롭게 물었다.

"아니, 아직 안됩니다, 레인 씨." 경감은 싱글싱글 웃었다. "당신이 방금 한 방 멋지게 날렸으니까 이번에는 내 차례지요. 아직은 아무 말도 할 수 없지만, 그러나 이 질려버린 사건에 손을 대고 나서 이제 처음 그럴 듯한 것을 하나 거머쥔 듯합니다."

레인은 물끄러미 경감을 쳐다보았다. "대강 짐작되는 것이 있다는 거로군요?"

"글쎄, 그렇다고 할 수 있지요." 경감은 또 빙그레 웃으며 말했다. "좀 떠오른 것이 있어서요. 레인 씨, 말하자면 그 영감이라는 거지요. 좋아, 이것만 제대로 된다면……" 그는 거친 걸음걸이로 문으로 다가가서, "모셔." 하고 근엄하게 말했다. "자네와 핑크, 둘이서 이 방을 지키도록 하게, 알겠나?" 경감은 흘끗 창 쪽을 보았다. 창문은 널빤지를 대고 못질을 해놓았다. "단 1초도 자리를 떠서는 안돼, 알겠나?"

"알겠습니다, 경감님."

"실수했다가는 경찰관 배지는 떼어버릴 거야. 그럼, 레인 씨, 함께 가실까요?"

"아닙니다, 경감님. 당신이 어딜 가시는지 모르니 나는 그만두겠습니다……그런데 가시기 전에…… 혹시 줄자를 가지고 계시다면 좀……"

경감은 방을 나가려다 말고 레인을 돌아보았다. "줄자? 대체 어디다 쓰시려고?" 그는 조끼 주머니에서 접는 자를 꺼내 레인에게 건네주었다.

레인은 웃는 얼굴로 그것을 받아가지고는 다시 약품선반으로 다가갔다. 그는 접는 자를 펴서 가장 위의 선반과 두 번째 선반 사이의 공간의 거리를 재어보았다. "음." 하고 그는 말했다. "6인치(약 15cm)라……좋아! 거기에 널빤지의 두께가 1인치(약 1.5cm)……" 그는 턱을 만져가며 고개를 끄덕였다. 그리고는 우울과 만족이 뒤섞인 기묘한 얼굴로 자를 접어서 경감에게 돌려주었다.

그때까지 경감의 얼굴을 덮고 있던 신나던 빛이 갑자기 사라져 버린 듯했다. "그러고 보니, 당신은 어제 단서가 둘 있다고 하셨지요? 그 하나가 바닐라 냄새……그렇다면 이것이 또 하나의 단서입니까?"

"예? 아, 선반을 재어본 것 말이군요? 아닙니다." 레인은 시들한 얼굴로 고개를 저으며 말했다. "또 한 가지는 좀더 조사해 보지 않고선……"

경감은 묻고 싶은 것이 있는 듯 우물쭈물하더니 그만 단념해 버렸는지 고개를 흔들면서 방에서 나갔다. 모셔는 무관심한 얼굴로 그것을 바라보고 있었다.

레인은 경감이 가고 난 다음에 천천히 실험실을 나왔다. 그는 옆방인 스미스 간호원의 방을 들여다보았다. 아무도 없었다. 다시 복도를 천천히 걸어서 동남쪽 구석에 있는 방 앞에서 걸음을 멈추고 문을 두드렸다. 아무도 나오는 사람이 없었다. 그는 층계를 내려갔다. 도중에 아무도 만나지 않고 집 뒤꼍을 빠져서 정원으로 나갔다. 바깥 공기는 제법 싸늘했지만 커다란 비치 파라솔 밑에서 스미스 양이 책을 읽고 있었다. 그 옆에는 루이자 캠피언이 데크 체어에 누워서 잠들어 있는 듯했다. 그 바로 가까운 곳에서는 재키와 빌리가 잔디밭 위에 쪼그리고 앉아서 열심히 땅바닥을 내려다보며 전에 없이 얌전하게 놀고 있었다. 둘은 개미집을 바라보며 조그만 벌레들의 바쁜 움직임에 완전히 정신이 팔려 있는 모양이었다.

"스미스 양——" 하고 레인이 말을 걸었다. "바바라 해터 양은 어디 있는지 모르나요?"

"앗!" 스미스 양은 놀라서 책을 떨어뜨렸다. "어머, 죄송해요. 깜짝 놀랐어요. 아가씨는 경감님의 허락을 받고 외출했을 거예요 ……그리고 어딜 갔는지, 언제 돌아올지는 모르겠어요."

"아, 그렇습니까." 레인의 바지를 누군가가 잡아당기기에 내려다보니 빌리가 조그만 장미빛 얼굴을 쳐들고 그에게 소리치고 있었다.

"사탕 줘! 사탕 말이야!"

"아, 빌리로구나!" 하고 레인은 마지못해 아는 체했다.

"바바라 고모는 감옥에 갔어. 페리 선생님 만나러 감옥에 갔단 말이야." 열세 살짜리 재키는 그렇게 소리치며 레인의 등나무 지 팡이를 잡아당겼다.

"정말 그럴지도 몰라요." 하고 스미스 양이 마땅찮은 얼굴을 하고 말했다.

레인은 가만히 아이들의 손을 뿌리쳤다——아이들의 얼굴을 마 주보고 있을 기분이 아니었다——그리고는 오솔길을 따라 집을 돌아서 한길로 나왔다.

돌로미오가 차를 세워놓고 기다리고 있는 곳까지 와서는 혐오의 빛 가득한 눈으로 해터의 집을 돌아보았다. 그리고 지친 듯이 차에 올랐다.

제8장 바바라의 작업실
(6월 10일 금요일 오전 11시)

드루리 레인이 다시 찾아갔을 때, 미치광이 해터의 집을 둘러싸 고 있는 소름끼치는 고요함은 여전했다. 경감의 모습도 보이 지 않았다. 애버클 부부의 말로는 어제 오후 나간 채 아직 돌아오 지 않았다는 것이다.

"네, 바바라 아가씨는 집에 계세요." 부부는 그렇게 대답했다. "아침식사도 자기 방에서 했답니다." 하고 애버클 부인은 짜증스 러운 듯 말했다. "아직도 내려오지 않는군요, 벌써 11시나 되었는 데……"

"좀 뵙고 싶다고 전해 주시오."

애버클 부인은 알겠다는 듯이 한쪽 눈썹을 찡긋하고는 군말없이 2층으로 올라갔다. 그리고는 돌아와서, "만나시겠다는군요. 올라가 시지요." 하고 말했다.

레인은 어제 오후 노크를 해본 방에서 여류시인과 만났다. 그녀 는 정원이 내려다보이는 창가에 붙박이로 설치되어 있는 긴의자에 앉아서 길다란 경옥제(硬玉製) 물부리로 담배를 피우고 있었다.

"어서 오세요. 이런 흐트러진 꼴로……실례하겠어요."

"아닙니다, 아주 좋은데요."

바바라는 비단으로 된 중국식 옷을 입고 있었으며, 연한 금발이 그녀의 두 어깨를 물결치듯 덮고 있었다. "온통 어질러놓았습니다만 용서하세요, 레인 씨." 그녀는 미소지으며 말했다. "타고난 게 으름뱅이라 아직 청소도 안되어 있어요. 저의 작업실로 가시는 편이 좋겠군요."

그녀는 반쯤 젖혀져 있는 커튼 안쪽에 있는 자그마한 방으로 안내했다. 은둔생활을 하는 사람의 방처럼 검소하게 꾸며져 있었으며——크고 널찍한 책상, 주변의 벽에 어지럽게 붙어 있는 책꽂이, 타이프라이터, 거기에 의자가 하나 놓여 있을 뿐이었다.

"아침부터 계속 쓰고 있는 중이었어요." 하고 그녀는 치다 만 타자기를 보았다. 그리고는 덧붙여 말했다. "불편하신 대로 그쪽 의자에 앉으세요. 저는 책상에 걸터앉죠."

"정말 고맙소. 참 좋은 방입니다, 해터 양. 생각하던 대로요."

"어머, 정말이세요?" 그녀는 웃었다. "우리 집안을 두고도—— 저를 두고도 세간에서는 꽤 심한 소문들을 퍼뜨리고들 있어요. 저의 침실은 벽도 바닥도 천정도 모두 거울로 되어 있어서——요부들이나 쓰는 방 같다느니, 게다가 저는 매주 새 애인을 만든다느니, 또는 섹스는 전혀 모르는 여자라느니, 하루에 블랙 커피 3쿼터와 진을 1갤런 마신다느니……하지만 사실은 레인 씨가 보시듯이 아주 평범한 여자랍니다. 소문과는 전혀 다른, 시를 쓰는 평범한 여자지요."

레인은 한숨을 쉬었다. "아가씨, 나는 참으로 기묘한 것을 물어보려고 왔습니다만."

"어머, 무슨 일인데요?" 밝은 웃음이 걷히고 침착성마저 사라졌다. 그녀는 끝이 바늘만큼이나 뾰족하고 엄청나게 커다란 연필을 손에 잡고는 책상 위에다 낙서를 하기 시작했다.

"당신을 처음 만났을 때 샘 경감과 브루노 지방검사, 그리고 나와 이렇게 셋이서 잠깐 당신의 이야기를 들은 일이 있었지요. 그때 당신이 한 말 중에서 이렇다 할 이유도 없으면서 내 머리에서 떠나지 않는 것이 있었습니다. 그래서 오늘까지 오랫동안 그것에 대해 좀더 자세하게 물어보고 싶었지요."

"무슨 말씀인데요?" 하고 그녀는 낮은 목소리로 물었다.

레인은 여자의 눈을 똑바로 들여다보면서 말했다. "당신 아버지는 탐정소설을 쓴 적이 있습니까?"

바바라는 입에 물고 있는 담배를 금방 떨어뜨릴 듯이 입을 딱 벌리고 놀란 눈으로 레인을 쳐다보았다. 이 놀란 모습은 가짜는 아니라고 레인은 직감으로 느꼈다. 지금까지의 그녀는 전혀 다른 질문을 예상하고 있었던 것 같았다.

"어머……" 그녀는 웃음을 터뜨렸다. "놀랐는데요! 선생님은 마치 그 사랑스러운 셜록 홈즈 같은 분이군요. 저도 어릴 적에는 그의 모험 이야기를 밤을 새어 읽었답니다……네, 아버지도 쓰셨어요. 하지만 대체 그걸 어떻게 아셨지요?"

드루리 레인은 여전히 여자의 얼굴을 지켜보고 있다가, 이윽고 후 하고 한숨을 내쉬며 긴장을 풀었다. "그렇습니까." 하고 그는 천천히 말했다. "역시 생각했던 대로군요." 말로 다 표현할 수 없는 고뇌의 빛이 그의 눈에 가득했다. 그는 재빨리 눈을 내리깔아 그것을 감추었다. 바바라도 미소를 거두고 그를 바라보았다. "당신은 그때 아버지가 심심풀이로 소설을 썼다고 했습니다. 그런데 어째서 내가 그 소설이 하필 추리소설이 아니었느냐고 물었는가 하면——거기에는 몇 가지 사실이 결정적인 가능성을 보여주었기 때문입니다."

그녀는 담배를 비벼 껐다. "저로서는 무슨 일인지 잘 모르겠습니다만, 그러나……레인 씨, 선생님 말씀을 믿겠어요……언제였더라……아마 지난해 초가을이었을 거예요——아버지는 제 방으로 오셔서 좀 쑥스러운 듯이 좋은 출판관계자를 가르쳐 달라고 하시기에 제 책을 출판한 곳을 가르쳐 드렸답니다. 하지만 좀 뜻밖이라서——책을 쓰고 계시느냐고 물었지요." 그녀는 하던 말을 잠깐 멈췄다.

"계속하십시오."

"처음에는 아버지도 쑥스러워하셨습니다만, 제가 자꾸 조르니까 마침내 비밀로 해야 한다고 다짐하시고는 추리소설을 쓰려고 계획을 세우고 있는 중이라고 털어놓으셨습니다."

"계획?" 레인이 다그치듯 물었다.

"그렇게 말씀한 것 같아요. 줄거리는 대강 세웠는데, 그 착상이 아주 멋진 것이어서 완성되면 출판에 관계하는 사람과 쓸 만한 작품이 될지 어떨지 의논해 보고 싶다고 하셨어요."

"그랬었군요. 잘 알겠습니다. 이제는 모든 것이 분명해졌습니다. 그리고 다른 말씀은 없으셨습니까?"

"없었어요. 솔직히 말씀드려서 저는 별로——별로 흥미가 없었거든요. 하지만 지금은 그것을 후회하고 있어요." 그녀는 물끄러미 연필을 바라보았다. "언제나 과학 하나에만 매달려 있는 줄 알았던 아버지가 갑자기 창작에 대한 의욕에 불타고 있는 그 모습이 좀 재미있다고 느껴졌을 뿐이었어요. 그 뒤로는 그 이야기에 관해서는 아무것도 들은 게 없답니다."

"아, 사실을 누구에게 이야기한 적은 없습니까?"

"그녀는 고개를 저으며 말했다. "방금 선생님이 묻기 전까지는 까맣게 잊고 있었어요."

"아버님께선 비밀로 하라고 하셨군요?" 하고 레인은 다시 물었다. "아버님이 어머니나 또는 다른 사람에게 그 이야기를 하셨다고 생각되지는 않습니까?"

"그랬을 리는 없어요. 만일 이야기하셨다면 그것이 제 귀에 들어오지 않을 리 없으니까요." 그녀는 한숨을 쉬었다. "질이 알았다고 해도 워낙 수다쟁이라 웃음거리라면서 신나게 떠들고 다녔을 거예요. 콘래드라면 틀림없이 모든 식구들 앞에서 비웃었을 거고요. 그리고 아버지는 절대로 어머니에게는 말하지 않았을 거예요."

"어째서 그렇게까지 장담하나요?"

그녀는 한쪽 손을 주먹쥐고 그것을 바라보았다. "아버지와 어머니는 벌써 몇 년째 의례적인 말밖에는 하지 않는 사이였으니까요." 하고 그녀는 낮은 목소리로 말했다.

"알았습니다. 실례가 많았습니다……직접 원고를 본 적은 있습니까?"

"아뇨. 원고는 없을 거예요——아까도 말씀드렸지만 대강의 줄거리를 세워보았을 뿐일 거예요."

"그 줄거리를 적어서 넣어둠직한 곳에 대해서 짐작되는 것은 없습니까?"

그녀는 어깨를 으쓱했다. "아버지의 연금술 실험실 안에 없다면 전혀 알 길이 없지요."

"그런데 그 줄거리 말입니다만——아주 멋진 것이라고 하신 모양인데, 어떤 내용이었습니까?"

"모르겠어요, 내용에 대해서는 한마디도 안하셨으니까요."

"그렇다면 해터 씨는 그 추리소설 일로 당신이 거래하는 출판사 사람과 의논은 하셨습니까?"

"하시지 않았어요."

"어떻게 아시지요?"

"그 사람에게 아버지가 다녀가시지 않았느냐고 물었더니 그런 적 없다고 하더군요."

드루리 레인은 자리에서 일어났다. "해터 양, 덕분에 큰 도움을

받았습니다. 정말 감사합니다."·

제9장 실험실
(6월 10일 금요일 오후 3시 30분)

그로부터 몇 시간 뒤, 집안에 인기척이 없어지자 레인은 조용히 층계를 올라 3층으로 가서 다시 조그만 사다리를 타고 올라가 위로 밀어서 여는 뚜껑을 열고는, 발을 내딛기도 위태로운 지붕 위로 올라갔다. 비옷을 입고 우산을 받쳐든 형사가 초라한 모습으로 굴뚝에 기대어 서 있었다. 레인은 그 형사를 보고 붙임성있게 아는 체를 하고는 비에 젖는 것도 아랑곳하지 않고 캄캄한 굴뚝 안을 들여다보았다. 아무것도 보이지 않았다. 그러나 손전등이 있으면 죽음의 방과 실험실 사이의 칸막이 벽 윗부분이 보일 것으로 생각되었다. 아주 잠깐 생각에 잠겨 서 있다가 이윽고 형사에게 손을 흔들어주고는 다시 올라올 때의 뚜껑을 열고 밑으로 내려갔다.

2층까지 가서는 멈춰서서 주위를 둘러보았다. 어느 방이나 문은 닫혀 있었으며, 복도에도 사람이라고는 없었다. 레인은 재빨리 문을 열고 실험실로 들어갔다. 신문을 읽고 있던 모셔 형사가 고개를 들었다.

"어서 오십시오!" 하고 모셔는 반가운 듯이 말을 걸어왔다. 레인 씨가 오실 줄은 몰랐습니다. 잘 오셨습니다. 정말 이렇게 따분한 일을 맡게 된 것은 처음입니다."

"당연하시겠지요." 하며 레인은 얼른 방안을 둘러보았다.

"정상인과 마주 대한다는 것은 참으로 좋은 일이군요." 모셔는 스스럼없이 이야기를 계속했다. "아무튼 이곳은 마치 무덤 속처럼 너무 조용해서 미칠 것 같습니다."

"정말 그렇군요……그런데, 모셔 씨, 부탁이 하나 있습니다. 나를 위해서가 아니라 지붕 위에 있는 모셔 씨의 동료를 위해서인데요."

"누구 말입니까——클라우스 말입니까?" 하고 모셔는 의아한 얼굴로 물었다.

"참, 그래요. 클라우스라는 형사였지요. 그가 있는 지붕에 올라가 보지 않겠습니까? 말벗이 없어서 아주 적적한 모양이던데."

"글쎄요." 모셔는 금방이라도 달려가고 싶어서 발바닥이 근질거리는지 다리를 꼼지락거렸다. 그러나 입으로는 이렇게 말했다. "그건 레인 씨가 몰라서 하시는 말씀입니다. 상사의 명령이라는 게 워낙 엄한 것이어서요── 저는 이 방을 떠나서는 안되거든요."

"그건 걱정할 것 없습니다, 모셔 씨. 책임은 모두 내가 지지요." 하고 레인은 답답한 사람 다 보겠다는 듯이 말했다. "자, 빨리! 그리고 지붕 위는 특히 잘 지켜주어야 합니다. 지금부터 몇 분 동안 나는 누구의 방해도 받지 않았으면 합니다. 누구든지 지붕으로 올라오는 사람이 있으면 쫓아버리세요. 그러나 거칠게 다루진 마시고."

"예, 알았습니다." 모셔는 얼른 실험실에서 나갔다.

레인의 녹회색 눈이 빛났다. 그는 모셔의 뒤를 따라 복도로 나가서 그가 위층으로 사라질 때까지 기다렸다. 그리고는 옆방인 죽음의 방 문을 열고 안으로 들어갔다. 아무도 없었다. 재빨리 방을 가로질러 정원 쪽으로 나 있는 창가로 가서 창문이 잠겨 있는 것을 확인했다. 그리고 다시 출입문 쪽으로 돌아와서, 문의 고리를 안쪽에서 살짝 올려놓고 복도로 달려나가 힘껏 문을 닫아서 시험해 보니 문은 안에서 고리를 건 듯이 완전히 잠겼다. 그리고 그는 다시 실험실로 뛰어들어가서 안에서 문을 잠가버리고는 윗도리를 벗고 셔츠 소매까지 걷어붙인 모습으로 일을 시작했다.

먼저 그의 흥미를 끈 것은 벽난로였던 모양이다. 그는 난로가를 손으로 짚고 석조 아치 밑으로 고개를 디밀었다가 곧 고개를 빼내고 그 앞을 떠나 한동안 망설이며 주위를 둘러보았다. 여닫이 뚜껑이 달린 책상은 검게 그을려 있었다. 강철로 된 서류보관함은 이미 조사를 끝낸 뒤였다. 불에 타버리고 반이나 남아 있는 화장대는 어떨까? 아니, 이것도 아니야."

그는 입을 꽉 다물고 허리를 구부리더니 서슴지 않고 난로의 아치 안으로 들어가서 바깥 벽과 난로 안쪽 내화벽돌로 쌓은 벽과의 사이로 들어서서 허리를 폈다. 이 까맣게 반들거리는 오래 된 내화벽돌의 칸막이 벽은 거의 레인의 키와 비슷한 높이였다. 레인의 키는 6피트(약 183cm) 남짓했다. 그는 조끼 주머니에서 연필 모양을 한 조그만 손전등을 꺼내어 그 빛으로 벽돌로 쌓은 벽의 여기저기를 비춰보았다. 그러나 이런 간단한 방법으로는 그가 찾아내려는 것은 도저히 찾을 수 없을 것 같았다. 벽면은 조그만 틈도 없이 벽돌로 가득 채워져 있었다. 그럼에도 그는 벽돌 하나하나를 두드려 보기도 하고 밀어보기도 하며 어딘가 헐거워진 곳이 없는지 살펴보았다. 마침내 이 실험실 쪽 벽에는 아무 이상이 없다는 것을 알게 되자 그는 허리를 펴고 칸막이 벽의 높이를 눈짐작으로 재어보기 시작했다.

나이를 먹은 사람일지라도 넘지 못할 정도의 높이는 아니라고 그는 생각했다. 그래서 손전등을 칸막이 벽 위에 올려놓고, 두 손을 벽 위에 걸치고 힘껏 몸을 위로 끌어올려 보았다. 내화벽돌로 쌓은 벽을 타고 넘어 옆방 쪽으로 뛰어내린 그의 가벼운 몸놀림은 멋지기까지 했다. 60의 나이에도 그의 근육에는 청년 같은 탄력이 있었다······벽을 타고 넘을 때 굴뚝을 지나서 떨어지는 빗물을 머리와 볼에 느낄 수 있었다.

침실 쪽도 헐거워진 벽돌이나 틈새가 없는지 꼼꼼하게 살펴보았지만 거기서도 수확은 없었다. 고개를 갸웃거리던 그는 얼굴을 찌푸리고 두 눈썹 사이에는 깊은 주름이 잡혔다. 그는 다시 칸막이 벽 위로 기어올라 이번에는 말타듯이 칸막이를 타고 앉아 주변을 비춰보기 시작했다.

순간, 그의 몸이 굳어지고 두 눈썹 사이의 주름은 사라졌다. 칸막이 벽 위에서 1피트(약 30cm)쯤 위 굴뚝 부분의 안쪽벽에 분명히 헐거워진 벽돌이 하나 있었기 때문이다. 그 벽돌은 주위의 시멘트가 떨어져 나가고 다른 벽돌보다 조금 앞으로 튀어나와 있었다. 레인은 그 조금 튀어나온 부분을 잡고 벽돌을 앞으로 당겨보았다. 갑자기 그의 몸은 균형을 잃고 굴러떨어질 뻔했다. 그 벽돌이 너무 쉽게 빠져나왔기 때문이다. 그는 그 벽돌을 칸막이 위 자신의 두 다리 사이에 내려놓고 벽돌이 빠져나온 구멍에 전등을 비춰보았다. 그 구멍은 꼼꼼하게 파서 넓힌 것 같았는데, 안쪽은 제법 넓었으며, 거기에 무엇인가 누런 것이 보였다.

레인은 그 구멍에 손가락을 들이밀었다. 그리고는 불에 그을려 더렵혀진 누르스름한 종이 묶음을 끄집어냈다. 레인은 그 종이 묶음은 자세히 보지도 않고 바지 뒷주머니에 쑤셔넣은 다음 다시 허리를 굽혀 구멍 안을 살펴보았다. 손전등의 빛을 받아 반짝이는 것이 있었다. 레인이 손을 넣어 더듬어보니, 이 비밀 구멍의 안쪽에는 벽돌을 파낸 또 하나의 구멍이 있었다. 거기서는 코르크로 단단히 마개를 한 시험관 하나가 나왔다.

그것을 구멍에서 꺼내어 자세히 살펴보던 레인의 얼굴에 슬픈 빛이 감돌았다. 시험관에는 라벨이 붙어 있지 않았고, 하얀 액체가 가득 들어 있었다. 구멍 안을 더 자세히 살펴보니 고무 캡이 달린 스포이드도 있었다. 그러나 그는 스포이드에는 손대지 않고 뽑아낸 벽돌도 그대로 둔 채 실험실 쪽 난로로 뛰어내려 칸막이 위에 놓아두었던 하얀 액체가 들어 있는 시험관을 가지고 허리를 굽혀 실험실로 기어나왔다.

그의 눈은 회색보다는 녹색으로 차갑게 빛나고 있었다——그것은 고통에 시달리고 있는 듯한 눈이었다.

어둡고 우울한 얼굴에 옷은 더럽혀진 채 그는 벗어놓았던 윗도리 주머니에 시험관을 챙겨넣고는 검게 그을린 시험대로 다가가서 바지 뒷주머니에서 아까 그 종이 묶음을 꺼내 펼쳐보았다……그것은 여러 장의 타이프라이터 용지로서, 거기엔 꼼꼼한 글씨로 빼곡하게 무엇인가가 적혀 있었다. 그는 읽어나가기 시작했다.

뒤에 가서야 레인이 자주 지적했듯이 이것은 해터 사건 수사에서도 참으로 눈부신 성과를 올린 순간이었던 것이다. 그러나 이 기록을 읽어나가고 있는 그의 얼굴을 본 사람이 있었다면 그가 이 기록의 발견으로 말미암아 신이 나기는커녕, 오히려 풀이 죽어 있었다고 생각했을 것이다. 그의 얼굴은 분명히 어두웠다. 이미 알고 있는 것을 다시 확인이라도 하듯이 그는 가끔 고개까지 끄덕이곤 했다. 또 어떤 대목에 가서는 얼굴이 온통 놀라움으로 가득차기도 했다. 그러나 이런 일시적인 표정은 나타났다가는 사라지고 마침내 읽고 나서는 꼼짝도 하기 싫은 모양이었다——그것은 마치 그렇게 꼼짝 않고 있으면 시간이나 사건, 그리고 자기 앞에 무서운 모습으로 떠오른 이 어쩔 수 없는 비극에서 벗어날 수 있기라도 한 듯이 보였다. 그러나 이윽고 그는 무슨 생각을 하는지 눈을 껌벅이고 섰다가 널려 있는 잡동사니 속에서 연필과 종이를 찾아내어서 빠른 솜씨로 써나가기 시작했다. 상당한 시간에 걸쳐서 그 기록을 빠짐없이 옮겨 적었다. 그 일을 끝낸 뒤 그는 일어났다. 원본과 사본을 모두 바지 뒷주머니에 챙겨넣고 윗도리를 입고 바지의 먼지를 턴 다음 실험실 문을 열었다. 그는 복도를 살펴보았다. 여전히 고요하고 인기척은 없었다.

오랫동안 그는 죽은 듯이 기다리고 있었다. 마침내 아래층에서 인기척이 났다. 그는 층계 난간으로 다가갔다. 난간과 바닥 사이의 틈으로 내려다보니 애버클 부인이 부엌을 향해 뒤뚱뒤뚱 걸어가고 있었다. "애버클 부인." 하고 그는 낮은 목소리로 불렀다.

그녀는 깜짝 놀라 위를 쳐다보았다. "누구요!——오, 선생님이군요! 아직 안 가셨어요? 그래, 무슨 일이신가요?"

"정말 미안합니다만, 부엌에 가시거든 과자빵 하나와——그리고 우유를 한 잔 가져다 주었으면 해서요." 하고 레인은 부드러운 목소리로 말했다.

가정부는 꼼짝 않고 그를 올려다보고 있더니 이윽고 부루퉁한 얼굴을 끄덕이고는 사라졌다. 레인은 그 자리에 선 채 조용히 기다렸다. 잠시 뒤 가정부는 젤리가 들어 있는 과자빵과 우유컵을 쟁반에 받쳐들고 부엌에서 나왔다. 무거운 걸음걸이로 층계를 올라오더니 난간 너머로 그 쟁반을 레인에게 건네주며, "우유가 조금밖에 안 남아서 이것밖에 못 드리겠네요." 하고 그녀는 대들듯이 말했다.

"이거면 충분합니다. 고맙소." 가정부가 여전히 화난 태도로 투덜거리며 층계를 내려가는 것을 바라보면서 그는 컵을 들어 입으로 가져갔다. 그러나 그녀가 층계를 다 내려가서 뒤꼍으로 가는 복도로 사라진 순간 레인은 입으로 가져갔던 우유컵을 들고 다시 실험실로 뛰어들어가 안에서 문을 잠가버렸다.

이번에는 자기가 무엇을 찾아내야 하는지 분명하게 알고 있었다. 그는 쟁반을 실험대 위에 놓고는 약품선반 밑에 놓여 있는 약품장 안을 뒤지기 시작했다. 이 약품장은 문이 닫혀 있었을 뿐만 아니라 바닥에 놓여 있던 탓으로 다행히 화재의 피해를 거의 입지 않았었다. 찾고 있는 것은 이내 나왔다. 그는 아까 구멍 안에서 찾아낸 것과 같은 모양의 조그만 시험관과 코르크 마개를 들고 일어났다. 이것을 시험대에 있는 수돗물로 씻은 다음, 아주 조심스럽게 컵에 든 우유를 시험관에 옮겨부었는데, 그 양을 구멍에서 찾아낸 시험관 안에 들어 있는 흰색 액체의 분량과 똑같이 했다.

두 개의 시험관이 도저히 구별할 수 없을 정도로 비슷하자 그는 만족한 얼굴로 시험관을 코르크 마개로 막고 컵에 남은 우유는 개수대에 버렸다. 그리고는 다시 난로 안으로 들어가서 칸막이에 올라타고 아까 시험관을 찾아낸 구멍에 우유를 넣은 시험관을 넣었다. 구멍 안에 있는 스포이드는 그대로 두었다. 그리고 접은 종이 묶음도 본래의 자리에 놓아두고——빼낸 벽돌을 박아넣고는 밑으로 내려왔다. 그는 잔뜩 찌푸린 얼굴로 두 손의 먼지를 털었다. 그의 얼굴에 패인 주름은 더욱 깊은 골을 이루고 있었다.

갑자기 생각이 떠올랐는지 그는 급히 실험실 문의 고리를 벗겨놓고, 다시 난로로 되돌아와서 칸막이를 타고 넘어 옆방인 침실로 나왔다. 침실의 고리도 벗기고 복도를 나와 조금 전에 열어놓은 문을 열고 실험실로 돌아왔다.

"모셔 씨!" 하고 그는 굴뚝 위를 향해 조심스럽게 불렀다. "모셔 씨!" 이방 저방으로 넘어다니며 한창 일하느라고 달아오른 얼굴에 떨어지는 빗방울이 차가웠다.

"레인 씨입니까?" 모셔의 목소리가 위에서 들려왔다. 레인이 올려다보니 굴뚝 구멍으로 보이는 어두컴컴한 하늘에 어렴풋이 조그만 머리가 보였다.

"어서 내려와요. 지키는 건 클라우스 형사에게 맡기시고."

"그럴까요?" 하고 모셔의 목소리가 들리고 굴뚝 구멍에서 그의 머리가 사라졌다. 얼마 뒤 그는 요란한 발자국 소리를 내며 실험실로 뛰어들어왔다.

"명령대로 돌아왔습니다." 밝게 웃으며 그가 말했다. 그의 옷은 비에 제법 젖어 있었으나, 그런 건 조금도 개의치 않는 모양이었다. "찾으시던 것은 나왔습니까?"

"그런 거야 아무러면 어떻소, 모셔 씨." 하고 레인은 말했다. 그는 방 한가운데 버티고 서서, "지붕으로 해서 굴뚝으로 다가오려는 사람은 없었소?" 하고 물었다.

"예, 아무도 오지 않았습니다. 지붕에는 아무 이상 없었습니다." 그렇게 말한 모셔의 눈이 휘둥그래졌다. 레인이 등뒤로 돌리고 있던 오른손을 앞으로 돌려 무엇인가를 입으로 집어넣고 우물거렸기 때문이다. 그것을 본 모셔는 어리둥절했다. 과자빵이었다. 이 위험하기 짝이없는 집에서 독약 같은 것은 겁도 안 나는지 레인은 태연하게 과자빵을 먹으며 생각에 잠겨 있었다.

그러나 윗도리 주머니 속에 있는 그의 왼손은 하얀 액체가 들어 있는 시험관을 꼭 쥐고 있었다.

제3막

'어려움이여, 내 품에 와 안겨다오. 그것이 최선의 길이라고 어진 이들은 말하고 있으니.' ('헨리 6세 제3부' 제3막 제1장)

제1장 경찰본부
(6월 10일 금요일 오후 5시)

그 차가운 비에 젖은 6월 오후, 해터의 집을 나서는 드루리 레인은 처음 해터의 집을 찾았을 때보다 열 살은 더 늙어 보였다. 만일 섬 경감이 이 자리에 있었더라면 확실한 성공을 눈앞에 둔 레인이 어째서 이렇게 마치 모든 것을 다 실패한 듯한 얼굴을 하고 있는지 이상하게 여겼을 것이다. 여느 때의 그와는 전혀 다른 사람 같았다. 그가 언제나 40세의 외모를 간직하고 있는 것은 오직 젊어서부터 자제심을 기르고 걱정이라는 것이 사라지도록 순화시켜 버렸기 때문이었다. 그러나 지금은 평정(平靜)이라는 오랜 생애의 신조가 완전히 깨어져버린 사람처럼 보였다. 차에 오르는 그의 모습은 분명히 노인의 모습이었다. 그는 몹시 지친 듯이 돌로미오에게 말했다.

"경찰본부로……"

그리고는 축 늘어진 모습으로 차의 뒷자리에 기대앉았다. 센터 가(街)의 커다란 회색 건물 앞에 닿을 때까지 레인의 얼굴에서는 비애와 책임과 어떤 중대한 일에 대한 비장한 자각의 표정이 사라지지 않았다.

그러나 과연 그는 그답게, 경찰본부의 층계를 오를 때에는 이미 여느 때처럼 쾌활하고 상냥하고 차분한 드루리 레인으로 돌아와 있었다. 책상에 앉아서 근무중이던 경위가 레인을 알아보고, 순경 한 사람을 불러 그를 섬 경감께 안내하라고 일렀다.

이날은 어딜 가나 후덥지근한 날씨 탓이었는지 섬 경감은 회전의자에 앉아서 그 못생긴 얼굴을 잔뜩 찌푸리고 굵은 손가락 사이에 끼어 있는 불꺼진 여송연을 바라보고 있었다. 레인을 보자 웬지 경감의 얼굴이 밝아졌다. 그는 레인의 손을 덥석 잡으며 진정으로 환영하는 눈치였다. "정말 잘 오셨습니다. 무슨 일이십니까, 레인 씨?"

레인은 한 손을 내저으며 한숨을 쉬었다. 그가 자리에 앉자 경감이 물었다.

"뭐 새로운 소식이라도 있습니까? 이곳은 시체공시소 이상으로 경기가 없으니까요."

레인은 고개를 끄덕였다. "경감님과 브루노 검사님이 깜짝 놀랄 만한 소식이지요."

"놀리지 마십시오!" 하고 경감은 먼저 의심부터 했다.

"뭐를 찾아냈다고 해놓고서는 또……" 그는 말하다 말고 믿을 수 없다는 듯이 레인을 쳐다보았다. "설마 레인 씨가 페리의 뒤를 쫓고 있는 건 아니겠지요?"

"페리를 뒤쫓아요?" 레인은 양미간을 찌푸렸다. "무슨 말씀인지 모르겠군요."

"그렇다면 마음이 놓입니다." 경감은 불꺼진 여송연을 입에 물고 깊은 생각에 빠진 듯 담배를 씹기 시작했다.

"이번에는 레인 씨도 놀랄 만한 것을 캐냈습니다. 페리는 어제 풀려났지만 말입니다. 바바라 해터가 난리를 쳐서요——거물급 변호사를 앞세우고 왔더군요——그래서 결국……하지만 걱정할 건 없습니다. 감시를 붙여놓았으니까요."

"무슨 이유로 그런 짓을 합니까? 경감님은 아직도 에드거 페리가 이 범죄와 관계가 있다고 보십니까?"

"레인 씨는 어떻게 보신다는 겁니까? 누구라도 달리 생각할 수가 없게 되어 있지 않습니까? 그의 배경을 한번 생각해 보십시오——페리는 루이자 캠피언의 배다른 오빠입니다. 아버지는 에밀리 해터의 첫남편이고요. 이 사실을 그에게 다그쳤더니 시인하더군요. 한데, 그 다음부터는 입을 꼭 다문 채 말을 하지 않는 겁니다. 그래서 그만 도중에서 막혀버린 셈이지요. 그러나 나는 단념하지 않았습니다. 좀더 깊이 파고들어가 보았지요. 그랬더니 뭐가 나왔다고 생각하십니까?"

"도무지 짐작이 안되는군요." 하고 레인은 미소지으며 말했다.

"그 톰 캠피언, 페리의 아버지이며 마귀할멈의 옛 남편이었던 사나이가 죽은 것은……" 갑자기 경감은 입을 다물었다. 드루리 레인의 미소가 사라지고 그의 녹회색 눈이 이상한 빛을 띠기 시작했기 때문이다. "당신은 알고 있었군요." 하고 샘 경감은 혼잣말처럼 중얼거렸다.

"조사한 것은 아닙니다. 그러나 사실은 확신했던 것이지요." 레인은 의자 등받이에 머리를 기대며 말했다. "당신 생각의 요점은 알고 있습니다. 그래서 마침내 에드거 페리 캠피언이 용의선상에 크게 떠올랐다는 말씀이지요?"

"물론입니다. 어디가 잘못되었나요?" 하고 경감은 대들듯이 말했다. "이것이 문제를 풀어나가는 당연한 이치가 아닙니까? 페리의 아버지가 죽은 것은 에밀리 탓이었습니다——그야 직접 손을 댄 것도 아니고 고의적인 것도 아니긴 하지만, 생각해 보면 칼로 찔러죽인 거나 마찬가집니다. 정말 어느 모로 보나 마음에 안 드는 일뿐입니다. 그러니, 레인 씨, 이것으로 동기는 찾아낸 셈이 아닙니까?——어쨌든 지금까지는 모르고 있었던 일이 아닙니까?"

"모르고 있었다니요?"

"레인 씨, 당신은 세상을 잘 아시는 분입니다. 들어보십시오, 그 사람의 아버지가 계모에게서 옮은 병 때문에 죽었다고 하면……그렇습니다. 나는 이해할 수 있어요——남은 일생을 걸고라도 그 여자에게 복수해야겠다는 그 사람의 심정을 말입니다."

"소위 본능적 심리라는 말씀이군요, 경감님. 더구나 이 사건처럼 잔인한 경향이 있을 때에는 분명히 지당한 말씀입니다." 레인은 생각에 잠겼다. "경감님께서 조바심을 내는 것도 당연하다고 생각됩니다. 그 사람에게는 동기도 있고 기회도 있습니다. 거기에 교묘한 계획을 짜낼 만한 머리도 있습니다. 그러나 증거가 없지요."

"문제는 바로 그겁니다."

"그것뿐이 아닙니다. 아무래도 내가 보기엔 에드거 페리가 행동적인 사람은 아닙니다. 물론 계획적인 머리는 가지고 있겠지요. 그러나 폭력적인 일에는 막판에 가서 겁을 먹고 뒷걸음질할 것으로 생각됩니다."

"그런 까다로운 것들은 모르겠습니다." 경감의 입은 비웃고 있었다. "들어보십시오. 여기 있는 우리들은 경찰관이란 말입니다. 어떤 사람이 어떤 일을 할 것인가 아닌가 하는 일로 끙끙대지는 않습니다. 우리가 관심을 갖는 것은 그가 무엇을 했는가 하는 사실의 증명뿐이지요."

"너무 끈덕진 것 같습니다만." 하고 레인은 조용하지만 힘주어 말했다. "인간의 행위라는 것은 인간의 심리를 밖으로 나타내는 것에 지나지 않습니다. 당신은 에드거 페리 캠피언이 자살을 기도하는 현장이라도 발견했나요?"

"자살이라고요? 당치도 않습니다! 어째서 그 젊은이가 그런 바보 같은 짓을 하겠습니까? 그야, 뭔가 꼼짝 못할 증거라도 드러났다면 모르지만……."

레인은 고개를 저었다. "아닙니다, 경감님. 만일 에드거 페리가 살인을 했다면, 그 사람은 곧 자살해 버렸을 겁니다. 햄릿을 기억하시겠지요? 우유부단하고 감정이 바뀌기 쉬운 사람이지만 계획적인 머리는 가진 사람이었습니다. 햄릿은 폭력과 음모가 미쳐 날뛰는 가운데서 자신을 책망하며 어찌할 바를 몰라 헤맸습니다. 그러나 여기서 주목해야 할 점은 우유부단하기는 하지만 한번 행동을 시작하면 그는 미친 사람처럼 날뛰다가 그 일을 끝내자마자 곧바로 자살해 버렸다는 겁니다." 레인은 슬픈 듯한 미소를 지었다. "또 그만 내 버릇이 나오고 말았군요. 하지만, 경감님, 그 용의자가 어떤 사람인가에 대해서 충분히 생각하고 또 생각해 보십시오. 그 또한 한 사람의 햄릿입니다. 제4막이 끝날 때까지는 그의 역할을 연출하겠지요. 그러나 5막째가 되면—— 줄거리는 달라질 겁니다. 거기서부터 두 사람의 다른 점도 나타나는 겁니다."

경감은 불안한 듯 서성거렸다. "어쨌든 좋습니다. 참고는 하겠습니다. 그런데 문제는—— 당신이 이 사건을 전체적으로 어떻게 보고 있느냐 하는 것입니다."

"그러나, 경감님." 레인은 갑자기 웃음을 터뜨리며 말했다. "당신은 나 모르게 뒤에서 무슨 일인가를 꾸미고 있는 것 같군요. 또다시 페리의 이야기를 꺼낸 것은 무슨 까닭입니까? 조심스럽게 비밀에 부치고 있는 경감님의 영감 덕분에 가정교사에 대한 혐의는 아주 버리신 줄만 알고 있었습니다만."

경감은 멋적은 모양이었다. "영감 어쩌고 한 것은 안 들은 걸로 해주십시오. 일단 조사는 해보았습니다만 아무것도 나오지 않았습니다." 그는 빈틈없이 레인의 얼굴을 살폈다. "그보다, 레인 씨는 아직 내 질문에 대한 대답은 하시지 않았는데……"

이번에는 레인이 경감의 공격을 받아야 할 차례였다. 피로한 기색이 그의 얼굴을 덮고 미소가 사라졌다. "사실은……경감님, 이 사건을 어떻게 보아야 할지 나 역시 알 수가 없군요."

"손을 써볼 수가 없다는 말씀입니까?"

"지금으로서는 결정적으로 이렇다 할 뾰족한 수는 없다는 겁니다."

"흠……그렇군요. 여하튼 우리는 레인 씨를 믿어요. 지난해의 롱스트리트 사건 해결에서 뛰어난 솜씨를 보여주셨으니까요." 경감은 턱을 긁었다. "어떤 면에서는 브루노 검사도 저도 레인 씨만 믿고 있습니다." 하고 그는 쑥스러운 얼굴로 말했다.

레인은 용수철이 튀듯 벌떡 일어나 방안을 서성거리기 시작했다. "그건 곤란합니다. 그래서는 안되지요. 어떤 면에서도 저를 믿지는 마십시오." 그렇게 말하는 레인을 본 경감이 한동안 멍청하게 입을 벌리고 있을 만큼 레인은 분명히 당황한 모습이었다. "제발 나 같은 사람은 이 사건에는 아무 관계도 없다고 생각하시고 수사를 이끌어나가십시오. 경감님 생각대로 말입니다."

경감의 얼굴이 흐려졌다. "레인 씨 생각이 그렇다면 이 사건은 아무래도……"

"어제 경감님이 말씀하시던 영감……그 일은 성과가 없었던 모양이군요?"

경감은 레인을 수상한 눈으로 바라보았다. "실은, 그 영감에 따라서 메리엄 박사를 만났었지요."

"그랬군요! 잘 하셨습니다. 그래, 박사는 무슨 말을……?" 하고 레인이 물었다.

"당신에게 들어서 알고 있는 것밖에는 말하지 않았습니다." 경감은 좀 짜증스러운 얼굴로 대답했다. "요크 해터가 팔에 발랐던 그 바닐라 냄새가 나는 약에 대해서 말입니다. 그러고 보니 레인 씨도 그 의사를 만나러 갔었군요?"

"예, 그렇습니다. 갔었지요." 레인은 갑자기 의자에 털썩 앉더니 손으로 눈을 가렸다.

경감은 한참 동안 의아한 얼굴로, 그리고 반쯤 화난 얼굴로 그를 바라보고 있다가 마침내 어깨를 으쓱하고는, "그런데, 브루노 검사와 내가 깜짝 놀랄 만한 소식이라고 아까 말씀하셨는데, 그게 뭡니까?" 하고 애써 부드러운 얼굴로 물었다.

레인은 고개를 들었다. "경감님, 아주 중요한 사실을 알려드리려고 합니다만, 한 가지만은 약속해 주셔야 합니다——그것은 내가 이 정보를 어디서 캐냈는가를 묻지 말아 달라는 겁니다."

"흠, 그래, 어떤 소식입니까?" 하고 물었다.

"이런 것입니다." 레인은 한마디 한마디를 신중하게 생각해 가며 말하기 시작했다. "요크 해터는 실종되기 전에 소설의 줄거리를 하나 구상해 두었습니다."

"소설?" 경감의 눈이 커졌다.

"그게 어떻다는 겁니까?"

"그런데, 경감님, 그것이 그냥 보통 소설이 아닙니다." 하고 레인은 겨우 들릴 듯한 낮은 목소리로 말했다. "언젠가는 완성해서 출판하려던 모양이었습니다만, 그것은 추리소설이었지요."

순간, 샘 경감은 마치 최면술에라도 걸린 듯한 눈으로 레인을 바라볼 뿐이었다. 축 처진 아랫입술에서 여송연이 떨어질 것 같고, 오른쪽 관자놀이의 파란 정맥은 살아 있는 벌레처럼 꿈틀했다. 그는 갑자기 의자에서 벌떡 일어나며 물었다.

"추리소설이라고!" 여송연이 바닥에 떨어졌다.

"그거 정말 굉장한 소식이군요!"

"그렇습니다." 레인은 무거운 목소리로 말했다. "살인과 그 수사를 다룬 것이 그 소설의 줄거리입니다……그리고 또 한 가지 말씀 드릴 것이 있습니다."

경감은 듣고 있지 않는 듯했다. 그의 눈은 초점을 잃고 있었으며, 레인의 말에 귀를 기울이려고 애쓰고 있는 듯이 보였다. "그것은……"

"아, 예!" 경감은 늘 그가 하는 버릇처럼 머리를 좌우로 흔든 다음 겨우 정신을 차렸다. "그게 무엇입니까?"

"요크 해터의 소설의 무대와 등장인물은 그 모두가 가공이 아닌 실제의 장소와 인물이라는 겁니다."

"실제?" 하고 경감은 다시 물었다.

"무슨 말씀입니까?"

"요크 해터는 자기 가족을 그 소설에 그대로 등장시킨 거지요."

경감의 커다란 몸집이 감전이라도 된 듯이 떨렸다. 그리고는 쉰 듯한 목소리로 말했다. "그런……말도 안되는 이야기가 어디 있습니까? 너무 그럴 듯한 이야기로군요. 아무리 그렇기로……"

"정말입니다, 경감님." 레인은 걱정스러운 얼굴로 말했다. "흥미가 있으십니까? 물론 그렇겠지요. 놀랄 만한 상황이니까요. 어떤 사람이 독살과 살인을 주제로 소설을 썼다. 그런데 그 사람의 집에서 사건이 일어나기 시작했다……그 사건은 소설 속의 가공의 줄거리와 모든 점에서 한 치도 틀림이 없습니다."

한꺼번에 들이쉬는 경감의 숨소리로 미루어 그가 얼마나 놀라고 있는지 알 수 있었다. "그러니까 레인 씨의 말씀은 이런 거지요? 지금까지 해터의 집안에서 발생한 사건——두 번에 걸친 루이자의 독살미수와 해터 부인의 살해, 그리고 화재와 폭발——이런 일들이 모두 요크 해터가 지어낸 소설의 줄거리에 기록되어 있었다는 거지요? 정말 어처구니가 없군요. 내 평생 그런 이야기는 처음 들어봅니다."

"뿐만 아니라……" 레인은 말하다 말고 한숨을 쉬었다. "아무튼 방금 들으신 대로입니다, 경감님. 이상이 내가 말씀드리려던 새소식입니다."

그는 일어나서 절망적인 얼굴로 지팡이의 손잡이를 거머쥐고 한동안 그것으로 자신을 지탱하는 것 같았다. 그 눈에는 더는 어찌해볼 수도 없는 패배의 빛이 어려 있었다. 경감은 짐승처럼 방안을 여기저기 걸어다니며 혼자서 기뻐하기도 하고, 혼자서 중얼거리기도 하고, 골치아픈 머릿속에서는 여러 가지 생각을 궁리했다가는 지워버리고, 또는 어떤 결정을 내리기도 하고 포기하기도 했다……레인은 문 앞까지 가서 멈춰섰다. 그 몸짓에는 여느 때와 같은 활기도 없었다. 그는 무거운 발걸음을 다시 옮겼다. 언제나 꼿꼿하고 힘있어 보이던 그의 등은 힘없이 휘어져 있었다.

경감이 갑자기 걸음을 멈추었다. "잠깐 기다려 주십시오! 아무것도 묻지 말라고 하셨습니다만, 레인 씨가 무엇인가 숨기고 계시다면 그 나름대로의 까닭이 있겠지요. 나도 굳이 캐묻지는 않겠습니다. 그러나 이것만은 가르쳐 주십시오. 어떤 추리소설에도 범인은 있게 마련입니다. 요크 해터가 자기 집을 무대로, 자기 가족을 등장인물로 썼다면——그 소설 속에서는——누가 범인으로 되어 있습니까? 소설 속의 범인이 누구이든, 그 사람이 실제로 일어난 사건에서도 범인일 리는 없으니까요——하지만 그냥 놔두기에는 너무 위험해서 말이지요. 범인은 누굽니까?"

레인은 문 손잡이를 잡은 채 한동안 생각에 잠겨 있었다. "그렇군요." 이윽고 그는 힘없는 목소리로 말했다. "경감님도 그것을 알 권리가 있겠군요……요크 해터의 추리소설 속의 범인은——바로 요크 해터 자신이었습니다."

제2장 햄릿 저택
(6월 10일 금요일 오후 9시)

여느 때 같으면 어느 곳보다도 평화롭고 한적한 느낌을 주는 이 햄릿 저택까지도 이날 밤은 황량하기만 했다. 비가 끊임없이 내리고 있었다. 비와 함께 차가운 기운이 입고 있는 옷 안으로 스며들어 소름이 돋을 만큼 한기를 느끼게 했다. 허드슨 강변의 험준한 바위벼랑 꼭대기에 높이 솟아 있는 햄릿 저택은 짙은 회색 안개에 싸여 허공에 떠 있는 듯했으며, 마치 에드거 앨런 포가 즐겨 그려내는 폐허 같은 음산한 모습이었다.

불기가 생각나는 밤이었다. 레인이 거처하는 방의 커다란 벽난로에는 퀘이시 노인이 지핀 불이 큰 화재라도 난 듯이 활활 타오르고 있었다. 난로 앞은 따뜻하여 발 끝이 눌 정도였다. 가벼운 저녁식사를 마친 레인은 난로 옆에 깔려 있는 거친 모피 위에 몸을 내던지고 눈을 감았다. 불기가 눈꺼풀에 따뜻하게 느껴졌다. 곱추 노인은 걱정스러운 얼굴로 방을 들락거리고 있었다. 그는 너무도 놀라 제정신이 아니었다. 가늘게 뜬 눈으로 주인의 눈치를 살피면서도 난로의 불꽃이 튈 때마다 눈을 깜박이고 있었다. 한번은 난롯가의 돗자리로 다가가서 주인의 팔을 가만히 잡아보았다. 여러 가지 생각으로 잠을 못 이룬 녹회색 눈이 노인을 바라보았다. "무슨 일이십니까, 나리. 기분이라도 나쁘십니까요?"

"아니, 괜찮네."

퀘이시 영감은 방 한구석에 놓인 의자로 물러나 앉아서 말없이 웅크리고 있었지만, 난롯가에 길게 누워 있는 꼼짝 않는 레인의 모습에서 눈을 떼려고는 하지 않았다. 고요하기만 한 한 시간이 지나고 9시가 되자 레인이 몸을 움직이기 시작하더니 일어났다.

"퀘이시!"

"예, 나리." 노인은 주인에게 재롱떠는 사냥개처럼 금방 신이 나서 벌떡 일어났다.

"서재로 갈 테니 방해하지 말도록, 알겠는가?"

"알았습니다요."

"만일 프리츠 호프나 클로포트킨이 오더라도 이미 잠들었다고 하게. 그 사람들이 연극에 대한 일로 애태우고 있는 것은 알고 있지만 괜찮아. 내일 아침에 만나기로 하지."

"알았습니다요."

레인은 곱추의 벗겨진 머리를 만지고 등어리의 혹을 두드려준 다음 문 있는 쪽으로 밀어냈다. 퀘이시 노인은 마지못해 나갔다. 레인은 노인이 나간 다음 문을 잠그고는 활기찬 걸음으로 옆에 붙은 서재로 들어갔다. 조각으로 장식되어 있는 오래 된 호도나무로 만든 책상으로 다가가서 스탠드에 불을 켜고 서랍을 열었다. 그 다음에는 종이 묶음을 꺼냈다. 해터의 집 굴뚝 안 구멍에서 찾아낸 노랗게 빛바랜 원고의 사본이었다. 책상 앞에 놓인 가죽을 씌운 의자에 앉아서 그는 그 종이를 펼쳤다. 눈은 흐려 있고 얼굴빛은 어두웠다. 그는 천천히 마음을 가다듬고 한자 한자 충분히 생각해 가면서 오늘 오후 급하게 휘갈겨쓴 소설의 개요 사본을 읽어나갔다. 밤이 가져다준 침묵과 어둠에 싸여서 다시 읽어보니 말 한마디 한마디가 새로운 뜻을 가지고 있는 듯이 느껴졌다. 그는 그 뜻을 새기며 그 속에 빠져들었다.

[추리소설 개요]

제목(가제) : 바닐라 살인사건

저자 : 필명을 쓸 것. 미스터리? H 요크? 뤼이스파스터?

장소 : 뉴욕 시 글래머시 공원? 우리 집과 구조가 같은 집

때 : 현대

구성 : 1인칭으로 쓸 것. 범인은 나 자신.

등장인물

요크(나)……Y로 약칭함. 범인. 피해자의 남편.

에밀리……피해자. 노부인. 폭군(현실 그대로)

루이자……귀머거리, 벙어리, 장님인 딸.(동기를 강조하기 위해서 Y의 의붓자식으로 하지는 않는다.)

콘래드……장남

마사……그의 처

위 두 사람 사이에는 자식이 없는 것으로 해도 된다.

바바라……Y와 에밀리 사이에서 태어난 장녀. 현실대로 작가로 해둔다. 심리적 용의자?

질……Y와 에밀리 사이에서 태어난 막내딸.

트리베트……외다리의 이웃사람. 루이자에게 사랑을 느끼고 있음. (부자연스러울까?)

거믈리……콘래드의 사업상 동료.

기타 인물

루이자의 간호원, 가정부, 운전사, 하녀, 주치의, 고문변호사(질에 대한 구혼자?)

주의!!! 이상의 인물에는 모두 가명을 쓸 것!

첫번째 범죄

루이자의 독살미수. 사실——이 집안에는 한 가지 습관이 있다. 가정부가 루이자를 위해 계란술을 만들어서 그것을 컵에 담아 매일 오후 2시 30분에 식당의 테이블 위에 놓아둔다.

내용——어느 날 Y(범인)는 가정부가 식당의 테이블 위에 계란술을 가져다 두고 가기를 기다린다. 그리고 아무도 보는 이가 없는 틈을 타 식당으로 숨어들어 계란술이 든 컵 속에 스트리크닌을 집어넣고 빨리 옆방인 도서실로 되돌아간다.

이 스트리크닌은 Y가 2층에 있는 자기 실험실의 약품선반에 있는 제9호 약병에서 꺼낸 세 알의 알약인데, 이 사실을 아는 사람은 없다.

계란술에 독을 넣은 뒤, Y는 도서실에 있으면서 루이자가 계란술을 마시러 오는 것을 기다린다.

마침 루이자가 나타나서 식당으로 올 때, Y는 도서실에서 나온다. 루이자가 독이 든 계란술을 마시기 전에, Y는 식당으로 들어가서 그 컵을 빼앗아 어쩐지 좀 이상하다고 하며 자기가 조금 마셔본다.

갑자기 기분이 나빠지고 토한다. (Y는 주변에 있는 다른 사람들에게 혐의가 돌아가도록 한다.)

주의——이로써 누군가 다른 사람이 루이자를 독살하려 하고 있는 것처럼 보이게 한다. Y가 용의자가 되지 않을 것은 분명하다. 독살범이 스스로 그 독을 마실 리는 없기 때문이다. 또한 이렇게 함으로써 루이자가 정말로 독을 마시게 되는 일이 없게 방지하는 수단이 되기도 한다——이 계획의 중요한 점이다.

두 번째 범죄

두 번째의 루이자 독살 '미수' 사건이 일어난다. 그때 Y의 아내 에밀리가 살해된다. 시기는 첫번째 독살미수사건이 일어난 7주 뒤.

내용——그날 밤 새벽 4시쯤 모두들 잠들고 루이자와 에밀리도 침실(이 모녀는 같은 방에서 두 개의 침대를 나란히 놓고 잔다.)에서 자고 있는 사이에 Y는 두 번째 범행을 저지른다.

이번 계획은 배에다 주사기로 독을 넣어서 그것을 루이자의 침대와 노부인의 침대 사이에 있는 나이트 테이블 위의 과일 바구니에 담아두는 것이다. 배를 이용하는 것은 에밀리는 절대로 배는 먹지 않는다는 것을 누구나 알고 있기 때문이다. 그러니까 배에 독을 넣는 것은 또다시 루이자를 독살하려는 것처럼 보이게 하기 위해서다. 그러나 루이자 또한 그 배를 먹지는 않는다. 왜냐하면 Y는 루이자가 껍질에 상처가 있거나 상한 과일은 절대로 먹지 않는다는 것을 알고 있으므로 일부러 썩기 시작한 배를 골라서(부엌에서 한 개 가져오면 되겠지) 방에 가져가면 된다. 이 배에는 실험실 제168호 약병에 들어 있는 염화제2수은을 주사기로 넣는다.

Y는 그 주사기를 실험실에 있는 강철로 된 서류 캐비닛에서 꺼낸다. 거기에는 주사기가 가득 들어 있는 상자가 있다.

또, Y는 루이자의 침실에 가기 전에 콘래드의 낡은 여름용 흰 신발을 훔쳐 둔다. 그리고 실험실에서 주사기에 염화제2수은을 넣을 때(한밤중 루이자의 방으로 숨어들기 직전) 일부러 그 독액(毒液)(168호 약병)을 콘래드의 흰 신발 한쪽에 조금 묻혀 둔다.

행동——Y는 루이자와 에밀리의 침실에 숨어든다. 나이트 테이블로 다가가서 과일 바구니에 독이 든 배를 넣어둔다. 에밀리의 머리를 둔기로 쳐서 죽인다.(이것이 계획의 진정한 목적이다. 그러나 범인은 에밀리가 밤중에 잠에서 깨어났기 때문에 그녀의 입을 막아버리기 위해서는 죽여야만 했다. 즉 에밀리는 그 자리의 상황이 잘못되어 본의 아니게 살해당한 것처럼 보이게 될 것이다.)

주의——에밀리의 살해는 이 모든 계획의 진정한 목적이다. 두 번에 걸친 루이자 독살미수는 다만 경찰에게 루이자를 노리고 있는 것처럼 보이게 하는 수단에 지나지 않는다. 그렇게 함으로써 경찰은 에밀리가 아니고 루이자를 살해할 동기를 가진 사람만을 의심하게 될 것이다. 이 소설 속에서는 Y와 루이자가 아주 친한 사이가 된다. 그러니까 그는 절대로 의심받지 않는다.

가짜 단서에 대한 설명——Y는 일부러 콘래드의 신발에 염화제2수은을 묻힌다. 범행이 있었던 방을 나온 다음에 콘래드의 장 속에 신발을 도로 넣어둔다. 경찰은 독약이 묻은 신발을 발견하고는, 콘래드가 늘 루이자를 미워하고 있는 것은 누구나 다 알고 있으므로 그가 범인이라는 의심을 하게 된다.

올바른 해결로 경찰을 유도하는 단서——루이자는 귀머거리에 벙어리에 장님이다. 그래서 이런 생각을 한다. Y가 에밀리를 살해할 때에 루이자는 잠을 깨어 Y의 팔에 바른 페루 발삼 냄새를 맡게 된다——그녀가 경찰에 단서를 줄 수 있다면 냄새 말고는 없다. 뒤에 가서 루이자는 바닐라 냄새가 났었다고 증언한다. 주역인 탐정이 그것을 캐내고, 그리고 여러 가지로 고심한 끝에 바닐라 냄새와 관계 있는 사람은 Y 말고는 없다는 진상을 밝혀낸다.

화재——에밀리를 살해한 다음날 밤 한밤중에 Y는 실험실에 불을 지른다. (실험실을 그는 침실로도 쓰고 있다.) 먼저, 큰 실험대 위에 이류화탄소(256호)가 든 병을 올려놓는다. 이 약품은 불이 가까이 가면 폭발한다. 다음에는 성냥을 켜서 자기 침대에 불을 지른다.

화재의 목적——화재와 그로 말미암은 폭발로, 누군가가 내 목숨까지 노리고 있는 것처럼 보이게 한다. 또한 이것은 가짜 단서를 하나 더 남기는 것이 되고, 적어도 Y만은 결백한 것으로 보게 될 것이다.

세 번째 범죄

에밀리가 살해된 지 2주일 뒤에 Y는 다시 한 번 루이자의 '독살 미수'를 꾸민다. 이번에는 실험실 선반 220호 약병에 들어 있는 피조스티그민이라는 흰색 독액을 쓴다. 매일 밤 저녁식사를 마치고 한 시간 뒤에 루이자가 마시는 버터밀크의 컵에 이 독액을 스포이드로 열다섯 방울 떨어뜨린다. 이번에도 또 Y는 그 버터밀크는 이상하다든가 하는 핑계를 대어 루이자가 독이 든 버터밀크를 마시지 못하게 한다.

목적——이 계획은 어떤 경우에도 루이자의 목숨을 노리는 것은 아니다. 노부인이 죽고 난 다음에 일어나는 이 세 번째 독살미수는 범인이 아직도 루이자를 죽이려 하고 있다고 경찰이 믿도록 하여, 에밀리가 아닌 루이자에 대해서 살해동기를 가진 사람을 찾게 하기 위해서이다.

일반적 주의

(1) Y는 언제나 장갑을 끼어서, 어떤 범행에서도 어디에도 지문을 남기지 않도록 하는 것을 잊어서는 안된다.

(2) 우리 집안의 줄거리를 궁리할 것.

(3) 주역 탐정이 사건을 해결하는 마지막 단계까지의 경로를 궁리할 것.

(4) Y의 동기——에밀리에 대한 증오——그녀는 그의 일생을 파괴하고——그의 건강을 빼앗아가고——그를 지배하고 깔아뭉갰다······현실적으로도 이것은 충분한 살해동기가 된다!

(이 마지막의 당치도 않은 끔찍한 말은 이 사본에서 연필로 칠해 지워져 있었으나——레인은 그런 것까지도 원본대로 정확하게 옮겨썼다——그러나 읽어낼 수 없을 정도는 아니었다. 이 개요는 다시 두 가지 주의사항으로 끝을 맺고 있었다.)

(5) 등장인물은 가공의 인물로 보이도록 만들어야만 한다. 필명

을 쓰는 한 등장인물의 이름도 적당한 것을 생각해야 된다. 해터 집안이 모델이라는 것을 독자들에게 알려야 할 까닭이 없기 때문이다. 무대를 시카고나 샌프란시스코 등, 어디 다른 도시로 바꾸는 것이 좋을지도 모르겠다.

(6) 주역인 탐정을 어떤 사람으로 할 것인가? 바닐라나 약품류가 관계되므로 의사로 할 것인가? Y의 친구로 한다면? 직업적 탐정은 좋지 않다. 논리적인 추리를 해나가는 지적인 탐정이 좋다. 셜록 홈즈의 풍모에 포와로 같은 멋이 있고, 거기에 엘러리 퀸의 추리방법……특히 실험실은 수사의 대상이 되도록 할 것……약품병의 번호가 단서가 되도록 생각을 짜낼 것. 이것은 비교적 알기 쉽게 할 것(?)

여윈 얼굴을 긴장시킨 채 레인은 요크 해터가 써놓은 추리소설의 개요에 대한 사본을 힘없이 내려놓았다. 그는 두 손으로 머리를 감싸고 깊은 침묵 속에서 생각에 잠겼다. 이런 모습으로 15분이 지났지만 그의 희미한 숨소리 말고는 아무 소리도 들리지 않았다. 이윽고 그는 단정한 자세로 고쳐앉아서 책상 앞의 달력을 바라보았다. "2주일이라."……그는 연필을 집어들고 6월 18일 날짜에다 마치 절망에 빠진 사람처럼 계속 동그라미를 그려댔다.

제3장 시체공시소
(6월 11일 토요일 오전 11시)

무엇인가가 그를 마구 구타하고 있었다. 격렬한 자기 반성과 주변에 대한 날카로운 분석에는 상당히 익숙해 있었음에도 불구하고, 지금 자신을 둘러싸고 있는 이 견딜 수 없는 기분에 대해서는 어찌해 볼 도리가 없었다. 그것은 분석을 해볼 수도, 적당히 빠져나갈 수도 없었다. 그 앞에서는 이성 따위는 힘을 쓰지 못했다. 그것은 무거운 납덩어리처럼 그의 목을 내리누르는 것이었다.

그래도 그는 멈춰설 수는 없었다. 아무리 그 끝이 비참한 것일지라도 끝까지 파헤치지 않고는 배길 수 없었다. 그 종말에는 어떤 일이 일어날 것인가?……그것을 생각하면 고통과 공포로 말미암아 창자가 모두 경련을 일으킨 듯이 그의 마음은 오그라드는 것이었다.

토요일이었다. 밝은 햇살은 눈부시게 강물 위에 쏟아지고 있었다. 링컨에서 내린 레인은 인도를 가로질러 시체공시소의 닳아빠진 돌층계를 괴로운 듯이 올라갔다. 이런 일을 왜 해야만 하나? 감수성이 예민한 사람에게는 너무도 비정한 일에 손을 댔다는 것을 왜 스스로 인정하지 않는가? 무대생활 전성기에 그는 수많은 찬사와 더불어 그에 못지 않은 비방도 들었다. '세계 제1의 명배우'로부터 '이렇듯 놀라움으로 가득찬 현대에, 좀이나 먹는 셰익스피어에 매달려 있는, 시대에 뒤떨어진 배우'에 이르기까지 온갖 말을 다 들었다. 그러나 그는 자기가 가야 할 올바른 길과 분수를 아는 예술가에게 어울리는 위엄으로써 그런 찬사와 조롱을 다같이 조용히 듣고 흘려버렸다. 비평가들이 신흥예술의 독기를 뿜어대며 뭐라고 떠들건, 자기는 스스로의 사명을 다하고 있을 뿐이라는 그의 굽힐 줄 모르는 결의와 냉철한 신념은 꼼짝도 하지 않았다. 어째서 그 명성의 절정에 있는 것만으로 만족하지 않았는가? 어째서 쓸데없는 일에 손을 대었는가? 악을 뒤쫓아다니며 벌주는 일은 샘 경감이나 브루노 검사 같은 사람들이 할 일이 아닌가? 악? 그것은 무엇인가? 순수한 의미의 악이란 있지도 않다. 악마조차도 본래는 천사였던 것이다. 다만 무지한 인간이나 비뚤어진 인간, 그리고 불행한 운명의 희생자가 있을 뿐이 아닌가?

그러나 레인은 이런 마음속의 혼란을 고집스럽게 외면하고 또 하나의 탐색과 확인을 위해 시체공시소의 층계를 올라가고 있는 것이다.

시의 독극물 학자 잉걸스는 2층 실험실에서 의학을 공부하는 학생들에게 강의를 하고 있는 중이었다. 레인은 잠자코 강의가 끝나기를 기다리며 어디에 쓰이는 것인지도 모르는 유리제품과 금속기구를 바라보기도 하고, 거침없이 흘러나오는 잉걸스의 말을 그 입술을 보며 듣기도 하고, 사람의 시체를 마치 우리가 흔히 쓰는 물건 다루듯 하는 그 손놀림을 지켜보기도 했다.

강의가 끝나자 잉걸스는 고무장갑을 벗어버리고 다정하게 레인의 손을 잡았다.

"어서 오십시오, 레인 씨, 또 증거가 될 만한 냄새라도 발견하셨습니까?"

드루리 레인은 자신을 에워싸고 있는 자책의 껍질을 벗어던지지 못한 채 인기척없는 실험실을 둘러보았다. 레토르트(증류기)와 전극(電極)과 약품을 넣은 병으로 가득찬 과학의 세계! 자신은 대체 여기서 무엇을 하려는 것인가? 어차피 자신은 다른 사람의 분야에 뛰어든 침입자이고 방해자이며 실수나 저지를 풋내기가 아닌가? 이 세상을 정화하겠다는 것은 가당치도 않은 소망인 것이다⋯⋯그는 한숨을 쉬며 말했다.

"잉걸스 씨, 피조스티그민이라는 독약에 대해서 아시는 대로 가르쳐 주시겠습니까?"

"피조스티그민? 좋습니다!" 독극물 학자는 시원스럽게 대답했다. "그건 저의 전문분야이지요. 아무런 맛이 없는 백색의 유독 알칼로이드입니다. 맹독이지요. 알칼로이드 계통에서는 왕초격이라고나 할까요. 화학식으로 말하자면 $C_{15}H_{21}N_{3}O_{2}$—— 칼라바르 콩에서 추출해 냅니다."

"칼라바르 콩?" 하고 레인은 되물었다.

"학명은 피조스티그민 베네노숨입니다. 칼라바르 콩은 아프리카산 콩과의 덩굴식물로서, 이것의 열매에 맹독이 있습니다." 하고 잉걸스는 설명했다. "의학적으로는 어떤 종류의 신경장해, 파상풍, 간질병 등의 치료에 쓰입니다. 피조스티그민은 그 콩에서 추출된 것으로, 조금만 먹어도 쥐나 다른 동물이나 금방 죽어버립니다. 견본을 보여드릴까요?"

"아니, 그럴 것까지는 없습니다." 레인은 양복 주머니에서 조심스럽게 패킹을 넣어 포장한 물건을 꺼내어 포장과 패킹을 벗겨냈다. 굴뚝 안 비밀장소에서 찾아낸 흰 액체가 들어 있는 밀봉된 시험관이었다. "이것은 피조스티그민일까요?"

"음." 하고 잉걸스가 그 시험관을 밝은 곳에 비춰보면서 말했다. "그런 것 같군요. 잠깐 기다려 주십시오. 시험해 보겠습니다." 그는 말없이 그 일을 시작했다. 레인도 방해가 되지 않도록 지켜보기만 했다.

"틀림없습니다." 이윽고 독극물 학자가 말했다. "틀림없는 피조스티그민입니다. 순도가 높군요. 어디서 발견했습니까?"

"해터의 집에서입니다." 하고 레인은 어물어물 대답했다. 그리고는 지갑을 꺼내 그 속을 뒤져서 조그맣게 접어놓은 종이조각을 내놓으며 말했다. "이것은 어떤 처방전의 사본인데, 좀 살펴봐 주시겠습니까?"

독극물 학자는 처방전을 손에 들고는 말했다. "음, 페루 발삼이라⋯⋯이것이 어떻다는 겁니까?"

"이 처방에 이상은 없습니까?"

"예, 물론입니다. 이 연고는 피부병에 바르는 것으로서⋯⋯"

"됐습니다." 레인은 힘없이 말하고는, 그 처방전을 돌려받으려고도 하지 않았다. "그런데……잉걸스 씨, 부탁이 하나 있습니다."

"말씀하시지요."

"이 시험관을 해터 사건의 증거품에 추가하도록 내 이름으로 경찰본부에 보내주시겠습니까?"

"알겠습니다."

"경찰의 기록에 남기고 보관해야 하기 때문입니다." 레인은 엄숙한 얼굴로 말했다. "그렇게 하는 것이 이 사건에서는 아주 중요한 일이라서요……이거, 정말 고맙습니다, 잉걸스 씨."

그는 잉걸스와 악수하고 문을 보고 걸어나갔다. 느린 걸음으로 사라져 가는 레인의 뒷모습을 독극물 학자는 어이없는 얼굴로 바라보고 있었다.

제4장 샘 경감의 사무실
(6월 16일 목요일 오전 10시)

모든 것은 여기서 멈추기로 약속되어 있는 것처럼 보였다. 독살미수사건을 시작으로 목적은 있으면서도 이유는 알 수 없는 범죄가 잇따라 일어나며 미치광이 해터 집안을 떠밀고 가던 그것이 갑자기 움직임을 멈춰버린 것이다. 그것은 마치 긴 거리에 걸쳐서 점점 속력을 더해 온 것이 갑자기 견고한 벽에 부딪쳐 산산조각이 나버린 채 다시는 움직일 수 없게 되어버린 것 같았다.

견딜 수 없는 나날이었다. 레인이 잉걸스의 실험실을 찾아간 날로부터 6일 동안 아무 일도 일어나지 않았다. 샘 경감은 막다른 골목으로 길을 잘못 들어 기를 쓰고 같은 곳을 뱅뱅 돌고 있으니 어디에고 가닿을 리 없었다. 해터의 집안은 일단 그전 생활로 되돌아간 듯이 보였다. 다시 말하자면 그 집에 살고 있는 사람들이 귀찮기 짝이 없는 경찰로부터 특별히 구속을 당하는 일도 없으며, 자기네들의 무궤도했던 그전 생활로 다시 돌아갔다는 이야기이다. 이번주의 신문에는 연일 부정적인 기사로 가득차 있었다── 해터집안의 미치광이들은 '이 최신식 탈선행위'에서 아무 일 없이 탈출하게 된 것 같다고 어떤 신문은 썼다. 또 어떤 신문은 사실로 경고를 하기도 했다. '이것은 미국에서 최근 계속 증대되어 가고 있는 범죄경향의 불길한 조짐의 한 가지 예이다. 마치 암흑사회처럼 일반시민 사이에서도 살인이 유행하고── 더구나 그것이 안전하게

성공 되고 있는 듯하다.'

이렇게 정체상태인 채, 해터 부인이 살해되고 2주일 가까이 지난 목요일 아침, 드루리 레인은 경찰본부를 방문하기로 했다.

샘 경감의 모습에서는 지난 1주일 동안의 피로를 엿볼 수 있었다. 그는 마치 주인의 얼굴을 본 개처럼 반갑게 레인을 맞이했다. "정말 잘 오셨습니다." 그는 신이 나서 큰소리를 질렀다. "대체 어디에 가 계셨습니까? 사람을 만나는 것이 이렇게 반갑다니! 정말 난생 처음입니다. 무슨 좋은 소식이라도 있습니까?"

레인은 어깨를 으쓱했다. 그의 입가에는 결의에 찬 빛이 떠올라 있었으나 얼굴은 여전히 어두웠다. "좋은 소식 같은 것은 요즘 와서는 눈을 닦고 보아도 찾을 수가 없군요."

"음, 여전히 진전이 없으시다는 말씀입니까?" 그렇게 말하는 경감은 손등에 남아 있는 묵은 상처를 신경질적인 눈으로 보고 있었다. "아무도 아무것도 모른다는 말씀이군요."

"경감님 쪽에도 신통한 일은 없는 것 같군요?"

"당연하지요!" 경감은 금방 덤벼들기라도 할 듯이 말했다.

"그 추리소설에 대한 것을 여지껏 검토해 보고 있었습니다. 아무리 보아도 가장 중요한 단서라고 생각했기 때문이지요. 그 결과 어떻게 되었다고 생각하십니까?" 그렇게 묻고는 경감 스스로 대답했다. "아무것도 달라진 것이 없다는 말씀입니다!"

"대체 어떻게 될 것으로 생각하셨는데요?" 하고 레인이 조용히 물었다.

"물론 범인을 알아내게 될지도 모른다고 생각했었지요!" 경감의 눈 깊숙이에는 노여움이 이글거리고 있었다. "그런데 뭐가 뭔지 도무지 종잡을 수가 없단 말입니다. 이젠 이 불쾌하기 짝이 없는 소동에는 넌더리가 날 지경입니다." 그는 자신을 가라앉혔다. "하긴, 이런 불평은 해봐야 아무 소용도 없지요……그런데 내가 어떤 생각을 했는지 한번 들어보시겠습니까?"

"말씀하시지요."

"요크 해터가 추리소설을 썼다. 레인 씨의 말대로 하자면 그 줄거리를 만들었다. 자기 가정을 모델로 하고 등장인물이나 무대, 그 밖의 모든 것이 실제 그대로다. 독창적인 것은 거의 없는 셈이지요, 그렇지요? 그러나 그는 엄청나게 좋은 모델의 자료를 가지고 있었습니다. 이것이라면 절대로 자신할 수 있는 것을 말입니다."

"자기의 자료를 너무 얕본 점에서 해터를 책망해야 한다고 생각하는데요." 하고 레인이 말했다. "그 사람은 가능성 같은 것은 전혀 생각지도 않았습니다. 만일 생각했더라면……"

"맞습니다. 하지만 그는 그럴 생각은 없었겠지요." 하고 경감은 꿍꿍거렸다. "다만 자기 소설의 구상을 검토해 보며 이런 생각을 했겠지요. '멋지군! 대단해. 이것을 내가 쓴다── 작가로서 이야기를 이끌어 나가고 온갖 말을 다 늘어놓고── 나 자신을 범인으로 만드는 거야.' 물론, 소설 속에서입니다만……"

"멋지군요."

"그런 걸 좋아했다면 말입니다." 하고 경감은 못마땅한 듯이 말했다. "그런데 그 요크 해터가 죽어버렸으니── 그가 소설을 써보려고 했을 때에는 상상조차 하지 못했던 일이 일어나 버린 것입니다── 누군가가 나타나서 그가 써놓은 줄거리를 발견하고 소설을 대본 삼아 진짜 살인을 해야겠다고 생각한 것이지요……"

"틀림없습니다."

"틀림없는 게 다 뭡니까!" 하고 경감은 소리쳤다. "이렇게 분통 터질 수가 없어요. 무슨 까닭이 있을 듯이 보이다가는 아무것도 없다 이겁니다! 결국, 생각을 쥐어짜 보면 누군가가 요크 해터의 착상을 그대로 따르고 있는 자가 있다는 것밖에는 없습니다. 그렇다면 누구라도 상관없지 않겠습니까!"

"당신은 가능성을 소극적으로 말씀하시는 것 같군요." 하고 레인이 말했다.

"그건 무슨 말씀인가요?"

"아니, 뭐 별건 아닙니다만."

"그렇겠지요. 나보다야 당신 머리가 좋다는 거겠지요." 하고 경감은 내뱉듯이 말했다. "어쨌든, 이렇게 얄궂은 범죄가 되어버린 것도 요크의 소설 줄거리를 흉내냈기 때문이라고 생각합니다. 추리소설의 줄거리를 흉내내다니!" 그는 커다란 손수건을 꺼내 연달아 세 번이나 코를 풀었다. "정말 분통터지는 추리소설이지 뭡니까? 그러나 어떤 의미로는 도움이 안될 것도 없겠지요. 이 사건에는 아무래도 설명이 안되는 점이 많이 있기는 하지만, 그런 점은 모두 해터의 서툰 줄거리 탓으로 돌릴 수 있다는 이야깁니다."

레인은 아무 말도 하지 않았다.

경감은 짜증스러운 얼굴로 말을 계속했다. "지난 주, 이 소설에 대한 이야기를 하시면서 아무것도 묻지 말라고 하셨기 때문에 나도 되도록 묻는 것을 삼가해 왔습니다. 브루노 검사나 나는 당신의 재능을 믿고 있기 때문입니다. 레인 씨, 이건 솔직한 이야기입니다 ——그런데 대체 뭔지는 모르지만 당신은 검사와 내가 모르는 것을 알고 있습니다. 그것만은 분명합니다. 그렇지 않다면 당신 같은 수사전문가도 아닌 사람을 사건에 이렇게 개입하도록 내버려두지는 않았을 겁니다."

"죄송스러운 일입니다, 경감님." 하고 레인이 말했다.

"하지만, 레인 씨, 나도 아주 벙어리는 아닙니다." 경감은 천천히 말을 계속했다. "레인 씨도 내가 언제까지고 참고만 있는 사람이라고 생각하시면 곤란합니다. 그런데 당신이 그 소설의 줄거리라는 것을 어떻게 알게 되었을까 하고 생각해 본즉 세 가지 경우밖에 없을 것으로 여겨집니다. 하나는 당신이 어디에선가 찾아냈을 경우입니다만, 이것은 가능성이 별로 없습니다. 왜냐하면 그 집은 우리가 이미 철저한 수색을 했으니까요. 두 번째는——당신이 범인에게서 직접 그것에 대한 정보를 얻게 된 경우인데, 이것도 당연히 문제될 것이 없습니다. 세 번째는——당신의 상상에 의한 추측일 뿐이 아닐까 하는 것입니다. 그러나 만일 그렇다고 하면 요크해터가 범인이 되어 있다는 자세한 것까지 어떻게 알게 되었을까 하는 의문이 생깁니다. 그러니까 이것 또한 아닌 거지요. 그래서 나는 지금 세 가지 중 어느 것으로도 단정을 못 내리고 망설이고만 있습니다. 정말 이런 기분은 견딜 수가 없군요!"

드루리 레인은 몸을 움직이며 한숨을 쉬었다. 눈에 나타나 있는 고민의 빛은 안타까워하는 말투에도 나타나 있었다.

"이런 말씀 드리기엔 뭣하지만 그 논리에는 좀 무리가 있군요. 그러나 지금은 그것을 따지고 있을 틈도 없습니다." 잠깐 입을 다물었다가 그는 말했다. "하지만 경감님에게는 설명해 두어야 할 일이 있습니다." 경감이 눈을 가늘게 뜨고 레인을 쳐다보자 그는 자리에서 일어나 바쁜 듯이 방안을 돌아다니기 시작했다.

"경감님, 이 사건은 경감님이 직업으로 삼고 있는 범죄수사의 역사 가운데서도 그 유례를 찾아볼 수 없는 진기한 범죄라고 생각합니다. 지난해 초, 범죄학에 흥미를 갖게 되면서부터 나는 묵은 범죄기록에서 현대의 범죄기록까지 수많은 것을 읽어보았지만, 이 사건처럼——뭐랄까요——다루기 어렵고, 복잡하고, 이상한 범죄는 어떤 기록에서도 찾아볼 수 없었습니다."

"그럴지도 모르지요." 하고 경감은 꿍꿍대면서 말했다. "내가 알고 있는 것은——이번 사건 해결은 굉장히 힘들다는 것뿐입니다."

"이 사건의 복잡성은 도저히 이해가 안되는군요." 하고 레인이 말했다. "이것은 죄와 벌의 문제만으로 끝나는 것이 아닙니다. 이 안에는 병리학이나 이상심리학, 사회학이나 윤리학의 문제가 소용 돌이 속에 들어 있는 것입니다……" 그는 입을 다물고 입술을 깨 물었다. "그러나 이런 이야기는 해봐야 아무 소용이 없지요. 해터 의 집에는 그 뒤 무슨 일이 있었습니까?"

"아무것도 달라진 것은 없습니다. 완전히 바닥이 드러난 느낌입 니다."

"속아서는 안됩니다." 하고 레인은 꾸짖듯이 말했다. "바닥이 드 러난 것이 아니고 좀 잠잠해 있을 뿐이지요. 일시적인 휴전상태에 지나지 않습니다……그 뒤로 독살 소동 같은 것은 없었겠지요?"

"없었습니다. 그 집에 파견되어 있는 독극물 전문가인 뒤빈 의 사가 음식물을 일일이 검사하고 있으니까요. 앞으로도 그런 허점 은 없을 겁니다."

"루이자 캠피언의 문제는 어떻습니까……바바라 해터가 루이자 의 후견인을 맡기로 했습니까?"

"아직 안했습니다. 콘래드가 드디어 본성을 드러내어 바바라가 루이자에게서 손을 떼게 하려고 끈질기게 부추기고 있습니다── 하지만 그자의 속이 너무도 훤히 들여다보이니까 바바라도 그 점 은 알아차리고 있을 겁니다. 그 깡패 같은 녀석이 대체 무슨 말을 꺼낸 줄이나 아십니까?"

"글쎄요."

"바바라에게 이런 제안을 했습니다. '누나가 루이자의 후견인을 거절한다면 나도 거절하겠다. 그렇게 되면 트리베트 선장이 돈을 보관하게 될 것이므로 그때는 우리 둘이서 유언장의 부당함을 이 유로 문제를 일으키면 된다.' 이렇게 말한 겁니다. 아주 착한 동생 같지만, 바바라가 그러자고 한다면 그는 돌아서자마자 누나를 배 반하고 자기가 루이자를 맡을 속셈이겠지요. 뭐니뭐니 해도 30만 달러나 되고 보면 무심할 수 없는 거금이니까요."

"다른 사람들은 어떻게 지내고 있습니까?"

"질 해터는 그전처럼 파티가 열리는 곳을 찾아다니며 놀아나고 있습니다만, 자기 어머니의 욕이나 하고 다닌답니다. 다시 거믈리 와 어울려 다니는 것으로 보아 바이지로에게는 딱지를 놓은 모양 입니다." 하고 경감은 난감한 얼굴로 말했다. "그러는 편이 바이 지로에게는 오히려 잘된 일이것만, 당사자는 그렇게는 생각지 않는지 풀죽은 강아지 꼴이 되어버렸고, 요즘엔 그 집에는 전혀 발걸음도 안하게 되었습니다. 대충 이런 모양이니 나쁘진 않지요?"

레인의 눈이 빛났다. "루이자 캠피언은 아직도 스미스 간호원 방에서 함께 지내고 있나요?"

"아닙니다. 그 여자는 다른 사람의 방에서는 이상하게 신경이 쓰이는지 다시 자기 방으로 돌아갔습니다. 간호원도 함께 옮겨가서 노파가 쓰던 침대에서 자고 있습니다만, 그 여자에게 그렇게 두둑한 배짱이 있을 줄은 몰랐습니다."

레인은 걸음을 멈추고 경감의 바로 앞을 막고 섰다. "경감님, 아까부터 용기가 없어 망설이고만 있었습니다만, 이젠 말씀을 드려야겠군요. 다시 한 번 경감님의 인내와 호의를 간청하고자 합니다."

경감이 자리에서 일어났다. 우락부락한 거구의 사나이와 날씬한 근육질의 사나이는 선 채로 서로 얼굴을 마주보았다. "무슨 말씀인지는 모르겠습니다만." 하고 경감이 말했다.

"한 번 더, 이유는 묻지 말고 승낙해 주셔야 할 일이 있습니다."

"그것은 경우에 따라서 다르지요." 하고 경감이 말했다.

"좋습니다. 경감님의 부하들이 아직 해터의 집을 감시하고 있겠지요?"

"그렇습니다. 그런데 그것이 어떻다는 겁니까?"

레인은 경감의 물음에 곧 대답하지는 않았다. 그는 경감의 눈치를 살피듯 쳐다보고 있었다. 그런 그의 눈은 뭔가를 애원하고 있는 것 같았다. 그는 천천히 입을 열었다. "해터의 집을 감시하고 있는 경찰관이나 형사를 한 사람도 남김없이 철수시켜 주시기 바랍니다."

드루리 레인의 엉뚱한 제안에는 익숙해 있던 샘 경감도 이런 터무니없는 요청을 하리라고는 생각지 못했다. "뭐라고요?" 하고 그는 냅다 소리를 질렀다. "그 집의 경계를 완전히 풀어버리라는 겁니까?"

"그렇습니다." 하고 레인은 나지막이 말했다. "방금 말씀하신 대로 완전히 경계를 풀어버리는 겁니다. 되도록 빨리 그렇게 할 필요가 있습니다."

"뒤빈 의사도 말입니까? 대체 무슨 소릴 하고 있는 겁니까? 그건 마치 범인이 제멋대로 설치도록 하자는 것 같군요?"

"맞습니다. 그 점을 노리는 겁니다."

"그건 말도 안됩니다! 그런 짓을 하다니요! 마치 한 번 더 사건을 저질러 달라고 부탁하는 꼴이군요."

레인은 조용히 고개를 끄덕였다. "경감님, 드디어 당신도 문제의 핵심을 파악하신 것 같군요."

"하지만 그러자면 누군가가 그 집에 남아 있으면서 집안 사람들을 보호하고, 범인이 나타나면 잡아야 하지 않겠습니까?" 경감은 아무래도 그럴 수는 없다는 눈치였다.

"그야 누군가 있기는 있어야지요."

경감은 이 늙은 배우가 마침내 머리가 어떻게 되버렸나 싶어 어이없는 얼굴을 했다. "아니, 방금 우리에게 한 사람도 남지 말고 철수하라고 한 건 누군데요."

"내가 그랬지요."

"예?"

"내가 남아 있겠습니다."

"뭐요?" 경감의 말투가 조금 전까지와는 달라졌다. 그는 한동안 레인의 얼굴을 보면서 생각을 굴리고 있었다. "알겠습니다. 바로 그 수법을 쓰자는 거로군요? 하지만 레인 씨가 경찰측 사람이란 건 모두 알고 있는데, 변장이라도 하기 전에는……"

"그렇습니다. 그래서 변장을 할 생각입니다." 하고 맥빠진 목소리로 말했다. "내가 아닌 다른 사람으로 그곳에 갈 생각입니다."

"물론 그들도 아는 사람으로 변장하시겠지요. 좋습니다. 아주 좋습니다, 레인 씨. 그들을 제대로 속일 수만 있다면 말입니다. 그러나 연극 무대도 아니고 추리소설도 아닌 현실입니다. 과연 그런 교묘한 변장을 할 수가 있겠습니까?"

"무슨 일이 있어도 놓칠 수 없는 기회입니다. 게다가 퀘이시는 분장사로도 뛰어난 재능을 가지고 있지요. 나 역시 처음 해보는 일도 아니고……" 그는 벌써부터 흥분하는 자신을 억누르며 말했다. "자, 경감님, 소중한 시간을 낭비해서는 안됩니다. 내 부탁을 들어주시는 겁니까, 아닙니까?"

"글쎄요. 들어드려야겠지요." 하고 경감은 불안한 듯이 말했다. "충분히 조심해서 한다면 큰 위험은 없을 겁니다. 어차피 잠복형사들을 머지않아 철수시켜야만 하니까……좋습니다, 해봅시다. 그런데 어떤 방법을 생각하고 있습니까?"

레인은 단호한 어조로 말했다. "에드거 페리는 지금 어디 있습니까?"

"해터의 집으로 돌아갔지요. 석방은 했지만 조사가 끝날 때까지 외출은 하지 말라고 해놓았습니다."

"그럼, 지금 곧 페리를 이리로 불러주십시오. 한 번 더 물어볼 것이 있다든지 해서 되도록 빨리 오라고 하시지요."

30분 뒤, 에드거 페리는 레인과 경감의 얼굴을 번갈아 살피면서 경감이 가장 아끼는 의자에 앉아 있었다. 레인의 얼굴을 덮고 있던 고민스러운 빛은 자취도 찾아볼 수 없었다. 그는 침착했고, 또한 빈틈도 없었다. 카메라 렌즈처럼 날카롭고 정확한 시선으로 가정교사를 지켜보며 그 거동이나 외모를 세밀하게 관찰하고 있었다. 샘 경감은 마음 졸이며 그것을 보고 있었다.

"페리 씨." 마침내 레인이 입을 열었다. "경찰을 위해서 반드시 협력을 부탁하고자 합니다만."

"예, 그렇습니까?" 페리는 학구파답게 깊이가 있어 보이는 눈에 불안한 빛을 띄우며 어정쩡하게 대답했다.

"경찰이 해터 집안에서 철수해야만 할 형편이라서."

페리는 놀란 얼굴로 물었다. "정말입니까?"

"정말입니다. 그러나 그러자면 만일의 사태를 생각해서 감시할 사람이 필요합니다." 가정교사의 눈에서는 안도의 빛이 사라지고 불안이 되살아났다. "그 사람은 해터 집안을 자유롭게 드나들 수 있고, 또한 집안 사람들을 감시하면서, 누구에게서도 의심받지 않고 행동할 수 있는 사람이어야 합니다. 아시겠습니까?"

"예 ── 예."

"두말할 것도 없이 경찰측 사람은 안됩니다. 그래서, 페리 씨, 해터 집안에 당신을 대신해서 가 있도록 해주셨으면 합니다만."

페리는 한동안 눈만 껌벅였다. "저 대신 말입니까? 무슨 말씀이신지요……"

"내 하인 중에 세계 최고의 분장사가 있습니다. 내가 당신을 택한 것은 체격으로 보아 변장을 해도 들킬 염려가 거의 없는 것은 당신뿐이기 때문입니다. 당신은 나와 체격이나 키도 비슷하고, 얼굴 모습도 크게 다르지 않습니다. 적어도 퀘이시의 기술이면, 아마 나는 당신과 꼭 닮은 사람으로 변신할 수 있을 겁니다."

"아, 그렇지요. 레인 씨는 배우이시니까요." 하고 페리는 입을 우물거렸다.

"승낙해 주시겠습니까?"

페리는 당장에는 대답을 하지 않았다. "글쎄요……"

"승낙하는 것이 좋을 거요." 하고 옆에 있던 경감이 무뚝뚝하게

말했다. "이번 사건에 있어서, 캠피언 씨, 당신도 별로 떳떳한 처지
는 아니니까. 그렇지 않소?"

　페리의 눈에 노여움이 번뜩였지만, 그것은 곧 사라졌다. 가정교
사는 어깨를 축 늘어뜨린 채 말했다. "좋습니다. 승낙하겠습니다."

제5장 햄릿 저택
(6월 17일 금요일 오후)

이 날 아침, 샘 경감은 검은 소형차로 페리와 함께 햄릿 저택을
　찾았다. 해터 집안 사람들은 페리가 오늘 하루 더 경찰의 조
사를 받고 있는 줄로 알고 있을 것이라는 말을 남기고 그는 바로
돌아갔다.

　레인으로서는 어느 한구석 모르는 곳이라고는 없는, 오랜 세월
을 몸 받쳐온 무대에 서게 된 셈이므로, 그가 서둘러야 할 까닭은
조금도 없었다. 가정교사와 더불어 넓은 저택 안을 걸어다니며 자
기의 연극이나 장서나 정원 등——해터의 집안 문제를 뺀 온갖 일
들에 대해서 즐거운 듯이 이야기를 이어가고 있었다. 페리는 그 너
무나도 아름다운 주변 경치에 넋을 빼앗기고 오랜만에 느긋한 마
음으로 싱그러운 대기를 가슴 깊이 들이마시며, 모방해 만든 인어
(人魚) 술집에 들어가 보고는 자기도 모르게 입이 벌어졌으며, 넓
고 조용한 도서실에서는 유리상자 속에 든 셰익스피어의 초판본
(初版本)을 경건한 마음으로 바라보았으며, 레인 밑에서 일하는 사
람들도 만나보고, 그의 극장에도 들어가 보고, 러시아 인 연출가
클로포트킨과 만나 근대극에 대한 이야기를 주고받기도 하는 등
——그런 일들에 빠져 완전히 자기를 잊고 있었다. 그는 아주 딴
사람이 되어 있었다.

　레인은 조용히 그를 이리저리로 끌고 다녔다. 그리고 그의 눈은
그날 아침 내내 페리의 얼굴, 몸짓, 손놀림 등을 유심히 바라보고
있었다. 그는 페리의 입 모양, 입술을 움직이는 방식, 몸의 자세,
걸음걸이 등 몸놀림에 있어서의 그의 특징을 하나도 빼놓지 않고
관찰했다. 점심식사 때에는 페리가 식사하는 태도까지 눈여겨보았
다. 퀘이시도 불구가 된 작은 매처럼 가정교사의 머리만 쳐다보면
서 두 사람의 뒤를 따라다니고 있다가 오후도 반이나 지났을 무렵,
혼자 흥분해서 뭐라고 중얼거리며 어디론가 사라져 버렸다.

　오후에도 두 사람은 그 저택이 차지하고 있는 넓은 울 안을 여

기저기 돌아다녔다. 그런데 이번에는 레인이 화제를 페리 자신에 대한 쪽으로 교묘하게 유도했으므로 그만 페리 신상의 이야기가 되고 말았다. 레인은 그의 취미, 편견, 사상에서부터 바바라 해터 와의 지적 교제의 핵심, 해터 집안의 다른 사람들과의 관계, 두 아이들에 대한 교육방법까지도 알아냈다. 이야기가 아이들에 대한 것으로 바뀌자 페리는 다시 신이 나는 듯했으며, 책은 어디서 구해 오며 아이들 각자에 대한 자기의 교육방식을 이야기하고, 해터 집 안에서의 자기 일상생활에 대해서도 설명했다.

저녁식사를 마치자 두 사람은 퀘이시의 조그만 작업실로 갔다. 그곳은 페리가 지금까지 보아온 어떤 방과도 전혀 다른 취향의 이상한 방이었다. 근대적인 설비가 있음에도 불구하고 어딘지 고풍스러운 냄새를 풍기는, 마치 중세기의 고문실처럼 보였다. 한쪽 벽에 매어놓은 선반 위에는 사람의 머리 모형을 나란히 올려놓았는데, 그것은 황인종, 백인종, 흑인종 등 온갖 종족의 것이 다 있었으며, 사람의 얼굴로 나타낼 수 있는 모든 표정을 다 선보이고 있었다. 또, 가발이——회색, 검은색, 갈색, 붉은색, 고수머리, 반고수머리, 윤기가 없는 머리, 기름을 바른 머리 등——온갖 모양의 것들이 선반을 가득 메우고 있었다. 작업대 위에는 짐작조차 할 수 없을 만큼 많은 종류의 안료, 파우더, 크림, 염색약, 페이스트, 그리고 금속으로 만들어진 조그만 도구들이 놓여 있었다. 그리고 재봉틀과 비슷하게 생긴 기계, 거대한 다면경(多面鏡), 커다란 전등, 검은 전등갓이 있었다……한 발자국 발을 방안으로 들여놓는 순간부터 페리는 풀이 죽어서 다시 불안과 두려운 얼굴이 되었다. 방안의 분위기에 위압감을 느끼며 현재의 자기 처지로 되돌아온 듯 그는 말없이 초조해 하고 있었다. 그런 그를 레인도 걱정스러운 듯이 지켜보고 있었다. 페리는 마음의 안정이 안되는지 방을 이리저리 돌아다녔고, 그럴 때마다 괴물 같은 길다란 그림자가 벽 위를 기어다니고 있었다.

"페리 씨, 옷을 벗으시지요." 하고 퀘이시가 찢어지는 듯한 목소리로 말했다. 그는 나무로 된 인형의 머리에 씌운, 진짜 머리카락으로 만들어진 가발을 앞에 놓고 바쁜 듯이 마지막 손질을 하고 있는 참이었다.

페리는 아무 말 없이 옷을 벗었다. 레인은 기다렸다는 듯이 자기 옷을 벗어버리고 페리의 옷으로 바꿔입었다. 옷은 꼭 맞았다. 두 사람의 체격은 정말 비슷했다.

페리는 분장복을 걸친 채 떨고 있었다.

퀘이시는 바쁘게 움직였다. 다행히 얼굴을 손질하는 데는 별로 시간이 걸리지 않았다. 레인이 거울 앞에 놓인 기묘하게 생긴 의자에 앉자 곱추 영감은 일을 하기 시작했다. 그의 울퉁불퉁한 손가락에서 신비한 힘이 솟아나고 있는 듯이 보였다. 코와 눈썹에 가벼운 수정이 가해지고, 함면(含綿)으로 볼과 턱의 모양을 바꾸었다. 익숙한 솜씨로 눈 모양을 바꾸고 눈썹을 그렸다. 페리는 말없이 보고 있었으나 그의 눈에는 차츰 어떤 결의 같은 것이 살아나고 있었다. 퀘이시는 신이 나서 손짓으로 페리를 의자에 앉히고는, 그의 머리 카락의 상태와 머리의 모양을 보아가며 레인의 머리에 가발을 씌우고 가위를 꺼내들었다……

두 시간이 지나자 변신작업이 끝났다. 드루리 레인이 일어서자 페리는 두려움으로 가득찬 눈을 크게 떴다. 그는 지금 자기 자신을 바라보는 도저히 믿을 수 없는 전율을 느끼고 있는 것이다. 레인이 입을 열었다. 그의 입에서는 페리의 목소리가 흘러나왔다──움직이는 입술의 모양까지도 똑같았다……

"이건 말도 안돼!" 갑자기 페리의 얼굴이 긴장하며 시뻘게져서 소리쳤다.

"안됩니다! 절대로 안됩니다! 그럴 수는 없습니다!"

페리의 목소리가 사라지고 레인의 목소리로 다시 돌아오며 그의 눈에는 당황해 하는 빛이 떠올랐다. "어째서 갑자기 그런 말을 하시오?" 하고 그는 상냥하게 물었다.

"너무 닮았습니다! 그 변장은 너무도……아니, 안됩니다. 이런 일은 절대 승낙할 수 없어요!" 페리는 부들부들 떨면서 의자에 주저앉아 온몸을 웅크렸다. "내가──바바라를……바바라를 속이다니……"

"내가 바바라의 눈은 속일 수는 없을 것으로 생각했었군요?" 하고 레인은 동정어린 눈으로 바라보며 말했다.

"예, 그렇습니다. 그녀라면 내가 강요당하고 있다는 것을 곧 알아차릴 것으로 생각했습니다……그러나 이렇게 똑같으면……이건 안됩니다. 승낙할 수 없어요!" 가정교사는 이를 악물고 벌떡 일어났다. "레인 씨가 기어이 내 행세를 하시겠다면 힘으로라도 방해하겠습니다. 그런 모습으로 그 여자를 속이는 것은 용납할 수 없습니다."──그는 입을 다물고 한 판의 주먹질이라도 사양하지 않을 태세다.

"사랑하는 여자입니다. 자, 그 옷을 돌려주십시오."

그는 분장복을 벗어던지고는 반항과 결의에 가득찬 눈을 하고 레인을 향해 한 발자국 다가섰다. 이런 광경을 입을 벌린 채 보고만 있던 퀘이시가 갑자기 소리를 꽥 지르며 작업대 위에 놓여 있던 무거운 큰 가위를 거머쥐고는 마치 원숭이처럼 튀어나왔다.

레인은 그 앞을 막아서서 퀘이시의 어깨를 가볍게 두드려주었다. "퀘이시, 그만둬……페리 씨, 당신이 화내는 것도 당연합니다. 오늘밤은 느긋한 마음으로 우리 집 손님이나 되어 주십시오."

페리도 겸연쩍은 듯이 말했다. "죄송하게 되었습니다——그렇게 협박하듯 말씀드릴 생각은 없었습니다만."

"나의 가치 판단이 잘못되었던 것이지요." 하고 레인은 솔직하게 시인했다. "바바라 양에게 모든 것을 밝히지 않는 한……그렇습니다. 차라리 그만두는 편이 옳겠지요. 퀘이시, 남의 얼굴을 그렇게 노려보지 말게." 그는 힘들여 가발을 벗어서는 어처구니없어 하는 곱추 영감에게 건네주었다. "자, 이 가발은 잘 간직해 두게. 나의 어리석음과 어떤 신사의 사랑하는 이에 대한 진정한 기념이 될 것일세……"

뒤이어 페리의 눈앞에서 레인의 몸은 놀랄 정도로 빨리 변신해 갔다. 본래대로 늙은 배우가 되어 가만히 서 있었다. 두어 번 눈을 깜박이고는 활짝 웃으며 말했다.

"페리 씨, 오늘밤은 우리 극장으로 안내하고 싶습니다만, 구경해 보시지 않겠습니까? 마침 클로포트킨이 새 연극의 마지막 리허설을 하고 있습니다."

페리가 옷을 갈아입고 폴스태프의 안내를 받으며 레인의 극장으로 들어가 버리자 그의 얼굴에서는 지금까지 한가해 보이던 그 표정이 싹 바뀌었다. "자, 퀘이시! 샘 경감에게 전화를 걸어주게, 급하네. 서두르게!"

퀘이시는 허둥지둥 벽으로 달려가서 비밀전화의 수화기를 들었다. 레인은 초조한 듯이 그의 등뒤에서 서성거렸다.

"빨리 해, 퀘이시! 촌각을 다투는 일이야!" 그러나 경감이 지금 어디에 있는지는 쉽게 알 수가 없었다. 경찰본부에는 없었기 때문이다. "자택으로 걸어보게!"

전화를 받은 사람은 경감의 부인이었다. 퀘이시는 다급하게 그 찢어지는 듯한 목소리로 고함을 질러댔다. 부인은 머뭇거리고 있었다……경감은 안락의자에 파묻혀서 큰소리로 코를 골고 있는 모양이었다. 부인은 깨우기가 애처로워 망설이고 있었다.

"하지만 드루리 나리의 전화입니다요!" 퀘이시는 화가 나서 큰소리를 질러댔다. "중요한 일이란 말입니다요!"

"오!" 퀘이시의 귀에 북소리처럼 규칙적으로 장단을 맞춰가며 들리던 기묘한 소리가 문득 멎었는가 싶더니 곧 귀에 익은 경감의 꿍꿍대는 듯한 목소리가 전화 저편에서 들려왔다.

"감시하던 경찰관들이 해터의 집에서 철수했는지 물어보게."

퀘이시는 더듬어가며 그렇게 말을 전하고는 대답을 기다렸다.

"아직 철수 안했다고 합니다요. 오늘밤 나리께서 그곳에 가시면 철수할 예정이라고 하는데요."

"잘됐군! 경감에게 말해 주게. 나는 생각이 바뀌어 페리로 변장하는 것은 그만두기로 했다. 내일까지 감시는 계속해 주었으면 좋겠다. 내일 오전중에 내가 갈 테니까, 그때 철수하면 좋겠다고."

이유를 묻는 경감의 고함소리가 수화기를 울렸다.

"무슨 까닭인지 물으시는데요. 꼭 그 이유를 알아야겠다고 말씀하십니다요." 하고 곱추 영감이 말을 전했다.

"지금은 설명할 수가 없습니다. 잘 부탁합니다. 그렇게만 말하고 전화를 끊어버리게."

아직도 자신은 러닝 셔츠 한 장만 입고 방안을 서성대고 있다는 것도 모르고 드루리 레인은 곱추 영감을 보고 소리쳤다.

"자, 이번에는 메리엄 박사에게 전화하게! 전화번호부에서 찾아봐!"

퀘이시는 엄지손가락에 침을 발라가며 책장을 넘기기 시작했다.

"메……리……Y 메리엄 의사, 이겁니까?"

"그래! 빨리!"

퀘이시는 교환수에게 번호를 댔다. 잠시 뒤 여자의 목소리가 들려왔다. "메리엄 박사님을 부탁드립니다." 그는 찢어지는 듯한 목소리로 소리쳤다. "이쪽은 드루리 레인 씨입니다."

새된 여자의 대답 소리에 귀를 기울이던 영감의 주름투성이의 갈색 얼굴에는 실망하는 빛이 떠올랐다.

"안 계신다고 하는데요. 주말이라 오후부터 교외로 나가셨다는데요."

"그래?" 하고 드루리 레인은 정색하고 말했다.

"주말이라! 그렇다면 하는 수 없지……좋아, 전화를 끊게, 고맙다고 인사하고. 이거 귀찮게 되었군."

"이젠 어떻게 하지요?" 퀘이시는 화가 난 듯이 말하고는 주인의
얼굴을 바라보았다.

"그래!" 하고 드루리 레인은 혼자 미소지으며 말했다. "더 좋은
방법이 있지!"

제6장 죽음의 방
(6월 18일 토요일 오후 8시 20분)

土요일, 정오가 되기 몇 분 전에 드루리 레인의 리무진은 해터
의 집 앞 길가에 멈춰서서 에드거 페리와 레인을 내려놓았다.
페리의 창백한 얼굴이 결의에 차 있었다. 레인클리프에서 여기까
지 오면서 그는 계속 침묵을 지키고 있었다. 레인도 그의 침묵을
깨뜨리려고는 하지 않았다.

초인종 소리를 듣고 형사 하나가 나타났다. "안녕하십니까, 레인
씨. 페리 씨도 돌아오시는군요." 가정교사는 아무 대꾸도 하지 않
고 바쁜 듯이 복도를 지나 위층으로 올라가 버렸다. 형사는 레인에
게 한쪽 눈을 찡긋했다.

레인은 홀을 지나 집 뒤꼍을 향해 걷기 시작하다가 도중에서 걸
음을 멈추더니 부엌으로 들어갔다. 얼마 뒤 다시 나오더니 이번에
는 도서실로 갔다. 거기에는 콘래드 해터가 책상 앞에 앉아서 무엇
인가를 쓰고 있었다. "오! 콘래드 씨, 드디어 귀찮게 하던 사람들
도 없어지게 되나 보지요?" 하고 레인은 다정하게 말했다.

"예? 무슨 말씀입니까?" 콘래드는 금방 얼굴을 들며 물었다. 그
의 눈 밑에는 검은 기미가 끼어 있었다.

"조금 전에 들었습니다만——" 레인은 자리에 앉으면서 말했다.
"오늘 오전까지만으로 경계가 풀리는 모양이던데요. 경찰도 철수
하나 봅니다."

콘래드는 중얼거렸다. "흥, 철수할 때도 되었지요. 그렇게 법석
을 떨고서도 무엇 하나 성과라고는 없으니. 어머니를 살해한 범인
을 잡기는커녕 2주일 전이나 지금이나 달라진 것이 무엇 하나 있
습니까?"

레인은 얼굴을 찌푸렸다. "우리의 힘도 만능은 아니니까요……
오, 모셔 형사, 안녕하시오?"

"안녕하십니까, 레인 씨?" 하고 모셔 형사는 활기찬 목소리로

인사하고는 코끼리 같은 걸음걸이로 도서실에 들어왔다. "오, 콘래드 씨, 드디어 작별이군요!"

"방금 레인 씨에게 들었습니다."

"경감님의 명령으로 나와 동료들이 오늘 정오를 기해서 모두 철수합니다. 그 동안 정말 죄송했습니다, 콘래드 씨."

"죄송하다고?" 하고 콘래드는 되물었다. 그는 일어서더니 팔을 벌려 크게 한번 기지개를 켰다. "천만의 말씀을. 정말 속이 다 후련합니다. 이제는 이 집도 좀 안정이 되겠군요."

"남의 사생활을 기웃거리는 꼴을 안 보게 되어 다행이군요." 하는 불쾌한 음성이 들려왔다. 질 해터가 방으로 들어온 것이다. "정말 무엇보다도 견딜 수 없는 일이었어요. 그렇죠, 오빠? 정말 후련해요."

이 집에 파견되어 있던 네 사람——모셔, 핑커슨, 클라우스, 그리고 음식물 검사를 맡고 있었던 조금 검은 얼굴의 독극물 전문가 뒤빈——이 문 앞에 모여 있었다.

"자, 여러분!" 하고 핑커슨이 말했다. "그만 가실까요? 데이트가 있으니까. 하하하!" 그는 온 방안이 울릴 만큼 큰소리로 웃어댔다. 그러나 그 웃음소리가 채 사라지기도 전에 그는 갑자기 입을 다물어버렸다. 언제 누가 웃었느냐 싶게 웃음소리는 사라졌다. 그는 레인이 앉아 있는 의자를 바라보고 있었다. 모두 일제히 그쪽을 보았다. 드루리 레인은 축 늘어져 의자에 기댄 채 두 눈을 감고 하얀 핏기없는 얼굴을 하고——정신을 잃고 있었다.

모두들 어리둥절했으나 다음 순간 의사 뒤빈이 튀어나왔다. 핑커슨이 숨가쁘게 말했다. "갑자기 이상해졌어요! 얼굴이 벌개지며 숨이 찬 듯이 허우적거리더니 이내 정신을 잃고 말았습니다!"

독극물 전문가는 의자 옆에 무릎꿇고 레인의 셔츠 단추를 풀러서 목 언저리를 헐겁게 해주고는 허리를 굽혀 레인의 가슴에 귀를 대고 가슴의 고동소리를 들어보았다. 그리고는, "물!" 하고 낮은 목소리로 말했다. "그리고 위스키. 빨리!"

질은 벽에 기대어서서 바라보고 있었다. 콘래드 해터는 뭐라고 입속에서 중얼거리며 술병을 넣어두는 찬장에서 위스키 병을 꺼냈다. 형사 하나가 부엌으로 달려갔다. 재빨리 물을 담은 컵을 들고 돌아왔다. 뒤빈은 레인의 입을 억지로 벌리고 목구멍 안으로 꽤 많은 양의 위스키를 흘려넣었다. 형사는 정신없이 컵의 물을 레인의 얼굴에다 확 끼얹었다. 금방 효과가 있었다. 레인은 뭐라고 중얼거리며 눈을 휘번덕거리다가 위스키에 사래들려 기침을 해댔다.

"바보같이!" 하고 뒤빈은 형사에게 소리쳤다. "무슨 짓을 하는 거요! 죽일 작정이오? 자——좀 도와주시오……해터 씨, 어디고 좀 눕힐 만한 곳이 없습니까? 곧 눕혀야만 됩니다. 심장발작이니까요."

"독약은 아니죠?" 하고 질이 숨가쁘게 물었다. 이 소식을 듣고 바바라, 마사, 두 아이들, 애버클 부인도 달려왔다.

"어머, 어쩌지요?" 하고 바바라가 겁먹은 목소리로 말했다. "레인 씨가 어떻게 된 건가요?"

"누가 좀 도와주십시오." 뒤빈은 축 늘어진 레인의 몸을 의자에서 안아일으키려고 애쓰며 도움을 청했다.

복도 쪽에서 황소가 우는 듯한 소리가 들려왔다. 문 앞에 서 있던 사람들이 길을 열어주자 빨간 머리의 운전사 돌로미오가 헤치고 들어왔다.

15분쯤 지나자 집안은 다시 조용해졌다. 레인의 꼼짝도 못하는 몸은 뒤빈과 돌로미오의 손으로 2층에 있는 손님용 방으로 옮겨졌다. 세 형사들은 불안한 듯 레인을 바라보며 어찌해야 할지 몰라서 주춤거리고 있었으나, 예정변경의 명령도 없었으므로 레인과 해터 집안의 일은 그들에게 맡기고 모두 그 집에서 철수하고 말았다. 어쨌든 심장발작은 살인사건과는 무관한 것이니까. 다른 사람들은 손님방의 닫힌 방문 앞에 모여 있었다. 문안에서는 아무 소리도 들리지 않았다. 이윽고 갑자기 문이 열리고 돌로미오의 붉은 머리가 나타났다.

"의사 선생님 말씀이 너무 시끄러우니 여러분은 여기 서 계시지 말라고 하십니다."

문은 다시 굳게 닫히고 말았다.

사람들은 조용히 방 앞에서 물러갔다. 그리고 30분쯤 지나자 뒤빈이 나와서 아래층으로 내려왔다. "절대 안정해야 됩니다." 하고 그는 집안 사람들에게 일렀다. "위험은 없습니다. 하지만 앞으로 한 이틀은 꼼짝 말아야 됩니다. 가만 내버려두십시오. 운전사가 옆에 있으면서 환자가 움직이게 될 때까지 시중을 들어줄 모양입니다. 나는 내일 다시 오겠습니다만——그때는 많이 좋아질 겁니다."

그날 밤 7시 30분에 드루리 레인은 그가 '심장발작'을 일으켜야 했던 일에 착수했다. 명의(名醫) 뒤빈의 지시에 따라 누구 하나 '병실'에 다가가는 사람은 없었다. 하긴 바바라 해터는 메리엄 박사를 부르려고 몰래 전화를 걸었다──아마 꽤 걱정이 되었던 모양이다──그러나 박사가 휴가차 교외에 나가고 없다는 것을 알고는 더는 어쩔 수가 없었다. 굳게 닫힌 방안에 들어앉게 된 돌로미오는 미리 준비해 온 여송연이나 잡지 덕분에 그다지 지루한 오후는 아니었다. 적어도 레인의 긴장된 얼굴과 비교해 보면 주인보다는 즐거운 시간을 보내고 있었다.

6시에 바바라의 지시에 따라 애버클 부인이 가벼운 식사를 준비하여 손님방으로 가져왔다. 돌로미오는 게일 인답게 정중한 태도로 그것을 받으면서 레인 나리는 지금 주무시고 계십니다 하고 말하고는, 시무룩한 얼굴을 하고 서 있는 애버클 부인의 코앞에서 문을 닫아버렸다. 그리고 얼마 뒤 직업의식이 발동한 스미스 양이 문을 두드리며 뭐 좀 도와줄 일은 없느냐고 물으러 왔다. 돌로미오는 이 일로 5분 가까이 그녀와 이야기했으나 결국 그녀 역시 문 앞에 세워둔 채 문을 닫아버리고 말았다. 그러나 그녀는 거절당해서 오히려 다행이다 싶은 얼굴로 그곳을 떠났다.

7시 30분이 되니까 드루리 레인은 침대에서 일어나 가만히 돌로미오에게 몇 마디 하고는 문 뒤에 가서 섰다. 돌로미오는 문을 열고 복도를 살펴보았다. 아무도 없었다. 그는 밖으로 나와서 문을 닫고 복도를 돌아다녔다. 스미스 양의 방문이 열려 있었으나 안에는 아무도 없었다. 실험실과 아이들 방문은 닫혀 있었다. 루이자 캠피언의 방문은 열려진 채였다.' 그 안에 아무도 없는 것을 확인한 돌로미오는 재빨리 손님방으로 되돌아왔다. 이번에는 드루리 레인이 발소리를 죽여가며 복도를 걸어서 급히 죽음의 방으로 들어갔다. 그는 조금도 망설이지 않고 옷장문을 열고 그 안에 들어가 숨었다. 그는 옷장문을 닫으면서 방안의 동정을 살펴볼 수 있을 만큼의 틈을 남겨두었다. 복도도 다른 방도, 그리고 이 방도 쥐죽은 듯이 조용했다. 방은 금세 어두워지고 옷장 속은 답답하고 괴로웠다. 하지만 레인은 등뒤 여자옷이 빽빽하게 걸려 있는 속으로 더욱 깊이 몸을 숨기고는 되도록 많은 숨을 들이마셔가며 장시간의 감시에 들어갈 준비를 했다.

지루한 시간이 지나갔다. 손님방 문 안쪽에서 웅크리고 있는 돌로미오는 때때로 복도에서 들려오는 사람소리나 아래층에서 어렴풋이 들려오는 이야기 소리라도 들을 수 있었지만, 레인에게는 그런 바깥 소리라고는 조금도 들리지 않았다. 그는 완전한 암흑 속에 있었다. 그가 몸을 숨기고 있는 방에는 아무도 들어오는 사람이 없었다.

레인이 차고 있는 시계의 야광 문자판이 7시 50분을 가리켰을 때 비로소 인기척이 있었다. 어떤 원시적인 본능이 그의 몸을 긴장케 하고 경계태세에 들어가게 했다. 갑자기 방안이 확 밝아졌다. 그는 전등 스위치가 자신이 숨어 있는 이 옷장 왼쪽, 그러니까 문으로 들어서면 오른쪽의 보이지 않는 곳에 있었던 것을 생각해 내고는, 그래서 사람이 들어오는 것을 볼 수 없었다고 생각했다. 그런 생각을 하고 있는 사이에 스미스 양의 뚱뚱한 몸이 그의 시야를 가로질렀다. 그녀는 무거운 걸음걸이로 양탄자 위를 밟으며 두 개의 침대 사이로 걸어갔다. 밝은 불빛 속에 보이는 이 방은 청소도 말끔히 끝나고 잘 정돈되어서 범죄의 흔적이라고는 찾아볼 수 없었다.

스미스 양은 나이트 테이블로 다가가서 루이자 캠피언의 점자판과 점자가 적힌 토막을 집었다. 그녀가 이쪽으로 돌아섰다. 그래서 얼굴이 보였다. 지친 듯한 모습에 커다란 가슴이 한숨으로 출렁이고 있었다. 그밖의 다른 것에는 손도 대지 않고 그녀의 모습은 레인의 시야에서 사라져서 문으로 갔다. 조금 뒤 불이 꺼지고 레인은 다시 암흑 속에 남게 되었다. 그는 한숨을 내쉬며 땀방울이 맺힌 이마를 닦았다.

8시 5분, 죽음의 방은 두 번째 방문자를 맞게 되었다. 또다시 눈부신 빛이 방안에 넘치고 바쁜 듯이 양탄자 위를 걷고 있는 구부정한 애버클 부인의 모습이 시야에 들어왔다. 헐떡이고 있는 숨소리는 층계를 올라온 때문인 듯했다. 그녀가 가져온 쟁반 위에는 버터밀크가 담긴 길쭉한 컵과 케이크를 담은 접시가 놓여 있었다. 쟁반을 나이트 테이블 위에 내려놓고 그녀는 얼굴을 찌푸리며 잠깐 목덜미를 문지르더니 돌아서서 방을 나갔다. 그러나 이번에는 불을 켜둔 채 가버렸다——레인은 이 애버클 부인이 무심코 저지른 실수를 모든 시대의 모든 신에게 마음속으로 감사드렸다.

사태는 거의 느닷없이 닥쳐왔다. 정확히 4분 뒤인 8시 9분이었다——그때까지 꼼짝도 하지 않던 마주보이는 창문의 블라인드 하나가 흔들리고 있는 것을 발견한 레인은 긴장했다. 그는 자세를 더욱 낮추어 방어태세를 갖춘 다음 문의 틈새를 조금 넓히고 그 창문을 지켜보았다. 내려져 있던 블라인드가 갑자기 말려올라갔다. 정원을 보고 있는 2층의 바깥쪽 벽에 나 있는 창의 달아낸 곳 위에서 방안의 동정을 살피며 서 있는 사람이 보였다. 그것은 몇 초 동안 꼼짝 않고 서 있더니 곧 가벼운 동작으로 방으로 뛰어내렸다. 분명히 닫혀져 있어야 할 창문이 어느 틈엔가 열려 있었다.

눈 깜짝할 사이에 그 침입자는 방을 가로질러 문 쪽으로 가버려서 레인의 시야에서 사라졌다. 그러나 문을 잠그러 갔었는지 곧 돌아왔는데, 불은 그냥 켜져 있었다. 침입자는 곧 난로 있는 곳으로 갔다. 레인이 있는 곳에서 난로는 겨우 보였다. 침입자는 허리를 굽혀 난로 안으로 들어가더니 두 다리마저 위로 올라가서 보이지 않게 되었다. 레인은 가슴을 두근거리면서 기다리고 있었다. 몇 초 지나자 침입자는 다시 그 모습을 나타냈다. 그의 손에는 레인이 발견한 비밀 구멍 속에 놓아두었던 하얀 액체가 들어 있는 시험관과 스포이드가 들려 있었다. 침입자는 방을 가로질러 나이트 테이블로 다가갔다——그는 빛나는 눈으로 버터밀크가 들어 있는 컵으로 손을 가져갔다……옷장 속의 레인은 전율을 느꼈다. 침입자는 한 순간 머뭇거렸지만……곧 결심한 듯 시험관의 마개를 뽑고 그 안에 들어 있던 것을 모두 애버클 부인이 두고 간 버터밀크의 컵 속에 쏟아부었다.

참으로 민첩한 동작이었다……훌쩍 뛰어서 창가로 돌아가서는 재빨리 정원의 상황을 살피고는, 창틀을 기어올라 밖으로 나갔다——창문이 닫히고 블라인드가 다시 내려졌다. 다만 블라인드가 처음보다는 조금 높은 곳에서 멈춘 것을 레인은 보았다……그는 한숨을 쉬고 옷장 안에서 발을 뻗었다. 얼굴은 옷칠이라도 한 것처럼 굳어 있었다. 이 모든 일이 3분도 채 안되는 짧은 시간에 일어난 일이었다. 레인이 손목시계를 보니 정확히 8시 12분이었다.

한동안……아무 일도 없었다. 블라인드는 꼼짝도 하지 않았다. 레인은 다시 이마를 닦았다. 땀은 입은 옷 속에서도 몸을 타고 흘러내리고 있었다.

8시 15분이 되자 레인은 다시 긴장했다. 두 개의 그림자가 그의 시야를 지나갔다——루이자 캠피언이 이 집 안팎을 걸을 때처럼 느리지만 자신 있는 걸음으로 걸어들어왔으며, 그 뒤를 스미스 양이 어슬렁거리며 들어왔다. 루이자는 아무런 거리낌도 없이 자기 침대로 다가가서 걸터앉아 다리를 꼬고는 밤마다 하는 습관인 듯 기계적으로 나이트 테이블에 손을 뻗어 버터밀크 컵을 집어들었다. 스미스 양은 쓸쓸한 미소를 지으며 루이자의 볼을 쓰다듬고는 오른쪽으로 걸어갔다——이 방의 구조를 떠올려본 레인은 그녀가 욕실에 들어갔다는 것을 알았다. 레인은 숨을 죽이고 지켜보고 있었다——루이자가 아니고 침입자가 나간 창문을 보고 있었던 것이다. 그리고 루이자가 컵을 입으로 가져갔을 때 완전히 내려지지 않은 블라인드의 틈 사이로 보이는 유리창에 유령 같은 얼굴을 바짝 갖다대고 있는 검은 그림자가 보였다. 그 얼굴은 긴장으로 창백해 있었으며, 소름끼칠 만큼 진지한 얼굴이었다.

한편 루이자는 여전히 텅 빈 듯하면서도 해맑은 얼굴을 하고 조용히 버터밀크를 다 마시고 컵을 내려놓고는 일어나서 드레스의 단추를 풀기 시작했다.

바로 그 순간이었다. 레인의 눈은 너무 오랫동안 한 번도 깜박이지 지켜보아온 않은 탓인지 눈이 따가웠다. 창 밖의 얼굴은——자신 있게 말해도 좋을 만큼 분명하게 레인의 눈에 비쳤다——순간 그 얼굴은 뜻밖이라는 듯이 놀라더니 이어서 깊은 낙담으로 바뀌었다. 그런 다음에는 마치 장난감처럼 금방 사라져 버렸다.

스미스 양이 욕실에서 목욕을 끝내고 나오기 전에 레인은 조심스럽게 옷장을 빠져나와 발자국 소리를 죽여가며 그 방을 빠져나왔다. 루이자 캠피언은 뒤돌아보지도 않았다.

제7장 실험실
(6월 19일 일요일 오후)

" 드루리 레인 나리는 완전히 기운을 되찾았습니다." 일요일 아침, 돌로미오는 이 집에서 레인에 대한 걱정을 해주는 오직 한 사람인 바바라 해터에게 알려주었다. "하지만 드루리 나리께서는 점심 나절까지는 계시는 방에서 좀더 쉬고 싶어하시는데, 그대로 계시면 안되겠습니까?"

바바라는 그렇게 하라고 선선히 승락했다. 덕분에 드루리 레인은 누구의 방해도 받지 않았다.

11시에 뒤빈 의사가 찾아와서 '환자'가 있는 방으로 들어갔다가 10분쯤 지나서 나오더니 '환자'는 이제 회복된 거나 다름없다고 말하고 돌아갔다.

정오를 조금 지나자 레인은 지난 밤 같은 비밀스러운 조사를 다시 한 번 되풀이했다. 정말로 병이 들었어도 이토록 나빠 보이지 않을 만큼 그는 환자처럼 보였다. 얼굴은 까칠해 있었다. 거의 한잠도 자지 못한 괴로운 밤을 보낸 것이다……돌로미오가 신호를 보내자 그는 어깨를 낮추고 빠른 걸음으로 복도로 나갔다. 그러나

이 일요일의 목표는 죽음의 방이 아니었다. 그는 재빨리 실험실로 들어갔다. 그의 동작은 미리 계획되어 있었는지 신속했다——곧바로 문의 왼쪽에 있는 옷장 속에 몸을 숨기고 방안을 충분히 볼 수 있을 정도의 틈만 남기고는 문을 닫았다. 그리고 또다시 어젯밤과 똑같이 기다릴 차비를 했다.

얼핏 이 행동이 정말 바보짓처럼 생각되기도 했다. 숨막힐 듯한 좁고 어두운 곳에 갇힌 채 숨을 죽이고 있으면서, 아무리 큰소리가 나도 들을 수 없는 귀머거리의 몸으로 끊임없이 방안을 감시하면서……장장 몇 시간 동안이나 기다리려는 것이다. 그런데 몇 시간이 지나도 아무 일도 없었으며, 누구 하나 실험실에 들어오는 사람도 없었고, 아무런 이상도 찾아볼 수 없었다.

지루하게 오후 시간은 가고 있었다. 그가 무슨 생각을 하고 있었건——그것은 미칠 것 같고, 속이 온통 뒤집힐 것 같은 절망적인 것이었겠지만——그로 말미암아 한 순간이라도 감시를 게을리하지는 않았다. 그러나 오후 4시가 되자 드디어 그의 감시도 끝날 때가 왔다.

제일 먼저 눈에 띈 것은 그가 있는 곳에서는 보이지 않는 문 있는 쪽에서 황급히 그의 좁은 시야를 가로지른 사람의 모습이었다. 레인에게는 문을 여는 소리도 닫는 소리도 들릴 리가 없었다. 몇 시간 동안의 피로는 금세 사라지고 그는 문틈에 바짝 눈을 갖다 댔다. 그것은 어젯밤의 그 침입자였다.

침입자는 조금도 주저하지 않고 곧바로 방 왼쪽으로 가서는 약품선반 앞에 가서 섰다. 그곳이 레인이 숨어 있는 옷장과 너무 가까워서 침입자가 숨을 헐떡이는 모습까지 볼 수가 있었다. 한 손이 재빨리 아래 선반에 남아 있는 약병 중 하나를 집어들었다. 그 병을 꺼낼 때 레인은 흰 글씨로 극약이라고 쓰인 붉은 라벨을 분명히 보았다. 침입자는 한동안 손에 든 약병을 바라보고 있더니, 이윽고 천천히 방안을 둘러본 다음 방 왼쪽 구석에 깨어진 병만 쓸어 모아둔 곳으로 가서 깨어지지 않은 조그만 빈병 하나를 주워들었다. 그리고는 세면대에서 그 병을 헹구지도 않고 극약 병 안에 든 것을 빈병으로 옮겨 붓고는 마개를 닫고 극약 병을 본래 있던 선반 위에 다시 올려놓았다. 그리고는 조심스럽게 발소리를 죽여서 레인 쪽으로 걸어왔다……순간, 레인은 불꽃처럼 이글거리고 있는 그 눈을 똑바로 바라보았다……그러나 그 눈은 곧 그의 앞을 지나가고 침입자는 문 쪽으로 사라졌다.

레인은 한동안 불편한 자세로 웅크리고 있다가 이윽고 일어나서 옷장 밖으로 나왔다. 문은 닫혀 있고 침입자의 모습은 이미 사라지고 없었다. 레인은 범인이 훔쳐낸 것이 어떤 종류의 독약인지 선반으로 다가가서 확인해 볼 생각조차 하지 않았다. 중대한 책임의 무게에 억눌린 노인같이 그 자리에 선 채 물끄러미 문을 바라보고 있었다. 마침내 고통은 사라지고 여느 때의 레인의 모습으로 돌아왔다——좀 파리해 보이는 얼굴에 구부정한 허리는 과연 심장의 발작이 회복되어 가고 있는 늙은이 같았다. 실험실을 나온 그는 좀 지치고 기운이 없어 보이긴 했지만 침착한 태도로 침입자의 뒤를 쫓아갔다.

경찰본부, 저녁 무렵.

본부는 아주 조용했다. 근무시간이 지났으므로 야간근무를 하게 될 경찰관 말고는 복도를 지나는 사람도 없었다. 브루노 지방검사는 빠른 걸음걸이로 복도를 걸어와서 문에 샘 경감의 이름이 씌어 있는 방으로 뛰어들었다.

경감은 책상 앞에 앉아 스탠드 불빛 아래에서 전과자 사진첩을 들여다보고 있는 중이었다.

"경감, 어찌되었소?" 하고 브루노 검사가 말했다.

경감은 얼굴조차 들지 않았다. "어찌되다니요? 무슨 말씀입니까?"

"레인 씨 말이오! 무슨 연락이 없었소?"

"전혀 연락이 없는데요."

"걱정이군." 브루노는 얼굴을 찌푸렸다.

"경감, 그런 일을 허락하다니, 미친 짓이라고 생각지 않으시오? 만일 무슨 일이라도 생기면 어쩔 셈이오? 감시경찰을 모두 철수시키다니……"

"인신보호령 때문에 걱정하십니까?" 하고 경감이 말했다. "하지만 레인 씨에게 맡긴다고 우리에게 무슨 손해가 있습니까? 그에게는 나름대로 자신이 있어서 하는 일이고, 우리로서는 달리 방법이 없잖습니까?" 경감은 사진첩을 밀어젖히고 하품을 했다. "그 사람의 버릇은 알고 계시지요? 분명한 답이 나올 때까지는 아무 말도 하지 않는 것 말입니다. 아무튼 맡겨보시지요."

검사는 고개를 저었다. "아무래도 마음에 걸려. 그러다가 만일 무슨 일이라도 생긴다면……"

"자, 걱정은 그만하기로 하십시다." 하고 경감이 말했다. 그 조그만 눈이 날카롭게 빛나고 있었다. "그렇지 않아도 걱정이 태산 같습니다. 검사님께서 더 걱정 않으셔도……" 그는 깜짝 놀라 입을 다물었다. 책상 위의 전화가 요란하게 울렸기 때문이다. 검사는 긴장으로 몸이 굳어졌다. 경감은 빼앗듯이 수화기를 들었다. "여보세요." 그는 쉰 목소리로 말했다.

흥분한 목소리가 수화기에서 흘러나왔다……듣고 있는 사이에 경감의 얼굴은 차츰 붉어지고 있었다. 마침내 아무 말 없이 수화기를 내던지고 문을 박차고 뛰어나갔다. 검사는 영문을 알 수 없었으나 경감의 뒤를 쫓아갔다.

제8장 식 당
(6월 19일 일요일 오후 7시)

그날 오후, 드루리 레인은 그윽한 미소를 짓고 모인 사람들과 차례차례 이야기를 주고받으며 집안을 이리저리 걸어다녔다. 일찍부터 와 있던 거믈리와도 한동안 평범한 잡담이 오갔다. 트리베트 선장은 오후 내내 루이자 캠피언이나 스미스 양과 함께 정원을 거닐었다. 다른 사람들은 불안한 듯이 집안을 돌아다니며, 아직도 서로가 서로를 경계하는 탓인지 각자의 일상생활로 되돌아가지 못하고 있었다.

신기하게도 레인은 한시도 진득하게 앉아 있으려고 하지 않았다. 쉴새없이 돌아다니며, 그의 눈은 뭔가를 뒤쫓으며 지켜보고 있는 것 같았다……저녁 15분 전 7시에 그는 다른 사람이 눈치채지 못하게 돌로미오에게 신호를 보냈다. 돌로미오가 그의 곁으로 다가오자 두 사람은 조그만 목소리로 이야기를 주고받았다. 이윽고 돌로미오는 집을 빠져나가더니 5분쯤 지나서 싱글싱글 웃으면서 돌아왔다.

7시에 레인은 상냥한 미소를 지으며 식당 한구석에 가 앉았다. 식탁에는 저녁식사 준비가 되어 있었으며, 집안 사람들은 모두들 하나같이 우울한 얼굴을 하고 기운없이 식당으로 들어왔다. 바로 그때 경감과 브루노 검사가 몇 사람의 형사를 데리고 집안으로 뛰어들었다.

일어나서 샘 경감과 브루노 검사를 맞는 레인의 얼굴에는 미소는 사라지고 없었다. 순간 아무도 움직이지 않았다. 루이자와 스미스 양은 이미 식탁 앞에 앉아 있었다. 마사 해터와 아이들은 막 자리에 앉으려는 참이었다. 바바라는 샘 경감이 들어왔을 때 다른 쪽 문으로 들어오고 있었다. 콘래드는 옆방인 도서실에서 여느 때처럼 술을 마시고 있는 것이 샘 경감의 눈에 띄었다. 질은 없었다. 그러나 트리베트 선장과 존 거믈리는 루이자의 의자 바로 뒤에 서 있었다.

아무도 말이 없었다. 이윽고 레인이 입을 열었다. "경감님, 어서 오십시오." 그제야 모두들 얼굴에서 긴장을 풀고 각자 식탁 앞에 가 앉았다.

샘 경감은 꿍꿍대는 듯한 목소리로 인사를 했다. 뒤따라온 브루노 검사와 함께 레인에게로 다가와서 짜증스러운 얼굴로 고개를 까딱했다. 세 사람은 식당 한쪽 구석에 모였다. 아무도 그들에게 관심을 갖는 사람은 없었다. 식탁 앞에 앉은 사람들은 냅킨을 펼쳤다. 애버클 부인이 모습을 나타내고 하녀 버지니아가 무거워 보이는 쟁반을 들고 뒤뚱거리며 들어왔다……

"어떻게 된 겁니까?" 하고 경감이 조용히 물었다.

레인의 얼굴에는 다시 지친 모습이 감돌았다. "글쎄요." 라고만 레인은 대답했다. 한동안 아무도 말이 없었다.

마침내 경감이 불만스러운 듯이 입을 열었다. "방금 레인 씨의 운전사가 전화를 걸어왔습니다만, 당신으로선 더 어쩔 수 없어서 손을 떼겠다고 말씀하셨다는데……"

브루노도 쉰 목소리로 말했다. "실패하신 겁니까?"

"그렇습니다. 실패하고 말았습니다. 저는 단념하겠습니다. 노력은 해보았습니다만……성공하지 못했습니다." 하고 레인은 속삭이듯 말했다. 경감도 검사도 말없이 레인을 지켜보고 있을 뿐이었다. "이제는 저도 어쩔 수가 없습니다." 하고 레인이 계속해서 말했다. 그 눈은 마치 아픔을 느끼듯이 경감의 어깨너머로 무엇인가를 지켜보고 있었다. "당신들께 연락하라고 운전사에게 시킨 것은, 저는 그만 햄릿 저택으로 물러가려고 하기 때문입니다. 그러나 경감님이 다시 감시할 사람들을 이곳으로 배치할 때까지는 떠날 수가 없어서요——아무래도 해터 집안 사람들을 보호하기 위해서는……"

"그렇다면 당신도 범인의 술수에 말려들고 말았다는 거로군요." 경감은 못마땅한 듯이 말했다.

"그런 것 같습니다. 오늘 오후에 크게 기대를 걸어 보았습니다만 이미……" 레인은 어깨를 으쓱하고는 쓸쓸하게 웃으며 말했다.

"경감님, 아무래도 나는 내 자신의 재능을 지나치게 믿었던 것 같습니다. 작년 롱스트리트 사건에서는 운이 좋았기 때문이라는 것을 뼈저리게 느낍니다."

브루노 검사는 한숨을 쉬었다. "이미 지난 이야깁니다. 후회한들 무슨 소용입니까, 레인 씨? 어차피 이 이상 다른 방도는 없었으니까요. 너무 비관할 것까지는 없습니다."

경감도 크게 고개를 끄덕였다. "검사님 말씀이 옳습니다. 그렇게 심각하게 생각할 건 없습니다. 당신만이 실패한 것도 아니고, 여기 있는 우리도……"

갑자기 그는 입을 다물고 늙은 고양이처럼 뒤를 돌아다보았다. 레인이 경감의 등뒤의 무엇인가를 두려움에 찬 눈으로 보고 있었기 때문이다. 그것은 아주 순간적으로 일어난 일이었다. 저도 모르게 들이쉰 숨을 미처 내쉬기도 전에 이미 끝나버렸다. 달려든 뱀의 일격처럼 순식간에 상대를 마비시키는 것이었다.

해터 집안 사람들이나 그곳에 온 손님들도 한결같이 화석이 되어버린 듯이 테이블 앞에 앉아 있었다. 빵을 더 달라고 테이블을 두드리고 있던 재키 소년이 제 앞에 놓인 우유컵을 들어서——우유컵은 여러 개가 놓여 있었는데, 재키 앞이나 빌리 앞이나 루이자 앞에도 모두 하나씩 있었다——반쯤 단숨에 마셔버리더니 갑자기 맥이 풀린 듯이 컵을 떨어뜨렸다. 그리고는 목구멍에서 이상한 소리를 내면서 부들부들 떨더니 온몸이 굳어졌다……의자가 넘어지는가 했더니 다음 순간 둔탁한 소리를 내며 바닥에 굴러떨어지고 말았다.

그제야 세 사람은 정신이 들었다——경감과 레인, 이어서 브루노 검사가 앞으로 튀어나왔다. 어떤 사람은 입을 벌린 채였고, 또 어떤 사람은 이제 막 포크를 입에서 빼내려던 참이었으며, 어떤 사람의 손은 소금이 담긴 병을 잡으려다 말고 갑자기 몰아닥친 공포에 넋을 잃고 있었다……마사가 비명을 지르며 꼼짝도 하지 않는 아들 곁에 무릎을 꿇고 앉았다.

"독약을 먹었나 봐! 누가 독을 먹였어! 세상에 이럴 수가……재키! 재키! 대답해 봐! 엄마야!"

경감은 거칠게 그녀를 밀어내고 소년의 턱을 잡고 입을 억지로 벌리더니 목구멍 깊숙이 자기의 손가락을 찔러넣었다. 목구멍에서 어렴풋이 끄르륵 소리가 났다……

"아무도 움직이지 말아요!" 하고 경감이 소리쳤다. "모셔! 의사를 불러! 의사는……" 말은 중도에서 끊기고 말았다. 그의 팔에 안겨 있던 소년은 한번 뒤로 몸을 젖히더니, 물 먹은 옷처럼 축 늘어지고 말았다. 놀라서 눈이 휘둥그래진 어머니의 눈에도 소년이 이미 죽었다는 것을 알 수 있었다.

같은 날 오후 8시.
2층 아이들 방에서는 메리엄 박사가 서성거리고 있었다──그는 이런 불상사가 일어나기 한 시간 전에 주말여행을 마치고 집에 돌아와 있었다.

마사는 떨고 있는 빌리를 끌어안고 반쯤 미친 듯이 울부짖고 있었다. 빌리는 겁을 먹고 어머니에게 달라붙어 연신 형의 이름을 불러대고 있었다.

해터 집안 사람들은 침대 위에 올려놓은 뻣뻣한 소년의 시체를 둘러싸고 엄숙한 얼굴로 말없이 서로의 시선을 피하려 하고 있었다. 입구에는 형사들이 서 있었다……

아래층 식당에는 두 남자가 있었다──샘 경감과 괴로운 얼굴을 한 드루리 레인이다. 레인은 중병에 걸린 사람처럼 보였다──그것은 그의 뛰어난 연기력으로도 숨길 수가 없는 듯했다. 두 사람은 말이 없었다.

레인은 테이블 앞에 맥없이 앉은 채 죽은 소년이 소크라테스의 독배처럼 마셔버린 우유컵을 바라보고 있었다. 경감은 노여움으로 이글거리는 얼굴을 하고 거친 걸음걸이로 방안을 돌아다니며 혼자서 투덜대고 있었다.

문이 열리고 지방검사가 구르듯이 들어왔다. "실책이야, 실책이었어! 완전히 실책이었어!" 경감은 노여움이 가득찬 시선으로 레인을 보았다.

그러나 레인은 고개를 숙인 채 테이블보를 만지작거리고 있었다.
"경감, 우리 체면은 엉망이 된 거요." 하고 브루노도 끙끙거렸다.
"그뿐만이 아닙니다!" 하고 경감은 고함을 질렀다. "아무리 생각해도 화가 나는 것은, 이 양반이 이제 와서 손을 떼겠다고 하는 겁니다. 지금 와서 말입니다. 말 좀 해봐요, 레인 씨. 이제 와서 그러는 법이 어디 있습니까?"
"하지만 나는 그만두겠소." 하고 레인은 잘라 말했다.
"경감님, 무슨 일이 있어도 나는 손을 떼야 합니다." 그는 일어서서 테이블 옆에서 몸을 꼿꼿이 세우고 말했다.

"나는 이제 간섭할 자격이 없습니다. 그 소년의 죽음은……" 그는 바짝 마른 입술을 침으로 적셨다. "아니, 그보다도 나는 처음부터 당신을 돕겠다고 나서지 말아야 했습니다. 제발 손을 떼게 해주십시오."

"하지만, 레인 씨……" 하고 브루노 검사가 얼빠진 목소리로 말을 꺼냈다.

"이미 변명의 여지조차 없게 되었습니다. 나는 더없이 큰 실수를 저지르고 말았습니다. 소년의 죽음은 나의 책임입니다. 오직 나의 책임입니다. 그 누구도……"

"알았습니다." 경감이 노여움이 가신 목소리로 말했다. "손을 떼는 것은 당신의 자유입니다. 그러나 이 사건에 관해서 비난이 생기면 그것은 모두 우리에게로 오게 됩니다. 이런 식으로 당신이 아무런 설명도 없이, 지금까지 해온 일을 하나도 입 밖에 내지 않고 그냥 도망치듯 가버리게 되면……"

"하지만 이유는 말씀드렸습니다." 하고 레인은 힘없이 말했다. "분명히 말씀드렸습니다. 내가 나빴던 겁니다. 그것이 전부입니다. 내가 실수를 했어요."

"그것만으로는 안됩니다." 하고 브루노가 말했다. "그렇게 간단히 빠져나갈 수는 없습니다, 레인 씨. 여기에는 무슨 깊은 사연이 있었을 겁니다. 감시자를 철수시키고 혼자서 자유롭게 활동하게 해달라고 샘 경감에게 부탁까지 했을 때에는 확실한 계획이 있었다고 생각됩니다만……"

"물론 있었지요." 레인의 눈가에는 검은 기미가 끼어 있었다. 그것을 본 브루노는 문득 가슴이 뭉클했다. "범인의 새로운 범행을 막을 수 있으리라고 생각했었습니다. 그러나 막지 못하고 말았어요."

"모두 한 방 먹은 거지요." 경감이 꿍꿍대며 말했다. "당신은 독약사건은 위장에 불과하다, 정말로 죽일 생각은 없다고 그렇게까지 분명하게 말씀하셨지요? 하지만 이게 어찌된 일입니까!" 그는 두 손으로 얼굴을 가렸다.

"이것으로 분명해졌습니다. 독살도 연속살인의 일부에 지나지 않았던 겁니다. 모두를 전멸시키자는 겁니다."

레인은 초라한 모습으로 고개를 숙이고 무슨 말인가 하려다 말고 방을 나갔다. 입구 가까이에 걸려 있는 모자를 집으려고도 하지 않았다. 방을 나와서 잠깐 멈춰서서 뒤돌아볼까 망설이는 듯했으나 곧 몸을 꼿꼿이 세운 자세로 집을 나섰다. 인도 가장자리에 차를 대놓고 돌로미오가 기다리고 있었다. 이미 지기 시작한 땅거미 속에서 한 무리의 신문기자가 그를 보고 달려왔다. 레인이 기자들을 헤치고 차에 오르자 차는 달리기 시작했다. 레인은 그제야 두 손 안에 얼굴을 파묻었다.

에필로그

'악마 하나는 없어졌지만 악마들은 남아 있다.'

두 달이 지났다. 드루리 레인이 해터의 저택을 떠난 것을 끝으로 그와 사건과의 관계는 끝나고 말았다. 햄릿 저택에서는 아무런 소식도 없었다. 샘 경감이나 브루노 지방검사는 그 뒤로는 레인을 가까이 하려고 하지 않았다.

경찰에 대한 신문의 공격은 참으로 신랄한 것이었지만, 사건과 관련해서 이따금 오르내리던 레인의 이름도 사실상 레인이 사건에서 손을 떼고부터는 차츰 사라져 버렸다. 두 달이 지났어도 수사에는 아무런 진전이 없었다. 샘 경감의 예언에도 불구하고 그 뒤로는 범죄다운 일은 아무것도 일어나지 않았다. 수사는 경찰본부의 닫힌 문 안에서만 계속되고 있었다. 샘 경감은 이 사건에서 만신창이가 되도록 호된 꼴을 당했지만, 그렇다고 좌천이 되거나 체면을 잃게 되는 일은 일어나지 않았다.

그리하여 경찰은 마침내——신문의 비꼬는 표현을 빌리자면, 보기 좋게 범인에게 뒤통수를 얻어맞은 채……해터의 저택에서 손을 떼야만 했다……재키 해터의 장례식이 끝나자 곧 그 동안 긴 세월을 노부인의 강철 같은 손에 의해 결속되어 온 해터 집안 사람들은 서로 한데 뭉치지 못하고 뿔뿔이 흩어지고 말았다……질 해터는 행방불명이 되고, 그로 말미암아 거믈리나 마지막 약혼자였던 바이지로, 그 밖에 그녀를 에워싸고 있던 남자들은 허둥대며 이 실종에 고개를 갸웃거렸다……마사는 그래도 조금 남아 있는 자존심을 되살려 가슴아픈 결단으로 콘래드와 헤어지고 앞으로 어떻게 할 것인가를 정하기까지 일단 네 살짜리 빌리와 함께 싸구려 아파트에서 지내기로 했다……에드거 페리는 몇 주일에 걸친 감시가 풀리자 역시 자취를 감추었으나, 얼마 지나지 않아 바바라 해터의 남편으로 그 모습을 나타내어 저널리즘이나 문단의 화젯거리가 되었다. 그러나 그런 소란도 두 사람이 미국을 떠나 영국으로 가버리자 소식이 끊기고 말았다……해터의 저택에는 아무도 남은 사람이 없었다. 건물은 문마다 못질을 하고 팔려고 내놓았다. 트리베트 선장은 눈에 띄게 늙어보였고, 자기의 집안에서 힘없이 정원을 거닐고 있었다. 메리엄 박사는 여전히 입을 꾹 다문 채 조용히 진료에만 전념하고 있었다.

이렇게 되어 사건은 미궁에 빠지고 말았다. 경찰기록에는 해마다 뉴욕에서 일어나는 미해결사건의 하나로 남게 되었을 뿐이다.

끝으로 한 가지 사건이 일어났다. 해터 집안 소동의 마지막 부록 같은 화제를 신문이 실었다. 바바라 해터와 에드거 페리가 결혼하기 사흘 전에 루이자 캠피언이 낮잠을 자다가 조용히 세상을 떠난 것이다. 검시도 메리엄 박사와 마찬가지로 사인은 심장마비라고 했다.

무대 뒤에서

'전체를 살펴보라. 끝에서 끝까지 흠이 없는지 찾아보라.
그래도 역시 그에게 공이 없다고 할 수 있다면 그렇게 말하라.'

드루리 레인은 잔디 위에 배를 깔고 연못가에 엎드려 검은 백조
에게 빵부스러기를 던져주고 있었다. 거기에 퀘이시 영감이
오솔길을 따라서 샘 경감과 브루노 지방검사를 안내해 왔다. 두 사
람 다 쑥스러운 듯이 주춤거리고 있었다. 퀘이시가 레인의 어깨를
만지니 그는 돌아보았다. 그는 갑자기 몹시 놀란 얼굴로 벌떡 일어
났다. "아니! 경감님! 검사님!" 하고 그는 소리쳤다.

"오랜만에 뵙겠습니다." 경감은 그렇게 말하며 국민학생처럼 머
뭇거리며 앞으로 나섰다. "검사님과 함께 찾아뵈었지요."

"예……그렇게 되었습니다." 하고 브루노도 한마디 했다.

두 사람은 몸둘 곳이 없는 듯 불안한 얼굴로 서 있었다. 레인은
찬찬히 두 사람을 바라보고 있었다. "어떻습니까? 두 분께서도 잔
디 위에 앉으시지요." 이윽고 레인이 그렇게 말했다. 그는 반바지
에 목이 둥글게 파인 스웨터를 입고 있었다. 근육이 뚜렷한, 햇볕
에 그을린 다리에는 파란 잔디의 얼룩이 그냥 묻어 있었다. 그는
다리를 구부려 인디언처럼 책상다리를 하고 있었다.

브루노는 윗도리를 벗고 셔츠 칼라의 단추를 풀고는 안도의 한
숨을 내쉬며 잔디에 앉았다. 경감은 한동안 망설이다가 마침내 올
림포스의 천둥 같은 소리를 내며 털썩 주저앉았다. 오랫동안 아무
도 입을 열지 않았다. 레인은 물끄러미 연못을 바라보며 수면에 떠
있는 빵부스러기에 덤벼드는 백조의 길다란 목의 멋진 움직임에
정신이 팔려 있었다.

"그런데──" 가까스로 경감이 말문을 열었다. "실은……저, 레
인 씨!" 그는 손을 내밀어 레인의 팔을 건드렸다. 레인은 그를 보
았다. "할말이 있습니다."

"그렇습니까?" 하고 레인이 말했다. "말씀을 하시지요."

"실은 그……" 샘은 눈을 껌벅이며 말했다.

"우리는──즉, 검사님과 나는 레인 씨에게 물어보고 싶은 것이
있습니다."

"루이자 캠피언의 죽음은 자연사가 틀림없는가 하는 말씀인가

요?"

두 사람은 깜짝 놀라 서로의 얼굴을 마주보았다. 그리고는 브루노 검사가 앞으로 나섰다. "그렇습니다. 물론 신문에서 읽으셨을 줄 압니다. 우리는 사건의 재조사를 고려하고 있습니다만……레인 씨의 생각은 어떠신지요?"

경감은 말없이 짙은 눈썹 밑으로 레인을 지켜보고 있었다.

"분명히……" 하고 레인이 말했다. "메리엄 박사의 심장마비라는 진단에 실링 검시의도 동의한 것으로 압니다만."

"그렇습니다." 하고 경감은 천천히 대답했다.

"실링 박사는 그렇게 말했지요. 어차피 그 불구의 여자의 심장이 약하다는 것은 메리엄도 진작부터 말해 온 터였고, 그의 진료기록에도 그렇게 씌어 있었습니다. 그러나 우리로서는 아무래도 확신을 가지고……"

"우리는 이렇게 생각하고 있습니다." 하고 지방검사가 말했다. "아무런 흔적도 남지 않는 독약을 먹게 했거나, 아니면 아무에게도 의심받지 않을 주사를 놓았을지도 모른다고……"

"그러나 두 달 전에도 말씀드렸듯이……", 레인은 다시 한줌의 빵부스러기를 물 위로 던지며 부드럽게 말했다. "나는 그 사건에서 손을 뗐습니다."

"그것은 알고 있습니다." 브루노 검사는 샘 경감이 화난 얼굴로 레인에게 대들기 전에 얼른 말했다. "하지만 우리는 아무리 생각해 봐도 레인 씨가 그전부터 뭔가 우리가 모르고 있는 사실을 알고 있는 것 같아서……"

브루노는 입을 다물었다. 레인이 얼굴을 돌려버렸기 때문이다. 부드러운 미소는 아직 입가에 남아 있었지만, 그의 녹회색 눈은 백조의 무리를 보고 있으면서도 머릿속에서는 다른 생각을 하고 있는 것 같았다. 얼마쯤 지나 레인은 한숨을 쉬면서 두 손님을 돌아보았다. "맞습니다." 하고 그는 말했다.

경감은 잔디를 한줌 쥐어뜯어서는 자기의 큼직한 발을 향해 내던졌다. "생각했던 대로군요!" 하고 그는 크게 소리쳤다. "검사님, 어떻습니까? 내가 말하지 않았습니까! 레인 씨는 뭔가 알고 있었습니다. 그것을 가르쳐 주시면 틀림없이……"

"사건은 해결되었습니다, 경감님." 하고 레인이 조용한 목소리로 말했다.

이 말은 두 사람을 펄쩍 뛰게 만들었다. 경감은 레인의 팔을 잡았다. 그 억센 힘에 레인은 얼굴을 찡그렸다. "해결되었다니요?" 그는 쉰 목소리로 소리쳤다. "누가? 어떻게 저지른 것입니까? 언제입니까? 대체 언제 해결되었습니까?——지난 주입니까?"

"해결된 것은 두 달 전이었습니다."

순간 두 사람은 말문이 막혔다. 이윽고 브루노 검사는 질려서 얼굴색마저 바뀌었다. 경감의 입술은 어린애처럼 떨고 있었다. "그러니까 당신은……" 하고 경감은 겨우 짜내는 듯한 조그만 목소리로 말했다.

"두 달 동안이나 범인은 제멋대로 돌아다니고 있었는데, 당신은 아무 말도 하지 않고 보고만 있었다는 겁니까?"

"아닙니다. 범인은 돌아다니지 않았지요."

두 사람은 동시에 펄쩍 뛰었다. "그렇다면 범인은……?"

"예." 하고 레인은 더없이 슬픈 목소리로 말했다. "범인은……죽었습니다."

백조 한 마리가 크게 날개짓을 하며 물보라를 일으켰다.

"자, 두 분 모두 앉아주십시오." 하고 레인은 말했다. 두 사람은 기계적으로 그 말에 따랐다. "오늘 두 분께서 오신 것은 어떤 의미로는 반가운 일입니다만, 또 다른 의미로는 그렇게 말씀드릴 수가 없군요. 지금까지도 나는 당신들에게 말해야 할지 어떨지 모르고 있었습니다……"

경감이 끙 하고 신음 같은 소리를 냈다.

"경감님, 나는 남이 괴로워하는 것을 보고 좋아하는 이상한 취미로 당신을 애타게 하고 있는 것은 아닙니다." 하고 레인은 어두운 얼굴로 말했다. "문제는 아주 현실적인 것이지요."

"하지만 대체 무슨 이유로 말씀하시지 않으려는 겁니까?" 하고 브루노 검사가 물었다.

"말씀드려도 믿지 않을 것 같아서요." 하고 레인은 말했다. 땀방울이 경감의 콧등에서 흘러 커다란 턱을 타고 떨어졌다. "너무도 믿기 어려운 일이라서——" 레인은 조용한 목소리로 이야기를 계속했다. "지금부터 말씀드리는 이야기를 들으시고 나를 터무니없는 거짓말쟁이라느니, 허풍쟁이라느니, 미친 놈이라느니 마치……" ——그의 목소리는 떨리고 있었다——"미치광이 해터처럼 돌아버렸다고 나를 이 연못에 처넣어 버린다고 해도 당신들을 나무랄 수는 없을 겁니다."

"범인은 루이자 캠피언이었지요?" 하고 지방검사가 천천히 말했다.

레인은 검사의 눈을 들여다보면서 말했다. "아닙니다."

샘 경감은 푸른 하늘을 향해 두 팔을 내저으며, "그럼, 요크 해터로군요!" 하고 거칠게 말했다. "처음부터 나는 그런 생각이 들었습니다."

"아닙니다." 드루리 레인은 한숨을 쉬면서 검은 백조 쪽으로 얼굴을 돌렸다. 그리고 다시 한줌의 빵부스러기를 연못에다 던지고는 말을 계속했다── 나지막하면서도 분명하고, 더없이 애처로운 목소리였다.

"아닙니다." 하고 그는 다시 한 번 되풀이했다. "범인은── 재키였습니다."

온 세상이 움직임을 멈춘 듯했다. 갑자기 바람도 잠잠했다. 검은 백조가 물 위를 미끄러져 갔는데, 그들의 시야에서 움직이는 것은 그것뿐이었다. 이윽고 그들의 등뒤 어딘지 멀리서 퀘이시 영감이 엘리에르 분수에서 금붕어를 쫓아다니며 질러대는 영감의 환성이 들려왔다. 그 소리에 그들은 정신이 들었다.

레인은 돌아보며, "믿어지지 않지요?" 하고 말했다.

경감은 헛기침을 하고는 말을 하려고 했으나 목구멍에서 소리가 나오지 않아서 한 번 더 헛기침을 했다. "예, 믿어지지 않는군요, 도저히 나로서는……" 경감은 겨우 그렇게 말했다.

"그럴 리가 있습니까, 레인 씨!" 하고 브루노 검사가 소리쳤다. "말도 안됩니다!"

레인은 한숨을 쉬었다. "당연한 말씀입니다……만일 내 말을 그대로 믿으신다면 그것이 오히려 이상하지요." 하고 그는 말했다. "그러나 지금부터 말씀드리는 나의 설명을 다 듣고 나시면 두 분 모두 이해하시게 될 겁니다. 겨우 열세 살인 재키 해터가── 아직 사춘기에도 들어섰다고 할 수 없는, 이런 일에는 유아나 다름없는 어린 소년이── 세 번에 걸쳐서 루이자 캠피언에게 독약을 먹이려 했고, 해터 부인의 머리를 내리쳐서 죽여버린 겁니다. 또한……"

"재키 해터." 하고 경감은 중얼거렸다. "재키 해터." 그 이름을 되풀이하고 있으면 사건의 의미를 알게라도 되는 듯이 그는 되풀이했다. "아니, 고작 열세 살의 꼬마가 어떻게 그런 엄청난 짓을 계획할 수 있었으며, 더구나 그것을 실행했다는 것인지……그건 말도 안되는 이야기이며, 그것을 누가 믿겠습니까!"

브루노 지방검사는 조용히 고개를 저었다. "어쨌든, 경감, 그렇게 흥분할 일은 아니오. 침착하게 생각해 보면 그 문제에 대한 해답은 나오게 되겠지. 열세 살의 소년이라 할지라도 완전한 계획이 서 있는 범죄의 각본대로 행동한다는 것이 전혀 불가능한 것만은 아니오."

레인은 가볍게 고개를 끄덕였으나 다시 잔디 쪽으로 눈길을 돌렸다.

경감은 다 죽어가는 물고기처럼 몸부림쳤다. "요크 해터의 소설 줄거리가 각본이었다는 말씀인가요?" 하고 그는 소리쳤다. "그랬군요. 이제 알 만합니다. 하지만 그 꼬마가 범인이라니!……나는 요크 해터가 아직 죽지 않고 살아 있으면서 저지른 범행이 아닐까 하는 생각을 했었습니다——그래서 죽은 사람의 발자취를 뒤쫓고 있었지요……" 그는 그 큰 몸을 흔들어가며 웃었지만, 그 모습에는 고통과 부끄러움이 나타나 있었다.

"요크 해터가 범인일 수는 없습니다." 하고 레인이 말했다. "그가 살아 있건 죽었건 이것은 분명합니다. 물론 시체확인이 모호했으므로 그가 살아 있을 가능성은 남습니다만……그는 아닙니다. 범인은 재키 해터입니다. 처음부터 재키 해터가 아닌 다른 사람일 수가 없었지요. 어째서 그런가? 그 이유를 말씀드릴까요?"

두 사람은 말없이 고개를 끄덕였다. 드루리 레인은 잔디 위에서 하늘을 보고 누워 두 손을 깍지끼어 머리 뒤에 베고는 구름 한 점 없는 파란 하늘을 향해 놀라운 이야기를 시작했다.

"먼저, 두 번째 범죄인 에밀리 해터 살해사건 수사에서부터 이야기를 시작하겠습니다. 그때에는 나 역시 당신들이 알고 있는 것 이상은 아무것도 몰랐습니다. 아무런 선입관 없이 처녀지에 뛰어든 셈이지요. 내가 알게 된 것과 믿게 된 것들은, 그 모두가 관찰과 추리의 결과일 뿐입니다. 그럼, 내가 어떤 추리를 거쳐서 그 소년이 모든 사건의 중심인물이고, 게다가 그의 행동이 요크 해터의 비극적 줄거리를 실행한 것이라고 생각하게 되었는지 그 과정을 살펴보기로 하겠습니다……

이 범죄엔 처음부터 이상한 어려움이 따르고 있었습니다. 우리가 직면한 살인사건에 실은 한 사람의 증인이 있었습니다만, 그 사람은 사건 해결에 협력할 생각은 있었음에도 불구하고 우리가 보기에 죽어 있는 사람이나 다를 바 없었습니다. 귀머거리에 벙어리에 장님인 여성……들을 수도, 볼 수도, 게다가 더욱 난처한 것은 말도 못하는 사람입니다. 그러나 이 어려움도 전혀 해소할 방법이 없었던 것은 아니지요. 그녀는 그 밖의 감각은 훌륭하게 갖추고 있었기 때문입니다. 즉, 첫째 미각, 둘째 촉각, 셋째 후각인 것입니다.

첫번째인 미각은 쓸모가 없었으므로 그것에 기대를 걸 수는 없었습니다. 그러나 촉각과 후각은 도움이 되었습니다. 내가 진상을 알게 된 것은 루이자가 범인을 만졌고, 범인의 몸에서 냄새를 맡게 된 것이 결정적인 단서가 되었습니다.

언젠가 증명한 바와 같이 루이자 캠피언의 과일 바구니에 독이 든 배를 넣은 인물과 그 옆 침대의 해터 부인을 살해한 인물은 같은 사람이라는 겁니다. 또, 루이자의 독살은 정말로 살해할 생각이 있어서가 아니고, 목적은 오로지 해터 부인의 살해였다는 것도 이미 증명했습니다. 그렇다면 독살 계획자와 살인범이 같은 사람인 이상, 그날 밤 루이자의 캄캄한 침실에서 그녀의 손에 닿았던 사람──그 때문에 루이자는 정신을 잃었습니다만──그 사람이야말로 찾고자 하는 범인인 거지요. 기억하실 줄 압니다만 루이자가 범인의 코와 볼을 만진 것은 그녀가 똑바로 서서 그녀의 어깨 높이로 팔을 내밀고 있었을 때였습니다. 경감님, 실은 그때 경감님은 올바른 단서를 잡고 있었던 겁니다."

경감은 눈을 깜박이며 얼굴을 붉혔다.

"무슨 말인지 모르겠군요……" 하고 브루노 검사가 말하다 그만두었다.

반듯하게 누워서 하늘을 보고 있는 레인에게는 브루노의 입술이 움직이는 것을 볼 수 없었기 때문이다. 그는 조용히 이야기를 계속했다.

"경감님, 당신은 그때 곧 말씀하셨지요──키를 알 수 있다고. 증인이 코와 볼을 만졌다고 한다면 그것으로 범인의 키를 알아낼 수 있다고 하셨지요. 정말 멋진 생각이었습니다. 나는 그 순간 그렇게 중요한 사실을 알게 되었으므로 머지않아 진상, 적어도 진상에 가까운 것을 알게 되겠지 하고 생각했습니다. 그런데 브루노 검사님이 이의를 제기하시고 이렇게 말씀하셨습니다. '그때 범인이 허리를 낮추고 있지 않았다는 것을 어떻게 알 수 있는가?'──분명히 지당한 말씀이었습니다. 범인이 허리를 낮추고 있었다고 하면 그런 상태에서는 키를 알아낼 수가 없으니까요. 그래서 그 이상 깊이 검토해 볼 것도 없이 경감님이나 검사님은 그 단서에 대한 추적을 포기해 버렸습니다. 조금만 더 그 단서를 파고 들었더라면 ──사실 방바닥에 대한 검토만이라도 좀더 세심하게 해보았더라면──나와 마찬가지로 그때 이미 진상을 알 수 있었을 겁니다."

브루노 검사는 얼굴을 찌푸렸다. 레인은 힘없이 미소지으며 일어나서 두 사람 쪽을 보았다. "경감님, 일어나 보시지요."

"예?" 하고 경감은 놀란 얼굴을 하며 물었다.

"일어나시라고요." 경감은 어리둥절한 얼굴로 일어났다.

"발끝을 세워 발돋음을 해보십시오." 경감은 서툰 동작으로 뒤꿈치를 들고 휘청거리며 발끝으로 섰다. "그럼, 그런 모양으로 허리만 낮추고──그리고 걸어가 보십시오."

경감은 뒤꿈치를 땅 위에서 든 채 어색하게 무릎을 굽히고 걸어보려고 했다. 하지만 비틀거리며 두 발자국을 겨우 옮겼을 뿐 금세 몸의 균형을 잃어버렸다. 보고 있던 브루노 검사가 껄껄거리며 웃기 시작했다──경감의 모습이 마치 너무 살찐 오리처럼 보였기 때문이다.

레인은 다시 미소지었다. "경감님, 지금 그 실험에서 어떤 점을 아시게 되었습니까?"

경감은 입에 물고 있던 풀잎을 씹으며 브루노 검사를 보고 얼굴을 찌푸렸다. "웃지 마십시오, 검사님! 검사님도 해보십시오. 허리를 낮추고 발끝으로 걷는 게 그렇게 쉬운 줄 아십니까?"

"그렇습니다. 결코 쉬운 일이 아닙니다. 그러니까 살인자가 자신의 범행현장에서 달아나면서 설마 그런 꼴로 사라졌을지 모른다는 생각은 아주 잊어버려도 좋습니다. 발끝만으로 걸었다는 것은 생각할 수도 있습니다. 그러나 뒤꿈치를 들고 동시에 허리를 낮추고 있었다고는 생각할 수 없지요. 사람의 자세로서도 불편하고 부자연스러우며, 더구나 그런 동작이 무슨 도움을 주는 것도 아니고, 오히려 달아나는 속도를 늦추게 할 뿐입니다……다시 말하자면 루이자 캠피언이 범인의 볼을 만졌을 때, 그가 발끝으로 걸어서 방을 나가려고 했다면 허리를 낮추고 있었을지도 모른다는 생각은 버려도 되는 겁니다.

그 사실은 바닥 위에 뚜렷이 씌어 있었습니다. 기억하고 계실 줄 압니다만, 쏟아진 털컴 파우더 위에 남아 있던 발자국은 침대 있는 곳에서 루이자가 범인의 볼을 만진 곳까지 모두 발끝으로 걸은 자국뿐이었습니다──그리고 루이자가 만진 곳에서 범인은 방향을 바꾸어 방에서 뛰어나간 것이 분명합니다. 그 증거로 그 뒤에 나있는 발자국은 하나같이 발끝만이 아니고 뒷굽의 자국도 남아 있고, 발자국과의 거리도 넓어져 있었습니다……"

"발끝으로 걸어간 자국이라." 하고 브루노 검사가 혼잣말처럼 중얼거렸다. "그랬던가요? 아무래도 그런 일에는 서툴러서 정확한 기억은 없습니다만, 저, 정말 발끝만으로 걸어간 자국이었습니까?"

"레인 씨의 말대로 발끝으로 걸어간 자국이 분명했습니다." 하고 샘이 나섰다. "그냥 듣고만 계십시오, 브루노 검사님."

레인은 조용하게 계속했다. "그런데 발끝만으로 걸어간 자국에 한 가지 더 유의할 점이 있었습니다. 그것은 발자국의 간격이 4인치(약 10cm)밖에 안되었다는 거지요. 이에 대한 해석은 하나밖에 없습니다――즉, 범인은 해터 부인의 머리를 내리치고 그녀 침대 곁을 떠날 때 발끝만으로 걸었으며, 뒷굽의 자국은 남기지 않았다는 것입니다. 또 그 간격이 4인치밖에 안된다는 것은, 좁은 곳에서 발끝으로 걸을 경우 당연한 보폭이지요……그러니까 루이자 캠피언이 범인을 만졌을 때 범인은 꼿꼿이 서 있었고, 자세를 낮추기는커녕 오히려 발끝으로 서 있었던 겁니다."

레인의 말이 빨라졌다. "자, 이것으로 범인의 키를 알아내는 데 필요한 자료는 얻어진 셈입니다. 이야기가 잠깐 옆길로 갑니다만, 루이자 캠피언의 키는 물론 금방 알 수 있습니다. 유언장 발표 때, 온 가족이 모였기에 자세히 살펴보니 루이자와 마사 해터의 키와 비슷했으며, 그 집안 어른들 중에서는 두 사람의 키가 가장 작았습니다. 루이자의 키는 그 뒤 메리엄 박사를 만났을 때 진료카드를 보고 정확한 것을 알 수 있었지요. 5피트 4인치(약 162.5cm)더군요. 그러나 진료카드의 정확한 키의 기록을 볼 것도 없이 루이자의 키는 그녀의 증언을 들으면서 대강 짐작하고 있었습니다. 눈어림으로――내 키와 비교해서――대강 계산해 본 거지요. 자, 지금부터 내가 드리는 말씀을 잘 들어보시기 바랍니다."

두 사람은 열심히 그를 지켜보았다. "대체, 사람의 머리 꼭대기에서 어깨까지가 얼마나 될까요? 브루노 검사님 생각은 어떻습니까?"

"글쎄, 얼른 짐작이 안되는군요." 하고 검사가 말했다. "그런 거야 누구든지 정확하게는 알 수 없는 거지요."

"아닙니다. 알 수 있습니다." 레인은 미소지었다. "개인적인 차이는 있습니다. 물론 남녀에 따라서도 다르지요. 실은 이것은 퀘이시에게서 얻어들은 이야깁니다만, 참으로 그 영감만큼 사람의 얼굴 모양에 대해서 자세하게 알고 있는 사람도 없을 겁니다……그

의 조사에 의하면 여자의 머리 꼭대기에서 어깨까지의 길이는 9인
치에서 11인치(약 *23~28cm*)——— 보통 키의 여자라면 대강 10인치(약
25cm)로 보아 틀림없습니다. 이것은 두 분이 보통 여자들을 보시고
눈어림으로도 알 수 있는 거지요.

그렇다면 어떻게 되는가! 수평으로 내민 루이자의 손가락 끝이
범인의 코와 같은 높이에 있는 볼에 닿았다는 것은 범인의 키가
루이자보다 작았다는 것을 말해 주고 있습니다. 범인의 키가 루이
자와 같았더라면 손은 범인의 어깨쯤에 닿았을 테지요. 그런데 코
와 볼에 닿았으니까 루이자보다 키가 작았다는 것은 틀림없는 것
입니다.

그럼, 범인의 키를 더 정확히 알 수는 없는 것일까? 알 수 있습
니다. 루이자의 키는 5피트 4인치, 즉 64인치입니다. 수평으로 뻗
은 손에서 바닥까지의 길이는 루이자의 키보다 10인치나 적어지므
로 루이자가 만진 범인의 볼도 또한 루이자의 키보다 10인치 작은,
즉 바닥에서 54인치(약 *137cm*)가 되는 것이지요. 범인의 코 가까이
에 있는 볼이 바닥에서 54인치가 되니까 그 키를 알아내자면 코에
서 머리 꼭대기까지의 적당한 길이를 보태면 되는 거고요. 이것은
루이자보다 키가 작은 사람이라면 대강 6인치(약 *152cm*)쯤으로 보
면 되겠지요. 그렇게 되면 범인의 키는 약 6인치, 다시 말하자면
꼭 5피트가 되는 겁니다. 그러나 그때 범인은 뒤꿈치를 들고 발끝
으로 서 있었으므로 진짜 키를 알아내자면 뒷굽을 들어 발돋움한
만큼은 빼야 되지요. 이 길이는 거의 3인치(약 *7.5cm*) 정도로 볼 수
있다는 것은 두 분께서도 금방 아실 줄 압니다. 그렇다면 범인의
키는 대강 4피트 9인치(약 *144.5cm*)가 되는 셈이지요."

브루노 검사와 샘 경감은 멍청한 얼굴을 하고 있었다. 이윽고 경
감이 입을 열었다. "이렇게 되면 우리도 수학공부를 좀 해야겠군
요."

레인은 여전히 조용한 어조로 말을 계속했다. "범인의 키를 계
산하는 방법은 또 한 가지가 있습니다——— 방금 말씀드렸듯이 범
인과 루이자의 키가 같았다고 한다면 어깨 높이에서 수평으로 뻗
은 루이자의 손은 상대방의 어깨쯤에 닿았을 겁니다. 그런데 루이
자의 손에 닿은 것은 코와 볼이었으므로 범인의 키는 루이자의 키
에서 범인의 어깨에서 코까지의 길이를 뺀 것과 같다는 이야기가
됩니다. 그것은 보통 약 4인치 정도입니다. 발돋움한 높이 3인치를
보태면 7인치가 되지요. 그렇다면 범인은 5피트 4인치인 루이자보

다 7인치 작은, 즉 4피트 9인치가 되어——앞에서 계산한 것과 똑같습니다."

"흠!" 하고 브루노 검사가 말했다. "놀랍군요. 눈짐작만으로 그렇게 정확한 숫자를 집어낼 수 있다는 것은!"

레인은 어깨를 으쓱했다. "그런 식으로 말씀하시면 어렵게 생각됩니다. 물론 내 계산도 어렵게 느껴졌을지 모르겠습니다만, 그러나 생각해 보면 이건 싱거울 정도로 간단한 일이었습니다……그런데 이 계산을 좀더 여유를 가지고 생각해 보십시다. 가령 루이자가 앞을 향해 뻗은 손이 정확히 수평이 아니고 어깨의 높이보다 다소 낮거나 혹은 높았다고 한다면 어떻게 될까요? 어느쪽이든 거기에 큰 차이는 없었을 겁니다. 왜냐하면 장님인 루이자는 걸음을 걸을 때 팔을 앞으로 뻗는 자세는 버릇이 되어 있으니까요. 그러나 그런 경우에도 넉넉잡아 2인치(약 5cm)의 높고 낮은 차이를 인정하기로 합시다. 그렇게 되면 범인의 키는 4피트 7인치에서 4피트 11인치(약 140∼150cm)사이라는 것이 됩니다만, 역시 아주 키가 작은 사람이라는 점에는 변함이 없지요……이런 나의 설명에도 불구하고 두 분께서는 또 반대하실지도 모릅니다——경감님의 눈빛이 뭔가 트집을 잡으려고 하시는 것 같으니까요——코에서 머리 꼭대기까지의 치수나 코에서 어깨까지의 치수가 너무 그럴 듯해서 믿을 수 없다고 생각하실는지도 모르겠습니다만, 이것은 두 분이 직접 시험해 보시면 아시게 될 겁니다. 그러나 그건 어찌되었든지 루이자의 손이 발끝을 세우고 서 있는 범인의 코에 닿았다는 사실은 범인이 루이자보다는 꽤 키가 작은 사람이라는 것을 말해 주고 있지요——이 사실만으로도 루이자의 손에 닿은 것은 재키 해터가 분명하다고 단언하기에 충분합니다."

레인은 입을 다물었다. 그리고 한숨 돌렸다. 경감은 한숨을 쉬었다. 레인의 설명을 듣고 보면 모든 것이 너무도 간단하게 생각되는 것이다.

"그렇다면 어째서 재키 해터가 틀림이 없는 것일까요?" 레인은 곧 이야기를 계속했다. "그것은 아주 간단합니다. 유언장 발표는 가족이 모두 모였을 때 이미 알았듯이 루이자와 마사는 같은 키로서, 이 두 사람은 가족 가운데서는 가장 키가 작습니다. 따라서 루이자가 만진 사람은 가족 중에서 어른이 아니라는 것이 되지요. 그 집에 살고 있는 가족 이외의 어른들도 같은 이유로 혐의대상에서 제외되었습니다. 에드거 페리도 키가 크고, 애버클 부인도 키가 큼니다. 하녀 버지니아도 마찬가지고요. 그럼, 그 범죄를 저지른 자는 외부 사람일까요? 그러나 트리베트 선장이나 존 거물리, 메리엄 박사도——모두 키가 큽니다. 체스터 바이지로는 중키이고요. 그러나 중키의 남자라도 5피트 몇 인치가 안될 리는 절대로 없습니다. 범인이 그 집과 전혀 관련이 없는 외부 사람이라고는 생각할 수 없고요. 그 범죄의 다른 요소들을 생각해 보면 범인이 그 집 사람들의 식사습관이라든가, 건물의 구조 등, 그 집의 사정을 속속들이 알고 있는 것만은 분명하기 때문입니다."

"알겠습니다. 이젠 알고도 남았습니다." 하고 경감이 시무룩한 얼굴로 말했다. "그러니까 범인은 시종 우리 코앞에 있었던 셈이로군요."

"그렇습니다. 이제 겨우 의견일치가 된 거로군요." 하고 레인이 소리없이 웃으며 말했다. "그래서 범인은 재키 해터 아닌 다른 사람일 수 없다는 결론이 나옵니다. 재키라면 그냥 육안으로도 내가 계산한 키와 거의 일치하거든요——그리고 여기에 대해서는 메리엄 박사에게 가서 진찰기록부를 보고 확인까지 했습니다. 그의 키는 4피트 8인치(약 142cm)였습니다——저의 계산과 1인치(약 2.5cm)의 차이가 있었을 뿐입니다……물론 동생인 빌리일 리는 없지요. 생각조차 할 수 없는, 말도 안되는 일이지요. 그 아이는 너무 어릴 뿐만 아니라, 키가 3피트도 채 안되니까요. 그리고 또 한 가지 이유가 있습니다——그것은 루이자가 말한 부드럽고 매끄러운 볼이었다는 점입니다. 그 말을 듣고 곧바로 연상되는 것은 경감님도 그렇게 생각했듯이 여자였습니다. 그러나 열세 살 소년의 볼도 부드럽고 매끄러운 느낌이 들지요."

"정말 생각할수록 약이 오르는 일이로군요." 하고 경감이 말했다.

"이상 말씀드린 것과 같은 이유로 그 침실에서 루이자의 증언을 듣고 그녀가 그 전날 밤에 겪은 일을 되풀이하는 것을 보면서——이런저런 계산을 해서——생각을 정리한 것입니다. 재키 해터가 아무래도 수상해……전날 밤에 침실에 숨어들어 루이자 고모를 노려 배에다 독을 주사하고, 할머니를 때려죽인 것은 그 녀석이 아닐까?……"

레인은 잠깐 입을 다물고 한숨을 쉰 뒤 백조를 바라보았다. "그러나 사실 그것은 너무도 터무니없는 결론이었으므로 나는 곧 지워버리고 말았습니다. 그런 철부지 소년이 어른의 머리가 아니고는 짜낼 수 없는 복잡한 계획을 세우고——더구나 살인까지 하다니? 그건 아무래도 어처구니없는 일이 아닌가! 경감님, 아까 경감님이 생각한 것과 똑같은 것을 저도 생각하게 된 겁니다. 스스로도 자신이 우스웠습니다. 그런 일이 있을 리가 없어. 어디에선가 내 생각에 잘못이 있는 거야. 그렇지 않으면 배후에 어른이 있으면서 그 소년을 조종하고 있는 것이거나. 나는 어딘가에 숨어 있을, 본적조차 없는 어른, 키가 4피트 8인치밖에 안되는 어른을 상상해 보기도 했습니다. 그러나 그 또한 말도 안되는 것이었습니다. 나는 그만 생각이 막히고 말았지요.

물론 나는 이 일을 아무에게도 털어놓지 않았습니다. 그 당시 나의 추리 결과를 말해봐야 그것은 어리석은 웃음거리밖에 안되었을 테니까요. 내 자신조차 믿지 못하는 것을 어떻게 두 분에게 믿으시라고 할 수 있었겠습니까?"

"지금 와서 이야기를 듣고 보니 그 동안의 여러 가지 이해할 수 없었던 일들을 알게 되는군요." 하고 브루노 검사가 말했다.

"알게 되었다고요?" 하고 레인이 물었다. "검사님이 아무리 총명하시다고 한들 반도, 아니 4분의 1도 모르실 겁니다……그 뒤 어떤 일이 있었습니까? 루이자 캠피언은 범인에게서 바닐라 냄새가 났다고 했습니다. 바닐라! 아이들과 전혀 관계가 없는 것은 아니다. 나는 자신에게 그렇게 말했습니다. 그래서 기억하고 계실 줄 압니다만 사탕, 케이크, 꽃 등 그 밖에도 바닐라 냄새와 관계되는 것이라면 빼놓지 않고 생각해 보았습니다. 그러나 아무것도 알아낼 수 없었지요. 뭔가 관련있는 단서를 찾아서 나는 혼자서 그 집안을 헤매고 다녔습니다. 그러나 아무런 소득이 없었습니다. 그래서 결국 바닐라와 아이들과 연관시켜 생각하는 것을 그만두고 바닐라를 약품으로서 생각하기로 한 거지요.

잉걸스의 이야기로 각종 피부병에 쓰이는 연고의 재료인 페루 발삼에서 바닐라 냄새가 난다는 것을 알게 되었습니다. 또 메리엄 박사의 이야기로 요크 해터의 팔에 종기가 나 그 치료약으로 그 페루 발삼을 썼다는 것을 알게 되었습니다. 실험실에서 목록 카드를 조사해 본즉 그 약병이 있었던 것도 알게 되었지요……요크 해터! 죽은 사나이! 혹시 살아 있는 것일까?"

"나도 그런 생각에 빠졌었습니다." 하고 경감이 어두운 얼굴로 말했다.

레인은 경감의 말은 들은 척도 하지 않고 계속했다. "그렇다. 그런 일도 있을 수 있다. 시체확인은 완벽한 것은 아니었어. 다만 물에 떠오른 시체가 요크일 것으로 추정되었을 뿐이니까……하지만—만일 그렇다면 키에 대한 것은 어떻게 되는 걸까? 경감님, 처음 경감님에게서 시체 발견에 대한 이야기를 들으면서 특별히 키에 관한 이야기는 들은 바가 없었습니다. 그러나 가령 그것이 요크 해터의 시체가 아니고 그가 위장자살을 계획했다고 하더라도 가짜 시체 역시 자기와 비슷한 키의 것을 택했을 것이므로, 시체의 키는 요크 해터의 키를 짐작하는 데 도움이 되겠지요.

하지만 나는 메리엄 씨의 진찰기록부에서 요크 해터의 정확한 키를 알게 되었습니다. 5피트 5인치(약 165cm)였습니다. 그렇다면 루이자가 만진 것은 요크 해터일 수는 없는 것이지요—범인은 루이자보다 키가 꽤 작으며, 아무리 생각해 봐야 5피트 이하라고 생각되었기 때문입니다……

그렇다면 그 바닐라 냄새는 대체 어디서 난 것일까? 살인이 저질러진 날 밤 바닐라 냄새가 났다는 것은 틀림없이 페루 발삼이 있었기 때문이겠지요. 그것은 약품이며, 범인이 독극물을 꺼낸 실험실에 있었으며, 선반 위에서 아무라도 꺼낼 수 있는 것입니다. 더구나 그것 말고는 바닐라 냄새가 나는 것은 아무것도 없었습니다……따라서 나는 살인이 일어난 날 밤 페루 발삼 냄새는 요크 해터 때문이 아니라고 생각했으며, 그렇다면 누군가 다른 사람이 페루 발삼을 쓸 만한 이유를 찾아낼 수 없을까 하고 캐고들었지요. 살인이 있던 날 밤에 이것을 쓴 이유로 생각할 수 있는 것은 단 한 가지, 범인이 고의로 단서를 남긴 것이며, 요크 해터가 과거에 페루 발삼을 쓴 것을 경찰로 하여금 찾아내게 하여 그에게 혐의를 씌우려고 했다는 것입니다. 그러나 이 또한 우스운 이야기지요—왜냐하면 요크 해터는 이미 죽었기 때문입니다. 아니면 살아 있는 것일까? 당시에는 그 점을 도무지 알 수가 없더군요."

레인은 한숨을 쉬었다.

"다음으로 문제가 되는 것은 실험실이었습니다. 그 약품선반의 병이나 단지의 배열 방법을 기억하고 계시겠지요? 선반은 5층으로 되어 있었고, 층마다 세 개의 칸으로 막혀 있었으며, 그 하나하나의 칸 안에는 20개씩의 용기가 들어 있었으며, 모두 차례대로 번호가 매겨져 있었습니다. 가장 위층 왼쪽 첫째 칸막이 끝에서부터 1호가 시작되어 오른쪽으로 차례대로 놓여 있었습니다. 경감님, 내가 9호인 스트리크닌 병이 가장 위층의 첫째 칸막이의 거의 한가운데에 있다고 지적한 것을 기억하고 계시겠지요? 또 57호인 청산 가리가 들어 있는 병은 같은 층의 세 번째 칸막이, 즉 오른쪽 끝 칸에 있었습니다. 설령 그 선반을 보지 못했어도, 이같은 말을 듣기만 해도 그 약병들이 왼쪽에서 오른쪽으로 각 층마다 세 개의 칸을 막아서 번호에 따라 차례대로 놓여 있었다는 것은 알 수 있을 겁니다. 이런 차례가 지켜지지 않았더라면 9호나 57호가 그런 위치에 있었을 리가 없지요……아무튼 거기까지는 그다지 문제될 것이 없습니다.

목록 카드에 따르면 페루 발삼은 30호 약병에 들어 있었던 것으로 되어 있습니다──그 약병은 불이 나고 폭발이 있은 뒤에 없어져 버렸지만, 병을 배열한 차례를 알고 있으면 어디에 있었는지 정확하게 알 수 있지요. 한 칸막이 안에 20개의 약병이 나란히 놓여 있었으며, 빈 자리라고는 없었으니까 30호는 가장 위층 한가운데 칸막이의 가장 한복판에 있었을 겁니다……그런데 요크 해터가 피부병으로 고생하고 있다는 것을 알고 있는 사람은 가족 중에서는 마사 해터 혼자뿐이라는 것을 나는 알았으므로 그녀를 불러서 확인해 보았지요. 요크가 연고를 발랐다는 것도──이름은 모르지만──그 약에서 바닐라 냄새가 나더라는 것도 그녀는 알고 있었습니다. 그래서 가장 위층 가운데 칸막이에 다른 약병을 대신 올려놓고 그 약병은 늘 어디에 있었느냐고 물어보았지요──그랬더니 마사는 선반의 가운데 칸막이로 곧장 다가가서 30호인 페루 발삼이 있었던 자리가 틀림없는 곳에 대신 올려놓은 병을 집어드는 것이었습니다……그때 나는 중요한 것을 발견했지요──냄새와는 아무 관계도 없는 것을 말입니다!"

"그것이 뭡니까?" 하고 샘 경감이 물었다. "그때는 나도 있었는데, 특별히 이상한 점은 없었다고 생각되었습니다."

"그렇습니까?" 레인은 미소지었다. "그러나 경감님, 당신은 나만큼 유리한 위치에 있지 않았으니까요. 마사 해터는 그 병을 어떤 모습으로 집었습니까? 발돋움을 해서야 겨우 손에 닿았습니다. 그것은 무엇을 뜻하는 것일까요? 집안에서 가장 키가 작은 두 사람 중 하나인 마사 해터가 발돋움을 하고 손을 힘껏 뻗지 않고는 가장 위층의 선반에 있는 병을 집을 수가 없었다는 겁니다. 그러나 문제는──마사가 바닥에 선 채로도 가장 위 선반까지 손이 닿을 수 있었다는 점입니다!"

"하지만 그런 일이 무엇이 그리 중요합니까?" 하고 브루노 검사가 눈살을 찌푸렸다.

"곧 아시게 됩니다." 레인의 하얀 이가 반짝하고 빛났다. "처음 실험실을 조사했을 때——불이 나기 전입니다——선반 가장자리에 두 군데 무엇인가가 묻은 듯한 자국이 있었던 것을 기억하십니까? 두 개가 모두 타원형인데——그것은 분명히 손가락 자국이었습니다. 그 하나는 69호 약병 바로 밑이 되어 두 번째 선반의 가장자리였으며, 또 하나는 90호 약병의 바로 밑이 되며, 역시 똑같이 두 번째 선반의 가장자리에 있었습니다. 또한 이 자국은 선반 가장자리의 위에까지는 이르지 못하고 중간쯤까지밖에는 더 가지 못했습니다. 그런데 90호 약병이나 69호 약병은 사건과는 아무런 관계도 없습니다——90호에 들어 있는 것은 황산이고, 69호에는 염산이 들어 있었기 때문이지요. 그러나 손가락으로 낸 듯한 그 자국의 위치에는 특별한 뜻이 있었던 겁니다——첫번째 자국 바로 위인 69호는 9호 약병의 바로 밑, 즉 가장 위층의 선반 밑에 있었으며, 두 번째 자국 바로 위인 90호 약병은 30호 약병 바로 밑, 그러니까 이 또한 한 층 밑에 있기 때문입니다. 그리고 이 9호와 30호 약병은 사건에 관계가 있었습니다——9호에는 처음 있었던 독살미수 때 계란술에 들어 있었던 스트리크닌이 들어 있었고, 30호에는 해터 부인이 살해된 밤에 범인이 풍긴 냄새인 페루 발삼이 들어 있었기 때문입니다. 이것은 결코 단순한 우연은 아닙니다……거기서 나는 어떤 생각이 떠올랐습니다. 다리가 세 개뿐인 그 의자는 먼지 속에 세 개의 자국으로 보아 알 수 있듯이, 원래는 두 실험대 사이에 있어야 했던 것이 사실은 약품선반의 한가운데 칸막이 앞에 있었습니다. 더구나 의자는 무엇엔가 이용한 흔적이 있었으며——표면에는 문지른 자국이 있고 먼지가 흐트러져 있었습니다. 의자를 앉는 데만 썼다면 먼지가 그렇게 흐트러질 리가 없지요. 오히려 먼지가 깨끗이 지워져 있었을 것이며, 비벼댄 듯한 자국이 남아 있을 리는 없지요……더구나 그 의자는 제자리를 떠나 엉뚱하게도 약품선반의 한가운데인 30호와 90호 약병이 놓인 선반의 바로 밑에 가 있었습니다. 이것은 대체 무엇을 뜻하는 것일까요? 왜 의자를 써야만 했을까요? 앉기 위해서가 아니라면 어디에 쓰려는 것이었을까요? 그것은 분명히 발판으로 쓴 것입니다. 그래야만 비벼댄 듯한 자국과 흐트러진 먼지에 대한 설명이 가능하지요. 그렇다면 무엇 때문에 발판이 필요했을까? 이야기는 분명합니다.

두 번째 선반 가장자리의 손가락 자국은 누군가가 그 위의 선반에 놓여 있는 9호 약병과 30호 약병을 집으려 했지만, 손이 거기까지 미치지 못하고 손가락 끝이 겨우 두 번째 선반의 가장자리에 닿았을 뿐이었기 때문입니다. 그래서 그 약병을 집으려면 무엇인가 발판이 있어야 했던 거지요. 즉, 의자를 이용해야만 약병을 집을 수 있었던 겁니다. 그 약품이 쓰여진 것으로 보아서 말이지요. 그런데 이런 일들을 종합해 보면 어떤 생각을 할 수가 있을까요? 바로 이런 생각을 할 수 있지요——누군가가 69호 약병과 90호 약병이 놓인 선반의 아래 선반에 손가락 자국을 남겼으므로 그 손가락 자국이 있는 선반에서 바닥까지의 길이는 그 사람의 키——물론 보통 말하는 키가 아니고 손발을 한껏 뻗은 키와 같다는 것입니다. 누구나 손을 뻗어서 닿지 않으면 발뒤꿈치까지 들게 되니까요."

"물론 그렇지요." 하고 지방검사는 조용히 말했다.

"그런데 마사 해터의 키는 의자를 발판으로 삼지 않아도, 바닥에 서서 가장 윗선반에 있는 병을 집을 수가 있었습니다. 그러므로 루이자와 함께 가장 키 작은 마사가 할 수 있는 일이고 보면 사건에 관계 있는 어른들은 모두 의자를 쓰지 않아도 가장 윗선반에 있는 페루 발삼을 꺼낼 수 있다는 것이 됩니다. 그러니까 두 번째 선반의 가장자리에 손가락 자국을 남기고, 그리고 의자를 놓고 그 위에 올라서서 약병을 집어낸 사람은 마사보다 키가 작고, 또한 어른은 아니었다는 결론이 나오는 거지요……그렇다면 마사보다 키가 얼마나 작은 사람일까? 이 계산은 아주 간단합니다. 그때 나는 경감님에게서 접는 자를 빌려서 선반과 선반 사이의 길이를 재어본즉, 가장 윗선반에서 손가락 자국이 있는 두 번째 선반까지 꼭 6인치(약 15cm)라는 것을 알았습니다. 다음으로 선반 널빤지의 두께를 재어보니 1인치(약 2.5cm)더군요. 그러니까 손가락 자국을 남긴 사람은 6인치에 1인치를 보태고 다시 1인치를 더 보태어(마사는 1인치쯤 손가락이 남는 상태에서 약병을 잡았으니까요)——다시 말하자면 약 8인치(약 20cm)쯤 마사보다 키가 작았다는 것이 됩니다. 그런데 마사는 루이자와 키가 같으며, 그 루이자가 5피트 4인치이므로 손가락 자국을 남긴 사람의 키는 약 4피트 8인치가 되는 것입니다! 이것은 내가 처음에 추리한 것을 너무도 멋지게 뒷받침해 주는 것이지요——이 증거는 또다시 56인치의 살인범을 가리키고 있는 겁니다. 여기서 다시 재키가 등장하게 됩니다!"

짤막한 침묵이 흘렀다.

"하지만 나로서는 아무래도 이해하기가 어렵군요." 하고 경감이 말했다.

"무리도 아니지요." 하고 레인은 침통한 목소리로 대답했다. "나는 그전보다 더욱 우울해졌습니다——믿고 싶지 않은 나 자신의 추리에 이렇듯 확실한 증거가 있을 줄이야. 그러나 그것은 너무도 명백한 사실이었습니다. 이미 진실을 외면할 수는 없게 되었던 것이지요. 재키 해터야말로 배에다 독약을 주사하고 해터 부인을 때려죽인 인물일 뿐만 아니라, 계란술에 넣기 위해 스트리크닌을 꺼내갔고, 페루 발삼이 든 병에 손을 댄 녀석……즉, 틀림없는 살인범이었던 겁니다."

레인은 잠시 말을 멈추고 크게 숨을 들이쉬었다.

"나는 확신하게 되었습니다. 설령 미친놈 소리를 듣는 한이 있어도 열세 살인 재키 소년이 진범이라는 것은 의심할 나위가 없었습니다. 너무 어처구니없는 일이기는 하지만 의심의 여지가 없었습니다! 그렇기는 하지만 그의 계획이 치밀하고 교묘하여 틀림없이 어른이 짜낸 생각으로 느껴지는 것이었지요. 아무리 조숙한 아이라 할지라도 열세 살 소년이 혼자서 생각해 낸 것이라고는 도저히 생각할 수가 없었거든요. 그래서 나는 다음과 같이 단언할 수 있을 것으로 생각했습니다——생각할 수 있는 것은 두 가지밖에 없습니다. 하나는 뒤에 누군가 어른이 있어서 그 어른이 계획을 세우고 재키가 그 줄거리에 따라 행동하고 있으며, 재키는 단지 하나의 도구에 불과하다……그러나 이것은 확실히 잘못된 생각입니다. 가장 믿기 어려운 아이들을 어른이 그의 도구로서 쓸까요? 가능할는지는 몰라도 실제로는 있을 것 같지 않은 일이었습니다——그 아이는 아이들다운 가치판단의 부족으로 말미암아, 또는 단지 장난기 섞인 우쭐한 마음에서 자기의 비밀을 입 밖에 낼지도 모르고, 또 경찰의 심문을 받았을 때 순간적인 실수로 사실을 말해 버릴지도 모릅니다. 그러니까 그 배후의 어른은 엄청난 모험을 각오해야만 되는 것입니다. 물론 폭력적으로 겁을 주어 아이가 비밀을 지키게 할 수 있을지는 모르지만, 그 또한 있을 법한 일은 아닙니다. 아이들이란 투명한 존재입니다. 재키의 태도에는 처음부터 끝가지 겁을 먹고 하는 행동으로 보이는 곳은 한 군데도 없었지요."

"그 점에 관해서는 나 역시 이의가 없습니다." 하고 경감이 꿍꿍대며 말했다.

"그러실 테지요." 레인은 미소지었다. "그런데 가령 어른이 그 아이를 도구로서 이용하고 있었다 하더라도 그 계획 실행에 있어서 아주 뚜렷한 모순이 있는 겁니다. 그것은 어른이라면 도저히 동의할 것 같지도 않고, 또 절대로 실행을 허락할 것 같지 않은 것으로서, 내가 생각하기엔 아무리 보아도 어른의 머리에서라기보다는 어린아이의 머리에서 나온 듯한 모순이 있는 겁니다. 그 모순으로 말미암아 나는 어른이 재키의 행동을 조종하고 있다는 생각을 지워버리고 말았지요. 그렇긴 합니다만 그 계획 자체는 본래 어른의 머리에서 짜여진 것이라고 생각지 않을 수 없었습니다. 그래서 나는 이런 의문에 부딪치게 된 거지요——어른이 계획을 세우고 어린애가 그것을 실행하면서——그러면서도 둘 사이에 공범이라는 관계가 전혀 성립이 안되는 경우가 있는 것은 아닐까? 가능한 해답은 오직 하나——아까 말씀드린 두 가지 생각 중의 또 하나인 겁니다——그것은 어른이 생각해낸 계획서가 있고, 그 줄거리대로 어린애가 실행에 옮기고 있는데 어른은 어린애가 실행하고 있다는 것을 전혀 모르고 있는 경우입니다. 알고 있었다면 곧 경찰에 가서 그 계획에 대한 것을 밝혔을 테지요."

"그래서 그 문제의 추리소설 줄거리를 생각하게 되었군요?" 하고 지방검사가 침통한 얼굴로 말했다.

"그렇습니다. 그거야말로 틀림없다고 생각했지요. 그러면 어른이 그 계획을 생각해 냈다는 징조라도 있었는가? 있었습니다. 첫째, 그만큼 독극물에 대한 지식이 있고, 그것을 교묘하게 이용할 수 있었다는 것은 화학자인 요크 해터를 가리키는 것이었습니다. 다음으로, 바바라 해터는 첫번째 증언에서 아버지가 소설을 쓰려고 한 적이 있다고 했습니다. 그 증언에 대한 기억이 갑자기 나에게 크게 되살아나더군요. 소설! 거기에 또, 페루 발삼은 요크 해터 말고는 아무도 쓰지 않은 약입니다……여러 가지 일로 미루어보아 그가 살아 있건 죽었건 요크 해터에게 의문의 화살이 돌아갈 수밖에 없었습니다."

레인은 한숨을 쉬고 두 팔을 뻗었다. "경감님, 언젠가 내가 말씀드린 적이 있었지요. 단서로서 뒤를 캐볼 만한 것이 두 가지가 있다고——그때 두 분께서는 꽤 놀라는 듯했습니다만, 그 하나는 이미 말씀드린 바와 같이 바닐라 냄새였습니다. 두 번째는 어른 계획 입안자를 찾아내기 위해서 바바라 해터를 만나는 것이었습니다. 바바라를 만나본즉, 요크가 추리소설을 쓴 것이 분명하다는 나의 추측이 딱 들어맞게 되어서 아주 만족스러웠습니다. 범죄를 다루는 소설이라면, 그것은 틀림없이 추리소설일 것이라고 생각한 거지요. 바바라는 요크가 소설의 줄거리를 썼다고 말한 것 말고는 아무것도 모르고 있었습니다. 하지만 그렇다면 그 줄거리를 적어놓은 것이 어딘가에 틀림없이 있을 것이다! 나는 요크 해터가 소설로 만들 생각으로 살인을 생각하고 그 줄거리를 적어놓았는데, 그가 죽고 나서 우연히 재키 소년이 현실적인 범죄를 저지르는 설계도가 되고 말았다고 확신하게 되었습니다.

재키는 요크가 써놓은 줄거리에 따라서 행동하고 있는 것이다. 그 애는 그 줄거리를 범행 뒤에 버렸을까? 아무래도 버리지는 않았을 것이다. 어린이의 심리로 보아 버리기보다는 감추어두는 것이 보통이니까요. 적어도 찾아볼 필요는 있다고 생각했습니다. 감추어두었다면 그곳은 어딜까? 물론 집안의 어디일 것이다. 그러나 집안은 이미 경찰이 수색했지만 그런 것은 아무것도 나오지 않았습니다. 하지만 해적이나 카우보이와 인디언, 피투성이의 격투나, 닉 카터 이야기 등을 부러워하고 있는 열세 살의 소년이라면 그 줄거리를 써놓은 것을 감추어둘 곳으로는 아주 로맨틱한 장소를 고를 것이 틀림없다고 나는 확신했지요. 이미 그 소년이 굴뚝과 난로를 이용하여 실험실을 들락거리는 방법을 발견했습니다. 그 아주 로맨틱한 출입방법이 그 줄거리와 마찬가지로 로맨틱한 은닉장소가 될 수도 있다는 생각이 들었고, 또 그곳이 아주 그럴듯하게 생각되었기에 나는 굴뚝과 난로 안을 찾아보았습니다. 그랬더니 칸막이 벽돌벽 위쪽에 헐거워진 벽돌이 있었고, 그 안에 줄거리를 적은 것이 들어 있더군요. 그것은 또 다른 점에서 생각해 보아도 이유가 있는 일이었습니다. 재키는 자기 말고는 그 기발한 두 방의 비밀통로를 알고 있는 사람이 없다고 믿었고, 줄거리의 원고를 그곳에 감추어두면 아무에게도 들킬 걱정이 없으니 안심이라고 생각했을 것이기 때문입니다.

그 비밀통로에 대해서 말하자면, 개구쟁이이고 심술궂고 반항심이 강한 그 아이가 무서운 괴물 같은 할머니에게서 실험실에 들어가면 안된다는 엄명을 받고는 오히려 더욱 들어가고 싶은 마음이 생겨 어떻게든 실험실에 들어가려 애썼을 것이 틀림없지요. 그리고 어린애들이란 때로 엉뚱한 짓을 하듯, 침실 쪽 난로 속으로 들어가서 이리저리 더듬어보다가 실험실로 들어갈 수 있는 방법을 발견하게 된 것이 틀림없습니다. 그리고 그 애는 실험실 안을 여기저기 기웃거리다가 서류장을 열어보고 우리가 보았을 때에는 이미 비어 있었던 그 칸막이 속에서, 자살하기 전에 요크 해터가 넣어둔 원고를 발견한 겁니다. 그리고 얼마쯤 지나서, 아마 가공의 줄거리에 따라서 범죄를 저질러보기로 마음을 정했을 때 그는 굴뚝 안의 벽돌을 빼냈을 겁니다——아마도 그것은 처음부터 좀 헐거웠었던 것을 그 애는 다만 숨길 곳, 즉 비밀장소로 이용했을 뿐이었겠지요 ……또 하나 중요한 점이 있습니다. 그것은 소설의 줄거리가 발견되고 나서부터 최초의 독살미수사건까지의 꽤 긴 시간 동안 그는 그 매혹적인 살인계획을 읽고는 생각하고, 어려운 낱말은 사전을 찾아가며 그 뜻을 헤아려보려고 했지만 절반 정도밖에는 알 수가 없었습니다. 그러나 무엇을 해야 할 것인가 하는 정도는 이해가 되었겠지요. 그리고 또, 그 애가 줄거리를 발견하게 된 것은 최초의 독살미수사건보다는 먼저였지만, 요크 해터가 죽은 것보다는 나중이었다는 점에도 주의하시기 바랍니다."

"그런 코흘리개 어린애가——" 하고 경감이 혼잣말처럼 중얼거렸다. "그 녀석이 그런……" 경감은 고개를 내저었다. "정말 뭐라고 해야 할지 모르겠군요."

"그렇다면 입다물고 듣기나 해요." 하고 브루노 검사가 화난 목소리로 말했다. "자, 레인 씨, 계속해 보시지요."

"그 줄거리에 관한 이야기로 다시 돌아가겠습니다." 레인은 이미 미소짓는 것조차 잊고 이야기를 계속했다. "나는 그것을 찾아내기는 했지만 그렇다고 가져올 수는 없었습니다. 재키는 없어진 것을 알게 될 것이고, 그리고 나로서는 재키가 자기는 멋지게 잘해내고 있다고 생각하도록 그냥 두는 편이 유리했기 때문입니다. 그래서 나는 그 자리에서 사본을 만들고 원본은 본래 있었던 곳에 도로 넣어두었습니다. 또한 나는 틀림없이 독약으로 보이는 하얀 액체가 들어 있는 시험관을 발견했습니다만, 만일을 위해서 우유와 바꿔치기를 해두었지요——거기에는 또 다른 까닭이 있었습니다만, 그것은 줄거리를 적어놓은 원고를 읽어보시면 아시게 될 겁니다."

바로 옆, 잔디 위에 벗어놓았던 낡은 윗도리에 레인의 손이 갔다. "나는 이 줄거리 원고를 몇 주일 동안이나 주머니에 넣고 다녔습니다." 하고 그는 조용히 말했다. "정말 놀라운 원고입니다. 이야기를 계속하기 전에 한번 읽어보시기 바랍니다."

그는 윗도리 주머니에서 연필로 쓴 요크 해터의 소설 줄거리 사본을 꺼내어 브루노 검사에게 건네주었다. 두 사람은 허겁지겁 읽어나갔다. 레인은 말없이 기다리고 있었다. 마침내 두 사람은 다같이 말없이 원고 사본을 돌려주었는데, 그 얼굴에는 이젠 알겠다는 듯한 표정이 떠올라 있었다.

"방금도 말씀드렸듯이——" 레인은 그 사본을 소중하게 챙겨넣고는 이야기를 계속했다. "이 범죄 계획의 실행에는 굉장히 어린 애다운 모순이 있었습니다. 그것만 없었더라면 아주 잘 짜여진 계획이라고 할 수 있었습니다만……그 모순을 수사해 온 차례대로 검토해 보지요.

첫번째는 독이 든 배입니다. 범인의 목적은 루이자를 죽이려는 것이 아니었다는 것은 잠깐 잊어버리시기 바랍니다. 동기가 무엇이었든 범인은 배에다 독을 주사할 생각이었습니다. 그런데 독을 주사하는 데 쓰인 주사기는 그 방에 떨어져 있었습니다. 더구나 독을 주사한 그 배는 처음부터 루이자의 침실에 있었던 것이 아니고 범인이 가져온 것이었지요. 다시 말하자면 범인은 독이 들어 있지 않은 배를 다른 곳에서 가져와서 범행 현장에서 독을 주사한 셈이 되는 것입니다. 얼마나 바보 같은 짓이며, 얼마나 아이들 같은 짓입니까! 어른이라면 그렇게 했을까요? 범죄라는 것은 다른 사람의 눈에 띄거나 방해를 받게 될까 봐 되도록 신속하게 일을 끝내려고 할 것이 당연합니다. 어른이었다면 그 방에 배를 가지고 들어가기 전에 다른 곳에서 독을 주사했겠지요. 한 순간이 귀한, 언제 들킬는지 모르는 때에 하필 그 방에 들어가 서서 배에 독을 주사하는 짓은 하지 않겠지요.

하긴 범인이 일부러 주사기를 그곳에 남겨두고 간 것이라면, 주사기를 가지고 들어간 이유가 그 방에서 배에다 독을 주사하기 위해서였다고만 단정할 수는 없습니다. 그렇게 되면 배에다 독을 주사한 것이 방안에서였는지, 아니면 다른 곳에서였는지 모르게 되기 때문이지요. 그러나 가령 주사기를 방안에 남겨두기 위해서 일부러 가져온 것이었다면 대체 그 이유가 무엇일까요? 타당한 이유는 하나뿐입니다——그것은 배에 독이 들어 있다는 사실에 주의를 끌도록 하기 위해서입니다. 그러나 이것은 필요없는 짓이었습니다. 왜냐하면 해터 부인의 살해가 우발적인 것이 아니고 계획적인 것이었으며, 더구나 전에도 독살미수사건이 있었으므로 배에 독이 들어 있다는 것은 어쨌든 발견될 것이 분명했으니까요. 경찰에서 독극물의 출처를 수사할 것은 너무도 뻔한 일입니다——사실 샘 경감님이 독극물 수사에 나서기도 했고요. 그러니까 주사기는 일부러 남겨둔 것이 아니고 실수로 남긴 것이 되며, 주사기를 가지고 들어간 이유는 그 방에서 배에다 독을 주사하기 위해서였다는 것이 됩니다……그리고 이것은 줄거리를 읽어보시면 확신을 갖게 됩니다."

그는 다시 윗도리 주머니에서 줄거리의 사본을 꺼내어 펼쳤다. "줄거리에는 정확히 어떻게 쓰여 있을까요? '이번 계획은 배에다 독을 주사하여 과일 바구니에 넣는 일이다.' 라고 쓰여 있습니다. 그리고 또 훨씬 뒤에 가서는 'Y는……썩기 시작한 배를 방으로 가지고 가서 이 배에다가 주사기로 독을 넣는다.' 고 쓰여 있습니다. 소년의 머리로는──" 레인은 줄거리 사본을 잔디 위에 내던지며 말을 계속했다.

"이 줄거리로 보아서는 배에 독을 주사하는 것이 방에 들어가기 전에 한다는 것인지, 들어간 다음에 한다는 것인지 특별히 정해져 있지 않았습니다. 또 주사기를 방에 놔두고 나온다는 것은 어디에도 씌어 있지 않습니다. 요크 해터로서는, 어른이라면 누구나 마찬가지겠지만 배에다가 독을 주사한 다음에 범행현장으로 가져간다는 것은 너무도 뻔한 일이 아니겠습니까? 그러니까 일부러 적어야만 할 필요가 없었던 것이지요.

그렇지만 소년은 줄거리에 적혀 있는 것을 제멋대로 해석하여 그 죽음의 방에서 배에다 독을 주사한 것이지요……나는 곧 이것은 어른의 생각이 아니구나 하고 깨달았습니다. 바꾸어 말씀드리면, 어른이 짜놓은 각본을 어린애가 실행으로 옮긴 셈이지요──이 실행하는 방법을 보면, 특별한 지시가 없을 경우 아이들이란 어떤 식으로 움직이는가를 잘 나타내고 있는 것입니다."

"정말 그렇군요." 하고 경감이 말했다.

"그럼, 두 번째 모순을 말씀드리겠습니다. 실험실 바닥의 먼지 위에는 많은 발자국이 있었지만, 분명하고 완전한 것은 하나도 없었던 것을 기억하시겠지요? 그런데 요크 해터가 그 줄거리를 구상할 때 먼지에 대한 생각은 전혀 하지 않았습니다. 왜냐하면 그 줄거리 속에서는 그 자신이 실험실에서 기거하는 것으로 되어 있었고, 그렇게 되면 먼지가 쌓일 리도 없었기 때문이지요. 따라서 그 발자국이나 또는 먼지의 조사 같은 것에서 우리가 추측한 모든 것은 소설의 줄거리와는 아무런 관계도 없는, 실제로 일어난 일에서만 볼 수 있었던 것이었습니다. 실험실에 들어온 범인은 자기의 발자국을 하나하나 밟아서 지워버린 흔적이 있었습니다──그것은 어린애로서는 머리가 잘 돌아간 일이라고 할 수 있겠지요. 그런데 그 방에 하나뿐인 출입구 부근에는 밟아서 지우고 말고 할 것도 없이 발자국이라고는 없었습니다. 진짜 출입한 곳이 굴뚝을 거쳐 서였다는 것을 비밀로 해야 하기 때문에 어른이었다면 방문 앞 부근에도 발자국을 남겼을 겁니다. 문 앞에 발자국이 있었다면 범인은 아마도 열쇠로 문을 열고 그리로 들어온 것이라고 믿게 할 수가 있었겠지만, 문 부근에 발자국이 없고 보면 난로 안을 살펴볼 것은 너무도 뻔한 일이지요. 이것 또한 어른이라면 당연히 알 수 있는 실수를 저지른 어린애다운 면을 볼 수 있지요——기껏 발자국을 지우려고 생각한 이상 어른이었다면 결코 저지를 수 없는 실수가 아니겠습니까?"

"그렇군요. 나는 그 생각도 미처 못했습니다." 하고 샘 경감은 분하다는 듯이 말했다. "젠장! 얼간이가 따로 없군."

"세 번째 모순이 아마 가장 흥미 있는 일이 될 겁니다." 순간 레인의 눈이 빛났다. "두 분 모두——나도 마찬가지입니다만——해터 부인을 살해한 흉기가 너무도 뜻밖인 것이어서 얼른 믿어지지 않았을 줄 압니다. 아무리 그렇기로 만돌린이었으니까요! 대체 왜 그랬을까요? 솔직히 말씀드려서, 소설의 줄거리를 읽기 전에는 왜 재키가 만돌린을 흉기로 골랐는지 나도 전혀 알 수가 없었습니다. 나는 그 소년이 누군가의 계획에 따라서·행동하고 있는 것이라면 그 계획 가운데 무슨 특별한 이유가 있어서 만돌린을 지정했기 때문이라는 정도로 생각해 보았습니다. 아니면 단지 그 소유자인 요크 해터에게 혐의를 돌리기 위해서 쓰여진 것인가 하는 생각도 했지요. 그러나 그것 또한 의미가 없는 일이었습니다."

그는 다시 줄거리의 사본을 집어들었다. "뭐라고 쓰여 있는지 줄거리를 볼까요? 만돌린이라는 말은 어디에도 쓰여 있지 않습니다. 다만 '에밀리의 머리를 "둔기"(blunt instrument)로 때린다'고 쓰여 있을 뿐입니다."

샘 경감이 눈을 크게 떴다. 레인은 고개를 끄덕였다.

"알아차리신 것 같군요. 어린애다운 해석이 참으로 잘 드러나 있습니다. 누구라도 좋으니 열세 살의 어린이에게 '둔기'란 무엇을 말하는 것인가 하고 물어보십시오. 알고 있는 어린애는 천 명 중 하나 정도겠지요. 줄거리에는 그 살인용 둔기에 대해서 달리 아무런 설명도 없었습니다. 둔기란 날이 없는 무거운 무기라는 것쯤 어른이라면 누구나 알고 있는 일이니까요. 요크 해터는 그 말을 무심코 쓴 겁니다. 그런데 그것을 읽은 재키로서는 그 뜻을 알 수 없었던 것이지요. 그는 무슨 '둔기'라고 하는 괴상한 것을 가지고 그것으로 밉살스러운 할머니의 머리를 내리쳐야 한다고 생각한 겁니다. 그런 경우에 아이들의 머리는 어떤 방향으로 움직이게 될까요? 인스트루먼트(instrument)——아이들 생각으로 이 말의 뜻은 다만 하나뿐입니다. 그것은 악기(musical instrument)입니다. 블랜트(blunt)——그렇게 되면 모르는 것은 이 단어입니다. 아마도 이런 말은 들어본 적도 없었겠지요. 들은 적이 있다고 하더라도 그 뜻은 몰랐겠지요. 어쩌면 사전을 찾아보고 끝부분이 둥글고 날카롭지 않은 것이라고 알게 되었을지도 모릅니다. 그래서 순간 만돌린을——바바라 해터도 말했듯이 그 집에 있는 오직 하나인 '악기'이며, 게다가 계획을 세운 사람인 요크 해터의 물건이기도 한 만돌린을 떠올린 겁니다! 이것이야말로 범인이 어린애였다는 움직일 수 없는 증거인 것이지요. 만일 어른이었다면 바보가 아닌 바에야 '둔기'를 그런 식으로 해석하지는 않을 테니까요."

"놀랍습니다. 참으로 놀랍습니다." 그렇게밖에는 브루노 검사도 할말이 없었다.

"이상으로 이 범죄는 재키가 실험실에서 줄거리의 원고를 발견하고 차근차근 원고에 따라서 저지른 것이라고 알게 되었습니다. 그럼, 이번에는 줄거리 그 자체를 생각해 보기로 하지요. 줄거리 중에는——해터로서는 물론 소설 중의 인물로서 생각한 일이겠지만——요크 해터 자신이 살인범으로 되어 있습니다. 가령 누군가 어른이 그 줄거리를 발견하고 그 계획대로 실제 범죄를 저지르려고 생각했더라면 어떻게 되었을까요? 소설 안에서는 요크가 범인으로 되어 있지만, 정작 요크는 죽고 없으니 요크에게 혐의가 돌아갈 부분은 모두 줄거리에서 빼버리고 행동했을 겁니다. 너무도 당연한 일이지요. 그런데 실제 범인은 어떻게 했습니까? 줄거리 그대로 요크 해터가 범인으로 의심받을 단서가 될 페루 발삼을 사용한 것입니다. 요크 해터가 소설 가운데서 그것을 쓴 것은 교묘한 착상이라고 할 수 있습니다. 그것이 소설 속의 범인을 가리키는 '냄새'의 단서가 되어 마침내 요크가 체포되는 것이니까요. 그러나 요크 해터가 이미 죽고 없는 현재의 범죄에서 요크 해터를 가리키게 되는 바닐라 냄새를 사용했다는 것은 너무도 어린애다운 모순이며……여기서 다시 한 번 아무 뜻도 모르고 줄거리에 쓰여 있는 그대로 실행하고 있는 유치한 지능을 엿볼 수가 있는 것이지요.

다음으로 네 번째의 모순——아니, 다섯 번째였던가요? 해터의 소설 속에서는 그가 범인이므로 바닐라 냄새라는, 그 자신을 가리키는 단서를 설정하는 것은 당연한 일입니다. 그의 소설에서는 그것이 정말로 단서가 되는 겁니다. 한편 콘래드의 신발은 가짜 단서입니다. 소설 속의 범인이 경찰의 눈을 다른 방향으로 돌리기 위해서 일부러 콘래드를 끌어들인 가짜 단서인 것이지요.

그러나 이것이 소설이 아니라 현실문제가 되어——누군가가 이 소설의 줄거리를 모델로 정말로 범죄를 저지른다고 한다면 사정은 달라지겠지요. 이 경우에는 요크를 가리키는 바닐라 냄새도 가짜 단서가 되고 마는 겁니다. 요크는 이미 죽었으므로 그 줄거리 중에서의 역할을 할 수가 없기 때문이지요. 그렇다면 범인은 어째서 그런 두 사람의 다른 인물을 가리키는 두 개의 가짜 단서를 남겼을까요? 재키가 아니고 누군가 다른 어른이었다면 적당한 가짜 단서로서 콘래드의 신발 쪽을 택하고, 이미 죽어버린 사람을 가리키는 바닐라 냄새 쪽은 버렸을 겁니다——적어도 분별없이 두 개의 단서를 쓰지는 않았을 것이며, 어느쪽이든 하나를 선택했을 테지요. 그리고 신발 쪽으로 정했다고 하더라도 재키가 한 것처럼 그것을 신고 방안을 돌아다닐 필요가 있다고는 생각지 않았을 것입니다. 다만 신발 한 짝의 발끝 부분에 독약을 조금 흘려서 콘래드의 장안에 도로 넣어두는 것만으로도 충분하기 때문입니다. 그런데 재키는 여기서도 줄거리에 쓰여진 뜻을 충분히 이해하지 못하고, 줄거리에서는 신발을 신으라고 하지도 않았는데 애써 신었던 겁니다……파우더통을 쏟은 것도 줄거리에는 없는, 순전히 우연히 생긴 일이므로 발자국을 남기기 위해서 신발을 신은 것은 아닙니다…… 이런 일들은 모두 보통 어른의 판단력만 있어도 실패할 리가 없는데, 어리석은 실책을 계속 저지르고 있는 범인의 지능을 말해 주는 것이며, 이 또한 범인이 어린애라는 증거이기도 한 겁니다.

그리고 마지막으로 화재에 관한 것입니다. 줄거리를 읽어보기 전에는 그 화재의 이유를 몰랐습니다. 모른다는 것은, 사실 비단 화재만이 아니고 꽤 많은 일들을 줄거리를 읽어보기 전까지는 몰랐습니다. 그것은 내가 모든 것에서 그 이유를 캐내려고 했기 때문입니다. 그러나 알고 보니 이유 같은 것은 없었습니다. 이 사건에서는 모든 게 맹목적으로 이루어지고 있었습니다……그러나 줄거리 중에는 화재의 목적이 분명히 쓰여 있었습니다——누군가 다른 사람이 요크 해터를 죽이려 노리고 있으며, 그러므로 그가 범인이 아닌 것처럼 보이게 하는 것이 목적이었습니다. 그러나 요크 해 터가 죽고 난 다음에 그의 방에서 불을 내봐야 아무런 의미가 없 는 것이지요. 어른이었다면 그 화재 부분은 아주 빼버렸거나, 아니 면 불을 자기 방에서 나게 해서 자기에게 도움이 되도록 대본을 고쳤을 겁니다. 그러나 어른이었다면 대개는 화재 부분은 빼버리 는 것이 보통이겠지요. 요크 해터의 추리소설에서도 그 부분은 쓸 모없는 착상이며, 별로 그럴 듯한 트릭은 아니니까요.

그럼, 결국 알게 된 것은 무엇일까요? 범죄소설의 줄거리가 어 리석고 분별없는 머리를 가진 인물에 의해 충실하게 실행되었으며 ——그 사람은 자기 스스로의 판단력을 필요로 하는 행동을 할 때 마다 자신이 미숙한 머리의 어린애라는 사실을 폭로하고 있다는 것입니다. 이상과 같은 일들로 인해서 나는 재키가 범인이라는 확 신을 갖기에 이른 겁니다. 두 분께서도 나와 마찬가지로 재키가 그 처럼 충실하게 실행하고 있었던 줄거리의 참뜻을 자신은 단 하나 도 이해하지 못하고, 오로지 줄거리에 쓰여 있는 그대로를 흉내내 듯이 행동했다는 것을 아시게 되었을 줄 압니다. 재키는 그가 행동 은 하면서도 그 이유는 전혀 이해하지 못했던 겁니다. 재키가 그나 마 이해했다면 이런 것이겠지요——줄거리를 읽고 요크 해터가 범인이라는 것을 알았다. 그 요크가 죽은 것은 알고 있었으므로 자 기가 요크가 되어 범인이 되자고 생각한다. 그래서 줄거리 속에서 요크, 또는 Y가 하기로 되어 있는 일은 모두 요크 대신에 자기가 그것을 실행한다. 요크가 소설 속에서 범인인 자기 자신을 파멸시 킬 단서로서 일부러 설정해 놓은 일까지 충실하게 실행한다! 그리 고 재키는 자기의 생각에 따라서 행동해야만 될 때, 즉 줄거리에 분명하게 명시되어 있지 않은 일을 스스로 판단해서 행동해야만 할 경우에는 언제나 어린애다운 짓을 해서 자신의 정체를 드러낸 다……"

"그러나 그 최초의 독살미수사건은……" 하고 경감이 헛기침을 해가며 말했다. "아무래도 나로선……"

"경감님, 잠깐만! 지금 그것을 말씀드리려던 참이었습니다. 그 때는 그것이 과연 루이자의 목숨을 노린 것인지 아닌지 우리로서 는 알 도리가 없었습니다. 그러나 해터 부인이 살해된 뒤에야 두 번째 독살계획이 실제로 살인을 노린 것은 아니었다고 이론적으로 증명이 되었으므로, 첫번째 미수사건도 살인이 목적이 아니었다고 보는 것이 옳다고 생각하게 되었지요. 모든 것을 요크가 세운 계획인 줄은 모르고 재키가 범인이 아닐까 하는 생각을 했을 무렵, 나는 혼자서 이런 생각도 해보았습니다. '계란술의 독살계획을 우연처럼 꾸며서 막은 것은 재키였다. 그러나 그가 독이 든 계란술을 마신 것은 우연이 아니고 계획적인 것이었다고 볼 수는 없을까? 만일 그렇다고 한다면 그 목적은 무엇이었을까?' 두 번째 독살계획과 마찬가지로 첫번째 독살계획도 정말로 살인을 하려는 것이 아니었다면 범인은 어떤 방법으로 루이자가 계란술을 마시지 못하도록 막을 것이며, 계란술에 독이 들어 있다는 사실을 사람들에게 알릴 생각이었을까? 가령 계란술에 독을 넣고는, 그것을 우연한 실수로 그렇게 된 것처럼 컵을 쓰러뜨려 쏟아버린다고 해봐야 그 속에 독이 들어 있다는 사실을 다른 사람들에게 알릴 수는 없습니다. 그때 강아지가 나타난 것은 완전한 우연이었습니다. 그래서 루이자가 그것을 마시지 못하도록 하고, 또한 그 속에 독이 들어 있다는 것을 알리기 위해서는 아무래도 범인 스스로 영웅적인 행동을 취하지 않을 수 없었던 겁니다. 따라서 재키가 독이 든 계란술을 스스로 조금 마셨다는 사실은 그가 어디에선가의 지시에 따라서 행동한 증거라고 여겨졌지요──그가 스스로 독을 넣고 그것을 자기가 마시고 괴로워한다는 각본을 어린애의 머리로는 도저히 짜낼 수 없는 일이라고 생각한 것입니다. 어쨌든 그 짓을 해냈다는 사실이, 뭔지는 모르지만 그 자신의 것이 아닌 어떤 계획에 따라서 그가 움직이고 있다는 나의 생각에 확신을 갖게 했습니다.

줄거리를 읽어보니 모든 것이 분명해졌습니다. 소설 중의 Y의 의도는 계란술에 독을 넣고 그것을 자신이 조금 마시고 가벼운 발작을 일으키는 것이었습니다──그렇게 함으로써 루이자에게 해를 입히지 않고, 더구나 누군가가 루이자를 노리고 있는 것처럼 보이게 하여, 그 결과 자신을 보다 안전하게 용의자의 범위 밖에다 둔다는 세 가지의 목적을 이루게 되는 것이지요──자기가 파놓은 함정에 스스로 빠지는 범인은 없으므로, 요크로서는 아주 멋진 계획입니다──단 소설로서는 말이지요. 만일 그가 실제로 살인 계획을 세웠다면, 설령 그 목적이 남의 눈을 속이는 데 있었다고 하더라도 스스로 넣은 독을 마실 생각엔 망설였을 겁니다."

레인은 한숨을 쉬었다. "재키는 줄거리를 읽고 Y가 계란술에 독을 넣고 스스로 그것을 마신다고 쓰여 있는 것을 보았습니다. 재키는 줄거리 속에서 Y가 하기로 되어 있는 것이면 무엇이든 해야만 된다고 생각하고 있었기 때문에 자신의 용기로서 할 수 있는 한,

그리고 사정이 허락하는 한, 줄거리대로 한 겁니다. 첫번째 독살미수사건에서 계란술을 마신 것이 재키였다는 사실, 거기에 두 번째의 미수사건과 살인범이 그 재키였다는 사실은, 그가 자신은 조금도 그 뜻을 이해할 수 없는, 공상적인 현실과 동떨어진 계획에 그저 맹목적으로 따르고 있었다는 것을 확실히 증명해 주고 있는 것입니다."

"동기는 무엇이었을까요?" 하고 경감이 힘없이 물었다. "어째서 아이가 자기 할머니를 죽이고 싶어했는지 그 점을 알 수가 없군요."

"야구를 하고 싶어하는 심리 역시 그 이유 중 하나겠지." 하고 브루노 검사가 농담이라도 하듯이 말했다. 경감은 검사를 화난 얼굴로 쳐다보았다. 검사는 다시 말했다. "결국 그런 집안에서는 그런 일이 별로 이상할 것도 없는 일이지요. 그렇지 않습니까, 레인 씨?"

"예." 레인은 쓸쓸한 미소를 지으며 말했다. "그 답은 이미 아실 줄 압니다, 경감님. 그 집안의 악성 유전의 원인은 잘 아시겠지요. 겨우 열세 살의 어린애이긴 하지만 그 애의 몸에는 아버지와 할머니에게서 물려받은 고약한 피가 흐르고 있었던 겁니다. 아마 태어나면서부터 그는 살인자의 소질을 갖추고 있었겠지요——즉, 그는 어떤 어린애라도 조금은 가지고 있는 방자함, 장난기, 잔인성 같은 것의 소질을 다른 어린애들보다 더 많이 가지고 있었을 뿐만 아니라, 해터 집안 혈통의 유전적 결함까지 지닌 것입니다……그 소년이 마치 미치기라도 한 듯이 어린 동생 빌리를 못살게 군 것을 기억하고 계시지요? 또, 꽃을 짓밟아버리거나 고양이를 물속에 처박아 죽이는, 그런 파괴적인 행동에 기쁨을 느끼는 성격——자제심이라고는 전혀 없는 것들을 잊지는 않으셨겠지요? 그런 것들을 내가 막연히 상상하고 있었던 것과 결부시켜 생각해 보면 잘 이해할 수 있을 것입니다. 상상이라고는 하지만, 아마도 그것이 틀림없는 사실일 것으로 생각됩니다. 즉, 해터의 집안에는 애정이라는 것은 어느 구석에도 없고 가족 사이의 증오는 해터 집안의 온갖 관례와 마찬가지로 당연한 일이 되어 있었다는 것입니다. 살해된 노부인은 재키를 늘 때려주기만 했습니다. 실제로 사건이 일어나기 3주일 전에도 루이자의 과일을 훔쳐먹었다고 재키를 흠씬 두들겨댔습니다. 그때 어머니인 마사가 노부인을 보고, '차라리 죽어버리세요!' 하는 욕설을 퍼붓는 것을 재키가 옆에서 들었습니다.

그런 식으로 어린 마음속의 증오가 머릿속의 사악한 피로 말미암아 더욱 커졌을 때, 마침 그 줄거리를 읽고 다른 사람 아닌 가족 중에서 가장 밉기만 한 원수, 그리고 어머니의 원수이기도 한 '에밀리 할머니'가 살해되기로 되어 있는 것을 보고 갑자기 결심을 굳힌 것이지요……"

근래에 와서 가끔 레인의 얼굴을 덮곤 하는 그 초췌한 빛이 다시금 그의 얼굴을 어둡게 했다. "그러니까, 유전과 환경으로 비뚤어진 그 소년이 자기의 원수라고 생각하고 있는 사람의 죽음을 목적으로 한 계획에 뛰어들었다는 것이 결코 이해할 수 없는 일은 아닙니다. 그리고 계획에 착수하여 —— 첫번째 독살미수 —— 를 실행에 옮겨보았지만 아무도 알아차리지 못하자 계획을 중단할 이유는 하나도 없게 되었고, 또 성공에 맛들인 범죄충동이 불길처럼 타오른 것입니다……대개의 범죄가 그렇듯이, 그 복잡한 범죄는 요크 해터도 실행하려는 것이 아니었고, 어린 범죄가 역시 예기치 않은 우발적인 사건에 의해서 더욱더 복잡한 것이 되고 말았습니다. 나이트 테이블 위의 파우더통을 뒤엎은 것도, 재키가 발끝으로 서 있을 때 루이자가 그의 볼을 만지게 된 것도, 범인의 키를 확인하게 해준 그 손가락 자국 등 모두가 우발적으로 일어난 일이었습니다."

레인은 입을 다물고 숨을 내쉬었다. 브루노 검사가 다급히 물었다. "그 페리, 캠피언이라고 해도 좋습니다만, 그는 이 사건과 어떤 관계가 있습니까?"

"그 대답은 이미 경감님이 말씀하신 거나 마찬가지입니다." 하고 레인이 대답했다. "에밀리의 의붓자식이 되는 페리는 자기 아버지가 비참하게 죽은 것을 에밀리 때문이라고 생각했으므로 그녀에 대해 증오심을 안고 있었을 것이며 —— 따라서 무슨 심상치 않은 생각을 가슴에 품고 있었던 것은 의심할 나위도 없습니다. 그렇지 않고서야 이름까지 속여가며 해터의 집에 잠입할 리가 없지요. 구체적인 계획이 있었는지는 알 수 없습니다만, 어쨌든 무슨 방법으로든지 부인을 괴롭히려고 했었던 것만은 분명하겠지요. 그런데 노부인이 살해되어 그의 처지가 위험하게 되었습니다. 그럼에도 불구하고 해터의 집에서 떠날 수는 없었지요. 어쩌면 에밀리에 대한 복수심은 살인이 일어나기 오래 전에 이미 버렸을지도 모르지요 —— 그것보다는 바바라와 가까워짐으로 해서 그의 마음에 커다란 변화가 있었다고 생각합니다. 아마도 그의 참뜻은 영원히 알 수 없을 테지만요."

샘 경감은 아주 기묘한 눈으로 레인의 얼굴을 한동안 지켜보고 있었다. "어째서 레인 씨는 이 사건을 수사하는 동안 그토록 조심스러운 태도를 취하셨는지요? 실험실에서의 일이 있고부터 그 아이의 짓이라는 것을 아셨다고 했는데, 어째서 그 일을 그토록 비밀에 부쳐두시고 우리에게 밝히지 않으셨는지요? 우리에게는 좀 심한 처사였다고 생각됩니다, 레인 씨."

오랫동안 레인은 아무 말도 하지 않았다. 겨우 그가 입을 열었을 때 그 목소리는 경감이나 검사가 깜짝 놀랄 만큼 감정을 억누른 차분한 말투였다. "그럼, 이번 사건의 수사가 진행되는 동안 나의 마음이 어떻게 변해 갔는지 간단히 설명하겠습니다……하나하나 확증이 드러나고 그 아이가 범인이라는 데는 의문의 여지가 없어졌을 때 나는 아주 무서운 문제에 직면하게 되었습니다.

어떤 사회학적인 견지에서도 그 소년에게 범죄의 도덕적 책임이 있다고 생각할 수는 없었습니다. 그는 자기 할머니가 저지른 죄로 인한 희생자에 지나지 않습니다. 그러니 나는 어떻게 해야 옳았을까요? 그의 죄를 폭로해야 합니까? 만일 내가 그렇게 했더라면 당신들은——법률을 집행해야 하는 당신들은 어떻게 했을까요? 법률에만 매달리는 당신네들이 취할 조치는 뻔하지요. 즉시 그 소년을 체포했을 겁니다. 그리고 법률상 성인이 될 때까지 형무소에 가두어두었다가, 성인이 되면 도덕적으로 책임이 없었던 나이에 저지른 살인에 대한 재판을 받게 하겠지요. 설령 그가 유죄판결을 받지 않는다 하더라도 그는 어찌될까요? 그가 바랄 수 있는 것이라고는 기껏 정신이상을 내세워 석방된 다음에는 그 뒤의 인생을 정신병원에서 보내게 되는 것이 고작이겠지요."

그는 한숨을 쉬었다. "그러나 나는 법률을 글자 그대로 지지해야 할 의무도 없었으며, 게다가 근본적인 죄는 소년에게 있는 것이 아니고, 계획이나 계기도 그의 책임은 아니고, 넓은 의미로 말한다면 그 소년이야말로 가공할 환경의 희생자이므로……그에게도 당연히 자신의 운명을 시험해 볼 자격이 있다고 생각한 겁니다!"

두 사람은 모두 아무 말도 하지 않았다. 레인은 연못에 일고 있는 잔물결과, 미끄러지듯 헤엄쳐 다니는 검은 백조를 바라보았다.

"나는 줄거리를 읽기 전부터 이 범죄의 계획은 어른이 세운 것이라고만 생각하고, 그런 전제하에서 조사할 때부터——루이자의 목숨을 다시 한 번 노릴지도 모른다고 예상하고 있었습니다. 왜냐하면 그때까지 두 번에 걸친 독살계획이 실은 위장에 불과하다고 해터 부인의 살해가 진짜 목적이었으므로, 목적이 부인이 아니고 루이자인 것처럼 위장한 것을 확신시키기 위해서 범인이 다시 한 번 루이자를 노릴 계획을 세우고 있는 것이 이론적으로 타당하다고 생각되었기 때문입니다. 만일 범인이 정말로 루이자를 죽일 생각이라면 이 세 번째 시도에서 그것을 실행하는지도 모른다는 생각은 했습니다만, 분명한 것은 물론 알 수 없었지요. 어쨌거나 다시 한 번 시도될 것만은 확실하다고 생각했습니다.

굴뚝의 벽 속 비밀 구멍에서 지금까지의 계획에서는 쓰인 적이 없는 피조스티그민이라는 독약이 들어 있는 시험관을 발견하자 나의 예상에 확신을 갖게 되었습니다. 내가 피조스티그민을 우유와 바꿔치기한 데에는 두 가지 이유가 있습니다——하나는 화근을 미리 막기 위해서이고, 또 하나는 재키에게 기회를 주기 위해서였습니다."

"그 점에 아무래도 이해가 잘 안되는군요……" 하고 브루노 검사가 말했다.

"그래서 그 줄거리 원고를 어디서 발견했는지 당신들에게는 말할 수 없었던 겁니다." 하고 레인은 대답했다. "당신들은 기회를 혹시 놓치게 될까 봐 그가 하는 모습을 좀더 지켜보기는커녕 즉시 올가미를 씌워 그 자리에서 그를 잡아들였겠지요……그럼, 나는 어떤 식으로 그에게 기회를 주었는가 하면 이렇습니다. 원고에는 몇 번이나 결코 루이자를 살해할 의도는 없다고 쓰여 있었습니다. 두 분께서도 읽어보셨듯이 루이자를 죽이려는 것이 아니라고 몇 번이나 되풀이되어 있지요. 나는 시험관의 피조스티그민이라는 독약을 우유와 바꿔넣고 루이자에 대한 세 번째 위장 독살계획이라는——줄거리의 마지막 계획을 탈없이 치르도록 재키에게 기회를 주었습니다. 나는 재키가 끝내 줄거리에 따라서 행동할 것으로 믿고 있었던 거지요……나는 스스로 자신에게 물어보았습니다——줄거리에 쓰인 그대로 버터밀크에 독을 넣은 다음 재키는 어떻게 할까? 이 점에 대해서 줄거리에는 자세한 것이 없습니다——Y는 다만 그 버터밀크는 아무래도 좀 이상하다거나 해서 루이자가 마시지 않도록 한다고만 써 있을 뿐입니다. 그래서 나는 감시해 보았습니다."

두 사람은 긴장하여 몸이 저절로 레인 쪽으로 다가왔다. "재키가 어떻게 했습니까?" 하고 지방검사는 목소리를 낮추어서 물었다.

"그 애는 창문의 차양을 타고 침실로 숨어들어와서는 독이 들어 있을 것으로 여기고 있는 시험관을 꺼내더군요. 줄거리에서는 분명히 버터밀크의 컵에 열다섯 방울 넣는 것으로 되어 있습니다. 그런데 재키는 잠깐 망설이다가——시험관 안에 든 것을 모두 컵 속에 부어버렸습니다." 레인은 입을 다물고 하늘을 바라보고 어렴풋이 몸을 떨었다. "그것은 나쁜 징조였습니다. 그는 처음 고의로 줄거리에서 벗어난 것이니까요."

"그래서요?" 하고 경감은 무서운 얼굴로 다그쳤다.

레인은 지친 얼굴로 그를 보았다. "그래서 루이자가 마시기 전에 독이 든 우유에 무슨 구실이든 붙여서 마시지 못하도록 한다고 줄거리에는 쓰여 있었음에도 불구하고 그 애는 줄거리에 따르지 않았습니다. 그는 루이자가 마시도록 그대로 두었지요. 그 광경을 창 밖 차양에서 지켜보고 있는 것을 나는 보았습니다. 그리고 루이자가 버터밀크를 다 마신 다음에도 조금도 괴로워하지 않는 것을 보고 그 애는 실망하는 얼굴이었습니다."

"오! 하나님! 그럴 수가!" 하고 브루노 검사는 말문이 막혔다.

"별로 좋은 하나님은 아니었습니다." 하고 레인은 침통하게 말했다. "그 가엾은 소년에게는 말입니다……그런데 이렇게 되고 보니 문제는——앞으로 재키는 어떻게 할 것인가 하는 것이었습니다. 분명 그는 몇 가지 점에서는 줄거리를 벗어나 버렸습니다. 그러나 줄거리의 원고는 이미 끝나버렸으므로 그도 줄거리대로 아무 일 없이 끝나버릴 것인가? 만일 그대로 끝나버린다면, 만일 더 이상 루이자든 누구든 독살 같은 범죄사건을 일으키려 하지 않는다면 나는 그가 저지른 죄에 대해서는 굳게 입을 다물고, 이번 수사는 내가 실패한 것으로 하고 이 사건에서 물러날 생각이었습니다. 그렇게 함으로써 그 소년도 자신 안에 자리잡고 있는 악을 내쫓을 기회가 될지도 모른다고 생각해서……"

샘 경감의 얼굴은 재미없어하는 눈치였다. 브루노 검사는 찢어진 마른 잎 조각 하나를 흙무더기 위로 끌고가는 한 마리 개미의 애쓰는 동작을 말없이 지켜보고 있었다.

"나는 실험실을 감시했습니다." 레인의 맥빠진 목소리가 들렸다. "만일 독약이 필요하면——재키가 다시 독약을 손에 넣을 수 있는 곳은 그곳뿐이니까요." 잠깐 말이 끊겼다. "역시 그는 독약이 필요했습니다. 그는 실험실에 숨어들어 극약이라는 라벨이 붙어 있는 병을 꺼내어 다른 조그만 병에 옮겨 담더군요. 그리고 방을 나갔습니다." 레인은 갑자기 벌떡 일어났다. 그리고 흙덩이를 발끝으로 밟아 문질러 버렸다.

"재키는 스스로 유죄선고를 내린 겁니다. 피와 살인의 갈망에 완전히 도취되고 만 것이지요……이미 줄거리에서 벗어난 그 아이는——마침내 제 마음대로 행동하기 시작했습니다. 그래서 저는 깨달았지요. 이미 그 아이에게는 교정의 길이 없다는 것을. 만일 그대로 그냥 둔다면 그 아이는 일생을 두고 사회의 위협이 되겠지요. 그 아이는 이 사회에 살아 있기에는 온전치 못한 소년입니다. 그러나 만일 내가 그를 고발한다면, 따지고 보면 이 사회 자체가 만들어낸 죄 때문에 사회가 열세 살짜리 소년에게 복수하는 두려운 광경이 펼쳐지게 되는 겁니다……" 레인은 입을 다물었다.

이윽고 다시 입을 열었을 때, 그 말투는 전혀 다른 사람의 것이었다. "이 비극 전체를 살펴보면——작가인 요크도 자신을 Y라고 불렀듯이, Y의 비극이라고 이름붙여야겠지요. 요크 해터가 소설을 쓸 생각으로 생각해낸 범죄계획이 그의 손자의 마음속에다 프랑켄슈타인 같은 것을 낳아 소년은 그 계획에 따라 범죄를 실행하여 Y가 소설속에서조차 예상치 못했던 무서운 종말을 불러들인 것입니다. 소년이 죽었을 때 나는 다만 그 가슴아픈 사건에 그저 놀랐을 뿐이었습니다——그 아이의 죄를 큰소리로 떠벌일 생각은 없었습니다. 그 아이의 죄를 온 세상에 알린다고 해서 대체 누구에게 무슨 도움이 되겠습니까? 모든 관계자를 위해서도 소년의 죄는 절대로 덮어두는 것이 옳았습니다. 당신네들의 상사나 신문관계자들이 사건 해결을 재촉하며 떠들어대던 그때에 만일 내가 그 아이의 죄를 사실대로 밝혔더라면 당신들은 틀림없이 그것을 공표했을 테지요……"

경감이 뭐라고 말하려 했지만 레인은 개의치 않고 계속했다.

"게다가 재키의 어머니인 마사에 대한 생각도 해야만 했으며, 그보다 더 중요한 것은 어린 빌리에 대한 겁니다. 그 아이에게서 행복을 빼앗아갈 수는 없는 거죠. 그와 동시에, 경감님, 당신에게도 피해를 드리고 싶지도 않았습니다. 예를 들어 만일 경감님이 범인검거에 실패했다는 이유로 좌천이라도 된다면 즉시 경감님에게 진상을 알려서 당신의 명예를 회복하고 당신의 지위를 지키도록 해야 된다고 생각했습니다. 그것만은 당신에 대한 나의 의무이니까요, 경감님……"

"그건 고마운 말씀이군요." 하고 샘 경감은 퉁명스럽게 말했다.

"그러나 그로부터 두 달이 지났고, 비난의 소리도 잠잠해졌으며, 경감님도 전과 다름없이 자리를 지키고 계신 지금에 와서는 적어도 두 분께만은——사법관으로서가 아닌 같은 인간으로서의 두 분에게 그 사실을 숨겨두어야 할 이유는 이미 없어졌습니다. 내가 바라는 것은 오직 한 가지, 그 끔찍한 사건이 진행되는 동안 내 마음을 인간적인 처지에서 이해해 주시어 재키 해터의 소름끼치는 이야기를 언제까지고 비밀로 해주셨으면 하는 것입니다."

브루노 검사와 샘 경감은 침통한 얼굴로 고개를 끄덕였다. 두 사람 다 깊은 생각에 잠긴 듯 조용했다. 경감은 몇 번이나 혼자서 고개를 끄덕이다가……갑자기 잔디 위에 똑바로 앉아서 살찐 무릎을 두 손으로 끌어안았다.

"그런데——" 하고 그는 지나가는 말처럼 말했다. "마지막 부분에서 이해할 수 없는 곳이 있습니다만." 그는 풀잎을 쥐어뜯어 씹기 시작했다. "대체 무슨 이유로 재키는 끝에 가서 루이자 캠피언에게 마시게 하려던 독이 든 우유를 자기가 마시는 실수를 하게 되었을까요, 레인 씨?"

레인은 대답하지 않았다. 그는 경감에게서 얼굴을 조금 돌리더니 갑자기 주머니에 손을 넣어 한줌의 빵부스러기를 꺼내어 조금씩 연못에 던져넣었다. 백조가 소리없이 헤엄쳐 와서 빵을 쪼아먹기 시작했다.

경감은 몸을 앞으로 내밀어 레인의 무릎을 흔들며 대답을 재촉했다. "어째서지요. 레인 씨? 내 말뜻을 모르시겠습니까?"

갑자기 브루노 지방검사가 벌떡 일어났다. 그는 거칠게 경감의 어깨를 쿡쿡 찔렀다. 경감은 깜짝 놀라서 검사의 얼굴을 올려다보았다. 브루노의 얼굴은 창백하고 턱도 굳어 있는 듯했다.

레인은 조용히 돌아다보고 애처로운 눈으로 두 사람을 보았다. 브루노 검사가 묘한 목소리로 말했다. "자, 경감! 레인 씨는 지쳐 있소. 우리는 이제 뉴욕으로 돌아가는 것이 좋겠소."　　　〈끝〉

작가와 작품에 대해서

「Y의 비극」(The Tragedy of Y, 1933)이 발행된 것은 1933년이었다. 그런데 이 소설의 지은이 이름이 버나비 로스(Bernaby Ross)였기 때문에 그때의 독자들은 당시 한창 주가를 올리고 있던 미국의 밴 다인이나 엘러리 퀸에 필적할 만한 작가가 나타났다고 기뻐했다. 하지만 2차 대전 때부터 그것이 엘러리 퀸의 별명이라는 소문이 퍼지고, 전쟁이 끝난 뒤에 마침내 그 사실이 밝혀짐으로써 독자들을 깜짝 놀라게 했다. 더욱더 독자들을 놀라게 한 것은, 두 사촌형제끼리 합작하여 엘러리 퀸이라는 필명을 만들었다는 것이었다.

두 사촌형제 중 하나는 맨프리드 베닝턴 리(Manfred Bennington Lee, 1905~1971)였고, 다른 한 사람은 프레데릭 더네이(Frederick Dannay, 1905~1982)였다. 두 사람은 똑같이 1905년에 태어났는데, 리는 1월생이고, 더네이는 10월생이다.

리는 뉴욕 대학 재학중 바이올린을 좋아해서 학생 오케스트라를 조직하기도 했고, 졸업 후에는 영화회사의 선전부에서 일했다. 한편 더네이는 대학을 거치지 않고, 24살 때 뉴욕 광고회사의 미술주임이 되었다.

그 뒤 두 사람이 합작해서 쓴 작품을 잡지사의 현상모집에 응모하여 당선은 되었으나, 그 잡지가 다른 사람에게 넘어가는 바람에 당선작이 바뀌는 불운을 겪기도 했다. 이때 당선된 작품이 「로마 모자의 비밀」(The Roman Hat Mystery, 1929)이다.

퀸의 등장은 밴 다인보다 3년 늦었지만 그들이 밴 다인을 의식하고 있었던 것은 분명하다. 밴 다인의 익명에 숨겨진 정체가 화제가 되었기 때문에 그들은 두 사람의 합작이라는 새로운 시도를 생각해 냈고, 또한 몇 년 동안 전혀 정체를 밝히지 않았다. 그래서 어쩔 수 없이 공식적인 자리에 나가야 할 때에는 그들 중 하나가 눈가림으로 검은 안경을 쓰고 참석하여 사람들의 눈길을 끌었다.

한편, 밴 다인의 본명인 윌러드 헌팅턴 라이트로 여러 권의 책을 출판했었던 바이킹 플레스 출판사에서 밴 다인의 추리소설이 스크리브너 출판사에서 나왔다는 것을 알고는, 그것에 필적할 만한 작

품을 구하고 있었다. 그때 엘러리 퀸은 버나비 로스라는 이름으로
등장하여 「Y의 비극」을 비롯해서 네 권의 책을 그 출판사에서 발
표하기에 이르렀다.

그 네 권의 책은 다음과 같다.

1. X의 비극(The Tragedy of X, 1932)
2. Y의 비극(The Tragedy of Y, 1933)
3. Z의 비극(The Tragedy of Z, 1933)
4. 드루리 레인 최후의 사건(Drury Lane's Last Case, 1934)

밴 다인의 제목이 11번째 작품을 빼고는 모두 여섯 글자로 된
단어에 '살인사건'(Case)를 붙이는 것으로 통일시킨 반면, 엘러리
퀸은 나라 이름에 '비밀'(Mystery)을 덧붙였다. 여기에 대해 버나비
로스는 'X, Y, Z' 등에다가 '비극'(Tradegy)을 붙여서 독자들은 세
작가의 아이디어 전쟁을 만끽했었다.

이 「Y의 비극」이 그의 작품에 비해 특이한 것은 무대의 분위기
를 과감하게 바꾸었다는 것이다. 그리고 탐정에게 중요한 단서를
제공해 주는 귀머거리에 벙어리에 장님인 불구의 여성이 점자판에
의지해 조사해 나가는 서스펜스는 다른 작품에서는 찾아볼 수 없
다. 범인과 마주서서 바로 가까이에서 스쳤으면서도 어렴풋한 촉
각과 후각 말고는 단서도 없을 뿐더러, 그녀에게서 당시의 상황을
듣는 것도 그녀의 감각을 통해서밖에는 이해할 수 없다는 안타까
움이 이 작품의 흥미를 더욱 자아내게 한다.

그 밖에 미세한 부분들이 후반의 추리와 앞뒤가 맞도록 그려져
있는 점 등은 과연 본격적 추리물다운 수법이며 추리소설 기교의
정점을 나타내고 있다. 게다가 동기와 범인의 의외성(意外性)도 더
할 나위 없고, 은퇴한 노배우 드루리 레인의 활약도 주목할 만하다.

끝으로 퀸에 대해 한 가지 덧붙이고 싶은 것은 그들이 수집광이
었다는 것이다. 리는 우표수집으로 유명했고, 더네이는 세계 제일
을 자랑하는 추리소설 도서 수집가로 유명했다. 그는 그리스 로마
시대로부터 최근의 베스트셀러에 이르기까지 범죄문학 및 추리소
설의 가장 완벽한 도서실을 가지고 있었으며, 이들 자료를 바탕으
로 많은 평론집을 발표하기도 했다.

■ 옮긴이/**강호걸**

· 전문 번역인

Y의 비극

1989년 12월 20일 초판 1쇄 발행
2010년 8월 20일 3판 중쇄 발행

지은이   엘러리 퀸
옮긴이   강 호 걸
펴낸이   이 경 선
펴낸곳   해문출판사

주 소   서울시 강남구 테헤란로216 5층, 151호(역삼동, 신웅타워)

전 화   02-325-4721

팩 스   0502-989-9473

등 록   1978. 1. 28 제3-82호

값 8,000원

ISBN 978-89-382-0292-5
ISBN 978-89-382-0107-2 (세트)

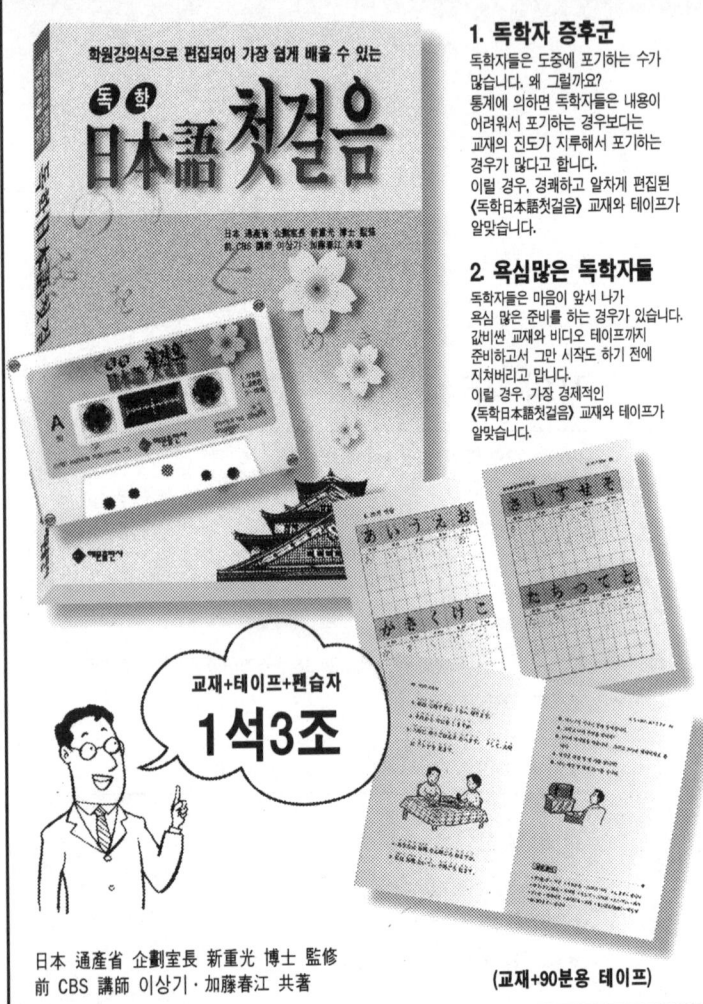

추리 문학의 여왕
"애거서 크리스티"

세계인구 60억중 3분의 1에 해당하는 사람들이 읽은 추리소설.

추리 문학에 대한 공로로 영국 엘리자베스 여왕으로부터 〈데임〉〈남자의 나이트(기사)〉 작위를 받은 여인.

인류 역사상 성경 다음으로 가장 많이 팔린 슈퍼 베스트 셀러!